中外文学论

林如稷学术文集

ZHONGWAI WENXUELUN
LINRUJI XUESHU WENJI

林如稷 ◎ 著

四川大学文学与新闻学院 ◎ 组编
林文询 林文光 ◎ 编

四川大学学术群落
中国现当代文学卷

巴蜀书社

图书在版编目（CIP）数据

中外文学论／林如稷著.—成都：巴蜀书社，
2023.3
ISBN 978-7-5531-1922-9

Ⅰ.①中… Ⅱ.①林… Ⅲ.①世界文学－文学评论－
文集 Ⅳ.①I106－53
中国国家版本馆CIP数据核字（2023）第037742号

中外文学论　林如稷学术文集
ZHONGWAI WENXUELUN LINRUJI XUESHU WENJI

林如稷　著

特约审稿	曾绍义
责任编辑	李　蓓
出　　版	巴蜀书社
	成都市锦江区三色路238号新华之星A座36层
	邮编：610023
	总编室电话：（028）86361843
网　　址	www.bsbook.com
发　　行	巴蜀书社
	发行科电话：（028）86361852
经　　销	新华书店
照　　排	四川胜翔数码印务设计有限公司
印　　刷	成都东江印务有限公司（028）82601550
版　　次	2024年2月第1版
印　　次	2024年2月第1次印刷
成品尺寸	170mm×240mm
印　　张	34.25
字　　数	550千
书　　号	ISBN 978-7-5531-1922-9
定　　价	158.00元

本书若有印装质量问题，请与印刷厂联系调换

作者介绍

林如稷（1902—1976），笔名白星、万古江等。四川省资中县人。1919年考入北京高等师范学校附属中学，有白话小说等发表在《晨报》及《晨报副刊》上。1921年春，考入上海中法国立通惠工商学校。1922年底，作为发起人，同陈炜谟、陈翔鹤等成立浅草社，出版《浅草》季刊。1923年10月，赴法国里昂大学、巴黎大学法科学习。1930年秋回国。次年，到北京中法大学任教授。后和杨晦一起复刊《沉钟》半月刊。在这期间，翻译了左拉的《卢贡家族的家运》（上海商务印书馆出版，1959年人民文学出版社重印）。1937年秋，执教于四川大学和光华大学。1948年夏，受邀主编《民讯》月刊。1950年初，到四川大学中国文学语言系任教授，先后担任中文系主任、现代文学教研室主任、文艺理论教研室主任。著有《仰止集》（四川人民出版社1962年版）、《西山义旗》（四川人民出版社1961年版）。1985年，《林如稷选集》由四川文艺出版社出版。

林如稷

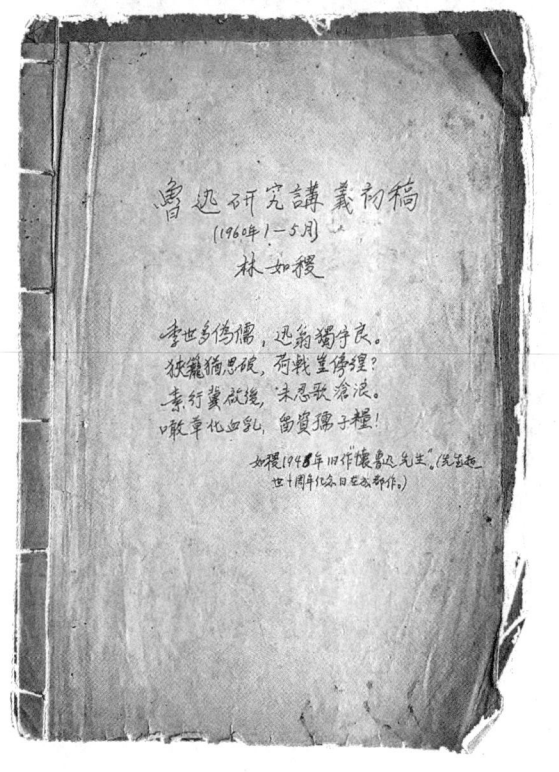

鲁迅研究讲义初稿
(1960年1—5月)
林如稷

举世多伪儒，迅翁独守真。
狭笼狷思硬，荷戟岂偏狂？
素行冀破浪，未忍歌沧浪。
欢章化血乳，留变独子粮！

　　如稷1948年旧作怀鲁迅先生（笑笔起
世十周年纪念日在成都作。）

呈 均吾大兄 如穆，卅二年華於華西後壩。（九月十二日）

吾愛鄧默聲，蘊藉能守文。少遊滬上，納交莫逆心。昔時我去國，寫詩勉我行：雖不傷離別，亦喻高與深。俛忽逾廿歲，憂患幾餘生！故亂相見難，念舊多不存。風雨故人來，喜看鬚髮尚青。握手惜今歡，所嗟世未平。文章吾輩事，杜鵑吭春深。飢渴嚶求友，默聲仍當鳴。

均吾老友，昔以默聲筆名英於滬上創刊懸草文藝季刊，瞬二十又五年矣。華夏多難，伏處故鄉，久不相見，乍思見訪於秋風愁人之錦官城中，欣然快談，然一及舊日文友，作鬼劃已多，又不禁愴然。偶對文字，仍狂妄大膽如故，君則自珍不苟著筆，因感賦長句贈以期勉耳！

艾燕兄：

数月不见，谅近状佳胜。前将代查"终傅"、"灭此朝食"典故急忙寄上，想已收到。暑期中因约到外县休假，故我未来看你。昨听一学生说，你已回京，说将面问候，请你告知你每週何时在家，以便我弟相訪，面談一切。我前月小病普一次，近已痊好。勉以大中女語校教他小说习作，已完成，上周又对工农兵学员讲学习鲁迅小说两次，七十三年未上讲堂正式对学生讲课，幸体力尚勉可支持，但究竟年过七十，精力实在不及青年，到下年总切只三、六上午到校听青年教师的课，偶然参加学习讨论或答问，午后多半在家休息，到校以我半身瘫痪之故，步行太慢，往返一次必要费一点左右，实在较为困难事。闻子善已回京，说不知他住何处，有人说已到外地讲假，确否？盼经中告知，此请

近安

弟 林如稷 上 72.11.7日。

眠症仍不见好，写信索笔困难，久久不回，希諒！

淺草

文藝季刊

第一卷 第一期
淺草社發行出版
一九二三．三．二五。

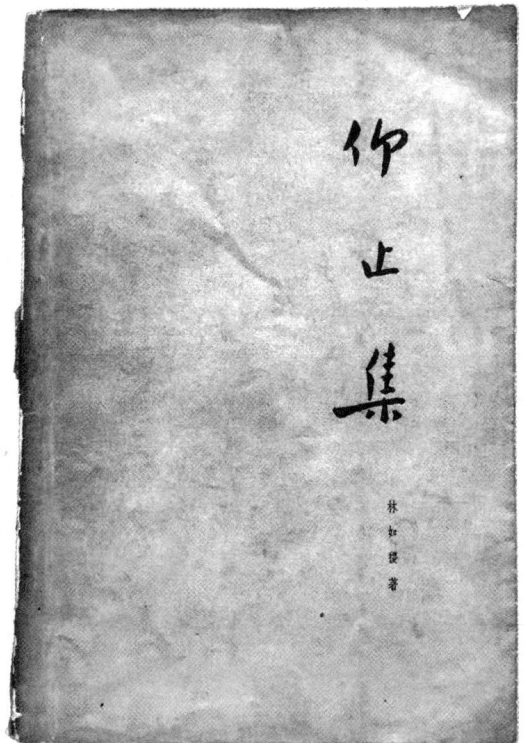

Die versunkene Glocke
沈鐘
22

沈鐘
1933

仰止集

林如稷 著

卢贡家族的家运

左拉 著
林如稷 譯

人民文学出版社

左拉集
—I—
卢贡家族的家运
下册
林如稷 譯

中法文化出版委員會編輯
商務印書館印發行

林如稷选集

四川文艺出版社

出版说明

自 1896 年四川大学诞生以来，中国语言文学学科一直伴随着时代发展，成就了一大批在国内外有影响的专家、学者。其中，中国现当代文学专业便是重要的组成部分，无论是作为现代作家的李劼人、吴虞、吴芳吉，还是作为学者的刘大杰、林如稷与华忱之，都先后在创作与学术的领域中做出了自己独特的贡献。为了集中展示他们的学术实绩，不断传承其治学精神，我们决定从 2020 年起，陆续编辑出版"四川大学学术群落·中国现当代文学卷"丛书，入选者每人一册，重点编入作者在不同学术时期最有代表性的、社会影响最大的论文或专著选段，少数有历史意义的文学创作文字也酌情作为附录收入，以帮助读者理解这些学术活动的历史语境。另有论述性的学术总结置于文前，著作年表殿于集后，以供读者参考。为了确保学术质量，即请"特约审稿人"曾绍义教授审读本卷各集全部文稿，并对其具体内容负责。

首先入选的是一批在历史上贡献突出、目前均不在岗的前辈学人，他们的学术探索具有筚路蓝缕之功、启迪来者之义。

需要说明的是，出于对历史的尊重，所收录的文章均保持原貌，包括引文、注释等，仅对个别笔误及排版错误进行改正，对于无法辨认的字则用□代替。

四川大学文学与新闻学院
2020 年 2 月

目 录

序 言 ………………………………………………… 李 怡 001
巴蜀兴鲁学，异彩生光辉
　——论林如稷先生的文学贡献 ……………………… 周 文 001

上 编 …………………………………………………………… 001
仰止集 ………………………………………………………… 003
鲁迅给我的教育 ………………………………………………… 003
关于鲁迅思想发展的几个问题 ………………………………… 009
学习鲁迅的最主要之点 ………………………………………… 017
鲁迅小说的艺术特色 …………………………………………… 021
鲁迅杂文的思想与艺术特点 …………………………………… 032
试论鲁迅小说的革命的现实主义 ……………………………… 041
学习鲁迅杂文的几点理解 ……………………………………… 048
分析《对于左翼作家联盟的意见》 …………………………… 054
一个坚决反封建的斗士的艺术形象
　——读鲁迅的短篇小说《长明灯》 ……………………… 064
鲁迅对劳动人民美德的赞颂
　——读《一件小事》和《社戏》 ………………………… 067
鲁迅将会怎样对待体力劳动 …………………………………… 071

关于鲁迅的《无题》一诗 ········· 075
我所记忆的四十年前的鲁迅先生（林冰骨遗作）（存目）
后记 ········· 078

鲁迅研究讲义（初稿） ········· 080

第一章 鲁迅的生平、思想发展及创作道路 ········· 080
第一节 生平 ········· 080
第二节 思想发展及创作道路 ········· 086

第二章 鲁迅的创作 ········· 109
第一节 《呐喊》与《彷徨》 ········· 109
第二节 《故事新编》 ········· 172
第三节 《野草》、《朝花夕拾》及其它 ········· 184

下 编 ········· 193

又一看了女高师两天演剧以后的杂谈 ········· 195
懋芳的死后 ········· 198
弁言 ········· 200
碎感 ········· 202
"五四"文艺节的意义 ········· 206
新春试笔谈杜甫
——诗人的生日、守岁诗及其它 ········· 208
如诗如画的《南行记》续篇 ········· 214
慎重对待小读者的感情
——与青年习作者的通信 ········· 225
学习鲁迅的小说 ········· 229
《浅草》编辑缀话 ········· 233
《民讯》发刊献辞 ········· 235
《我所见之贺龙将军》普及本序 ········· 237

陈炜谟《论文选集》编后记	239
《卢贡家族的家运》译者序言	241
左拉怎样反对不义战争	245
左拉逝世四十五周年忌	251
左拉的生活	254
青年左拉的新年	261
时代悲剧与诗人之死	
——从闻一多之死谈到雪尼的被杀	266
巴尔扎克式的理想与现实	269
勤奋成功的巴尔扎克	
——读书札记之一	272
由几件琐事谈文人习性	276
狮爪录（一）	281
狮爪录（二）	286
致沙汀信（2封）	290
致艾芜信（1封）	292
致陈梦熊信（2封）	293

附　编 … 297
止水	299
童心	307
在上海过年	312
太平镇	315
初秋的夜雨	325
死筵散后	330
一瞬间的黄昏	339
一个黄昏	345
"忆云斋"	350

《浅草》卷首小语	355
茵音	356
掇珠	358
晨话	
——初游西湖时画	360
秋虫的泣血	364
海外归鸿	367
恶心的旧事回忆	
——此篇赠与炜谟	369
中国人的追悼（常谈之一）	375
乡居杂笔之一	379
归来杂感	384
随笔一则	387
沉默的悲痛	
——致敬亡妻淑慧之灵	391
信	397
秋曲（零余随笔之一）	399
书	402
追怀	406
微薄的谢意	
——为鲁迅先生逝世十周年纪念作	415
寒冬偶笔	420
冷昏的话	422
寿杨晦兄五十	424
"良医颂"与"人口论"	429
自由膏药的叫卖	436
不相干的尊农	437
悼念陈炜谟先生	440

看《杜十娘》悼廖静秋 …………………………………… 443

悼念史沫特莱 …………………………………………… 445

微弦 ……………………………………………………… 449

秋 ………………………………………………………… 449

明星 ……………………………………………………… 449

无题 ……………………………………………………… 450

龙华桃林下 ……………………………………………… 450

徘徊 ……………………………………………………… 451

春夜 ……………………………………………………… 451

独游小函谷 ……………………………………………… 451

长江舟中 ………………………………………………… 452

戚啼 ……………………………………………………… 452

踽踽 ……………………………………………………… 453

长啸篇 …………………………………………………… 454

 春颂 ………………………………………………… 454

 听雨 ………………………………………………… 455

 春梦 ………………………………………………… 456

 雨夕之枕上 ………………………………………… 457

 秋之夜 ……………………………………………… 457

 仿若 ………………………………………………… 458

宴席后

 ——答君培 ………………………………………… 459

题无名诗人董嚼辛遗稿 ………………………………… 461

我与你们留别 …………………………………………… 462

西贡公园中 ……………………………………………… 463

淞沪河上 ………………………………………………… 464

独行 ……………………………………………………… 465

凄然	465
幻想	466
盼春	467
静的夜	467
小诗	468
除夕	469
孩啼	469
无题的诗	469
希望	470
咏怀（四首）	470
均吾（默声）远道来访有赠	471
别翔鹤口占	471
偶感	472
寿杨晦兄五十	472
闻冯至不屑参加新路感赠	472
送别张天翼兄	472
赠牧野行	473
和均吾寄翔鹤诗即柬	473
柬舟子漾兮巴波两兄香港	473
赠洪钟兄	473
待旦室杂诗（三首）	474
悼乔大壮师（序）	474
刺周作人一绝	476
答友人问	476
炜谟遗稿编成感赋	476
观《林则徐》影片	477
成都川剧院建院一周年赠句	477
悼伯行校长	477

自寿	477
无题	478
自嘲一绝	478
文光儿归自石棉	478
续悼亡之一	478
儿女劝余迁京养老，吟此见志	478
得中方自美来信有感	479
怀古杂咏（四首）	479
述怀	479
儿女	480
仿古拟今吟（四题）	480
受降梦（用苏曼殊韵并借首句）	480
开刀奏（用元稹半首韵）	480
李闻计（用唐人柳中庸韵）	480
香河怨（用唐人顾况韵）	480
六洋真言	480
仿唐一绝	481
伟大的翻戏	482
林如稷著译年表	484
编后记	506

序 言

李 怡

2018、2019年,四川大学领导多次提出了建设"川大学派"的问题,在我们看来,这并非一时兴起的口号,其中,既有对未来学术发展的前瞻性期待,更有对一百多年来四川大学学人奋力开拓的学术传统的深刻认同。如何在承袭百年传统的基础上砥砺前行,是四川大学学人义不容辞的神圣职责。为此,四川大学文学与新闻学院组织了能够反映各个学科学术发展的大型丛书,精选在各个历史阶段于不同学术领域卓有建树的先贤著述,分别以"四川大学学术群落·×××卷"的系列方式陆续推出,以期能够形成对百年传统的系统总结,为新世纪"川大学派"的进一步成熟和发展夯实根基。"中国现当代文学卷"就是其中的重要组成部分。

在当代中国的学术版图上,四川大学留给人们的印象常常是古代文化的研究,包括"蜀学"传统中的中国古代史、古代文学、古代汉语研究,新时期以后兴起的比较文学研究也拥有深刻的古代文学背景,其实,中国现当代文学的发展和学术研究也与四川大学渊源深厚。

作为西南地区历史久远的高等学府,四川大学经历了一系列复杂的演化、聚合与重组过程,众多富有历史影响的知识分子都在不同的时期与川大结缘,构成"川大文脉"的一部分。例如四川省城高等学校下属机构的分设中学堂时期的学生郭沫若与李劼人,公立外国语专门学校时期的学生巴金,成都高等师范学校时期的受聘教师叶伯和,国立成都大学时期的受聘教师李劼人、吴虞、吴芳吉,国立四川大学时期的陈衡哲、刘大杰、朱光潜、卞之琳、熊佛西、林如稷、刘盛亚、罗念生、饶孟侃、吴宓、孙伏园、陈炜谟，中华人民共和国成立以后的川大学生中则先后出现过流沙河、童恩正、钱道远、杨应章、郁小萍、易丹、张放、周昌义、莫怀戚、何大草、徐慧、赵野、唐亚平、邹建军、张宝泉（阿泉）、马骏（马平川）、胡冬、颜歌等。作为学术与教学意义的中国现当代文学，也在川大早早生根。文学史家刘大杰在川大开设"现代文学"必修课的时间可以追溯到 1935 年，是中国较早开展新文学创作研究的高校之一。中华人民共和国成立后，随着中国现代文学（新文学）学科的建立，四川大学的相关学者代代相承，在各自的领域中成就斐然，成为中国现代文学研究界的主要力量。林如稷、华忱之先生是新中国中国现代文学学科的奠基人之一，继之则有李昌陟、易明善、尹在勤、王锦厚、李保均、朱先贵（朱玛）、陈厚诚、邓运佳、曾绍义、毛迅、黎风等持续努力，在郭沫若研究、李劼人研究、四川作家研究、中国新诗研究以及小说、散文、戏剧、电影等各体文学研究方面做出了引人注目的贡献，川大成为中国西部地区最早培养硕士生与博士生的学术机构[①]。

我个人的学术经历也见证了这一学科学术如何在继往开来中努力拼搏的重要历史。我是 2004 年加入四川大学中国现当代文学学术群体的，当时中国高校的"学科建设"大潮已经开始，许多高校招兵买马，跃跃欲试，而川大刚好相反，老一代学者因年龄原因逐步淡出学术中心，相对而言，当时地处西部，又居强势学科阴影之下的川大现代文学学科困难重重。在这个情势下，如何重新构建自己的学术队伍，寻找新的学科优势，是我们必须面对的头等大事。幸运的是，我在川大的经历给了我许多别样的体验，以及别样的启迪。

首先是宽阔、自由而富有包容性的学术环境。虽然生存在传统强势学术的学科阴影之下，但是川大却自有一种巴蜀式的、特殊的自由氛围，学人的生存方式、思想方式都能够在较少干扰的状态下自然生长。也正如"海纳百川，有容乃大"的川大校训所示，古典的规诫中依然留下了现代学术的发展

[①] 参见程骥：《四川大学与中国现代文学》，《现代中国文化与文学》第 5 辑，巴蜀书社 2008 年版。

空间。2004年,在学院的支持下,四川大学现代中国文化与文学研究中心成立,中国现当代文学学科有了一个新的学科活动的平台。2005年,《现代中国文化与文学》创刊,除中国现代文学研究会的《中国现代文学研究丛刊》外,这在当时属于国内仅有的一份由高校创办的现代文学研究丛刊。八年之后,该刊被南京大学社科评价中心列为CSSCI来源辑刊,算是实现了国内学界认可的基本目标。

其次是相对超脱、宁静的治学氛围。进入川大以前,我所服务的高校正处于"学科建设"的焦虑之中,那种"奋起直追"、"迎头赶上"的热烈既催人"奋进",又瓦解着学术研究所需要的从容与余裕心境。到川大没几天,我即受"学科带头人"毛迅教授之邀前往三圣乡"喝茶"。山清水秀的成都郊外风和日丽,往日熟悉的生存紧张烟消云散,"喝茶"之中,天南地北,学术人生,无所不谈,半日功夫虽觉时光如梭,却灵感泉涌,一时间竟生出了许多宏大的构想!毛迅教授与我一样,来自步履匆忙、心性焦躁的山城重庆,对比之下,对成都与川大的生存方式多了几分体验。在后来的多次交谈中,他对这里的"巴蜀精神"、"成都方式"都有过精辟的提炼和阐发。据我观察,这里的"溢美之辞"并非是文学的想象,实则是对当今学术生态的一种反省,而只有在一个成熟的文化空间中,形形色色又各得其所的生存才有可能,学术生活的多样化才有了基础,所谓潜心治学的超脱与宁静也就来自这"多元"空间中的自得其乐[①]。春日的川大,父亲带着孩子在草坪上放风筝,老者在茶楼里悠闲品茗,学子在校园里记诵英文,教授一时兴起,将课堂上的研究生带至郊外,于鸟语花香间吟诗作赋、畅谈学问之道……这究竟是"学科建设"的消极景观呢,还是另一种积极健康的人生呢?真的值得我们重新追问。

第三是多学科砥砺切磋的背景刺激着现代文学的自我定位。在四川大学,中国现当代文学并非优势学科,所以它没有机会独享更多的体制资源,但应当说,物质资源并不是学术发展的唯一,能够与其他优势学科同居于一

[①] 李怡、毛迅:《巴蜀学派与当代批评》,《当代文坛》2006年第2期。

个大的学术平台之上，本身就拥有了获取其他精神资源的机会。与学科界限壁垒森严的某些机构不同，我所感受到的川大学术往往形成了彼此的对话与交流，例如文学与史学的交流，宗教学、社会学与其他人文学科的交流。就现代文学而言，当然承受了来自其他学科的质疑与挑战——包括古代文学与西方文学，然而，在古今中外文化的挑战中发展自己不正是中国现当代文学的实际吗？除了挑战，同样也有彼此的滋养和借镜，例如从中国少数民族文学中发展起来的文学人类学，原本与中国现当代文学关系密切，但前者更为深入地取法于文化人类学、符号学、民族学、社会学等当代学科成果，在学术观念的更新、研究范式的革命等方向上大胆前行，完全可以反过来启示和推动现当代文学研究的发展。

以上的这些学术生态特征也是我在川大逐步感受、慢慢理解到的。而这一氛围的孕育形成，则是好几代川大学人思索、尝试、矻矻耕耘的结果。从刘大杰首开风气，于传统蜀学的大本营开辟"现代文学"的生长空间，到华忱之以古典学术之学养，开启曹禺研究、田汉研究、鲁迅研究的新路，传统与现代在此获得了交汇融合的可能。华忱之先生、林如稷先生是新中国四川大学中国现当代文学学科的创建人，他们都非常注意打捞和甄别文献材料，这样的努力为这一学术群落注入了鲜明的史学个性与严谨求实的学术品格。中国新文学文献史料工作于新时期开始复苏，而四川大学中国现当代文学学者在20世纪80年代所取得的最重要的成就就是编辑文学研究资料，易明善、尹在勤、王锦厚、李保均、陈厚诚、曾绍义、毛迅、黎风等学人都在这一领域做出了重要的贡献。在新时期，四川大学学人致力于郭沫若、何其芳、李劼人等四川作家生平资料的搜集与整理，收获丰硕。《郭沫若全集·文学编》、《中国当代文学研究资料》等主要课题都得力于四川大学学人的积极参与。王锦厚与多人合编的《郭沫若佚文集（1906—1949）》、《饶孟侃诗文集》、《百家论郭沫若》等，王锦厚的专著《闻一多与饶孟侃》、李保均的专著《郭沫若青年时代评传》、尹在勤的《何其芳评传》、陈厚诚的《死神唇边的微笑：李金发传》、易明善的《刘以鬯传》、曾绍义主编的《中国散文百家谭》等，都属于现代文献史料整理研究的重要成果。四川大学学人还编辑了两辑《四川作家研究》，收录王锦厚、陈厚诚、易明善等数人的多篇作家年谱与著译目录。论文方面，则有易明善《郭沫若〈洪波曲〉的几处史实误记》和《郭沫若四十年代中期在上海活动纪略》、李保均的《郭沫若学生时代年谱（1892—1923）》和《郭沫若族谱》等，展示了川大学者深厚的治学功底。事实证明，正是这种以文献史料为基础的文学研究铸就了川大学术群落醇厚的史学品质。2018 年，中国社科院文学所著名文学史料学者刘福春教授携 10 余吨文献史料加盟川大；2019 年，国内第一个中国现代文献学博士点在川大文新学院创立。这些都属于这一"文史结合"的学术传统在新的历史时代的有效延伸和蓬勃发展。

今天，在新的学科建设的征途上，我们回首历史，重温川大学术的来龙去脉，将有助于自我精神的反省与成长。认同传统与突破传统总是不可分割地交织在一起，没有自我的梳理和必要的认同，也不会有新的挑战机会，更不会赢得撬动世界的"阿基米德点"。

这就是"四川大学学术群落·中国现当代文学卷"的缘起。本卷的第一辑主要收入目前已经不在岗的前辈学者的相关论述。阅读这些历史开创者的文字，我们仿佛透过一层发黄的岁月的尘埃，触及了一个个温润的生命。是的，他们当年的学术文字留下了他们对历史的敬意，是用真诚的心灵对话经典，也对话着饱经沧桑的自我。系列丛书还将继续编辑下去，也会有更多的前辈学人的道德文章将陆续呈现在我们面前。

2020 年春节于四川大学文学与新闻学院

巴蜀兴鲁学，异彩生光辉

——论林如稷先生的文学贡献

周 文

"著译文章生异彩，浅草沉钟放光辉。"这是 1987 年林如稷先生逝世十周年之际，艾芜为纪念老友写下的"两句话"。可能，在作家艾芜的心中，他最看重的是林如稷的文学创作、译作以及杂文等其他创作，然而在相当长的时间里，因鲁迅而显得格外耀眼的"浅草沉钟光辉"几乎遮蔽了林如稷先生个人著译文章之"异彩"。更加遗憾的是，随着文化语境的不断变化，林如稷先生的鲁迅研究却未能长久地为后世学者所重视，尽管他是受到鲁迅亲自提携的"文学青年"，尽管他的鲁迅研究与陈涌、唐弢、王瑶、李长之等鲁研名家几乎同步……作为巴蜀学人，林先生在近代蜀学的浸润下成长而活跃于 20 世纪 20 年代的京沪新文学界，从法国留学归来任教于京蓉，致业于教授经济学却又始终情系艺林。林先生度过浩劫而仙逝，其丰厚的履历背后，蕴藏着中国现代知识分子尤其是巴蜀文人的精神成长史，是值得后人珍视的一笔精神财富。

一、文学创作之异彩

林如稷是 1919 年随家到的北京，其时五四运动正如火如荼地展开。作为中学生，他是否直接参与了运动，在其本人的回忆和其子林文光先生为其所作"传略"中均未提及，但很快他便于 1920 年末和 1921 年初在《晨报》上发表了两篇白话小说——《伊的母亲》（《晨报》1920 年 12 月 17 日第 7

版）和《死后的忏悔》（《晨报》1921年1月19、20、21日第7版），小说揭露了地主剥削和军阀混战给底层民众带来的沉痛灾难。由此，林如稷给后人留下了"高潮五四作先锋"的印象。作为时代大潮中年轻的一分子，中学生林如稷积极参与"五四"新文化运动，先进、正确地进入历史却又淹没在同质化的革命文学叙述之中。直到读者真正走进这两篇小说，才会发现，笔法略显稚嫩的小说背后有着深广的社会历史内涵，在作者以及同时代巴蜀文人微观川地生命体验的烛照之下，这两篇小说在"五四"新文化场域中的价值抑或说中学生林如稷参加"五四"的独特性才能得到彰显。

《伊的母亲》是一部只有510余字的短篇小说，情节场景也非常简单：一位名唤"云儿"的幼儿也即"伊"，向她的爸爸索要妈妈；与此同时，富翁家娶的第七房太太也即云儿的母亲，为了一年的租钱被迫作抵，此时正在婚轿内哭泣。在以往的叙述中，一般都说这篇小说揭示了贫民之苦和阶级之恨，表现了作者对劳动人民的同情以及对剥削阶级的憎恨。如果读者单从这个角度来理解这篇作品，那么它与当时诸多问题小说以及后来更具革命性的文学作品相比，的确显得过于简短、稚嫩。有人将之视为文学青年对鲁迅作品的一种简单、幼稚的模仿，当政治话语隐退之后，甚至会怀疑中学生能否有如此前瞻的政治觉悟。的确，林如稷发表这篇白话小说时只有18岁，如果将作品题旨直接与阶级、革命关联，小说便有诸多"稚嫩"之处，如作者显然未能详述云儿一家的凄惨，云儿的手居然"又肥又白"，还有烧饼可吃，而且云儿居然没有如饿狼一般吞食烧饼。此外，既然是作抵，富翁何苦大费周章举行仪式迎娶已婚生育的女子为第七房太太呢？在情感上是否还有其他纠缠而作者未能言明呢？如此来看，这似乎是一篇情节经不起推敲、漏洞百出的小说。

其实，这篇很短的小说之所以能够得以发表并引起时人的情感共鸣，与民国时期四川地区普遍存在的"卖儿鬻女"、"买婢蓄妾"等复杂的人口交易有关。《国民公报》（成都版）于1915年8月11日就曾有倡议，"贩卖人口宜禁"，说"本年川东各属因年荒米贵，贫民艰难于衣食以至于卖儿鬻女"，有人贩"利用时机出资转卖"①。这一不认真阅读报纸都很难看到的"倡议"说明，当时的人口交易已有资本介入而产业化，当时的政府显然无意更无力管理。产业化的人口交易为了规避法律风险，多以婚嫁的形式进行。成都《国民公报》的另一篇文章便揭露"重庆近日街上花轿往来不计其数"，无嫁妆乃至无执事，"仅抬一花轿每日必过数十起"②，足见当时此种交易的繁盛。长此以往，国人对这种人口交易渐趋麻木且自然而然地参与其中。同在1915年，吴虞的日记详细记载了他"买婢蓄妾"的过程，在讨价还价及各种周旋的过程中，他直称中间人为"李人贩、汪人贩"③，先后以"买婢蓄妾"的形式纳了好几房妻妾。"又肥又白"的天府之国，"买婢蓄妾"成为常态，所谓"第七房太太"不过是下人奴婢的另一种称呼罢了。当时的读者不需要历史背景的还原便能理解作者所言之"问题"，也能理解小说的简短和婉约，但当这一切抽象到单一文学史叙述之中，便失去了作品所特有的异彩。

如果说从篇幅上看，《伊的母亲》稍显单薄，那么林如稷的第二篇小说《死后的忏悔》则很快向当时的白话短篇看齐，在场景布置、情节悬念等内容细节方面都显示了作者快速成长的潜力。小说以"我"亦即小说主人公"老林"为第一人称视角，先设置了诸多悬念：当老林偶遇两年不见的同学老李时，居然只是"顺口说几句敷衍的话"，而且是"很吃力地才说出来"，尽管他们在同学时代是"一切物件都交换用的"。这是为何呢？原来，同学老李现在已经贵为连长，驻扎高升店，身边还带着勤务兵。不过，面对老同学相聚的邀请，老林先是"欢喜极了"，但"到门口又退了几步，末了仍转回来……心头很不愿去看他"④，后在勤务兵的带领下才走进兵营。两位老同学相聚，谈到了同样偶遇老李的同学大高和小高，二人给老李送来礼物并各自附信一封，大高称赞老李"班生此行，不异登仙"，而小高则大骂老李为

---

① 《贩卖人口宜禁》，《国民公报》（成都版）1915年8月11日，第3版。
② 《抬过多少新姑娘》，《国民公报》（成都版）1916年2月1日，第3版。
③ 中国革命博物馆整理，荣孟源审校：《吴虞日记》（上册），四川人民出版社1984年版，第182页。
④ 林如稷：《林如稷选集》，四川文艺出版社1985年版，第6—7页。

"军阀",是"万恶的傀儡、人道的蟊贼、野心家的奴隶"。小说通过大高和小高的对立,将老林对老李冷热矛盾态度的原因揭示出来,显示了作者在创作上的匠心,尤其在细节的处理上,提升了小说的表现力和批判的深度。再如,小说最后,老李在火线上战死,留下新娶的太太和五十老母,无尽悲痛中的老林却在二十多天后突然收到老李的一封信。这种意外的惊喜抑或惊吓带给读者无限的遐想,难道老李还没有死?再有奇迹发生?老林冷静下来,认真分析后才恍然大悟——原来,因为战事,老李早已投递的信件,二十多天后才开始递送。小说在这一刻,将"反战"的主题开掘到一个新的深度,而老李信中"灰心如土……不日乞假退伍,或再立志求学"的忏悔通过"天堂的邮差"送达,不仅呼应了开头"身体发肤受之父母"与"杀身成仁战死沙场"的矛盾,更使军阀混战带给人民的痛浸入读者心灵深处。

与当时大多数问题小说突出"爱"与"美"不同,林如稷初登文坛便以两部短篇小说直面旧中国最扎心的顽疾恶痛——人口交易与军阀混战,这其中不仅有初生牛犊的锐气才情与道义担当,更有着丰厚的生命体验。正是这种植根于巴蜀大地的生命体验使得林如稷小说在所能触及的批判深度上超过当时大多数新文学创作者,题材的敏感和表达的力度都为《晨报》刊登这两篇小说提供了充足的理由。当然,小说的色调和文风跟鲁迅确有相似之处,这种源于灵魂深处的冷灰色调使得林如稷与鲁迅由不相识到结下不解之缘。正是从这个意义上来说,林如稷后来的人生际遇,似乎从他初登文坛开始就"早已注定"。

二、文学之信仰

从某种意义上说,青年林如稷是带着某种文学理想与抱负登上文坛的。他的文学理想与抱负并非清晰明确的文学观念抑或系统严密的文艺思想,而是基于沉痛生命体验而抉择出的行动指南——文艺作为一种参与社会改造的方式而被信仰。在这一点上,林如稷与艾芜同样坚定而明确。小说《死后的忏悔》反映的军阀混战悲剧正是艾芜所极力抗争的命运——艾芜曾多次回忆,决定他人生命运的重大选择便是求学与当兵:"许多亲戚本家,在言谈之间，都对军队抱着相当的好感，认为这是做人一条不错的出路。外祖母的第三个女婿贺印根，丢了小学教师的位子，到刘禹九的军队里去做书记官。而我那毕业于南城小学的八叔汤坤萱，也跟着去进学兵营，再不希望什么文官试用了"①；"当时四川军阀大量招兵买马，各据一方，有时战争，攻城夺地，大发横财。我的两个舅父，投入刘湘部队，尤其二舅父，因管军需，搞了千把块，引起亲戚眼红。其他的亲友，如我的三姨父，我的堂叔父，纷纷入伍从军。我的父亲就主张我进军阀办的步兵学校"②；"我大舅父后来升到了连长，但接着不多几天，就在成都南门外龙泉驿一役，和滇军作战，饮弹阵亡了。这使母亲和孃孃她们暗中痛哭，却不敢把这悲痛的消息，漏给外祖母"③。中学即将毕业的艾芜，家庭面临破产的风险，娶妻养家甚至入伍当兵成了艾芜所必须做出的抉择，而艾芜选择"南行"半工半读游学正是对这种命运的抗争。这是促使艾芜南行的直接外因。正是基于同样的生命体验，艾芜对林如稷的创作有着深切的认同，称赞其所散发的是中国现代文学并不多见的"异彩"。众所周知，作出类似抗争的还有朱德、郭沫若等一大批巴蜀俊杰，而他们的选择为现代中国文化思想、中国革命增添了一道靓丽的巴蜀风景线。

整理林如稷先生中外文学文论，不难发现，初登文坛的理想与抱负对林如稷的文学观念、文艺思想产生了极为深刻的影响。林如稷的文学译介工作在译介作家、作品的选择和作家"生活"、"轶事"等细节的强调上，都能见出其对文学"遥远的信仰"始终植根于中国的现实。"不知怎样的，自从闻一多先生在昆明惨遭暗杀以来，这一个多月当中，我总常联想到法国大革命时代，热情的青年诗人安德娄·雪尼（André Chénier）④被送上断头台这一件事。"除了在文章开头直陈写作用意，林如稷在《时代悲剧与诗人之

---

① 《艾芜全集》第11卷，四川文艺出版社2014年版，第85页。
② 《艾芜全集》第11卷，四川文艺出版社2014年版，第112页。
③ 《艾芜全集》第11卷，四川文艺出版社2014年版，第199页。
④ 安德娄·雪尼（1762-1794），现在一般译为安德烈·谢尼埃，法国大革命期间敌视雅各宾派专政，反对罗伯斯庇尔，并写出《讽刺诗》，在罗伯斯庇尔垮台前两天被送上了断头台。

死——从闻一多之死谈到雪尼的被杀》一文的末尾更毫不隐讳地感叹"一个国家里一位优异的天才,是如此不幸断送在政治浪潮之中了"。而对于国民党反动政府,甚至对于蒋介石,他更大胆地宣称:"许多后代的人,尤其是一般历史家,对于大革命领导者罗伯斯比尔之杀诗人,还总不能宽恕,表示歉惜,认为是光荣的大革命的一个永不能洗濯的污点!至于像我们的诗人学者闻一多先生的更惨痛的遭遇,则真恐怕是已达到中华民族的奇耻大辱的程度了吧!"[①] "雪尼"在中国读者眼中或许是一个陌生的名字,却是一个让十八世纪法国诗坛"蓬荜生辉"的名字[②]。林如稷的"总联想到"无疑是对诗人闻一多的崇高礼赞,尤其是在白色恐怖弥漫的时刻。在闻一多被暗杀后的一个多月里,林如稷先生一如"五四"时期直面黑暗的勇气,用文字将以鲜血反对独裁者的"雪尼"、"闻一多"赞颂于报端,永垂于青史。

林如稷甘冒"雪尼"、"闻一多"流血之风险勇于发声,与他将文学视为一种"使中土文化之复兴和光大"[③]的伟大事业有关,而从事这项事业的人则需要有"宗教般的虔诚"[④]。考诸林如稷并不浩繁的中外文学文论,便可发现,他的每一个文学选择,每一份文学付出,甚至每一个文学符号都与这份有着"宗教般的虔诚"的文学理想有关。1935年,受中法文化出版委员会委托,林如稷选择翻译《左拉集》中由二十篇长篇小说组成的连续性系列巨著《卢贡·马加尔家传》,但他并未选择这二十篇小说中如《小酒店》、《萌芽》、《娜娜》、《金钱》这样的名篇,而是选择了第一部《卢贡家族的家运》。至于为何选择"这并非特别有名的《卢贡家族的家运》"?除了它是"起源"和"实现左拉文艺理论很具体的一本"等原因外,"最可注意和最要紧的是:左拉这一卷的开始写作是在一八六八年,离'第二帝政'的倾覆还有两年。这位自然主义的大师却在拿破仑三世失位以前两年便著作这样一部攻击'帝

[①] 林如稷:《时代悲剧与诗人之死——从闻一多之死谈到雪尼的被杀》,《民主报》1946年10月4日,第4版。
[②] 《柳鸣九文集卷·法国文学史·上》,海天出版社2015年版,第394页。
[③] 林如稷:《碎感之一》,《国民日报·文艺旬刊》第16期,1923年12月6日。
[④] 林如稷:《"五四"文艺节的意义》,《华西晚报》1947年5月4日,第3版。

政'的小说——并且是指名的露骨攻击——又还在普法战争之先就在《世纪报》上开始发表,这正是后来掀动'德莱菲事件'风暴的左拉的一种特有的大无畏态度,当得起作家这个名字的文人应有的态度!"① 选择即命运,作为中国第一个翻译左拉作品的学者,林如稷对左拉研究的实际贡献有待后世学者进一步梳理。林如稷对左拉庞大的译介也因战事而中辍直至完全放弃,然而他似乎并不后悔抑或放弃自己的选择,在内心深处他更不曾放过任何延续的希望。"关于翻译左拉著作,我以前所搜集和手抄的大部分参考资料,以及若干重要书籍和字典,除去运在香港的于战争中完全毁损外,有一小部分还保留在北平。于是,仅只为这一点,我便急想早日回到北方去。"② 资料的毁灭、译述的中辍以及现实政治的黑暗使得林如稷对左拉一介文人大无畏的道义担当更加推崇。在他的眼中,左拉才"当得起作家这个名字",才是"真正的文艺工作者"③。

正是在这样的文学精神指引下,林如稷于1946年春季——"个人生命上最暗淡的一季"——写作《左拉怎样反对不义战争》,旗帜鲜明地反对内战,借以呼唤中国出现更多闻一多、雪尼、左拉一样"真正的文艺工作者","在暴力之前,永远也不会低头,仍要直挺着高尚的身子,吼出对嗜杀好战的独裁者的忿怒"④。林如稷不仅如此呼吁,他本人也正践行着这一伟大的文学精神。第二个双十节之际,他再次借左拉发声,在《大公晚报》上发表《左拉逝世四十五周年忌》:"全世界有良心的人士纪念左拉上面,不仅只是为了回顾追思,而是更着重的为了广大人民解放和自由的前途的瞻望,而这一伟大的传统式的纪念,也自然不须拘定一种虚伪或例行的礼节,因为它本身便正充实的具有鲜活的现实意义。"虽然1947年环境更加恶劣,但他仍不失时机地在文末说道:"略一顾我们自胜利后一二年来文化界窒息和沉寂的状况,不要说对已逝世的伟大作家文人——如鲁迅先生和遭不幸的郁达夫先

---

① 左拉:《卢贡家族的家运》,林如稷译,四川文艺出版社2018年版,第3-4页。
② 林如稷:《左拉怎样反对不义战争》,《萌芽》第1卷第2期,1946年8月15日。
③ 林如稷:《左拉怎样反对不义战争》,《萌芽》第1卷第2期,1946年8月15日。
④ 林如稷:《左拉怎样反对不义战争》,《萌芽》第1卷第2期,1946年8月15日。

生——是一片冰凉透了的冷漠,就是苟全的许多文化人士,不是也正在感到救生不遑么?"① 同年,受华西协和大学助学会进步学生的邀请,林如稷做过一次名为"左拉生活"的文艺演讲。林如稷讲到,作家有自己的私生活,更有权保护自己的隐私,如"福禄贝尔和莫泊桑"。但他同时认为,一个文人,自然是一个社会人,左拉的伟大正在于他是"时代之子",在于他是"争取人类解放而具有全世界历史意义的斗争的参加者"。林如稷再次表达了他对左拉作为真正的文艺工作者积极参与社会的赞扬与肯定。在这次演讲中,林如稷并未细讲左拉的某部作品而是强调了左拉"一生中有重大意义"的两三件事儿,即他在年轻困顿之际选择以创作《卢贡·马加尔家传》来反抗拿破仑三世"第二帝政"的独裁统治以及在法国危难之际返回巴黎,"愿与巴黎的受难民众同甘共苦的生活在一起"。林如稷特别详细地讲解了国内民众并不熟悉的"德莱菲事件"。这个军事案件牵涉"法国陆军部的军统局",是个间谍案,反间谍部门的高级官员涉及其中。左拉为受冤的低阶军官辩护,面对的是狂热的民族主义情绪,然而他一如既往地为坚守正义而奋不顾身!这不禁让人联想到当时的国内形势,林如稷将"德莱菲事件"视为"近代法国思想界的进步与反动的分野"②,并确定地在演讲中说:"确信真理和正义在任何社会事件上,终是永恒的胜利者。"他赠言华西协和大学进步学生一句左拉的名言——"为'真理'和'正义'受苦难的人是可以成为至上和圣洁的人"③。正是这样一句赠言,成为我们走进林如稷在中华人民共和国成立后文学活动的一个指引。

三、未竟的鲁迅研究

林如稷坚信,真正的文艺工作者应该积极参与社会活动,雪尼、左拉如此,鲁迅、闻一多、郁达夫等亦是如此,他们都"是一个为争取人类解放而

---

① 林如稷:《左拉逝世四十五周年忌》,《大公晚报》1947年10月10日。
② 林如稷:《左拉的生活》,《新民报》副刊《天府》,1948年4月。
③ 林如稷:《左拉的生活》,《新民报》副刊《天府》,1948年4月。

具有全世界历史意义的斗争的参加者"①。林如稷希望所有的文艺工作者都能像左拉一般,"把这爱真理,爱正义的精神,传给后人,传给全人类"②。在这样的文学信仰之上,林如稷认为左拉的名言便不是一句空话,而应成为一种行动——既然"为真理和正义受苦难的人是可以成为至上和圣洁的人",我们便应以实际行动向他们学习,纪念这些真正的文艺工作者。在林如稷的眼中,鲁迅正是"为真理和正义受苦难的人",毫无疑问应"成为至上和圣洁的人"。正是从这个意义上说,林如稷对鲁迅先生的纪念是在一种持久的文学信仰之中进行的,是一种发自内心的认同与追随。在多少年之后的今天,在神化鲁迅之后各种后学思潮弥漫的文化语境中,再来阅读林如稷先生的鲁迅研究,难免有些不解乃或轻蔑,认为"林老对鲁迅的崇拜已经上升到'神'一样的存在"③。

其实,林如稷先生的鲁迅研究开始得很早,与唐弢、王瑶、林辰等几乎同时起步。如果研究者不能在中华人民共和国成立初期的文化语境中透过文字表面来理解林如稷鲁迅研究的阐释逻辑,在其文艺思想的发展脉络中理解其鲁迅研究的行动价值,而将其与中华人民共和国成立后尤其是"文化大革命"时期的鲁迅研究直接等同,那自然难免产生误解,从而忽略了林如稷鲁迅研究的时代价值与历史意义。

鲁迅是"为真理和正义受苦难的人","是一个为争取人类解放而具有全世界历史意义的斗争的参加者",将纪念鲁迅作为一种参与社会改造的文艺实践是林如稷文学信仰在中华人民共和国成立后的新发展,而这种仪式化纪念本身则并非临时起意或者跟随风尚,而是有着现实斗争的历史印记和文化渊源。比如,延安在抗战时期就曾以鲁迅诞辰纪念日8月3日为"文艺节"④,而国民党由于在将"五四"设定为"青年节"上的复杂态度,曾"默

---

① 林如稷:《左拉的生活》,《新民报》副刊《天府》,1948年4月。
② 林如稷:《左拉的生活》,《新民报》副刊《天府》,1948年4月。
③ 童秀芬:《林如稷的鲁迅研究》,《长江丛刊》,2016年12月,总第355期。
④ 《中华全国文艺界抗敌协会延安分会第五届会员大会记录(专载)》,刘增杰等编:《抗日战争时期延安及各抗日民主根据地文学运动资料》(上),知识产权出版社2010年版,第462页。

许"1944年中华全国文艺界抗敌协会第六届年会将每年5月4日确定为"文艺节"①，但发现郭沫若等进步作家将"文艺节"巧妙地与"反战"，与切实保障人权、保障作家人身自由和创作自由等联系起来时，就又试图将"五四"新文化运动"空洞"化以及"无气节"，或别有用心地将之简化为"白话文运动"。对此，林如稷明确表示不满，他认为"五四"的本质是"中国不愿做内外主子的奴隶的人"，"要求民族解放，要求思想解放和要求政治民主的斗争信号"，并最终"以广大人民的正义力量来实践了的"②。最后，林如稷深情地写道："凡是一个节日总是有着神圣意义和价值，我们文艺工作者值着这个节日，不仅要认清它，记得它，而且是当以宗教般的诚心来纪念庆祝……恐怕也只有这种宗教般的虔诚，才能支持我们循着我们文艺工作的应走的正道迈进呢。"③ 林如稷正是以这样"宗教般的虔诚"来对待文学、对待鲁迅精神的。这份"神圣意义"是理解中华人民共和国成立后林如稷文学活动和文艺思想的关键。

诸如"文艺节"、"青年节"等纪念日合法性的斗争，让林如稷意识到，对鲁迅文学贡献的肯定、对鲁迅具有世界历史意义的文学遗产的传承正面临巨大挑战，而对鲁迅精神旗帜鲜明且大张旗鼓的肯定是直面上述风险最有效的办法。林如稷先生是在"五四"新文化的滋养下成长起来的文学青年，对鲁迅作品的长期阅读和深刻体悟，让他对鲁迅精神有着一种高度的体认、一种仰视的姿态。正因如此，他表现出一种极为谦卑的态度，如自称"一小群默默无闻的幼稚后辈"、"情感脆弱和患幼稚病的文学青年"、"一小群迷途彷徨的青年"，对于他们自己所办的刊物也认为是"极端幼稚的"。这种谦虚的姿态唯有在文学的信仰之下方能很好地被理解，而其彰显"五四"历史功绩的意图则应放置于抗战胜利后国共两党对"五四"阐释权的斗争之中来看待，而不只是中华人民共和国成立后新民主主义革命历史叙述文学表达的一

---

① 《文协六年，在文化会堂举行年会，邵梁潘诸氏莅会致词》，《中央日报》1944年4月17日，第3版。
② 林如稷：《"五四"文艺节的意义》，《华西晚报》1947年5月4日。
③ 林如稷：《"五四"文艺节的意义》，《华西晚报》1947年5月4日。

种。在《鲁迅给我的教育》一文中，林如稷以"浅草、沉钟"社为例，以自己的亲身经历为例，详述鲁迅对文学青年的爱护和帮扶，尤其是对鲁迅在《一觉》中"默默地"一词的解释，颇为生动①。在这篇为后人所熟知的文章中，林如稷深情回忆鲁迅对文学青年的提携，进而把这份感激之情升华为鲁迅精神的一部分并躬行之。在《慎重对待小读者的感情——与青年习作者的通信》这篇与名为"李禾"的文学青年的通信中，林如稷先是称赞道："你能从艺术的现实功效上出发不局限在……真人真事范围之内，根据原有素材记录在写作过程中进行艺术加工，你这种写作意图和努力，我以为是很好和应该肯定的。"②在肯定文学青年的努力后，林如稷主要以其创作为例，交流如何避免作品的"冗长"和"沉闷"，如何克服创作过程中枝蔓的缠绕，以挣脱原始素材的拘束，从而增强作品的艺术感染力。可以看出，在情感与信仰的双重逻辑之下，林如稷在用自己的实际行动践行鲁迅精神，进而传承其所代表的文艺理想。

虽然林如稷对鲁迅的景仰和礼赞有深厚的思想与情感基础，但不可否认的是，他是中华人民共和国成立后鲁迅研究的积极推动者，对鲁迅的革命意识形态化阐释与当时大多数研究者并无根本不同，在语言表达上更饱含鲜明的时代特征。如，《学习鲁迅的最主要之点》一文，便将学习鲁迅与1957年正在进行的反右斗争和社会主义思想政治教育结合，抨击一些人"以文学工作来追求个人名位和权势发展为反党的野心家"，认为从鲁迅那里取得"战斗的力量和有益的教训"是"向鲁迅学习的最主要之点"。《关于鲁迅思想发展的几个问题》一文则肯定瞿秋白、茅盾关于鲁迅思想分前、后期质变的观点，强调鲁迅向马克思主义转换的过程，进而为思想改造的可能性张目。

然而，作为中华人民共和国成立后四川大学中文系和中国现当代文学的创建者之一，林如稷先生对鲁迅研究另外一个值得后人铭记的贡献是他在高校中文系讲授"鲁迅研究"课程，四川大学因此成为中华人民共和国成立后

---

① 林如稷：《鲁迅给我的教育》，《林如稷选集》，四川文艺出版社1985年版，第268—276页。
② 林如稷：《慎重对待小读者的感情——与青年习作者的通信》，《草地》1959年6月号。

最早开设鲁迅研究课程的高校之一。在教学过程中，林如稷"还写出了十多万字的《鲁迅研究》，可惜最后四章因病和十年动乱而未能完成"。据其子林文光先生回忆，1960年，林如稷因突发脑溢血住院，"昏迷20余日后脱离危险。出院后留下后遗症，左手瘫痪，腿脚行走不便"①。因此，今天我们根据四川大学教务处油印稿整理的《鲁迅研究》讲义便只有第1章、第2章第1、2节和根据部分抄稿整理录入的第2章第3节。这正是1960年1月至5月林如稷为四川大学中文系四班讲授"鲁迅研究"课程所写的讲义。

作为高等学校中文系入学基础课程，林如稷课堂讲授的"鲁迅研究"与公开发表的论文在细节上有所不同，其细腻的文本解读并不十分拘泥于时代政治话语而富有洞见。比如，在对鲁迅《故事新编》做讲授和解读时，林如稷特别提到当时对于《故事新编》的两种完全不同的看法。一种认为《故事新编》的基本创作方法是典型化的方法，那么显然，《故事新编》是再现史实的历史小说，至于小说中鲁迅所说的"油滑"，包括非现实主义和非历史意义的内容则是作品客观上确实存在的缺点，甚至也都是毫无必要的。另一种观点则认为，《故事新编》虽然取材于古代的神话传说和历史史实，但作者并不是在写古人，也并不是为了再现历史事实，只不过假借历史小说这一形式反映作者当时所处的现实，从而抨击之。对于这两种不同的观点，林如稷既没有直接反对，也没有直接赞成，而是根据他对鲁迅作品的阅读经验，将《故事新编》中的八篇作品，按照鲁迅写作和发表的不同时间以及当时的文化语境，进行了文本细读，进而说明鲁迅的《故事新编》是一种特殊的小说形式。这种特殊的小说形式就是在历史题材中加入现代内容，将历史和现实巧妙结合，从而达到一种自然完整的艺术境地，并具有自己鲜明的艺术特色。在类似的文本细读之中，林如稷完成了对时代政治话语的超越，从而实现了对鲁迅精神的传承。

更难能可贵的是，在教学课堂上，林如稷对于当时鲁迅研究界的流行观

---

① 林文光：《欣看浅草色常碧，爱听沉钟声胜诗——记父亲林如稷》，曹顺庆等编：《濯锦录——名宿与旧事中的百年川大》（第二卷），四川大学出版社2016年版，第29页。

点提出了不同看法。比如,丁易《中国现代文学史略》中曾提到苏联汉学家波兹涅也瓦"认为《非攻》和《理水》中的两个伟大历史人物形象就是隐喻当时毛泽东同志和朱德同志及其所领导的红军",丁易认为波兹涅也瓦"这意见基本上是对的"[1],而林如稷当时就在课堂上反驳道:"其唯一的根据是《理水》写于一九三五年十一月,而长征胜利地到达陕北,则是同年十月,鲁迅先生当时又曾致电毛主席和朱德同志庆祝红军长征的胜利","这种说法未免牵强附会,缺乏充分依据"[2]。林如稷在践行鲁迅精神的实际行动中,最看重的是传承,正如鲁迅之于"浅草"、"沉钟",林如稷之于"青年习作者李禾"、之于四川大学中文系四班(1960)。坚持真理、不惧流俗的文学精神在四川大学中文系得以传承。

成都解放以后,林如稷参与创建四川大学中文系、中国现当代文学教研室,为中华人民共和国西南地区的高等教育贡献良多。他与华忱之、王瑶、单演义等同是中华人民共和国现代文学学科的奠基人,是第一代中国现代文学学者。今天,我们整理林如稷的中外文学论,是沿着先生开辟的路径,在研究与教学中注重文献史料的甄别与打捞。我们希望能以这种方式向先生致敬!

---

[1] 丁易:《中国现代文学史略》,作家出版社 1955 年版,第 195 页。
[2] 上述所引林如稷《鲁迅研究讲义》内容均根据四川大学教务处油印稿整理录入。

上编

中外文学论

◎仰止集[①]

鲁迅给我的教育

鲁迅先生是伟大的爱国主义者。他的一生，随时随地都在为摧毁旧中国，为促成新中国的产生而战斗着和工作着。他最关心的是中国人民的前途，也就是说，他最关心新生一代，把毕生时间和精力都用来给新中国幼苗"杀出一条生存的血路"，用来扶助和培育新中国幼苗的成长。

这表现在他二十一岁时作的《自题小像》的诗句"我以我血荐轩辕"上；也表现在他那有名的第一篇白话小说《狂人日记》最后一句话上："救救孩子"！——这很可以看出鲁迅先生在走上人生道路的开始，便鲜明地告诉我们，他的个人志愿和工作目的就是为祖国、为人民、为青年、为孩子们这下一代。

鲁迅先生生长的时代，旧中国正在半封建半殖民地的状况之下苟延残喘，他极渴望一个人民不再做奴隶的新中国产生，他也看到要使新中国产生和建设起来的工作，需要富有热爱祖国的思想情感的下一代人来担负，因此他认为像他那样生长于旧时代而又对于旧中国社会不满和厌憎的人，便应该好好地爱护和培育新的下一代，这道理正如他所说的："石在，火种是不灭的。"不过，他的清醒的现实主义的头脑，又使他同时明白了旧中国的反动恶势力的重量，在封建主义统治中国、帝国主义奴役中国的时期，青年的生命和精神随时要受着多种的摧残与毒害的，于此，他就不得不首先挺身起来与封建主义和帝国主义作殊死战，想要在那重重黑暗势力压迫之下，在各种

[①] 根据四川人民出版社 1962 年版收入。

各样的精神麻醉和毒害之下,把中国青年幼苗抢救出来。这也正如他所说:"自己背着因袭的重担,肩住了黑暗的闸门,放他们到宽阔光明的地方去。"

但这还不够。新中国的幼苗不仅需要被重视爱护,被先驱者保卫,还需要扶植、灌溉、培育,才能够健全地成长。所以,在鲁迅先生一生的文字工作里,这一方面也占着相当的比重。如他为中国儿童和青年翻译了不少有益的读物,他提倡儿童文学、连环图画等等,都是专为了培养下一代这个目的。又如先生对革命青年和文艺青年所做的爱护工作和扶植,那也是举不胜举的。像在大革命时期,在广州中山大学任教,为营救被反动派逮捕的青年学生,愤而以辞职相争。在"左联"时期,他与柔石、白莽他们的交往关系,已是我们所熟知的。谁只要读过那篇《为了忘却的纪念》,便会对鲁迅先生这种爱护中国革命种子的笃挚热情留下深刻的印象,永久不会"忘却"。在许广平先生的《欣慰的纪念》一书里,我们也只要一读那篇《鲁迅和青年们》,便可见到不少极其动人的例子。因此,鲁迅先生的名句"横眉冷对千夫指,俯首甘为孺子牛",以及"我好象一只牛,吃的是草,挤出的是牛奶,血",这在我们稍知先生一生的艰苦和严肃的生活,同时他却又做了那样多的神圣工作之后,必然会感到先生这些话最极端的真诚,极端的动人!

鲁迅先生一生为新中国的产生而战斗,毛主席曾称赞"鲁迅是中国文化革命的主将",而先生曾毕生以全部心血爱护和培育中国新生一代,不但当时的青年人,即是今后中国一代代的儿童与青年,也将永远尊重先生的教诲,永远要向先生学习,永远要对于先生怀着诚挚的感谢之情的。

我在这里也想诚朴地来谈说一点我个人对于鲁迅先生的感激,和我所受于先生的深刻的教育。

这自然是我的青年时代的事。但在此刻握笔写出之际,那许多往事情景,却仍历历如在目前!——这不是我的青年时代的一去不复返的梦想,这是我生命中最真实和充实的部分!

在一九一九年春天,我离了那时已苦于军阀混战灾祸的四川,到北京去进中学读书。这恰是在五四运动后不久,我从《新青年》杂志上读到鲁迅先生的《狂人日记》、《孔乙己》、《药》最早的三篇小说。虽然当时我仅是十七岁的少年，还不能完全了解这些作品的伟大意义，但那对社会黑暗的揭露，反对封建礼教的主题，的确使我这样一个受过蜀中连年的灾祸和封建教育毒害的人，很为感动甚至震惊。尤其是那"救救孩子"的呼声，让我觉得这位作者鲁迅就像是正来到黑暗地狱中搭救我们的天使一样！其后接着我又读了他以"唐俟"笔名写的若干条《随感录》，这是些用短峭的文字，给我们青年人指示出精辟的真理的。（"唐俟"也是鲁迅的笔名，在当时是由北师大附中一位同学从"新潮社"某君那里听来转告我的。）我之所以会在中学时代就发展了对文艺的爱好，乃至在次年也学着写过两篇以川中兵祸为题材的不成样子的短篇小说，并且大胆地发表在《晨报副刊》上，主要就是从那时读鲁迅先生作品得来的一点启发。

不过，我对于鲁迅先生虽然一开始文字接触时便衷心敬爱，但我却从来不曾有机会亲见过先生。在一九二一年，我从北京转到上海读书，在那里认识同乡邓均吾和陈翔鹤，陈那年正在复旦大学读文学系，也常爱写点东西，我们便在次年不自量力地约集几个在北京求学的朋友陈炜谟、冯至等，创刊了《浅草》文艺季刊。陈炜谟那时在北京大学读英国文学系，但他却选听鲁迅先生讲授的《中国小说史》。《浅草》和我们另一姊妹刊附在当时《民国日报》出刊的《文艺》旬刊，每期寄到北京后，陈炜谟便亲自去面送给鲁迅先生。鲁迅先生也曾在一九二六年四月写的《一觉》那篇散文中提到这件事，说："两三年前，我在北京大学的教员预备室里，看见进来一个并不熟识的青年，默默地给我一包书，便出去了，打开看时，是一本《浅草》。就在这默默中使我懂得了许多话，啊，这赠品是多么丰饶呵！"当然，鲁迅先生所说"这赠品是多么丰饶呵"，是仅指那代表我们浅草社送刊物的青年陈炜谟的"默默地"态度说的，即这态度使得像鲁迅先生那样一位作家当时受了感动，留下较久的印象。至于我们那时写出的东西，所办的刊物，却真是极端幼稚的。

何以陈炜谟既是鲁迅先生的学生，而又会在送刊物去诚心求指教时"默默地"不发一言呢？这是我们这位朋友，他有着与我们相同的迂拘脾气，——虽然在当代的文艺工作者里面最敬爱鲁迅先生，但却不愿以文艺作为结交名人或自我炫耀的工具，更不愿博取伟大的前辈大师不切当的夸奖或提携的。

然而，鲁迅先生是深懂得青年心理的人[①]。他在那时正用全力培育中国青年，——支持莽原社、未名社，便是典型例子，——特别是想多有一些文学事业上的青年工作者来使他所痛心的"无声的中国"闹得有点生气，因此，他会很注意到我们这一小群默默无闻的幼稚后辈。所以，后来在一九二五年我们浅草社走散了一些人，又新加入了杨晦、蔡仪几位，改为沉钟社，在北京出版《沉钟》周刊时，鲁迅先生仍还是一直关心着，并由郁达夫先生的介绍，同陈炜谟他们往来和通信。——陈翔鹤是时已转到北京，我则在此前二年便赴法国读书了。——大致就在那不久之后，我们这几个只凭友谊与兴趣结合在一起的朋友，全是二十左右的青年人，因为各人私生活上都多少闹了一些小问题，而对想忠实献身的文艺工作也感到相当的苦闷，——这是正如鲁迅先生在另一篇文字里指出的"为艺术而艺术"的错误所致，——便借《沉钟》改出半月刊被上海书商拖期印出的事，在有一期上发了一点书呆子式的流行牢骚。一向抱着"工作到死之一日"的志愿的一小群青年（那是《沉钟》周刊创刊号上的《卷首语》），如今却忍受不住所谓"沙漠"似的社会的"混沌"、"阴沉"和"离奇变幻"，而要"粗暴"起来了，这也真可以说是在我们朋友中一种精神上的危机发生了！但是，这时鲁迅先生针对这些苦闷的青年感到的社会的冷漠，极为适宜地给他们吹来了"热风"，给他们以安慰，鼓励，并且教导他们要能如托尔斯泰为之感动过的"野蓟"那样，虽然"经了几乎致命的摧折，还要开一朵小花"，因为这不仅是为自己，也可以"使疲劳枯渴的旅人，一见就怡然觉得遇到了暂时息肩之所"。这股热风便正是我在前面已提到的鲁迅先生后来收编到散文诗集《野草》里的最后

[①] 最近李霁野同志在《忆北京时的鲁迅先生》一文中（见一九五六年七月十五日出版的《文艺报》第十三期），也曾提到这一点，说先生遇见那时一些青年人的"悲苦寂寞心情"这特征，"他的感觉就特别锐敏，他的关怀也就特别亲切"，"他在纪念韦素园的文章中说，未名社的几个人笑影少。这是真实情形。沉钟社的杨晦、冯至、陈翔鹤、陈炜谟，他都常常提到，很喜欢他们对文学的切实认真态度。不过他也觉得他们被抑郁沉闷的气氛所笼罩。鲁迅先生对我们的劝告，和这些情况有密切的关系。他曾多方面地鼓励我们，不使我们陷入消沉悲观之中"。

一篇《一觉》。我至今清楚地记得,我那时在法国读到我在前面夹引和下面摘引的那些富有诗意和热情的话句,曾流过半夜热泪的:

> 是的,青年的魂灵屹立在我眼前,他们已经粗暴了,或者将要粗暴了,然而我爱这些流血和隐痛的魂灵,因为他使我觉得是在人间,是在人间活着。
>
> ……这些不肯涂脂抹粉的青年们的魂灵便依次屹立在我眼前。他们是绰约的,是纯真的,——阿,然而他们苦恼了,呻吟了,愤怒,而且终于粗暴了,我的可爱的青年们!

在这里,我只再补充出这一点,便更可了解我和沉钟社少数朋友,对于鲁迅先生感激之情会是如此深沉和永久的理由。鲁迅先生写这篇文章时,正是在那年"三一八惨案"后半个多月,当时他一面与那些自称"正人君子"其实是北方军阀的叭儿狗们战斗,一面还要为避反动段祺瑞执政政府的通缉迫害,而不得不同许寿裳先生他们暂行移在一家起居颇不方便的医院里去居住,同时奉系军阀张作霖也正常派飞机来轰炸北京城,鲁迅先生在文中一开始就提到过这一点的。写这一篇那天是"四月十日",正是先生避难期中一次偶尔回家看视时在匆忙中提笔的。而这之前九日写出那有名的《纪念刘和珍君》,前二日又还写了《淡淡的血痕中》,都可看出先生那段时间情感的激动和紧张。眼前的大斗争是何等的尖锐、剧烈,先生自己的处境又是在被迫害和冒危险之中,他却关心到、同情到这几个情感脆弱和患幼稚病的文学青年!

是的,我们这一小群迷途彷徨的青年,连当时不在北京的我在内,就是因为得到了鲁迅先生吹来的这一股热情之风,从此便有了魂灵上的鼓励,也自不再敢轻于粗暴或消沉散漫的了。自然,我们因为能力太薄弱和受各种事实限制,特别是在当时小资产阶级思想情感还在我们身上占着支配的主动地位,又与中国的社会革命斗争实践结合得颇不紧密,所以后来许多年在工作上真是做得极少,乃至全无一点满意的成绩。但从另一方面看,我们对于人民教育和文学活动,却幸而是始终坚持着的。这种态度如果可勉强比附为鲁迅先生在《两地书》里所说的"锲而不舍"精神,那么我们也可以不过于自卑地说,却是至今都保有着的吧?鲁迅先生在一九三五年编《中国新文学大系·小说二集》时，在写的《导言》上还称许"沉钟社却确是中国的最坚韧、最诚实、挣扎得最久的团体"①。当然地，这使我们一面很觉惭愧，一面也很为感谢的。至低，我们可以实事求是地说，经过了三十多年这样长一段岁月，我们几位朋友，从不曾在反动统治横行时期怯懦地倒下，——只有陈炜谟不幸在一九五五年九月三十日病故在四川大学中文系教学岗位上！——我们也始终不曾借文艺这块招牌来招摇，乃至不致变成如鲁迅先生所厌恶的"空头文学家"，都还总是得力于鲁迅先生那一点同情和教诲的。

十几年前，冯至为鲁迅先生的《一觉》写过一首感谢的诗；解放前两年，陈炜谟在一次对川大学生文艺团体讲话时，为了鼓励青年人与反动派作韧性的战斗，也提到鲁迅先生对于沉钟社的关怀（见一九四八年《民讯》月刊创刊号：《我所知道的鲁远先生》）。我在十年前，又曾把这件于我们一生有大影响的事，简略地写在为鲁迅先生逝世十周年纪念所作短文《微薄的谢意》里。真的，鲁迅先生对我们的爱护是那样的深厚，而我们能答谢给先生的，却的确是太微薄了。现在，我们的朋友之一陈炜谟已离开人间；但杨晦在北大教学，他定的科学研究计划便是鲁迅作品方面的专题；我也不自揣冒昧地上期勉力指导同学的"鲁迅研究小组"，同时决定下期要开出《鲁迅研究》课程。在今年当鲁迅先生逝世二十周年之际，我们愿以此来为先生的纪念。——至于我之再一次向青年们提及此事，主要是颇期望中国青年知道鲁迅先生怎样为新中国的产生工作了一生，怎样为扶植中国新生一代幼苗而费去了许多心血和精力：我们应当要好好地多学习鲁迅先生这种精神！这也就是说，鲁迅先生对中国青年的种种培育成绩，将永远会为中国一代代的青年所重视、所宝爱，而先生的伟大精神就真正的将永垂不朽！

一九五六年十月，于四川大学

---

① 《沉钟》周刊出过若干期，现在因刊物多年前在战乱期中丧失净尽，我们几个人自己也追想不起了。前期的由北新书局印出的《沉钟》半月刊，也只记得出了十六期和一期特刊，以后在一九三二年由我与杨晦在北京复刊的，也仅支持到一九三四年夏天，出至三十四期便又不因写稿人分散，终于停刊。抗日战争胜利后，虽然已计划好再恢复，但因事实所限，未能办到。

关于鲁迅思想发展的几个问题

一九三三年，瞿秋白同志在《鲁迅杂感选集·序言》中说："鲁迅从进化论进到阶级论，从绅士阶级的逆子贰臣进到无产阶级和劳动群众的真正的友人，以至于战士，他是经历了辛亥革命以前直到现在的四分之一世纪战斗，从痛苦的经验和深刻的观察之中，带着宝贵的革命传统到新的阵营里来的。"[①] 今年，茅盾同志《在鲁迅先生诞生八十周年纪念大会上的报告》中说："伟大的十月革命的炮声给中国带来了马克思列宁主义，我们的不少的民族、民主主义革命的先驱者从此看到了救中国的康庄大道，鲁迅是其中的一个人。然而从革命民主主义走向马克思主义的道路并不是一夜之间可以完成的，而且也必须经过艰辛的战斗的考验。一九一九年以后十年间鲁迅的革命活动和文学活动即是明显的证明。研究这一时期的鲁迅思想发展的过程，对于我们会有深刻的思想教育作用。"[②]

瞿秋白和茅盾运用马克思主义说明鲁迅思想发展的道路所达到的正确结论，都一致表明：鲁迅的思想发展有过飞跃，有过质变——"从进化论进到阶级论"，"从革命民主主义走向马克思主义"，也就是说是有着前后期之分。我们理解和研究鲁迅思想发展的道路，首先就必须承认这个飞跃、质变和前后期之分。也只有承认了这个区别，我们才能正确地接受鲁迅的"宝贵的革命传统"和在研究鲁迅思想发展的过程中受到深刻的思想教育。

鲁迅思想发展的前后期之分，实质上是表明了鲁迅的思想立场的根本变化。前期的进化论的阶级基础，毋庸讳言，还是资产阶级的，而后期的阶级

[①] 《瞿秋白文集》第二卷第九九七页。
[②] 《人民日报》一九六一年九月二十六日。

论的阶级基础，却是无产阶级的。"从进化论进到阶级论"的过程，决不是只有量的扩充，而是经过"突变"、"飞跃"，达到了质的变化。但是，有人就曾经力图抹杀这个质的变化，把鲁迅思想发展的道路歪曲为忠实于现实主义就自然地达到了马克思主义。他们的目的是借此反对革命文艺工作者进行思想改造，从而取消革命文艺的思想武器。在解放后，他们又一口咬定鲁迅的小说从第一篇《狂人日记》起，便都是社会主义现实主义作品。尽管花样翻新，手法两样，却同样是妄想抹杀鲁迅思想发展的这种前后期之分。几年前，又有人曾经把鲁迅歪曲为终生只有着"高"和"更高"的程度上的差别的"人道主义"者[①]。他们之所以奉鲁迅为他们的典范，显然也是为了达到资产阶级人道主义偷换马克思主义的目的。总之，无论何种巧言美誉，只要抹杀或企图抹杀鲁迅思想发展的前后期之分，便是违背了马克思主义的正确结论和歪曲了鲁迅思想发展的道路。我们认为，只有确认了鲁迅思想发展有过飞跃，有过质变这一正确的前提，才有可能进一步具体研究鲁迅如何"从进化论进到阶级论"，如何完成他的思想发展，终于达到了思想立场的根本变化。

第二，我们研究鲁迅思想发展中的飞跃是如何完成的，必须特别注意以下的几点：

一、鲁迅始终是一个实际战斗者。鲁迅一生都参加革命的斗争，革命的实践。在战斗中，鲁迅学得了很多东西，取得了很多经验，增长了很多知识，锻炼了自己，也发了很多光和热。并且，也正是在实际战斗中，鲁迅逐渐觉得进化论这武器不够有力、甚至不适用了，进而寻求到阶级论作武器。例如，鲁迅在广州目睹了国民党反动派叛变革命的血腥屠杀，就痛切地写过："我的一种妄想破灭了。我至今为止，……以为压迫、杀戮青年的，似乎倒大概是青年，而且对于别个的不能再造的生命和青春，更无顾惜。……现在倘再发那些四平八稳的'救救孩子'似的议论，连我自己听去，也觉得

[①] 巴人：《鲁迅的小说》第二、三节，新文艺出版社。

空空洞洞。"① 后来，鲁迅还再次提到这段经历："我一向是相信进化论的，总以为将来必胜于过去，青年必胜于老人，……然而后来我明白我倒是错了。……我在广东，就目睹了同是青年，而分成两大阵营，或则投书告密，或则助官捕人的事实！我的思想因此轰毁……"② 然而，鲁迅正是由于这些血的事实的教训，才寻求新的革命的武器，才找到了战无不胜的马克思主义，并且终于确信"惟新兴的无产者才有将来"！任何一个不参加斗争，不敢于斗争，不坚持斗争的人，是绝不可能得到鲁迅的这种变化的！因此，我们认为鲁迅由旧我变成新我的最主要之点，最根本的条件是鲁迅终身是一个实际的战斗者——"伟大的革命家"！

二、鲁迅踏踏实实、认认真真学习马列主义，学习革命的理论。鲁迅的一生是实际革命家战斗不息的一生，为了取得更大的战果，为了保证革命斗争的胜利，鲁迅的一生，同时也是追求更渊博的知识、掌握更精良的武器的勤学不懈的一生。鲁迅的渊博的知识和勤奋治学的精神，走到今天，仍然是值得我们钦佩和奉为典范的。然而尤其值得我们学习的，却是鲁迅学习革命理论——马克思主义的踏实的作风、严肃的态度和认真的精神。早在一九一八年，鲁迅就热情地礼赞十月革命是"新世纪的曙光"。但鲁迅走上被这"新世纪的曙光"照亮了的革命道路，却经过了异常艰辛的探索与学习。鲁迅对马克思主义的学习和翻译，用他自己的话来说，便是"我从别国里窃得火来，本意却在煮自己的肉的"③，又说"因此译了一本蒲力汗诺夫的《艺术论》，以救正我——还因我而及于别人——的只信进化论的偏颇"④，并且，把翻译无产阶级文艺理论和文艺作品，比作私运军火给造反的奴隶。十分明显，鲁迅对马克思主义的学习，与当时某些借马克思主义装点门面以吓人的、不愿让人懂而以奇货自居的，都根本不相同。鲁迅是从革命战斗的实际需要出发，"从别国里窃得火来，本意却在煮自己的肉的"——自觉地、严

---

① 《鲁迅全集》第三卷第三四二、三四六页。
② 《鲁迅全集》第四卷第五页。
③ 《鲁迅全集》第四卷第一七〇页。
④ 《鲁迅全集》第四卷第六页。

肃地进行着改造自己的工作；另一方面，为了运军火给造反的奴隶——认真地、踏实地传播着革命的真理。正因为鲁迅是从革命战斗的实际需要出发，自觉、严肃、认真、踏实地学习马克思主义，所以鲁迅终于能"从进化论进到阶级论"，使马克思主义真正变成自己的血肉和行动的指南，完成了思想发展的飞跃与"突变"，彻底改变了自己的阶级立场，成为"无产阶级和劳动群众的真正的友人以至于战士"！

三、鲁迅毕生遵从"革命的将令"，诚诚恳恳为党工作。鲁迅从开始参加斗争之日起，便是自觉地"遵革命前驱者之命"、"听革命的将令"。在伟大的十月革命和中国共产党成立以后，鲁迅逐渐地认清了中国革命的正确前途，只能以马克思主义作指导思想，以中国共产党所代表的无产阶级为领导力量。因此，他自觉认真、严肃踏实地学习马克思主义，翻译传播马克思主义文艺理论和文艺作品；同时也积极主动地争取党的领导，靠拢党。他曾经不止一次明确地表示自己拥护党的政策，响应党的号召，接受党的领导，诚诚恳恳为党工作的坚定的政治立场。尽管鲁迅前期还不曾明确地意识到自己所遵从的"革命前驱者"便是中国最早的一批共产主义战士，自己所听从的"革命的将令"便是以马克思主义作指导的中国共产党的号召，不曾明确地意识到自己的每一次战斗都是党所领导的革命斗争的一部分，但是，我们应该完全肯定：鲁迅所打击的敌人，正是党所领导的革命的对头；鲁迅的战斗，客观上符合党的需要，实际上代表了党的利益[①]。至于后期，鲁迅领导左联，参加组织统一战线，保卫苏联，响应党的每一个号召，更是公开地自觉地代表着党的利益，是鲁迅毕生遵从"将令"，诚诚恳恳为党工作的新发展、新提高。正因为如此，所以他能永远参加战斗，永不脱离战场，并且永远有正确的斗争方向，终于由一个"我以我血荐轩辕"的普通的爱国志士，成长为"伟大的文学家、思想家、革命家"，"在文化战线上，代表全民族的大多数，向着敌人冲锋陷阵的最正确、最勇敢、最坚决、最忠实、最热忱的

---

① 参看邵荃麟《关于五四文学的历史评价问题》。

空前的民族英雄"[①]。

我们认为,鲁迅思想发展的"突变"或飞跃,主要就是上述三个条件所促成。简略地说,始终是实际战斗者的鲁迅,在和封建势力长期搏斗的经历中,从现实的斗争中逐渐认识到旧武器的无力与失效,于是开始了严峻的探索、艰辛的寻求。经过探索与寻求,鲁迅找到了马克思主义,开始严肃、认真、踏实地学习马克思主义。后来目睹了"四·一二"事变的大屠杀、大流血,鲁迅认清了谁是真正"为着现在中国人的生存而流血奋斗者",确立了"惟新兴的无产者才有将来"的信念,并且终于在党的领导与推动下,完成了从革命民主主义者到共产主义战士的伟大转变。

第三,我们研究鲁迅思想的发展道路,应当注意鲁迅前期思想的几个特点。因为这些特点同时也是促进鲁迅思想的发展、促成鲁迅思想发展的飞跃的重要因素。

一、鲁迅前期思想的重要部分的进化论,是主张争取斗争的进化论。它与法西斯主义的"弱肉强食"的反动的进化论根本不同,也与改良主义者的和平进化论有很大的差别。关于它与和平进化论的差别,可以举下面这个例子来说明。有人曾经提出这样的问题:为什么鲁迅的进化论能进到阶级论,别人的进化论不能进到阶级论。如像严几道(《天演论》最早的中译者)反而走上了捧袁世凯当皇帝的反动道路。我们认为,严几道不能进到阶级论,除开他没有具备我们前面论述的鲁迅所具备的几个条件这一根本原因,他和鲁迅的进化论的差别,也是主要原因之一。就进化论来看,是相信"将来必胜过去"的。鲁迅是主张斗争,争取好的"将来"的进化论者。严几道之流,却想坐地等花开,拣落地桃子,认为历史进化论是必然的,自己生命有限,于是很容易马马虎虎地对待当前的现实斗争,也很容易妥协和趋于反动。这种和平进化论,事实上也是很多改良主义者的理论根据和思想武器,严几道晚年便是在这种资产阶级改良主义的支配下终于堕落到捧袁世凯做皇帝的反动地步。以上两种不同的结局,从进化论本身的差别来看,可以肯定

[①] 《毛泽东选集》第二卷第六九一页。

绝不是偶然的；同时，也可以证明鲁迅"从进化论进到阶级论"是在他本身的思想体系中便有着重要的内在原因。

二、鲁迅前期主张发扬个性，"重个人，轻物质"、"排众数"、"排舆言"。但是，鲁迅所主张发扬的个性，是不同于"五四"以后某些知识分子所主张发扬的个人主义的。它有着显著的历史特点，完成了特殊的历史任务。远在辛亥革命以前，鲁迅所主张的发扬个性，是从自己切身经验中体验到封建文化的传统重压而针对它提出的战斗方针。在清王朝的黑暗统治下，鲁迅希望有人敢于发扬个性，敢于用个人的自觉力量击退传统的重压。作为一个启蒙思想者，鲁迅是想借此唤醒民众，使民众觉悟起来。假如抛开了这些历史特点和它所负的战斗使命，只谈个性解放，结果就必然会歪曲了鲁迅，使个性的发扬变为个人主义的泛滥，终于要成为走向集体主义的障碍物和堕落进资产阶级的泥坑。关于这一点，胡绳同志有过很好的说明："提出'重个人，轻物质'的思想，对于'五四'前的鲁迅并不是到达了一个思想结论，而恰恰是他在昏沉的子夜开始他的思想追求的长途的发端。在五四运动前，提出类似思想的人除鲁迅外并不是绝无第二人，但能够坚持思想的追求，以致终于克服和扬弃了这个发端的却几乎可以说，只有鲁迅一人。"①

三、鲁迅早期曾受尼采的影响，但这影响与反动的尼采主义根本不同。尼采代表一种与工人阶级对抗的哲学思想，他认为优秀者——"超人"应该统治"庸众"，他为极反动的法西斯主义提供了理论根据和思想武器。鲁迅所受影响的部分，却是借尼采的超人学说作武器，来反对清王朝黑暗统治者对天才群众的压抑。鲁迅当时承认优秀者，但认为群众具备了成为优秀者的条件。尼采反庸俗，却相信庸俗是命运决定的，应该服从；鲁迅则是希望群众能从封建统治下解放出来，成为优秀者，脱离庸俗的处境。十分明显，鲁迅所受尼采的影响，只是局部的、暂时的，应当看做鲁迅在反封建斗争的初期，曾经借用过"超人"学说作武器，如斯而已！我们不能抹杀这种影响，但是，更不应该把这种影响加以夸大。

---

① 胡绳：《鲁迅思想发展的道路》。

第四，我们研究鲁迅的思想发展，有几个重要问题，可以说明他前后期思想立场的变化，是我们应该注意的。

一、后期作品中的革命的乐观主义精神。鲁迅前期作品如《野草》、《彷徨》等，还或多或少地流露过一些沉重的心情和孤独感，但在思想"突变"后，就完全丢掉了这些负累，信心百倍地轻装前进了。鲁迅后期的作品，如《二心集》以至《且介亭杂文末编》等，都是目标鲜明、信心坚定、爱憎强烈、是非分明，充满了革命的乐观主义精神。鲁迅后期作品中出现的这一特色，无疑是鲁迅思想发展有过飞跃和质变的力证，同时，也是鲁迅作品的思想内容以至风格起了巨大变化的鲜明标志。

二、鲁迅对于中国人民群众的力量的认识，前后期差别很大。前期鲁迅认为群众相当落后，过于善良，虽然也"哀其不幸，怒其不争"，但是，却把原因归于"国民性"、"国民劣根性"了。后期，鲁迅真正认识到了群众的力量，相信群众的力量，并且找到了群众"落后"的真正原因是统治阶级的"治绩"："近来的读书人，常常叹中国人好像一盘散沙，无法可想，将倒楣的责任，归之于大家。其实这是冤枉了大部分中国人的。小民虽然不学，见事也许不明，但知道关于本身利害时，何尝不会团结。先前有跪香，民变，造反；现在也还有请愿之类。他们的像沙，是被统治者'治'成功的，用文言来说，就是'治绩'。"① 正因为找到了群众"落后"的原因，所以他更加憎恨群众的敌人。十分明显，鲁迅对人民群众的力量的认识，前期还带有怀疑群众的倾向，后期才是完全正确的。

三、鲁迅对于文艺与政治的关系的认识，前后期有本质的不同。前期鲁迅把文艺摆在政治之上，如在《呐喊·自序》中就说过："……凡是愚弱的国民，即使体格如何健全，如何茁壮，也只能做毫无意义的示众的材料和看客，病死多少是不必以为不幸的。所以我们的第一要著，是在改变他们的精神，而善于改变精神的是，我那时以为当然要推文艺，于是想提倡文艺运动。"后期，鲁迅把两者的关系看清了，也摆对了。他曾不止一次地说过这

---

① 《鲁迅全集》第四卷第四一八页。

类意思的话："各种文学，都是应环境而产生的，推崇文艺的人，虽喜欢说文艺足以煽起风波来，但在事实上，却是政治先行，文艺后变。"① 他并且因此多次特别强调："我以为根本问题是在作者可是一个'革命人'，倘是的，则无论写的是什么事件，用的是什么材料，即都是'革命文学'。从喷泉里出来的都是水，从血管里出来的都是血。"② "如果是战斗的无产者，只要所写的是可以成为艺术品的东西，那就无论他所描写的是什么事情，所使用的是什么材料，对于现在以及将来一定是有贡献的意义的。为什么呢？因为作者本身便是一个战斗者。"③ 显而易见，鲁迅对文艺与政治的关系认识，前后期有着本质的不同：对于前期的认识，鲁迅自己便有过批判，"倘以为文艺可以改变环境，那是'唯心'之谈"④；后期的认识达到了科学的唯物主义的高度。

以上是我对我认为是理解鲁迅思想发展的道路的几个关键问题的粗浅看法，提供同志们作进一步研究鲁迅思想发展道路的参考。如有欠妥或错误之处，请大家批评、指正。

[附记] 本文是根据一九六一年十月十三日在四川人民出版社"学习鲁迅座谈会"的发言记录，整理、补充写成的。

一九六一年，冬，蓉

---

① 《鲁迅全集》第四卷第一〇七页。
② 《鲁迅全集》第三卷第四〇八页。
③ 《鲁迅全集》第四卷第二九二页。
④ 《鲁迅全集》第四卷第一〇七页。

学习鲁迅的最主要之点

鲁迅是中国人民最尊崇的伟大文学家和革命家,是我们永久学习的典范。我们之所以尊崇鲁迅,不仅因为他是一个杰出的人民作家,而更重要的是他同时是一个坚强的革命战士。我们学习鲁迅,即是首先要去学习他那样把人民作家与革命战士紧密地结合在一身的精神。

自然,鲁迅一生的活动主要是在文学方面。鲁迅生在中国历史上最黑暗的时代,也是人民革命斗争最激烈的时代。他是时代和人民的忠实的儿子;为冲破黑暗,他用文艺去唤醒群众来共同追求光明;为争取人民革命的胜利,他贡献出他毕生的劳动。鲁迅从开始文学生活的第一天起,便选择定了努力工作的道路,自觉地把文艺作为促使人民觉悟、推动社会进步的武器。这经过,他早在《呐喊》的序言上有过简要和真挚动人的叙述;到了晚年,并又还不止一次地明白地宣说他写作小说的动机是"为人生,而且要改良这人生"。特别令人注意和信服的是,他极自然地认为他所做的文学工作,是"遵命文学",他愿意遵奉的"是那时革命的前驱者的命令"。这更能证明鲁迅作为人民作家和革命战士相结合的这一突出的特点。因此,我们可以说,鲁迅彻底地发展了和革新了中国的文艺,明确地提出了文艺为政治服务的战斗的方向。在鲁迅早期的创作中,他描绘了辛亥革命前后中国人民苦难生活的真实图画。这些痛苦着、挣扎着的被压迫者的形象,深刻地感动着读者,使读者激起了对帝国主义和反动统治阶级的强烈的憎恨,也鼓舞了人民为解放自己而战斗的激情。这些作品具有巨大的社会意义和高度的艺术力量,奠定了中国文学中的社会主义现实主义的基础,给以后同方向的无数作家开辟了广阔的道路,也推进了人民革命的斗争。

鲁迅一生的文学活动,既是自觉地与中国人民革命紧密地联系着的,所以，在他为了适应战斗的现实需要，他更创造了社会批评和文化批评的新形式的"杂文"，对自"五四"以来到他逝世之日那近二十年内国家社会上发生的一切重大事件，政治、思想、科学、文化各方面的问题，均从人民利益和革命利益的标准提出了评论。这些大量的杂文，都是有着丰富的思想性和战斗性，对人民起了极大的保卫和鼓舞作用，对人民的敌人给与了深刻和无情的打击。同时，由于鲁迅充沛的热情、论证的严谨、独到的见解和成熟的才能，这些作为战斗的武器而写出的杂文，也是和他的创作一样，具有极高度的艺术力量的，是诗与政论的结合。鲁迅把他的工作完全服从于人民利益的需要，服从于当前现实的政治斗争，当他觉得精悍的杂文比文学创作能更及时、更有利于争取人民利益和致命地打击敌人的时候，他便毫不迟疑地充分使用了这个锐利的文艺武器。从这上面，我们很清楚地看得出鲁迅的全心全意为人民服务的工作态度，更证明了推动鲁迅勤奋工作的动力是唯一的为了战斗的需要。鲁迅从来不是、终生不是为追求个人成就和名利地位而工作的。这正如他所说，"所以革命文学家，至少必须和革命共同着生命，或深切地感受着革命的脉搏的"。对于这个要求，鲁迅自己是完全在实践上真正做到了的，这就是他的伟大精神的具体的表现。而因此，在鲁迅后期的写作里所显示的坚定和成熟的革命世界观，更使他这些劳动果实，闪耀着最强的思想性与艺术性结晶似的不朽光芒，不仅对当时人民革命事业发生了极大的作用，也是中国新文艺园地里永远鲜茂多彩的珍品，是我们人民文学中的宝贵遗产，是我们汲取战斗力量的源泉。

但是，鲁迅一生的活动还不只限于文学方面。除去他很长时期作为中国新文化的旗手，用写作参加文化战线上和思想战线上的斗争而外，他还直接参加了许多支持革命斗争的社会活动。特别是自从一九二七年大革命后到他逝世为止的最后十年中，他自觉和自愿地使他的文学活动与社会活动都受着中国共产党的领导。这些事迹，也是对我们具有深刻的示范作用和重大的教育意义的。鲁迅自一九二七年大革命后，在国民党反动统治最残暴的压迫之下，他在实际斗争中接触了共产党人和马克思列宁主义，不但促使他思想上产生了伟大的跃进，由前期的"进化论"达到了"阶级论"，并且在革命实践上成为共产党的忠实战友。在鲁迅这前后期思想的转变上，使我们注意和感动的是，如他的常常无情地解剖自己，纠正过去相信进化论的"偏颇"，积极地钻研马克思列宁主义，热情地介绍和翻译苏联文艺理论和作品，这一切均生动地表现了他的追求革命真理和必须首先作一个革命人的自我努力。鲁迅这种经过艰苦和真实的自我改造和严格地要求自己、由革命民主主义而达到共产主义的过程，正是我们今日所最需要学习的。对于出身非无产阶级的知识分子，应该全心全意地参加人民革命行列，接受共产党的领导与教育，投身在实际的阶级斗争中来锻炼自己，从而提高觉悟和认识，获得思想上的彻底改造，才可能坚定地站稳工人阶级的立场，建立革命的世界观，做到一个真正的革命人：这方面鲁迅早在与我们现今相比条件是那样不利和艰苦的年代里，已为我们做出了极有启发性的榜样。

是的，鲁迅一生作为人民作家和革命战士所遗留的作品，他的卓越、真诚的人格在各方面的表现，都是极丰富和极伟大的，值得我们最尊崇，更需要我们长久地深入学习。不过，我认为，在当前我们正进行反右派斗争和社会主义思想教育的时候，仅只我在前面简略地提到的这一些，便有最现实的意义。就是对于我们文艺工作者来说，学习鲁迅的把人民作家与革命战士紧密地结合在一身的精神，不但明确地解决了文艺服务于政治的问题，而且，同时给我们指出做一个革命人更是最根本也是首先必须要解决的问题。我们只从近来揭发出的文艺界的一些右派分子和反党野心家的事实看看，真就感觉得这与鲁迅对比的判别是太鲜明不过的了。不必举普通的例子，单以较为突出的"×、×反党集团"而论，像曾长时期受到党的培养教育而成长起来的作家如××、×××等，由于在这一根本问题上不曾彻底地解决，所以会由以文学工作来追求个人名位和权势发展为反党的野心家，把自己个人利益放在党和人民的利益之上，他们心中只有一个自己，丑恶的自己，不是以他们的文学工作为党、为人民服务，反而是要党、要人民为他们的"文学"服务。假如他们能以鲁迅作为镜子来试照一下，发现自己的灵魂是如何的污浊渺小，怕要羞惭得无地自容吧？（他们一个却妄想与托尔斯泰相比，一个正以鲁迅的追随者自许呢！）

我们也还如此相信：假如鲁迅活到现在，看见他毕生所追求的社会主义社会已经建立起来的时候，这一坚持资产阶级的腐朽的个人主义的右派分子和反党分子，尚敢于如此丧心病狂来损害人民利益，抗拒党的领导和教育，鲁迅必然会像他曾对于过去一切文艺界的反动分子那样，要以无比的愤怒和憎恨给与无情的斥责的！

因此，在反右派斗争和社会主义思想教育学习中，我们从鲁迅那里可以取得战斗的力量和有益的教训，同时，我们又还更深切地感觉到，真正做一个革命人正是根本的问题：这也便是我们向鲁迅学习的最主要之点。

纪念鲁迅，学习鲁迅，为新中国社会主义建设而工作！

纪念鲁迅，学习鲁迅，为保卫人民革命事业，向一切右派分子和反党分子做坚决斗争！

一九五七年十月十六日

鲁迅小说的艺术特色

鲁迅先生创作的小说，虽然数量不是太多，但它却真是以少许胜人多许；不仅"显示了文学革命的实绩"，开辟了中国革命的现实主义文学的先路，并且，直到今日还是我们文学工作者学习的典范作品。因此，在纪念鲁迅先生诞生八十周年和逝世二十五周年的时候，为了更好地继承他遗留下来的宝贵的精神财富，交流学习心得，下面我记出几点对鲁迅小说的艺术特点的肤浅理解，供大家参考、指正。

革命现实主义的创作方法

经过近几年文艺界对于世界观与创作方法的关系的多次讨论，现在我们可以这样明确地说：作家的创作方法，是由他的世界观、他的一定时期的思想倾向所决定的。作家的世界观，他的一定时期的思想倾向，形成他的创作方法的思想基础。所谓文艺创作的创作方法，即是作家认识现实和形象地反映现实的方法，也是作家在构造艺术形象的时候，看待现实、选择和概括现实现象的思想原则。这对于"五四"时期的革命民主主义者鲁迅来说，虽然他的世界观在当时基本上还是"进化论"，不过，因为这是在十月革命之后和马克思主义开始在中国传播的时期，鲁迅本人已经受了唯物论和社会革命思想的一定影响，所以，这表现在他的创作上，就已比一般批判现实主义作家前进了一大步，他是以战斗的现实主义作品来参加新的革命斗争的。这正如苏联老作家革拉特珂夫在所作《十月的光辉》一文中回溯他自己创作道路的发展时所说，"到了我那时代，在不断增长的抗议和日益逼近的革命风暴的气氛中，这类手法就非常不适当了。把现实照原来面目表现出来就完事，那已经不够了。人们迫切需要一种战斗的现实主义，一种眼睛朝前看的革命手法"（原载英文版《苏联文学》一九五八年十一月号，中文译文见《世界文学》一九五九年二月号）。所以，我们可以肯定：鲁迅在这时期之能写出那些不朽的短篇小说，他的创作方法，必然是已经超越过旧现实主义，超越过批判的现实主义，而达到了这时代人们需要的革命现实主义的新高度。

本来，关于鲁迅小说的革命现实主义，鲁迅自己在《〈自选集〉自序》里便有过明白的说明：

> 我做小说，是开手于一九一八年，《新青年》上提倡"文学革命"的时候的，这一种运动，现在固然已经成为文学史上的陈迹了，但在那时，却无疑地是一个革命的运动。
>
> 我的作品在《新青年》上，步调是和大家大概一致的，所以我想，这些确可以算作那时的"革命文学"。

在《我怎么做起小说来》一文中，鲁迅也曾说：

> 说到"为什么"做小说罢，我仍抱着十多年前的"启蒙主义"，以为必须是"为人生"，而且要改良这人生。……所以我的取材，多采自病态社会的不幸的人们中，意思是在揭出病苦，引起疗救的注意。

而在谈到他的用创作来暴露旧社会的病根，为的是"催人留心，设法加以疗治的希望"的时候，他又还特别地补充说"为达到这希望计，是必须与前驱者取同一的步调的"，同时也很鲜明地宣称："这些也可以说，是'遵命文学'。不过我所遵奉的，是那时革命的前驱者的命令，也是我自己所愿意遵奉的命令，决不是皇上的圣旨，也不是金元和真的指挥刀。"（均见《南腔北调集》:《〈自选集〉自序》）

在这里，我们可以直接地领悟到，鲁迅的创作是有明确的革命的倾向性的。从《狂人日记》开始，他就取材于病态社会中不幸的人们——半殖民地半封建社会中被压迫、被剥削、被侮辱损害的人民群众（主要是劳动农民、妇女和知识分子），尖锐而辛辣地揭出封建思想和帝国主义文化侵略所造成的"国民性"的"痼疾"，表现了彻底地、不妥协地反对帝国主义、反对封建主义的革命民主主义精神。这种精神像一根鲜明粗大的红线，一直贯穿在他的全部小说里，成为鲁迅创作的基本特色。尤其难能可贵的是，我们在

"五四"时期其他小说作家的作品中，几乎不曾见到一个值得肯定的正面人物，只有鲁迅才在《狂人日记》、《长明灯》和《药》里面给我们塑造了像"狂人"、"疯子"、"夏瑜"等几个反封建战士的正面形象。这显然的差异，我们认为也正好证明鲁迅的创作方法的战斗性和革命性。

不错，"五四"时期的鲁迅还不是一个马克思主义者。在他的世界观中存在着新与旧的矛盾，也还保留有进化论的残余。他还不能清楚地认识中国革命发展的正确前途，还不认识他自己的战斗与当时迅速发展着的人民革命在客观上是一致的，从而和无产阶级所领导的革命力量完全结合起来；他对于现实的发展，虽然肯定新的力量一定会胜利，但又不甚明了它如何走向胜利，所以在当时的作品中也就没有——也不可能描写出现实的未来趋向；在他的小说（尤其是《彷徨》）中，也还流露出一些感伤、忧郁的情绪和阴暗的色彩，甚至某种"怀疑群众的倾向"。但是无论如何，在鲁迅的世界观中，新的东西，即唯物主义的成份是在生长发展，并且是占主导地位的。由于他是"野兽的奶汁所喂养大的"（瞿秋白语）；由于他深刻理解中国这个"僵尸的统治"的半殖民地半封建社会，特别是辛亥革命的失败所给予他的刺激；更重要的，由于十月革命和中国无产阶级已经登上政治舞台，给予了他以巨大的鼓舞和希望，所以鲁迅坚决斩断了"过去"的"葛藤"，在无产阶级的旗帜下，同帝国主义与封建主义进行了不妥协的斗争，否定了中国走资本主义道路的任何可能性。这是鲁迅的基本政治态度。而更重要的，他的这种政治态度彻底地表现在他的文学实践里。以"五四"时期（一九一八年至一九二五年）他写下的《呐喊》和《彷徨》而论，在这近三十篇小说中，鲁迅就杰出地创造了一系列的典型人物，暴露了封建礼教的罪恶，反映了辛亥革命时代的农村现实和阶级对立的状况，描写了辛亥革命前后一些个人主义知识分子的没落，并且在暴露封建主义罪恶的同时，深刻地表达了人民的愿望和情绪，可以说是辛亥革命到"五四"时期中国社会的一面镜子。小说中那种彻底的不妥协性，以及对于现实解剖的锐利性，不但表现了鲁迅创作的最清醒的现实主义特色，而且也反映出作家朴素的唯物主义思想。不仅如此，在他反映辛亥革命时期的社会生活的作品中，特别在《阿Q正传》中，鲁迅更通过阿Q这个人物形象彻底批判了辛亥革命的妥协性，并且提出了反帝反封建的民主革命中的一个根本问题——农民问题，说明中国的反帝反封建的民主革命，没有广大的农民群众的参加是不可能完成的，而中国资产阶级也不可能担负起领导农民完成民主革命的历史任务。应该说，这些看法在客观上是符合于历史发展实际的，而且没有一点托尔斯泰式的改良主义气味。即使在描写知识分子的作品（《孤独者》、《伤逝》）中，鲁迅也和一般的小资产阶级知识分子的自我表现不同，他是站在革命的立场上，从知识分子与劳动群众的关系上，从寻求人民——包括知识分子——解放的道路这一角度上，来刻划和评价知识分子的作用，来探讨知识分子在民主革命中的正确出路的。总之，我们还没有看到在"五四"时期有别的作家能像鲁迅这样，在自己的作品中对人民的命运疾苦表现了这么深切的关怀，而且不仅仅是关怀而已——他要求和期望的是：从根本上推翻封建统治制度。显而易见，鲁迅在创作上既然和共产主义者取着同一步调，他的思想中当然也已经开始了社会主义思想的萌芽，也即是反映在他作品中的这种朦胧的社会革命的观点，朴素的唯物主义思想，才是他当时世界观中主要的东西——新的和有发展的东西，同时，他的这种唯物主义世界观是一直和实际战斗紧紧地结合在一起的。鲁迅用自己的创作服务于无产阶级革命和人民大众的利益，在他的作品中真切地体现了人民大众的革命要求，也即是无产阶级和党的政治斗争的要求。很显然的，正是由于鲁迅这种彻底的革命民主主义世界观，特别是无产阶级思想对他的影响和领导，所以鲁迅的创作，一开始就是革命现实主义的，并且具有社会主义现实主义的因素。虽然这种因素还只是萌芽状态的东西，却使鲁迅的创作方法在"五四"前后开始从批判现实主义向前突进了一大步。不仅如此，随着鲁迅无产阶级世界观的逐渐确立，这种革命现实主义也就有可能而且必然发展到它的更高阶段——社会主义现实主义。《呐喊》、《彷徨》和《故事新编》（特别是前、后期杂文），就正好标志了鲁迅创作道路的这一发展过程。

现实主义与理想主义的结合

鲁迅在"五四"时期还不是一个马克思主义者,所以他在当时还不能清楚地认识到中国革命发展的前途,因此在作品中也就没有——也不可能描写出现实和社会的未来趋向。对新思想的追求和旧思想的残余,使他常常陷于苦闷、孤独和彷徨之中,但我们不能随便简单地认为鲁迅是一个悲观主义者,说他的小说是悲观主义的作品。(就是问题较复杂的《野草》也不是的。)这是因为鲁迅那时在对现实的认识上,虽然并不明确新的力量如何取得胜利,但他却始终相信,始终肯定新的力量是一定会取得胜利的。在他的小说中,在对旧社会深刻批判、诅咒的同时,对未来的理想生活表现了热烈的追求向往和坚强乐观的信念。在他的第一篇白话小说《狂人日记》里,鲁迅就一方面对"吃人"的社会表示了深切的愤恨情结,并且严正警告一切吃人的人——"你们立可以改了;从真心改起!你们要晓得将来是容不得吃人的人活在世上";一方面又对未来的社会和新生的一代,寄予无穷的希望,在小说结尾发出了"救救孩子"的有力的呼声。《故乡》也是如此。在这篇小说中,鲁迅一方面用回忆中的闰土和眼前的闰土前后迥异的形象,具体地说明了农民在封建地主阶级的残酷剥削下的惨痛生活,显示了作者对于旧社会制度的统治的强烈憎恨;另一方面,又在作品里透露了他对于"为我们(指作者)所未经生活过的"、"新的生活"的无限向往之情,并且指出:只要人们坚持战斗,这种"新的生活"是一定会实现的。"这正如地上的路,其实地上本没有路,走的人多了,也便成了路。"而在短篇小说《药》里,鲁迅更在小说的结尾,用了夏瑜(革命者)坟上出现的花环,来暗示人民群众的逐渐觉醒和中国革命日益广阔的发展前途。鲁迅曾说:

> 在我自己,本以为现在已经并非一个迫切而不能已于言的人了,但或者也还未能忘怀于当日自己的寂寞的悲哀罢,所以有时候仍不免呐喊几声,聊以慰藉那在寂寞里奔驰的猛士,使他不惮于前驱。……但既然是呐喊,则当然须听将令的了,所以我往往不恤用了曲笔,在《药》的瑜儿的坟上平空添上一个花环,在《明天》里也不叙单四嫂子竟没有做

到看见儿子的梦，因为那时的主将是不主张消极的。至于自己，却也并不愿将自以为苦的寂寞，再来传染给也如我那年青时候似的正做着好梦的青年。（《呐喊·自序》）

因为鲁迅自己虽有过青年时代梦想的失败经验，但他始终不是为计较个人得失而对于民族和社会的前途丧失信心，所以他又说：

我虽然自有我的确信，然而说到希望，却是不能抹杀的……希望是在于将来……（同上）

鲁迅在自己小说中对未来生活的热烈追求和向往，是和他对现实社会的严峻的现实主义描写相结合的。鲁迅是一个深刻了解旧中国苦难的作家，正因为如此，所以他才对未来的、新的、美好的生活抱着最渴慕的希望。而这种理想主义与现实主义相结合的艺术描写，正是"五四"以来新文学的、也是新文学的奠基人鲁迅的最显著的艺术特色之一。

典型化的方法

我们知道，"现实主义是除了细节的真实之外，还要真实地再现典型环境中的典型性格"（恩格斯：《给哈克纳斯的信》）。典型性是现实主义艺术创作中的最重要的问题。鲁迅早在日本求学时代所写的《摩罗诗力说》里面，已经表现了他对于文艺典型理论的精到的了解，而在以后具体的创作实践上，我们可以毫不夸大地说，现实主义大师鲁迅在这方面更获得了极其光辉的成就。在他的《呐喊》和《彷徨》两本小说集中，创造了各种各样的、丰富的、具有不朽的典型意义的艺术形象，真实地反映出从辛亥革命到"五四"时期中国社会生活的各个方面及其本质特征。

应该特别地注意的是，鲁迅所创造的艺术（人物）形象之所以具有高度的典型性，并不是由于这些人物本身是怪僻的、夸张的，事迹是曲折离奇的。恰巧相反，鲁迅笔下的人物都是日常生活里的、现实的、平常的人物，事件也是日常生活里的。但是，鲁迅写这些人物，并没有把他们孤立起来，也没有只停留在生活表面的现象上，而是从阶级社会中人与人之间的关系（阶级关系）上，从人物性格的发展上，并且把人物放在特定的社会环境和时代背景里来描写的，从而正确地塑造出"典型环境中的典型性格"。在他的著名小说《阿Q正传》中，鲁迅就以阿Q在未庄——半殖民地半封建社会的缩影——的生活为中心，描写了赵太爷、钱太爷、假洋鬼子等"堕落"的"上层社会"的代表，也描写了阿Q、小D、王胡和吴妈等"下层社会的不幸"人物，写出了他们相互之间的关系——半殖民地半封建社会中的阶级关系，并且着重描写了主人公阿Q在这个关系中的特殊地位。鲁迅形象地指出：妄自尊大、自轻自贱、欺善怕恶、"奴隶性"、精神胜利法——一句话，阿Q主义，是一定社会历史阶段的产物，其构成的因素不是别的，正是阶级社会的剥削制度所产生的等级观念和自私自利的思想意识，再加上半殖民地半封建的媚外成性的统治阶级的愚民政策。阿Q的"阿Q相"，是封建统治阶级的"治绩"。而结论也必然是：若要埋葬阿Q主义，就必须首先埋葬它所产生的社会根源——封建社会制度。在这一不朽的杰作里，阿Q的性格是不断发展着的。鲁迅写出了在辛亥革命（特定的社会历史环境）中，阿Q的"中兴"、"末路"，他的从"革命"到"不准革命"，以至于最后"大团圆"的整个性格发展史，从而有力地揭露了辛亥革命的实质——它的妥协性与不彻底性，提出了民主革命中最根本的问题——农民问题，并且在辛亥革命时期的未庄这样一个典型环境中，真实地塑造了一个正在觉醒中的但仍旧是落后的农民的典型。

鲁迅创造典型，常用"杂取种种人合成一个"的方法，通过这种典型化的方法来刻划形象，从而表现出一定的社会现实的本质。这一点鲁迅自己就有过很好的说明。他说："所写的事迹，大抵有一点见过或听到过的缘由，但决不全用这事实，只是采取一端，加以改造，或生发开去，到足以几乎完全发表我的意思为止。人物的模特儿也一样，没有专用过一个人，往往嘴在浙江，脸在北京，衣服在山西，是一个拼凑起来的脚色。"（《我怎么做起小说来》）他又说："因为'杂取种种人'，一部分相像的人也就更其多数。"（《〈出关〉的"关"》）阿Q形象的塑造，很显然就是用的这一种方法。鲁迅抓住了广大被压迫的农民群众精神上的弱点，也就是一般的所谓"国民性的弱点"——一切阿Q主义与精神胜利法，通过阿Q这一贫苦雇农的形象把它集中概括地表现出来，塑造出一个带有鲜明突出的个性同时又具有普遍意义的典型性格，从而体现了时代的、民族的、阶级的一般特征和共同本质。但是，我们不能把鲁迅的这种典型化的方法理解为类型化，理解为某种抽象的、没有阶级内容的、脱离具体的个性特征的东西，甚至理解为像冯雪峰所曲解的那样，阿Q是"一种精神的性格化和典型化"，是"一个思想性的典型"，是"阿Q主义或阿Q精神的寄植者"（《冯雪峰论文集·论阿Q》）。事实上，"杂取种种人合成一个"的典型化方法，由于更集中，所以也就有更大的普遍意义。鲁迅用这种方法所塑造出来的典型形象，就是最好的证明。这些典型形象都是具有丰富生动的个性特征，同时在这些个性特征中又深刻完满地体现出一定的社会现实的本质的。正因为如此，所以鲁迅创造的典型也就和其他世界文学名著中的著名典型一样，不仅仅是对于它所产生的时代具有普遍意义，而且在现在，甚至在将来，也将作为光辉的艺术形象，永远活在读者心中。

在现实主义艺术创作中，作家所选择的事件的典型性愈充分，就愈能帮助作家突出人物性格上的特征，加强人物的典型性。因此，用典型事件（具有典型意义的情节和细节）来突出人物性格，使所描写的形象具有更高的典型性，这也就成为现实主义大师鲁迅塑造典型常用的手法。《阿Q正传》中，描写赵太爷晚上不准点灯的定例和破例，说明地主阶级的贪婪吝啬和对劳动人民的超经济剥削，这正是表现地主阶级剥削本质的最典型的事例。而阿Q与小D的"龙虎斗"，阿Q的"画圆圈"，也更突出地描写了阿Q的精神胜利法这一阿Q主义的"魂灵"。《祝福》中祥林嫂的被迫改嫁，拜天地时头上碰了个大窟窿，正表现了封建社会中妇女被压迫的社会地位及其倔强的反抗性。《风波》中赵七爷的一个字一个字地读《三国志》，将辫子盘在头顶上，穿不轻易穿的竹布长衫，表明了没落的乡绅们的腐朽空虚，以及他们对正在崩溃中的封建秩序的顽固挣扎和怀念。在《端午节》里，通过方玄绰不肯亲领薪水这件事，刻画了小资产阶级知识分子自命清高的虚伪性格。至于在《社戏》、《兔和猫》、《鸭的喜剧》等抒情意味浓厚的小说里，典型事件的叙述，更几乎被鲁迅用作描写人物的主要手法。

鲁迅典型化的方法是多种多样的，几乎每一篇小说都有它的独创性。但尽管如此，它们的某些共同点仍然是存在着的，并从而构成鲁迅小说独特而统一的艺术风格。这些共同点就是：在广阔的生活素材中选择、集中、概括出典型，通过典型环境的描写来创造典型形象，用典型事件（情节、细节）来帮助突出人物性格上的特征，加强人物的典型性。这是鲁迅创造典型的基本方法，也是鲁迅小说艺术上的基本特色之一。

艺术手法的种种特色

法捷耶夫说："鲁迅，是短篇小说的名手。他善于简短地、清楚地，在一些形象中表达一种思想，在一个插曲中表达一件巨大的事变，在某一个别人物中表达一个典型。"（《关于鲁迅》，《文艺报》一卷三期）这是对鲁迅艺术创作特征的很好的说明。

在小说的情节结构上，鲁迅很少在小说中展开广阔的场面，结构出复杂和曲折的情节。在鲁迅的小说中，没有曲折离奇的故事，人物不多，也没有错综复杂的关系，一般只用简单的故事、直线发展的行动构成情节的基础。换句话说，就是鲁迅常常是采取事实的一端、生活特征的一个断片，点染上几个主要人物，"加以改造，或生发开去"，来反映出社会生活中的重大意义的。《狂人日记》就是以狂人为中心，从狂人的"怕"开始，想到"吃人"的事，想到自己也将"被吃"，进而要"劝转吃人的人"，最后在绝望中找出希望，喊出"救救孩子"的呼声。在这里，情节是直线发展的，人物内心生活也是直线发展的，在直线发展过程中接触到社会生活的各个方面，揭露出人物的内心生活和社会现实的矛盾，从而发掘出深广的和根本的社会矛盾。《药》、《阿Q正传》的故事虽然复杂一些，但还是直线发展的形式，结构仍是完整严密的。就是他采用第一人称叙述的小说（如《祝福》、《伤逝》）也用的是同样的手法。必须指出，鲁迅的这种艺术手法——以具有特征性的生活的断片的连续来构成故事的情节——决不是把生活中的矛盾和斗争简单化。鲁迅是把握住生活中的基本矛盾和矛盾的基本方面，加以高度的艺术概括，所以在精炼简短的形式（短篇小说）中，包含着无限丰富的生活内容，并充分地揭露生活中的本质的东西。对于小说的开头和结尾——情节的组成部分——鲁迅更是非常重视,常能做到使其意味深长,给读者以深刻的启示,并使得全篇的结构更为谨严(如《故乡》、《祝福》)。

人物的肖像、动作、心理活动和对自然景物的描写,在鲁迅作品里,都没有冗长的描写,人物相互间也没有长篇的对话。鲁迅说:"我力避行文的唠叨,只要觉得够将意思传给别人了,就宁可什么陪衬拖带也没有。中国旧戏上,没有背景,新年卖给孩子看的花纸上,只有主要的几个人……我深信对于我的目的,这方法是适宜的,所以我不去描写风月,对话也决不谈到一大篇。"他又说:"要极省俭的画出一个人的特点,最好是画他的眼睛。……倘若画了全副的头发,即使细得逼真,也毫无意思。"(《我怎么做起小说来》)鲁迅的这种写作手法,当然不是如有的人所曲解的那样,是什么"缺乏描写,不但写景缺乏,连人物形象的血肉也缺乏"。鲁迅是善于把握人物(人物的肖像、动作、语言、心理)和生活中的特征性的东西,去掉不必要的陪衬拖带,在事件的逐步展开过程中,鲜明地、却非常俭省地塑造出人物形象,生动地表现他们的个性和阶级特征。如《故乡》中的闰土、《阿Q正传》中的阿Q、《祝福》中的祥林嫂。这些人物的描写都是很突出的例子。这种写作手法很显然是受了中国古典文学的影响,而又加以革新、发展了的,成为鲁迅独特的风格。

鲁迅的叙写方法,一般有两种:其一,采取事实或生活的一端,用客观的纯粹白描的手法,力避作者自己出面来对人物作解释性的或说明性的叙写,仅在人物自身的行动和言谈中,勾画出人物的性格和面貌,推动情节的发展。并且在人物刻划的对比、补充,或人物自身的前后行动的对照和发展中,使主人公的性格和面貌更为突出,更为生动。《肥皂》、《高老夫子》、《白光》、《端午节》、《离婚》等短篇小说就是如此。这是鲁迅最多应用的叙写方法。其二,通过作者的叙述,甚至用作者("我")直接进入作品中去的手法,来刻划出主人公的性格和命运。虽然也常常用对比、对照和补充的手法来刻划人物,但作者自己的感情渗透在人物的命运的叙述中。《祝福》、《故乡》、《在酒楼上》就是属于这一种。至于《狂人日记》、《伤逝》,就更是作者自己渗透在人物整个"魂灵"里，而代为呼吁和抒写出来的。《阿Q正传》则是用叙述和描写相结合的手法，也是鲁迅想用不长的篇幅来概括广阔而深厚的社会生活内容的一种独特的手法。

鲁迅是语言的巨匠。《呐喊》和《彷徨》两本小说集，表现了鲁迅使用语言的高度才能。他的语言富于民族风格，简洁、精炼、准确、优美，含意深刻警辟，且富于表现力。一般短句较多，很少有冗长的句子。"他善于简短地、明了地、朴素地把思想形象化。"（法捷耶夫：《关于鲁迅》）小说中人物的对话，富于个性特征。三言两语，就突出地表现了人物性格，使形象更为鲜明。

以上我扼要地记述的鲁迅小说的艺术特点，自然是极粗浅、简略的，远不能概括那样优秀和丰富多彩的鲁迅创作的艺术特色，而在论证上，恐怕不仅不够充分，也一定可能还有不少错误。我是很期望能得到同志们的研讨和指教的。但是，在结束我这极不成熟的记述时，我又必须特别地申说，这一切艺术特点都是鲁迅先生在中国新文学发展初期所独创的，为我们后辈留下的最有益的创作经验，所以，我们今后自当更深入地研究这些宝贵的遗产，并且，无论在思想和写作上，都应该长期有恒地向鲁迅先生学习。

一九六一年九月十七日

鲁迅杂文的思想与艺术特点

时代性与战斗性

学习鲁迅先生的杂文，我们首先注意到的是一贯表现在先生伟大的全部文学遗产中的现实主义精神，而在杂文这一特殊形式的写作上，那种精神，也更为鲜明突出地具有强烈的时代性与战斗性。

鲁迅先生在一九三二年写的《小品文的危机》一文中（《南腔北调集》），曾指出散文小品应在"挣扎和战斗"的基础上生存及发展。所以他本人的写作，即是以"萌芽于文学革命以至思想革命"的杂文，给"五四"以来的新散文"杀出一条生存的血路"。关于鲁迅杂文的时代性和战斗性，一九三三年革命文艺的伟大理论家瞿秋白，在《鲁迅杂感选集·序言》中，有过正确的阐明。瞿秋白就鲁迅杂文产生的时代原因和战斗使命，作出极卓越和全面的论断：

……鲁迅的杂感其实是一种"社会论文"——战斗的"阜利通"（feuilleton）。谁要是想一想这将近二十年的情形，他就可以懂得这种文体发生的原因。急遽的剧烈的社会斗争，使作家不能够从容的把他的思想和情感熔铸到创作里去，表现在具体的形象和典型里；同时，残酷的强暴的压力，又不容许作家的言论采取通常的形式。作家的幽默才能，就帮助他用艺术的形式来表现他的政治立场，他的深刻的对于社会的观察，他的热烈的对于民众斗争的同情。不但这样，这里反映着"五四"以来中国的思想斗争的历史。杂感这种文体，将要因为鲁迅而变成文艺性的论文（阜利通——feuilleton）的代名词。自然，这不能够代替创作，然而它的特点是更直接的更迅速的反映社会上的日常事变。

鲁迅先生本人，对于所写杂文，在把握时代性与战斗性这一特点上，还有过多次的指明。较早的是在《热风·题记》里所说，"对于时弊的攻击"。而后来在一九三五年出版的《且介亭杂文·序言》中，又再一次较详尽地申说：

> 近几年来，所谓"杂文"的产生，比先前多，也比先前更受着攻击。……
>
> 其实"杂文"也不是现在的新货色，是"古已有之"的，凡有文章，倘若分类，都有类可归，如果编年，哪就只按作成年月，不管文体，各种都夹在一处，于是成了"杂"。分类有益于揣摩文章，编年有利于明白时势，倘要知人论世，是非看编年文集不可的，现在新作的古人年谱的流行，即证明着已经有许多人省悟了此中的消息。况且现在是多么切迫的时候，作者的任务，是在对于有害的事物，立刻给以反响或抗争，是感应的神经，是攻守的手足。潜心于他的鸿篇巨制，为未来的文化设想，固然是很好的，但为现在抗争，却也正是为现在和未来的战斗的作者，因为失掉了现在，也就没有了未来。

鲁迅先生一生从事写杂文所用的时间和心血比他用在其他创作上多数倍，而且一直到最后，还是为保卫杂文，为提高杂文、发展杂文而战斗。所以他给我们留下了辉煌的成绩、不朽的典范。

于此，我们还须着重指出的是，若果将鲁迅先生用一生大部分精力去写作的十六册杂文集顺次研读一遍，则不但可以明了中国现代的思想斗争和革命斗争的发展历史，更可以清楚地具体地看出鲁迅本人的思想是如何在追随着时代的发展而发展，如何在推动时代前进，以及如何指导着中国人民"杀出一条生存的血路"。

是的，鲁迅是把"古已有之"的杂文，作为战斗的锐利的匕首式的武器，对于有害的事物，立刻给以打击或抗争，即是将写作和社会斗争密切地结合起来。而在这一点上，杂文这一文体，可说是鲁迅在祖国文学遗产宝库里取出那极优秀、富有生命的议论文和抒情文形式，加以创造性的发展，并由此能紧紧地把握着现实斗争这一基调，而在中国文学史上达到最高最精彩的极峰。杂文到了鲁迅先生的手里，已经不是个人的抒情表意，不是旧文人的即兴为文，而是如瞿秋白同志所说，用一个公民资格来向社会说话，为人民革命事业，为自己伟大理想而战斗的武器。

鲁迅先生的杂文，是作者用了对革命斗争的热情，摄取了广大的社会多方面的事件，应用着繁多和灵活的形式，以战斗的武器的姿态出现，同时也就能从实际斗争中成长起来，壮大起来。所以，这类杂文，既是注入了阶级和时代的内容而又继承了中国历代散文的现实主义的传统，最有效地尽着时代的使命，为社会革命事业战斗要求服务，而在人民文学的发展上，更将有着恒久的生命。

在鲁迅杂文的最主要的时代性与战斗性之外，要是我们从它的艺术风格方面去学习，我们可以举出下列几个特点来试作讨论。

严肃性

鲁迅在中国近代文人里面，不但做人对事严肃不苟，他的写作态度，也一反旧日知识分子的卖弄才情和虚伪浮夸，而是极为严肃认真的。即是，他的写作，不是为了自己的表现，不是为了"舞文弄墨"，乃是对社会负责任的发言，故处处充满了严肃的情感。鲁迅的十几册杂文集的每一篇、每一行、每一句都可以说是用作者的良心和生命所写成的文字；在内容上做到了他自己所说的杂文应"言之有物"，在语言和形式方面，更是精洁缜密，可以当得起"语重心长"四字。远在他写杂文的初期，一九二六年所作《写在〈坟〉后面》文中便曾这样说过：

> 还记得三四年前，有一个学生来买我的书，从衣袋掏出钱来放在我的手里，那钱还带着体温。这体温便烙印了我的心，至今要写文字时，还常使我怕毒害了这类青年，迟疑不敢下笔。……

这就可以领会到鲁迅对青年的真诚爱护的高贵情操，在写作上终生一贯的、毫不苟且敷衍的态度。而鲁迅的杂文之所以有恒久的生命，有感动人的伟大力量，也正是根源于此的。

我们试把那些抱着个人主义态度来写的作者的杂文，即只在文字表面上用功夫，内容却是空虚无聊，以及那些缺乏对读者负责的情感而写出的杂文拿来一加比较，便可鲜明地感到鲁迅杂文的真实有力，文字既富有生气，又复朴实细密，正与那些贫弱空虚和浮华轻佻的杂文大不相同。若非把握着杂文的时代使命，和写作对社会的责任感，并具有高度的爱护读者的道义之心的人，是不能写出严肃有力的文字的。尤其是在许多人轻视杂文，认为杂文可以信笔写作，甚至当一些作家缺乏为革命的政治服务的真诚之心而专去卖弄才情和技巧，以至于粗制滥造的文章流行风靡的时候，鲁迅杂文的严肃性这一特质，更使我们可以鲜明地看出鲁迅风格的卓然不俗。而且，这不但矫正了当时散文写作者的不健康的风习——例如所谓伤感派、冲淡派、唯美派、幽默派的毒素散文，——更能使我们认清作为一个写作者应有的基本态度，对后辈作者给以深刻的教育，因而才能达到严谨有力和有恒久的生命。

当然，我们所说的杂文的严肃性，既不是指伪善者们摆起道德家面孔的虚诳说教，更不是像辛亥革命后流行一时的"文明戏"里的"言论老生"的冗长废话，而是站在无产阶级立场的"辞严义正"一词的真正注解。

"辞严"与"义正"是紧密结合的，但必须"义正"，才能"辞严"。鲁迅杂文的这一特点，正与他的做人对事的严肃不苟分不开。这便是所谓"文如其人"。在鲁迅那里，的确是证实了这一真理：作者人格构成他的艺术风格。

深刻性

鲁迅曾多次把杂文比喻为战斗的"匕首"，便于与敌人肉搏和短兵相接时一击而中其要害。因此，杂文必须锋利、尖锐，不但分析问题时常用单刀直入式，即在文字上也是活泼深刻的；这是思想内容与文体形式相结合起来，并要求发挥出战斗和艺术的最大效果。这同是鲁迅杂文特点之一。记得以前有些人曾说他是"刀笔吏"，说他论人议事惯用"剥笋的笔法"，这是恶意的诬谤或只从表面和形式上看问题的糊涂观点。我们应指出的是，鲁迅杂文的深刻，主要却在作者眼睛的雪亮，对社会事象的熟悉和革命思想的彻底性。再加上真挚的热情，便构成他的杂文的深刻性。鲁迅是以如炬的目光，对社会事象或某一问题能洞见内层，不为表面的现象所欺骗。在他人不能深入地观察和注意到的时候，他运用了追求真实的观察力，并将所得的判断用谨严的文字写述出来，使读者自然折服于真理之前。鲁迅早年在《论睁了眼看》一文中曾说：

> 中国人向来不敢正视人生，只好瞒和骗，由此也生出瞒和骗的文艺来，由这种文艺，更令中国人更深地陷入瞒和骗的大泽中，甚而至于已经自己不觉得。

这也可说正一语破的地道出了鲁迅杂文的深刻性的秘密。

关于鲁迅先生观察力的尖锐、分析和批判的深刻，又能使用精练的语言直截了当地把主要论点表达出来，是只要涉览过他的杂文的人都共同体会得到和一致承认的。我在这里也只举出一个人所熟知的例子。这便是在《南腔北调集》里题名为《沙》的短文的开首两小节：

> 近来的读书人，常常叹中国人好象一盘散沙，无法可想，将倒楣的责任，归之于大家。其实是冤枉了大部分中国人的。小民虽然不学，见事也许不明，但知道关于本身利害时，何尝不会团结。先前有跪香，民变，造反；现在也还有请愿之类。他们的像沙，是被统治者"治"成功的，用文言来说，就是"治绩"。
>
> 那么，中国就没有沙么？有是有的，但并非小民，而是大小统治者。

这真是将中国以往统治阶级喷在人民大众身上的污血，轻轻一拨便反泼过去，而结论只用简短几十个字，就如钉钉木似的坚牢深入，又是何等的有力量！（我以为这便是所谓"深入浅出"的艺术风格。）

所以，有人认为鲁迅杂文之深刻，是由于善用谨严的推理，善于应用他的渊博的学识，我们是可以大致同意的。但是，构成他的杂文的深刻性，以及那种使用得极圆练纯熟的"寸铁杀人"的写作技巧，我们以为总不如鲁迅自己所说能"睁了眼看"却更为中肯。

独特性

我们在这里所说鲁迅杂文的独特性,是指独到的见解而言。这自然是与深刻性有关连的。不过,应注意的是,所谓独到的见解,不但必须精辟,不落俗套,不同凡响,且必须不是如腐俗文人之立异以为高,故作谬论以惊世哗众,而是具有锐利的眼光,把握着正确的观察社会事物的理论,才能对一个现象或问题得到独特的见解,又能用警策生动语句道将出来。在此,我想举出一小段饶有意味和最能启发我们思考的鲁迅的文字。

在唐弢同志所编《鲁迅全集补遗续编》上卷里,在题名《书苑折枝(二)》末尾有这样一段:

> 清严元照《蕙榜杂记》:西湖岳庙有严嵩和鄂王《满江红》词石刻,甚宏壮。词既慷慨,书亦瘦劲可观,末题华盖殿大学士。后人磨去姓名,改题夏言。虽属可笑,然亦足以惩奸矣。
>
> 案:严嵩偏和岳飞词,有如是诈伪;后人留词改名,有如是自欺;严先生以为可笑而又许其惩奸,有如是两可。寥寥六十字,写尽三态。

严元照先生用寥寥六十字写尽三态,有这鲁迅先生用更为寥寥的四十九字来一"案",尤其那士大夫阶级的"有如是两可"的一态,方才能非常鲜明地让我们感觉得到。这一小例,我认为是最好地说明了鲁迅的独到的见解和使用警策生动语句的独特性。(鲁迅先生善于读书和细心,在此地是次要的。)

自然,对于这所谓独到的见解我们还须分辨清楚的是,这绝对不是故意发妙语险论以炫耀立异,也不是文字的玩弄与游戏,乃是要能从平常的事物里面,看出他人都忽略了的真理。这独到的见解的提出,对寻常事物中的真理的发掘,在作者更完全不是为了表露自己的才智,而仅是为了战斗的需要。例如在一九二五年"五卅惨案"之后,鲁迅不但首先指出当时一些买办阶级及知识分子急于"辩诬"的怯懦,和甚至有些别有用心的人想借指摘群众运动的某些幼稚行动来替帝国主义解脱屠杀中国人民的罪恶责任,并且在《忽然想到》一文中说到那时一般人,甚至有些爱国人士,都在"一致对外"

口号之下会思想混乱起来，因而多多少少忽略了国内的革命必须同时开展、进行。鲁迅认为这是一个新阶段的更加严重的问题。他在文中提出了他的独到的见解：

> 然而，中国有枪阶级的焚掠平民，屠杀平民，却向来不很有人抗议。（《华盖集·忽然想到之十一》）

这正是为社会、为革命战斗而提出的独到见解。

瞿秋白同志在《鲁迅杂感选集·序言》中，对鲁迅杂文的独特性也举有一个典型的例子："辛亥之后，大家都可以懂得革命是失败了。但是，并不是个个人都觉得到继续统治的是谁。鲁迅说，这是些'现在的屠杀者'；'杀了"现在"，也便杀了"将来"——将来是子孙的时代'。而杀'现在'的自然是一些僵尸。那时候，还是完全的僵尸统治呵。"

将封建势力比喻为"僵尸"，而又远在"五四"以前便鲜明地揭出（参看一九一八年《新青年·随感录之五十七》：《现在的屠杀者》），这在当时，是鲁迅才可能有的独到的观察。

由此，我们是可以如此说，鲁迅运用了杂文不仅指明某些事象或问题的真实，揭露了旧社会的种种毒素，有着当时当地的战斗价值；而且，在另一方面，尤其是更为重要的是，他的杂文的独特性，启发着我们知道怎样去认识现实和问题，知道怎样去观察，去分析现实和问题。在这最后一点上，研读鲁迅的杂文，是即在将来也有思想教育上的重大意义的。

隽峭性

我们所说鲁迅杂文的隽峭性这一特点，自然是偏重从形式方面而论；但是，必须说明，鲁迅杂文的艺术结构、表现形式方面的特点——隽永和挺峭——仍还是决定于思想内容的。只是为了阐说的必要，我们才不妨这样地提出。

鲁迅所写的杂文，字句的隽永，文气的挺峭，主要由于艺术修养的深厚，纯系出诸自然，而不是矫揉造作或玩弄文字。至于格式的繁多，语言的灵活泼剌，幽默讽刺的恰当使用，也处处与内容密切相适应的：这真是达到了所谓"炉火纯青"的境地。

鲁迅在杂文写作中，最善于用简练生动的辞句，道出一种至理至情，而意味和风格又是极隽永挺峭，所以能够具有雄浑的力量。我们试拿《且介亭杂文二集》里那一篇不到千字的短文《从帮忙到扯淡》来看，鲁迅在指出那时上海的无聊空头文人，连当清客必具的本领的帮闲之才也没有，只会搭搭空架子就想成功的可怜相时说：

> ……如果有其志而无其才，乱点古书，重抄笑话，吹拍名士，拉扯趣闻，而居然不顾脸皮，大摆架子，反自以为得意，——自然也还有人以为有趣，——但按其实，却不过"扯淡"而已。

而特别是最后一行"帮闲的盛世是帮忙，到末代就只剩了这扯淡"，像这样的语言生动泼剌，句法致密简劲，都是隽峭性的典范。

又如鲁迅在《病后杂谈》（《且介亭杂文》）里，谈到吴兴刘氏嘉业堂刻的《安龙逸史》中有一段说，刘氏既刻印明遗老的著作，而自己又以前清的遗老自居，只是爱上了"遗老"这个名字，连明遗老之仇视异族统治的主要内容都完全忘却之可笑，也是只用了简练的文句，便有力地道出了独特和尖锐的见解：

> 现在以明遗老之仇的满清的遗老自居，却又引明遗老为同调，只着重在"遗老"两个字，而毫不问遗于何族，遗在何时，这真可说是"为遗老而遗老"，和现在文坛上的"为艺术而艺术"，成为一副绝好的对子了。

这绵密的逻辑推理，配合着语言的灵活圆转，使读者自然发生兴趣，心折于作者道出的真理。而且，因为含义的真切、文字形式的隽永和挺峭，读者感觉深切有味，不会像读有些干瘪的说理文字时会引起枯燥无趣之感。

自然，我们谈到鲁迅杂文的隽峭性这一特点，还应再补充申说：这种特点的构成，不论在思想内容和表现形式上，甚至在艺术技巧上，也必须出诸自然，出诸简洁平淡，而不是故意的矫揉造作。于此，我们可以举出鲁迅的《半夏小集》中第四段为例（《且介亭杂文末编·附集》）：

> 这是明亡后的事情。
>
> 凡活着的，有些出于心服，多数是被压服的。但活得最舒服横恣的是汉奸；而活得最清高，被人尊敬的，是痛骂汉奸的逸民。后来自己寿

> 终林下，儿子已不妨应试去了，而且各有一个好父亲。至于默默抗战的烈士，却很少能有一个遗孤。
>
> 我希望目前的文艺家，并没有古之逸民气。

看！鲁迅先生只用了几行简短的文字，便绘出了只是空说漂亮大话而不能实践战斗的名实双收的"文艺家"的虚伪自私丑象，所含意味是何等的尖锐深长。鲁迅杂文的隽永和挺峭，处处都来得自然已极，却不是通常所谓"信手拈来"或"涉笔成趣"。这与作者的思想、情感、幽默才能和雄浑魄力有关；更不是那些只在形式模仿上去讲求的人可以企及的。

以上对于鲁迅杂文的特点的论述，自然是极粗略和颇不全面的。我们只就思想和艺术风格方面谈到几个主要特点；像鲁迅杂文中的形象化、典型化，以及抒情、幽默、讽刺等问题，便有待于将来再作补充研究。此外，我们还觉得这种分割式的列举讨论，可能不很适当。鲁迅杂文的思想性与艺术性是那样伟大深广，又是极高度的综合整体，我们使用的方法，恐怕正会发生这样的错误，即是，所谓"把七宝楼台拆开来不成片段"！

因此，为了发扬鲁迅杂文的主要精神，特别是为了学习写杂文的初学者，我们且再总括几句：杂文要能生存、发展，要能有益、动人，必须具有我们上面所试举的鲁迅杂文的几个特点，紧密结合时代和斗争的要求，为无产阶级政治服务。若果既不能与时代及战斗呼吸相通，只求遣兴逞才，缺乏充实的内容，缺乏深刻的思想，缺乏独到的见解和真挚的热情，虽然炼字琢句，模拟隽峭，结果也只有堕入旧文人的轻浮尖酸和文字游戏以至反动的魔道。

一九五六年十月

试论鲁迅小说的革命的现实主义

鲁迅先生在《〈自选集〉自序》和《我怎么做起小说来》等文中，曾经多次明确地谈到自己早期的小说创作：

> 我做小说，是开手于一九一八年，《新青年》上提倡"文学革命"的时候的。这一运动，现在固然已经成为文学史上的陈迹了，但在那时，却无疑地是一个革命的运动。
>
> 我的作品在《新青年》上，步调是和大家大概一致的，所以我想，这些确可以算作那时的"革命文学"[①]。
>
> 说到"为什么"做小说罢，我仍抱着十多年前的"启蒙主义"，以为必须是"为人生"，而且要改良这人生。……所以我的取材，多采自病态社会的不幸的人们中，意思是在揭出病苦，引起疗救的注意[②]。

鲁迅先生从事创作的这种革命的、战斗的精神，体现在他早期创作的小说中，形成了十分显著的革命的、战斗的现实主义特色。但是，对鲁迅早期小说中的这种革命的战斗的现实主义特色，一些同志是有着不同的见解的。有的同志（包括几本新文学史的编著者）不够确切地把鲁迅早期小说列入了批判的现实主义的范畴；也有的同志不太了解革命的战斗的现实主义的含义；因此，我们现在就这一问题作一次专门探讨。

具体地谈论鲁迅早期小说的革命的战斗的现实主义特色以前，我们先引述一下高尔基对批判的现实主义的看法。高尔基对批判的现实主义曾说得很明确："因为它只批判，并不肯定什么，或者是——更坏一些，转而肯定它

[①] 《鲁迅全集》第四卷三四七页。
[②] 《鲁迅全集》第四卷三九三页。

曾经否定的东西。""他们都是自己阶级的叛逆者,自己阶级的'浪子',被资产阶级毁灭了的贵族,或者是自己阶级底室人的空气里脱破出来的小资产阶级子弟。"所以高尔基把批判的现实主义称为资产阶级"浪子们"或"多余的人"的文学。这种现实主义,是以资产阶级自由主义、个人主义以及资产阶级人道主义等为其思想基础,因而它的阶级基础是只能属于资产阶级的。他们不满资产阶级的腐朽、荒淫、无耻,虽然采取尖锐合理的批判,甚至也批判资本主义现存社会秩序,但对于日益高涨的工人运动、工人阶级起来进行革命斗争,大多采取观望、怀疑,甚至敌对的观点。它很少指出正确的方向和生活的前途。一般作品都是以走个人奋斗道路的人做主人翁而加以美化,而这又必然是以悲剧告终的①。

大家公认的我国革命文学的第一座丰碑——鲁迅的第一篇白话小说《狂人日记》,就十分明显地跨越了批判的现实主义的范畴。它不是以批判的形式指责现存社会秩序的不合理,而是以判决的形式宣布了现存社会秩序必须彻底摧毁的罪状!同时,鲁迅还肯定和歌颂了社会的叛逆、彻底反封建的猛士——"狂人"!这里,我们用批判的现实主义大师果戈理的同名小说来比较一下:果戈理的《狂人日记》所写的小人物的不幸,还只是个人的悲剧、小人物在那社会无法摆脱的悲剧;"但后起的《狂人日记》意在暴露家族制度和礼教的弊害,却比果戈理的忧愤深广"②,并且所写的不是个人的而是整个社会的悲剧!在鲁迅的《狂人日记》中,我们看到了一个敢于向吃人的封建制度挑战和进行不屈不挠的斗争的"精神界之战士"的光辉的艺术形象。他被称为"狂人",实际上是觉悟的人,有着清醒的头脑。他对封建社会人吃人的本质有着深刻的认识,对它产生了刻骨的仇恨,因此他有着冲破这封建的牢笼的热烈要求和坚决斗争的勇气。他敢于蔑视整个的封建礼教,践踏古久先生的"陈年流水簿子"。虽然遭到统治者的怒恨,给他罩上"疯子"的名目,囚禁起来,但他毫无惧色,依然肆无忌惮地对敌人作无情的嘲笑,

---

① 参看高尔基《苏联的文学》。
② 《鲁迅全集》第六卷一九〇页。

"这笑声里面,有的是义勇和正气"!他冷静地分析,识破吃人者的各种阴谋,予以直率的揭露和抨击。他大义凛然地质询吃人者:"吃人的事,对么?""不对,何以竟吃?""从来如此,便对么?"他了解参与迫害他的人"心思很多是不一样",其中也有受过害的人。他热切地期望着他们觉醒过来,但他们互相牵制着,"死也不肯跨过这一步"。狂人的"忧愤深广"正在于此。他沉痛,他愤怒,他厉声地警告吃人者:

你们可以改了,从真心改起!要晓得将来容不得吃人的人,活在世上。

同时,狂人又对"没有吃过人的孩子"寄予了无限的希望,他号召大家:

救救孩子……

《狂人日记》揭露了封建礼教吃人的本质,塑造了一个勇敢无畏的反封建的"精神界之战士"的光辉形象,对启发人民的革命觉悟是有着巨大的力量的。当时的统治者封建军阀们正大力提倡"尊孔读经"和"表彰节烈"等等,《狂人日记》的发表,无疑是对这些"僵尸的统治"给予了致命的一击。《狂人日记》的伟大的现实意义和强有力的战斗性,充分解释了鲁迅先生所说"做小说,……在那时,却无疑地是一个革命的运动"的意义。

《狂人日记》充分表现了"五四"新文化革命的彻底的反封建主义精神,给新文艺创作作出了光辉的典范,为革命文学奠定了坚实的基础,显示了实际的战绩——树立了第一座丰碑!但是,《狂人日记》的产生,绝不是偶然的。《狂人日记》发表时,正是伟大的俄国十月革命之后,中国的反帝反封建的"五四"革命运动即将爆发的前夕,当时已有许多民主主义革命先驱者战斗在反封建的最前线。鲁迅本人就是革命先驱的中坚分子之一。"狂人"的形象,正是"五四"时期革命民主主义战士的典型。《狂人日记》可以说是伟大的俄国"十月革命"胜利的炮声的回响,是"五四"革命运动的暴风雨到来的信号,它明确地提出了彻底地、不妥协地反对封建主义的战斗号召!当然,这是时代的使命所规定了的。然而,鲁迅的伟大即正在他与整个革命时代的血肉关系,而以他的艺术天才,通过"狂人"这一典型形象的成功塑造，体现了时代的战斗要求，反映了这一历史时期的真实面貌。

鲁迅早期小说创作，从第一篇起，便是"听将令"、"遵命"而写的，因此，鲁迅特别重视在作品中体现革命先驱者的革命思想和战斗要求。给小说创作以这样重大的革命的、战斗的任务，却是一切旧现实主义所不能完成、不能胜任的。正是由于革命的、战斗的迫切需要，促使鲁迅创造了在当时以"表现的深切和格式的特别"而铭刻人心的崭新作品，即我们现在称之为革命的、战斗的现实主义的作品。这情况，我们认为倒正和苏联优秀作家革拉特珂夫的经验非常相似的。革拉特珂夫在《光辉的十月》一文中说："……十九世纪和二十世纪初期的现实主义小说家把人照原来的面目写下去就完了。到了我那时代，在不断增长的抗议和日益逼近的革命风暴的气氛中，这类手法就非常不适当了。人们迫切需要一种战斗的现实主义，一种眼睛朝前看的革命手法。社会主义现实主义就是这样诞生的：它是为未来奋斗的创作方法，它是把艺术看做改变现状的斗争武器的创作方法。"[①] 所以，我们若把拉特珂夫的话去深入地体会一下，并把鲁迅的情况与之一加比较，那自然就有充分的理由鲜明地、肯定地宣说：鲁迅的小说，从第一篇《狂人日记》起，也正是"在不断增长的抗议和日益逼近的革命风暴的气氛中"，由于"迫切需要"而创造的"一种战斗的现实主义，一种眼睛朝前看的革命手法"，并且还确是应该称为"为未来奋斗的创作方法"、"把艺术看作改变现状的斗争武器的创作方法"。而这，就为我国文艺中的社会主义现实主义的诞生与成长开辟了广阔的道路。

的确，鲁迅的现实主义不同于过去的旧现实主义，甚至与西欧资产阶级最进步的作家的批判的现实主义也有很大的区别。这由于鲁迅在一九一八年开始写他的第一篇白话小说《狂人日记》时，正当伟大的"十月革命"之后，中国社会进入新民主主义革命的序幕五四运动的前夕，他便是为了听那时"革命的前驱者的命令"而去写作的。所以他的革命民主主义和现实主义

[①] 原载英文版《苏联文学》一九五八年十一月号，中译见《世界文学》一九五九年二月号一一四页。

是深深地植根在中国广大被压迫人民群众里面，他完全有意识地与旧社会决裂，从革命的前驱者和人民群众那里，取得彻底的反帝反封建的斗争力量，即由此使他的现实主义具有革命的、战斗的显著特色。

在鲁迅的从《狂人日记》起，"便一发而不可收"的那些续写的小说中，我们看到了他以神圣的憎恶，无情地揭露反动统治者的残暴、堕落及种种的丑恶与无耻；也看到了他以深挚的"哀其不幸"的情感，描绘出劳动人民在封建统治压迫奴役下的痛苦生活，他们思想上、精神上所遭受的毒害，以及他们的反抗斗争和解放的要求。而特别应注意的是鲁迅对于劳动人民的反抗的重视，对他们优良品质的描绘和对于革命战士的热情歌颂，使他的作品中的革命思想不仅透露得格外鲜明，同时还使鲁迅所描绘的黑暗时代的生活能以"显出若干亮色"，不但不给人以重压之感，反而更能以鼓舞战斗的激情，坚定革命的胜利的信念。

鲁迅早期创作的小说《呐喊》与《彷徨》虽只有二十五篇短篇小说（文言的《怀旧》和后来收入《故事新编》改题《补天》的《不周山》，未列入），但它们所主要反映的是辛亥革命前后的中国农村现实，提出了农民和劳动妇女的解放的重大问题，以及描写了辛亥革命前后一些个人主义知识分子的没落，因此，可以说是辛亥革命到"五四"时期中国历史的一面镜子。自然，鲁迅在写作《呐喊》和《彷徨》的时候，还是一个革命民主主义者，具有发展观点的进化论者，但他对祖国和人民，一贯有着热烈的爱，他的基本思想是唯物的，并且当时受了革命前驱者——先进的具有共产主义思想的知识分子的影响，他在创作上既然与共产主义者取一致的步调，他的反映在作品中的那种朦胧的社会革命观点、朴素的唯物主义，就必然占着主要的地位。所以，虽然《呐喊》和《彷徨》还不是社会主义现实主义的作品，可是，由鲁迅当时世界观中这新生的和主要的因素决定的创作方法，已较旧的现实主义、批判的现实主义更突进了一步，我们认为邵荃麟同志所说"开始有了社会主义现实主义因素"、"萌芽状态的因素"，是极严谨的正确论断[①]。

[①] 参看邵荃麟：《关于"五四"文学的历史评价问题》，见《人民文学》一九五九年五月号。

因此，我们认为把鲁迅这一时期的创作方法称为革命的战斗的现实主义，是较为明确和恰当的。这样才能确切地说明鲁迅早期小说从思想内容到艺术手法的革新创造——新的主要的因素。不过，我们也不应讳言，当鲁迅写作《呐喊》和《彷徨》这个时期，由于他的世界观还有局限的一面，所以在作品中也保留有进化论的残余，特别是《彷徨》中，部分作品里还表现了一些感伤情绪。但是，我们必须认清，学习鲁迅先生的早期小说创作，首先应该学习他的以文艺服务于革命、服务于当前政治斗争的武器的宝贵的革命的、战斗的现实主义的传统和在艺术上不断创造革新的进取精神[①]。

总的说来，我们认为鲁迅早期的小说，是在伟大的俄国"十月革命"胜利的影响之下，中国新民主主义革命运动的推动之下，所产生的一种"有了社会主义现实主义因素"和独特的民族风格的革命的、战斗的现实主义作品。因此，不从中国革命的实际所规定的中国革命文艺运动发展的特殊规律出发，简单地套用西洋文艺发展的程式、理论，或作生硬的比附，都必然要产生误解以至得出错误的结论。如认为鲁迅早期小说是批判现实主义作品，就是一种误解，是忽略了甚至丢掉了决定我国革命文艺的正确的发展道路的"社会主义现实主义因素"——伟大的俄国"十月革命"胜利的思想影响，这一新生的和主要的因素对创作方法的决定性作用。我们认为正确地认识鲁迅早期小说的性质，是正确地理解我国革命文艺的革命的、战斗的现实主义传统的形成和发展的必要条件，也是我们正确地继承和发扬这一宝贵的革命传统的必备条件。因此，我提出自己学习鲁迅著作后对此的理解，仅供大家参考。当然更希望能够多得到同志们的指正，批评。

［附记］这篇不成熟的短文，原稿系笔者去年（一九六〇）五月重病入医院前不久，在一次为成都市部分高中语文教师所作"学习'鲁迅的精神'"的辅导报告会上，对于一些同志提出的关于鲁迅的现实主义问题的解答发言

---

① 从《呐喊》到《彷徨》在艺术方面的进步，鲁迅极其自谦地说："技巧稍为圆熟，刻划也稍加深切。"

的记录。最近笔者健康初步好转，又稍加补充、修改、整理而成此篇。笔者感到其中可能有不少错误之处，因此在发表时表示极其欢迎大家的批评和不同的意见。

一九六一年十二月二十日

学习鲁迅杂文的几点理解

一

在鲁迅先生的劳作里面,杂文占着较大的比重,而这正是"五四"以来新文学中特具异彩的辉煌成绩。鲁迅的杂文,自然是继承了我国旧有的议论文的现实主义的传统,如他自己所说,"是古已有之的";但杂文到了鲁迅的手里,却更有了新的发展、新的创造。这即是鲁迅对于这一文体,主要用来作为服务于政治斗争和思想斗争的武器。所以,我们学习鲁迅杂文,必须首先从这最主要之点去认识,才能从中获得具有现实意义的思想教育和艺术教育,从而给予正确的评价。换句话说,鲁迅的杂文,是他以对于革命斗争的认识和热情,取材于"五四"以来广大社会各方面的现实事件,应用着繁多和活泼的形式,以战斗武器的姿态出现,同时它也就能够从实际斗争中成长和壮大起来;在人民文学的领域里,开拓了新的方面;在中国革命事业上,发挥了卓越的作用。

本来,我们都知道,远在辛亥革命以前,当鲁迅还在青年求学的时代,为了发表他对时事和文化方面的意见,就曾写过一些后来收集在《坟》内的较长的论文。我们从这里面,已经可以看出鲁迅的写作,是为中国改革而发,为促进中国民族文化发展和革新而发,不同于旧文人的空洞议论,也更不是为了表现个人或即兴为文。但是,鲁迅对于杂文有意识地为了发挥他所谓的"社会批评"和"文明批评"的作用而大量和适时地写作,却是直到"五四"时期才更为明确,真也如他的创作小说一样,为了革命的"呐喊"需要,"从此以后,便一发而不可收"(《呐喊·自序》)。所以,鲁迅的杂文,可以说是应时代的要求而产生;又正因此,作为一个文学家和革命者的鲁迅，随着中国社会革命的发展，他始终使用着由他所创造的杂文这一战斗武器，在各个阶段，完成了时代的使命。

至于以战斗为杂文的主要目的，鲁迅自己便也曾多次鲜明地提出过的。在早年的《热风·题记》里，他就宣称写作是为了"对于时弊的攻击"；并且，直到晚年在编定《且介亭杂文》所作《序言》中，又一再强调"作者的任务，是在对于有害的事物，立刻给以反响或抗争"。因此，鲁迅认为杂文的特征应当"是感应的神经，是攻守的手足"。即是，杂文的生命来自战斗，而也只是为了战斗的。

我们再从鲁迅遗留的十几册杂文的具体内容来看，也可以认识到它的时代性和战斗性。自然，鲁迅杂文的内容，涉及方面异常广泛，可以说是包罗万象，是时代的百科全书。法捷耶夫曾说："在鲁迅生前所经历的那半个世纪内，中国人民的生活，几乎没有一方面不为鲁迅用艺术家和批评家的笔所描写过的。"（《论鲁迅》）鲁迅的杂文之所以可作为"五四以来中国的思想斗争的历史"来读，也就由于作者在中国革命的发展中，以极大的关怀和清醒的现实主义的头脑，密切地注视着社会现实，因而他对每一历史事件，或大或小的社会和文化上的问题，都能迅速地表示自己的意见，用一个公民的资格，革命者和战斗者的资格，来大胆地对社会说话。作者表示了他的鲜明的立场和所爱所憎，为人民革命事业，为民族的生存和发展而战斗。我们可以从鲁迅杂文遗产里，清楚地看见他所生存和战斗的"时代的眉目"，也可以看见中国人民革命的发展。例如在鲁迅前期的杂文中，我们看见鲁迅以革命的民主主义者的立场，对封建社会的军阀官僚及为他们帮忙帮闲的国粹派、复古主义者、欧化绅士和买办洋奴等进行了坚决的、无情的斗争。而在后期的杂文中，鲁迅更以鲜明的无产阶级的立场，留下对帝国主义和国民党反动统治的无情抨击和揭露的战绩；对反动派的帮凶文人和资产阶级走狗，也大量地刻画了他们的丑恶嘴脸；同时他又以高度的热情，赞扬中国共产党领导的人民革命，歌颂社会主义国家苏联的一切成就，更塑造了不少革命战士的英勇形象。只就我们这样扼要的提述，便足够说明鲁迅一生都是以革命家、思想家和文学家的高度政治热情而参加社会斗争，而他又是以杂文这一文体作为战斗的一种武器的。

对于杂文为鲁迅所独创的说法，我们应有较深入的认识和了解。瞿秋白先烈曾说"杂感这种文体将要因为鲁迅而变成文艺性论文的代名词"。这即是说，鲁迅的杂文，是文艺与政论的结合。因为鲁迅的杂文都是以革命斗争为主要思想内容，一贯地紧密结合着中国革命现实，所以具有高度的、鲜明的政治性和战斗性；但是，鲁迅的伟大的艺术修养和才能，又使他的写作，不同于一般的政治论文，而是由他为了战斗效果的要求，以革新的精神使用起来和发展起来，成为政论与文艺相结合的一种新文体。这一种新文体，是中国文学中前所未有的。瞿秋白不仅首先注意到鲁迅的独创性，并且特别指出了作者"用艺术的形式来表现他的政治立场"的特点。如果说"鲁迅式杂文"这一文体的名词可以使用的话，这正说明，自"五四"以后繁荣起来的大量杂文，是由鲁迅所创造和倡导起来的，是鲁迅把文艺性政论（杂文）贡献到文艺园地里来的。因此，鲁迅的杂文，不仅在中国现代文学上已有它的应得到的卓越地位，而我们想要从事鲁迅思想发展和文艺作品的综合的研究，更非特别予以重视不可。

二

战斗精神是鲁迅杂文的生命。因此，凡被鲁迅用杂文抨击的各种敌人，无不对它切齿痛恨，除去厌恶他们所无法反驳的鲁迅杂文中的革命思想和义正辞严的论点外，就是对于鲁迅所用以致他们死命的论战武器"杂文"本身，也常常加以否定和非难。他们最常用的一种手法，便是极力鄙薄杂文的文学价值，说这不是一种有艺术性的文学形式，不入于文艺之林。不然便说，这种既无一定格式而内容又极庞杂的文章，是很容易写出的，作家每每到无才力创作时，才去信手写这类无永久价值的杂文。例如当时有一个狂妄青年林希隽，甚至诬蔑地说作家不写大部头《战争与和平》那种作品，而去写短小的杂文是"自甘菲薄"和"一种恶劣的倾向"，也就是对鲁迅杂文而发的冷箭。林希隽的这一类谬论，除否定和贬低杂文本身的文学价值的恶意外，还隐藏着极为恶毒的用心，即是，他表面上似乎在劝告和希望鲁迅应该多写他所谓有永久价值的巨大作品，不要把精力、时间花在这类小品杂文上面；其实，他们那一伙只不过是因为仇视和害怕鲁迅的杂文的现实性和战斗性，想使鲁迅放弃这一为革命服务的武器，因而作者也就可以不知不觉地脱离了现实的战斗。鲁迅对于这些人的用心，是看得极为清楚深透的。他在《做"杂文"也不易》一文中，便揭穿了这些假着"严肃的工作"的美名而来贬抑杂文的阴谋。对于这些人，鲁迅曾称之为"不是东西之流"，正是很确切的评语[①]。鲁迅不仅晚年在反击林希隽之流时坚决地保卫着杂文，就在这以前也一再鲜明地提出必须写作杂文的主张，在一九二五年所写《华盖集·题记》中便说：

> 也有人劝我不要做这样的短评。那好意，我是很感激的，而且也并非不知道创作之可贵。然而要做这样东西的时候，恐怕也还要做这样的东西，我以为如果艺术之宫里有这么麻烦的禁令，倒不如不进去；还是站在沙漠上，看看飞沙走石，乐则大笑，悲则大叫，愤则火骂，即使被沙砾打得遍身粗糙，头破血流，而时时抚摩自己的凝血，觉得若有花纹，也未必不及跟着中国的文士们去陪莎士比亚吃黄油面包之有趣。

"不是东西之流"对于鲁迅杂文的贬抑的另一种手法，即是一方面不能不承认鲁迅杂文有其艺术风格上的成就，却又极力贬低鲁迅杂文的思想内容。他们表面上称鲁迅为"杂感专家"，已是如瞿秋白所说"'专'在'杂'里者，显然含有鄙视的意思"，而其真实的用意，却在抹杀鲁迅杂文的思想价值。如鲁迅与"现代评论派"的论战时所写大量杂文，在当时不但有人认为只是一些个人意气之争的文字，甚至对鲁迅之获得辉煌的胜利，也说是只由于善用"刀笔"。如一位貌似公正的反动论客徐丹甫，便在给鲁迅"定了一种头衔曰'杂感家'"之后，作出这样的评论："特长在他的尖锐的笔调，此外别无可称。"他既这样轻轻地抹杀鲁迅的庄严战斗的精神，还故意把鲁迅杂文的思想内容和当时与鲁迅敌对的"现代评论派"相混淆，说："因为

[①] 鲁迅对于以文艺体裁来贬低杂文的敌人，曾极中肯地指出："其实他们憎恶的是内容，虽然披了文艺的法衣，里面却包藏着'死之说教者'和生存不能两立。"（《且介亭杂文·序言》）

我们细考两派的思想，初无什么大别。"又如老"右"派分子李长之，他在一九三五年所写《鲁迅批判》那部荒谬恶毒的东西里面，除去极力贬低鲁迅杂文而外，更一贯地否认鲁迅作品的思想内容，甚至竟这样露骨地说："鲁迅在许多机会是被称为一个思想家了，其实他不够一个思想家，因为他没有一个思想家所应有的清晰以及在理论上建设的能力。"这些诬蔑的谰言，自然是不堪一驳的①。总之，他们之所以要否认鲁迅在杂文中发抒了独特的思想，或妄诞地说鲁迅不是思想家的目的，无非是想使人相信，鲁迅的杂文，并没有什么可重视的思想内容，只不过作者是为了发表个人点滴意见在玩弄笔墨而已。他们从内容上来抹杀和否定鲁迅杂文，同时也就企图可以达到贬低它的社会战斗作用。但是，不仅事实上鲁迅杂文在中国新文学史中巍然长在，而且，也因它的思想内容，正永久地闪耀着辉煌的光芒。这确如瞿秋白同志的论断："可是，正因为一些蚊子苍蝇讨厌他的杂感，这种文体就证明了自己战斗的意义。"那些"蚊子苍蝇"和"不是东西之流"用种种谬论来贬低鲁迅杂文，却恰好证明鲁迅杂文有着何等伟大的思想性的威力！

鲁迅不仅把写作杂文认为"也是一种'严肃的工作'，和人生有关，并且也不十分容易做"，他自己在这严肃的工作上就已经留下十几册典范的作品；并且，还一贯地极力倡导和鼓励杂文的繁荣。他说："我是爱读杂文的一个人，而且知道爱读杂文还不只我一个，因为它'言之有物'。我还更乐观于杂文的开展，日见其斑斓。第一是使中国的著作界热闹，活泼；第二是使不是东西之流缩头；第三是使所谓'为艺术而艺术'的作品，在相形之下，立刻显出不死不活相。"在这些话句里，我们正可去深刻地体会鲁迅之如何重视杂文，和他之所以大力提倡杂文的用心。这即是说，鲁迅的重视杂文，是因为它"言之有物"，是为了战斗的需要，所以也就可以深一层了解他所说杂文是"一种严肃的工作，和人生有关，并且也不十分容易做"的

---

① 当年作为国民党反动派的御用文化人，李长之以"文艺批评家"的姿态，发表一系列所谓《鲁迅批判》的文章时，鲁迅在一九三五年六月十九日给孟十还写信时曾说："我觉得他（李长之）还应一面潜心研究一下；胆子大和胡说乱骂，是相似而实非的。"（《鲁迅书简》八六五页）鲁迅对李的短短"批判"，倒是最精练确切，因为时间和事实都证明了这一点的。

意义。

鲁迅对于杂文必须"言之有物",曾多次提示,那主要意思,即是说杂文必须与现实密切结合,于人民有用。鲁迅坚决反对"低诉或微吟"的"小摆设"式杂文,痛斥满纸空言的杂文,称之为"制艺"或"八股"。他对自己的杂文,也有过极谦逊然而很有意义的评语:"当然不敢说是诗史,其中有着时代的眉目,也决不是英雄们的八宝箱,一朝打开,便见光辉灿烂。我只在深夜的街头摆着一个地摊,所有的无非几个小钉,几个瓦碟,但也希望,并且相信有些人会从中寻出合于他的用处的东西。"(《且介亭杂文·序言》)从这里,我们可以看出鲁迅杂文的生命力,正由于它于人民有用;并且,因为它的反映现实面的宽广,我们也可以因而看见"时代的眉目"。鲁迅的杂文,是"诗史",是中国新文学中光辉灿烂的珍宝!

分析《对于左翼作家联盟的意见》

一九三〇年三月二日，鲁迅在左联成立大会上的讲话《对于左翼作家联盟的意见》，已经发表整整三十年了。这是中国革命文学史上一篇极重要的文献，对当时左联的战斗活动和整个革命文学运动，都起过巨大的指导作用。

三十年前，正是中国革命经历了国民党反动派的反叛；革命营垒中发生了变化，而由中国共产党单独地领导群众革命的新的时期——第二次国内革命战争时期（一九二七年至一九三七年）。"这一时期，是一方面反革命的'围剿'，又一方面革命深入的时期。这时有两种反革命的'围剿'：军事'围剿'和文化'围剿'。也有两种革命深入：农村革命深入和文化革命深入。"[①] 在中国共产党和毛主席英明正确的领导下，农村革命经过"八一"起义，建立了以井冈山为中心的第一个革命根据地；随着各地武装起义不断地扩展，陆续在很多地区建立了红军和苏维埃政权，向反革命势力展开了长期的武装斗争。最后以震惊世界的红军二万五千里长征，彻底粉碎了反革命的军事"围剿"，巩固和扩大了这一时期农村革命的胜利和深刻影响。这一历史时期，党所领导的文化革命，在农村革命深入开展的推动和鼓舞下，在国民党统治区域内深入开展，顽强地对敌斗争，迅速地扩大声势。一九三五年"一二·九"青年革命运动的爆发，一九二七年以后革命文学的发展和斗争的胜利，都是粉碎反革命的文化"围剿"的显著的战果！

自五四运动以来，中国的新文学运动就是文化革命的坚强的一翼。毫无疑问，那时的新文学运动是反帝反封建的，但和革命运动的关系，还不是自

[①] 《毛泽东论文艺》，十八页。

觉的、明确的结合；当时从事的人，也不曾明确地认识整个革命和自己与革命的关系①。直到"革命文学"的口号提出以后，才把新文学运动推进了一个新的阶段。

"革命文学"的提倡者主要是"创造社"、"太阳社"的成员，他们大多是参加过北伐战争，受到过革命锻炼的，有的已经具有无产阶级革命思想，有的就是共产党员。国民党反动派叛变革命以后，他们留在城市，转到了文学阵地上，为配合革命发展的新形势，提出了"革命文学"的战斗口号。这口号提出以后，立即在一九二八年至左联成立以前的革命文学阵营的内部引起了一次论争。"革命文学"要求作家自觉地、明确地以文学作革命斗争的武器，为革命服务，使新文学运动自觉地、明确地与革命运动结合。"革命文学"这一战斗口号本身是符合当时中国革命的发展情势和斗争需要的，同时，也符合当时很多知识分子反对国民党反动统治以文学作为战斗的武器的革命要求的。并且，在文学的阶级性、作家的世界观等根本问题上，论争的参加者又有基本上一致的正确认识，因此，这一论争对当时文艺运动起了相当大的推动作用；明确了，也肯定了革命文学应该成为无产阶级革命斗争的武器，文学运动应该自觉地、明确地与革命运动结合。不过，当时有些人还没有认清当前革命文艺运动的主要任务是反对国民党反动派及其帮凶文人，因而产生了把鲁迅和茅盾当成主要论敌的偏向；同时，他们还没有克服自己的小资产阶级的缺点，对于马克思主义的基本原理应该如何和中国革命的实际结合，又怎样地运用于中国新文学运动方面，尚不能正确理解；也没有认识到非无产阶级出身的作家的思想改造的重要性，更不知道这种改造需要长期的过程，是艰巨细致的工作，以为只要努力获得辩证法的唯物论，就立即可以成为无产阶级作家，就立即可以写出无产阶级革命文学作品；因而他们的理论不能真正地、彻底地实现。但是，这一文艺思想的内部斗争，成绩还是主要的。正如瞿秋白同志所说，"这时期的争论和纠葛转变到原则和理论

---

① 即如鲁迅虽称在"五四"前夕所写《狂人日记》等系听命于当时的革命者，但对革命和作为一个革命人，在意识上是不怎样明确的。

的研究,真正革命文艺学说的介绍,那正是革命普洛文学的新的生命的产生"①。

党的领导及时地发现了这些缺点,感到需要组织文学上的统一战线,把革命文学阵营的力量集中起来导向解决当前文艺运动的主要任务(反对国民党反动派及其帮凶文人如"新月"派等)。于是在党的领导和具体的组织与帮助之下,在这次论争的思想基础上,以鲁迅为骨干的中国左翼作家联盟成立了②。

中国左翼作家联盟在上海的成立,把中国革命文学运动推进到一个崭新的时期和发展的历史阶段。左联正式成立于一九三〇年三月二日,一九三六年初自动解散。可是,实际上,左联从理论上的准备到有组织的战斗行动,是经历了整个第二次国内革命战争时期的。左联在中国革命文学史上,第一次以有组织、有纪律、有革命的行动纲领和鲜明的战斗目标的文艺团体的姿态出现。由于始终都有党的坚强、正确的领导,左联在粉碎反革命的文化"围剿"的斗争中,发挥了极其重大的战斗作用。而左联的领导人之一、"共产主义者的鲁迅,却正在这一'围剿'中成了中国文化革命的伟人"③。

回顾一下三十年前的中国革命和中国革命文学的发展情况,对左联战斗的历史背景和历史意义有一个概略的了解,现在,我们就可以明白作为左联的实际战斗纲领的鲁迅《对于左翼作家联盟的意见》的历史意义,进而直接探索其思想的丰富宝藏了。

《对于左翼作家联盟的意见》这篇演说词的内容,是由两大部分组成的:前一部分是对"左翼"作家的具体要求;后一部分是对左联今后如何进行战斗的具体意见。

---

① 《瞿秋白文集》,第二卷,九九六至九九七页。
② "一九二九年下半年,中共江苏省委派夏衍、冯乃超、李初梨等同志到上海,和鲁迅先生一起共同策划左联成立工作,拟订了左联的纲领。在这过程中,有些党中央的同志还直接指导了这个工作。左联成立后,设立了党的组织——党团,瞿秋白、周扬、夏衍都担任过领导工作,在左联的领导机构——常务委员会里,党员占了多数,他们直接领导了左联。"(复旦大学中文系现代文学组学生集体编著:《中国现代文学史》,上册,二九二至二九三页。)
③ 《毛泽东论文艺》,十八页。

鲁迅在演说词的前一部分中,根据自己深刻的观察和当时左联的成员全是出身于非无产阶级而且受过资产阶级的教育的具体情况,开门见山地提出了如何才能成为真正的"左翼"作家这一根本问题,并且对左翼作家提出了三项具体要求。

鲁迅在演说的开头就提出:"我以为在现在,'左翼'作家是很容易成为'右翼'作家的。"这里所提出的是作家本身的行动和作品的社会效果的根本问题。听讲的人都是左联的成员,承认左联的纲领,赞成革命文学的主张,因此,如何才能成为名实相符的左联的战斗的一员,如何才能实现左联的战斗纲领,是迫切需要解决的最根本的问题。

鲁迅结合着中国和外国的革命文学运动的经验教训,对前一问题的三个主要方面作了精辟的论述,并对左联成员作了恳切的劝导,提出了具体的要求。鲁迅指出:非无产阶级出身的作家,必须深入实际生活,接触实际的社会斗争,必须在艰苦斗争中克服自己浪漫谛克的幻想,必须全心全意为劳动人民服务,而不是想得到劳动阶级的"从丰报酬,特别优待";一句话,必须首先成为一个革命人,然后可以成为一个革命的作家。

鲁迅说:"第一,倘若不和实际的社会斗争接触,单关在玻璃窗内做文章,研究问题,那是无论怎样的激烈,'左',都是容易办到的;然而一碰到实际,便即刻要撞碎了。关在房子里,最容易高谈彻底的主义,然而也最容易'右倾'。"鲁迅是"经历了辛亥革命以前直到现在的四分之一世纪的战斗,从痛苦的经验和深刻的观察之中,带着宝贵的革命传统到新的阵营里来的"[①]。鲁迅是"因为从旧垒中来,情形看得较为分明,反戈一击,易制强敌的死命"[②]。"倘若不和实际的社会斗争接触",能够把"情形看得较为分明",打中敌人的要害,"易制强敌的死命"吗?鲁迅一贯认为"虽是仅仅攻击旧社会的作品,倘若知不清缺点,看不透病根,也就于革命有害"[③];并且,更重要的是"倘若不和实际的会斗争接触",就会认不清革命斗争的主要对象,

---

① 《瞿秋白文集》,第二卷,九九七页。
② 《鲁迅全集》,第一卷,三六四页。
③ 《鲁迅全集》,第四卷,二三八页。

会像瞿秋白同志后来所描述的："不能估计敌人的力量，自然也就不能够作战。革命文艺的初期，正因为不会估计现实的形势，所以只有些口号标语的叫喊。这不是向敌人进攻，不是向反动意识去攻击，而只是叫喊。革命军队的枪炮不对着敌人瞄准，而只在战场上眼睛向着天摇旗呐喊，——这虽然很'勇敢'，而事实上的确没有打仗！"① 鲁迅在同一演说中也提到革命文艺初期的这一经验教训："在去年和前年，文学上的战争是有的，……一切旧文学旧思想都不为新派的人所注意，反而弄成了在一角里新文学者和新文学者的斗争，旧派的人倒能闲舒地在旁边观战。"正是正确地总结了革命文学运动的经验，鲁迅才要求左翼作家首先要"和实际的社会斗争接触"。左翼作家不首先解决这个问题，就不能担负起"无产阶级解放斗争的一翼"的重大使命，"也最容易'右倾'"。同时，"和实际的社会斗争接触"，也是文艺创作的一个根本问题。毛主席从根本上指示了这一问题："作为观念形态的文艺作品，都是一定的社会生活在人类头脑中的反映的产物。革命的文艺，则是人民生活在革命作家头脑中的反映的产物。"② 很明显，毛主席的这一英明论断和鲁迅当时的意见，在主要精神上是一致的——教导革命的文艺工作者必须对"和实际的社会斗争接触"有正确的认识与足够的重视。

鲁迅接着指出："第二，倘不明白革命的实际情形，也容易变成'右翼'。"他要求左翼作家认清革命"是现实的事，需要各种卑贱的，麻烦的工作，决不如诗人所想象的那般浪漫"，并且着重指出："对于革命抱着浪漫谛克幻想的人，一和革命接近，一到革命进行，便容易失望。"俄国诗人叶遂宁对"十月革命"所抱的幻想的破灭，中国"南社"的文人对辛亥革命所抱的幻想的破灭，便都是例子。鲁迅痛切地指出了这种小资产阶级知识分子的狂热、动摇、时"左"时右的劣根性，后来又说这些小资产阶级是"翻着筋斗的"，"有些忽然一天晚上自称突变过来的小资产阶级革命文学家，不久就又突变回去了"③。把"自称突变过来的小资产阶级革命文学家"和叶遂宁欢

---

① 《瞿秋白文集》，第二卷，八九一页。
② 《毛泽东论文艺》，六四页。
③ 《鲁迅全集》，第四卷，二三六至二三七页。

迎"十月革命"的呼声"万岁，天上和地上的革命"、"我是一个布尔塞维克了"对照一下，我们就更能看出鲁迅的思想的正确与深刻。鲁迅又说过："这样的翻着筋斗的小资产阶级，即使是在做革命文学家，写着革命文学的时候，也最容易将革命写歪；写歪了，反于革命有害。"非常明显，这样的"革命文学家"，实际上已经成为"新的运动的反动者"了。远一点如革命叛徒×××，近一点如右派分子××、×××，便都是打着革命的旗号，抱着自己的幻想，其实是干着反动的勾当。但是，这也正如鲁迅所断言："革命前夜的纸张上的革命家，而且是极彻底，极激烈的革命家，临革命时，便能够撕掉他先前的假面，——不自觉的假面。"[①] 在民主主义革命时期如此，在社会主义革命时期如此，在今后不断革命的任何时期，也都必然如此："倘不明白革命的实际情形"，便容易成为"新的运动的反动者"，因此，鲁迅要求左翼作家"明白革命的实际情形"，在"各种卑贱的，麻烦的工作"和艰苦的斗争中，克服自己浪漫谛克的幻想；也只有这样，才能成为一个名副其实的左翼作家。

鲁迅特别提出的第三点是"以为诗人或文学家高于一切人，他底工作比一切工作都高贵，也是不正确的观念"。这一问题，其实是革命文学家与革命队伍的关系问题。鲁迅本人就是正确地解决这一问题的典范。他说："我好象一只牛，吃的是草，挤出的是牛奶，血！"[②] 而最能集中地表现鲁迅这种精神的，是他的两句诗"横眉冷对千夫指，俯首甘为孺子牛"。毛主席说过，这两句诗"应该成为我们的座右铭"，还说"一切共产党员，一切革命家，一切革命的文艺工作者，都应该学鲁迅的榜样，做无产阶级和人民大众的'牛'，鞠躬尽瘁，死而后已"[③]。鲁迅就是用自己这种"俯首甘为孺子牛"的精神来批判那种"以为诗人或文学家，现在为劳动大众革命，将来革命成功，劳动阶级一定从丰报酬，特别优待"的错误观念，并且指出："如果不明白这情形，也容易变成'右翼'。"事实有力地证明了鲁迅的正确：右派分

[①] 《鲁迅全集》第四卷，一七八页。
[②] 许广平：《欣慰的纪念·题辞》。
[③] 《毛泽东论文艺》，八一页。

子××的"一本书主义"、××的"国际声誉"的"资本",都是因自视特殊而堕入了反党、反人民、反社会主义的罪恶深渊。

鲁迅在这篇演说的前一部分,正确而深刻地阐明了左翼作家必须首先成为一个革命人,然后才可以成为一个革命作家的道理,并且指明了成为革命人的具体道路:和实际的社会斗争接触,明白革命的实际情况,在艰苦的斗争中克服自己的浪漫谛克的幻想,正确对待自己和劳动大众的关系。也就是说,鲁迅反复地强调了非无产阶级出身的作家,在实际的斗争中改造思想的决定性意义。鲁迅早在一九二七年就说过:"我以为根本问题是在作者可是一个'革命人',倘是的,则无论写的是什么事件,用的是什么材料,即都是'革命文学'。"① 如果说那时鲁迅所说的"革命人"的阶级内容还不够明确,那么,在作这次演说的时候,鲁迅却是十分肯定地宣称"无产文学,是无产阶级解放斗争底一翼"。但是,由于历史条件的限制,鲁迅不可能充分论述思想改造的必要性和艰巨性,也不可能提出更为具体可行的思想改造的道路。对于非无产阶级出身的知识分子的思想改造问题,只有毛主席《在延安文艺座谈会上的讲话》中,才从理论到实践的步骤,都作了系统而深刻的解决。毛主席着重指出"我们的文艺工作者一定要完成这个任务,一定要把立足点移过来,一定要在深入工农兵群众、深入实际斗争的过程中,在学习马克思主义和学习社会的过程中,逐渐地移过来,移到工农兵这方面来,移到无产阶级这方面来。只有这样,我们才能有真正为工农兵的文艺,真正无产阶级的文艺",并且号召"中国的革命文学家艺术家,有出息的文学家艺术家,必须到群众中去,必须长期地无条件地全心全意地到工农兵群众中去,到火热的斗争中去,到唯一的最广大最丰富的源泉中去……"② 把鲁迅这篇演说词和毛主席的指示对照一下,我们更觉得鲁迅当时的见解之正确,而且具有其深远的意义。

鲁迅提出并阐明了左联的成员如何才能成为真正的左翼作家以后,在演

---

① 《鲁迅全集》,第三卷,四〇八页。
② 《毛泽东论文艺》,六一至六二页,六五页。

说的后一部分对左联今后如何进行战斗——也就是如何才能实现左联的战斗纲领,提出了几点具体意见。

鲁迅主张"对于旧社会和旧势力的斗争,必须坚决,持久不断,而且注重实力",决不能被旧社会的"容许"所麻醉而和它"妥协",甚至唱起"无产文学胜利"的凯旋歌。鲁迅站在无产阶级思想的高度,确切地指出:"无产文学,是无产阶级解放斗争底一翼,它跟着无产阶级的社会的势力的成长而成长,在无产阶级的社会地位很低的时候,无产文学的文坛地位反而很高,这只是证明无产文学者离开了无产阶级,回到旧社会去罢了。"鲁迅亲身经历过几次"同一战阵的伙伴"的"变化"——"有的高升,有的退隐,有的前进"[①],看清了"旧社会还有它使新势力妥协的好办法,但它自己是决不妥协的"。因此,对它的斗争"必须坚决,持久不断,而且注重实力"。假如因"旧社会也容许无产文学"而错误地认为"不必再斗争",那就必然会重蹈过去"许多新的运动"的覆辙。这一来,岂不是连"战阵"也撤销了,还有什么扩大战线、培养新战士、确定斗争目标可谈呢?鲁迅首先提出这点来,正是以为只有认真解剖当面的敌人,也正确地估计敌人的力量,左联的战斗才能"知己知彼,百战百胜"。更重要的是,鲁迅检讨了过去"新的一面没有坚决的广大的目的,要求很小,容易满足"的缺点,自然地就引导和启发听讲人得出了正确的结论:只有无产阶级革命的胜利,才是无产阶级文学的真正的胜利;革命文学运动的目的,不是为了文学的胜利,而是为了"无产阶级解放斗争"的胜利!

鲁迅以不可辩驳的历史事实,阐明了无产文学运动应有的"坚决的广大的目的",同时,正确地估计了敌人的力量,指出"旧社会的根柢原是非常坚固的,新运动非有更大的力不能动摇它什么",便进一步转向新运动如何才能"有更大的力"的讨论。鲁迅说:"第二,我以为战线应该扩大。"在这段里,鲁迅检讨了前两年文学上的斗争"范围实在太小"的缺点,但更重要的是提出了扩大战线、集中力量向旧派进攻的积极建议。由于战线的应该扩

---

① 《鲁迅全集》,第四卷,三四八页。

大，和这斗争"必须坚决，持久不断"，鲁迅提出了第三点意见："我们应当造出大群的新的战士。……对敌人应战，也军势雄厚，容易克服。"如果说"我们急于要造出大群的新的战士"，是"招兵"，那么，鲁迅的第四点意见"在文学战线上的人还要'韧'"，就是"练将"。"所谓韧，就是不要像前清做八股文'敲门砖'似的办法。……要在文化上有成绩，则非韧不可。也就是说，要坚持自己的战斗岗位，钻研自己的业务，提高战斗的能力。鲁迅所提的这四点意见，总的又都贯穿着他的"韧"的战斗精神。

演说的最后，鲁迅特别强调说："我以为联合战线是以有共同目的为必要条件的。"这一结束语，非常有力地揭示了这篇演说词的基本精神：前一部分对左翼作家的思想改造的要求，后一部分对左联坚决斗争、扩大战线、培养新战士、提高战斗力的意见，其"目的都在工农大众"，都在"无产阶级解放斗争"！

鲁迅《对于左翼作家联盟的意见》，已经发表整整三十年了。它不仅对当时的革命文学运动和左翼作家起过巨大的指导作用，就是在今天，对于我们仍然有着巨大的教育意义。例如鲁迅要求非无产阶级出身的作家首先必须成为"革命人"，同时还要坚持自己的战斗岗位，钻研业务，提高战斗能力；他的精辟的分析和具体的意见，都能够帮助和推动我们向又红又专的方向努力，向红透专深的目标迈进。这里还有一点须要特别提出：我们必须学习鲁迅考虑问题、提出意见"目的都在工农大众"和"俯首甘为孺子牛"的伟大的革命精神的宝贵传统；我们应该也有责任继承和发扬它！

《对于左翼作家联盟的意见》不但有非常丰富的思想内容，而且有高度精炼的艺术形式。这后一点，又和艺术技巧的熟练运用，密切相关。例如，这篇演说词几处运用先下断语后作分析的论述方法和反证的说理方法，就都运用得非常纯熟。鲁迅在演说的开头，就直接提出："我以为在现在，'左翼'作家是很容易成为'右翼'作家的。"这不是"危言耸听"，而是没有一句废话的"单刀直入"，又因为是演说，这样就使听讲人立即能够掌握讲话内容的纲领。鲁迅分析"'左翼'作家是很容易成为'右翼'作家的"这一断语，谈到前两个理由时，都是运用反证的说理方法。这种方法启发听讲人

（或读者）自己得出演说人（或作者）的结论：非"和实际的社会斗争接触"不可，非"明白革命的实际情形"不可，非"……"不可。这样就能加深听讲人对结论所得的印象和从结论所受的影响。但是，这些方法本身，并没有高下之别，运用什么方法，都全是决定于内容的需要和实际情况的。鲁迅说明非"和实际的社会斗争接触"不可、非"明白革命的实际情况"不可的道理的时候，所使用的反面的具体例证，正是大家所熟知而又最能说明危害性的严重程度，因此即使不再举正面的积极例证，已能充分达到演说的要求。又如，鲁迅在演说中从听讲人本身应注意的事说到大家应共同注意的事，也不只是善于掌握听讲人的情绪和富于说服力的艺术技巧的熟练运用，演说的内容就决定了不能不这样安排。——没有名副其实的战士的战斗团体、没有真正的左翼作家的左翼作家联盟，难道还有什么战斗纲领能够实现？

因此，我们学习鲁迅的著作，首先应该明了：鲁迅著作的深厚的思想内容和精炼的艺术形式，都是来自实际的斗争中，都是为实际的战斗需要而创造的。鲁迅一生最痛恨空头文学家，我们学习鲁迅的著作，也应该有鲁迅这种联系实际的精神，并从为实际战斗需要这一主要之点去着手，才可能对鲁迅著作有深刻的体会。

一九六〇年三月

一个坚决反封建的斗士的艺术形象

——读鲁迅的短篇小说《长明灯》

在鲁迅先生早期作品的小说中，我们感到有一个在同时期其他作家的作品里面很少见到的特点，便是鲁迅曾为我们塑造出一些正面人物的艺术形象。这些使读者深受感动，从而得到鼓舞的艺术形象，又大多是当时最主要的反封建斗争的"闯将"和民主主义革命的战士，如"狂人"（《狂人日记》）、"疯子"（《长明灯》）、夏瑜（《药》）等等。特别是《长明灯》里的"疯子"的形象的塑造，更充分地表现着鲁迅的革命现实主义与革命理想主义结合的创作方法的优异收获。

与《狂人日记》的反封建的主题相近似的《长明灯》，写于一九二五年三月一日。在《长明灯》里，鲁迅所塑造的反封建主义的革命民主主义战士的艺术形象"疯子"，较在"五四"前夕所写的《狂人日记》的"狂人"的差异，首先是具有着更坚决鲜明的革命性。他以对于旧社会毫不妥协的反抗意志和采取积极的实际斗争行动，超越了"狂人"而前进一步。我们可以说，由"狂人"到"疯子"，相当地体现了"五四"以来中国革命新的时代精神，即是受"五四"风暴觉醒的青年知识分子，在当时党建立后所领导的人民革命斗争正在酝酿和开展的间接影响下，必然会产生的对革命的新认识，从反对封建思想到对整个社会进行革命改造的要求。这也正可以说明鲁迅在他所谓"彷徨"与"求索"这一时期，他对于中国革命所可能达到的新的理解，他的对于孤独的精神界战士的既加赞颂而又感觉不满，同时这就反映出他在思想上正在寻求新的跃进，和他当时的世界观的一定的局限性。

那个被叫作"疯子"的吉光屯的青年，同"狂人"一样是出身于封建家族的叛逆者，他的斗争行动是针对着那盏吉光屯世代相传的、从梁武帝时便一直点燃的长明灯。这盏灯实际上象征着封建的精神统治，受着封建阶级盲目的顶礼和顽固的保卫，而觉醒的青年却认为它是造成社会的种种灾难的根本原因，他坚决地要求吹熄它。他的行动已不是如"狂人"的劝转吃人者那样空洞，也较"狂人"有着更明确的斗争目标。他不仅发出使古老的吉光屯的顽固封建阶级震惊的"熄掉他罢"的坚强有力的呼声，并且是毫不理睬反动者的威胁和欺骗，固执地要"我自己去熄，此刻去熄"。而当这一要求和行动受到难以逾越的阻挠时，他面对着封建阶级发出了愤怒的也是最坚决的回答："我放火！"在这彻底地用烈火来烧毁一切的战斗宣言里，鲁迅提出了摧毁整个封建社会的新的革命要求，既真实地刻划出在"五四"风暴中新一代青年的战斗性格的成长，充满了勇敢和坚定的精神，同时也通过那震撼人心的"我放火"的号召，暗示着新的革命风暴的即将到来。

不过，虽然"疯子"所表现的叛逆者的反抗精神是那样的昂扬，那样的沉着坚定，不受敌人的阴谋诱惑，不在敌人威胁面前动摇妥协，但是我们也很可以明显地看出，他的斗争仍是孤军奋战，他的周围的人也没有一个能同情他和援助他的。所以，鲁迅虽以充满热情的诗的语言刻划着这一个孤独的战士的生气勃勃的形象，却又不能不遵循现实主义予以失败的结尾，正反映了鲁迅这一"彷徨"和"求索"时期思想上的苦闷与矛盾，他的"忧愤的深广"。而读者从作者对于孤独的战士的不满和批判倾向中，也正可得到进一步的教育和启示，即是作为一个新时代的革命者，必须克服个人主义的缺点，全心全意地加入革命斗争行列中，和人民群众取得血肉的联系，并且也只有这样投身在群众火热的斗争中去锻炼自己，才能逐渐地成长起来，才能真正对革命发生积极作用。

在揭露长明灯的保卫者的群丑方面，鲁迅贯注了极大的憎恨情感，而且又是使用了白描和含蓄的艺术手法加以刻划的。鲁迅不仅写出他们的顽固、胡涂、阴险、凶狠，也写出他们对叛逆者的内心上的真实的畏惧，甚至像他们那样众多的封建人物，却几乎无力也无法应付一个孤单的青年"忤逆子弟"的挑战，这也就很能使读者感到兴奋和乐观。自然，腐朽的势力是不甘心死亡的，所以他们终于作着垂死的挣扎，对疯子下了毒手，但那又是何等的怯懦的姑且暂时囚禁的办法，真是煞费苦心，才能取得暂时的苟安，古老的吉光屯才又似乎平静了下来。然而这其间正透露了他们已不能制止叛逆者的还要出现和还要与他们坚决斗争，他们所保卫的灯和他们依附的社会结构，是将有一日会要在人民革命的烈火中完全烧毁净尽的。所以，从作者对描绘新旧力量的矛盾斗争和真实力量的对比的倾向来看，《长明灯》给当时读者有着鼓舞的效果，作者对革命前景的肯定仍是极为显著，并不是在抒发忧愤和在悲观失望情绪之下去创作的。

鲁迅对劳动人民美德的赞颂

——读《一件小事》和《社戏》

对于劳动人民有着真挚的爱,并且能够坦率地放下自己的"知识分子"的臭架子,敢于热烈地、由衷地赞美劳动人民的美德,这是表现在"五四"时期鲁迅创作上的一个突出的特点,也是在同时代其他作家的作品中极难见到的。

正如我们所周知的,鲁迅之能成为革命的坚韧不拔的勇士,把自己的一生贡献给人民的革命事业,其根源就在对祖国和劳动人民的爱。

瞿秋白同志在《鲁迅杂感选集·序言》里说:"鲁迅是莱谟斯,是野兽的奶汁所喂养大的","莱谟斯是永久没有忘记自己的乳母的,虽然他也很久的在'孤独的战斗'之中找寻着那回到'故乡'的道路",最后他终于"回到'故乡'的荒野,在这里找着了群众的野兽性,找着了扫除奴才式的家畜性的铁扫帚,找着了真实的光明的建筑,——这不是什么可笑的猥琐的城墙;而是伟大的簇新的星球"。鲁迅虽然出身于中产阶级家庭,但是"他的士大夫家庭的败落,使他在儿童时代就混进了野孩子的群里,呼吸着小百姓的空气。这使得他真象吃了狼的奶汁似的,得到了那种'野兽性'。他能够真正斩断'过去'的葛藤,深刻地憎恶天神和贵族的宫殿,他从来没有摆过诸葛亮的臭架子。他从绅士阶级出来,他深刻地感觉到一切种种士大夫的卑劣,丑恶和虚伪。他不惭愧自己是私生子,他诅咒自己的过去,他竭力的要肃清这个肮脏的旧茅厕"。由于他自小就接触了劳动人民,对他们的痛苦有深刻的了解,同情他们,憎恨自己所出生的压迫农民的绅士阶级,同时,他更认识到了劳动人民的高贵品质,从而对他们产生了深刻的爱。由此他照出了本阶级的各种丑恶来，督促自己不断改造"自新"，终于抛掉了这个阶级所留给他的劣根性，成了无产阶级的先锋战士。

从《一件小事》和《社戏》里，我们看到了鲁迅对劳动人民美德的颂赞和他严格要求自己的自我批评精神。

《一件小事》描写一个人力车夫在拉着乘客"我"的时候，带倒了一个老太婆。车夫丢下了车子便去扶她，并不理会埋怨自己的乘客，也不顾及自己的生意。这是劳动人民纯洁高尚的品质的表现。小说把这个车夫和"我"作了对照的描写。当老太婆摔倒了，车夫去扶她的时候，"我"却"很怪他多事，要自己惹出是非，也误了我的路"，认为老太婆是"装腔作势罢了，这真可憎恶"。资产阶级和小资产阶级知识分子，他们总是把自己说得多么清白高贵，高人一等，而他们内心却是那么丑恶自私。与此相比，车夫的行为是何等的高尚！因而使"我"也"突然感到一种异样的感觉，觉得他满身灰尘的后影，刹时高大了，而且愈走愈大，须仰视才见。……渐渐的又几乎变成一种威压，甚而至于要榨出皮袍下面藏着的'小'来"。

一般人认为这是"小事"，而鲁迅却把它的意义看得很重大："这事到了现在，还是时时记起。我因此也时时熬了苦痛，努力的要想到我自己。几年来的文治武力，在我早如幼小时候所读过的'子曰诗云'一般，背不上半句了。独有这一件小事，却总是浮在我眼前，有时反更分明，教我惭愧，催我自新，并且增长我的勇气和希望。"他是这样善于发现劳动人民身上的优点，把这当作镜子来照见自己的缺点，促使自己"自新"，增强自己斗争的勇气和希望。这里我们看到了鲁迅先生是如何严格地要求自己，为此，他不惜"时时熬了苦痛"。从而，我们也更了解到他能"横眉冷对千夫指，俯首甘为孺子牛"（《自嘲》）和"我以我血荐轩辕"（《自题小像》）的原因何在。资产阶级知识分子必须经过艰苦的思想改造，才能成为真正的无产阶级战士。

在《社戏》里，鲁迅以白描的手法和抒情诗的笔调，画出了农民的淳朴善良的性格和孩子们的天真无邪，这是一群多么活泼可爱的孩子呵！他们没有受过等级偏见的污染，鲁迅跟他们的年纪相仿，但是论起行辈来，都至少是叔子，有几个还是太公，然而他们是朋友。即使偶尔吵闹起来，打了太公,也决没有谁会想出"犯上"这两个字来。因为鲁迅还是远客,他们特地从父母那里得到了减少工作的许可,来伴他游戏。他们一起钓虾,一起放牛;钓得的大虾照例是给鲁迅吃。对客人是尊敬的了,但是在放牛时,牛欺生,鲁迅怯生生地不敢走近牛的身边,只好远远地跟着,站着。鲁迅说:"这时候,小朋友们便不再原谅我会读'秩秩斯干',却全都嘲笑起来了。"

鲁迅的小朋友们都是聪明、勇敢、直爽的孩子。双喜是最聪明的一个。如鲁迅的外祖母担心他们晚上去看戏的安全而有所疑虑的时候,双喜可看出底细来了,便大声地说:"我写包票!船又大;迅哥儿向来不乱跑;我们又都是识水性的!"于是大人放心了。他们上了船,架起两只橹,有说有笑的,"飞一般径向赵庄前进了"。终于没出什么问题,双喜写的包票没有错!在回家的途中,大家商定偷罗汉豆来煮起吃。

"阿阿,阿发,这边是你家的,这边是老六一家的,我们偷那一边的呢?"双喜先跳下去了,在岸上说。

我们也都跳上岸。阿发一面跳,一面说道,"且慢,让我来看一看罢,"他于是往来的摸了一回,直起身来说道,"偷我们的罢,我们的大得多呢。"

用最好的东西招待朋友,即使这东西是全家辛勤劳动的果实,也毫不迟疑。阿发的心地是多么坦率、多么值得珍贵;阿发的行动充分体现了劳动人民的真挚、热烈、深厚的友情;同是穷苦人,双喜也能体贴阿发家的苦境,再多偷,倘给阿发的娘知道是要哭骂的,于是,也偷了一些六一公公田里的。在这样真挚友爱的气氛中,他们吃了一顿美味的豆。此后,"我实在再没有吃到那夜似的好豆,——也不再看到那夜似的好戏了"。在那喧嚣尘杂、争名夺利的社会里,鲁迅回味着也希望着再有那夜似的好豆和好戏!

村里的农民都是那么朴实厚道,"在小村里,一家的客,几乎也就是公共的"。六一公公这个和善慈爱的老人就算得好客的代表。孩子们一点也不感到他的威严,他并不责怪孩子们偷了他的豆,而是埋怨他们不好好地摘,踏坏不少。听说是请客,他毫不犹豫地说:"这是应该的。"鲁迅对他的豆只不过顺口赞了声"很好",不料他"竟非常感激起来",大大地得意了一番;

因为，这是他辛苦劳动种出来的呵，看得起豆，也就是看得起他的劳动。当他连声称赞"迅哥儿"的时候，我们并不感到好笑，而是深深地爱上了这个辛劳、热情、好客的老人。

鲁迅是以崇敬和爱戴的心情来写这些美丽的形象的。由此我们可以了解到，他在其它作品里写了劳动人民的缺点和落后，并不是看不起他们，而是因为爱他们，就想让他们变得更加完美无缺；这才是真正的爱。

鲁迅将会怎样对待体力劳动

在知识分子大批上山下乡参加劳动锻炼的时候，有同志问：鲁迅没有从事过体力劳动，为什么也能够成为一个坚定的共产主义的战士？

于此，我们首先敢坚决地、肯定地回答：假如鲁迅先生生活在现今，他一定会衷心地拥护党的号召，并且积极地上山下乡参加体力劳动锻炼，甚至愿长期做一个普通的真正劳动人民的。

我们又还相信这个回答，不是妄加揣测的推断，而是具有充分的理论和事实的根据。在下面，我们且就这一层，向提出问题的同志，更特别是想对一些从事文艺的青年们，扼要地谈谈。

鲁迅一生都战斗在旧社会。旧社会的统治者惧怕知识分子与工农相结合。他们知道，一旦知识为劳动群众所掌握，一旦知识分子直接为劳动群众服务，对他们的统治将是十分不利的。因此，他们剥夺了知识分子接近工农的一切可能，并且对革命知识分子，采取了血腥的法西斯统治。鲁迅一生都遭受到反动派的迫害，连最起码的言论行动自由也没有，自然就更没有机会参加体力劳动了。但是，即使在这样的环境下，鲁迅终于战斗过来，终于"从进化论到阶级论，从绅士阶级的逆子贰臣进到无产阶级和劳动群众的真正的友人，以至于战士"，这却绝不是偶然的，绝不是那些终老"象牙之塔"、漠视人民命运、逃避革命斗争、思想感情和劳动人民相去十万八千里的资产阶级和资产阶级知识分子所能达到的。鲁迅尽管没有参加体力劳动，但他之所以能够成为一个坚定的共产主义战士，这首先是和他对待劳动人民的正确态度，和他对待党所领导的人民革命事业的正确态度分不开的。

鲁迅出身于一个由小康转入困顿的破落的封建士大夫家庭，幼年时家道中衰，不得不寄食外祖母家，这使他一方面饱受上层社会的歧视，看穿了士大夫阶层的势利面孔和虚伪心肠；另一方面也得到接近农民的机会，体会了农民的勤劳、朴质、正义、富于同情心等美德，认识了封建剥削制度的不合理。这些，使他和劳动人民在精神上建立了密切的联系。他同情劳动人民，憎恨自己的本阶级，把改造社会、解放人民引为自己的责任。这种革命民主主义思想，构成了鲁迅早期进化论的核心，也是他由进化论转化到阶级论的一个基本前提。

由于幼年的经历和以后长时期的探索、观察，鲁迅对劳动人民是热爱的，对劳动人民的创造天才和革命性是深信不疑的。从他的作品《一件小事》、《故乡》、《社戏》到《朝花夕拾》，到《理水》，可以把它看成一组关于劳动和劳动人民的热情的颂歌。在《一件小事》中，鲁迅不但善于通过一件平凡的事件发掘劳动人民大公无私的崇高品德，并且能够从劳动人民的高贵品质中吸取力量来鼓舞自己，鞭策自己。在《朝花夕拾》回忆散文集中，有好几篇文字充满了对劳动人民的创造力量——特别是民间文艺的赞扬；《写在〈坟〉后面》表达了"世界却正由愚人（劳动者）造成，聪明人（知识分子）决不能支持世界"的劳动创造一切的思想。在《故事新编》这一集中，他选择了有教育意义的、健康的、明确的几个民间传说，如《理水》中的禹，便鲜明地歌颂了英勇坚毅的中国劳动人民的伟大形象。同时，鲁迅对那些不务实际，缺乏最起码的生产斗争知识和社会实践、四体不勤、五谷不分的知识分子，始终给了了严厉的批判和尖锐的讽刺。早在一九一九年在《新青年》杂志上写的《随感录·恨恨而死》中，他就严肃地说：

诸公！您知道北京离昆仑山几里，弱水去黄河几丈么？火药除了做鞭爆，罗盘除了看风水，还有什么用处么？棉花是红的还是白的？谷子是长在树上，还是长在草上？桑间濮上如何情形，自由恋爱怎样态度？您在半夜里可忽然觉得有些羞，清早上可居然有点悔么？四斤的担，您能挑么？三里的道，您能跑么？

鲁迅在此指出，像这样的知识分子，他们虽然感到"不平"，虽然易于"愤怒"，但仍然只能抱着怀才不遇的悲哀"恨恨而死"。他又进一步提示："不平还是改造的引线，但必须先改造了自己，再改造社会，改造世界。"

鲁迅经过了长期的、痛苦的探索，认识了只有劳动的工农群众，才是革命最忠实、最可靠的力量，而知识分子如果不能与工农相结合，不能彻底改造自己，尽管他们有一定的敏感，在革命运动中往往总是先觉者，却经受不住革命的考验，必将一事无成。因此，他在《对于左翼作家联盟的意见》中，一再谆谆告诫作家们要"和实际的社会斗争接触"，不要"单关在玻璃窗内做文章"；告诫作家要"明白革命的实际情形"，不要"抱着浪漫谛克的幻想"；告诫作家不要自以为诗人和文学家高于一切人，劳动阶级有例外的优待诗人和文学家的义务；否则，"左翼"作家是很容易成为"右翼"作家的。鲁迅认为，一个作家如果想写出革命文学作品，"根本问题是在作者要成为一个'革命人'"。他认为，只有当知识分子自身也成为"大众中的一个人"，他"才可以做大众的事业"。他自己一生的战斗历程，正是建立在这一正确认识的基础之上，正是他忘我的投入群众革命斗争，在斗争中不断解剖自己，鞭策自己，努力使自己成为"大众中的一个人"的结果。

鲁迅生活在民主革命时期，当时每一个知识分子所面临的最大考验，是尖锐激烈的阶级斗争。在当时，能否坚持人民大众的革命立场、密切配合革命步调，并且在革命洪炉中努力锻炼自己、改造自己，是一切革命的、不革命的和反革命的知识分子的根本分界线。鲁迅，只有当他认识了无产阶级的革命力量，自觉地把自己和党所领导的人民革命事业紧密地连结在一起的时候，他才可能结束自己前期的长期的痛苦的探索，才可能由"憎恶这熟悉的本阶级"到坚信"惟有新兴的无产者才有将来"，这不是很明显的吗？

因此，鲁迅和我们虽然处在不同的时代，新、旧社会对于我们和对于他所提出的要求自然是不大相同，知识分子从事劳动锻炼获得脱胎换骨的改造，也要在今日社会才有充分的可能。然而，鲁迅的例子，不但不能引用来说明知识分子可以不与工农相结合就能得到改造，相反的，鲁迅的发展道路，正可以完全说明：一个知识分子，只有当他无条件地放弃了自己本阶级的思想和成见，忘我地、全心全意地投入群众的火热斗争，并且在斗争中获得劳动人民的思想感情，把自己的知识放到实践中去经受考验，才能得到彻底改造，成为一个对人民有用的人。

今天，现实向我们提出了建立一支工人阶级知识分子广大队伍的任务。在目前，知识分子参加体力劳动，是自我改造的最有效的途径。作为一个知识分子，我们必须体会到党号召上山下乡，是对我们的爱护和关怀的具体体现。所以，我们应该用鲁迅对人民事业的忘我精神，对劳动和劳动人民的热爱，和鲁迅对自己的严格要求，来正确对待参加体力劳动的问题；以鲁迅所批判的坚持资产阶级、小资产阶级立场、脱离群众、脱离实际的知识分子为戒。因此，我们在这里还要进一步指出，鲜明地指出：任何企图以鲁迅没有参加体力劳动为借口来拒绝自我改造的思想、行为，都是和参加建设社会主义、和祖国对我们知识分子的要求根本不相容的。

一九五八年二月

关于鲁迅的《无题》一诗

毛主席在十月七日上午接见了正在我国访问的许多日本朋友，把亲笔写的一首鲁迅的诗送给他们。这首诗的原文是：

> 万家墨面没蒿莱，
> 敢有歌吟动地哀。
> 心事浩茫连广宇，
> 于无声处听惊雷。

毛主席把这首诗送给日本朋友，自然有深刻的现实意义。我们剖析一下这首诗，更可以了解鲁迅先生一生的战斗精神和他伟大的地方。

这首诗作于一九三四年五月三十日，见《鲁迅日记》"午后为新居格君书一幅云：万家墨面没蒿莱（下略）"，转收入《集外集》中，题目作《无题》。

鲁迅写这首诗的时候，中国正处于黎明前最黑暗的日子。当时日本帝国主义者侵略中国，吞热河，越长城，节节进逼，并且发表了独占中国的狂妄申明。国民党反动政府抱不抵抗主义，媚敌求饶，丧权辱国，对民族敌人的进逼步步退让；但是，对待国内人民却实行白色恐怖，采取残酷镇压的手段，不但纠集五十万兵力，向我中央革命根据地进攻，进行"第五次围剿"，而且逮捕和杀害革命和进步的人士，取缔抗日救国言论，加紧进行文化"围剿"。比如就在鲁迅写诗前几天，五月十七日，北京学生公祭李大钊先烈，国民党反动政府先后逮捕青年千人左右，其中被杀害者达四五百人；五月二十五日，国民党中央宣传部又在上海成立"图书杂志审查委员会"，查禁进步书刊，迫害文化界进步人士。这样，中国在国民党的反动统治下，人民生活痛苦万状，一切爱国的进步言论被压制，造成鲁迅诗中所说的"无声"

状态。

但是，就是在这样的情况下，革命和进步的人士并没有停止斗争，他们在中国共产党的领导下，积极组织起来，要求抗日救国。远在一九三三年一月十七日，中华苏维埃中央政府工农红军革命军事委员会就向全国发布了"集中全力，一致对外"的宣言。一九三四年四月中国共产党再度发表告民众书，并提出了有名的"抗日救国的六大纲领"。这一纲领在五月间由宋庆龄、何香凝等三千余人签名发表，名为《中华人民对日作战基本纲领》，广大群众热烈响应，公开签名赞成这个纲领的有几十万人，声势浩大。这无疑是"无声"中的"惊雷"。

处在这样的尖锐的情势中，鲁迅自然有极其深刻的感触，他对国民党反动派的残酷镇压，充满了极度的愤懑之情，但对全国人民对中国共产党宣言的响应，对中国前途的光明和远大，仍然满怀着乐观的希望。他的这种心情和感觉，都深沉地凝聚在这首《无题》诗中。

"万家墨面没蒿莱"，"墨面"是说，在国民党反动统治的最黑暗的时期里，人民过着暗无天日的生活，颜色憔悴；"没蒿莱"是指人民受压迫极深，无法生存，辗转挣扎在山泽草野之间。面对这样的现实，"敢有歌吟动地哀"，鲁迅即使有很大的愤懑也无处发泄，不愿而且不能再唱悲歌去感发大地兴起动人的哀痛。其实，这句话是反语，其中满含悲愤。这和鲁迅在《为了忘却的纪念》一文中的另一首诗中"吟罢低眉无写处"是同一个意义。这里深切地反映了鲁迅当时对国民党反动派的残暴和丑恶充满了仇恨和愤怒。而他无边无际的内心伤痛、浩茫无涯的抑郁之感，真像大野那样的广漠，所以他说"心事浩茫连广宇"，好像天地都容纳不下的样子。就在这全国人民悲愤沉默的无声中间，"于无声处听惊雷"，他仍听到了如惊蛰一样的春雷声。"无声"是鲁迅曾用过的话，早在广州的时候，他就用"无声的中国"来讲过中国的局势。但无声中终于响起了使万物昭苏、开拓新局面的平地一声雷，听到了广大人民抗日救国的呼声。这最后一句是全诗的主题，也集中表现了鲁迅先生革命乐观主义的精神。

这一点也进一步说明，作为一个伟大的文学家，一个伟大的共产主义战士,像鲁迅那样,那怕仅仅在二十八个字的一首七言绝句中,也能喊出被压迫人民的呼声,反映出时代的苦难,敢于正面地揭露反动统治阶级的残暴和罪恶。最可贵的是,鲁迅能在人民苦难的生活中,在哀愤的感情中,仍然对革命充满了乐观精神,充满了信心,对前途充满了希望,并不在可哀可愤中感到绝望。苏联著名诗人马雅可夫斯基说:"诗从有倾向的那个地方开始。"本来倾向性问题就是现实主义文学的根本问题。从苦难中看到新的出路,在暴风雨前夕听到惊雷,在哀愤中感到人民的力量,这正是鲁迅作为一个共产主义的伟大战士的最可宝贵的地方。

后 记

从我近几年为杂志、报章草写的有关鲁迅先生的一些文章里，编选成为这个小册子，取名《仰止集》，旨在表示我对这位中国文化革命伟人的敬爱和向往之意。如要说这可以算作个人在学习鲁迅先生时的点滴心得，那真是极其肤浅和太不成熟的了，因此现在编集付印出来，我最大的希望还是能够多多得到读者和同志们的指教。

卷首我的那首《怀念鲁迅先生》旧诗，作于一九四六年先生逝世十周年纪念日，在一九五六年十月，由我的父亲把它手写一页，影印在《〈草地〉纪念鲁迅逝世二十周年专辑》里。同时，他因为在辛亥革命后不久同鲁迅先生有过在南京和北京教育部同事的一段因缘，又草写了一篇《我所记忆的四十五年前的鲁迅先生》短文（发表在一九五六年十月六日《人民日报》上），表示对于鲁迅先生的追念。不意今年为鲁迅先生诞生八十周年和逝世二十五周年纪念，而父亲已不幸于去年十月六日以八十三岁之年病故！我在这次翻检留存的文稿时，对着先人手泽，实不胜感悼，所以我决定把父亲书写的我的旧诗印在卷首，并把那篇遗作，附录在集后，聊作纪念。

集内《鲁迅将会怎样对待体力劳动》短文，当时因为有报社的编辑同志提出这个问题请四川大学中文系教师代作解答，由我和李隆荣同志合写，后来又曾在《草地》月刊上发表。那篇《关于鲁迅的〈无题〉一诗》，系《四川日报》编辑部金笙同志向我下问，但因我自去年大病以来，至今写字还颇困难不便，他特于十月十一日来我家，由我勉力口讲，经他记录整理而成。我在这里除应说明外，并向李、金两同志致谢。又我在最近编选这本集子时，由于究竟是在重病之后还不能太多劳动，有几篇文章只好烦劳吴京同学代我作过一些文字上的校订和整理，我特在此对他表示谢意。

最后，我附笔再一次深深地感谢党、领导及各方友好同志对我的关怀、医院医师同志的尽力治疗，终于把我的生命从去年那样险恶的脑出血危症中抢救过来。今后只要健康能进一步恢复，我想我总可能把我那另一本已写出十万多字的《鲁迅研究》尚未完稿的最后四章写成的。只要自己不完全成为废人，能够做一点力所能做的工作，这便是我现在最大的、惟一的希望，也是我克服病苦与困难的最实际的鼓舞力量。

一九六一年十一月二十日，记于四川大学，铮园

◎鲁迅研究讲义（初稿）[①]

第一章　鲁迅的生平、思想发展及创作道路

第一节　生平

"帝国主义和封建主义相结合，把中国变为半殖民地和殖民地的过程，也就是中国人民反抗帝国主义及共同走狗的过程。"（《中国革命和中国共产党》，《毛泽东选集》第二卷六二六页）鲁迅就是生活和战斗在这伟大的过程里。鲁迅经历了旧民主主义革命和新民主主义革命这两个重大的历史时代。

鲁迅，原名周树人，号豫才。于公元一八八一年诞生在浙江省绍兴的一个士大夫家庭里。祖父是清朝的进士，父亲是一个正直的读书人。母亲性情善良，能干，宽厚，坚毅。这些可贵的精神品质，在鲁迅的整个思想和性格发展的过程中，产生了深远的影响。

一八九八年，鲁迅祖父因官司下狱。同时父亲又患了重病，因庸医所误，终于在一八九六年秋天逝去了。这一件很大的家庭变故，加剧了"他的士大夫家庭的败落"（这实际上是当时整个中国封建宗法社会不断崩溃的反映）。"有谁从小康人家而坠入困顿的么，我以为在这途路中，大概可以看见世人的真面目。"（《呐喊》自序）鲁迅在"他的士大夫家庭的败落"中，深切地体会到旧社会人与人之间的关系的虚伪、残酷、卑鄙与自私。他毅然决然地背叛了正在崩溃的封建宗法社会所给他规定的道路：做"幕友"或"商人"。"走异路，逃异端，去寻求别样的人们。"（《呐喊》自序）

[①] 根据四川大学教务处油印稿及部分手抄稿整理录入。

一八九八年五月，鲁迅到了南京，进了"洋务派"官僚办的江南水师学堂。因不满这个学校的"乌烟瘴气"，于一八九九年二月，改进了江南水师学堂附设的路矿学堂。在这里，他开始接受进化论（严复译、赫胥黎著《天演论》是一本通俗地介绍达尔文进化论的书）的洗礼和"新学"的影响，在他的思想上打下了比较坚实的科学（无神论、发展观点）基础。

一九〇二年一月，鲁迅在路矿学堂毕业；同年三月，选择了科学救国的道路，被派到日本留学；在东京弘文学院补习日语后，在一九〇四年九月，到仙台进了医学专门学校；一九〇四年又转学文学。鲁迅为什么学医，而后来又转学文学的呢？在《呐喊》自序里有这样一段具体深刻动人的追忆：

> 我的梦很美满，预备卒业回来，救治象我父亲似的被误的病人的疾苦，战争时候便去当军医，一面又促进了国人对于维新的信仰。我已不知道教授微生物学的方法，现在又有了怎样的进步了，总之那时是用了电影，来显示微生物的形状的，因此有时讲义的一段落已完，而时间还没有到，教师便映些风景或时事的画片给学生看，以用去这多余的光阴。其时正当日俄战争的时候，关于战事的画片自然也就比较的多了，我在这一个讲堂中，便须常常随喜我那同学们的拍手和喝采。有一回，我竟在画片上忽然会见我久违的许多中国人了，一个绑在中间，许多站在左右，一样是强壮的体格，而显出麻木的神情。据解说，则绑着的是替俄国做了军事上的侦探，正要被日军砍下头颅来示众，而围着的便是来赏鉴这示众的盛举的人们。
>
> ……从那一回以后，我便觉得医学并非一件紧要事，凡是愚弱的国民，即使体格如何健全，如何茁壮，也只能做毫无意义的示众的材料和看客，病死多少是不必以为不幸的。所以我们的第一要著，是在改变他们的精神，而善于改变精神的是，我那时以为当然要推文艺，于是想提倡文艺运动了。

一九〇六年七月，鲁迅到了东京，准备在这里提倡文艺运动，以实现他用文艺来改变人们精神的志愿；邀约几个同志，筹备《新生》杂志，但由于遭到周围人士的冷落和经济的压迫，始终未能实现。但鲁迅并未因《新生》

的失败而动摇其从事文艺运动的决心和信心，他仍旧积极寻找机会来进行文艺活动。

一九〇七年，他在《河南》杂志上先后发表了四篇启蒙式的论文：《人之历史》、《科学史教篇》、《文化偏至论》和《摩罗诗力说》。这些论文，比较明确系统地表达了鲁迅早期的宇宙观和革命启蒙主义的思想，是我们研究鲁迅早期思想发展情况最宝贵的资料。这些论文，比一九〇三年发表在《浙江潮》上的《斯巴达之魂》等几篇文章，在对某些社会问题的直接回答上，有显著的不同。但就其中燃烧着的强烈的爱国热情，和为民族献身的伟大精神来说，则完全是一致的。

一九〇八年，鲁迅做了革命家和大学者章炳麟的学生，并且加入了章炳麟所领导的民族主义革命团体——"光复会"。

一九〇九年，鲁迅和周作人合作，准备翻译一套《域外小说集》，介绍俄国和东欧、北欧的批判现实主义作品，用以激发人民对旧社会的斗争和反抗。因为购读的人无几，只印行了两集，便因印费不济而停止了。

一九〇九年八月，鲁迅回到了中国，任浙江两级师范学堂生理学和化学教员；一九一〇年，任绍兴府学堂监学兼教生物学。一九一一年，鲁迅热烈地欢迎了辛亥革命。绍兴光复后，鲁迅担任了山会师范学校的校长。

一九一二年一月，中华民国临时政府在南京成立。三月，鲁迅到了南京，任教育部部员；五月，随教育部迁北京，任社会教育司第一科科长；不久，为教育部签事。

辛亥革命的失败，给鲁迅以很大的刺激，破灭了他对于一切"将来的好梦"。由于他当时思想水平的限制，虽然已敏锐地发现了辛亥革命的妥协性和不彻底性，但还不能从根本上达到对辛亥革命失败原因的正确认识，对中国的前途缺乏具体的展望，因而一时情绪表现得比较消沉。但他并没有对祖国的前途、希望丧失信心，反而把全部的思想角触都集中在这令人"沉思"的焦点上，对当时的社会，对祖国的历史传统和文学传统，进行了深广的观察和分析，酝酿了他一九一八年以后从事"呐喊"的力量。

一九一八年五月，鲁迅在《新青年》杂志上发表了第一篇白话小说《狂人日记》。它以那种反封建的彻底的不妥协性，那种对于现实解剖的锐利程度，成了"五四"文化革命中最有力的一篇宣言，成了新文化运动的最初的辉煌实绩。鲁迅以革命的民主主义者，参加以共产主义思想为统帅的彻底的反帝反封建的新文化运动的统一战线。在统一战线和革命现实的激荡之下，鲁迅的创作便"一发而不可收"，从一九一八年到一九二二年，共写作了《狂人日记》、《孔乙己》、《药》、《阿Q正传》等十四篇小说（一九二三年，收集在《呐喊》里出版）。

一九二一年，中国共产党成立，新民主主义革命更进一步地向纵深发展，于是在以三种不同的社会力量组成的新文化战线内部，引起了势所必然的分化。当时，鲁迅对这次分化的阶级意识和历史意义，还缺乏明确的认识，因而又一时、又一次地深感到孤独和寂寞的痛苦。

"新的战友在那里呢？"

鲁迅怀着沉重和痛苦的心情，时刻都在留心寻找新的战友，准备继续对"僵尸的统治"展开更深、更广、更猛烈的进攻。

一九二四年，以"任意而谈，无所顾忌，要催促新的产生，对于有害于新的旧物，则竭力加以排击"（《三闲集》：《我和〈语丝〉的始终》）为特征的，由孙伏园提议创办，得到鲁迅积极支持的《语丝》周刊，在北京创刊了。一九二五年，鲁迅和部分文学青年所编的《莽原》周刊，也在北京创刊了。鲁迅就以《语丝》和《莽原》为阵地，以一九一八年以来就加以掌握和运用的"锋利无比的杂文为武器，向当时的封建复古派的《甲寅周刊》、《学衡》欧化绅士陈西滢和《现代评论》派、军阀走狗杨荫榆以及一九二一年后向封建势力投降的胡适等人，进行了最正确、最勇敢、最坚决、最忠实的战斗……实践了党在那时候的革命任务"（邵荃麟：《关于"五四"文学的历史评价问题》，见《人民文学》一九五九年五月号），和大革命蓬勃发展的南方相呼应。

通过这次激烈的政治上和思想上的战斗，无疑使鲁迅自己的思想获得了很大的进展。同时，通过这次激烈的政治上和思想上的战斗，鲁迅培养了一批年轻的革命的文艺工作者。"他不自私！正义感蕴蓄在他的心中；扶助被压迫者，揭发并剥露那些卑鄙的虫豸们，正是他的任务。这一种信念的力浸透在每一个接近过他的青年底纯朴的胸怀。"（许广平：《欣慰的纪念》）

由于鲁迅当时在思想上和实际行动上（一九二〇年起，鲁迅开始担任北京大学、北京高等师范学校、北京女子高等师范学校的讲师）直接指导和帮助了青年，所以他成了当时北京青年们最爱戴的导师之一。

一九二六年"三·一八"惨案之后，由于北方封建军阀的压迫，和南方大革命正在开展的吸引，鲁迅离开了工作和战斗了十几年的北京，南下到厦门大学任文科教授。

一九二七年，鲁迅离开厦门，满怀希望到革命根据地广州去，"想到广州后，对于'绅士'们仍然加以打击……与创造社联合起来，造一条战线，更向旧社会进攻"（《两地书》：六十九）。到广州后，鲁迅担任了中山大学文学系主任兼教务主任，但不久就敏锐地发现了"革命策源地"的真相。"住了两月，我就骇然，原来往日所闻，全是谣言，这地方，却正是军人和商人的国土。"（《三闲集》：《通讯》）

果然四月十二日，蒋介石在上海发动了反革命政变，大批地屠杀共产党员和革命群众。中山大学的学生也有许多被捕。鲁迅因营救无效，愤而辞职，而辞职后，尚不能免于被迫害的威胁；遂于同年十一月，来到上海，开始了上海十年的最伟大、最英勇的战斗。

鲁迅在从"五四"到大革命失败这一历史时期中，创作除了上述的《呐喊》而外，还有小说集《彷徨》（一九二四年——一九三五年）、《故事新编》中的一部分，杂文《坟》（一九〇七年——一九二五年）、《热风》（一九一八年——一九二四年）、《华盖集》（一九二五年）、《华盖集续编》（一九二六年）、《而已集》（一九二七年），散文诗《野草》（一九一四年——一九二六年），散文《朝花夕拾》（一九二六年），以及其他学术论著和翻译等。

在最后的十年中，特别是一九三〇年以后，鲁迅以一个杰出的共产主义者的姿态，站在民族斗争和阶级斗争最前线，率领着无产阶级的文学队伍，开拓和巩固自己的胜利，密切地配合了中国共产党所领导的武装斗争的开展。

一九三〇年三月，中国左翼作家联盟成立。鲁迅是它的发起人和实际的领导者之一。在"左联"成立的大会上，鲁迅发表了《对于左翼作家联盟的意见》的著名演说，提出了许多关于无产阶级文艺事业的精辟的、深刻的论点。在这个时期，鲁迅主编了"左联"的《奔流》、《前哨》、《十字街头》、《译文》等刊物。一九三一年至一九三二年，鲁迅和我们党杰出的文艺理论家瞿秋白同志并肩领导了"左联"，和瞿秋白一起，对国民党在文艺战线的"别动队"——"新月派"、"民族主义文学论者"、"自由人"、"第三种人"，开展了彻底的揭露和毁灭性的打击。在这些共同的战斗中，他和瞿秋白缔结了伟大崇高的友谊。

在这时期，鲁迅对于创作、对于翻译更为严肃和辛勤，出版了充满社会主义现实主义光辉的《三闲集》、《二心集》等九种杂文集，以及《故事新编》等作品。

在翻译方面，鲁迅尤其致力俄罗斯和苏联的文艺作品及文艺理论的翻译，如《死魂灵》（［俄］果戈理）、《毁灭》（［苏联］法捷耶夫）、《俄罗斯的童话》（［苏联］高尔基）、《艺术论》（［苏联］卢那卡尔斯基）、《艺术论》（［俄］普立汉诺夫）、《文艺与批评》（［苏联］卢那卡尔斯基）、《文艺政策》（苏共中央关于文艺的会议案及决议）等。鲁迅这些工作，对中国无产阶级文艺运动的进一步发展，产生了卓越的力量和影响。

此外，鲁迅介绍了苏联和德国的新兴木刻，并倡导和领导了中国新兴的革命木刻运动。

在这期间，鲁迅在中国共产党的领导下，参加了一系列的政治运动：一九二八年加入"革命互济会"；一九三〇年加入"中国自由运动大同盟"；一九三三年加入"中国民权保障同盟"；同年五月，亲自到德国驻沪领事馆递交反对法西斯暴行的抗议书；同年九月，帮助在上海举行的世界反帝大同盟远东会议，并为名誉主席之一。

一九三五年，红军完成了震惊世界的二万五千里长征。鲁迅和茅盾在通讯条件非常困难的情况下，给毛主席和朱总司令拍去祝贺长征胜利的电报，在电报中充满信心地说："中国和人类的未来，都寄托在你们身上。"

一九三六年，抗日战争爆发前一年，鲁迅因积劳和肺病逝世于上海。这是中国革命不可弥补的重大损失。"中国文化革命的伟人"（毛主席语）、东方的巨星虽然陨落了，但他却永远活在中国人民争取彻底解放的历史中，活在亿万中国人民和全世界进步人类的心里！

第二节　思想发展及创作道路

上面我们对鲁迅的生平及事迹做了一个比较系统、全面的介绍。而对于鲁迅的整个思想的发展过程的具体内容，时代对于鲁迅的深刻联系，鲁迅对于时代的深广反响，我们在下面将对这些问题进行理论性的探讨与阐发。

一九三三年，瞿秋白同志发表了他的一篇最辉煌的文艺批评论文——《〈鲁迅杂感选集〉序言》，对鲁迅在各重要历史阶段的思想情况，都做了十分正确的阐明。在二十多年来的鲁迅研究工作中，它一直发挥着一种指导和示范的作用。我们这样说，丝毫没有贬低二十多年来的鲁迅研究的很大的成绩。我们之所以说在某些重大论点上基本上没有超过瞿秋白同志的，正充分地证明了马克思主义的无限正确与不朽。二十多年来，尤其是毛主席的经典著作《中国革命和中国共产党》（一九三九年）、《新民主主义论》（一九四〇年）发表以来，在鲁迅研究的领域内，更是充实，更是扩展，更是深化了瞿秋白同志的论点。发表在《人民文学》一九五九年三月号上的邵荃麟同志的著名论文《关于"五四"文学的历史评价问题》中，对鲁迅在"五四"时期的思想情况的历史唯物主义的深刻见解，无疑是对瞿秋白同志的论点的补充与发展。

鲁迅的道路是一个伟大的爱国主义者的道路。一个坚定的、彻底的爱国主义者，在"十月革命"的光辉照耀下，必定走上与马克思主义完全结合的道路，成为一个杰出的无产阶级的战士。鲁迅一开始斗争，就站在爱国主义的立场、革命人道主义的立场、广大农民的立场。一切内在的思想活动，一切外在的实际行动，都密切地围绕着这样一个中心主题：如何使民族复兴，使祖国兴盛，使广大劳动人民得到真正的解放。

鲁迅所生活、战斗的是这样一个时代：

一八四〇年，鲁迅诞生前四十年，在古老的东方发生了一场巨大的历史事变，英帝国主义向封建主义的中国发动了鸦片战争，用大炮轰破了清王朝的昏庸腐败的"闭关自守"的大门，残暴地闯入了中国的国土，破坏了中国宗法封建社会的经济结构。自给自足的自然经济的基础开始瓦解崩溃。城市手工业和家庭手工业开始分化破坏，另一方面则促进了中国城乡商品经济的发展，给资本主义的发展创造了某些客观的条件和可能。但是我们知道，"帝国主义列强侵入中国的目的，绝不是要把封建的中国变成资本主义的中国。帝国主义列强的目的和这相反，它是要把中国变成它们的半殖民地和殖民地"（《中国革命和中国共产党》，《毛泽东选集》第二卷第六二二页），变成它们的血腥的魔爪下的"肥肉"。它们通过军事的、政治的和文化的压迫手段，来推进和加剧这个过程的逐渐深刻化。它们在继鸦片战争之后，又继续向中国发动了一系列的侵略战争：一八五七年的英法联军战争、一八八四年的中法战争、一八九四年的中日战争、一九〇〇年的八国联军战争……通过这些罪恶的战争，它们强迫清政府订立了许多不平等条约。根据这些不平等条约，它们除了索取了巨大赔款以外，还在中国取得了领事裁判权、陆海军驻扎权，并且控制了中国一切重要的通商口岸、交通运输、海关和对外贸易。它们在中国投资，经营轻工业和重工业，对中国民族工商业和社会生产力的发展，施以直接的压迫和阻碍。帝国主义者们为了巩固它们在中国的势力，"首先和以前的社会制度的统治阶级——封建地主、商业和高利贷资产阶级联合起来，以反对占大多数的人民。帝国主义到处致力于保持资本主义前期的一切剥削形式（特别是在乡村），并使之永久化"，从"从中国的通商都市直至穷乡僻壤，造成了一个买办的和商业高利贷的剥削网"，"支持、鼓舞、栽培、保存封建残余及其全部官僚军阀、上层建筑"（《中国革命和中国共产党》，《毛泽东选集》第二卷第六二三页）。帝国主义的这种侵略政策，贯穿了它们渗入中国并把中国变成半殖民地、殖民地、半封建社会的全部过程——从鸦片战争到蒋介石政权。帝国主义的这种侵略政策，使中华民族陷入了世界上最悲惨的境地中，我们伟大的祖国遭遇了一场空前的厄难。

一切有血性的中国人，一切有民族自尊心的中国人，一切有爱国主义精神的中国人，他们都深为祖国沦亡的厄运所激动，对祖国的前途表以了极大的关怀和深切的忧虑。他们从祖国血迹斑斑的大地上坚强地站立起来，向帝国主义和封建主义进行了英勇的反击。"从鸦片战争、太平天国运动、中法战争、中日战争、戊戌变法、义和团运动、辛亥革命、五四运动、五卅运动、北伐战争、土地革命战争，直至现在的抗日战争，都表现了中国人民不甘屈服于帝国主义及其走狗的顽强的反抗精神。"（《中国革命和中国共产党》，《毛泽东选集》第二卷第六二六页）特别是在五四运动以后，由于中国革命成为"无产阶级的社会主义革命"的一部分，由于中国革命得到了中国无产阶级的政党——中国共产党的直接领导，中国人民反帝反封建的运动取得了划时代的发展。它带着为辛亥革命（在更完全的意义上开始的旧民主主义革命）还不曾有的姿态——彻底地、不妥协地反帝国主义和彻底地、不妥协地反封建主义——进入了伟大的新民主主义革命的历史时代。

鲁迅所生活、所战斗的就是这样一个时代。简而言之，就是中华民族的危机日益深重，中国人民的民族解放斗争日益发展、日益深入、日益高涨的时代。鲁迅的整个思想和整个性格的发展，乃是这伟大时代的主要的矛盾斗争的反映。鲁迅是他的"时代和人民的忠实的儿子"，"伟大的作家、伟大的战士"（一九五六年十月十九日《人民日报》社论）。

> 灵台无计逃神矢，
> 风雨如磐暗故园。
> 寄意寒星荃不察，
> 我以我血荐轩辕。
>
> ——鲁迅《自题小像》，一九〇三年

这首诗洋溢着何等动人的爱国激情啊！它完全是"时代精神"的反映。是祖国人民与封建主义、帝国主义的矛盾斗争的反映。

时代向广大的爱国主义者、民主主义者提出这样一些重大的问题：如何推翻专制的清王朝，如何抵御帝国主义的侵略，如何实现祖国与民族的真正解放。改良主义者不能正确地回答这些问题。他们虽然在清王朝这滩死水里激起了几朵浪花，但"六君子"终于淹没在血泊里，中国历史的阶级结构注定了他们必然失败的命运。旧民主主义者由于阶级和时代的限制，也仍然不能正确地回答这个问题，甚至有某些旧民主主义者只是满足于"浮光掠影的粗浅的排满论调"。这个问题只在"十月革命"以后，在五四运动以后，由中国共产党来加以解决。

伟大的爱国主义者鲁迅、伟大的革命启蒙主义者鲁迅，当时是注意到了这些问题的，并且都加以了研究，做出了回答。他的答案，以马克思主义的观点看来，是不正确的。但是就他所处的那个时代的一切具体条件来说，他的答案，无疑已经达到了当时所可能达到的高度。

鲁迅远在一九〇二年，就朦胧地接触到了人民思想启蒙的问题，和朋友"每每谈中国民族性的缺点，……又常常谈着三个相关联的问题：（一）怎样才是理性的人性？（二）中国民族中最缺乏的是什么？（三）它的病根何在？"（许寿裳：《回忆鲁迅》）一九〇七年，鲁迅在《河南》杂志上先后发表了四篇在当时中国"精神界"最为宝贵的论文：《人之历史》、《科学史教篇》、《文化偏至论》、《摩罗诗力说》。尤其是《文化偏至论》和《摩罗诗力说》的对于时代的深刻联系，则非当时一般人所能企及。这四篇论文表达了先进的民主主义者鲁迅的基本世界观：进化论和个性主义。在这里必须指出，鲁迅的进化论和"社会达尔文主义者"有着根本的差别。他只采取了达尔文主义的合理内核——进化发展的观念，认为"后起的生命总比以前的更有意义，更安全"（《坟》：《我们现在怎样做父亲》）。至于个性主义，在下面我们将进行专门的阐发。

"不是伟大的天才，有敏锐的感觉和真正世界的眼光，就不能跳过'时代的限制'。"（瞿秋白：《〈鲁迅杂感选集〉序言》）在《文化偏至论》（见《坟》）中，鲁迅对洋务派和君主立宪派进行了尖锐的攻击和批判，彻底地揭露了那些"竞言武事"的"轻才小慧之徒"，"将事权言议，悉归奔走干进之徒，或至愚屯之富人，否亦善垄断之市侩"的祸国殃民的卑鄙行径，指出了十九世纪欧洲物质文明两大流弊（参看朱正：《鲁迅传略》三十二页）。这些指责，无疑是对资本主义社会的一种很深刻的批评，无疑是对资本主义社会摧残和抹杀人们的个性的一种揭露或抗议。在这篇论文中，鲁迅提出了革命的启蒙主义,"回答"了"当时思想界的一个严重问题:群众这样落后怎么办?"这一问题是当时一般的民主主义者所忽视的或根本不被发觉的问题。要解决这个问题,必须弄清楚这一问题的三个重要的方面:(一)是哪些社会力量造成了群众个性的闭塞、落后、麻木、自私、愚昧。(二)用怎么一种适当的、强有力的手段来击破这些社会力量,解放群众的个性。(三)在群众的个性解放之后,又用怎么一种思想力量和物质力量来巩固这种胜利,从而培养一种新型的个性,以达到真正的彻底的个性解放。对于这些问题,鲁迅对它们认识的程度是不同的,对于一、二问题则比第三问题认识得较为明确。在当时,在洋务派、改良派虚伪、反动、失败的情况下,在民主主义革命的春潮鼓动下,在马克思主义还没有传入中国的情况下,爱国主义者鲁迅只可能采取尼采"格物质而张灵明,任个人而排众数"或"重个人,非物质"的学说。这里我们应该指出,尼采是"极为反动的德国唯心主义哲学家,资产阶级剥削和侵略的公开辩护者,法西斯思想家的先驱"(见〔苏联〕罗森塔尔·尤金:《简明哲学词典》)。在鲁迅提倡尼采"超人"哲学的时候,"这种学说在欧洲已经是资产阶级反动的反映,他们要用超人的名义,最'先进'的英雄和贤哲的名誉,去抵制新兴阶级的群众的集体的进攻和改革"(瞿秋白:《〈鲁迅杂感选集〉序言》)。如此看来,鲁迅提倡尼采主义,是不是说明他是"唯心主义"、"个人主义"或和西欧的尼采主义者相一致的呢?回答是否定的。但是,如果说鲁迅完全没有受到尼采的某些不良影响,那也是不现实的态度。

由于时间、地点和条件的不同,鲁迅所理解的尼采主义和西欧的尼采主义,在内容和目的上均有着本质的差别。在爱国主义者鲁迅的思想中的尼采定义,我觉得在这两方面的含义,就是希望有一种具有革命人道主义和爱国主义思想的超人,"尤为高尚尤近圆满的人类"(《热风》、《随感录四十一》)来实行:一,对封建传统、封建文明施以"反动、破坏、掊击、扫荡";二,充分地揭露"国民的劣根性",含泪地、热情地鞭打他们的缺点,启迪他们的觉悟,解放他们的"个性"。通过具有这两方面含义的手段,来达到复兴祖国、复兴民族的目的。鲁迅这种个性解放的手段,虽然还不是正确的立场，但是当时的中国"城市的工人阶级还没有成为巨大的自觉的政治力量，而农村的农民群众只有自发的不自觉的反抗斗争。大部分的市侩和守旧的庸众，替统治阶级保守着奴才主义，的确是改革进取的阻碍。为着要光明，为着要征服自然界和旧社会的盲目力量，这种发展个性，思想自由，打破传统的呼声，客观上在当时还有相当的革命意义"（瞿秋白：《〈鲁迅杂感选集〉序言》）。

由于时代和鲁迅自己思想的限制，他不可能认识到改变群众的落后面貌的力量，不可能认识到把"沙聚之邦，转为人国"不能单靠"自觉至，个性张"来实现，更不能靠个别教育"庸众"和向旧社会挑战的"超人"来实现，而要靠人民群众的革命斗争、阶级斗争，而要靠政权的转变、经济基础的改变来实现。因而鲁迅的个性主义，乃是"一般的知识分子的资产阶级的幻想"的反映。但它不是反动的唯心主义和个人主义，它只具有某些唯心的色彩。

鲁迅的强调发展进化论和以反抗、破坏为核心的个性主义有着一种内在的联系，统一在他的世界观里。这种世界观乃是一种朴素的唯物主义与他的爱国主义结合。反映在文学领域内，则成为一种批判的或战斗的现实主义精神。鲁迅就用这种精神写下和渗透了《摩罗诗力说》（见《坟》），在中国荒凉的"精神界"里吹响了反抗、破坏、斗争、解放的冲锋战号，成了他光辉的文学生涯的起点。

在《摩罗诗力说》里，鲁迅介绍了"立意在反抗，指归在动作，而为世所不甚愉悦"的摩罗诗人拜伦、修黎、普式庚、密克威支、裴彖飞，指出他们"无不刚健不挠，抱诚守真，不取媚于群，以随顺旧俗，发为雄声，以起其国人之新生，而大其国于天下"，"其力如巨涛，直薄旧社会之柱石"，称他们为"精神界之战士"。显然，鲁迅对他们那种"刚健抗拒破坏挑战之音"是多么的向往呵！同时，透过他们向中国所寄托的希望又是何等的深厚。他要促进"国民精神之发扬"，他要在广大人民的心海里掀起"每响必于人心，清晰昭明，不同凡响"的自觉的声浪。

鲁迅通过《文化偏至论》和《摩罗诗力说》，按照自己的方式，就这样回答了时代和革命所提出的问题，把民主主义革命的胜利寄托在广大被压迫人民的觉醒上，寄托在革命启蒙主义的思想在"国民"中的普遍实现上。这是鲁迅的思想在辛亥革命前之所以远远地超过人之所在，之所以卓拔的所在。

但是不幸，鲁迅的这种革命的启蒙主义的见解，没有得到应有的社会的支持与回响，竟"如一箭之入于大海"，"差不多完全沉没在浮光掠影的粗浅的排满论调之中"（瞿秋白：《〈鲁迅杂感选集〉序言》）。虽然如此，但鲁迅究竟向社会表明了，向历史表明了他的先进的民主主义的态度，他的对于时代矛盾的忠实反映，至企图对矛盾加以解决的革命启蒙主义者的态度。这种态度在辛亥革命失败以后，在五四运动以后，得到了极大的、充分的发展。

辛亥革命的失败，震破了鲁迅的全部幻想。但辛亥革命为什么会失败呢？中国革命的将来前途是什么呢？以及这前途靠什么人来达到呢？鲁迅不可能从本质上加以把握，加以理解，加以展望。矛盾使鲁迅陷入痛苦之中。

我觉得仿佛久没有所谓中华民国。

我觉得革命以前，我是做奴隶；革命以后不多久，就受了奴隶的骗，变成他们的奴隶了。

我觉得有许多民国国民而是民国的敌人。

——《华盖集》：《忽然想到·三》

见过辛亥革命，见过二次革命，见过袁世凯称帝，张勋复辟，看来看去，就看得怀疑起来，于是失望，颓唐得很了。

——《南腔北调集》：《〈自选集〉自序》

然而正是由于这矛盾，这痛苦，更刺激着鲁迅进一步地去分析，去解剖历史、社会，以及辛亥革命，逐步地提高着自己的思想与发展的革命现实相结合的程度，逐步地充实着自己的战斗现实主义的实力。

我们知道"存在决定意识"是马克思主义最根本的一条原理，它也是指导我们检讨鲁迅思想发展的一条最基本的理论。但同时我们也不能忽视问题的另外一方面：正确地被决定于"存在"的"意识"或者说正确地反映了客观现实的"意识"（这里说的正确不可能是最完全的、绝对的，而是在基本的前提下不同程度的和相对的）有一种对于"存在"的能动的反作用。鲁迅之所以在一九一八年以前只能孤独地"沉思"，而在一九一八年以后就"呐喊"起来了，就更有了"毁坏这铁屋的希望"，就更加强了用"呐喊""以慰藉那在寂寞里奔驰的猛士，使他不惮于前驱"（《呐喊》：《〈呐喊〉自序》）的志向，这是有着他特定的时代背景的，以及忠实地反映了这时代背景的、在某些方面不同于他前期的思想状态的。

一九一七年，俄国爆发了"十月革命"，对中国革命的发展方向和鲁迅的发展方向都产生了决定性的影响。

"十月革命不能认为是'一个范围内的革命'。它首先是国际性的世界性的革命，因为它是全人类历史中从资本主义旧世界到社会主义新世界的根本转变。"（《斯大林全集》：第十卷，中文版203页）"十月革命开辟了一个新时代，即在全世界各被压迫国家中，在和无产阶级结成联盟并在无产阶级领导下进行殖民地革命的时代。"（同上，206页）

鲁迅当时这样表达了他对"十月革命"的欢呼：

>　有主义的人民（指俄国人民——笔者），他们因为所信仰的主义，牺牲了别的一切，用骨肉碰钝了锋刃，血液浇灭了烟焰。在刀光火色衰微中，看出一种薄明的天色，便是新世纪的曙光。
>
>　　　　　　　　　　　　——《热风》：《随感录五十九"圣武"》

尽管是一种"薄明的天色"，但它在伟大的爱国主义者、伟大的革命人道主义者鲁迅的心中，始终是一种"新世纪的曙光"。

鲁迅看到了辛亥革命的失败教训，看到了帝国主义国家的瓦解和受伤，看到了"十月革命"的胜利，使他的思想里产生了一种朦胧的社会主义革命的理想，或朦胧的阶级论。这是一种与鲁迅抽象的超阶级的进化论的发展观念相矛盾的"簇新的"意识形态的萌芽。这是一种马克思主义的因素，这是一种社会主义的因素。这种"簇新的"因素作用于鲁迅的心中，结合着他进化论里的个别的辩证法因素、反抗传统守旧的积极精神，以及他的伟大的爱国主义思想，使鲁迅成了最彻底的民主主义革命者，成了忠实地体现人民群众的革命要求、忠实地反映时代思潮的伟大的文学家、伟大的思想家和伟大的革命家。

一九一八年，"五四"风暴的前夕，鲁迅发表了《狂人日记》，对"吃人"的封建传统、封建制度，总之全部封建主义的上层建筑，进行了最彻底的否定和最猛烈的攻击，成为中国新文化运动最早的、最有力的一篇战斗宣言。由于它那种彻底的不妥协的战斗姿态，由于它那种对于黑暗现实的解剖的惊人的"巨大的思想深度"，鲜明地体现了鲁迅的现实主义的特色。（这种特色在"五四"时期的鲁迅的作品里均有显著的表现。）它不同于巴尔扎克、托尔斯泰、果戈理、柴霍甫的现实主义，它不同于十九世纪的欧洲的批判现实主义，它乃是一种具有社会主义现实主义萌芽的、最清醒的、最战斗的，含有向社会主义现实主义过渡发展的决定性因素的现实主义。

鲁迅从事文艺活动，实际上远在青年时代就已经开始了，只是从意义上来说，《狂人日记》则更为完全，更为具体而已。鲁迅为什么要从事文艺运动？这固然是出于他的强烈而深厚的爱国主义，但同时也和他"把文学作为唤起人民觉悟，推动社会进步的强有力的武器"的理解分不开。他曾经这样表述过他的动机：

> 说到"为什么"做小说罢，我仍抱着十多年前的"启蒙主义"，以为必须是"为人生"，而且要改良这人生。我深恶先前的称小说为"闲书"，而且将"为艺术的艺术"，看作不过是"消闲"的新式的别号。所以我的取材，多采自病态社会的不幸的人们中，意思是在揭出病苦，引起疗救的注意。
>
> ——《南腔北调集》：《我怎样做起小说来》

鲁迅的创作可以说是在"必须"为"人生"，而且要改良（即改造）这人生的基础上展开的。

鲁迅为什么在"五四"时期，能创造出具有社会主义现实主义因素的革命的现实主义的作品呢？自然，这和鲁迅的一贯的文艺思想有着很大的联系，但最根本的是，鲁迅的思想具有了"五四"前中国的知识分子所未曾具有、同时也可能具有的最彻底的民主主义的特色，在"五四"新文化运动的统一战线中坚定地站在无产阶级这一边，坚决地进行反帝反封建的斗争。

鲁迅在文章里不止一次地说过,要"遵革命前驱者之命","听革命的将令",愿意诚实地做一个"革命军中马前卒"。他称自己这时期的作品是"遵命文学",并且强调指出"不过我所遵奉的,是那时革命的前驱者的命令,也是我自己所愿意遵奉的命令,决不是皇上的圣旨,也不是金元和真的指挥刀",并且还深刻地认识到,要"将旧社会的病根暴露出来,催人留心,设法加以疗治的希望……必须与前驱者同一步调的"(《南腔北调集》:《〈自选集〉自序》)。因而鲁迅成了中国新文化运动的主将和旗手。

一九一八年至一九二六年,鲁迅创作了《呐喊》、《彷徨》、《坟》、《热风》、《华盖集》、《华盖集续编》等作品。这些作品的思想力量和艺术力量都充分表明:鲁迅"是一位真正的伟大艺术家",鲁迅是一位"真诚地,深入地,大胆地看取人生,并且写出他的血和肉来的……崭新的文场"上的"凶猛的闯将"(《坟》:《论睁了眼看》)。在这些作品里,展开了在黑暗中呼吸着、呻吟着、挣扎着的人民的日常生活的真实图画,在具体的艺术形象中肯定和实践了无产阶级的彻底的民主主义革命的纲领,反映出了"革命的某些本质的方面"。

不朽的杰作《阿Q正传》对"国民性"给以了热情的、深刻的解剖和批判,塑造了阿Q这样一个中国现代文学史上最成功、最光辉的典型。透过这个典型,鲁迅沉痛地批判了辛亥革命,提出了农民的出路问题。深刻的悲剧《孔乙己》、《在酒楼上》、《孤独者》、《伤逝》,反映"新"、旧知识分子的遭遇,指出了知识分子的出路。具体的形象不自觉地实现了毛主席关于知识分子的马克思主义的分析:"知识分子在其未和群众的革命斗争打成一片,在其未下定决心为群众利益服务并与群众相结合的时候,往往带有主观主义的倾向,他们的思想往往是空虚的,他们的行动往往是动摇的。"(《中国革命和中国共产党》,《毛泽东选集》第二卷六三六页)在《祝福》、《离婚》、《伤逝》中,鲁迅提出了妇女的出路问题。其全部形象都表明:妇女要获得解放,首先要粉碎罩在自己身上的重重封建网络,要消灭一切种种对于封建主义的幻想,要把自己争解放的斗争和人民大众的斗争联系起来,

鲁迅的这种"洞若观火"的鹰隼般的眼力,在他这时期的杂文集《坟》、

《热风》、《华盖集》、《华盖集续编》里得到更为锋利、更为鲜明的发挥。在这几本杂文集中，更昭著地体现着鲁迅自己伟大战斗的姿影、思想的洪流……正如瞿秋白同志所指出："他的《春末闲谈》、《灯下漫笔》、《杂忆》（《坟》），以及整部的《华盖集》，尤其是一九二六的《华盖集续编》，都包含着猛烈的攻击统治阶级的火焰。"（瞿秋白《〈鲁迅杂感选集〉序言》）

鲁迅一针见血地指出，中国历史是：一，想做奴隶而不得的时代；二，暂时做稳了奴隶的时代。"所谓的中国文明者，其实不过是给阔人享用的筵宴。所谓中国者，其实不过是安排这人肉的筵宴的厨房……即从有文明以来一直排到现在，人们就在这会场中吃人，被吃，以凶人的愚妄的欢呼，将悲惨的弱者的呼号遮掩。"他向青年大声疾呼："扫荡这些食人者，掀掉这筵席，毁坏这厨房，则是现在的青年的使命"，"而创造这中国历史上未曾有过的第三样时代，则是现在的青年的使命！"（《坟》：《灯下漫笔》）

对于扶着"封建僵尸"的欧化绅士、洋场市侩——"脖子上或还挂着一个小铃铎，作为智识阶级的徽章"的山羊式的，或"媚态的猪"和"叭儿狗"式的各色各样高谈改良主义者、人道主义、自由主义、实验主义的中国反动阶级知识分子——鲁迅则投去"神圣的憎恶和讽刺的锋芒"……（瞿秋白：《〈鲁迅杂感选集〉序言》）

"托尔斯泰是俄国革命的镜子。"（列宁）鲁迅也是中国革命的镜子，是中国近代民主主义革命重要历史阶段的镜子。我们从鲁迅"五四"时期的代表作品里，看到了辛亥革命到五四运动的祖国半封建半殖民地的血迹斑斑的真实图画，同时也看见了作者——鲁迅的伟大精神面貌。

鲁迅在"五四"时期的精神面貌是什么？通过上述对他的时代、他的事业的全面回顾，我们可以得出如下的结论：

由于"十月革命"的"新世纪曙光"的照耀，由于共产主义文化思想的影响，由于中国无产阶级成了一支自觉的巨大的政治力量，由于鲁迅的深厚而强烈的爱国主义思想，由于鲁迅的战斗的现实主义精神，使他的思想萌芽了社会主义因素，产生了朦胧的社会革命的理想，或"直感的生活经验"的阶级论。这种"阶级论"的思想是他在"五四"时期，不自觉地、猛烈地扫射着半封建半殖民地这猥亵腐烂的黑暗世界的主要武器。于是，在鲁迅的思想内部，呈现着一种矛盾状态，即进化论、个性主义和朦胧的阶级论的矛盾。在这矛盾的统一体中，朦胧的阶级论处于主导方面或矛盾的重要方面，它是鲁迅思想向自觉的、系统的阶级论发展和过渡的决定性因素和内在根据。

鲁迅当时的思想发展，主要是靠这个矛盾来实现的。在这矛盾中所产生的每一个痛苦，都应该看作一种自然的表现。由于当时鲁迅的阶级论还处于一种朦胧的状态，或者说还停留在一种认识的感性阶段，所以他不能自觉地、明确地来加以掌握运用，分析阶级社会，分析革命的动力，分析革命的前途。而进化论和个人主义的残余又往往使他有"怀疑群众的倾向"（瞿秋白：《〈鲁迅杂感选集〉序言》）。所以，在"五四"新文化统一战线分化以后，他不能发掘出这次分化的巨大意义。面对《新青年》的同事们"有的高升，有的隐退，有的前行"的现实，感到自己成了"游勇"，"布不成阵"，"依然在沙漠中走来走去"（《南腔北调集》：《〈自选集〉自序》）。这种彷徨的感情，泛滥在小说《彷徨》（一九二四年——一九二五年）、散文诗《野草》（一九二四年——一九二六年）的某些篇章里。

<blockquote>路漫漫其修远兮，吾将上下而求索。

——屈原：《离骚》</blockquote>

"活人和死人的斗争，灭亡路上的阶级的挣扎和新兴阶级领导的群众的反抗，经过一番暴风雨的巨变而进到了新的阶段。"（瞿秋白《〈鲁迅杂感选集〉序言》）中国共产党和国民党"左"派所领导的大革命，在一九二五年和一九二七年之间蓬蓬勃勃地在南方发展起来。鲁迅怀着满腔的希望投入了这革命的洪流，但从"广东出发的资产阶级革命，到半路上被买办豪绅阶级篡夺了领导权，立即转向反革命路上"（《中国的红色政权为什么能够存在？》，《毛泽东选集》第一卷四九页）。一九二七年四月十二日，蒋介石在上海发动了反革命政变，开始了血腥的大屠杀。"昨天的同盟者——中国共产党和中国人民，被看成了仇敌。昨天的敌人——帝国主义者和封建主义者，被看成了同盟者。就是这样，背信弃义地向中国共产党和中国人民来了一个突然的袭击；生气蓬勃的中国大革命就被葬送了。从此以后，内战代替了团

结，独裁代替了民主，黑暗的中国代替了光明的中国。"（《论联合政府》，《毛泽东选集》第三卷一〇三六页）

血淋淋的阶级斗争的现实，引起了鲁迅深刻的沉思。从这血淋淋的阶级斗争中间，鲁迅获得了使他朦胧的阶级论趋于明确，趋于自觉，趋于系统的"一定的条件"（毛主席语），终于彻底地发现并且批判了自己进化论的偏颇。

> 我的一种妄想破灭了。我至今为止，时时有一种乐观，以为压迫，杀戮青年的，大概是老人。这种老人渐渐死去，中国总可比较地有生气。现在我知道不然了，杀戮青年的，似乎倒大概是青年，而且对于别个的不能再造的生命和青春，更无顾惜。……现在倘再发那些四平八稳的"救救孩子"似的议论，连我自己听去，也觉得空空洞洞了。
>
> ——《而已集》：《答有恒先生》

> 我一向是相信进化论的，总以为将来必胜于过去，青年必胜于老人，对于青年，我敬重之不暇，往往给我十刀，我只还他一箭。然而后来我明白我倒是错了。这并非唯物史观的理论或革命文艺的作品蛊惑我的，我在广东，就目睹了同是青年，而分成两大阵营，或则投书告密，或则助官捕人的事实！我的思路因此轰毁，后来便时常用了怀疑的眼光去看青年，不再无条件的敬畏了。
>
> ——《三闲集》：《序言》

马克思主义的阶级论，不单是社会阶级对立阶级斗争的学说，还包括这样最重要的一点：即社会阶级斗争发展最后必然达到无产阶级专政。鲁迅以他"洞若观火"般的眼睛，"以过去和现在的铁铸一般的事实"预测了"将来"（《南腔北调集》：《〈守常全集〉题记》）。

> 原先是憎恶这熟识的本阶级，毫不可惜它的溃灭，后来又由于事实的教训，以为惟新兴的无产者才有将来。
>
> ——《二心集》：《序言》

就这样，鲁迅"才从进化论最终地走到了阶级论，从进取的争取解放的个性主义进到了战斗的改造世界的集体主义"，"更清楚的见到"了在半封建半殖民地的中国，不仅存在着"科举式的贵族阶级和租佃官僚制度之下的农奴阶级之间的对抗"，而且还"正发展着资本与劳动的对抗"，从自己预测的"远景"中，终于发现了"反对剥削制度的朦胧的理想，只有同着新兴的社会主义的先进阶级前进，才能够实现，才能够在伟大的斗争的集体之中达到真正的'个性解放'"（瞿秋白：《〈鲁迅杂感选集〉序言》）。

鲁迅自觉接受了马克思主义阶级论以后，使自己的思想、自己的生活更加焕发着一种强烈的光辉。他的伟大的爱国主义精神，终于在政治战线、思想战线、文艺战线的各个领域得到了最充分、最完美的实现，成了"代表全民族的大多数，向着敌人冲锋陷阵的最明确、最勇敢、最坚决、最忠实、最热忱的空前的民族英雄"（《新民主主义论》，《毛泽东选集》第二卷六九一页）。

在上海的极伟大的十年中，共产主义者鲁迅的思想力量，在下面这几个具体问题上，得到了充分的发挥。（一）对群众革命力量的估计，由怀疑转到信任，坚定地以为"多数的力量是伟大、要紧的"（《二心集》：《习惯与改革》）。（二）对革命发展和深化过程中阵线分裂的正确认识。（三）对文艺的作用——文艺与经济基础以及革命关系的理解。在这三个问题之中，鲁迅思想所投射的光辉，以第三者表现得最为突出和强烈。现在我们将着重分析鲁迅这时期的文艺思想，企图通过这个分析，清理鲁迅的创作道路新发展，展示出鲁迅的博大的精神世界中的重要的一部分。

文艺与现实的关系、文艺与政治的关系这两个问题，是马克思主义美学理论最基本的原则。马克思主义认为，文艺是现实生活的反映，不是作家主观臆造的产物。鲁迅在他早期对于这个问题是有一定的认识的，而且达到了朴素唯物主义的见解。他赞美"血的蒸汽，醒过来的人的真声音"（《热风》：《随感录四十》）。他指出，只有"真诚地，深入地，大胆地看取人生并且写出他的血和肉来"的作家，才是"崭新的文场"上的"凶猛的闯将"，才能"冲破一切传统思想"，才能创作出"真的新文艺"，才能使文艺成为"国民精神所发的火光，同时也是引导国民精神的前途的灯火"，才能排除"瞒和骗的文艺"。相反，如果"不敢正视人生，只好瞒和骗"，那么就只能产生"瞒和骗的文艺"，"更令中国人更深地陷入瞒和骗的大泽中"（《坟》：《论睁了眼看》)。很显然，鲁迅的这种对于文艺与现实关系的理解，已经包含了唯物辩证法的因素，而且初步地揭示了这样一个文学上的客观真理——作品的生命力在于它的真实性和典型性。

一定的文学是一定的经济形态和阶级斗争情势的反映，鲁迅在成为马克思主义者以后，对这个问题比前期有了更明确的认识。他指出：现实生活中的革命斗争是决定文学的主要条件，跟着革命的形势的发展，"文学就变换色彩"。在大革命爆发之前，在中国出现了不满意种种社会状态的"叫苦，鸣不平"的文学。而在有的民族中，由于作家觉悟到叫苦没有用，就"由哀音而变为怒吼"，反映着革命的即将来临。在革命胜利之后，会出现两种相反的文学：一种是进步作家"讴歌革命"的文学，另一种是旧人物哀吊旧社会的灭亡的"挽歌"文学。这两种文学反映着革命胜利初期的新旧势力的冲突。由于苏联革命的成功，所以它的"新文学则正在努力向前走"，"已经离开怒吼时期而过渡到讴歌的时期"（《而已集》:《革命时代的文学》）。

鲁迅明确地批判了对于文艺的唯心主义见解。

> 各种文学，都是应环境而产生的，推崇文艺的人，虽喜欢说文艺足以煽起风波来，但在事实上，却是政治先行，文艺后变。倘以为文艺可以改变环境，那是"唯心"之谈，事实的出现，并不如文学家所豫想。
>
> ——《三闲集》:《现今的新文学的概观》

鲁迅对于文艺与现实的马克思主义的理解，深刻地凝炼地表现在这样一句警句中：

> 革命文学家，至少是必须和革命共同着生命，或深切地感受着革命的脉搏的。
>
> ——《二心集》:《上海文艺之一瞥》

政治与文艺的关系，文艺的阶级性问题，是马克思主义最根本的原则。马克思主义认为，文艺是有阶级性的，文艺是阶级斗争的武器，文艺是无产阶级用来"改造群众的宇宙观和人生观的武器"，是"创造整个的新社会制度"（瞿秋白：《文艺的自由和文学家的不自由》）的有力的战线。它在革命斗争中的性质是被规定了的，它的位置是被摆好了的。马克思主义的文艺观的政治与艺术的关系的问题里,包含着这两个基本的内容:(一)文艺是整个无产阶级的推翻旧经济制度或旧生产方式的革命的武器,为整个革命的方向所制约;(二)作家的阶级性决定了作品的倾向性,在阶级社会中,没有抽象的或超阶级的文艺。鲁迅在成为马克思主义者以后,对这两个基本问题都有了正确深刻的认识。这种正确深刻的认识,在文艺战线上的一系列战斗中,表现得异常辉煌。

毋庸讳言,鲁迅在早期对这个问题的理解,是有着明显的缺点的。他"往往把文艺和经济基础的地位倒置过来,没有了解到关键是在社会基础,只有采取革命的手段,彻底地改变社会的经济基础,作为上层建筑的意识形态才能有全面的变革"(唐弢:《论鲁迅的思想发展》,见《文学评论》一九五九年二月号),而且对于文艺的阶级性的认识也是处在比较直觉、抽象和朦胧的状态中。

在鲁迅的后期,却呈现着另外一种坚定明朗的特色。

无产文学,是无产阶级解放斗争底一翼,它跟着无产阶级的社会的势力的成长而成长。

——《二心集》:《对左翼作家联盟的意见》

统治者也知道走狗的文人不能抵挡无产阶级革命文学,于是一面禁止书报,封闭书店,颁布恶出版法,通缉著作家,一面用最末的手段,将左翼作家逮捕,拘禁,秘密处以死刑……但无产阶级革命文学却仍然滋长,因为这是属于革命的广大劳苦群众的,大众存在一日,壮大一日,无产阶级革命文学也就滋长一日。

——《二心集》:《中国无产阶级革命和前驱的血》

鲁迅的这些精辟的论点,彻底地纠正了他前期的偏颇,发展了早期的正确的部分。

对于文学家与无产阶级的关系,无产阶级的文学事业如何才能彻底地实现(作家的思想改造问题),鲁迅都有十分正确的认识,一直到今天,还保有它的最现实、最深刻的教育意义。鲁迅指出:革命的文学家必须经受"老老实实的革命"的"试炼",击碎自己主观的"空想",消除"文学家高于一切人"的看法；革命的文学家，应该无条件地为劳动人民的革命事业服务，不应该有将来"从丰报酬"、"特别优待"的观念。(参见《二心集》：《对左翼作家联盟的意见》。)

共产主义者鲁迅的重要特色之一，就是他的高度战斗的精神。他运用马克思主义阶级论的武器，向形形色色的反马克思主义的文艺理论家，展开了最英勇的进攻。在这英勇的战斗中间，他不仅保卫了马克思主义，而且还扩大和加强了马克思主义的阵地和影响。

鲁迅指出：凭借帝国主义及蒋介石的暴力，执行反苏反共的刽子手的任务的——民族主义文学家，"他们将只尽些送丧的任务，永含着恋主的哀愁，须到无产阶级革命的风涛怒吼起来，刷洗山河的时候，这才能脱出这沉滞猥劣和腐烂的运命"(《二心集》：《"民族主义文学"的任务和运命》)。

鲁迅指出：叫嚷反对把阶级性束缚在文学上面，主张文学要表现"那普遍的人性"、"忠于人性"的"新月派"梁实秋，其"鬼蜮伎俩"的目的在于"以资产为文明的祖宗，指穷人为劣败的渣滓，只要一瞥，就知道是资产家的斗争的'武器'"。鲁迅还揭露了他的"理论"的全部荒谬性："文学不借人，也无以表示'性'，一用人，而且还在阶级社会里，即断不能免掉所属的阶级性，无需加以'束缚'，实乃出于必然"，"在阶级社会中，文学家虽自以为'自由'，自以为超了阶级，而无意识地，也终受本阶级的阶级意识所支配，那些创作，并非别阶级的文化罢了"(《二心集》：《"硬译"与"文学的阶级性"》)。

鲁迅指出："自由人"、"第三种人""生在有阶级的社会里而要做超阶级的作家，生在战斗的时代而要离开战斗而独立，生在现在而要做给与将来的作品……实在也是一个心造的幻影"，好像"恰如用自己的手拔着头发，要离开地球"一样可笑(《南腔北调集》：《论第三种人》)。

我们是世界观与创作方法的一元论者。我们认为社会主义现实主义是世界上最真实、最先进的创作方法，它要求作家"从现实主义革命发展中真实地、历史地和具体地去描写现实，同时，艺术描写的真实性和历史具体性必须与用社会主义精神从思想上改造教育劳动人民的任务结合起来"(《苏联文学艺术问题》)。社会主义现实主义是在马克思主义世界观的基础上建立和发展起来的。这是社会主义现实主义不同于其他一切创作方法的最根本的特质。鲁迅，共产主义者的鲁迅，随着他的"最终的走到了阶级论，从进取的争求解放的个性主义进到了战斗的改造世界的集体主义"（瞿秋白：《〈鲁迅杂感选集〉序言》)，他的创作道路、创作方法也同时发生了质的飞跃。早期的最清醒的、最战斗的现实主义里的社会主义因素得到了壮大和发展，变成了社会主义现实主义。他的《三闲集》以下九种杂文集，以及《故事新编》中的《理水》、《非攻》等作品，都是用社会主义现实主义的创作方法创作出来的。那种坚定、明朗、乐观的色彩，那种深刻博大的思想，为我国社会主义现实主义文学的进一步发展开拓了无限美好的前途。

鲁迅思想发展及创作道路的"辩证法的本质"是什么？

当我们在检讨鲁迅思想发展的"辩证法的本质"的时候，我们不由得不想起瞿秋白同志的辉煌论断：

> 鲁迅从进化论进到阶级论，从绅士阶级的逆子贰臣进到无产阶级和劳动群众的真正的友人，以至于战士，他是经历了辛亥革命以前直到现在的四分之一世纪的战斗，从痛苦的经验和深刻的观察之中，带着宝贵的革命传统到新的阵营里来的。
>
> ——《〈鲁迅杂感选集〉序言》

这是一个严谨明确的论断，对于这样一段精彩的文字，我们只能当作真理来加以信服。我们的任务是阐述达到这个正确论断的具体过程而已。

上面我们已经说过，鲁迅思想发展的真正力量是，鲁迅的伟大的爱国主义和为广大劳动人民谋解放、谋光明的精神。如何克服了种种的局限，忠实地反映了客观，并在革命的实际斗争里最正确、最完美地实现二者之间的矛盾的统一？然而我们并没有进入深入的检讨。什么是"种种的局限"，又用什么手段克服这"种种局限"，终于达到主观与客观统一的呢？终于使伟大的爱国主义精神和对于人民的献身精神得到最充分、最完美的实现的呢？

毛主席在《矛盾论》里教育我们："一切对立的成分都是这样，因一定的条件，一面互相对立，一面又互相联结、互相贯通、互相渗透、互相依赖……事物内部矛盾着的两方面,因为一定的条件而各向着和自己相反的方面转化了去,向着它的对立方面所处的地位转化了去。"(《毛泽东选集》第一卷三一六页)根据上面的我们的阐述,鲁迅在未完成马克思主义化以前,他的思想内部的矛盾的双方是进化论和阶级论、个性主义和集体主义。这矛盾着的双方,共存于爱国主义这一前提之下。五四运动以前,鲁迅的思想是以进化论和个性主义为基本。五四运动以后,由于时代的不同,进化论和个性主义在其思想内部的基本地位逐渐发生了变化,在思想里具有"五四"前未曾有的因素——朦胧的阶级论——社会主义思想的萌芽。在从"五四"到一九二七年、一九二八年之际的鲁迅的思想过程里,是通过这两方面的矛盾来进行量的积累的,来进行最终转变的准备的。在这个矛盾的过程中,由于主客观方面的影响,朦胧的阶级论一直处于矛盾的主要方面,决定了整个矛盾递嬗的本质。在一切条件都成熟了的时候,就完全实现了矛盾的转化,使萌芽状态的合于客观世界发展的因素明确、成长和巩固下来。

那么,实现鲁迅的阶级论的一切条件的具体内容是什么呢?瞿秋白同志指出了两点:(一)经历了辛亥革命以前直到现在的四分之一世纪的战斗("现在"指一九三三年);(二)从痛苦的经验和深刻的观察之中,带着宝贵的革命传统到新阵营里来(瞿秋白:《〈鲁迅杂感选集〉序言》)。这就是客观和主观的原因。也就是鲁迅的救国救民的被认识和其他方面限制的主观,和革命现实相结合,并且在结合的过程中,革命现实以它的发展,逐渐检验和修正、纠正那不能正确和完全反映客观的主观的革命实践。马克思说过:"环境的改变和人的活动或自我改变的一致,只能被看作是并合理地理解为革命的实践。"(马克思:《费尔巴哈论纲》)很显然,旧民主主义的革命实践,尤其是新民主主义的革命实践,是鲁迅现实矛盾转化的最基本的原因,是"一定的条件"中的最基本的要素。

鲁迅参加了大革命的实践,大革命的实践以它的最真实的力量纠正了鲁迅进化论的偏颇,揭示了他主观中的全部局限,使他在血淋淋的阶级斗争的面前"吓得目瞪口呆",使他终于轰毁了进化论的思路,宣言"原先是憎恶这熟悉的本阶段,毫不可惜它的溃灭,后来又由于事实的教训,以为惟新兴的无产者才有将来"(《二心集·序言》)。

鲁迅为什么要参加大革命的实践？鲁迅为什么在大革命失败后，就发现"惟新兴的无产者才有将来"？这两个具体的结果分别反映着实现鲁迅的阶级论的其他两个重要原因：一个是鲁迅的"宝贵的革命传统"；一个是"五四"以来，中国共产党所领导的新民主主义革命的发展、党的影响和帮助。

鲁迅是中国的知识分子在革命发展中不断地进行自我改造的典范。他说："我的确时时解剖别人，然而更多的是更无情面地解剖我自己。"他是那样清醒，那样虚心。他说，自己"因为从旧垒中来，情形看得较为分明，反戈一击，易制强敌的死命。但仍应该和光阴偕逝，逐渐消亡，至多不过是桥梁中的一木一石，并非什么前途的目标，范本"(《坟》：《写在〈坟〉的后面》)。他这种精神，如瞿秋白同志所礼赞的，是"黎明期的新文化运动的一般精神"。他不想做什么青年的新的导师。"而诚实的愿意做一个'革命军马前卒'的，却是鲁迅。他自己'背着因袭的重担，肩住了黑暗的闸门，放他们到宽阔光明的地方去'……他没有自己造一座宝塔，把自己高高供在里面，他却砌了一座'坟'，埋葬他的过去，热烈的希望着这可诅咒的时代——这过渡的时代也快些过去。"(瞿秋白：《〈鲁迅杂感选集〉序言》)

这种严格要求自己、永不掩饰矛盾的精神，贯穿在鲁迅的各个时期。

> 我时时说些自己的事情，怎样地在"碰壁"，怎样地在做蜗牛，好像全世界的苦恼，萃于一身，在替大众受罪似的：也正是中产的智识阶级分子的坏脾气。
>
> ——《二心集·序言》

> 我从别国里窃得火来，本意却在煮自己的肉的……打着我所不佩服的批评家的伤处了的时候我就一笑，打着我的伤处了的时候我就忍疼。
>
> ——《二心集》：《"硬译"与"文学的阶级性"》

这是鲁迅的"宝贵的革命传统"的重要组成部分之一。它和鲁迅的伟大的爱国主义、最清醒的现实主义、反自由主义、反虚伪主义的精神，组成鲁迅的整个的"宝贵的革命传统"。这个宝贵的革命传统，是鲁迅能参加新民主主义革命实践的最重要的原因，也是最终从进化论走到阶级论的重要原因。

中国共产党的成立、中国新民主主义革命的发展、马克思主义的广泛传播，正是鲁迅思想转变的最重要的原因。党的成立使中国的革命完全发生了根本的变化。无产阶级成了一支自觉的政治力量，登上历史的舞台。广大农民也正在普遍的觉悟中。"五卅"运动和大革命蓬勃开展时期的农民运动，使鲁迅逐渐认识到了中国革命的主力是实现中国和民族彻底解放的最本质的力量。他认识到了自己早期苦闷彷徨的根本原因，终于确信"惟新兴的无产者才有将来"。

马克思主义文艺理论和社会理论的学习，也是使鲁迅转变的一个原因。鲁迅在"五四"以后，就接触了马克思主义。据许广平说，鲁迅在一九二六年以前在北京就阅读了"《马克思主义与法理学》、《托尔斯泰与马克思》、《无产阶级的文化》、《无产阶级文化论》、《艺术与无产阶级》、《无产阶级艺术论》、《文学的战术论》、《文学与革命》等书籍"（许广平：《在欣慰下纪念》）。这些著作，不可怀疑地对鲁迅最终走到马克思主义的阶级论起了很大的作用。

关于马克思主义的文艺理论所给以鲁迅的巨大帮助，鲁迅曾这样明白地表达过：

> 我有一件事要感谢创造社的，是他们"挤"我看了几种科学底文艺论，明白了先前的文学史家们说了一大堆，还是纠缠不清的疑问。并且因此译了一本蒲力汗诺夫的《艺术论》，以救正我——还因我而及于别人——的只信进化论的偏颇。

——《三闲集·序言》

中国共产党对鲁迅的影响主要表现在上述的方面——党所领导的革命运动和党的思想体系。至于在具体的组织方面，党对鲁迅也是有影响的。远在"五四"时期，鲁迅和共产主义者李大钊就有过亲切的接触，并坚决和他站在一起，领导新文化运动。李大钊在鲁迅的心目中，是"革命的前驱者"。在广州时期，鲁迅和党保持亲密的接触。后来被国民党杀害的优秀党员毕磊就是当时和鲁迅最接近的一人。鲁迅与党的最亲密的感情，集中地表现在他与瞿秋白的伟大友谊上。自然,鲁迅与瞿秋白缔结了伟大友谊的时期,是他实现了自己的"飞跃"以后的事。但由于他与瞿秋白的深刻联系,结果使他的马克思主义世界观达到了更成熟、更完美的程度。

鲁迅的思想发展及创作发展的整个过程,形象地、鲜明地、生动地、充分地昭示着这样一条真理:

> 革命的知识分子,如果敢于并且能够同封建势力斩断关系,同帝国主义斩断关系,并且同一切在反帝国主义反封建主义斗争中退却变节的资产阶级坚决对立起来,勇敢坚定地向前奋斗,他终究要发现,他的道路只能也必须同无产阶级的道路紧相联系起来。
>
> ——胡绳:《鲁迅思想发展的道路》

> 鲁迅的道路,就是近代中国文化革命发展上的一个规律,鲁迅是在真实意义上完成这样的发展的一个最伟大的先驱者。
>
> ——胡绳:《鲁迅思想发展的道路》

鲁迅的"整个的生命和全部的精力"都献给了祖国和民族彻底解放的最壮丽的事业。他从开始革命活动的第一天起,"就自觉地把文学作为唤起人民觉悟,推动社会进步的强有力的武器。他在自己作品中,展开了在黑暗中呼吸着、呻吟着、挣扎着的人民的日常生活的真实图画。这些无告的被压迫者的形象,深深地震动着读者的社会良心,使读者不能不为他们的未来而斗争。这些作品由于具有巨大的社会意义和高度的艺术力量,帮助了我国的新的人民文学迅速地取得了生存权;并且确立了近四十年来我国新文学中的现实主义传统的基础"(一九五六年十月十九日《人民日报》社论《伟大的作家,伟大的战士》)。

这就是鲁迅在我国现代革命史上、现代思想发展史上、现代文艺发展上的最崇高、最杰出的地位,和他全部最丰富、最深刻的意义。

因而,鲁迅赢得了我们全国各族人民的伟大领袖——毛泽东主席的崇高的评价:

> 鲁迅是中国文化革命的主将,他不但是伟大的文学家,而且是伟大的思想家和伟大的革命家。鲁迅的骨头是最硬的。他没有丝毫的奴颜和

媚骨，这是殖民地半殖民地人民最可宝贵的性格。鲁迅是在文化战线上，代表全民族的大多数，向着敌人冲锋陷阵的最正确、最勇敢、最坚决、最忠实、最热忱的空前的民族英雄。鲁迅的方向，就是中华民族新文化的方向。

——毛泽东：《新民主主义论》（《毛泽东选集》第二卷六九一页）

我们对于毛主席这个论断，应该深刻地体会，根据它来作为我们进行鲁迅研究的指导。

鲁迅永远是中国人民的光荣，永远是中国人民的骄傲，永远是鼓舞中国人民前进的力量。

深入地、认真地学习鲁迅，是每个新中国文艺工作者应该担负的责任。我们要学习鲁迅，好好地体会他为无产阶级革命和无产阶级文艺斗争的光辉的一生。当我们在党的领导下进行一切工作的时候，鲁迅的毕生劳作、遗产，正可以给我们以极有功效的武器。

第二章 鲁迅的创作

第一节 《呐喊》与《彷徨》

鲁迅的创作是丰富多彩的，有小说、散文、诗歌、散文诗和杂文。《呐喊》与《彷徨》是鲁迅小说最重要的部分。《呐喊》完成于一九一八年至一九二二年，共收小说十四篇（初版中原有《不周山》一篇，后抽出改名为《补天》，另收在《故事新编》中）；《彷徨》完成于一九二四年至一九二五年，共收小说十一篇。

辛亥革命到五四运动，再到一九二七年第一次国内革命战争前夕，中国经历了由旧民主主义革命到新民主主义革命的伟大转变。社会阶级矛盾和文化思想斗争达到了空前尖锐的程度，反帝、反封建的革命任务被突出地提了出来。《呐喊》与《彷徨》深刻地、真实地反映了这个历史时期，充分体现了鲁迅的革命民主主义的思想和革命现实主义的精神。

鲁迅从青年时代开始文学活动，便是把文艺当作改造人们精神面貌的武器的。这在《呐喊·自序》中曾有过明确的说明。到了后来，他也不止一次地说，他写小说是"为人生，而且要改良人生"，而不是"为艺术的艺术"。（参看《南腔北调集》中《我怎样做起小说来》、《〈自选集〉自序》）所以，他的取材"多采自病态社会的不幸人们中，意思是在揭出病苦，引起疗救的注意"，这也正是他的创作的目的。为了达到这个目的，鲁迅深恶中国过去的那种"瞒和骗的文艺"，他在创作中一直严格地遵循着现实主义创作原则。瞿秋白同志在《〈鲁迅杂感选集〉序言》中指出，鲁迅遗留给我们宝贵的传统，首先就是"最清醒的现实主义"；又说"鲁迅是竭力暴露黑暗的，他的讽刺和幽默，是最热烈最严正的对于人生的态度"，同样可以用来说明他的小说。

鲁迅的现实主义不同于过去的旧现实主义，甚至与西欧资产阶级最进步作家的批判的现实主义也有很大的区别。这由于鲁迅在一九一八年开始写他的第一篇白话小说《狂人日记》时，正是在伟大的"十月革命"之后，中国社会进入新民主主义革命的序幕五四运动的前夕，鲁迅为了听那时"革命的前驱者的命令"而写作。所以，他的革命民主主义和现实主义，是深深地植根在中国广大被压迫人民群众里面。他完全有意识地与旧社会决裂，从革命的前驱者和人民群众那里取得彻底的反帝反封建的斗争力量，即由此使他的现实主义具有革命的、战斗的显著特色。

鲁迅既是以文艺为服务于革命，服务于当前政治斗争的武器，因此，他的创作表现了鲜明的倾向性。则正如他在《英译本〈短篇小说选集〉自序》（见《集外集拾遗》）中所说：

> 偶然得到一个可写文章的机会，我便将所谓上流社会的堕落和下层社会的不幸，陆续用短篇小说的形式发表出来了。原意其实只不过想将这示给读者，提出一些问题而已，并不是为了当时的文学家之所谓艺术。

"上流社会的堕落和下层社会的不幸"，这不仅是鲁迅小说的中心主题，也最能证明鲁迅小说的倾向性，他鲜明的、公开的爱和憎。在鲁迅作品中，我们看到了他以神圣的憎恶，无情地揭露反动统治者的残暴、堕落及种种的丑恶与无耻，也看到了他以深挚的"哀其不幸"的情感，描绘出劳动人民在封建统治的残酷压迫、奴役下的痛苦生活，他们思想上、精神上所遭受的毒害，以及他们的反抗斗争和解放的要求。而特别是对于劳动人民的反抗的重视，对于他们优良品质的描绘和对于革命战士的热情歌颂，使鲁迅作品中有理想主义的色彩，也使鲁迅所描绘的黑暗时代的生活"显出若干亮色"，不但不给人以重压之感，反而更能以鼓舞战斗的激情，坚定革命的、胜利的信念。

《呐喊》与《彷徨》虽只有二十五篇短篇小说，但它们所主要反映的是辛亥革命前后的中国农村现实，提出了农民和劳动妇女的解放的重大问题，以及描写了辛亥革命前后一些个人主义知识分子的没落，因此可以说是辛亥革命到"五四"时期中国历史的一面镜子。鲁迅是最善于以极小的篇幅，描绘和概括极丰富的现实生活的作家。我们只有以作品的重大的社会意义来考察，才能真正理解它深厚的内容。

自然，鲁迅在写作《呐喊》和《彷徨》的时候，还是一个革命民主主义者、具有发展观点的进化论者。但他对祖国和人民一贯有着热烈的爱，他的基本思想是唯物的，并且当时受了革命前驱者——先进的、具有共产主义思想的知识分子的影响。他在创作上既然与共产主义者取一致步调，他反映在作品中的那种朦胧的社会革命观点、朴素的唯物主义就必然占着主要地位。所以，虽然《呐喊》和《彷徨》还不是社会主义现实主义的作品，可是由鲁迅当时世界观中这新生的和主要的因素决定的创作方法，已较旧的现实主义、批判现实主义更突进一步。我们认为邵荃麟同志所说"开始有了社会主义现实主义因素"、"萌芽状态的因素"，是极严谨的、正确的论断。（参看邵荃麟：《关于"五四"文学的历史评价问题》）不过，我们也不讳言，当鲁迅写作《呐喊》和《彷徨》这个时期，由于他的世界观还有局限的一面，所以在作品中也保留有进化论的残余，特别是表现在《彷徨》中部分作品里的伤感情绪，是我们在具体分析时，必须注意和指出的。

下面我们分七个方面对《呐喊》与《彷徨》做必要的介绍。

一、反封建礼教的战斗号召，民主主义革命猛士的形象

鲁迅的第一篇白话小说《狂人日记》写于一九一八年四月，发表在同年五月《新青年》第四卷第五号上。如他在《〈呐喊〉自序》中所说，在这以前，还早在日本想从事文艺而终于失败时，他曾经历过"叫喊于生人中，而生人并无反应，既非赞同，也无反对，如置身毫无边际的荒原"的悲哀和寂寞。再加以回到祖国后，他又经历了"见过辛亥革命，见过二次革命，见过袁世凯称帝，张勋复辟，看来看去，就看得怀疑起来，于是失望，颓唐得很了"（《〈自选集〉自序》）的一段沉思和苦闷的时间。但像鲁迅那样对于祖国有着挚爱的人，受过近代的科学教育和发展观点的进化论的影响，所以他始终未失却对"将来"的希望。而辛亥革命的失败，更使他感到思想启蒙的重

要性，是一直在期待着"援吾人出于荒寒"的"精神界之战士"的。因此，当"五四"前夕，以《新青年》为阵地的民主启蒙运动在当时知识分子的号召下而蓬勃地开展以后，鲁迅便以积极兴奋的态度来参加这一战斗。他对于这些受了俄国"十月革命"的伟大胜利鼓舞，团结起来而毁坏中国封建"铁屋"的启蒙先觉，尊之为"革命前驱者"，即他所期望的"精神界之战士"，是不仅如他所自谦地说，"仍不免呐喊几声，聊以慰藉"他们，而是"听将令"以响应的。为了遵奉前驱者之命，"就必须与前驱者取同一的步调的"。因此，鲁迅以彻底的反封建革命民主主义战士"狂人"为主人公，而写成他的第一篇白话小说《狂人日记》，绝对不是出于偶然的感性。这是他对于"精神界之战士"的热情歌颂，也是与"革命前驱者同一的步调的"鲁迅自己的精神告白。

《狂人日记》是"五四"革命运动的暴风雨到来的信号，明确地提出了彻底地、不妥协地反对封建主义的战斗号召。这是时代的使命所规定了的。鲁迅的伟大即在于他与整个革命时代的血肉关系，而以他的艺术天才，通过"狂人"这一典型形象的成功塑造，体现了时代的战斗要求，反映了这一历史时期的真实面貌。

《狂人日记》是中国新文学的第一篇小说，也是投向封建主义的一封宣战书。作者自己说它"意在暴露家族制度和礼教的弊害"（《且介亭杂文二集》：《〈中国新文学大系〉小说二集序》）。《狂人日记》指出封建制度和封建礼教的本质就是"人吃人"。狼子村的"一个大恶人"被吃了，徐锡麟被吃了，狂人的妹子被吃了，不知多少的人被吃了；狂人也因廿年前把古久先生的"陈年流水簿子"踹了一脚，被囚禁起来，"宛然是关了一只鸡鸭"，处在被吃的危险中。这人吃人的现象，是"从来如此"，谁也说不得，"说了便是你的错"！产生这种人吃人现象的封建制度已"有了四千年吃人的履历"。《狂人日记》把几千年来中国封建社会血淋淋的罪恶历史深刻地揭露在我们的面前：

古来时常吃人，我也还记得，可是不甚清楚。我翻开历史一查，这历史没有年代，歪歪斜斜的每叶上都写着"仁义道德"几个字。我横竖睡不着，仔细看了半夜，才从字缝里看出字来，满本都写着两个字是"吃人"！

《狂人日记》指出人吃人是整个社会的问题，狂人的进攻是指向整个封建制度的。社会上的人们，除赵贵翁之类的当权派人物而外，"也有给知县打枷过的，也有给绅士掌过嘴的，也有衙役占了他妻子的，也有老子娘被债主逼死的"。这一类被统治的弱小人物，也由于长期受着封建意识的毒害，变得麻木不仁了，自己被吃不说，反而赞助吃人者，甚至还和他们结成一伙去吃人。小孩子是最纯真的了，也被他们的娘老子教坏了。自然，这些吃人的人的思想很不一样，一种以为从来如此，应该吃的；一种是知道不该吃，可是仍然要吃，又怕别人说破他，然而"他们可是父子兄弟夫妇朋友师生仇敌和各不相识的人，都结成一伙，互相劝勉，互相牵掣，死也不肯跨过这一步"。连至亲骨肉也互相残食，参与迫害狂人的就有狂人的哥哥。那样的社会，真是"黑漆漆的，不知是日是夜"。鲁迅在以后所写的一篇杂文《灯下漫笔》里，曾沉痛地说："所谓中国的文明者，其实不过是安排给阔人享用的人肉的筵宴。所谓中国者，其实不过是安排这人肉的筵宴的厨房。""因为古代传来而至今还在的许多差别，使人们各各分离，遂不能再感到别人的痛苦；并且因为自己各有奴使别人，吃掉别人的希望，便也就忘却自己同有被奴使被吃掉的将来。于是大小无数的人肉的筵宴，即从有文明以来一直排到现在，人们就在这会场中吃人，被吃，以凶人的愚妄的欢呼，将悲惨的弱者的呼号遮掩，更不消说女人和小儿。"所以，他要唤醒和号召人们起来"救救孩子"，更提示要消灭"人吃人"的现象，只有毁坏封建社会这"铁屋子"，"扫荡这些食人者，掀掉这筵席，毁坏这厨房"。

《狂人日记》对赵贵翁和狂人哥哥这些吃人的罪魁做了无情的揭露。赵贵翁是社会的当权派，他有凶恶的狗，可以任意指使一批人去迫害无辜的被统治者。狂人的哥哥统治着家庭，他以一家之长的身份亲自吃掉妹妹，迫害不甘驯服的弟弟。他们"话中全是毒，笑中全是刀，他们的牙齿，全是白厉厉的排着"。他们要吃人，便捏造出各种大道理，找出什么"易子而食"、"食肉寝皮"的老例作为根据，使人们被吃了，还觉得是理所当然。并且，

"他们又想吃人,又是鬼鬼祟祟,想法子遮掩,不敢直接下手","怕有祸祟"。于是,他们联络起来,布满了罗网,逼人自戕;为了掩饰罪恶,就预备下一个疯子的罪名罩在被吃的人的头上。同时,"他们自己想吃人,又怕被别人吃了,都用着疑心极深的眼光,面面相觑"。所以,狂人说他们是"狮子似的凶心,兔子的怯弱,狐狸的狡猾"。赵贵翁和狂人的哥哥,正是封建社会的统治者的代表。

通过《狂人日记》中"狂人"的自白,我们看到了一个敢于向吃人的封建制度挑战和进行不屈不挠的斗争的"精神界之战士"的形象。他被称为"狂人",实际上是有着最清醒的头脑、最觉悟的人。他对封建社会人吃人的本质有着深刻的认识,对它发生了刻骨的仇恨,因此他有着冲破这封建的铁牢的热烈要求和坚决斗争的勇气。他敢于蔑视整个的封建礼教,踹踏古久先生的"陈年流水簿子"。虽然遭到统治者的怒恨,给他罩上"疯子"的名目,囚禁起来,但他毫无惧色,依然肆无忌惮地对敌人做无情的嘲笑,"这笑声里面,有的是义勇和正气"。他冷静地分析,识破吃人者的各种阴谋,予以直率的揭露和抨击。他大义凛然地质询吃人者:"吃人的事,对么?""不对?他们何以竟吃?!""从来如此,便对么?"他了解参与迫害他的人,"心思很不一样",其中也有受过害的人,他热切地期望着他们觉醒过来,但他们被人牵掣着,"死也不肯跨过这一步"。狂人的"忧愤深广"正在此。他沉痛,他愤怒,他厉声地警告吃人者:

你们可以改了,从真心改起!要晓得将来容不得吃人的人,活在世上。

狂人对下一代寄予无限的希望,他号召道:

没有吃过人的孩子,或者还有?

救救孩子……

《狂人日记》发表时,正是伟大的俄国"十月革命"胜利之后,中国反帝反封建的"五四"革命运动行将爆发的前夕,当时已有许多民主主义革命先驱者战斗在反封建的最前线。鲁迅本人就是革命先驱者的中坚分子。"狂人"的形象,正是"五四"时期革命民主主义战士的典型。

《狂人日记》揭露了封建礼教吃人的本质，塑造了一个勇敢无畏的"精神界战士"的形象，对启发人民的革命觉悟是有着巨大力量的。从作者自己所说"颇激动了一部分青年读者的心"，便可以想见。特别是它在当时实际所发生的政治作用，更是非常显著的。当时的统治者、封建军阀们正大力提倡"尊孔读经"和"表彰节烈"等等，《狂人日记》的发表，无疑是正对这些"僵尸的统治"给予了致命的一击。由此就足以说明鲁迅初期作品的伟大现实意义与强有力的战斗性。它也正是鲁迅的"为人生"的写作理论的具体实绩。

　　《狂人日记》充分表现了"五四"新文化革命的彻底的反封建主义精神，给新文艺创作做出了光辉的典范，为人民文艺奠定了坚实的基础。

　　但是，作为革命民主主义的精神界战士的狂人，他所用以达到推翻封建社会的具体行动，无论是严厉地警告吃人者，无论是对吃人者的"你们立刻改了，从真心改起"的劝告，或甚至如他所发出寄望于下一代的战斗号召，都具有软弱和空洞的缺点，始终也不可能获得彻底的胜利。这里表现出鲁迅当时启蒙主义和进化论思想的一定局限。要达到彻底地摧毁封建制度，扫荡那些吃人者，只有从阶级观点去分析那些人吃人、人压迫人的现象，指出这是阶级对立的现象，因而只有通过阶级斗争，依靠人民革命的力量，才可能有明确的战斗方向和具体有效的行动。（这些缺点，在鲁迅以后经过革命斗争的实践，思想上达到伟大的跃进之后，他自己曾指出过的。）

　　与《狂人日记》主题相近似的《长明灯》，写于一九二五年三月一日。在《长明灯》里，鲁迅所塑造的反封建主义的革命民主主义战士的艺术形象"疯子"，较《狂人日记》的"狂人"的差异，首先是具有更坚决、鲜明的革命性。以他对于旧社会毫不妥协的反抗意志和采取积极的实际斗争行动，超越"狂人"而前进了一步。我们可以说，由"狂人"到"疯子"相当地体现了"五四"以来中国革命新的时代精神，即是受"五四"风暴影响而觉醒的青年知识分子，在当时中国共产党建立后所领导的人民革命斗争正在酝酿和开展的间接影响下，必然会产生的对革命的新认识，从反封建思想到对整个社会进行革命改造的要求。这也正可以说明鲁迅在他所谓"彷徨"与"求索"这一时期,他对于中国革命所可能达到的新的理解,他对于孤独的精神界战士既加赞颂而又感觉不满。同时,这就反映出他在思想上正在寻求新的跃进,和他的世界观的一定的局限性。

那个被叫做"疯子"的吉光屯的青年,同"狂人"一样,是出身于封建家族的叛逆者。他的斗争行动,是针对着那盏吉光屯世代相传的从梁武帝时便一直点燃的长明灯。这盏灯实际上象征着封建的精神统治,受着封建阶级盲目的顶礼和顽固的保卫。而觉醒的青年却以为它是造成社会的种种灾难的根本原因,坚决要求吹熄它。他的行动已不是如"狂人"的劝转吃人者那样空洞,也较"狂人"有着更明确的斗争目标。他不仅发出使古老的吉光屯的顽固封建阶级震惊的"熄掉它罢"的坚强有力的呼声,并且毫不理睬反动者的威胁和欺骗,固执地要"我自己去熄,此刻去熄"。而当这一要求和行动受到难以逾越的阻挠时,他面对着封建阶级发出了愤怒的也是坚决的回答:"我放火!"在这彻底地用烈火来烧毁一切的战斗宣言里,鲁迅提出了摧毁整个封建社会的新的革命要求,既真实地刻画出在"五四"风暴中新一代青年的战斗性格的成长,充满了勇敢和坚定的精神,同时也通过那震撼人心的"我放火"的号召,暗示着新的革命风暴即将到来。

不过,虽然"疯子"所表现的"叛逆者"的反抗精神是那样昂扬,那样沉着坚定,不受敌人的阴谋诱惑,不在敌人威胁面前动摇妥协,但我们也很可以看出,他的斗争仍是孤军奋战,他的周围的人也没有一个能同情他、援助他的。所以,鲁迅虽然充满热情地用诗的语言刻画了这一个孤独的战士的生气勃勃的形象,却又不能不遵循现实主义给予失败的结尾。这正反映了鲁迅这一"彷徨"和"求索"时期思想上的苦闷与矛盾,以及他的"忧愤的深广",而读者从作者对于孤独战士的不满和批判倾向中,也正可以得到进一步的启示。即是作为一个新时代的革命者,必须克服个人主义的缺点,全心全意地加入人民革命斗争行列中,和人民群众取得血肉的联系,并且也只有这样投身在群众火热的斗争中去锻炼自己,才能逐渐地成长起来,才能真心地对革命发生积极作用。

在揭露长明灯的保卫者的群丑方面,鲁迅贯注了极大的憎恨情感,而且又是使用了白描和含蓄的艺术手法加以刻画的。鲁迅不仅写出他们的顽固、糊涂、阴险、凶狠，也写出他们对叛逆者的内心上的真实的畏惧，甚至像他们那样众多的封建人物，却几乎无力应付一个孤独的青年"忤逆弟子"的挑战，这也就很能使读者感到兴奋和乐观。自然，腐朽的势力是不甘心死亡的，所以他们终于做出垂死的挣扎，对疯子下了毒手。但那又是何等懦怯的姑且暂时囚禁的办法，真是煞费苦心，才能取得暂时的苟安，古老的吉光屯才又似乎平静了下来。然而这其间却正透露了他们已经不能制止叛逆者的还要出现和还要与他们坚决斗争，他们所保卫的灯和他们所依附的社会结构是将有一日要在人民革命的烈火中完全烧毁净尽的。所以，从作者描绘新旧力量的矛盾和真实力量的对比的倾向来看，《长明灯》给当时的读者有着鼓舞的效果。作者对革命前景的肯定仍是极为显著的，并不是在抒发忧愤，和在悲观失望情绪之下去创作的。（参看李桑牧：《心灵的历程》一一〇——一二二页）

　　写于"五四"前不久的《药》，也是鲁迅早期小说富于启发意义和最为读者赞赏的一篇。鲁迅在这篇短篇小说里，塑造了一个为了民族利益，不惜牺牲自己性命的民主主义猛士的光辉形象——夏瑜。

　　辛亥革命发生之前，曾有无数的先烈为推翻腐朽的清王朝专制统治而流血牺牲。鲁迅早在日本留学时期，便参加了章太炎先生所组织的"光复会"；他对同乡徐锡麟烈士的惨遭杀害和秋瑾女士的英勇就义，更特别留有很深的印象和景仰，而《药》里面的夏瑜就集中体现了这些革命战士的高贵品质。作者虽然没有正面描写夏瑜，但从康大叔这个刽子手和几个无聊茶客的冷酷和轻蔑的谈话中，我们却更感觉到这个革命青年的伟大人格，感受到他的不屈不挠、勇敢坚决的革命猛士的精神。他被贪鄙的本家险恶地出卖了，就是被囚在死牢里，也不肯停止他的革命宣传，还要劝告牢头造反，向他说："这大清的天下是我们大家的。"我们在这着墨不多的叙述里，感到了革命者的伟大的胸襟和浩然的气势。而愚昧的牢头，却只知道凶狠地榨取夏瑜身上的油水，安于他的奴才的地位。青年革命者的说话，反而触怒了他，竟给了夏瑜两记耳光。我们读到夏瑜悲叹地说"可怜可怜"时，一面激起对统治阶级爪牙的憎恶和对革命先烈的同情，也体会到作者鲁迅是以怎样愤懑的感情去写这精练动人的细节的。夏瑜为革命牺牲了，他的精神却没有死。在他的坟墓上出现了"不很精神，倒也整齐"的花环，这正是革命同志对他的悼念和崇敬：他们将踏着他的血迹前进，一人倒下了，千万人站起来。这里鲜明地体现了鲁迅的革命的理想主义精神，也是他听前驱者的"将令"所必然有的"曲笔"。

通过小栓吃革命者夏瑜的血所浸的馒头的中心情节，鲁迅对辛亥革命的脱离群众做了中肯的批判，而这是有着深刻的启发、教育意义的。虽然那些民主主义者为革命牺牲了，但他们并不为当时的群众所了解和同情，甚至还用他们的血去治病。革命者为群众流血，而这血反为群众所吃，这是一个极大的讽刺，同时又是一个怎样的触目警心的教训。有人认为鲁迅塑造夏瑜的革命者的艺术形象，却先以华老栓一家的事件开始，并细微地描写，以至过分地吸引着读者的注意力，造成了侧峰压了主峰的缺点。我们是不同意这种论断的。必须从作者写本篇的主题思想着重在歌颂革命烈士的伟大牺牲精神，并因此进一步地提出辛亥民主革命失败的原因的问题上去考察，我们才可以深刻地体会到作者在本篇艺术构思上的用力，全篇情节和结构的精选和谨严。

鲁迅是以极沉痛的心情来描写华老栓夫妇的愚昧迷信，以及茶客们的无知与庸俗的。华老栓夫妇是朴实善良的劳苦人民，长期受着封建意识的毒害，使他们变得麻木落后了。他们爱儿子，竟听信了毫无实效的单方，把辛苦积蓄的钱去换来那样可悲的人血馒头。而使他们精神上也感到震扰和不安的滴滴鲜血却正是革命者的！并且，结果又是自己的儿子终于误死在这愚昧无知之中。鲁迅一面痛恨封建社会的罪恶，同情华氏一家的不幸，但一面也警责他们的不觉醒，即所谓"哀其不幸，怒其不争"。对于愚昧而庸俗的茶客，特别是对于清王朝的残酷杀害革命者以及像康大叔这类刽子手，鲁迅却寄最深的仇恨于笔端，给以无情的揭露和抨击。他的爱憎是异常真实鲜明的。

二、对劳动人民美德的颂赞

鲁迅成为革命的坚忍不拔的勇士，把自己的一生献给人民的革命事业，其根源在于对祖国和人民的爱。

瞿秋白同志在《〈鲁迅杂感选集〉序言》里说："鲁迅是莱谟斯，是野兽的奶汁所喂养大的"，"莱谟斯是永久没有忘记自己的乳母的，虽然他也很久的在'孤独的战斗'之中找寻着那回到'故乡'的道路"，最后他终于"回到'故乡'的荒野，在这里找着了群众的野兽性，找着了扫除奴才式的家畜性的铁扫帚，找着了真实的光明的建筑，——这不是什么可笑的猥琐的城墙，而是伟大的簇新的星球"。鲁迅虽然出生于中产阶级家庭，但"他的士大夫家庭的败落，使他在儿童时代就混进了野孩子的群里，呼吸着小百姓的空气。这使得他真象吃了狼的奶汁似的，得到了那种'野兽性'。他能够真正斩断'过去'的葛藤，深刻地憎恶天神和贵族的宫殿，他从来没有摆过诸葛亮的臭架子。他从绅士阶级出来，他深刻地感觉到一切种种士大夫的卑劣，丑恶和虚伪。他不惭愧自己是私生子，他诅咒自己的过去，他竭力的要肃清这个肮脏的旧茅厕"。他由于自小就接触了劳动人民，对他们的痛苦有深刻的了解，同情他们，憎恨自己所出生的压迫农民的绅士阶级。同时，他更认识到了劳动人民的高贵品质，从而对他们产生了深刻的爱。由此，他照出了本阶级的各种丑恶来，督促自己不断改造"自新"，终于抛掉了这个阶级留给他的劣根性，成为无产阶级的先锋战士。

从《一件小事》和《社戏》里，我们看到了鲁迅对劳动人民美德的颂赞和他严格要求自己的自我批评精神。

《一件小事》描写一个人力车夫在拉着乘客"我"的时候，带倒了一个老太婆。车夫丢下了车子便去扶她，并不理会自己的乘客，也不顾及自己的生意。这是劳动人民纯洁高尚的品质的表现。小说把这个车夫和"我"做了对照的描写。当老太婆摔倒了，车夫去扶她的时候，"我"却"很怪他多事，要自己惹出是非，也误了我的路"，认为老太婆是"装腔作势罢了，这真可憎恶"。资产阶级、小资产阶级知识分子，他们总是把自己说得多么清白高贵，高人一等，而他们内心却是那么丑恶自私。与此相比，车夫的行为是何等的高尚，因而使"我"也"突然感到一种异样的感觉，觉得他满身灰尘的后影，刹时高大了，而且愈走愈大，须仰视才见。……渐渐的又几乎变成一种威压，甚而至于要榨出皮袍下面藏着的'小'来"。

一般人认为这是"小事"，而鲁迅却把它的意义看得很重大："这事到了现在，还是时时记起。我因此也时时熬了苦痛，努力的要想到我自己。几年来的文治武力，在我早如幼小时候所读过的'子曰诗云'一般，背不上半句了。独有这一件小事，却总是浮在我眼前，有时反更分明，教我惭愧，催我自新，并且增长我的勇气和希望。"他是这样善于发现劳动人民身上的优点，把这当作镜子来照见自己的缺点，促使自己"自新"，增强自己的斗争勇气和希望。这里我们看到了鲁迅先生是如何严格地要求自己，为此，他不惜"时时熬了痛苦"。从而，我们也更了解到他能"横眉冷对千夫指，俯首甘为孺子牛"（《自嘲》）、"我以我血荐轩辕"（《自题小像》）的原因所在。资产阶级知识分子必须经过艰苦的思想改造，才能成为真正的无产阶级战士。

在《社戏》里，鲁迅以白描的手法和抒情的笔调，画出了农民纯朴善良的性格和孩子们的天真无邪。这是一群多么活泼可爱的孩子啊！他们没有受过等级偏见的污染，鲁迅跟他们的年纪相仿，但论起行辈来，却至少是叔子，有几个还是太公，然而他们是朋友，即使偶尔吵闹起来，打了太公，也决没有谁会想出"犯上"这两个字来。因为鲁迅是远客，他们特地从父母那里得到了减少工作的许可，来伴他游戏。他们一起钓虾，一起放牛；钓得的大虾照例是给鲁迅吃，对客人是尊敬了，但在放牛时，牛欺生，鲁迅怯生生地不敢走近牛的身边，只好远远地跟着，站着。鲁迅说："这时候，小朋友们便不再原谅我会读'秩秩斯干'，却全都嘲笑起来了。"

鲁迅的小朋友都是聪明、勇敢、直爽的孩子。双喜是最聪明的一个。如鲁迅的外祖母担心他们晚上去看戏的安全而有所疑虑的时候，双喜可看出底细来了，便大声地说："我写包票！船又大；迅哥儿向来不乱跑；我们又都是识水性的！"于是大人们放心了，他们上了船，架起两支橹，有说有笑的，"飞一般径向赵庄前进了"。终于没出什么问题，双喜写的包票没有错！在回家的途中，大家商定偷罗汉豆来煮起吃。

"阿阿，阿发，这边是你家的，这边是老六一家的，我们偷那一边的呢？"双喜先跳下去了，在岸上说。

我们也都跳上岸。阿发一面跳，一面说道，"且慢，让我来看一看罢，"他于是往来的摸了一回，直起身来说道，"偷我们的罢，我们的大得多呢。"

用最好的东西招待朋友，即使这东西是全家辛勤劳动的果实，也毫不迟疑。阿发的心地是多么坦率，多么值得珍视；阿发的行为充分体现了劳动人民的真挚、热烈、深厚的友情！同是穷苦人，双喜也能体贴阿发家的苦境，再多偷，倘给阿发的娘知道要哭骂的，于是，也偷了一些六一公公田里的。在这样真挚友爱的气氛中，他们吃了一顿美味的豆。此后，"我实在再没有吃到那夜似的好豆，——也不再看到那夜似的好戏了"。在那喧嚣尘杂、争名夺利的社会里，鲁迅回味着也希望着再有那夜似的好豆和好戏！

村里的农民是那么朴实厚道，"在小村里，一家的客，几乎也就是公共的"。六一公公这个和善慈爱的老人就算得好客的代表。孩子们一点也不感到他的威严，他并不责怪孩子们偷了他的豆，而是埋怨他们不好好地摘，踏坏不少。听说是请客，他毫不犹豫地说："这是应该的。"鲁迅对他的豆只不过顺口赞了声"很好"，不料他"竟非常感激起来"，大大地得意了一番；因为这是他辛苦劳动种出来的啊，看得起豆，也就是看得起他的劳动。当他连声称赞"迅哥儿"的时候，我们并不感到好笑，而是深深地爱上了这个辛劳、热情、好客的老人。

鲁迅是以崇敬和爱戴的心情来写这些美丽的形象的。由此我们可以了解到，他在其他作品里写了劳动人民的缺点和落后，并不是看不起他们，而是因为爱他们，就想让他们变得更加完美无缺；这才是真正的爱。

三、旧中国苦难深重的农村面貌和农民问题的提出

鲁迅在《呐喊》和《彷徨》中，对旧中国农村特别是农民的革命要求，曾作多方面的描写；他是在中国新文学史上第一个注意到和提出了农民问题的伟大作家，而这也表现着他作为思想家、革命家的特色和卓见。这在当时是中国革命的重要方面，我们可就《风波》、《故乡》和《阿Q正传》来做

研讨。

《故乡》是反映旧中国农村生活的，鲁迅在这篇小说的开头就给我们展现了一幅凋敝凄凉的农村图画。留在作者少年时代记忆里的二十年前的故乡还是美丽的，但现在，"苍黄的天底下，远近横着几个萧索的荒村，没有一些活气"。在这样的环境中生活着的农民，将会是怎样的景象呢？我们可以由此预感到一些消息。

通过闰土的形象，我们看到了旧中国农民的悲惨遭遇。鲁迅以深厚的感情，用对比的手法描写了闰土的形象。"深蓝的天空中挂着一轮金黄的圆月，下面是海边的沙地，都种着一望无际的碧绿的西瓜，其间有一个十一二岁的少年，项带银圈，手捏一柄钢叉，向一匹猹尽力的刺去……"这是鲁迅记忆中的闰土，一个勇敢的小英雄。他紫色的圆脸头戴一顶小毡帽，见人很怕羞。他是这样纯朴和健康。他能想法在海边捕鸟，"什么都有：稻鸡，角鸡，鹁鸪，蓝背……"读书的孩子只看见院子里高墙上的四角天空，闰土却比他们有更多的生活知识，更广阔的生活境界。他同父亲在鲁迅家做工的短短时间内，便告诉了虽是主家少爷却同他游玩谈话成为朋友的鲁迅许多新鲜事——"海边有如许五色的贝壳；西瓜有这样危险的经历"。他们那时都是那样的真挚，很快就两小无猜地建立了深厚的友谊，以至分别的时候彼此都哭了。

三十年之后，鲁迅再看见的闰土却完全是另外一个样子了："先前的紫色的圆脸，已经变作灰黄，而且加上了很深的皱纹；眼睛也像他父亲一样，周围都肿得通红，这我知道，在海边种地的人，终日吹着海风，大抵是这样的。他头上是一顶破毡帽，身上只一件极薄的棉衣，浑身瑟索着；手里提着一个纸包和一支长烟管，那手也不是我所记得的红活圆实的手，却又粗又笨而且开裂，像是松树皮了。"问起他的境况，他只是摇头道："非常难。第六个孩子也会帮忙了，却总是吃不够……又不太平……什么地方都要钱，没有定规……收成又坏。种出东西来，挑去卖，总要捐几回钱，折了本；不去卖，又只能烂掉……"

闰土和鲁迅也再不是少年时那么自然而真挚了，见着鲁迅变得恭敬起来，叫道"老爷"，还拖出背后的孩子来，"给老爷磕头"。母亲叫他还是照旧称呼，他还辩解："老太太真是……这成什么规矩。"半殖民地半封建社会的规矩使他的精神状态变了。对于统治阶级的压迫和剥削，他只是逆来顺受，辛苦麻木地生活。他为什么也在鲁迅家拣去一副香炉和烛台呢？他是用它们去祈祷神灵的保佑，反动统治的宿命思想也同样影响了闰土。

　　是谁造成了闰土悲惨的命运？鲁迅指出，是"多子，饥荒，苛税，兵，匪，官，绅，都苦得他像一个木偶人了"。当时正是辛亥革命之后军阀混战的时候，英、美帝国主义利用曹锟、吴佩孚等，日本帝国主义利用段祺瑞、张作霖等，不断发动内战。各省都有内战，四处兵荒马乱。地主阶级更加紧了对农民的剥削。这样，帝国主义、封建军阀、封建地主一起压在农民头上，再加上一些自然灾祸，弄得农民实在苦不堪言。闰土的悲剧不过是当时千百个农民的悲剧中的一个。对反动统治的罪恶提出控诉的同时，鲁迅在《故乡》中流露出了对农民不幸生活的深切同情，他非常哀痛他们的辛苦麻木，他希望"他们应该有新的生活，为我们所未经生活过的"。

　　旧中国的农村在长期的封建统治之下，一直处于落后的状态中，资产阶级领导的辛亥革命并没有使之有多大改变，只要看一看《风波》中所描写的辛亥革命后江南农村的面貌就清楚了（《风波》反映的是张勋复辟在农村发生的震动）。

　　在《风波》里，辛亥革命给当时可作为代表的这个农村的影响是：帮人撑船为生的七斤被人剪去了辫子，他有一次喝醉了酒，竟然敢骂仗着封建等级传统而威临当地的豪强赵七爷是"贱胎"；赵七爷也在革命后无可奈何地将辫子盘在顶上。这点影响是微不足道的。"皇帝坐了龙庭"的消息一传来，便在他们中间发生了不平常的"风波"。赵七爷听说张勋复辟，他的恶霸的气焰便死灰复燃了，跑到临河土场上去任意唬吓乡民，他仗着是邻村"茂源酒店"的主人的身份和因之取得的势力，以及他有"学问"——有十多本金圣叹批评的《三国志》——便在无知无识的农民面前要起威风来。先是报仇似的声色俱厉地向七斤嫂说："你家七斤的辫子呢，辫子？……你们知道：长毛时候，留发不留头，留头不留发……"七斤嫂他们自然不懂其中古典的奥妙，既是七爷这么一说，便自然会觉得事情非常重大，无可挽回，"仿佛受了死刑宣告似的，耳朵里嗡的一声，再也说不出一句话"。后来他又使用起《三国志》的法宝来："你可知道，这回保驾的是张大帅，张大帅就是燕人张翼德的后代，他一支丈八蛇矛，就有万夫不当之勇，谁能抵挡他。"这其实是可笑的，但他气势汹汹地冲着八一嫂的样子，人们也就都害怕了。赵七爷早就是在临河土场三十里方圆以内骑在人民头上作威作福的人。革命以后，他成了遗老，张勋复辟使他的气焰又嚣张起来，蠢蠢欲动。他是封建统治的拥护者，是把苦难带给农村的反动势力的代表。

最可悲叹的是七斤他们这般农民任其愚弄，麻木不仁，无一点觉醒。七斤听说皇帝坐龙庭了，想到自己的剪辫子便垂头丧气起来，经赵七爷一吓更是"非常忧愁"，"心里但觉得事情似乎十分危急"，六神无主，想不到解脱的办法。他的女人七斤嫂的落后精神状态更有甚于他。她初听说皇帝坐了龙庭竟高兴呢，"这可好了，这不是又要皇恩大赦了么！"但"皇帝要辫子"，七斤没了辫子，她着急了，又想到七斤骂过赵七爷，因此看见他一来便"心坎里突突地发起跳来"。赵七爷说，没辫子要办罪，她可吓坏了，对七斤破口便骂："这活死尸的囚徒。"八一嫂好心劝解她，她还"恨棒打人"。村人们对赵七爷的话是深信不疑，对于七斤的大难临头，他们反"觉得有些畅快"。他们幸灾乐祸，失去了对自己人的关心和同情。封建社会使人与人之间的关系变得这样的残酷无情。

这里还应该特别提及的是，鲁迅在《风波》中成功塑造了九斤老太这个典型人物。她对当时现实的大小事情都看不惯，又是她年轻的时候天气没这般热，豆子也没有现在这般硬啦，又是孙女六斤比其曾祖少了三斤啦，又是现在的"长毛"不如从前的"长毛"啦，总之是"今不如昔"。她的口头禅是"一代不如一代"。她过了八十大寿后也还是"不平"，大概仍在说"一代不如一代"。她简直是个封建保守的老顽固的典型。今天的厚古薄今论者就具有九斤老太的这种精神。鲁迅塑造的这个典型形象对我们还有着广泛的批判教育意义。(不过，九斤老太这个人物，是受封建统治残酷统治和精神毒害的结果，与我们今日的某些颂古非今的反对社会主义的阶级敌人，自然有着本质的不同。)

张勋复辟失败，在古老的农村曾一度引起的这一场"风波"平息以后，临河土场周围的农民们又恢复了他们"做稳了奴隶"的生活，而且，六斤"新近裹脚"，"在土场上一瘸一拐的往来"。"河里驶过文人的酒船，文豪见了，大发诗兴，说，'无思无虑，这真是田家乐呵！'""但文豪的话有些不合事实。"这是怎样的田家乐呢？很显然，中国农村仍处在苦难的深渊中。

农民经济破产，生活痛苦，这是帝国主义和封建主义给予农村的灾难；同时，农民精神上麻木不仁，没有觉悟，也是与农村深重的灾难有关的。关于这层，鲁迅在《呐喊》与《彷徨》的许多篇小说里有着深入的揭露和描绘，特别是一九二一年冬开始发表的《阿Q正传》，正是关于这方面的最深刻、最杰出的作品。

四、新文学史上不朽的丰碑——《阿Q正传》

《阿Q正传》是鲁迅最伟大的作品、中国新文学史上一座不朽的丰碑，发表后不久即有多种外文译本，获得国际文学界的盛誉，如法国的罗曼·罗兰即曾推荐在他所创办的《欧罗巴月刊》上登载。《阿Q正传》具有高度的概括力和思想意义。鲁迅创造出阿Q这个动人的典型，反映了中国半殖民地半封建农村的社会生活和阶级关系，对于旧民主主义的辛亥革命作了"一个严正的历史的评判"。

阿Q是个怎样的典型呢？阿Q是个怎样的人呢？阿Q是个流浪的雇农，"没有家，住在未庄的土谷祠里；也没有固定的职业，只给人家做短工，割麦便割麦，舂米便舂米，撑船便撑船"。他和旧中国广大的农民一样，经济上受着残酷的剥削，没有受文化教育的权利，没有任何社会地位。赵太爷是未庄的封建大地主，他家是定例不点灯的，但有两个例外，"其一，是赵太爷未进秀才的时候，准其点灯读文章；其二，便是阿Q来做短工的时候，准其点灯舂米"。封建地主阶级不外这两条剥削人的途径：其一是政治上向上爬，利用一官半职搜刮民脂民膏，所以赵太爷为从秀才的阶梯爬上去，特准点灯读书；其二便是在经济上加强对农民的剥削，阿Q舂米准其点灯，这是延长时间，从中剥削阿Q更多的剩余价值。当然，赵太爷对阿Q的剥削绝不止此，但由此可见一斑了。因此，即使阿Q挣断了背脊也还是过着最低下的生活。他瘦伶仃的光棍一个，吃的在肚里，穿的在身上，住的土谷祠并不比监牢"高明"。从小说中，我们更多地看到地主阶级对农民的政治压迫和经济剥削，简直到了无以复加的地步。在阿Q被捕受审画供的时候，"一个长衫人物拿了一张纸，并一支笔送到阿Q的面前，要将笔塞在他手里。阿Q这时很吃惊，几乎'魂飞魄散'了：因为他的手和笔相关，这回是初次"。这里虽有作者的讽刺幽默，却看见阿Q缺乏最起码的文化知识。他的愚昧落后，这也不能不是一个原因。不但如此，他连姓名的权利都被剥夺了。赵太爷儿子进秀才的时候，阿Q说这于他也荣光，因为他和赵太爷原是本家。第二日他便被地保叫去，赵太爷给了他一个嘴巴，还谢了地保二百文酒钱。因为他"即使真姓赵，有赵太爷在这里，也不该如此胡说的"。婚姻恋爱，这于任何人也是应该享有的权利吧，但阿Q有了这种要求，却会被人认为是妄想和非法。他向小寡妇吴妈求爱是平生第一遭，可是得到的结果是"悲剧"：第一是挨了秀才几竹杠；第二是害得"倾家荡产"只剩下一件破夹袄和一条裤子。甚至自此以后，他的生计便成了问题，土谷祠不容他了，未庄的人们也不来请他做活了，寒冷还可暂时抵御，肚子久饿就成了最实际和最迫待解决的大问题。阿Q是旧社会被压在极低层的人，他的生活遭遇真是惨痛非人的。

这样被压迫、被剥削、被侮辱、被损害的人，照说应该有强烈要求解放、积极反抗的本性吧，但阿Q的性格是很矛盾、很复杂的。一次，阿Q被人揪住黄辫子，在壁上碰了四五个响头。他心想："我总算被儿子打了，现在的世界真不像样……"是的，他周围的世界是真不成样子。未庄的人拿他的癞疮疤开心，往往为此终至于打骂，但总是他吃亏的时候多。最让阿Q恨的当然是赵太爷他们了，这是从他自身痛苦的遭遇中的直感而发生的。钱太爷的大儿子，阿Q认为是"里通外国的人"，偏称他"假洋鬼子"，尤其"深恶而痛绝之"，何况还吃过他几次"哭丧棒"。阿Q对这样的世界愤愤而不平，但他转瞬便会忘掉这个世界。他向吴妈求爱失败，被秀才打骂之后，"似乎一件事也已经收束，倒反觉得一无挂碍似的"。被假洋鬼子拍拍打了几棍之后也是同样的,"'忘却'这一件祖传的宝贝也发生了效力,他慢慢的走,将到酒店门口,早已有些高兴了"。

阿Q又很自尊和自负。小之对城里人把"长凳"叫"条凳",在油煎大头鱼里加切细的葱丝,他都认为这是错的,可笑。大之对未庄的人、所有未庄的居民,全不在他眼里,甚而至于对两个"文童"也以为是不值一笑的。赵太爷大受未庄居民的盲目尊敬,而阿Q在精神上独不表格外的崇奉。阿Q"造反"的时候,那更是不可一世了,唱着小调,在赵太爷的面前昂了头直走过去,人家"怯怯的"叫他,而他也公然歪着头答道:"什么?"但是,他一面又是一个自轻自贱的人。一次,别人揪着他的辫子打他,并且强要他说"人打畜生",阿Q便也让步了:"打虫豸,好不好?我是虫豸——还不放么?"但阿Q仍被碰了五六个响头。事后,阿Q觉得他是第一个能够自轻自贱的人,除了"自轻自贱"不算外,"第一个"便就够他飘飘然了。当假洋鬼子的"哭丧棒"向阿Q举起那刹那,他知道大约要打了,"赶紧抽紧筋骨,耸了肩膀等候着",恐怕他也觉得他是第一个能自轻自贱的人呢!

阿Q在恶势力面前真有这样一副可怜相。对赵太爷他们虽然心里常常憎骂,不是说"你算什么东西",就是说是他们的长辈;平时,他却没敢做任何方面的反抗。当他们的棒子向他举起时,便只好用肉体去招架,否则也只是逃跑。在恶势力面前的屈辱,在他被捕受审那一节描写里看得最清楚了。他"到得大堂上,上面坐着一个满头剃得精光的老头子。……都是一脸横肉,怒目而视的看他;他便知道这人一定有些来历,膝关节立刻自然而然的宽松,便跪了下去了"。叫他"站着说!不要跪",但他"总觉得站不住,身不由己的蹲了下去,而且终于趁势改为跪下了"。因而站堂的人都鄙夷他了:"奴隶性!"最后,他也就以"抽紧筋骨,耸了肩膀等候着"的姿态,被枪毙掉了。临刑前他还想到:"人生天地间,大约本来有时也未免要杀头的。"于是,对于杀头,他也泰然了。而另一方面,阿Q把和他同等的或者是弱小的人,当他的发泄对象,鄙薄更不待说。谁触怒了他,口讷的,他便骂,气力小的,他便打。他被假洋鬼子打后,见着静修庵里的小尼姑就向她发泄了,"咳,吥"之后又加之以摩头皮,加之以扭面颊。小D是一个穷小子,又瘦又乏，不在阿Q眼里的。当他听说小D也敢谋夺了他的饭碗，便发大怒，骂小D"畜生"。小D怯怯地对他说："我是虫豸，好么？"但他还是扑了上去拔小D的辫子。这就是阿Q性格中"欺善怕恶"的弱点。这是与他的自负和自贱紧紧相连的，他的"欺善"也多半出于自尊自负，而自轻自贱使他显出奴隶的屈辱。

阿Q的不平而又健忘，自负而又自贱乃至屈辱，仿佛是矛盾的，实际是统一在阿Q的典型里的，那就是阿Q的精神胜利法的缘故。精神胜利法是阿Q性格最突出的特征。在他被别人打后，他心想的"我总算被儿子打了，现在的世界真不像样……"便成了自宽自解最好的法宝。就拿他承认是虫豸的那次说吧，为什么他觉得他是第一个能够自轻自贱的人呢？因为"除了'自轻自贱'不算外，余下的就是'第一个'。状元不也是'第一个'么？"所以虽是被人打，他不到十秒钟又心满意足地得胜地走了。他头上的癞疮疤是自己也以为"不足贵的"，并且讳说"癞"字以及一切近于"癞"的音。在别人拿他这隐痛来向他开玩笑时，他最初是要打，打不行，他便采取怒目主义，也不行，他便说："你还不配！"而如此一来，在他头上的仿佛却是一种高尚的、光荣的癞头疮，倒不是平常的东西了。这也是阿Q精神胜利法的表现之一。在赌场上押宝，他赢了很白很亮的一堆洋钱，被人抢去，自己又挨了打。他这回真实地感到失败的痛苦了，但他也会立刻转败为胜。"他擎起右手，用力的在自己脸上连打了两个嘴巴，热剌剌的有些痛；打完之后，便心平气和起来，似乎打的是自己，被打的是别一个自己，不久也就仿佛是自己打了别个一般，——虽然还有些热剌剌，——心满意足的得胜的躺下了。"这是阿Q精神胜利法最生动的描写。

在残酷的封建统治下，广大农民群众一直在进行着个人的、经济的、集体的、政治的反抗。但也有阿Q式的农民。阿Q是落后农民的典型。阿Q的不平和自负是自己的阶级地位决定的，可以变为反抗压迫剥削的积极力量。可是，精神胜利法使他得了一种精神麻痹症，使阿Q一直处于不觉悟的状态中，即使"革命"也糊里糊涂的，自然连积极反抗的力量也因之解除了。精神胜利法是阿Q在现实压力下不能进行正面反抗时所采取的消极的精神上的自慰。如果像有的评论者所说，那是一种反抗的表现，恐怕也是无可奈何的虚伪的反抗罢了。鲁迅却正是在揭露统治者给予阿Q高压的罪恶，从"哀其不幸"到"怒其不争"的。

这种以精神胜利法为主要特征的阿Q主义，是有它产生的阶级根源和社会原因的。阿Q所属的农民阶级，一般说来，因为生产分散和私有制度，所以有狭隘、自私、保守等方面的弱点。自然，农民更有勤劳、朴实、勇敢的积极一面，但也有这落后的一面。阿Q在强大的阶级压迫下，不能采取勇敢反抗的办法，而用忘却现在、缅怀过去和自负、自慰、自欺等办法来解脱痛苦，这是和他本阶级的狭隘、自私、保守的落后方面有关的。任何事物的发生、发展和事物本身的内因有密切关系。阿Q的精神胜利法在一定程度上是本阶级部分特征的反映，这是有些研究者忽略了的。当然，这不是说可耻的阿Q精神就是直接来源于农民阶级，那是对农民阶级的歪曲。农民的落后一面，是封建的经济剥削和政治压迫、宗法制度和宗法思想，一句话，是封建统治的结果。阿Q身上的精神胜利法，是中国残酷封建统治，确切地说，更是近百年半殖民地半封建社会的产物。

鸦片战争以后，帝国主义列强侵入我国。清政府腐败无能，卖国求和，订立了一系列的不平等条约。割地赔款丧失主权，屈辱地服从外国，使古老的中国沦为了半殖民地半封建地位。清朝统治阶级，封建地主和一般士大夫，外畏列强，内惧人民，而又不敢面对现实，于是便陶醉在虚伪的所谓"中国精神文明"之中。帝国主义的大炮打进来后，清兵吓得失魂丧魄，疲于奔命，因此节节败退，乃至不得不丧权辱国，订立条约。但清王朝的统治者却开口"我天朝"，闭口"彼夷邦"，开口"大兵"，闭口"我军"。义和团起义的时候，被使馆逼得走投无路，慈禧太后成天坐在宫中念咒以咒死洋人，于是心头很高兴。这不是失败主义的精神胜利法吗？当时文人学者之流那种狂妄自大更有过之而无不及。他们主张什么"中学为体，西学为用"，他们写文章一开头就是"中国地大物博，人口众多，历史悠久，文化开化最早……"辜鸿铭赞成包小脚，提倡辫子文明，还认为"中国人脏，脏得好"。甚至后来林损等辈还主张"乐他们不过，同他们比苦！美他们不过，同他们比丑!"阿Q以癞子为光荣不也正是这种以丑为美的表现或投影吗?当时从上层统治者到飞黄腾达的官僚,到"读书明理"的封建士大夫,整个封建统治阶级都被失败主义的精神胜利法笼罩了。不这样,他们便无法过日子。精神胜利法可以说成了封建统治濒临总崩溃时的统治思想。这样,被统治的中国中下层人民,特别是广大的农民阶级,便不能不受其影响和毒害。中国几乎上上下下都盛行着精神胜利法,所以无怪鲁迅误以为这是中国的"国民性"了。在鲁迅的杂文里有对于"国民性"连篇累牍的挞伐。他曾非常愤慨地指出:

> 中国人的不敢正视各方面,用瞒和骗,造出奇妙的逃路来,而自以为正路。在这路上,就证明着国民性的怯弱,懒惰,而又巧滑。一天一天的满足,即一天一天的堕落着,但却又觉得日见其光荣。

——《坟》:《论睁了眼睛看》

阿Q生活的未庄是半封建半殖民地中国社会的缩影,是滋生、培育阿Q精神的场所,这里的"国民"无不是具有阿Q精神的。赵太爷是未庄的大地主兼统治者。赵太爷对阿Q前后有着两种不同的态度。阿Q说是他本家,赵太爷大发雷霆,跳过去给了阿Q一个嘴巴。阿Q和吴妈闹了一幕"恋爱悲剧",赵太爷使用他的权力,以"五项条件"害得阿Q近于走上绝路。到了阿Q从城里"发财"回来,大搭连里有了钱,身上穿起新夹袄,而且廉价出卖蓝绸裙和大红洋纱衫之类的"赃货"时,因为赵太太想从阿Q那里买一件皮背心,赵太爷便叫人把阿Q特地请到赵府来,而且为此新辟了第三种的例外:这晚上特准点油灯。到了谣传革命党要进城,城里举人老爷的乌篷船运衣箱来到赵府上的河埠头,而阿Q"造反了",昂头唱起"我手执钢鞭将你打……"时,赵太爷竟怯怯地迎着低声叫起"老Q"来。为什么赵太爷先前那样横行霸道,而今又这样低声下气呢?因为阿Q"中兴"了,"革命"了。这才是真正的欺善怕恶,得势时欺负弱小,失势时一副奴颜婢膝。未庄的一般人完全跟着赵太爷屁股走,在阿Q演出"恋爱悲剧",被赵太爷赶出赵府后,他们全都认为阿Q大逆不道,没一个人再叫他做短工,女人躲他,连酒店也不肯赊欠;而当阿Q"中兴"时,却又都对阿Q"敬而且畏"起来，并且围着阿Q听他讲新闻。而且他们的精神状态的麻木也不下于阿Q。他们拿阿Q的生理缺点开心；打他时逼着他叫"人打畜生"。阿Q和小D两个可怜虫打得难解难分之时，他们在旁看热闹，叫道："好，好！"不知道是解劝，是颂扬，还是煽动？最可怕的是阿Q被杀那节，人们竟只因死犯没有唱戏而感到不满足。他们的眼睛像狼一样，又钝又锋利，在那里咬他的灵魂。阿Q之所以那样自轻自贱，欺负弱小，一直不觉悟，是和他周围的社会有着紧密关系的。

推而远之，不但辛亥革命前后中国的社会普遍存在阿Q精神，在中国历史上就有阿Q精神的存在。封建社会是阿Q精神最早的源头。人们，特别是封建统治者，遇到"凶兽"时便现"羊"样，遇到"羊"时便现"凶兽"样。鲁迅在他的《谚语》（见《南腔北调集》）一文里说："专制者的反面就是奴才，有权时无所不为，失势时即奴性十足。孙皓是特等的暴君，但降晋之后，简直像一个帮闲；宋徽宗在位时，不可一世，而被掳后偏会含垢忍辱。做主子时以一切别人为奴才，则有了主子，一定以奴才自命：这是天经地义，无可动摇的。"赵太爷不正是承继了他们的衣钵，又是专制者又是奴才吗？这当然也就影响了整个社会。所以鲁迅把中国人民的历史归纳为"想做奴隶而不得的时代"和"暂时做稳了奴隶的时代"（见《坟》：《灯下漫笔》）。这看法虽然不完全正确，但他用以说明中国人民历来所受的奴役真是惨重之极。中国人民身上产生了一种安于奴隶命运的弱点，这弱点正是鲁迅当时所痛恨而且认为要首先揭露和革除的。

因此，阿Q这个典型形象有着广泛、深远的时代社会意义。阿Q精神在鲁迅所生活的社会普遍存在着。有人曾在《现代评论》上写道："当《阿Q正传》一段一段陆续发表的时候，有许多人都栗栗危惧，恐怕以后要骂到他的头上。并且有一位朋友，当我面说，昨日《阿Q正传》上某一段仿佛就是骂他自己，因此便猜疑《阿Q正传》是某人作的，何以呢？因为只有某人知道他这一段私事。……等到他打听出来《阿Q正传》的作者名姓的时候，他才知道他和作者素不相识。"这生动的故事说明了《阿Q正传》在当时知识阶层中所激起的反应是多么强烈。鲁迅后来自己说明他并非借阿Q进行人身攻击。他是要"写出一个现代的我们国人的灵魂来","暴露国民性的弱点"。从当时激起的广泛的反应看,鲁迅的愿望是达到了。阿Q的名字和性格被越来越多的人知道和熟悉,"阿Q"在中国知识界成了一个普通名词,成了自妄自大、自欺欺人、畏强凌弱、麻木不仁的精神胜利法的代名词。就是现在,"阿Q精神"或"阿Q相"也还被我们常使用着。阿Q的精神胜利法等还或多或少地残存在一些人的头脑中。

但这不是说阿Q这个典型是脱离他的特定历史时代、现实基础和特定的阶级而存在的吗?我们的回答是否定的。冯雪峰认为"与其说(阿Q)是一个人物的典型化,那就不如说是一种精神的性格化和典型化"。他说:

> 阿Q主要的是一个思想性的典型,是阿Q主义或阿Q精神的寄植者;这是一个集合体,在阿Q这个人物身上集合着各阶级的各色各样的阿Q主义,也就是鲁迅自己在前期所说的"国民劣根性"的体现者。
> ——《论〈阿Q正传〉》,见《人民文学》第四卷第六期

这种论断是违反现实主义文学的创作原则的。我们为一个典型形象所感动,觉得他成功,首先是因为这个具体环境中的具体的形象的作用,而不是它的"精神概念"的作用。现实主义文学典型是通过形象具体性来体现一般性,共性是通过个性而表现出来,通过活生生的人物以体现社会发展的本质特征。马克思和恩格斯在批评拉萨尔剧本的时候,就曾提倡"莎士比亚化",反对"席勒化",反对把人物形象变成时代精神的传声筒。鲁迅所塑造的阿Q这一典型,是一个有血有肉的人物。前面我们已经谈了阿Q是一个流浪雇农,产生在半殖民地半封建中国社会的历史时代。

鲁迅自己说过:《阿Q正传》大约是想暴露国民性的弱点的(《伪自由书》:《再谈保留》)。鲁迅在构思《阿Q正传》的时候,还不是一个阶级论者,因而他不自觉地认为他将写出的阿Q不是一个被压迫被剥削的农民阶级,而认为是"国民"。但他给我们写出的阿Q客观上却首先是那么一个具体的农民。因而鲁迅自己的话在这里是并不足为主要的论据的。同时,我们还要看到鲁迅在其他地方对阿Q形象的解释:

> 我的意见,以为阿Q该是三十岁左右,样子平平常常,有农民式的

质朴，愚蠢，但也很沾了些游手之徒的狡猾。在上海，从洋车夫和小车夫里面，恐怕可以找出他的影子来的，不过没有流氓样，也不像瘪三样。只要在头上戴上一顶瓜皮小帽，就失去了阿Q，我记得我给他戴的是毡帽。

——《且介亭杂文》：《寄〈戏〉周刊编者信》

这段话有力地补充了阿Q形象的具体性。事实上，鲁迅在创作《阿Q正传》的时候，是根据他对中国农村生活多年的经验和观察，并且对这一时期的苦难深重的多数农民也是很熟悉的。他自己曾说过："阿Q的影像，在我的心目中似乎确已有了好几年。"（《华盖集续篇》：《〈阿Q正传〉的成因》）可见，阿Q在鲁迅的脑子里是个活形象，而不是抽象的"思想"或"精神"。冯雪峰的论断显然也是与鲁迅的创作实际不合的。

阿Q这个人物是各阶级各色各样阿Q主义的集合体吗？鲁迅创作的一个最大特点就是对于人物灵魂的细微解剖，对于人物精神病态的深入揭露。他认为，第一要著就是改变人们的精神。如前面谈到的《药》，一方面是歌颂革命者夏瑜，一方面则是对华老栓等人民群众麻木的精神病态的揭露。他们愚昧落后：革命者为他们的解放而牺牲了，他们却用馒头蘸他的鲜血治病。《故乡》中也有对于闰土、杨二嫂等精神病态的描写。当然，《阿Q正传》是对农民的精神病态揭示得最充分的。在这些作品中贯穿着一个中心思想，即"哀其不幸，怒其不争"。作为思想家的鲁迅早就认识到农民问题是中国革命的重要问题，所以他在《阿Q正传》中选择了雇农阿Q这个形象加以描写。他站在革命民主主义者的立场，含着眼泪讽刺严重存在阿Q精神的阿Q。鲁迅写了阿Q种种可笑的阿Q相，但在具体描写中他告诉我们，阿Q的阿Q相是和赵太爷的阿Q相根本不同的。前者是出于自卫或报复，后者是损人利己、自欺欺人。阿Q的阿Q精神是受封建统治的毒害。鲁迅揭露阿Q身上的阿Q精神是希望阿Q这样的农民争口气，觉悟过来，走上真正革命的道路；是向封建统治者提出强烈的控诉。

总起来可以说，阿Q是一个落后农民的形象，阿Q的性格里交织着旧中国劳动人民被剥削、被压迫和半殖民地半封建社会的血泪。它不但是一个特定阶级的特定历史时期的典型，而且有广泛深远的意义。我们不能强调它的特殊性而忽略它的广泛性，也不能强调它的广泛性而否定它是一个活生生的形象。

阿Q的性格是典型环境中的典型性格。从《阿Q正传》中，我们可以看到辛亥革命前后中国农村的画面。在这里，人与人之间是不平等的，存在着人剥削人、人压迫人的阶级对立的关系。未庄的人不外是属于这两个方面的人：一面是阿Q、王胡、小D等，一面是赵太爷、秀才、假洋鬼子、地保等。阿Q从经济上到政治上到文化上的悲惨生活，在阿Q典型的分析中我们已经了解到了。饥饿使阿Q后来不得不做小偷，小D和他争饭碗乃至于彼此殴打，这都是赵太爷他们压迫的结果。而赵太爷是未庄的封建地主，有妻妾仆役，生活荒淫，任意剥削别人，鱼肉乡民。地保是赵太爷的走狗。

这样的社会必然要爆发阶级斗争，于是辛亥革命来了。有着严重精神病态的阿Q对生活一向是麻木的，而且"有一种不知从那里来的意见，以为革命党便是造反，造反便是与他为难，所以一向是'深恶而痛绝之'的"。但革命一来，城里举人老爷赶快疏散财物，到乡下避难，未庄全村也人心动摇。阿Q看见百里闻名的举人老爷这样害怕，于是未免有些神往了。未庄一群"鸟男女"的慌张神情，也使阿Q更快意。"'革命也好罢，'阿Q想，'革这伙妈妈的命，太可恶！太可恨！……便是我，也要投降革命党了。'"阿Q想到这些之后，他在街上竟然大声地嚷起来："造反了！造反了！"他只能从幼稚和糊涂的幻想去理解革命："好，……我要什么就是什么，我欢喜谁就是谁。"他将看到未庄的人向他跪下求饶，他要杀谁就是谁，并且他要去打开赵太爷的箱子，取出元宝、洋钱、洋纱衫，甚至他也要找一个漂亮的老婆。这倒想得十分停当和天真。之后，他真还到静修庵去做了一次"革命活动"。阿Q的革命意识是糊涂的，阿Q的革命行动是可笑的，不过我们认为阿Q毕竟是要求革命了，这是阿Q性格的发展。有人批评革命后的阿Q和以前比起来是两个性格，鲁迅早就斩钉截铁地回答了："中国倘不革命，阿Q便不做，既然革命，就会做的。我的阿Q的运命，也只能如此，人格也恐怕并不是两个。"（《华盖集续篇》：《〈阿Q正传〉的成因》）阿Q的革命绝不是突如其来的。在阿Q生计成了大问题、饿着肚子的时候，鲁迅就有这样一段的描写："他在路上走着要'求食'，看见熟识的酒店，看见熟识的馒头，但他都走过了，不但没有暂停，而且并不想要。他所求的不是这类东西了；他求的是什么东西，他自己不知道。"他究竟求的是什么东西呢？在这里，我们找到了答案。阿Q自己不知道，但我们认为能真正解决他的问题的应该是革命。

阿Q自己察觉到他要革命，"第一着仍然要和革命党去结识"，他需要引导和帮助。但是他去找革命党人假洋鬼子时，假洋鬼子举起"哭丧棒"呵他"滚出去"！"洋先生不准他革命，他再没有别的路；……他所有的抱负，志向，希望，前程，全被一笔勾销了。"辛亥革命时的革命党不但不去发动群众，领导群众，反而为了自私自利，害怕群众起来，并且还把有了朦胧革命意识和要求的农民群众拒于门外，横加压制。

辛亥革命的革命党人对农民是如此漠视乃至敌视，但对封建地主阶级却是另一种态度：他们以同为有产阶级而结合起来狼狈为恶。仍以假洋鬼子为例：他和赵太爷儿子赵秀才历来本是不相能的，但革命后，便会认为这是"咸与维新"的时候了，他们不但谈得很投机，立刻成了情投意合的同志，而且还要相约去"革命"。他们"革掉"了静修庵的一块"皇帝万岁万万岁"的龙牌，打了弱小卑微的老尼姑不少棍子和栗凿，还抢去了一个宣德炉。革命党人竟和封建秀才勾结起来干强盗勾当了。辛亥革命的领导阶级中国资产阶级和封建统治者在政治上是采取妥协投降政策。革命没有丝毫动摇封建的国家政权机构。"革命党虽然进了城，倒还没有什么大异样。知县大老爷还是原官，不过改称了什么，而且举人老爷也做了什么……带兵的也还是先前的老把总。"这样的国家政权机构仍然是为封建地主阶级服务的，为有产阶级服务的。赵太爷家遭了抢，他们不分青红皂白地便把阿Q抓来枪毙了。阿Q是为了巩固他们的政权、财产权而牺牲的，革命党人用阿Q的血向封建阶级做了投降的礼物。这是阿Q的悲剧，也是辛亥革命的悲剧。

这就是鲁迅在《阿Q正传》里的革命现实主义对于辛亥革命所做的清醒、深刻和富有启发意义的批判。他用具体的艺术描写形象地告诉我们：辛亥革命的领导者——资产阶级,是软弱无能的,仍是劳动人民的剥削者和压迫者,它不能领导中国革命,不能解决中国的农民问题,更不能彻底地反对封建主义。读者由此就可以认识到,只有工人阶级和他的政党才能担负起革命的领导责任,把革命引向胜利,从根本上解决中国的农民问题,解决中国劳动人民彻底反帝反封建的问题。

五、小说中提出的妇女问题

在以私有制为基础的社会里,妇女问题一直是重大的社会问题之一。恩格斯说:"母权制的颠覆,乃是女性所遭受的具有全世界历史意义的失败。丈夫在家中已掌握了管理权,而妇女们失掉了自己的荣誉地位,降为奴仆,变成男子淫欲的奴婢,变成生孩子的简单工具了。"(《马克思恩格斯文选》第二卷第二一五页)中国妇女在封建宗法制度和伦理观念的长期压迫下,更是处于极其悲惨的境地;无论从肉体或精神都布满了血迹斑斑的伤痕。她们之中,不知有多少人做了吃人的封建礼教的牺牲品。毛主席曾经指出,封建社会里,妇女除了受政权、族权、神权的支配以外,还承受夫权的支配;这四种权力,"代表了全部封建宗法的思想和制度,是束缚中国人民特别是农民的四条极大的绳索"(《湖南农民运动考察报告》)。历代许多进步的作家都在不同程度上通过他们的作品指出了妇女问题,为她们伸冤求救;但由于受着时代和阶级的限制,终究找不到解决的办法。

鲁迅是伟大的革命家和思想家,彻底的革命民主主义者,妇女解放自然成了他特别关心的问题之一,这也在他的作品中占了很主要的地位。他不但提出了这个问题,而且初步给妇女解放指出了正确的道路。

鲁迅沉痛地说:"我还记得中国的女人是怎样被压制,有时简直并羊而不如。"(《华盖集》:《忽然想到·七》)在《我之贞烈观》(见《坟》)里,他对压迫妇女的种种封建礼教和复古派卫道者们关于"贞操"、"节烈"的反动言论进行了猛烈的反击和系统有力的驳斥。他指出,在封建社会,"女子多当作男人的物品。或杀或吃,都无不可;男人死后,和他喜欢的宝贝,日用的兵器,一同殉葬,更无不可。后来殉葬的风气,渐渐改了,守节便也渐渐发生"。封建统治者在对妇女一贯施行着"寡妇主义"和"坚壁清野"(见

《坟》：《寡妇主义》、《坚壁清野》），日见精密苛酷地造出些"畸形的道德"（如"三从四德"、"节孝"、"贞操"之类）来束缚她们，使她们的精神也同她们的体质一样，成了畸形。而"'妇者服也'，理应服事于人。教育固可不必，连开口也都犯法"。对于这畸形的道德，是绝不容许她们有丝毫的违拗的。于是，她们只好乖乖地做"节妇"、"烈女"，忍受一切不合理的压制而成为吃人的封建礼教和制度的无辜的牺牲者了。鲁迅愤慨地说："社会上多数古人模模糊糊传下来的道理，实在无理可讲；能用历史和数目的力量，挤死不合意的人。这一类无主名无意识的杀人团里，古来不晓得死了多少人物；节烈的女子，也就死在这里。……不节烈的人，便生前也要受随便什么人的唾骂，无主名的虐待。"他提醒人们："我们追悼了过去的人，还要发愿：要除去于人生毫无意义的苦痛，要除去制造并赏玩别人苦痛的昏迷和强暴。"这不是明显地号召人们去铲除这吃人的礼教和制度吗？鲁迅对妇女所遭受的痛苦有着无比的同情，急切地希望她们从封建的魔掌里解放出来。在《论雷峰塔的倒掉》（见《坟》）里，他怀着强烈的憎恨心情，诅咒那压在白蛇娘娘身上象征封建礼教和制度的雷峰塔，为这塔的居然倒掉而欢欣鼓舞。他抑制不住内心的喜悦，满含幽默地说道："当初，白蛇娘娘压在塔底下，法海禅师躲在蟹壳里。现在却只有这位老禅师独自静坐了，非到螃蟹断种的那一天为止出不来。莫非他造塔的时候，竟没有想到塔是终究要倒的么？"鲁迅同情妇女们急待解放的要求，他对她们为争取解放而斗争的坚毅和勇敢的精神有深刻的认识。他曾在《纪念刘和珍君》（见《华盖集续篇》）里说："我目睹中国女子的办事，是始于去年的，虽然是少数，但看那干练坚决，百折不回的气概，曾经屡次为之感叹。至于这一回在弹雨中互相救助，虽殒身不恤的事实，则更足为中国女子的勇毅，虽遭阴谋秘计，压抑至数千年，而终于没有消亡的明证了。"鲁迅不仅同情妇女遭受的痛苦，赞扬她们"坚决"、"勇毅"的精神，而且吸取千百年来她们反抗斗争失败的经验和他对社会的认识，给她们指出了一条解放斗争的道路。鲁迅是把妇女的解放和社会的解放联系起来的。在《娜拉走后怎样》（见《坟》）里，他指导妇女们除了争取参政权以外，"最要紧的"是争取经济权，"自由固不是钱所能买到的，但能够为钱而卖掉。……为准备不做傀儡起见,在目下的社会里,经济权就见得最要紧了"。随后,他又说:"在经济方面得到自由,就不是傀儡了么?也还是傀儡。无非被人所牵的事可以减少,而自己能牵的傀儡可以增多罢了。因为在现在的社会里,不但女人常作男人的傀儡,就是男人和男人,女人和女人,也相互地作傀儡,男人也常作女人的傀儡,这决不是几个女人取得经济权所能救的。"对了,"几个女人取得经济权"是不能解决问题的,重要的是消灭这个少数人把绝大多数人当作傀儡支使的人吃人的社会制度。当时一般人认为妇女最革命的行动是从封建家庭里冲出来,像娜拉那样。而鲁迅却说,这不够得很,还要把眼光放远点。他比他们站得更高,看得更远,妇女问题是私有制的产物,要根本解决,只有彻底消灭这个制度;要消灭这个制度,只有靠无产阶级革命。对于前面一层,鲁迅已有初步的认识;对于后面一层,他当时还不可能认识到。所以,他说"单知道仍然要战斗",而不知这经济权柄如何取得。但他毕竟给妇女指出了一条正确的解放道路。

鲁迅上面这些思想,在小说里得到了具体的体现。现在我们就用《祝福》、《离婚》、《伤逝》这三篇小说来加以说明。

《祝福》里的祥林嫂是一个被封建制度和礼教吃掉了的不幸者,一个勤劳善良、力求摆脱封建压迫的农村劳动妇女的典型。鲁迅通过这个劳动妇女的全部悲剧性的生活道路,概括地反映了牺牲在封建制度和旧礼教下的中国妇女的悲惨命运。

祥林嫂不消说是因"父母之命,媒妁之言"被迫嫁到婆家的,她有一个"严厉的婆婆",日子一定难过。不幸丈夫又早死,她受不住婆婆的虐待,逃到鲁镇来做工。狠毒的婆婆并没有就此放松她,把她抢回去卖给了山坳里的贺老六。谁知第二个丈夫也害伤寒早死,生下的一个男孩也被狼衔了去。大伯来撵她,没办法,她只得又来央求鲁家收留她。由于饱受迫害和悲痛,她不及以前灵便了。鲁家的歧视更给了她最严重的打击,她变得呆笨了,再也得不到主人的欢心,终于被赶了出来,成了乞丐。一个旧历年底,正是阔人们忙着祝福的时候,祥林嫂在人们的冷眼中默默地死去了。

祥林嫂一生受尽了封建的剥削和封建礼教的迫害,从肉体到灵魂都被封建统治所践踏，反而顶着"败坏风俗"的罪名，被人们"烦厌和唾弃"，而压迫她、剥削她的封建势力却安然健在，这就是封建社会人吃人的实质。

祥林嫂之死，完全是封建制度和封建礼教的罪恶。封建制度和封建礼教要祥林嫂在丈夫死后守寡，但同时又维护着家长的无限权威，支持她婆婆把她出卖，破坏她决心固守的贞操而使她成为"再醮"的寡妇，然后，又露出一副狰狞的面孔来残害她了。看鲁四老爷说的：

> 这种人虽然似乎很可怜，但是败坏风俗的，用她帮忙还可以，祭祀时候可用不着她沾手，一切饭菜，只好自己做，否则，不干不净，祖宗是不吃的。

于是在祭祀的时候——
——她（祥林嫂）还记得照旧的去分配酒杯和筷子。
"祥林嫂，你放着罢！我来摆。"四婶慌忙的说。
她讪讪的缩了手，又去取烛台。
"祥林嫂，你放着罢！我来拿。"四婶又慌忙的说。

这是封建统治对祥林嫂的最大的、最恶毒的污辱，对祥林嫂的精神是一种极其沉重的威压。在这人吃人的封建社会里，妇女"饿死事小，失节事大"（见《坟》：《我之贞烈观》），可怜的祥林嫂竟成了"不干不净"、"败坏风俗"的"罪人"！她将被千人笑，万人骂，她就是跳到黄河也洗不清！封建统治对她的凌辱是多么残酷！这比死还可怕，比上刀山、下油锅还要痛苦！她不仅在生前被凌辱，被歧视，就是死了，也不得安生。封建社会的另一张魔嘴——神权又来咀嚼她的灵魂了：

> "祥林嫂，你实在不合算。"柳妈诡秘的说。"再一强，或者索性撞一个死，就好了。现在呢，你和你的第二个男人过活不到两年，倒落了一件大罪名。你想，你将来到阴司去，那两个死鬼的男人还要争，你给了谁好呢？阎罗大王只好把你锯开来，分给他们。我想，这真是……"
> 她脸上就显出恐怖的神色来，这是在山村里所未曾知道的。

这又是一个大打击！她"非常的苦闷了，第二天早上起来的时候，两眼上便都围着大黑圈。"她要挣扎，要摆脱这个莫须有的恐怖，迷信使她还存在着一线希望。她听了柳妈的怂恿，到土地庙去捐了一条门槛，希望"给千人踏，万人跨，赎了这一世的罪名，免得死了去受苦"。"千人踏，万人跨"，这就是妇女地位的绝妙概括。然而祥林嫂连这样也为封建统治所不容。她捐了门槛，花去了自己辛苦一年的工钱。她"神气很舒畅，眼光也分外有神"，很是高兴，满以为人家也把她当"人"看了。可是——

　　冬至的祭祖时节，她做得更出力，看四婶装好祭品，和阿牛将桌子抬到堂屋中央，她便坦然的去拿酒杯和筷子。

　　"你放着罢，祥林嫂！"四婶慌忙大声说。

　　她像是受了炮烙似的缩手，脸色同时变作灰黑，也不再去取烛台，只是失神的站着。直到四叔上香的时候，教她走开，她才走开。

这是对于祥林嫂的一次最沉重的打击，不论她捐门槛也罢，不捐也罢——不论她如何虔诚"赎罪"，封建礼教反正是要把这个"失节"的寡妇置于死地的。"这一回她的变化非常大，第二天，不但眼睛窈陷下去，连精神也更不济了。而且很胆怯，不独怕暗夜，怕黑影，即使看见人，虽是自己的主人，也总惴惴的，有如在白天出穴游行的小鼠，否则呆坐着，直是一个木偶人。不半年，头发也花白起来了，记性尤其坏，甚而至于常常忘却了去淘米。"她就这样带着沉重的精神压力，怀着对死后世界的绝大恐怖死去了。

祥林嫂的悲惨命运没有引起村人们的深深的同情，他们受了传统偏见的毒害，反而还嘲笑她，一样地歧视她。起初他们还为她的哭诉流出许多眼泪来，但"她的悲哀经大家咀嚼赏鉴了许多天"后，就像渣滓一样抛弃了。

祥林嫂被封建制度和封建礼教吃了，鲁四老爷是吃她的罪魁。他直接从经济上剥削祥林嫂，从精神上践踏祥林嫂。他听说祥林嫂是个寡妇，就摆起一副道学面孔，"皱了皱眉"，"但看她模样还周正，手脚都壮大，又只是顺着眼，不开一句口，很像一个安分耐劳的人"，"整天的做，似乎闲着就无聊，又有力，简直抵得过一个男子"，就把她留下了。后来，祥林嫂的婆婆把她抢去卖了，鲁四老爷起初也不由得说了声"可恶"，但接着又"然而……"一声表示了赞成。他是承认婆婆对媳妇有无限权威的，然而对于"再醮"的祥林嫂，他却丝毫也不饶恕。祥林嫂第二次到他家做工，他虽然

"鉴于向来雇用女工之难,也就并不大反对",却在"照例皱过眉"之外,还暗暗地告诫四婶,说一些污蔑祥林嫂"不干不净"之类的话。就是这一番"告诫",宣布了祥林嫂的死刑。她无论怎样挣扎,都没有逃出他的魔掌。最后,当他在祥林嫂身上再也榨不出油水来了的时候,就把祥林嫂赶了出来。鲁迅就是这样用简单的几笔把这个满口"仁义道德"的刽子手的狰狞面目神妙地勾画了出来。

祥林嫂死了,她在阔人们"祝福"的"毕毕剥剥的鞭炮"声中寂寞地死去。鲁迅满怀激情地说:"这百无聊赖的祥林嫂,被人们弃在尘芥堆中的,看得厌倦了的陈旧的玩物,先前还将形骸露在尘芥里,从活得有趣的人们看来,恐怕要怪讶她何以还要存在,现在总算被无常打扫得干干净净了。""活得有趣的人们"从此眼不见,心不烦了,他们把祥林嫂拿来做了祭品,来举行这"年终的大典","致敬尽礼,迎接福神,拜求来年一年中的好运气",企图把这吃人的筵席继续排下去。最后,鲁迅极富讽刺意味地说:"只觉得天地圣众歆享了牲醴和香烟,都醉醺醺的在空中蹒跚,豫备给鲁镇的人们以无限的幸福。"——祥林嫂被吃掉了,血迹还未干,而阔人们还在祈求他们来年的"好运气"。作为彻底的革命民主主义者的鲁迅,对此是遏制不住他内心的愤怒的,他要把这血淋淋的尸首摆出来,在这阔人们"祝福"的时候,把这吃人者的假面撕开。我们想,这大概就是鲁迅先生写这篇小说的动机了。

祥林嫂是一个被封建礼教和封建制度彻底——从肉体到灵魂——毁灭了的不幸者。但她绝不是一个屈从懦弱的女人,她有坚忍不屈的反抗性格。她力图摆脱这悲惨的命运,顽强地反抗着封建统治给她的一切不公平的待遇和迫害。她从婆家逃出来找工做,就是对婆婆虐待的一种反抗。她做工"毫没有懈,食物不论,力气是不惜的","比勤快的男人还勤快",几乎担当了鲁家一切劳作。"然而她反满足,口角边渐渐的有了笑影,脸上也白胖了。"只要一些小的"自由",她竟然那么愉快了。可是,这无情的社会连这点也不给她。婆婆把她"嫁"到山里去(这实际上是一种最不人道的买卖婚姻),她奋勇地反抗着,为了自己的命运不受别人的支配:"她一路只是嚎,骂,抬到贺家墺，喉咙已经全哑了。拉出轿来，两个男人和她的小叔子使劲的擒住她也还拜不成天地。他们一不小心，一松手……她就一头撞在香案角上，头上碰了一个大窟窿……"她不甘心死后恐怖的命运（这也是统治阶级加给她的），她要洗刷掉自己的"大罪"（其实她是无罪的），让别人也把自己当"人"看待。"她整日紧闭了嘴唇，头上带着大家以为耻辱的记号的那伤痕，默默的跑街，扫地，洗菜，淘米"，忍受着人们的嘲笑，为的是捐一条门槛（在她，最积极的办法只能做到这一步了）。捐了这门槛，就"赎了这一世的罪名"。当然，祥林嫂的反抗还是盲目的、孤独的，只是徒然的挣扎。不过，这正是被压在社会最底层的妇女为了求得解放，进行着不屈不挠的斗争的表现。她们受着种种限制，不可能采取更积极、更有力的方法。而且在长期的封建统治下，她们不免受封建思想和封建礼教的影响，这更束缚了她们的反抗性。由于封建思想和迷信观念的侵蚀，祥林嫂也相信自己是"有罪"的，一定会受到鬼神的惩罚，感到恐怖、害怕。这就大大地限制了她对封建统治的罪恶有个清楚的认识，从而采取积极的反抗行动。但毕竟一生的悲惨遭遇使她对"灵魂"、"地狱"之类的封建统治机器开始有了怀疑：

"就是——"她走近两步，放低了声音，极秘密似的切切的说，"一个人死了之后，究竟有没有魂灵的？"

……

"那么，也就有地狱了？"

……

"那么，死掉的一家的人，都能见面的？"

这是可贵的怀疑，一切社会的、传统的、旧道德的压力，尽管现实中在一个弱小的妇女身上暂时还显得多么强大，然而人们对它的信念已经开始动摇。

祥林嫂苦难挣扎的一生，是中国妇女共同的命运。

如果说祥林嫂的反抗是盲目的挣扎，《离婚》中的爱姑则已觉悟到妇女作为一个人的尊严，有意识地起来保卫妇女的人格和争取独立自由了。

爱姑在公婆家受尽了虐待，自从嫁过去，总是"低头进，低头出，一礼不缺",人们却专和她作对,"一个个都像个'气杀钟馗'"。丈夫亏待她,"开口'贱胎',闭口'娘杀'",往往为一些小事情,"那'小畜生'不分青红皂白,就夹脸一嘴巴……"后来这"小畜生"又"姘上了小寡妇",就"着了那滥婊子的迷",把她给抛弃了。爱姑气愤不过,一趟回到了娘家。娘家父兄和亲邻们也为爱姑打过抱不平,使"小畜生"、"老畜生"吃过亏,拆去了他们的灶,"出了一口恶气"。像这种特殊情形,本来只有离婚的了,但这是一个关系到妇女的地位和人格的问题,爱姑不能就此罢休:

"我倒并不贪图回到那边去,八三哥!"爱姑愤愤地昂起头,说,"我是赌气。你想,'小畜生'姘上了小寡妇,就不要我,事情有这么容易的?'老畜生'只知道帮儿子,也不要我,好容易呀!……"

很显然,爱姑是不安于想打就打、想骂就骂、想要就要、不想要就丢的地位的。她还不贪图回去(回去只有苦吃),但这口气要争!泼辣、大胆、勇敢、坚决的爱姑,知道她是正义的,敢于向传统的封建礼教和封建势力宣战:"要撇掉我,是不行的。七大人也好,八大人也好。我总要闹得他们家败人亡!"

她理直气壮,蔑视一切,在旧势力面前毫无惧色。不"闹得他们家败人亡",她是绝不甘心的。她说:"七大人怎样?难道和知县大老爷换帖,就不说人话了么?"她聪明犀利,抓得住理。就是在那威严的七大人面前,她也敢据理力争:"我是三茶六礼定来的,花轿抬来的呵!那么容易吗?……我一定要给他们一个颜色看,就是打官司也不要紧。县里不行,还有府里呢……",否则"那我就拼出一条命,大家家败人亡"。她是不睬任何事的,斗胆指责"老畜生"、"小畜生""会报丧似的急急忙忙钻狗洞,巴结人……"("听说去年年底施家送给慰老爷一桌酒席哩。"她这样说并不考虑会得罪老爷们),直言"七大人,你给我批评批评"。爱姑是一个典型的泼辣敏慧的农村妇女,她像山峰一般屹立着,中国妇女被压抑了数千年的心中的反抗烈火,都在她身上一齐迸发了出来。

但爱姑的反抗是孤立的,她对封建统治阶级没有正确的认识,对某些统治者还抱有若干幻想。她不知道压迫她的是整个封建统治阶级,而不只是

"老畜生"、"小畜生"及护着他们的慰老爷。她还天真地认为"知书识礼"的七大人等是"讲公道话的",误认为七大人"其实是和蔼近人,并不如先前自己所揣想那样的可怕",把希望寄托在他身上。殊不知这封建法规是无论如何不容违拗的,"公婆说'走!'就得走。莫说府里,就是上海北京,就是外洋,都这样"。"七大人"、"慰老爷"等正是这封建法规的得力维护者,何况他们得过施家的酒席。"打官司打到府里,难道官府就不会问问七大人么?那时候是,'公事公办'……"慰老爷威吓爱姑说。那些"被威光压得像瘪臭虫"的"少爷们"也跟在他们的屁股后头打和声说:"的的确确。"爱姑的父亲是为沿海各村居民所称道的"高门大户都走得进的",这回却不知怎的因为"忽而横梗着一个胖胖的七大人,将他脑里的局面挤得摆不整齐了"。爱姑"很怪平时沿海的居民对他都有几分惧怕的自己的父亲,为什么在这里竟说不出话"。她的兄弟也因有几分惧怕而推说"没有功夫",不来了。况且,她的父亲原来就"看得赔贴的钱有点头昏眼热了",这次又添到九十块,他还说什么话呢。于是"爱姑觉得自己是完全孤立了;爹不说话,弟兄不敢来,慰老爷是原本帮他们的,七大人又不可靠,连尖下巴少爷也低声下气地像一个瘪臭虫,还打'顺风锣'。但她在胡里胡涂的脑中,还仿佛决定要作一回最后的奋斗"。不过,孤立失望之感大大地减少了她的锐气,她面前的七大人似乎骤然增大了好几倍,有无穷的力量压在她身上,她有些支持不住了:

> 她打了一个寒噤,连忙住口,因为她看见七大人忽然两眼向上一翻,圆脸一仰,细长胡子围着的嘴里同时发出一种高大摇曳的声音来了。

> "来——兮!"七大人说。

> 她觉得心脏一停,接着便突突地乱跳,似乎大势已去,局面都变了;仿佛失足掉在水里一般,但又知道这实在是自己错。

> ……

爱姑知道意外的事情就要到来,那事情是万料不到,也防不了的。她这时才又知道七大人实在威严,先前都是自己的误解,所以太放肆,太粗卤了。她非常后悔，不由自己说：

> 我本来是专听七大人吩咐……

对统治阶级没有真的认识、孤立而毫无斗争经验的爱姑失败了，不得不"后悔"、屈服了。"压迫底原因不是个别的人，而是全部经济体系。"（列宁：《什么是人民之友以及他们如何攻击社会民主党人》）作为一个小生产者——农民的女儿，这一点她是无法了解的。"小生产者因被生产条件本身分散和隔绝，因被系缠于一定的地方和一定的剥削者，根本不能了解他有时并不比无产者少受其苦的那种剥削和压迫的阶级性质。"（同上）因此，爱姑的斗争性是有很大的局限的。尽管她大胆，敢做敢为，反抗失败的悲剧仍然是注定了的。

爱姑是开始觉醒而有意识地起来争取权力、争取独立的妇女形象；由于她没有明确的斗争目的，对敌人没有正确的认识，缺乏斗争经验，她的斗争失败了。通过爱姑的教训，鲁迅暗示出妇女解放与整个社会的解放联系起来了。

六、知识分子形象的描绘与批判

"五四"以后，有不少作家以知识分子生活为写作题材，但在这类作品中，尚有相当的教育意义的，则为数不多。只有鲁迅的几篇作品，对于当时知识分子的愤激、苦闷，以及他们对光明的追寻，不仅有真实和深刻的描绘，而且对于知识分子在现实斗争中的弱点，亦特别加以揭露，并给予彻底和正确的批判，指引他们向着新的生路跨进。

鲁迅关于知识分子的作品，在《彷徨》中较在《呐喊》中所占比重更大。鲁迅在辛亥革命和"五四"时期，经历了知识分子在革新运动中两次伟大的分裂，有着真实的感受。所以，他在作品中，既肯定了知识分子在民主革命中的先觉和桥梁作用，同时也批判了他们脱离群众、脱离革命群众的斗争的致命弱点，因而他们在革命中始终动摇不定，一遇险阻就消极颓废下来。鲁迅这些作品，还暗示并教育着知识分子，必须冲破个人主义的圈子，到群众斗争中去先改造自己，然后才可能于社会改造有所贡献，否则必然会弄到不投降敌人也将会永远一事无成。这样的结论，在当时比一般作家有其独到之处，而在精神上，也可以说与毛主席关于知识分子的经典论断是相结合的。

在"五四"初期，作为彻底的民主主义和启蒙主义者的鲁迅，对受过科学和文化洗礼的知识分子是有所期望的。他认为社会和政治的进步，首先要依靠少数的天才，即那些"个人的自大"者，"他们必定自己觉得思想见识高出庸众之上，又为庸众所不懂，所以愤世嫉俗，渐渐变成厌世家，或'国民之敌'。但一切新思想，多从他们出来，政治上宗教上道德上的改革，也从他们发端"（《热风》：《随感录三十八》）。这种"少数的天才"无疑指的就是知识分子。鲁迅正是这"少数的天才"之一。鲁迅是最激进的革命民主主义者，他经历了中国思想界两次"伟大的分裂"，经历了"彷徨"、"求索"的苦闷，他"又经验了一回同一战阵中的伙伴还是会这么变化"（《南腔北调集》：《〈自选集〉自序》）。他无情地解剖别人，更无情地解剖自己，发现这些"天才"身上竟有着这么多的缺点；于是，他不断地革自己的命，不断地改造自新，终于在经过无数痛苦和教训后，抛弃了"中产阶级智识分子的坏脾气"（《二心集》：《序言》），成了坚强的无产阶级革命战士。从痛苦的经历和事实的教训中，他逐渐地对知识分子有了彻底的认识。通过创作，他对各色知识分子进行了深入的剖析，这对于督促知识分子的进步和改造具有很大的作用。

《呐喊》和《彷徨》中对于知识分子的描写各有特色：《呐喊》中的知识分子，主要以反封建的战斗姿态出现，如狂人和夏瑜；在《彷徨》中，鲁迅则着重解剖他们的精神面影，分析他们在革命风浪中经不起考验的原因。《呐喊》正写于中国思想界第一次"伟大分裂"的时期，先进的共产主义知识分子、革命的小资产阶级知识分子和资产阶级知识分子结成了统一的联盟，与封建文化展开猛烈的斗争。《彷徨》写于思想界第二次"伟大分裂"的时候，反封建联盟逐渐分裂，"有的高升，有的退隐，有的前进"（《南腔北调集》：《〈自选集〉自序》），形形色色的知识分子都暴露出来了。所以，在写知识分子上，《呐喊》与《彷徨》表现出不同点，反映了自"五四"以来知识分子队伍的变化和鲁迅对知识分子认识的深入与发展。

鲁迅描绘了各种知识分子，他是一个伟大的革命家，他是从革命的立场来提出和解决各种问题的。对知识分子，鲁迅也是从革命的需要来研究的。通过孔乙己（《孔乙己》）和陈士成（《白光》），暴露了封建制度的罪恶和在封建压迫下贫苦知识分子的不幸；通过四铭、何道统（《肥皂》）、高尔础（《高老夫子》），揭露了封建卫道者的虚伪和丑恶的嘴脸。特别值得注意的是，鲁迅写了方玄绰（《端午节》）、吕纬甫（《在酒楼上》）、魏连殳（《孤独者》）、子君、涓生（《伤逝》）等人，批判了知识分子的个人主义及动摇、软弱等弱点，指出只有热情而不与社会斗争联系起来，不与广大工农群众相结合，终归是要失败的。这些作品，对于今天的知识分子，还有着极大的教育意义。

我们可以把这些作品分成三方面来谈：

1. 封建社会里贫苦知识分子的悲惨命运

封建统治者除了残酷的高压政策外，还留了一线"一旦金榜题名，便予荣华富贵"的希望，以便把天下读书人束缚在封建统治者的罗网之中。一般读书人也乐得有这样一条出路，都拼命地向这"希望"之孔挤去，但挤过去的毕竟是极少数，大多数被碰得头破血流，牺牲在罗网之中。孔乙己与陈士成就是这样的可怜的牺牲者。

孔乙己是个贫苦的读书人，他诚实、善良，多年的读死书又使他变得迂腐可笑，但终于不能"进学"，落得一辈子穷愁潦倒。腐朽的封建教育制度，把他教育成了一个只知"之乎者也"而不会营生的书呆子，于是日子越过越穷，几乎弄得将要讨饭了。他有时给人家钞钞书，挣点钱过日子，可惜又有好吃懒做的坏脾气，钞不到几天，连人与纸笔墨砚一齐失踪了。如是几次，叫他钞书的人也没有了。在生活的逼迫下，他只得偶尔干些偷盗的事，"但他在我们店里，品行却比别人都好，就是从不拖欠"。有一回，他竟偷到了丁举人家里，"丁举人"当然是已经"进学"的、爬上去了的红人。"他家的东西，偷得的么？"可怜的孔乙己先是被逼迫写了"服辩"，接着被打折了腿。在一个将近初冬的下午，当他最后一次来到咸亨酒店门口时，"他脸上黑而且瘦，已经不成样子；穿一件破夹袄，盘着两腿，下面垫一个蒲包，用草绳在肩上挂住","他满手是泥,原来他便用这手走来的"。"他喝完酒,便又在旁人的说笑声中,坐着用这手慢慢走去了。"从此人们终于再没有看见孔乙己——大约他已经死了。

孔乙己死了,是封建科举制度,是封建的教育制度,是黑暗的封建统治将他致死的。在封建社会里,与孔乙己同是这样悲惨命运的知识分子不知有多少。然而,孔乙己的遭遇并没有引起人们的同情,专制制度使人们变得麻木冷酷。"造化生人,已经非常巧妙,使一个人不会感到别人的肉体上的痛苦,我们的圣人和圣人之徒却又补了造化之缺,并且使人们不再会感到别人的精神上的痛苦。"(《集外集》:《俄文译本〈阿Q正传〉序及著者自叙传略》)孔乙己在人们的嘲笑声中活着,又在人们的嘲笑声中死去。除了老板结账时记起他欠十九文钱以外,再没有谁提起他。他自己也只是"显出颓唐不安模样",默默地活着,默默地死去。鲁迅同情孔乙己的遭遇,憎恶黑暗腐朽的封建制度,但也批判了孔乙己的颓唐堕落和他故意摆出一副知识分子架子的穷酸气。旧知识分子就是这样的可笑,他们除了死背几句旧教条外,什么也干不来。离开了劳动人民,他们就得饿死。

继《狂人日记》、《药》之后,鲁迅又进一步揭露了封建社会的罪恶和吃人的本质,对封建制度进行了猛烈的攻击,这无疑对当时的民主革命运动有着巨大的贡献。不仅如此,当时封建科举制度虽然废除了,而封建的教育制度仍然顽固地存在着。北京政府的《中华民国约法》上明文规定"国民教育,以孔子之道为修身之本";一些国粹家、复古家大叫什么"人心不古,国粹将亡"(见《热风》:《随感录五十八 人心很古》),竭力提倡尊孔读经,学校里则"上午'声光化电',下午'子曰诗云'"。虽然已经是"维新之后",而"'子曰诗云'也更要昌明",其目的是因为"维新"是为了"学了外国本领,保存中国旧习",也即所谓"中学为体,西学为用"(见《热风》:《随感录四十八》)。《孔乙己》揭露了封建教育制度的罪恶,在当时是具有强烈的现实意义和战斗意义的。

《白光》里的陈士成在第十六次县考落第后,由于极端失望和痛苦,痴信了一个莫须有的谜语,去追逐那虚幻的影子——白光,结果落水而死,做了科场中的冤鬼。孔乙己是在科场失意后落魄而死的,陈士成则是经受不起多次失败的严重打击而死的。不管怎样,他们都是死在封建统治的圈套之中的。

但陈士成比孔乙己更为庸俗。他无时无刻不在梦想着他的锦绣前程——也是封建统治者留给知识分子唯一的一条出路。"隽了秀才,上省去乡试,一径联捷上去,……绅士们既然千方百计的来攀亲,人们又都像看见神明似的敬畏,深悔先前的轻薄,发昏,……赶走了租住在自己破宅门里的杂姓——那是不劳说赶,自己就搬的,——屋宇全新了,门口是旗竿和扁额,……要清高可以做京官,否则不如谋外放……"现在,他把贴在试院照壁上的"十二张榜的圆图"重新细细地搜寻了一遍,而榜上终于不见陈士成三个字。"他平日安排停当的前程,这时候又像受潮的糖塔一般,刹时倒塌,只剩下一堆碎片了。"这希望的糖塔一次又一次倒塌,他该死心了吧?但他却是愈失败,追求名利的心愈切。这次失败后,"他目睹着许多东西,然而很模胡,——是倒塌了的糖塔一般的前程躺在他面前,这前程又只是广大起来,阻住了他的一切路"。他愈是神往于那"倒塌了的糖塔一般的前程",就愈加迷信那只不过是一句空话的谜语,乃至"发了怔忡",去追逐那神秘的幻影,落个悲惨的下场。

封建统治者就用这样一点微笑的钓饵,把软弱的读书人摆弄得神魂颠倒,以至于失去理智而疯狂起来。在《儒林外史》和其他讽刺作品中,我们见得很多了。这里,鲁迅除了揭露封建统治的罪恶外,还批判了那些满脑袋装着名誉地位,并为此不惜牺牲一切的势利小人。像陈士成这样的人,一旦爬上去以后,你能说他不骑在人民头上作威作福而成为统治者的忠实走狗?通过对陈士成心理的细微分析,鲁迅揭露了他内心的庸俗空虚和卑怯,用轻谑的笔调嘲笑了他"连一群鸡也正在笑他,便禁不住心头突突的狂跳","那下巴骨也便在他手里索索的动弹起来,而且笑吟吟的显出笑影,终于听得他开口道:'这回又完了!'""开城门来——",陈士成"含着大希望的恐怖的悲声,游丝似的在西关门前的黎明中,战战兢兢的叫喊"。这是一个饥渴将死的人的呼喊声,也是一个在名利疆场上被挤下来的失败者的失望的惨叫。

149

陈士成之落水是必然的，他也只有这个结果。

2. 卫道者的丑恶嘴脸

五四运动后，随着帝国主义进一步干涉中国，以及军阀统治的加强，封建势力又收拾了它的残兵败将，向新文化运动发动了新的攻势，企图卷土重来。反对新文化、宣传复古的"学衡派"、"甲寅派"、"星期六派"等活跃起来了。一些封建遗老遗少在反动统治的支持下，装出一副卫道者的脸相，大叫什么"尊孔"、"读经"，在各地组织了什么"孔教会"、"尊孔会"。反动的北洋军阀政府为了压制民主思想和民意运动，也大力提倡"寡妇主义"和"坚壁清野主义"（见《坟》：《寡妇主义》、《坚壁清野主义》），支持顽固分子们的复古运动。他们还狼狈为奸，迫害民主力量。五四运动后不久，浙江省议会和教育厅就查禁了浙江第一师范学生施存统等人在新文化运动影响下创办的刊物《浙江新潮》。因为该刊第二期上发表了一篇施存统作的题目为《非孝》的文章，引起了当时守旧派的极大不满。同时，守旧派还散布"万恶孝为先"的谣言，企图激起社会上更多人来反对新文化运动（见《鲁迅全集》第一卷《热风》："一是之学说"》注[6]）。为了保卫和巩固新文化运动的成果、推动民主革命更好地向前发展，与这些封建残余，所谓的复古派、卫道者们进行斗争，是当时革命的一条重要战线。鲁迅在五四运动时，就对国粹派、复古派进行过猛烈的攻击，现在又继续与他们进行坚决的斗争。他在许多杂文中对复古派、卫道者们的荒谬进行了严厉的驳斥，对他们反动的本质进行了无情的揭露。"尊孔，崇儒，专经，复古，由来已经很久了。皇帝和大臣们，向来总要取其一端，或者'以孝治天下'，或者'以忠诏天下'，而且又'以贞节励天下'。但是，二十四史不是在么？其中有多少孝子，忠臣，节妇和烈女？……去翻专夸本地人物的府县志书去。我可以说，可惜男的孝子和忠臣也不多的，只有节烈的妇女的名册却大抵有一大卷以至几卷。孔子之徒的经，真不知读到那里去了；倒是不识字的妇女们能实践。"（《华盖集》：《十四年的读经》）欧战的时候，"可曾用《论语》感化过德国兵，用《易经》咒翻了潜水艇呢？儒者们引为劳绩的，倒是那大抵目不识丁的华工！"（同上）"他们虽说什么经，什么古，实在不过是空嚷嚷……

不过像苍蝇们失掉了垃圾堆,自不免嗡嗡地叫。"(同上)"这一类的主张读经者,是明知道读经不足以救国的,也不希望人们都读成他自己那样的;但是,耍些把戏,将人们作笨牛看则有之,'读经'不过是这一回耍把戏偶尔用到的工具。"(同上)在另一篇文章里,鲁迅也揭露道:"他们之所谓复古,是回到他们所记得的若干年前,并非虞夏商周。"(《而已集》:《小杂感》)这真是一针见血。

在小说里,鲁迅形象地揭露了这些卫道者们的丑恶嘴脸。

《肥皂》中的四铭,就是一个十足的伪君子。他对新文化运动有着刻骨的仇恨,和一批封建的遗老遗少何道统、卜薇园等组织"移风文社",征求什么"恭拟全国人民合词吁请贵大总统特颁明令专重圣经崇祀孟母以挽颓风而存国粹文"。他大谈"忠孝是大节",总以"学生也没有道德,社会上也没有道德,再不想点法子来挽救,中国这才真个要亡了",说学堂"应该统统关掉";他尤其恨那些剪了头发的女学生,认为"军人土匪倒还情有可原,搅乱天下的就是她们,应该很严的办一办……"他还无耻地说:"九公公先前这样说,反对女学的时候,我还攻击他呢;可是现在看起来,究竟是老年人的话对。"他俨然是一个正人君子,好像新文化运动的"流弊"累累,社会道德完全沦亡了,中国就将因此亡国了。他的话与下面这段话完全是一样的调子。"其实,我也并非老顽固,中国提倡女学的还是我第一个。但他们却太趋极端了,太趋极端,即有亡国之祸,所以气得我偏要说'男女授受不亲'。况且,凡事不可过激;过激派都主张共妻主义的。……他既然主张共妻主义,就应该先将他的妻拿出来给我们'共'。"(《华盖集》:《论辩的灵魂》)多么无赖!多么可耻!在新文化运动强大的力量面前,他们正面挡不住,就转而指责所谓"流弊",说"太极端了"、"中国真个要亡了"……这完全是在为腐朽的旧道德哭丧,一面哭,一面又露出他们丑恶的嘴脸来。四铭在骂"剪了头发的女学生"的同时,听了两个光棍的话,竟真的去买了一块肥皂,竭力对那个女讨饭的大大加以称赞,说她是"孝女",并出了《孝女行》的诗题,"加上说明,登报去","借此针砭社会"。而那个叫何道统的听了两个光棍的话后,竟"哈哈"地大笑起来,非常感兴趣。连四铭太太也骂他们"不是骂十八九岁的女学生，就是称赞十八九岁的女讨饭：都不是什么好心思。'咯支咯支'，简直是不要脸！"就这样，鲁迅把这些卫道者脸上那层严正的面纱一丝不留地扯了下来，使他们现出了原形。他说："文人墨客大概是感性太锐敏了之故罢，向来就很娇气，什么也给他说不得，见不得，听不得，想不得。道学先生于是乎从而禁之，虽然很像背道而驰，其实倒是心心相印。然而他们还是一看见堂客的手帕或者姨太太的荒冢就要做诗。"(《坟》：《从胡须说到牙齿》)这正是那些卑鄙的假道学先生们最好的写照。的确，他们叫喊"忠孝"、"节烈"之类，不过是"将人们作笨牛看"，耍把戏，去骗那些节烈妇女和真要读经的笨牛们；他们自己则"假借大义，窃取美名"，无论怎样言行不符，"只要留下一点卫道模样的文字，将来仍不失为'正人君子'"(《华盖集》：《十四年的读经》)。曹操在《举贤勿拘品行令》中说，只要有才能，"不仁不孝"的人都可以任用，而他后来却以"不忠不孝"的罪名杀了孔融(参见《后汉书》卷七十《孔融传》)，实在"教人发笑"(《坟》：《我们现在怎样做父亲》)。这正说明了"忠孝节义"实际上是一种统治阶级压迫人民的说辞。

《高老夫子》中的高尔础，"在《大中日报》上发表了《论中华国民皆有整理国史之义务》这一篇脍炙人口的名文，接着又得了贤良女学校的聘书之后"，就以"正经人"自居，俨然是个"老夫子"了，并"骤慕俄国文豪高君尔基之为人，因改字尔础"。其实，他原是一个"看戏，喝酒，跟女人"样样都来的流氓，对历史一窍不通，除了满肚子装的"桃园三结义"、"秦琼卖马"之类的演义故事外，其他一无所知。他去女子学校做教员，是为了看女学生，"外面看看还不够，又要钻到里面去看"。他精心地打扮着，"格外留长头发，左右分开，又斜梳下来，可以勉强遮住了"左边眉棱上那个"永不消灭的尖劈形的瘢痕"——"万一给女学生发见，大概是免不了要看不起的"；他想到"上堂的姿势应该威严；额角的瘢痕总该遮住；教科书要读得慢；看学生要大方"，总之，要竭力装得像"内行"一样。谁知一上讲堂，由于自己是冒牌货，心里早就虚了。他"总疑心有许多人暗暗地发笑"，几乎像符坚一样"快要骇得'草木皆兵'了"，下堂后竟在慌乱中一头撞在一棵桑树上,"连《中国历史教科书》也失手落在地上了"。"他似乎听到背后有许多人笑,又仿佛看见这笑声就从那深邃的鼻孔的海里出来。于是也就不好意思去抚摩头上已经疼痛起来的皮肤,只一心跑进教员豫备室里去。"他大失所望,以至于愤怒了,"觉得学堂确也要闹坏风气,不如停闭的好,尤其是女学堂",于是愤愤地对人说"女学堂真不知道要闹到什么样子。我辈正经人,确乎犯不上酱在一起……"他很是不平,"总以为世风有些可虑",直到已经打完第二圈麻将,快要凑成清一色的时候,才逐渐平静下来。在高尔础身上,我们又看到了这些冠冕堂皇的道学家们到底是什么东西。

贤良女子学校的教务长万瑶圃也是一个假正经,别号就叫"玉皇香案吏"。他新近正和"一位谪降红尘的花神"吟诗作对,在《大中日报》上陆续登载了什么《仙坛酬唱集》。在时代潮流的冲击下,他也赶时髦,办女学,却是"一以国粹为归宿",女学生"除听讲之外,就专心缝纫",想学作诗,"那可是不行的"。他说"蕊珠仙子也不很赞成女学,以为淆乱两仪,非天曹所喜"之类的话,正是封建老顽固们反对新文化运动的真实反映。

《弟兄》里的张沛君,虽然没有高叫"专重圣经,崇祀孟母",提倡"国粹",却与卫道者们一样,也是一个惯于作假的伪君子。他慷慨激昂地斥责别人"你看,还是为钱","自家的弟兄何必这样斤斤计较",大言不惭地说:"我们就是不计较,彼此都一样。我们就将钱财两字不放在心上。这么一来,什么事也没有了。"一次,弟弟病了,他装出一副痛苦着急的样子,煞有介事地打电话,请医生,非常积极。而他那卑鄙的心灵和狰狞的面目,却在不自觉的梦境中露了出来:他梦见弟弟死了,他叫自己的三个儿女去上了学,兄弟的两个孩子也哭嚷着要去,"他已经被哭嚷的声音缠得发烦,但同时也觉得自己有了最高的威权和极大的力。他看见自己的手掌比平常大了三四倍,铁铸似的,向荷生的脸上一掌批过去……"这对他的虚假的言行是一个多么大的讽刺!

鲁迅以漫画般的笔触,形象地描绘了那些自认为是"卫道者"、"正人君子"们的丑恶嘴脸,使人们认清了他们"读经"、"卫道"的实质,从而彻底击溃了"五四"以后企图卷土重来的封建残余势力。

3. 对"五四"以后新知识分子的批判

五四运动后,曾经由于欧战而无暇东顾的帝国主义列强又来瓜分中国了。被"五四"风暴冲击得丧魂失魄的封建军阀,又在帝国主义的扶植下重整旗鼓,巩固了他们的统治地位,并搜罗了一批新旧国学派,"那些山羊式的文人"(瞿秋白:《〈鲁迅杂感选集〉序言》)为他们摇旗呐喊。帝国主义又支使他们的走狗制造了连年的内战。政治仍然黑暗,生活极不安定。另一方面,中国共产党成立,工农革命运动高涨,民主主义革命在继续深入发展着。原来是革命统一战线右翼的资产阶级知识分子投降了封建势力,为军阀统治者"去装点一下摩登化的东洋国故和西洋国故"(瞿秋白:《〈鲁迅杂感选集〉序言》)去了。小资产阶级知识分子,一部分"更确定更明显地走到劳动群众方面来,围绕着革命的营垒"(同上),如鲁迅等;而大多数人由于他们的脱离民众和动摇软弱,在黑暗统治下碰了几回钉子后,就消极颓废起来,心灰意懒,丧失了革命意志,有的还找理由欺骗自己,与现实妥协了。鲁迅在小说里对这些人的精神面貌做了细致的解剖和分析,对他们的根本弱点进行揭露和批判。

在《端午节》里,鲁迅写出了软弱的知识分子,如方玄绰之类,对现实虽然有某些不平,但既无勇气又无能力来改革它,于是就自欺欺人,说一切都"差不多",或造些其他言论,在这些论调的麻醉下,对各种事情处之泰然,得过且过。

方玄绰发明了"差不多说"以后,"虽然引起了不少的新感慨,同时却也得到许多新慰安"。他的许多不平,都因得到"差不多说"的安慰而释然了:现在老辈威压青年,待到这青年有了儿孙时,大抵也要摆这架子的;兵士打人力车夫,固然可恶,倘使这车夫当了兵,这兵拉了车,大抵也是这么打;学生骂官僚,而现在学生出身的官僚就不少,和老官僚没什么两样……"差不多的","他这样想着的时候,有时也疑心是因为自己没有和恶社会奋斗的勇气,所以瞒心昧己的故意造出来的一条逃路,很近于'无是非之心',远不如改正了好。然而这意见总反而在他脑里生长起来"。其实"这不过是他的一种新不平;虽说不平,又只是他的一种安分的空论。他自己虽然不知道是因为懒,还是因为无用,总之觉得是一个不肯运动,十分安分守己的人。总长冤他有神经病,只要地位还不至于动摇,他决不开一开口"。他就在这"安分的空论"的欺骗下做起"安分守己"的人来了。他在发表"差不多"的议论时,还"常常喜欢拉上中国将来的命运之类的问题,一不小心,便连自己也以为是一个忧国的志士"呢!可是,他要安分,现实却偏要使他为难:先是教育部门欠薪,后来官俸也长久拖欠,竟使他的饭碗空置,难过端午节了。教员和同僚们都先后搞起索薪运动,他也表示同情和赞成,然而仍然安生在衙门中,照例并不一同去讨债;原因是不敢去见"总是一副阎王脸,将别人都当奴才看,自以为手操着你们这些穷小子们的生杀之权"的"手握经济之权的人物"。这种脾气,"虽然有时连自己也觉得是孤高,但往往同时也疑心这其实是没本领"。索薪胜利了,于是他坐享其成,虽然对索薪大会的代表要没同去的人到他们跟前去亲领很愤然,赌气说"我明天不做官了",但毕竟发薪了,又得安分下去了——"过了节么?——仍旧做官"。

方玄绰在"差不多说"的自我欺骗下,有时竟自以为是"一个忧国的志士"。他骂金永生虚伪、装穷、不肯借钱,斥责太太想去买彩票是"无教育"。但他自己也曾装着苦脸把向他借钱的同乡空手送走了,也产生过买彩票的念头(只是"舍不得皮夹里仅存的六角钱")。

鲁迅通过对方玄绰的刻画,把一个自私自利的胆小鬼赤裸裸地揭露在我们的面前。这种人,是统治者的顺民,是革命的累赘和绊脚石,对他们加以揭露和鞭打是很必要的。

在《幸福的家庭》里,鲁迅批判了这样一个可笑的作家:他生在连年灾祸、兵匪交集、人民生活日窘的国度里,自己生活又不幸福,却不敢正视现实,偏要去幻想一个所谓"幸福的家庭"的美景。他开始坐下写《幸福的家庭》了,但刚写好题目就不得不停笔了,首先碰到了安排这个家庭所在的地方的问题。北京?江苏?福建?四川?云南?贵州?湖南?吉林?……都不行,不是兵和匪,就是物价高涨,交通不方便,没建立幸福家庭的环境。最后,他只得不顾"不少的人"对用西洋字母来代地名的反对,"假定这'幸福的家庭'所在的地方叫作 A"。后来，他又想家庭的主人应该是怎样的人……正在这时，屋外传来了自己家里的主妇与卖劈柴的争执声，接着是要他算账付钱，把他的思路打乱了。他觉得头里面似乎全被木柴填满了，再也写不下去了。总之，他愈写《幸福的家庭》，愈见自己家庭的不幸。再后来，他们三岁的女儿被主妇打哭了，他才不得不搁下笔来去哄女儿。"他忽而觉得，她那可爱的天真的脸，正像五年前的她的母亲，通红的嘴唇尤其像，不过缩小了轮廓。那时也是晴朗的冬天，她听得他说决计反抗一切阻碍，为她牺牲的时候，也就这样笑迷迷的挂着眼泪对他看。他惘然的坐着，仿佛有些醉了。"难道孩子将来的命运也和她母亲一样么？恐怕也是整天为油盐柴米操心着，"而且两只眼睛阴凄凄的……""他想着，随即粗暴的抓起那写着一行题目和一堆算草的绿格纸来，揉了几揉，又展开来给她拭去了眼泪和鼻涕。"

在小说里，鲁迅一方面批判了那些企图逃避现实，去幻想幸福生活的知识分子，另一方面也指出要使生活真正幸福，必须从改革社会着手。从"他"这个作家设想"幸福家庭"所在地方的困难，鲁迅就告诉我们：在现在中国这样黑暗和混乱的社会里，是建立不起幸福家庭的。随后他又告诉我们，这个不幸家庭的主妇本来是个很漂亮的人，被困苦的生活折磨坏了，这个社会如果不改革，她的女儿将来恐怕还要遭同样的命运。

社会这么黑暗，现实这么污糟，而一班吃饱喝醉的闲人们都大寻开心，去设想"理想的良人"。当时，《妇女杂志》就搞了什么"理想的伴侣"的征文（见许钦文《〈彷徨〉分析》：《幸福的家庭》）。他们耍这些花招，一方面是饭后的消遣，另一方面也企图骗骗无知的青年。鲁迅这篇小说不但使他们的把戏露底，而且鼓动人们去改革这黑暗的社会，真有"拨回敌手一棒，再从当心一枪"之妙。

鲁迅尤其关心的，是那些在"五四"新文化运动时，积极战斗过、起过先锋作用的小资产阶级知识青年。在《在酒楼上》、《孤独者》、《伤逝》中，着重叙述了他们怎样变得消沉苦闷甚至失败了，并分析、批判了他们的弱点，热情地鼓舞他们继续前进。

《在酒楼上》里那个"当年敏捷精悍的吕纬甫",十年之后却大变了,变得使人"有些悲伤,而且不快了"。他现在行动"变得格外迂缓","细看他相貌,也还是乱蓬蓬的须发;苍白的长方脸,然而衰瘦了。精神很沉静,或者却是颓唐;又浓又黑的眉毛底下的眼睛也失了精采"。他曾经是一个和同志们一同"到城隍庙里去拔掉神像胡子","连日议论些改革中国的方法以至于打起来"的激进的革命者。现在却是这样:"敷敷衍衍,模模胡胡","麻木得多了"。他为了安慰母亲,去给自己三岁上死掉的连模样都记不清了的小兄弟迁坟,而且做得那么认真。母亲托他带两朵剪纸绒花给以前邻居的女儿阿顺,可阿顺死了,他把剪绒花送给了她的妹妹阿昭。"对母亲只要说阿顺见了喜欢的了不得就是。"他自己尽力做着这些无聊的事情,企图在这当中寻求一点安慰,但终是失望。总之,这十年来,他"无非做了些无聊的事情,等于什么也没有做"。正像他自己所说,不过是像"蜂子或蝇子停在一个地方,给什么来一吓,即刻飞去了,但是飞了一个小圈子,便又回来停在原地点"了。更可叹的是,一个激进的革命者,竟教起"子曰诗云"来了。"先是两个学生,一个读《诗经》,一个读《孟子》。新近又添了一个,女的,读《女儿经》。"他还申辩道:"他们的老子要他们读这些,我是别人,无乎不可的。这些无聊的事算什么?只要随随便便……"看,他颓唐麻木得这个样子,"现在什么也不知道,连明天怎样也不知道,连后一分……"也不知道!

在这篇小说里,鲁迅对酒楼下的"废园"有这样一段描写:

几株老梅竟斗雪开着满树的繁花,仿佛毫不以深冬为意;倒塌的亭子边还有一株山茶树,从晴绿的密叶里显出十几朵红花来,赫赫的在雪中明得如火,愤怒而且傲慢,如蔑视游人的甘心于远行。我这时又忽地想到这里积雪的滋润,著物不去,晶莹有光,不比朔雪的粉一般干,大风一吹,便飞得满空如烟雾。……

这是一幅充满战斗精神和生命活力的图画,在寒冬的威严下,一切景物都显得"愤怒而且傲慢,如蔑视游人的甘心于远行"。这正是鲁迅坚韧不拔的战斗精神的体现,恰恰与颓唐消沉的吕纬甫成了一个鲜明的对比。

吕纬甫为啥变得这样颓唐消沉了呢？从他说明"他们的老子要他们读这些"和"你看我们那时豫想的事可有一件如意"可以看出一点消息来。通过《孤独者》中魏连殳的遭遇，鲁迅具体地、深刻地回答了这个问题。

"我"与魏连殳相识，"竟是以送殓始，以送殓终"，"我"亲眼看见他怎样由挣扎反抗而失败，一直灭亡的。

魏连殳"是一个短小瘦削的人，长方脸，蓬松的头发和浓黑的须眉占了一脸的小半，只见两眼在黑气里发光"。他是"吃洋教"的"新党"，爱发些"没有顾忌的议论"，因而遭到了社会的敌视，连自己的亲戚本家也是这样，把他看作"异样的"人。他们硬要逼着他遵守一切旧习惯、旧规矩；同时，又怀着野兽般的凶心，千方百计企图抢占他的财产。在这冷酷的社会面前，他沉静地反抗着，"两眼在黑气里闪闪地发光"。他以怀疑和憎恨的眼神来看待周围的事物，对一切都是冷冷的，成了一个严峻傲岸的"孤独者"。他有无数的悲愤而无处倾诉，禁不住在祖母大殓后嚎啕起来，"像一匹受伤的狼，当深夜在旷野中嗥叫，惨伤里夹杂着愤怒和悲哀"。人们来劝他，"但他却只是兀坐着号啕，铁塔似的动也不动"。他很亲近失意的人，但是世事升沉无定，失意人也不会长是失意人，所以他也就很少长久的朋友。余暇中，那些"螃蟹一般懒散而骄傲地堆在大椅子上，一面唉声叹气，一面皱着眉头吸烟"的"不幸的青年"或是"零余者"，反而使他不快。总之，没有人理解他，他感到沉闷和孤独，把希望和慰安寄托在孩子身上，认为"孩子总是好的。他们全是天真"的，"中国的可以希望，只在这一点"上；他"一见他们，却再不像平时那样的冷冷的了，看得比自己的性命还宝贵"。但有一回，他竟在街上看见一个很小的小孩，拿了一片芦叶指着他道："杀！"而这小孩还不很能走路。在《长明灯》里，我们也看到了这样的描写，这时鲁迅先生随着阶级观点的逐渐建立，开始批判他以为压迫青年的只有老年、青年必胜于老年的进化论的观点了。在后来（一九二三年）写的《三闲集·序言》中，他说道："我一向是相信进化论的，总以为将来必胜于过去，青年必胜于老人，对于青年，我敬重之不暇，往往给我十刀，我只还他一箭。然而后来我明白我倒是错了。……我在广东，就目睹了同是青年，而分成两大阵营，或则投书告密,或则助官捕人的事实!"

魏连殳虽然生活在百无聊赖中,旧社会还是不给他安住,"渐渐地,小报上有匿名人来攻击他,学界上也常有关于他的流言,可是这已经并非先前似的单是话柄,大概是于他有损的了","这是他近来喜欢发表文章的结果"。"S城人最不愿意有人发些没有顾忌的议论,一有,一定要暗暗地来叮他,这是向来如此的。"接着,魏连殳就被"校长辞退"而失业了,"这也是向来如此的"。于是门庭骤然冷落,"失意者"和"不幸的青年"们再也不来了,连原先他喜爱的孩子见了他也远远地走开去。生活的压迫("只这一月里,煤油已经涨价两次了")、寻找职业的无着,使他窘困不堪,"活不下去了"。他挣扎着,他还"有所为",他"愿意为此求乞,为此冻馁,为此寂寞,为此辛苦"。先前还有一个愿意他活几天的人,鼓舞着他活下去,但现在"这人已被敌人诱杀了"。他失去了支持和力量,完全失败了。同时,他"又觉得偏要为不愿意我活下去的人们而活下去",躬行"先前所憎恶,所反对的一切",拒斥"先前所崇仰,所主张的一切了"。他做了杜师长的顾问,原来冷落的门庭一变而为车马流水,喧嚣若市了。"这里有新的宾客,新的馈赠,新的颂扬,新的钻营,新的磕头和打拱,新的打牌和猜拳,新的冷眼和恶心……"即使做个门房,也"一样地有新的宾客和新的馈赠,新的颂扬……"以前攻击他的报纸,现在却"津津地叙述他先前所被传为笑柄的事,称作'逸闻',言外大有'且夫非常之人,必能行非常之事'的意思"。他也一反前行,大逞威风了:先前称老太太的,现在叫"老家伙"了;"先前怕孩子们比孩子们见老子还怕,总是低声下气的",现在则用种种方法逗弄他们,要他们"装一声狗叫,或者磕一个响头"。奇怪的是,他先前的行动反招来嘲笑与没趣,而现在人们居然能心悦诚服地忍受他的愚弄,好像他们生来就具有一种奴性。这岂不可悲?然而他内心没有丝毫的愉快,反而更加痛苦。他以玩世不恭的态度对待一切,戕害着自己;他以他的行动讽刺了这个污浊的社会,也讽刺了他自己。他死了,"在不妥帖的衣冠中,安静地躺着,合了眼,闭着嘴,口角间仿佛含着冰冷的微笑,冷笑着这可笑的死尸"。他彻底失败了。一个沉重的声音还在这世上挣扎着,"隐约像是长嗥,像一匹受伤的狼，当深夜在旷野中嗥叫，惨伤里夹杂着愤怒和悲哀"……

在这篇小说里，我们看到了旧社会对魏连殳的压迫是如何沉重和严酷。在这个黑暗污秽的社会里，正直和进步的人是无容身之地的：正直进步就是罪恶；反之，丑恶守旧是理所当然。对于这个腐朽的社会及支持它的旧势力，鲁迅始终是予以无情的揭露和坚决的攻击的。但魏连殳的失败和死亡，不仅是反动势力压迫的结果，还有其自身的弱点，即他是一个可怜的"孤独者"。魏连殳是受过磨难的，对旧社会的本质有清楚的认识，渴望来个彻底的改革；他也有坚强的意志和顽强的斗争精神——他冷冷反抗着一切。但他只认识到了旧社会的腐朽，而不知道怎样改革它，因而他的斗争是盲目的，没有明确的方向，往往只能发些"没有顾忌"的空洞的议论。同时，他的斗争是孤独无援的。他以愤怒和怀疑的眼光对待一切，什么人也不信任，群众也不理解他。所以，在强大的社会威压和迫害之下，他显得那么孤单、被动；原来他还从愿他活着的人（都是极少数）吸取力量，这些人死后，他完全失去了斗争的毅力。在作品中，鲁迅通过"我"对他进行了恳切的批判和劝告："你实在亲手造了独头茧，将自己裹在里面了。你应该将世间看得光明些。"

毛主席对知识分子有过这样精辟的分析，恰好解释了魏连殳的失败和吕纬甫的颓唐消沉的原因：

> 知识分子在其未和群众的革命斗争打成一片，在其未下决心为群众利益服务并与群众相结合的时候，往往带有主观主义和个人主义的倾向，他们的思想往往是空虚的，他们的行动往往是动摇的。因此，中国的广大的革命知识分子虽然有先锋的和桥梁的作用，但不是所有这些知识分子都能革命到底的。其中一部分，到了革命的紧急关头，就会脱离革命队伍，采取消极态度；其中少数人，就会变成革命的敌人。知识分子的这种缺点，只有在长期的群众斗争中才能克服。
>
> ——毛泽东：《中国革命和中国共产党》，《毛泽东选集》第二卷六三六页

五四运动后，许多革命青年在马克思主义的指导下，陆续深入工农群众，把自己和工农群众的革命斗争结合在一起，改造了自己，成为坚毅的革

命战士和工农革命的优秀领导者。鲁迅自己，当时虽然处在敌人的压迫和攻击之下，又经历着彷徨的、探索的痛苦岁月，但他始终与革命运动走着一致的步调，坚持不渝地战斗着，没有一天脱离过人民的立场；最后，他终于"从他自己的道路回到了狼的怀抱"（瞿秋白：《〈鲁迅杂感选集〉序言》）。而原来同是一个战线的另一些人，却经受不起革命的风浪而消极颓废或妥协投降了。原因是什么？就是因为他们脱离群众和群众的革命斗争，他们本质上还是未经改造的个人主义者。读了鲁迅的作品，我们更容易领会毛主席上面这段话和他指出的"知识分子如果不和工农民众相结合，则将一事无成。革命的或不革命的或反革命的知识分子的最后的分界，看其是否愿意并且实行和工农民众相结合"（《五四运动》，《毛泽东选集》第二卷五四六页）的深刻含义了。可以说，鲁迅以他的道路和严肃的创作，生动地印证了毛主席的上述言论。早在一九一九年，鲁迅就告诫人们道：

> 中国现在的人心中，不平和愤恨的分子太多了。不平还是改造的引线，但必须先改造了自己，再改造社会，改造世界；万不可单是不平。至于愤恨，却几乎全无用处。
>
> 愤恨只是恨恨而死的根苗，古人有过许多，我们不要蹈他们的覆辙。
>
> ——《热风》：《随感录六十二　恨恨而死》

我们看，吕纬甫和魏连殳，他们不正是蹈了古人的覆辙"恨恨而死"的人吗？他们就不知道，要改造社会、改造世界，"必须先改造了自己"，但如何改造"自己"，把自己改造成怎样的人，鲁迅当时还说不清楚。在他接受了马克思主义和对知识分子逐渐有了清楚的认识以后，对这个问题的回答就明确了。他在论述革命文学的一系列的文章里，谆谆地教导青年们要做"革命人"。他说："我以为根本问题是在作者可是一个'革命人'，倘是的，则无论写的是什么事件，用的是什么材料，即都是'革命文学'。"（《而已集》：《革命文学》）做"革命人"就是深入工农群众斗争中去做一个踏踏实实的战士。他批评那些脱离实际斗争的空谈家，说："倘若不和实际的社会斗争接触，单关在玻璃窗内做文章，研究问题，那是无论怎样的激烈，'左'，都是容易办到的；然而一碰到实际，便即刻要撞碎了。关在房子里，最容易高谈彻底的主义，然而也最容易'右倾'。"（《二心集》：《对于左翼作家联盟的意见》）对那些高高站在群众之上，以为自己有功，要"劳动者捧着牛油面包来献他"的知识分子，他的批评也是毫不客气的，他正告他们："知识阶级有知识阶级的事要做，不应特别看轻，然而劳动阶级决无特别例外地优待诗人或文学家的义务。"（同上）这些批评都是很切实中肯的。

今天是劳动人民当家做主的时代，知识分子服务的对象是广大的工农劳动群众，因此，更应该毫不犹豫地急速到工农群众中去，改造自己，把自己锻炼成工人阶级的知识分子。

《伤逝》在鲁迅的小说中，是比较特别的一篇，抒情的色彩最为浓重。在这篇作品里，鲁迅称赞了青年们对封建势力的勇敢、坚决的斗争精神，通过子君和涓生的悲剧，批判了当时只图追求恋爱自由、脱离社会斗争的单纯恋爱观点。涓生和子君，特别是子君，敢于蔑视社会的嘲笑，冲破家庭的阻碍而实现了自由的结合。子君说："我是我自己的，他们谁也没有干涉我的权利！"她确是一个觉醒了的新型的妇女，在对生活的态度上也较涓生更值得人同情。但由于脱离社会斗争和远大的生活理想，她虽然冲破了家庭的局限，而社会旧势力的围剿和生活的压迫却仍然存在。这使她重新陷入艰难的处境中，除受社会的冷眼外，不得不为油盐柴米奔忙。在各种困难的折磨下，他们的爱情理想毁灭了，他们的斗争意志减退了。而且，由于涓生的自私，不能引导子君前进，甚至连他们彼此也产生了隔阂而不能互相了解。最后，他们终于离散了。子君又回到原来的家里，在"烈日一般的严威和旁人的赛过冰霜的冷眼"中死去。悲剧的教训，使涓生觉悟到"大半年来，只为了爱，——盲目的爱，——而将别的人生的要义全盘疏忽了。第一，便是生活。人必生活着，爱才有所附丽。世界上并非没有为了奋斗者而开的活路；我也还未忘却翅子的扇动，虽然比先前已经颓唐得多……"他"往往瞥见一闪的光明，新的生路横在前面"，想马上跨进去，却又"不知道怎样跨出那第一步。有时，仿佛看见那生路就像一条灰白的长蛇，自己蜿蜒地向我奔来，我等着，等着，看看临近，但忽然便消失在黑暗里了"。至于怎样跨出这第一步，鲁迅当时也还不知道，他这时正处在徘徊和探索之中。他在《写在〈坟〉的后面》（见《坟》）里说："倘说为别人引路，那就更不容易了，因为连我自己还不明白应当怎么走。……在寻求中，我就怕我未熟的果实偏偏毒死了偏爱我的果实的人……"这即是怕"盲人瞎马，引入危途"之意（《华盖集》：《北京通信》）。但他一直在"寻求"着，从来没有放弃对未来的希望。他说："希望是附丽于存在的，有存在，便有希望，有希望，便是光明。……黑暗只能附丽于渐就灭亡的事物，一灭亡，黑暗也就一同灭亡了，它不永久。然而将来是永远要有的，并且总要光明起来；只要不做黑暗的附着物，为光明而灭亡，则我们一定有悠久的将来，而且一定是光明的将来。"（《华盖集续编》：《记谈话》）所以，他总是鼓舞着青年们奋勇前进的。在小说里，最后涓生也坚定地说出了这样的话：

  我要向着新的生路跨进第一步去，我要将真实深深地藏在心的创伤中，默默地前行，用遗忘和说谎做我的前导……

"用遗忘和说谎做我的前导"，即是首先要化悲痛为力量，踏着牺牲者的血迹继续前进！这条"新的生路"，鲁迅先生安排时虽然还很茫然，可是他后来找到了。

鲁迅在《孔乙己》和《白光》里，描写了封建社会大多数知识分子的悲惨命运；在《狂人日记》和《药》里，塑造了反封建的、坚强不屈的革命民主主义者的形象；在《肥皂》、《高老夫子》、《在酒楼上》、《孤独者》里，揭露、攻击了封建卫道者，分析了"五四"后新知识分子消沉的根源；在《伤逝》里，写出了青年们如何在痛苦的教训中觉悟到要"走新的生路"，并勇敢地追求着这条路。所以说，从《孔乙己》到《伤逝》，鲁迅把从"五四"前夕到大革命这段时间内，中国知识分子面貌的变化和发展的基本道路，形象生动地刻画了出来。

七、《呐喊》与《彷徨》的思想及艺术特色

1. 革命现实主义的创作方法

关于鲁迅小说的革命现实主义，他自己在《我怎样做起小说来》（见《南腔北调集》）一文中曾有明白的说明：

到"为什么"做小说罢,我仍抱着十多年前的"启蒙主义",以为必须是"为人生",而且要改良这人生。……所以我的取材,多采自病态社会的不幸的人们中,意思是在揭出病苦,引起疗救的注意。

在《〈自选集〉自序》(见《南腔北调集》)里,鲁迅曾言明他用写作来暴露旧社会的病根,为的是"催人留心,设法加以疗治的希望",并特别补充说,"为达到这希望计,是必须与前驱者取同一的步调的"。因此,他很明确地宣称:"这些也可以说,是'遵命文学'。不过我所遵奉的,是那时革命的前驱者的命令,也是我自己所愿意遵奉的命令,决不是皇上的圣旨,也不是金元和真的指挥刀。"

从这里可以看到,鲁迅的创作是有明确的革命的倾向性的。从《狂人日记》开始,他就取材于病态社会中不幸的人们——半殖民地半封建社会中被压迫、被剥削、被侮辱损害的人民群众(主要是劳动农民、妇女和知识分子),尖锐而辛辣地指出封建思想和帝国主义文化侵略所造成的"国民性"的"痼疾",表现了彻底地、不妥协地反对帝国主义、反对封建主义的革命民主主义精神。这种精神像一根粗大的红线,一直贯穿在他全部的小说里,成为鲁迅创作的基本特点。

不错,"五四"时期的鲁迅还不是一个马克思主义者。在他的世界观中存在着新的与旧的矛盾,也还保留有进化论的残余。他还不能清楚地认识中国革命发展的正确前途,还不认识他自己的战斗与当时迅速发展着的人民革命在客观上是一致的,从而和无产阶级所领导的革命力量完全结合起来;对于现实的发展,他虽然肯定新的力量一定会胜利,但又不甚明了它如何胜利,所以在当时的作品中也就没有——也不可能描写出现实的未来趋向;在他的小说(尤其是《彷徨》)中,也还流露出一些感伤、忧郁的情绪和阴暗的色彩,甚至某种"怀疑群众的倾向"。但是无论如何,在鲁迅的世界观中,新的东西,即唯物主义的成分是在生长发展,并且是占主导地位的。由于他是"野兽的奶汁所喂养大的"(瞿秋白:《〈鲁迅杂感选集〉序言》);由于他深刻理解中国这个"僵尸的统治"的半封建半殖民地社会,特别是辛亥革命的失败所给予他的刺激;更重要的,由于"十月革命"和中国无产阶级已经登上政治舞台，给予了他以巨大的鼓舞和希望，所以鲁迅坚决斩断了"过去"的"葛藤"，在无产阶级的旗帜下，与帝国主义与封建主义进行了不妥协的斗争，否定了中国走资本主义道路的任何可能性。这是鲁迅的基本政治态度。而更重要的，他的这种政治态度彻底地表现在他的文学实践里。以"五四"时期（一九一八年至一九二五年）他写下的《呐喊》和《彷徨》而论，在这近三十篇小说中，鲁迅就杰出地创造了一系列的典型人物，暴露了封建礼教的罪恶，反映了辛亥革命时代的农村现实和阶级对立关系，描写了辛亥革命前后一些个人主义知识分子的没落，并且在暴露封建主义罪恶的同时，深刻地表达了人民的愿望和情绪，可以说是"五四"时期中国社会的一面镜子。小说中那种彻底的不妥协性，以及对于现实解剖的锐利性，不但表现了鲁迅创作的最清醒的现实主义特色，而且也反映出作家朴素的唯物主义思想。不仅如此，在他反映辛亥革命时期的社会生活的作品中，特别在《阿Q正传》中，鲁迅更通过阿Q这个人物形象彻底批判了辛亥革命的妥协性，并且提出了反帝反封建的民主革命中的一个根本问题——农民问题，说明中国的反帝反封建的民主革命，没有广大农民群众的参加是不可能完成的，而中国的资产阶级也不可能担负起领导农民完成民主主义革命的历史任务。应该说，这些看法在客观上是符合历史唯物主义的，而且没有一点托尔斯泰式的改良主义气味。即使在描写知识分子的作品（《孤独者》、《伤逝》）中，鲁迅也和一般小资产阶级知识分子的自我表现不同，他是站在革命的立场上，从知识分子与劳动群众的联系上，从寻求人民——包括知识分子——解放的道路这一角度上，来刻画和评价知识分子的作用，来探讨知识分子在民主革命中的正确出路的。总之，我们还没有看到在"五四"时期有一个作家能像鲁迅这样，在自己的作品中对人民的命运、疾苦表现了这么深切的关怀，而且不仅仅是关怀而已——他要求从根本上推翻封建统治制度。显而易见，鲁迅在创作上既然和共产主义者取同一步调，他的思想中当然也已经开始了社会主义思想的萌芽，也即是反映在他作品中的这种朦胧的社会革命的观点。朴素唯物主义思想，才是他当时世界观中主要的东西。同时，他的这种唯物主义世界观是和实际战斗紧紧地结合在一起的。鲁迅用自己的创作服务于无产阶级革命和人民大众的利益，在他的作品中完满地体现了人民大众的革命要求，也即是无产阶级和党的政治斗争的要求。很显然，正是由于鲁迅这种彻底的革命民主主义世界观，特别是无产阶级思想对他的影响和领导，所以鲁迅的创作，一开始就是现实主义的，并且具有社会主义现实主义的因素。显然这种因素还只是萌芽状态的东西，但是却使鲁迅的创作方法在"五四"以后开始从批判现实主义向前突进了一大步。不仅如此，随着鲁迅无产阶级世界观的完全确立（关于这一点，我们在鲁迅思想发展一节中已有详细的论述），这种革命现实主义也就可能而且必然发展到它的更高阶段——社会主义现实主义。《呐喊》、《彷徨》和《故事新编》（特别是前、后期杂文）就正好标志了鲁迅创作的这一发展过程。

2. 现实主义与理想主义的结合

正如我们一开始就指出的，"五四"时期的鲁迅还不是一个马克思主义者，他在当时还不能清楚地认识到中国革命发展的前途，因此在作品中也就没有——也不可能描写出现实和生活的未来趋向。进化论的残余和朦胧的社会革命观点之间的矛盾，使他常常陷于苦闷、孤独和彷徨之中。但是，这绝不等于说，鲁迅是一个悲观主义者，他的小说是悲观主义的作品。事实上，绝不如此。鲁迅在对现实的认识上，虽然并未明确新的力量如何取得胜利，但他却始终相信，始终肯定新的力量是一定会取得胜利的。在他的小说中，在深刻批判、诅咒旧社会的同时，对未来的理想生活表现了热烈的追求向往和坚强乐观的信念。在他的第一篇白话小说《狂人日记》里，鲁迅就一方面对"吃人"的社会表示了深切的愤恨情绪，并且严正警告一切吃人的人——"你们可以改了，从真心改起！要晓得将来容不得吃人的人，活在世上"；一方面又对未来的社会和新生的一代，寄予了无穷的希望，在小说的结尾提出了"救救孩子"的有力呼声。《故乡》也是如此。在这篇小说中，鲁迅一方面用记忆中的闰土和眼前的闰土前后迥异的形象，具体地说明了农民在封建地主阶级的残酷剥削下的惨痛生活，显示了作者对于旧社会制度的强烈憎恨；另一方面，又在作品里透露了他对于"为我们（指作者）所未经生活过的""新的生活"的无限向往之情，并且指出，只要人们坚持战斗，这种

"新的生活"是一定会实现的。"这正如地上的路；其实地上本没有路，走的人多了，也便成了路。"而在短篇小说《药》里，鲁迅更在小说的结尾，终于用了夏瑜（革命者）坟上出现的花环来暗示人民群众的逐渐觉醒和中国革命日益广阔的发展前途。

鲁迅曾说：

> 在我自己，本以为现在是已经并非一个切迫而不能已于言的人了，但或者也还未能忘怀于当日自己的寂寞的悲哀罢，所以有时候仍不免呐喊几声，聊以慰藉那在寂寞里奔驰的猛士，使他不惮于前驱。……但既然是呐喊，则当然须听将令的了，所以我往往不恤用了曲笔，在《药》的瑜儿的坟上平空添上一个花环，在《明天》里也不叙单四嫂子竟没有做到看见儿子的梦，因为那时的主将是不主张消极的。至于自己，却也并不愿将自以为苦的寂寞，再来传染给也如我那年青时候似的正做着好梦的青年。

——《呐喊》：《自序》

因为鲁迅自己虽有过理想失败的经验，但他始终不是为计较个人得失而对于民族和社会前途丧失信心，所以他又说：

> 我虽然自有我的确信，然而说到希望，却是不能抹杀的，因为希望是在于将来……

——同上

鲁迅在自己的小说中对未来生活的热烈追求和向往，是和他对现实社会的严峻的现实主义描写相结合的。鲁迅是一个深刻了解旧中国苦难的作家。正因为如此，所以他才对未来的、新的、美好的生活抱着最渴慕的希望。而这种理想主义与现实主义相结合的艺术描写，是"五四"以来新文学的，也是新文学的奠基人——鲁迅——的最显著的艺术特色之一。

3. 典型化的方法

我们知道，"现实主义除了细节描写真实之外，还要正确表现出典型环境中的典型性格"（恩格斯：《给哈克纳斯的信》）。典型性是现实主义艺术创作中最重要的问题。可以毫不夸大地说，现实主义大师鲁迅在这方面获得了极其光辉的成就。在他的《呐喊》和《彷徨》两本小说集中，创造了各种各样的、丰富的、具有不朽的典型意义的艺术形象，真实地反映出从辛亥革命到"五四"时期中国社会生活的各个方面极其本质的特征。

鲁迅所创造的艺术（人物）形象之所以具有高度的典型性，并不是由于这些人物本身是怪癖的、夸张的，事迹是曲折离奇的。恰巧相反，鲁迅笔下的人物都是日常生活里的、现实的、平常的人，事件也是日常生活里的。但是，鲁迅写这些人物，并没有把他们孤立起来，也没有只停留在生活表面的现象上面，而是从在阶级社会中人与人之间的关系（阶级关系）上，从人物性格的发展上，并且把人物放在特定的社会环境和时代背景里来描写，从而正确地塑造出"典型环境中的典型性格"。在他的著名小说《阿Q正传》中，鲁迅就以阿Q在未庄——半殖民地半封建社会的缩影——的生活为中心，描写了赵太爷、钱太爷、假洋鬼子等"堕落"的"上层社会"的代表，也描写了阿Q、小D、王胡和吴妈等"下层社会的不幸"人物，写出了他们相互之间的关系——半封建半殖民地社会中的阶级关系，并且着重描写了主人公阿Q在这个关系中的特殊地位。鲁迅指出，妄自尊大、自负自贱、欺善怕恶、"奴隶性"、精神胜利法——一句话，阿Q主义，是一定社会历史阶段的产物，其构成的因素不是别的，正是阶级社会的剥削制度所产生的等级观念和自私自利的思想意识，再加上半殖民地半封建社会媚外成性的统治阶级的愚民政策。阿Q的"阿Q相"，是封建统治阶级的"治绩"。要埋葬阿Q主义，就必须首先埋葬它所产生的根源——封建社会制度。阿Q的性格是不断发展的。鲁迅写出了辛亥革命（特定的社会历史环境）中，阿Q的"中兴"、"末路"，他的从"革命"到"不准革命"，最后以至于"大团圆"的整个性格发展史，从而有力地揭露辛亥革命的实质——它的妥协性与不彻底性，提出了民主革命中最根本的问题——农民问题，并且在辛亥革命时期的未庄这样一个典型环境中，真实地塑造了一个正在觉醒但仍旧落后的农民的典型。

鲁迅创造典型，常用"杂取种种人合成一个"的方法，通过这种典型化的方法来刻画形象，从而表现出一定的社会现实的本质。这一点鲁迅自己就有过很好的说明。他说："所写的事迹，大抵有一点见过或听到过的缘由，但决不全用这事实,只是采取一端,加以改造,或生发开去,到足以几乎完全发表我的意思为止。人物的模特儿也一样,没有专用过一个人,往往嘴在浙江,脸在北京,衣服在山西,是一个拼凑起来的脚色。"(《南腔北调集》:《我怎样做起小说来》)他又说:"因为'杂取种种人',一部分相像的人也就更其多数。"(《且介亭杂文末编》:《〈出关〉的"关"》)阿Q形象的塑造,很显然就是用的这一种方法。鲁迅抓住了广大被压迫的农民群众精神上的弱点,也就是一般的所谓"国民性的弱点"——一切符合阿Q主义与精神胜利法的特征。鲁迅通过阿Q这一贫苦雇农的形象把它集中概括表现出来,塑造出一个带有鲜明突出的个性同时又具有普遍意义的典型性格,从而体现了时代的、民族的、阶级的一般特征和共同本质。但是,我们不能把鲁迅的这种典型化的方法理解为类型化,理解为抽象、没有阶级内容、脱离具体的个性特征,甚至理解为冯雪峰所曲解的那样,把阿Q说成是"一种精神的性格化和典型化",是"一个思想性的典型",是"阿Q主义或阿Q精神的寄植者"(《冯雪峰论文集》:《论阿Q》)。事实上,"杂取种种人合成一个"的典型化方法,由于更集中,所以也就有更大的普遍意义。鲁迅用这种方法所塑造的典型形象,就是最好的证明。这些典型形象都具有丰富生动的个性特征,同时在这些个性特征中又深刻完满地体现出一定的社会现实的本质。正因为如此,所以鲁迅创造的典型也就和其他世界文学名著中的典型一样,不仅仅是对于它所产生的时代具有普遍意义,而且在现在,甚至在将来,也将作为光辉的艺术形象永远活在读者心中。

在现实主义艺术创作中,作家所选择的事件的典型性愈充分,就愈能帮助作家突出人物性格上的特征,加强人物的典型性。因此,用典型事件(具有典型意义的情节和细节)来突出人物性格,使所描写的形象具有更高的典型性,这也就成为现实主义大师鲁迅塑造典型常用的手法。《阿Q正传》中的赵太爷晚上不准点灯的定例和破例,说明了地主阶级的贪婪吝啬和对劳动人民的经济剥削。这正是表现地主阶级剥削本质的最典型的事例。而阿Q与小D的"龙虎斗",阿Q的"画圆圈",也更突出地描写了阿Q的精神胜利法这一阿Q主义的"灵魂"。《祝福》中祥林嫂的被迫改嫁,拜天地时头碰了个大窟窿，正表现了封建社会中妇女被压迫的社会地位及其倔强的反抗性。《风波》中赵七爷一个字、一个字地读《三国志》，将辫子盘在顶上，穿不轻易穿的竹布长衫，表明了没落的乡绅们的腐朽空虚，以及他们对正在崩溃中的封建秩序的顽固挣扎和怀念。在《端午节》里，通过方玄绰不肯亲领薪水这件事，刻画了小资产阶级知识分子自命清高的虚伪性格。至于在《社戏》、《兔和猫》、《鸭的喜剧》等抒情意味浓厚的小说里，典型事件的叙述，更几乎被鲁迅用作描写人物的主要手法。

鲁迅的典型化方法是多种多样的，几乎每一篇小说都有它的独创性。但尽管如此，他的某些共同点仍然是存在着的，并从而构成鲁迅小说独特而统一的艺术风格。这些共同点就是：在广阔的生活"素材"中选择、集中、概括出典型，通过典型环境的描写来创造典型形象，用典型事件（情节、细节）来帮助突出人物性格上的特征，加强人物的典型性。这是鲁迅创造典型的基本方法，也是鲁迅小说艺术上的基本特征之一。

4. 艺术手法的种种特色

法捷耶夫说："鲁迅，是短篇小说的名手。他善于简短地、清楚地，在一些形象中表达一种思想，在一个插曲中表达一种巨大的事变，在某一个别人物中表达一个典型。"（《关于鲁迅》，见《文艺报》第一卷第三期）这是对鲁迅艺术创作特征的很好的说明。

在小说的情节结构上，鲁迅很少在小说中展开广阔的场面，结构出复杂和曲折的情节。在鲁迅的小说中，没有曲折离奇的故事，人物不多，也没有错综复杂的关系，一般只用简单的故事、直线发展的行动构成情节的基础。换句话说，鲁迅常常是采取事实的一端、生活的特征的一个断片，点染上几个主要人物，"加以改造，或生发开去"，来反映社会生活中的重大意义。《狂人日记》就是以狂人为中心，从狂人的"怕"开始，想到"吃人"的事，想到自己也将"被吃"，进而要"劝转吃人的人"，最后在绝望中找出希望，喊出"救救孩子"的呼声。在这里，情节是直线发展的，人物内心生活也是直线发展的，在直线发展过程中接触到社会生活的各个方面，揭露出人物的内心生活和社会现实的矛盾，从而发掘出深广的和根本的社会矛盾。《药》、

《阿Q正传》的故事虽然复杂一些，但还是直线发展的形式，结构仍是完整严密的。采用第一人称叙述的小说（如《祝福》、《伤逝》）也用的是同样的手法。必须指出，鲁迅的这种艺术手法——以具有特征性的生活的片断的连续来构成故事的情节——决不是把生活中的矛盾和斗争简单化。鲁迅把握住了生活中的基本矛盾和矛盾的基本方面，并加以高度的艺术概括，所以在精炼简短的形式（短篇小说）中，包含着无限丰富的生活内容，并充分地揭露生活中的本质的东西。对小说的开头和结尾——情节的组成部分——鲁迅也是很重视的，使其意味深长，给读者以深刻的启示，并使得全篇结构更为谨严（如《故乡》、《祝福》）。

　　人物的肖像、动作、心理活动和自然景物，在鲁迅的作品里，都没有长篇的描写，人们相互间也没有长篇的对话。鲁迅说："我力避行文的唠叨，只要觉得够将意思传达给别人了，就宁可什么陪衬拖带也没有。中国旧戏上，没有背景，新年卖给孩子看的花纸上，只有主要的几个人……我深信对于我的目的，这方法是适宜的，所以我不去描写风月，对话也决不说到一大篇。"他又说："要极省俭的画出一个人的特点，最好是画他的眼睛。……倘若画了全副的头发，即使细得逼真，也毫无意思。"（《南腔北调集》：《我怎么做起小说来》）鲁迅的这种写作手法当然不是如有的人所曲解的那样，是什么"缺乏描写，不但写景缺乏，连人物形象的血肉也缺乏"。鲁迅善于把握人物（人物的肖像、动作、语言、心理）和生活中的特征性的东西，去掉不必要的陪衬拖带，在事件的逐步发展过程中，鲜明地但非常俭省地塑造着人物形象，生动地表现他们的个性和阶级特征。如《故乡》中的闰土、《阿Q正传》中的阿Q、《祝福》中的祥林嫂，这些人物的描写都是很突出的例子。这种写作手法很显然是受了中国古典文学的影响，而又加以革新、发展了的，成为鲁迅独特的风格。

　　鲁迅的叙写方法，一般有两种。其一，采取事实或生活的一端，用客观的、纯粹白描的手法，力避作者自己出面来对人物作解释性的或说明性的叙写，仅在人物自身的行动和言谈中，勾画出人物的性格和面貌，推动情节的发展；并且在人物的行动刻画的对比、补充，或人物自身的前后行动的对照和发展中，使主人公的性格和面貌更为突出，更为生动。《肥皂》、《高老夫子》、《白光》、《端午节》、《离婚》等短篇小说就是如此。这是鲁迅运用最多的叙写方法。其二，通过作者的叙述，甚至用作者（我）直接进入作品中去的手法，来刻画主人公的性格和命运。虽然也常常用对比、对照和补充的手法来刻画人物，但作者自己的感情渗透在人物的命运的叙述中。《祝福》、《故乡》、《在酒楼上》就是如此。至于《狂人日记》、《伤逝》，就更是作者自己渗透在人物整个灵魂里，而代为呼吁和抒写出来的。《阿Q正传》则是用叙述和描写相结合的手法。这也是鲁迅想用不长的篇幅来概括广阔而深厚的社会生活内容的一种独特的手法。

鲁迅是语言的巨匠。《呐喊》和《彷徨》这两本小说集，表现了鲁迅使用语言的高度才能。他的语言富于民族风格，简洁、精炼、准确、优美，含意深刻精辟，且富于表现力。一般短句较多，很少有冗长的句子。"他善于简短地、明了地、朴素地把思想形象化。"（法捷耶夫：《关于鲁迅》，见《文艺报》第一卷第三期）小说中人物的对话富于个性特征，三言两语，就突出地表现了人物性格，使形象更为鲜明。

第二节 《故事新编》

一、题材和思想意义

《故事新编》是鲁迅的第三本小说集，包括《补天》（原名《不周山》）、《奔月》、《理水》、《采薇》、《铸剑》（原名《眉间尺》）、《出关》、《非攻》、《起死》八篇作品。写作时间是从一九二二年到一九三五年。题材取自古代的神话、传说和历史史实，因此，鲁迅把这些小说称之为"神话，传说及史实的演义"（《南腔北调集》：《〈自选集〉自序》）。

鲁迅在《故事新编》的序言里，曾概括地说明了他对创作这类小说——取材于古代神话、传说和史实，同时在这些历史题材里又包含着现代生活内容——的意见。他说："对于历史小说，则以为博考文献，言必有据者……其实是很难组织之作，至于只取一点因由，随意点染，铺成一篇，倒无需怎样的手腕。"而他自己所采用的方法就是后一种。"叙事有时也有一点旧书上的根据，有时却不过信口开河。……所以仍不免时有油滑之处"，"并没有将古人写得更死"（《故事新编》：《序言》）。

我们对鲁迅先生的这些意见必须有正确的理解。《故事新编》取材于古代神话、传说和历史史实，而又在这些神话、传说和历史史实里面容纳了大量的现代生活内容。它是一种社会批评的特殊形式的小说。对《故事新编》的看法，学术界的意见很分歧，并且引起过一场争论。在关于这分歧的争论中，有两种完全相反的看法。一种是：《故事新编》虽然取材于古代的神话、传说和历史史实，然而作者却并不是在写古人，并不是为了再现历史现实。作为战斗者的鲁迅，只不过是假借"历史小说"这一形式，反映作者当时所处的现实，"在反动统治阶级的残酷压迫下，向黑暗势力举起自己的投枪而已"（伊凡：《鲁迅先生的〈故事新编〉》，见《文艺报》一九五三年第十四号）。照这种意见，鲁迅自己所说的"油滑之处"则是对当时黑暗现实的直接抨击，正是作品主题之所在。因此，《故事新编》是一部针对现实的"卓越的讽刺文学"，是"寓言式的小说"，而不是历史小说。（《铸剑》一篇除外，持论者认为它是全书中唯一的"博考文献，言必有据"的严格的历史小说。）另外一种是：《故事新编》的基本创作方法是典型化的方法。如果我们以作品的艺术形象为中心去进行分析，那么很显然，《故事新编》实在是再现史实的历史小说。至于其中所加的现代内容，"隐喻"即是鲁迅所说的"油滑之处"——则是非现实意义和非历史意义的，是作品客观上确实存在的缺点，甚至"也都是毫无必要的"（吴颖：《如何理解〈故事新编〉的意义》，见《文艺报》一九五六年九月号）。持这种论点的同志们说，如果根据这些"油滑之处"来断定《故事新编》是抨击现实的作品，便是庸俗社会学。

同一部《故事新编》，看法却完全相反。其实，这两种看法都只看到了作品内容的一方面，而且对"历史小说"这一概念的理解也是形式主义的。我们不准备从概念出发，用概念的尺度去度量作品，而只是对《故事新编》本身作一番分析和考察。

正如我们一开始就指出的，《故事新编》的写作时间是从一九二二年到一九三五年,"足足有十三年"。这漫长的创作时期,大体上可分为两个不同的时期:即一九二二年至一九二六年;一九三四年至一九三五年。属于前期的是《补天》、《奔月》、《铸剑》三篇。这一时期,鲁迅的思想基础基本上还是进化论和个性主义。因此,他的创作,也就是发掘"国民性"的"愚弱",借以"改变他们的精神"(《呐喊》:《自序》)。《故事新编》中最早的一篇《补天》的思想意义,也就是在于激发人民(民族)精神。作者说:"《不周山》,原意是在描写性的发动和创造,以至衰亡的"(《南腔北调集》:《我怎样做起小说来》),"虽然也不过取了弗罗特说,来解释创造——人和文学的——的缘起"(《故事新编》:《序言》),但《补天》中女娲形象的客观意义,却在于显出创造者的牺牲精神。鲁迅在《补天》里描绘了创造者女娲进行创造劳动的辛劳和喜悦,热烈地赞颂了中国古代劳动人民伟大的劳动创造精神。这无疑是有积极意义的。故事中穿插的那个"古衣冠的小丈夫",使作品有了更高的现实意义,即有了反对虚伪的封建礼教的色彩。

作于一九二六年的《奔月》演述了"羿请不死之药于西王母,嫦娥窃以奔月"的神话,歌颂了后羿的勤劳和勇猛,讽刺了娇作和空虚的嫦娥与"剪径"的"新才子们"。作于同时期的《铸剑》则是一个中国古代的复仇故事,描写了两个勇敢地跟暴力搏斗的复仇勇士——眉间尺和"黑色人",表达了被压迫者要求复仇的愿望和反抗暴君的坚强意志。关于《铸剑》,我们将在下面做专题讨论。

写完《奔月》、《铸剑》之后,搁置了八年,即一九三四年,鲁迅才又重新来写《故事新编》。这个时候,鲁迅已经"从进化论进到阶级论,从绅士阶级的逆子贰臣进到无产阶级和劳动群众的真正的友人,以至于战士"(瞿秋白:《〈鲁迅杂感选集〉序言》)。因此,他的创造,无论思想内容和艺术技巧都和前期有了很大的不同,他的创作方法由革命的现实主义发展到社会主义现实主义。在《故事新编》中,从一九三四年开始所创作的五篇历史小说《非攻》、《理水》、《采薇》、《出关》、《起死》就是这种发展的标志。在这些作品——尤其是《理水》和《非攻》——中,鲁迅肯定了正面的美学理想,反映了社会本质和现实矛盾的复杂性,并指出解决矛盾的途径和历史的方向。《理水》中的大禹和《非攻》中的墨子，就是作者塑造的积极的正面人物。鲁迅歌颂了他们献身于人民事业的伟大精神和崇高品质。作品同时用杂文手法，对御用文人、官场学者和国民党的卑劣面貌加以猛烈抨击（但这只是作品的插曲了）。这两篇作品，虽然用的是历史题材，却完全合乎社会主义现实主义的美学要求。《理水》、《非攻》，我们也将在下面做专题讨论。

《采薇》、《出关》、《起死》都写于一九三五年。这三篇都是批判性的作品。《采薇》写的是伯夷和叔齐饿死于首阳山的故事，作者对他们盲目的正统观念和消极反抗的陈腐性、软弱性做了严峻的讽刺和批判，并且揭露了"为艺术而艺术"的帮闲文人为虎作伥的反动本质。《出关》批判了老子"心高于天，命薄如纸"、"无为而无不为"的思想。《起死》则讥笑了庄子"活就是死，死就是活"的"无是非观"。鲁迅指出，无论老子也好，或是庄子也好，都不可能超然于现实生活；同时又批判了当时自命为超现实的"第三种人"，揭露出他们的虚伪性和反动性。

我们在上面对《故事新编》的八篇作品做了简略的分析和考察。根据这些分析和考察，我们可以知道，鲁迅的《故事新编》是一种特殊的小说形式。这种小说形式的特点，就是在历史题材里容纳了现代内容。应该着重指出，这种特点并不妨碍作品艺术地表现历史真实，同时又赋予了作品更高的现实性和战斗性。在《故事新编》里，鲁迅描写了古人、古事的真实面貌，并根据他对历史人物、历史事件的理解，歌颂了我们民族的勤劳、创造、艰苦卓绝、复仇抗暴的民族精神和这种精神的伟大、优秀的代表（如女娲、眉间尺、"黑色人"、大禹、墨子），批判了强暴、虚伪、软弱、麻木、自欺欺人的民族弊病。而这种歌颂和批判，虽然是历史的，却都是为了现在——"历史上都写着中国的灵魂，指示着将来的命运"（《华盖集》：《忽然想到（四）》）。正是这样，《故事新编》中的现代内容（"隐喻"、"油滑之处"）就成了作品内容的有机的组成部分。鲁迅把历史和现实结合在一起，十分巧妙地组织了情节，使作品达到了自然完整的艺术境地，并有着自己鲜明的艺术特色。

二、《理水》：艰苦卓绝的大禹形象；官僚集团、学者文人的丑态

《理水》作于一九三五年，描写的是大禹治水的故事。鲁迅在小说中刻画了艰苦卓绝地为人民平治洪水的古代英雄——大禹，并予以热烈的赞扬与歌颂。

关于大禹治水的传说，在古籍里有很多的记载，而且一般都是赞颂的口吻。《史记·夏本纪》中说："劳身焦思，居外十三年，过家门不敢入。"可见，大禹是一个久受人民崇拜的英雄，鲁迅在他身上发掘了中国人民最优秀的精神品质。在杂文《中国人失掉了自信力了吗》（见《且介亭杂文》）里，他说：

> 我们从古以来，就有埋头苦干的人，有拼命硬干的人，有为民请命的人，有舍身求法的人，……虽是等于为帝王将相作家谱的所谓"正史"，也往往掩不住他们的光耀，这就是中国的脊梁。

大禹以及《非攻》中的墨子就是这样"埋头苦干"、"拼命硬干"、"为民请命"的"中国的脊梁"。在《理水》里，鲁迅直接用在大禹身上的笔墨并不多，但鲁迅抱着一种对古代英雄的崇仰感情，写出了大禹的意志和劳苦，他坦率的姿态、宏大的气魄和坚强的性格；写出了他和那些个颠顸的大员们的斗争和他不可动摇的坚强信念。作品中的大禹，"面目黧黑"，"衣服奇旧"，"粗手粗脚"，"是一条瘦长的莽汉"——鲁迅完全把他写成了一个劳动人民。他在那些"水利局"的颠顸大员们"大排筵宴"、"酒过三巡"的时候，"竟冲破了断绝交通的界线，闯到局里来了"，"便一径跨到席上，在上面坐下，……并不屈膝而坐，却伸开了两脚，把大脚底对着大员们，又不穿袜子，满脚底都是栗子一般的老茧"。这种不寻常的举动和粗莽的外貌，十分突出地刻画了禹的坚强性格和伟大气魄。就是他，为了给老百姓治水，"到一座山，砍一通树"，"每天孳孳"地、忘我地劳动。甚至因为长年在外辛劳，"走过自家的门口，看也不进来看一下"，而引起了妻子的不满。但他知道"汤汤洪水方割，浩浩怀山襄陵"，百姓都在受难，不能坐视不管。他说："我讨过老婆，四天就走"，"生了阿启，也不当他儿子看。所以能够治了水"。这种为了人民大众而牺牲自己的精神正是大禹的本色，是大禹精神

的灵魂。

这样的人,在治水问题上当然是"革命派"。他不顾大员们的反对、警告和恶意中伤("蚩尤的法子"、"求名"、"图利"、"不孝"),勇敢地改"湮"为"导"。因为他知道自己是为了百姓,必然会得到老百姓的支持和拥护,而且计划也是实际可行的。"我查了山泽的情形,征了百姓的意见,已经看透实情,打定主意,无论如何,非'导'不可!"大禹大声地对那些保守的官员们宣布自己的决定,沉着,坚定,充满了自信。他的伙伴们——"一群乞丐似的大汉"——"分坐在他的左右","不动,不言,不笑,像铁铸的一样",用沉默来表示对大禹的支持和对顽固、保守的官员们的蔑视。这几段生动、细微的描写,表现了大禹及其同伴们坚强的斗争意志和明朗、乐观、自信、果决的精神。

爱人民的人总是为人民所爱的,大禹治水的功绩得到了人民的赞颂。当他治水成功归来的时候,在"百姓的檐前,路旁的树下,大家都在谈他的故事",什么"夜里化为黄熊,用嘴和爪子,一拱一拱的疏通了九河",以及"怎样请了天兵天将,捉住兴风作浪的妖怪无支祁,镇在龟山的脚下"等等,以至于"皇上舜爷的事情,……谁也不再提起了,至多,也不过谈谈丹朱太子的没出息"。这些荒诞不经、带着浓厚神话色彩的传说,一方面表达了人民战胜自然的伟大理想,一方面也表达了人民对于大禹的敬仰、爱戴和感激。鲁迅先生成功地塑造了这个古代英雄的形象。

对于这个形象的理解,也是有错误的论调的。苏联汉学家波兹涅也娃同志认为,大禹是隐喻毛主席和朱德同志。其唯一的根据是《理水》写于一九三五年十一月,而红军长征胜利地到达陕北,则是同年十月,鲁迅先生当时又曾致电毛主席和朱德同志庆祝红军长征的胜利(见丁易:《中国现代文学史略》一九五页至一九六页)。这种说法未免牵强附会,缺乏充分根据。从《理水》的思想意义和艺术形象来看,鲁迅是在描写一个古代的英雄,大禹及其治水的伟绩是小说的立旨。

在《理水》所写的古人古事中,容纳了大量的——《故事新编》八篇中最多的一篇——现代内容,那便是鲁迅用来暴露、批判和讽刺当时国民党反动统治下官僚们的罪恶和御用的"学者名流"们的丑态。这些现代内容都是针对现实而发的感触，同时在作品的艺术形象上和大禹相互补充和衬托。

大家知道，中国自古就多水患，特别是黄河泛滥，洪水滔滔成灾，给人民的生命财产带来极其严重的灾难和损失，千千万万的人倾家荡产。（例如一九三一年夏天的水灾和一九三三年黄河的决口等）面对着这样严重的情况，人民的统治者不但不能为人民减轻一些灾难，反而乘机敲诈勒索，无所不为，给人民带来更多的痛苦和负担。国民党在每次水灾发生时演出的"视察"、"慰问"、"赈济"、"善后处理"都只不过是卑劣的和自欺欺人的把戏。鲁迅先生在他的《理水》中，对这一切都予以了深刻的揭露和辛辣的讽刺。

于是，大员们下船去了。第二天，说是因为路上劳顿，不办公，也不见客；第三天，学者们恭请在最高峰上赏偃盖古松，下半天又同往山背后钓黄鳝，一直玩到黄昏；第四天，说是因为考察劳顿了，不办公，也不见客；第五天的午后，就传见下民的代表。

这就是"水灾考察"大员们所谓的"考察"！他们接见下民代表了。不管他们怎样无能和昏庸，但在下民面前却耀武扬威，架子十足。下民向他们诉说苦情，说老百姓吃叶子、水苔，"然而大人好像不大爱听了，有一位也接连打了两个大呵欠"。他们打断下民的话，叫"你们还是合具一个公呈来罢，最好是还带一个贡献善后方法的条陈"。人民的疾苦他们是一点不管的。在"考察"回去之后，这些大员们还大排筵席，"酒过三巡，大员们就讲了一些水乡沿途的风景，芦花似雪，泥水如金，黄鳝膏腴，青苔滑溜……"如此空虚、无聊而且毫不觉得难为情，只知道吃喝玩乐，他们在治水问题上当然也就不可能找出切实的办法。他们因循、保守、顽固，要用"湮"的方法照例治下去，对大禹的"导"则倍加反对、阻挠、攻击，说是"蚩尤的法子"，并加以"不孝"的罪名。

小说的前半篇，作者还用了很多的篇幅来描写聚集在"文化山"上的"学者名流"。这些所谓考据学专家、遗传学专家、文化至上论者、马尔萨斯人口论者、苗民语言学家、《神农本草》学者……在人民灾难深重的时候到底在做些什么呢？他们在考证"'禹'是一条虫"，搜集"王公大臣和豪富人家的家谱"以证明"阔人的子孙都是阔人，坏人的子孙都是坏人"，提倡"性灵"，研究"维他命 W"。他们自己吃饱了却不顾别人死活，说什么"灾情倒并不算重"。一句话，他们在向主人献媚和帮主人愚弄、麻醉人民，尽"王之爪牙"的任务。

"是之谓失其性灵，"坐在后一排、八字胡子的伏羲朝小品文学家笑道。"吾尝登帕米尔之原，天风浩然，梅花开矣，白云飞矣，金价涨矣，耗子眠矣，见一少年，口衔雪茄，面有蚩尤氏之雾……哈哈哈！没有法子……"

这就是"媚态的猫"的嘴脸！在统治者面前卑躬屈节，逢迎阿谀，借以分一杯"羹"。鲁迅先生对这些所谓的"正人君子"、"欧化士绅"是深恶痛绝的，他在自己的杂文里曾指出这些帮闲文人是"将屠户的凶残，使大家化为一笑"（《南腔北调集》：《"论语一年"》），而"帮闲的盛世是帮忙，到末代就只剩了这扯淡"（《且介亭杂文二集》：《从帮忙到扯淡》）。鲁迅在其创作艺术里，更做了极其生动的描绘和真实的刻画。这些"学者名流"们和考察灾情的大员们勾结在一起，上演了一场可笑的骗剧。他们在人民深重的灾难和大禹的忘我精神的对衬下，显得多么昏庸、卑劣、丑恶。

三、《非攻》：反抗侵略的墨翟

和《理水》的命意大致相似的，是《非攻》。出现在《非攻》里的，不再是神话传说中的人物，而是历史上真实的古代学者——墨子。小说用墨子止楚伐宋的故事，热烈地描绘、歌颂了墨子这个主张"兼爱"和"非攻"的利他主义者和和平战士的光辉形象。

墨子"非攻"思想的重要内容是认为侵略是"亏人自利"的事情，比偷盗、杀人、越货更为"不义"，而"天下祸篡怨恨，其所以起者，以不相爱生也"，所以他主张"兼相爱，交相利"，以为这是消弭战争的积极办法（见《墨子·兼爱》）。（这种"兼爱"说实际上只是一种小生产者的幻想，无论如何也防止不了战争的。）为了贯彻反战思想，墨子除著书立说之外，还努力实践，止楚伐宋就是一个著名的例子。在小说《非攻》中，鲁迅把墨子描写成一个反战思想家，同时也是一个反战实践家，是二者相结合的典范，在艺术上取得了极大的成功。

《非攻》着重描写了墨子为制止侵略战争、争取人民的和平幸福生活而忘我献身的伟大精神。为了阻止楚国进攻宋国——公输般为楚王造了云梯，楚王就决定进攻宋国——墨子独自一人经过艰苦的长途跋涉，冒着生命危险到强大的楚国去。墨子走的时候，"衣服却不打点，也不带洗脸的手巾，只把皮带紧了一紧，走到堂下，穿好草鞋，背上包裹，头也不回的走了。从包裹里，还一阵一阵的冒着（馒头的）热蒸气"。而在路上，"草鞋带已经断了三四回……鞋底也磨成了大窟窿，脚上有些地方起茧，有些地方起泡了"，他也"毫不在意"，到后来"草鞋已经碎成一片一片，穿不住了……只好撕下一块布裳来，包了脚"，"仍然走"，"只赶自己的路"——反对侵略，争取和平的"路"。

为了和平，墨子同战争的制造者——公输般和楚王展开了论战。这次论战表现了墨子绝顶的聪明和机智、卓越的外交雄辩才能、大无畏的精神。在论战中，他对敌人进行了严正的谴责：

> 杀缺少的来争有余的，不能说是智；宋没有罪，却要攻他，不能说是仁；知道着，却不争，不能说是忠；争了，而不得，不能说是强；义不杀少，然而杀多，不能说是知类。

墨子最后尖锐地、一针见血地揭破了制造者的肮脏本质，指出他们的侵略行为是和盗窃"同类"！在强大的敌人面前，生死操于人手，却能这么勇敢、正气逼人，不是为了人民的利益而把自己的一切置之度外的英雄，是不可能做到的。"有利于人的，就是巧，就是好，不利于人的，就是拙，也就是坏的"，正是这种人道主义精神方使墨子为争取人民的和平幸福生活而忘我献身。

和平的希望不能寄托在侵略者身上，只有用斗争去争取，墨子是深知这一点的。所以，他一方面和侵略者辩论，谴责他们，一方面又积极地进行着反击侵略的军事准备。他对弟子管黔敖说："不过他听不听我，还是料不定的。你们仍然准备着，不要只望着口舌的成功。"这不仅显出墨子处事的谨慎和干练，也说明他对敌人的阴谋有足够的识破能力。果然，在辩论失败后，楚王和公输般都企图杀死他，但是，积极的军事准备却保卫了和平，也保卫了和平的使者。

"公输子的意思，"墨子旋转身去，回答道，"不过想杀掉我，以为杀掉我，宋就没有人守，可以攻了。然而我的学生禽滑厘等三百人，已经拿了我的守御的器械（这种器械在墨子和公输般的多次攻守演习中，都取得了胜利——作者注），在宋城上，等候着楚国来的敌人。就是杀掉我，也还是攻不下的！"

墨子在强大的敌人面前，是多么冷静、镇定、机警、勇敢、坚决和自信！鲁迅先生怀着感激和崇敬的心情，热烈地歌颂了这个不倦地为和平奔走，并且愿意为和平牺牲的和平战士，这个古代的思想家。墨子和大禹一样，是"中国的脊梁"，是我们民族精神的伟大代表。

四、《铸剑》：对复仇与抗暴的歌颂

《铸剑》写的是一个中国古代的复仇故事。关于这个故事本身，在《列异传》、《搜神记》等古籍中都有所记载。《列异传》的记载是这样的：

> 干将莫邪为楚王作剑，三年而成。剑有雄雌，天下名器也，乃以雌剑献君，藏其雄者。谓其妻曰："吾藏剑在南山之阴，北山之阳；松生石上，剑在其中矣。君若觉，杀我；尔生男，以告之。"及至君觉，杀干将。妻后生男，名赤鼻，告之。赤鼻斫南山之松，不得剑；忽于屋柱中得之。楚王梦一人，眉广三寸，辞欲报仇。购求甚急，乃逃朱兴山中。遇客，欲为之报；乃刎首，将以奉楚王。客令镬煮之，头三日三夜跳不烂。王往观之，客以雄剑倚拟王，王头堕镬中；客又自刎。三头悉烂，不可分别，分葬之，名曰三王冢。

我们可以看出，这个传说的本身就有着强烈的复仇精神和极深刻的阶级内容。鲁迅先生通过这一则传说的叙写表达了被压迫者复仇的强烈愿望和反抗暴力的坚强意志，指出被压迫者只有战斗，只有以血和生命来反抗暴力统治，才是正确的出路。

《铸剑》全篇充满了热烈的反抗暴虐复仇和慷慨牺牲的气氛。每一个"被压迫者"——眉间尺、"黑色人"、母亲、死去的父亲——的身上都体现了人民勇于反抗强暴、勇于复仇的高贵品质。鲁迅热烈地歌颂了他们。作品开始，眉间尺（小说中的主角，《列异传》记作"赤鼻"）还是一个不很懂事的孩子，性情"优柔"，"不冷不热"的，甚至踏死一只老鼠都"仿佛自己作了大恶似的，非常难受"，以至于他的母亲问他是"杀它呢，还是在救它"的时候，他竟回答不上来。但是，他是被压迫阶级的儿子，他有着被压迫阶级的感官和神经。当他听了母亲讲述父亲的悲惨故事以后，这种看来仿佛是潜在的阶级意识就支配了他的灵魂，改变了他的优柔的性格。仇恨使得他"忽然全身都如烧着猛火，自己觉得每一枝毛发上都仿佛闪出火星来"，他勇敢地"肿着眼眶，头也不回的跨出门外，穿着青衣，背着青剑，迈开大步，径奔城中"，下决心要用父亲生前亲手炼成的剑去"砍在大王的颈子上"，给父亲报仇，为千千万万受害者报仇，甚至不惜用剑砍掉自己的头颅。

  暗中的声音刚刚停止，眉间尺便举手向肩头抽取青色的剑，顺手从后项窝向前一削，头颅坠在地面的青苔上，一面将剑交给黑色人。

  这行为发生在一个十六岁的少年身上，是特别令人感动、震惊的。不过眉间尺到底是个缺乏生活经验的孩子，更能体现复仇的完整意义的，是那个"黑色人"——宴之敖者。他比眉间尺成熟得多，不但有忘我的牺牲精神，而且更主要的，他知道如何和敌人战斗和如何战胜敌人，"善于报仇"。依靠他的勇敢和智慧，他毫无阻碍地进了王宫，愚弄了大大小小的统治者——国王、王后、妃子、大臣、武士、太监，最后用计把国王的头割了下来，替自己，替眉间尺，替千千万万的被压迫者报了仇，最后自己也牺牲了。

  在这里，应该着重指出，宴之敖者的这种牺牲，绝不是仅仅是因为他认识眉间尺和眉间尺的父亲，绝不是为了同情"孤儿寡妇"。如果用这些虚伪的字眼解释他的复仇行动，简直是对他的一种"侮辱"。事实上，宴之敖者替眉间尺报仇是含着丰富、深刻的阶级内容的。在封建君主的淫威下，千千万万的人都受着同样的压迫、摧残、杀害，这些"被侮辱与被损害的"对统治者都有同样的仇恨，这是阶级的仇恨。不仅对宴之敖者，我们对眉间尺的复仇行动也应作如是观。

  统治者是狡猾、顽强、强大的。这就特别要求人民有坚韧的斗争精神。

鲁迅曾不止一次地指出："对于旧社会和旧势力的斗争，必须坚决、持久不断。"（《二心集》：《对于左翼作家联盟的意见》）他提出要做"韧性的战斗"，要"打落水狗"（见《坟》：《娜拉走后怎样》、《论"费厄波赖"应该缓行》）。在《铸剑》里，对这一精神有极出色的描写。在沸水澎湃的金鼎里，眉间尺的头也是对国王的头狠命地进行着韧性的战斗：

　　仇人相见，本来格外眼明，况且是相逢狭路。王头刚到水面，眉间尺的头便迎上来，狠命在他耳轮上咬了一口。鼎水即刻沸涌，澎湃有声；两头即在水中死战。约有二十回合，王头受了五个伤，眉间尺的头上却有七处。王又狡猾，总是设法绕到他的敌人的后面去。眉间尺偶一疏忽，终于被他咬住了后项窝，无法转身。这一回王的头可是咬定不放了，他只是连连蚕食进去；连鼎外面也仿佛听到孩子的失声叫痛的声音。

　　但是他并不屈服，放弃战斗。等宴之敖者的头一入水，他的头立刻又活动起来，和宴之敖者的头一起向王头战斗——

　　他（黑色人即宴之敖者——作者注）的头一入水，即刻直奔王头，一口咬住了王的鼻子，几乎要咬下来。王忍不住叫一声"阿唷"，将嘴一张，眉间尺的头就乘机挣脱了，一转脸倒将王的下巴下死劲咬住。他们不但都不放，还用全力上下一撕，撕得王头再也合不上嘴。于是他们就如饿鸡啄米一般，一顿乱咬，咬得王头眼歪鼻塌，满脸鳞伤。先前还会在鼎里面四处乱滚，后来只能躺着呻吟，到底是一声不响，只有出气，没有进气了。

　　黑色人和眉间尺的头也慢慢地住了嘴，离开王头，沿鼎壁游了一匝，看他可是装死还是真死。待到知道了王头确已断气，便四目相视，微微一笑，随即合上眼睛，仰面向天，沉到水底里去了。

这是多么惊心动魄的文字，读之不禁怦怦然。看吧，他们的战斗多么坚韧，多么执着，多么彻底！在这里，鲁迅先生热烈地歌颂了古代被压迫人民的复仇精神和胜利结果。小说揭示了这样一个历史真实——统治阶级用人民的血来哺养自己，同时又用屠杀政策来维持自己的统治地位；而人民就用自

183

己的头颅来反抗这种暴虐，宁愿和统治者同归于尽，"时日曷丧，予及汝偕亡"（《尚书·汤誓》）。这篇小说的战斗性是一看就可感觉到的。这种反抗暴力和压迫的复仇精神，也是鲁迅性格很重要的一面。我们可以说，《铸剑》是一篇非常"鲁迅式"的作品。

第三节　《野草》、《朝花夕拾》及其它

一、《野草》

一九二七年，鲁迅编定和出版了他的散文诗集《野草》。集中收散文诗二十三篇，都是作者从一九二四年九月到一九二六年四月在北京写出，并陆续发表在《语丝》周刊上的。诗集真实深刻地反映了作者在这一时期（五四运动之后到第一次大革命之前）失望和希望交织的思想感情和内心生活的矛盾，也代表着鲁迅对黑暗势力进行肉搏的一种战斗的声音。因此，《野草》在鲁迅思想发展的研究上有着重要的意义。

关于《野草》的写作，鲁迅自己曾这么说：

> 我的那一本《野草》，技术并不算坏。但心情太颓唐了，因为那是在我碰了许多钉子之后写出来的。
>
> ——《鲁迅书简》：《致萧军》

> 现在举几个例罢。因为讽刺当时盛行的失恋诗，作《我的失恋》，因为憎恶社会上旁观者之多，作《复仇》第一篇，又因为惊异于青年之消沉，作《希望》。《这样的战士》，是有感于文人学士们帮助军阀而作。《腊叶》，是为爱我者的想要保存我而作的。段祺瑞政府枪击徒手民众后，作《淡淡的血痕中》……奉天派和直隶派军阀战争的时候，作《一觉》……
>
> 所以，这也可以说，大半是废弛的地狱边沿的惨白色小花，当然不会美丽。但这地狱也必须失掉。这是由几个有雄辩和辣手，而那时还未得志的英雄们的脸色和语气所告诉我的。我于是作《失掉的好地狱》。
>
> ——《二心集》：《〈野草〉英文译本序》

我们知道，鲁迅写作《野草》的时候，整个中国正处在大矛盾、大分裂、大苦闷中。由于鲁迅当时所处的环境，是笼罩在帝国主义和北洋军阀的

黑暗统治之下，身受着反动官僚和"现代评论派"的"正人君子"们的四面围攻，而这一时期又正当五四运动之后，革命暂时转入低潮，新的革命高潮尚未到来以前；特别是由于鲁迅当时还不是一个马克思主义者，他所持的理论基本上还是进化论和个性主义，因此他也就不能清楚地认识中国革命发展的前途，并且和无产阶级领导的革命力量完全结合起来，从而认识到自己的战斗与当时迅速发展着的人民革命在客观上是一致的。——所有这一切，就使得鲁迅深深感到苦闷、孤独和彷徨。"两间余一卒，荷戟独彷徨"（《题〈彷徨〉》），就很恰当地表现了这一时期鲁迅在和强大的黑暗势力孤军作战时的复杂心情。因此，在他的散文诗篇里，就不可避免地夹杂着一些空虚寂寞的思想情绪。但是，他绝不悲观、消沉。他还是坚韧地战斗着，同时也不懈不怠地追求着真理。"路漫漫其修远兮，吾将上下而求索。"（屈原：《离骚》）事实上，总的说来，洋溢在《野草》里面的主要精神和思想情绪，仍然是战斗的、积极的。正如鲁迅自己所说，"杀不掉，我就退进野草里，自己舐尽了伤口上的血痕，绝不烦别人敷药"（《南腔北调集》：《答杨邨人先生公开信的公开信》）。（值得注意的是，就在鲁迅写《野草》的同时，他还写了八十四篇杂文，猛烈地攻击军阀统治、知识分子变节帮闲和麻木的"国民性"，战斗很骁勇。）

《希望》是表现鲁迅当时这种复杂心情的、最具有代表意义的作品。据作者自述，这一篇是因为"惊异于青年之消沉"而作的。作品非常真实地反映了作者当时复杂矛盾的思想感情。他一方面对他以前"充满过血腥的歌声"的心感到无可奈何的空虚，一方面却又不愿妥协敷衍，偏要对这黑暗与空虚作着"绝望的抗战"。他勇敢地宣称：要"用这希望的盾，抗拒那空虚中的暗夜的袭来，虽然盾后面也依然是空虚中的暗夜"。最后，他带头走上了战斗的道路。他要"来肉搏这空虚中的暗夜了，纵使寻不到身外的青春，也总得自己来一掷我身中的迟暮"。他这种"不愿彷徨于明暗之间"，宁愿把自己"沉没"在"黑暗"里的自我献身、奋勇前进的心情，同样表现在《影的告别》等篇内。这也就是鲁迅自己所说的"肩住了黑暗的闸门，放他们到宽阔光明的地方去"（《坟》：《我们现在怎样做父亲》）的思想感情的具体反映。

作者的这种心情，在《过客》中得到了更加鲜明的表现。作品中这一个"困顿倔强"的"过客"的人物形象和他所表现出来的韧性战斗精神，应当就是鲁迅先生自己的写照，而作品中"荒凉破败"的背景，也应当就是旧中国社会的缩影。"过客"说，从他还能记得的时候起，就只一个人这么走，他要走到一个地方去，这地方就在前面，但他不知道究竟在哪里。这些都表露出作者在未找到革命的正确道路以前，一种不断探索的、孤独寂寞的心情。但当老翁劝他不如回转去的时候，他坚决表示不愿回转到他的来路去。他说："回到那里去，就没一处没有名目，没一处没有地主，没一处没有驱逐和牢笼，没一处没有皮面的笑容，没一处没有眶外的眼泪。我憎恶他们，我不回转去！"他宁愿追逐着前面"呼喊"的声音，迈着受伤流血的两腿，"向野地里跄跄地闯进去"，虽然"夜色"——黑暗的象征——跟在他后面。从这里，我们可以看得到鲁迅对于封建地主阶级所统治的社会，是多么深恶痛绝！他不舍昼夜地探索前进的精神，又是多么顽强、坚决！而那种在浓黑的"夜色"中召唤他前进的声音，应该就是当时人民大众争取自由解放的呼声在作者内心中所激起的一种反应。特别是这篇作品采取了诗剧的形式，作者的思想感情更得到了形象化的表现，对读者的艺术感染力因此也更加突出、显著。

《这样的战士》和《淡淡的血痕中》两篇，实际上是可以作为一组来论列的。由于鲁迅先生是一个在任何黑暗势力面前都要坚持战斗的勇士，所以他在自己的诗篇中也就特别注意对人民顽强不屈的战斗精神的歌颂。在《这样的战士》中，鲁迅就热烈地歌颂着这样一种战士：他走进无物之阵，针对着敌人"对他一式点头"的杀人不见血的武器；针对敌人头上各式各样的旗帜——慈善家、学者、文士、长者、青年、雅人、君子……，头下各式各样的外套——学问、道德、国粹、民意、逻辑、公义、东方文明……，举起了他的"脱手一掷"致其于死命的"投枪"。这些各式各样的"旗帜"和"外套"，正是指着辛亥革命以来一切封建复古主义者和资产阶级右翼如"现代评论派"的一班"正人君子"们而发的。而鲁迅正是用他的像"匕首"、"投枪"一样的杂文，向敌人冲锋陷阵，"和读者一同杀出一条生存的血路"（见《南腔北调集》：《小品文的危机》）来的"这样的战士"。《淡淡的血痕中》和《华盖集续篇》里的《死地》、《纪念刘和珍君》等篇，同样都是为纪念"三一八"惨案死难烈士而作的。《淡淡的血痕中》更进一步地批判了那些在淡淡的血痕中暂得偷生的庸人们，对那些叛逆的猛士则致以热情的赞颂。他说，叛逆的猛士已经出于人间，"造物主，怯弱者，羞惭了，于是伏藏。天地在猛士的眼中于是变色"。这些话，和《纪念刘和珍君》一文里所说的"苟活者在淡红的血色中，会依稀看见微茫的希望，真的猛士，将更奋然而前行"一样，都反映出鲁迅先生对于当时的社会变革，已能预见微茫的希望。（不过，正如我们一开始就指出的，由于鲁迅当时还没有完全获得马列主义世界观，所以他还不能正确预见革命发展的前途。）他歌颂这些"记得一切深广和久远的苦痛"和"敢于直面惨淡的人生，敢于正视淋漓的鲜血"的反抗叛逆的新生力量。所有这些，就是鲁迅表现在《野草》里面的以希望克服失望、以乐观战斗精神战胜悲观消极情绪的一种实质反映。当然，在这里面，也表现出他的希望和失望心情互相消长起伏的矛盾，和他在未与无产阶级革命事业结合前的孤独寂寞的思想情绪，以及他所进行的痛苦的自我斗争，反映出鲁迅这一时期思想变化发展的特点。

作者在《野草》里所采用的艺术形式是多种多样的，有抒情的散文诗和诗剧，也有记事的散文。由于鲁迅先生当时的处境，正如他自己所说，是"四面都还是严冬的肃杀"，给他以"非常的寒威和冷气"，有些意见是"难以直说的"。因此，在很大一部分作品里，鲁迅往往假托于梦幻中的一些所见、所闻、所思、所感，从而反映出对黑暗现实的激愤、诅咒（如《死火》、《狗的驳诘》、《失掉的好地狱》、《墓碣文》、《颓败线的颤动》、《立论》等篇）和对于美好生活的向往心情（如《雪》、《好故事》）。在语言的运用上，也与此相应，更多地采用了象征的、比喻的，同时又是形象化的语言，特别是通过一些人物和自然景色的描绘，表达出作者对于战斗者的歌颂（如《秋夜》、《这样的战士》、《淡淡的血痕中》等）、对于被压迫者的同情（如《失掉的好地狱》）、对于过着敷衍麻木生活的人的批判（如《聪明人和傻子和奴才》

等）以及作者自己内心世界的矛盾交战（如《影的告别》、《希望》），显示了作者想象力的丰富多彩和驾驭语言的高度概括的艺术才能，并且和严格的现实主义描写相结合，从而构成了这一部作品感人的抒情诗的特色。

二、《朝花夕拾》

一九二七年，鲁迅在广州编定了他的散文集《朝花夕拾》，包括十篇回忆他青少年时代生活的抒情兼记事的优美散文。这些散文，都是作者一九二六年在北京和厦门两地的作品（前五篇写于北京，后五篇写于厦门），曾经陆续在一九二六年出版的《莽原》半月刊上发表过。发表时总名为《旧事重提》，散文集付印前改名为《朝花夕拾》。从这些文字的内容上讲，不仅是回忆往事，更重要的是，通过《阿长与山海经》、《五猖会》、《无常》、《后记》等散文，记录了鲁迅幼年时代在思想感情和生活上与劳动人民实际的联系，以及他对民间文艺的特殊爱好和深刻钻研，并且记录了他在生活历程中所走过来的道路，以及对于当时封建势力和"现代评论派"的一班"正人君子"们的深恶痛绝的思想情绪。因此，和《野草》一样，《朝花夕拾》在鲁迅思想发展的研究上，同样有着重要的意义。

例如《父亲的病》，就记录着他的父亲死于庸医之手的故事，也记录着他的家庭"从小康坠入困顿"的途路。在《呐喊·自序》里，鲁迅曾回忆，在他父亲患病的几年内，曾经常——几乎是每天，出入于质铺和药店里，从一倍高的柜台外送上衣服或首饰去，在"侮蔑"里接了钱，再到一样高的柜台上给他久病的父亲去买药。这种生活大大刺激了鲁迅幼小的心灵，使他逐渐地认识到世人的真面目，也使他从父亲亡故的惨痛教训中，打下后来到日本学医的念头，借以救治像他父亲这样的病人。

《琐记》主要记录了鲁迅如何摆脱绍兴衰落了的读书人家的子弟所常走的两条道路——做幕友或商人，离开绍兴到南京去进无需学费的学堂——水师学堂，以后更由水师学堂转入路矿学堂，毕业后最终选择了到日本留学的道路。文中着重描写了作者在水师学堂和路矿学堂的一些生活片段，特别是记录了作者开始接触到所谓地质学、矿物学、算学等新学科和赫胥黎的《天演论》，也记录了当时学堂"乌烟瘴气"的真实情况。

《藤野先生》则通过对一个日本教授藤野的人物描绘，记录了作者在日本仙台学医，以及从仙台回到东京，改变学医的计划而提倡文艺运动的经过。《范爱农》一文也连带地描写了当时留日同学受着异族歧视的愤慨心情。通过对范爱农和鲁迅先生友谊关系的一些描绘，一方面刻画了范爱农倔强的性格以及他穷愁潦倒的不幸遭遇，一方面也记录了作者在日本与留日同学从事反清革命运动，以及回国后在绍兴师范学校时期的一些生活片段，一直叙述到由绍兴辞了师范学校的职务，往南京任教育部的部员，后来又由南京转移北京，那时已是一九一二年了。如果我们说，前面所举的《阿长与山海经》等篇是记录作者十二岁以前的幼年时代的生活，那么，自《父亲的病》以后各篇，则是记录作者从十三岁（一八九三年）以后一直到一九一二年这十八、九年的生活经历。

　　不仅如此，鲁迅一贯针对现实进行战斗的精神，还特别表现在《狗·猫·鼠》、《二十四孝图》、《无常》中。这三篇散文写成于一九二六年二月至六月间，那时正当"三一八"惨案发生前后，也就是章士钊所支持的"现代评论派"正向鲁迅围攻、横加侮蔑的时候，甚至于《二十四孝图》和《无常》两篇，还是在鲁迅遭受了段祺瑞政府的"通缉"，避难到外国医院中所作。因此，这几篇文章就自然表现了作者对于反动军阀的帮凶、帮闲的政客和文人们的刻骨的嘲讽，闪烁着战斗的火花。

　　《狗·猫·鼠》就是用杂文的笔法，假借着鲁迅仇猫的话柄，将猫的狡猾、残忍和媚态的性格比附"现代评论派"的一些"正人君子"们，尽情地加以刻画和嘲讥；而对于弱小无依的"隐鼠"，则寄予无限的爱抚和同情。作者说："当我失掉了所爱的，心中有着空虚时，我要充填以报仇的恶念！"这话不仅说明了鲁迅"仇猫"的动机，而且也充分显示了一个革命民主主义者对于被牺牲者的深厚的人道主义同情，和对于残暴凶顽的反动统治阶级一种强烈的憎恨和复仇的决心。

　　《二十四孝图》首先对一切反对白话、妨害白话者流，加以无情的诅咒。作者认为"妨害白话者的流毒却甚于洪水猛兽，非常广大，也非常长久，能使全中国化成一个麻胡，凡有孩子都死在他肚子里。只要对于白话来加以谋害者，都应该灭亡！"这些话就是暗中针对章士钊为首的"甲寅派"的复古主义和"现代评论派"的绅士们如陈西滢之流而发的，并且更从作者儿时所读的薄薄一本《二十四孝图》，批判了"老莱娱亲"和"郭巨埋儿"的封建虚伪的毒素。对于那些"以不情为伦纪，诬蔑了古人，教坏了后人"的拙劣的宣扬封建伦理观念的图画，给予了无情的毁灭性的讥刺。

在《无常》里，通过对这一个"鬼而人，理而情"、可怖而可爱的无常的欣赏与刻画，对比地描写了旧社会下等人的人间和阴间。鲁迅怀着极其愤慨的心情写道：

> 他们——敝同乡"下等人"——的许多，活着，苦着，被流言，被反噬，因了积久的经验，知道阳间维持"公理"的只有一个会（作者按：指陈西滢等在一九二五年十一月女师大复校后发起的所谓"教育界公理会"），而且这会的本身就是"遥遥茫茫"，于是乎势不得不发生对于阴间的神往。人是大抵自以为衔些冤抑的；活的"正人君子"们只能骗鸟，若问愚民，他就可以不假思索地回答你：公正的裁判是在阴间！

这是对于不合理的旧社会何等辛辣的讽刺！这种从双面衬托的写法，更能有力地显出旧社会和那班帮凶、帮闲的"正人君子"们丑恶的真面目以及劳动人民长期受着压迫的痛苦心情。

上面所举的一些回忆旧时生活为主的文章里，尽管其中还有几篇是写成于鲁迅先生在厦门大学时"寂静浓到如酒，令人微醺"（见《三闲集》：《怎么写》）的境况下，但他绝不失望悲观，这些回忆过去的作品依然反映着作者面对现实、批判现实的清醒态度和战斗的精神。这些就是这部散文集所包孕着的丰富的社会内容。所以，它不同于一般描写生活琐事的抒情回忆的散文，而是严峻的现实主义的作品。（目前有个别的文学评论者笼统地认为《朝花夕拾》是"以小品散文的形式所表现在战斗间歇的状态对于生命的回味与咀嚼"，又说这部作品是"抑郁、悲哀、空虚和寂寞，与回忆相结合"。这些论断，显然是不能令人同意的。）

这部作品的艺术风格，与《彷徨》里面的一些小说（如《故乡》、《社戏》等）和散文诗集《野草》同样具有一种现实主义抒情诗的特色。特别是在一些人物形象的艺术刻画上，虽然与小说的创作要求不应该等同起来，如《阿长与山海经》中的长妈妈，《从百草园到三味书屋》中的寿镜吾先生，以及《藤野先生》、《范爱农》等中的人物形象，作者也着墨不多，但他们的声音笑貌仍然被作者描绘得跃然纸上，如在目前。我们且举《从百草园到三味书屋》中描写塾师读书的一段为例：

先生自己也念书。后来，我们的声音便低下去，静下去了，只有他还大声朗读着：

"铁如意，指挥倜傥，一座皆惊呢～～；金叵罗，颠倒淋漓噫，千杯未醉嗬～～"

我疑心这是极好的文章，因为读到这里，他总是微笑起来，而且将头仰起，摇着，向后面拗过去，拗过去。

这不是活生生地勾画出一个纯朴可爱的老塾师读书入神的神情形态吗？

其次，在作品的一些艺术表现手法上，还采用了杂文的笔法。其中有辛辣的讽刺、含蓄的幽默、艺术的夸张和一些反语的运用，更多的是采取了"捎带作战"的手法，伺隙乘虚，随时随地触及敌人的痛处，给以有力的一击。这些都是鲁迅吸取了魏晋以来散文的优良成果，又加以融化、革新，构成了作者所独创的熔议论、叙事、抒情于一炉的艺术风格，真正是"带露摘花"，色香双美，给人以清新、自然、单纯、朴素的感觉。这些就构成了这本散文集在现代文学史上不朽的价值，也可以说是中国传统散文中一种独创的新的形式的发展。

下编

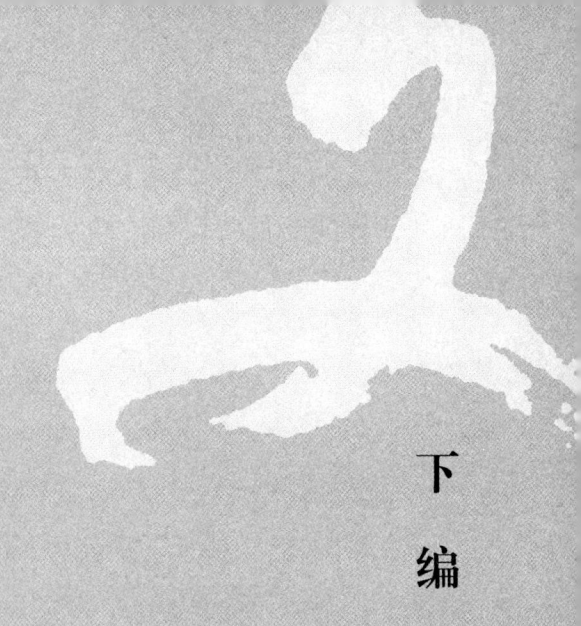

又一看了女高师两天演剧以后的杂谈[1]

这确是一种好现象：在北京每次有学校团体或爱美的戏剧团体演过新剧之后，总可以在报纸上看到一些剧评或类似的剧评；有时还要引起讨论或争执。

我写这一篇《杂谈》，确是看了仁佗君的《杂谈》以后才想写的。不过我是极端表同情于仁佗君的；因为那两晚我也去看过，所感受的映象和不满，也和仁佗君差不多。

演《娜拉》那晚，不但场内秩序太乱，而且未待终场便有大部分退回的。——也幸好他们退回了，不然那一种不愿意的怨气扰乱出来，我们绝不能静心的往下看去。——只是演《多情英雄》那晚，却很少未待终场退回的，并且秩序也比较好一点。仁佗君已把《娜拉》和《多情英雄》两个剧本的优劣和重要的理由说明，自然是《多情英雄》也是不能令我满意的。但何以它反比《娜拉》更使多数看客满意呢？这确不能不使我对于民众的艺术赏鉴程度怀疑了！我相信要想提高看客的程度，只有望演剧的团体慎重的选择剧本；不然那一般凡台上有悲伤哭泣的表情时，台下总是掌声雷动的看客们的程度，永远不会长进的。我真奇怪女高师理化系何以在一次演剧而会有两种程度不齐的剧本发现。——其实这也不足怪的，为迎合看客的心理嗜好起见，常常看见旁的团体演剧，还有新旧合璧的戏剧发现，那就是仁佗君所绝对排斥的"脸谱戏"了！

这一晌北京的学校团体或爱美的团体演剧的次数自然是很多，——就是我常作短期的北京旅客的，也要算这一次碰见的次数多——这种风起云涌的

---

[1] 原载《晨报副刊》1923 年 5 月 16 日第 3 版。

现象确是好的；不过我现在也明白了，明白他们这些团体演剧的动机，就只是为募款：哪能怪他们只演迎合观众的剧呢！写到这里，就想起自称爱美的戏剧的洋车夫陈大悲君一次同我说的话，他说：现在演剧的仅管多，只是给他们把空气也愈弄坏了！洋车夫啊，这不单是杞忧，学校团体演剧都只知道迎合看客，这是艺术程度的堕落哟！旧皮囊哪能盛新酒呢？

仁佗君找不到《多情英雄》那个剧本，我仿佛听见一位朋友告诉我，那就是什么教育部审定的通俗剧本（？）之一：这还有什么话说呢？通俗的剧本自然是可以迎合多数的看客的心理，那又何不演营业剧场所演的"脸谱戏"，这更可以多得到些募款的。我还听见有人说女高师理化系原来想演某君新编的《遗产》，后来因为排演时看见里面剧情是一位孀妇同她的过继的儿子有一段暧昧关系，觉得不好表演，更兼没人愿演那位孀妇，才改演《多情英雄》的啦！唉！

我很赞同仁佗君说的结束处应该在儿依萨自杀时，不然演到梅拉夫向哥修士孤忏悔，愿为哥修士孤的兵卒赎罪，那真是"新落难公子中状元"的结构了。其实要大团圆，最好想法子把儿依萨复活或返魂，待哥修士孤衣锦还乡时结婚为止；不然像那样一对多情的男女，结局如此的悲惨，实在使大部分看客愁怅的！还有我以前仿佛看见别人的剧评里说过，一个人自杀，除去用麻醉剂外，要是用手枪或利刃自杀，总不会倒地后便动也不动。那晚上演儿依萨的演员，确是用枪自击后便倒在地上没有忍痛挣扎的表情，这总觉得是疏忽的地方。其实这句话已是旧事重提，自然以前说这句话的算是白说。我再来重述，也一定是白说了。

我对于女高师的演员表演的忠诚，确是很满意，就是老老实实指出一点小毛病地方，却没有丝毫不敬的意思。演娜拉的那位演员，像就是演《多情英雄》里婢女那位，伊两晚都能够把剧情演得极有精彩，尤使我表示敬意的。演儿依萨的那位在第六幕时，把儿依萨自杀前犹豫不决的神情也完全能表现出来；不过我还有一点怀疑，在第一幕时儿依萨曾对哥修士孤说过，很反对战争，无论是否为爱国而战，何以后来还肯以一死去激励哥修士孤为波兰而战？

要是他的心理变态,但是那个动机确没有表现出,我也没有猜出来。

此外还有哥修士孤射猎时,何以在同一个地方,会连续的放枪而皆击中。我以前曾在一本给儿童看的书上见过有一个问题,就是:一棵树上共息有十雀,开一枪击之,射中一雀,树上尚余几雀?我想这个答案总要答树上没有雀子才对;因为万没有雀鸟见枪声后还不飞逃的。

我枝节地说了些美中不足的话,确是很抱歉的,希望女高师的演员和阅者能原谅我这样的直率!

一九二三,五,十一

懋芳的死后[1]

在北京动身到上海的前七夜,听到汤懋芳兄在西湖之滨病故的噩耗;仿若泪嚎在云幕中的秋雁,骤失长途旅伴,致落魄丧魂了好几天,一直到今夜——新回到上海的今夜。

何等孤寂的车中生活,虽是细雨飘飞,渡江时怒浪吼号,怎能使我一刻稍忘秋幕下的良侣呢?凄凉和闷郁的悲戚占据在脑中,总不能如车道两旁青山的迅失;那样嘈呶与颤抖,我也只能像一具石像梦惘状的被载到了目的地。

遥闻西湖波,含有悼咽声。

出车站时,冷风砭人,反愈增惆怅;咬着牙齿,叫出这两句,遂跳入了清晨之上海。

我相信懋芳在壮年的死去,总要算中国文坛上面一大损失,或许还是最大的损失。虽然有人以为中国文坛的现代是"创作"出风头的时候;懋芳独愿去做那费力不讨好的文学史的工作,——懋芳的《初民的诗歌》,便是他的未完稿的文学史之一章,已在本刊第二期发表——不是识时务的俊杰,更不是能享时髦大名的文学家。但我却极端相信,文学史工作的重要,总较专门朝制夕露的"创作"工作尤为重要:只要人类想连绵他的文化,和后人欲查考过去的文艺变迁,却非有愿在茫茫沙海内去淘拾金粒不可。我们从他《初民的诗歌》一文看来,那样肯去搜集枯燥乏味的遗蜕,用修史的眼光把斐然的成绩贡献出来,补救已往研究文学者忽略的工作的损失。若是天假以年,他那赍志以没的文学史工作得以完成,定更有使我们惊奇的伟大成绩贡

---

[1] 原载《民国日报》副刊《文艺旬刊》第7期,1923年9月6日。

献于文坛。

——这样的损失有多大呢？

谁能回答，谁又愿意回答呀！

在我伤悼懋芳之余，我遂连想到文学史工作的重要，尤其是中国有一部完全的文学史的产出；虽然有人已从海外转贩许多到中国来，但总不免有中国这部分不完之憾。这种工作至低还有两种重要的使命：

（1）把中国已往文学得贡献于世界文坛；

（2）使人知道编文学史的材料，并不如一般专事创作者以为这是艰巨而难觅，遂望洋却步。

我这一篇在旅途疲劳后草的短文，不单是只为抒泻了我小部分悼伤的泪，却深望有人能出而继续懋芳这未完的工作！

一九二三年九月三日夜九时

弁　言①

我们这一次在民国日报的双十节增刊里，为这已故"无名诗人董嚼辛"出介绍特号，有三层理由：

一、董嚼辛的生命虽是很短，差不多在古今中外都要算一个短命的诗人。按那"天才不永年"的定例说，嚼辛早死，本不足惜；但我们读过他在短生命中所遗留的诗的人，总觉得这几许尚未能充分表现出他那卓绝的天才来，就不能不为这无名而短命的诗人可惜了。况他死的时候，方是中国新文学创始时代，有那样天才的产品，是值得介绍的。

二、从文学史上观察，中国历代所遗留下来的书籍概分为经史子集四部，就中集部才算是纯文学遗品，我们一定要庆幸集部在那里面比较占多数；然而我们若以几千余年长远的历史，数十朝代来比较，集部就不能不说是太少。而史册关于文学作品——入艺文志等类——的记载，也是寥寥无几。则要怪当时的印刷术没有现代便利，还有种种原因，所以虽有大天才的遗品，也因而不能流传下来。证以我们读书时，每每见到别人在书上征引或记述许多为我们所不知名的人的一鳞一爪作品，便可确信从前一定有许多好东西，已不幸湮没了。国内自新文化运动后，从事文学者的多数，我们已在各种刊物上看见他们的作品；但一定尚有许多无名作者见遗；像董嚼辛就是其中之一。这也不是因他的作品是不合那些刊物的编辑先生们的口味，被压下来而成无名诗人，实在是因为他是在交通不便的四川，限于地域，所以有许多人未能发现这蕴生在山中之宝光。我们这一次介绍这位已死的无名诗人，是想，一则把他天才的产品些微介绍出来，一则希望将来修文学史的人

---

① 原载《民国日报》副刊《文艺旬刊·国庆日增刊》，1923年10月10日，署名白星。

要注意那些无名作家,至于嚼辛因此而在文学史上占得几页,更是幸事了。

三、双十节是我们纪念已故去为国死难的日子。自然,那些缔造国家的先烈姓名,是早已映在我们心中;但我们相信一定也有许多无名先烈为我们所不知道的。我们从事文学的人,在这双十节里,不尽是纪念为国而死的先烈,总要想起已故的许多文学作家;因为他们的建造文艺之园的功绩也与那些先烈建造国家一样,并且一国的荣幸,大部分是要赖着文学的。所以我们今天不但要想起许多已故的文学作家,更想起这位无名诗人,并为他出一介绍号。

碎　感

"褒衣缓步，白发死章句：此士而已者，汉高所以冠溺之耳。"

——申涵光《马旻徕诗引》中语

（一）

在国内，偶然同一些朋友谈到国内现在文化运动的"急务"，曾如下面这段所写，表示我的愚拙之见。

国内这几年来呼声入云的新文化运动，实际上只是有些微的成绩，不过是表面的解放或欧化一点。其实，我以为这于文化运动，尚不算是紧要的；因为一国的文化，自有它以往长远的历史所遗留下来的灵魂。——或实质——此不但为过去无数的天才所递嬗，圣者授受的思想之枢纽，及民族精神连绵的结晶，所成之一种的特固彩色；实为其一国文化之得绵延和光大的渊泉及里粹。其与那一国，一民族的关系，亦精神互连，整个的不可分判。故后之来者，虽仍不能继此将文化之渊泉，从事导疏而发扬之，方可致其得永绵而更光大，为永有新的生命辉耀之文化。不然，只徒朝摹暮仿于素不相关涉——纵的方面说——的外来文化，忘却或舍弃自己国度文化所有特殊魂质，即使能够免脱于浅薄之形似，也只是别人之整体，何况甲国与乙国或甲民族与乙民族之文化构成的里粹，各为甲乙。其关系亦久相分判，甲绝不能整效乙，乙亦不能整如甲，其所成就，徒得糟粕而已。这样，不但与自己文化之绵延及光大无益，而适足以妨碍。虽事实上不能不说受潮流和时代进化的原故，为种种便利计，有时彼此借助，因而互受影响，然其内质则必各充

---

① 原载《民国日报》副刊《文艺旬刊》第16、20期，1923年12月6日、1924年1月25日。

溢其历史相沿，民族精神结晶成之文化的所遗的特色宝光。所以我认为我们对国内现在文化运动的急务，不单是在忙忙的输贩欧西文化的工作，而在使中土文化之复兴和光大。

这需附以解释，我所谓使中土文化之复兴和光大，也不是如一班顽固守旧者之见，拼命抱残守缺，徒迷恋于旧故之境，而不知加以整理。"穷则变"，中土文化之渐就颓，是无容为掩饰的，要想使它复兴，自非于固有的文化之渊泉从而导疏，更变易其新的生命，创造与时代共进的文化不可。固然，我们历代留遗下来的文化实太典美隽伟，足为我们国度及民族之光荣，因此益使我们不胜爱慕之至；但其间一部分已成历史上的遗物，一部分或必须重估其质，一部分因某种原因湮没已久，待我们整寻。总之，经此长久的年代，时势的变易，一国一民族的文化日必新荣和创进方能自守，才能得绵延而更益光大。所以现在非急加力于整理和创植不可，因为复兴与光大是相依的。

复次，我对于倡中西文化调和论者亦赞同，这是因时势的所趋向的。但我以为两种文化的调和，只能互为影响，若必甲强为乙，乙强为甲，仍为不行。并且两者只能以精粹相渗溶，绝不能整个如吞果核而反生哽噎之患。因此，我以为现在我们若做介绍欧西文化工作，则必加以有眼光的适宜的选择；而我们更应急对于中国固有文化使之复兴和光大，然后进一步与西方文化调和以产生新的文化。

以上这点小小的感想，在国内几次想写出，都因事中止了，现在受波涛的倾斜，很不适宜于用脑和执笔，反勉强颤抖着写成，定是有很多词不达意地方。但我在发船晕中偶然想起国内的近状，虽是在航程近赤道中，也不禁流冷汗：这不仅是自惭自愧，实在觉得国内从事文化运动工作的，现在已有少数分工而为整理中土固有文化之务，不过于内质上从探讨者固有，而大部分却徒于外形上着眼——我很杞忧。

十月二十一日，南海上。

（二）

轮行在麻喇甲峡中，吃过午饭，走上甲板去散步，和一位中国朋友很谈了一阵话。自然，因为种种关系，又在彼此新离中国作航客时，谈话的论点，要集中于国内现状的，虽是已有短期的隔绝。

不满意，生慨感，谈到任何事任何问题的末了，彼此只互以苦脸相向，失意的摇头；甚或不愿如"流泪眼之看流泪眼"，到一结论要发出时，截然不语了，只去仰看藐傲的白云，或俯视长啸的蓝波。

吁，吁——这是相应的叹息声。

灰色幕下的沙漠般的国度，觉得酷冷或寂寞已不是我一人。但它确是在不久以前，仿若因受了远处海洋风波的激荡，也曾震惊动颤一两下，似乎如垂死病者之复苏，有些微的暖。不过那终是外面吹来的热风，不是它所固有已蛰潜待消沉的热温重发或再生，所以在一瞬间它又仍复成卧在冰洋中的寒鸟样，使人觉得冷成不可向近。

好在它以前曾大言不惭，自宽慰而解嘲的说过："我们是'睡狮'，只要有一下会'醒'……"

这样的好"睡"，怕已长成陈抟的仙梦……

——何时"醒"呢？

——永久"酣睡"……

无聊的我走到舱内去，懒懒写出下面这段碎感。

那样混而乱的环境，所谓"民"者的背上压得那样重：虽然有人在大呼"文化普及"，"平等教育"；我总不敢相信群众忽醒之可能；但有一俗语"乱世产天才"，也很使我不相信了。在两三年前曾同朋友谈过：

"不怕能不……只怕大天才——大哲士，大文学家——的不能产生；或许这即是民族衰亡，文化颓沉，一切混乱之由。"

虽是这很觉得武断，我总自信有一点理由的。而如今又已过了几年，友人慰我拭目以望，引领所遥瞻，东方新生之凤，终未产出！

失望吧！

昼梦呢？

永把希望慰以在远远的将来。

——然而如今我觉得凡事不经磨砺和努力不能成功，怠倦的民族确尚在酣眠之间；即"天才"，"天"字我很怀疑了。

船簸得厉害，我暂时停笔回想国内状况。

因随性之所好，我对于国内文坛曾留过心（？）。但我记得几月前尚在北京时 M 兄同我说过：

"不怕没有伟大的作品产出，只怕是浅薄者弄坏。"

我当时却很滑稽的回答：

"没有天才的又不努力，只徒盗一时之名，那只有学一辈子时髦，浅薄一辈子，自然弄坏的责任他们要负一点。"

又记得有一些朋友，把"浅薄"二字用成了口头禅。

固是，新旧之争——一部分还是"文白之争"——现在看来是好笑；但没有永久性的作品产生，总令人要口滑而说出"浅薄"二字，尤其是敌人们要白眼相向而笑。

确是，大多情愿用几分钟便便易易糊成一个纸匣，并且马上可以陈列在市场里，使得一班人赞誉工作之精，因为他在外形上很美饰过；谁肯去做那长久而巨烦的工程，建筑一质坚而伟大的庄严之宫……

十月二十四日

"五四"文艺节的意义[①]

文艺工作者选定在"五四"举行文艺节,当然不是出诸偶然的。

二十八年前的"五四",并不是如有许多只见事物表面而有意抹杀事物的本质的人所说,只是一个空洞的"新文化运动",而更不是某些无气节文人所沾沾自喜的以为是"白话文运动"。像现在全中国人民正在苦难中求生存之际,而他们只在说些公文要用白话文之类的无关痛痒的话,便以为发扬着"五四"精神,那便不只是小丑们玩的对当前严重问题避重就轻的手法,简直是存心想连整个问题的提出都掩蔽起来;他们不敢,也不配来谈"五四"的。这道理极浅显,须知所谓白话文并非就是文化运动或文化革命的本身,更非是追求的目的,白话文也一样可以拿来颂扬强暴或阿谀权贵的,正如他们所作的一样。

"五四"的本质简单的就史实及发展说,是二十八年前中国不愿做内外主子的奴隶的人民,向侵略中国的帝国主义和奴役人民的封建军阀所发的一个斗争信号,要求民族解放,要求思想解放和要求政治民主的斗争信号,而且不只是信号,是以广大人民的正义力量来实践了的。文艺工作者若果不自外于广大人民,文艺若果该反映时代,甚至进一步应该去推动和领导时代,那么,中国自二十八年前的"五四"以后的新文艺运动,是始终当循着这一条正大神圣的道路迈进的。将"五四"与文艺结合,乃至我们文艺工作者以"五四"为自己要郑重纪念的节日,其历史的与现实的意义便在于此。

是的,凡是一个节日总是有着神圣意义和价值,我们文艺工作者值着这个节日,不仅要认清它,记得它,而且是当以宗教般的诚心来纪念庆祝;更

[①] 原载《华西晚报》1947年5月4日第3版,《文讯》第15期《文艺节特刊》。

要紧的是，我们要在工作和实践上坚持和表现。在当前这苦难的时代，恐怕也只有这种宗教般的虔诚，才能支持我们循着我们文艺工作的应走的正道迈进呢。

一九四七年五月

新春试笔谈杜甫[1]

——诗人的生日、守岁诗及其它

"诗卷长留天地间!"

——杜甫

今年是我国最伟大的现实主义爱国诗人之一杜甫诞生 1250 周年,世界和平理事会已通过将杜甫列为世界文化名人之一,即将在全世界各地举行盛大的纪念。杜甫于唐玄宗先天元年(公元 712 年)诞生在河南巩县。至于他的生日的准确日期,过去从宋代吕大防的《诗谱》起始,以及其后各代其他很多人所作的年谱、传记都一直缺乏记载。几年前四川文史研究馆集体编写的新的《杜甫年谱》(四川人民出版社 1958 年出版)中,找出了足征的文献。《杜甫年谱》的编写者和专家们经过审慎的集体研究,用杜甫自己的两首诗互证,才明确地提出了杜甫生于正月元日的论断。关于这个问题的解决,《杜甫年谱》的原文如下:

据《京兆杜氏工部家诗年谱》:"公生于是年正月。"天宝十载(公元 751 年——如稷注)《杜位宅守岁》诗云:"四十明朝过。"又大历三年(公元 768 年——如稷注)正月《元日示宗武》诗云:"赋诗犹落笔,献寿更称觞。"据此可定其生日是在元日。(《杜甫年谱》第一页)

我们认为这一论断因为它的论据具体可靠,是能使人信服的。这虽然只是一种考据上的贡献,但是对我们研究杜甫的生平和理解杜甫的诗意都有帮助,因而也就有了文学研究方面的意义和价值,是不能只当作文人逸话之类

---

[1] 原载《新港》1962 年第 3 期。

等闲视之的。

据《杜甫年谱》的论断计算，1962年2月12日正是我国这位最伟大的现实主义爱国诗人之一的杜甫诞生1250周年的日子，很值得我们重视和隆重地纪念。因此，现在我在新春试笔之时，自然会想到谈谈杜甫，特别是首先着重地提到他的生日。正因为我们知道了诗人恰巧生于新正元旦这个不寻常和容易记忆的日子，便可以更大大地增加我们欢度今年新春的兴致。并且最有意义的是，我们由此必然会以杜甫对世界文化宝库的杰出贡献而感到自豪！也会因我们有感于杜甫的终生穷愁的身世遭遇，而更加热爱中国共产党和毛主席给我们今日的幸福生活和光辉前途！关于杜甫的穷愁失意，本来，在杜甫的全部诗集中，真是逐处都可以找到很具体的例证，就只以《杜甫年谱》作为确定杜甫生日的论据之一的《杜位宅守岁》这首诗为例，稍加分析，也可充分说明的。

天宝十年除夕，杜甫在他的从弟杜位家中团聚守岁时所作的这一首诗，全文是：

> 守岁阿戎家，椒盘已颂花。
> 盍簪喧枥马，列炬散林鸦。
> 四十明朝过，飞腾暮景斜。
> 谁能更拘束？烂醉是生涯！

杜甫这位从弟杜位，是当时大权奸右相李林甫的女婿，官场中的红人。他于除夕在宅中张灯结彩大排筵宴聚集亲朋守岁，自然是会有一班趋炎附势之辈，高照火炬，乘着华车肥马，前来大捧其场的。所以诗中特别以"盍簪喧枥马，列炬散林鸦"来描写这种富贵和热闹的场面。我们的诗人在那时虽然自己正是穷愁潦倒困苦不堪，早已不免常常去亲朋家寄食度日，但他对像杜位家这种豪门华筵，以诗人的素性来说自不愿参与的，而现在他却终于去了。我认为主要原因是正如他所作另一首诗《示从孙济》（同是天宝十年所作）中曾说的："所来为宗族，亦不为盘餐。"平素笃于族谊的诗人，绝非也同一班名利之徒那样，是为了趋炎附势而来凑兴，所以他对这依附权贵之辈的宾主相对的官场应酬礼节，自会颇不愉快地感到十分拘束，而再一触景伤怀地联想到自己近几年来旅居长安的种种遭遇，更不禁十分愤慨、感叹起来了："四十明朝过，飞腾暮景斜。谁能更拘束？烂醉是生涯！"这是诗人对于自己逝水般虚过的四十"强仕"之年的牢骚，同时也是由于他那时已经有了近数年累积起来的亲身体验，深感到倘不依附权贵、趋炎附势，飞腾定然无望；所以诗人才表示，岂能再忍受这种恶浊虚伪不堪的礼节的拘束，并且在诗的结句中，用牢骚反语鲜明地表示了自己的态度，愤懑地说，与其同流合污，倒不如我行我素地且过纵情烂醉的生涯！

谈到杜甫这一首《杜位宅守岁》诗，我们不禁又联想起就在那一年的前五年（天宝五年——764年）杜甫也是在除夕时所作的一首《今夕行》：

今夕何夕岁云徂，更长烛明不可孤。
咸阳客舍一事无，相与博塞为欢娱。
冯陵大叫呼五白，祖跣不肯成枭卢。
英雄有时亦如此，邂逅岂即非良图。
君莫笑，刘毅从来布衣愿，家无儋石输百万！

我们在这首诗中感到的正是诗人的一种壮年豪放不羁之情的流露。我们知道，在这一年，正是杜甫结束了近十年的齐、鲁、梁、宋的壮游，再只身去到长安以寻求仕进机会的初期。这时，可以说他在仕路上才跨出第一步，还幼稚地以为人生旅程是广阔平坦的，尚不曾感受到跋涉崎岖艰辛，所以对于个人的前途发展和他那有名的"致君尧舜上，再使风俗淳"的抱负，正怀着希望，因而充满了乐观情绪。所以，虽然除夕客居旅舍，也还有兴致随俗应景与偶然会合的人"相与博塞为欢娱"，而即在赌运不佳之际，也还风趣盎然地用"英雄有时亦如此"以自解嘲，甚至诗的结束还引用晋代叱咤风云、击败桓玄、与刘裕争胜的英雄人物刘毅豪赌的故事，来表示壮士盛年的不可一世的狂气。但我们再看看天宝十年的《杜位宅守岁》诗，其中不只充满了愤慨和牢骚，更明显的是那种在杜甫诗集中极少见的，纵酒聊度生涯的颓废情调。时间仅仅相隔了五年，诗人心情之所以有如此的差异，这自然是与他近几年在长安种种失意，和他看到唐室已经因玄宗的荒于政事将致大乱有关，而更重要的是，这时诗人对社会人情已经有了一些新的认识。真的，这一年（天宝十年）在杜甫的生活遭遇上，可以说是已狼狈到了不能忍受的地步。这一年，他还继续怀着爱国用世的志愿，不但到处求人汲引援助，饱尝"骑驴十三载，旅食京华春。朝叩富儿门，暮随肥马尘。残杯与冷炙，到处潜悲辛"的苦味，甚至在继献《雕赋》毫无所得之后，又于这年怀着更大的希望献上《三大礼赋》；满以为既然《三大礼赋》得到了唐玄宗赏识，可能授以一官半职，幻想着可以从此便实现了"立登要路津"，不仅能够解脱眼前生活上的困窘，还能逐步施展胸中的匡时济世的抱负。但结果呢，却大谬不然，真是事与愿违。杜甫所获得的只不过是奉命"待制集贤院"，终于得到了一个空名闲位，即是说"奉命"还要"坐冷板凳"。而且，仍旧不免要忍气吞声地去再遭受当时一手遮天、为玄宗宠信的奸相李林甫的忌刻和压抑，甚至，贫穷迫人，至于到了有时就不得不放下诗作，暂时以卖药为生来苟活下去。早就衣食不周、狼狈万状了，偏偏又因长时期的失意辛苦，弄得身体未老先衰，壮年白头，此时的杜甫本已颇有日暮晚景之感，而又不幸的是，到了秋天，便在长安那年淫雨成灾之后，弄得重病卧床，患着疟疾达百日左右之久，病愈后也无力得到调养，久久不能复元；而且，偶然因为有一位朋友王倚怜他病后憔悴，治备了好的酒菜款待，这样就使诗人大为感激不已。所以，在作这首守岁诗之前不久所作的《病后遇王倚饮赠歌》中，诗人曾反复吟咏他深为这友情所感动，如：

……

且遇王生慰畴昔，素知贱子甘贫贱。

酷见冻馁不足耻，多病沈年苦无健。

王生怪我颜色恶，答云伏枕艰难遍。

疟疠三秋孰可忍，寒热百日相交战。

头白眼暗坐有胝，肉黄皮皱命如线。

惟生哀我未平复，为我力致美肴膳。

遣人向市赊香粳，唤妇出房亲自馔。

长安冬菹酸且绿，金城土酥净如练。

兼求畜豪且割鲜，密沽斗酒谐终宴。

> 故人情义晚谁似？令我手脚轻欲旋！
> 老马为驹信不虚，当时得意况深眷。
> ……

在这里我们正可以看出，杜甫对于王倚的赊来的米，家常的酒菜，确是真心喜爱的，对贫贱之交的王倚，也是真情相与的；但是，另一方面，诗人对从弟杜位府宅的豪华酒宴，以及对为了趋炎附势而来捧杜位的宾客，却是表示极大的不满和厌恶。两相对照，我们对于诗人的穷愁不堪和诗人之所以穷愁不堪，也正可以仅从我们在上面所谈的两三首诗里，具体地感受得到的了。

的确，我们的伟大的诗人，虽然为我们留下很多永垂千古的光辉杰作，对世界文化宝库作出了不朽的贡献，但是，他的"致君尧舜上，再使风俗淳"的抱负，却终生未能得到施展的时机；而就是在个人生活方面，也是极度穷困到非常人所能忍受的地步。因此，今天我们在"春风杨柳万千条，六亿神州尽舜尧"的毛泽东时代来纪念诗人，就必然会为诗人的宏大志愿和他在艰辛生活中的奋斗精神，以及他的丰富的诗作的成就所激励，更加热爱中国共产党所带来的幸福生活，和更加勤奋地建设光辉灿烂、壮丽雄伟的社会主义社会！

时值新春，古人说："一年之计在于春。"在大家欢度新春之际，我一想到我国人民将和全世界人民一同隆重纪念杜甫诞生1250周年的盛举，不仅满怀欣喜，感到自豪和鼓舞，也还产生了一点祝愿：愿我国人民在毛泽东思想的指导下，在继承杜甫所留下的丰富的遗产，使之成为社会主义文化的养料的工作中，取得更大更多的成就。同时也觉得像我这样的居住在四川的人，应该在这一工作中尽更多的力量。在杜甫一生的五十九年中，有大约十年的时间（公元759年——768年）是在四川度过的，现在所存杜甫的一千四百多首诗中，有四百四十多首是在四川所作；杜甫与四川的关系和情感，就为我们准备了研究杜甫的优厚的历史条件。而特别值得提起的是自从新中国成立后，党和政府便十分重视杜甫对祖国和世界文化的伟大贡献。整修了原有的已近于荒芜的破烂不堪的成都"杜甫草堂"，作为对诗人的永久性纪念。成都"杜甫草堂"近年来已搜集到有关杜甫的文物数千件,而最值得珍视的是,收集的自宋代至今日不同版本的杜诗、各种外国文版本的杜诗和研究杜甫的书籍,已达一万册以上,这样正把那 400 年前明代大学者杨升庵(慎)所称道的"杜甫草堂天下稀"做到了名副其实。而这些正是我们研究杜甫的空前未有的良好条件。所以我希望大家充分加以利用,希望国内各地爱好杜诗的同志,知道了有这个良好的条件,也从各方面更好好地利用。因为这一定可能在今年使我们对杜甫研究做出更多的贡献。我个人虽然学力浅薄,也极愿意追随诸同志之后,进一步对杜甫的遗产好好地学习和研究,至于这一篇匆匆写成的试笔短文,只不过意在抛砖引玉和得到大家的指正。

1962 年春节前夕,于四川大学铮园

如诗如画的《南行记》续篇[1]

艾芜青年时代，曾在缅甸和我国云南一带，饱尝过五六年流浪生涯的辛酸，他在漂泊的旅途上出卖过力气，在昆明红十字会做过杂役，在荒山野岭的小店里扫过马粪，旧世界无情的现实，给他上了"人生哲学的一课"。因而，他的心底充满了愤然昂然的不平之情，他下定了决心，打算把他"身经的，看见的，听过的，——一切弱小者被压迫而挣扎起来的悲剧，切切实实地描绘了出来"[2]。于是，一九三一年他到上海，同沙汀一道，在请教鲁迅先生之后，毅然走上了文艺创作的道路。一九三三年他就出版了第一本小说集《南行记》。这本描写他早年流浪生活的作品，在读者中所产生的深远影响，年长一辈的人自然是不会忘怀的。《人生哲学的一课》、《山峡中》、《松岭上》、《在茅草地》、《我诅咒你那么一笑》……或暴露、或同情，那底层流浪者的悲苦命运，莫不给人刻下深深的印记。多年以来，我们就期待着艾芜，期待着他把自己早年那些生活经历，作更多的描画。而艾芜本人，也早有继续写《南行记》的宿愿，并且在解放前抗战胜利后，写下了《僧友》、《月夜》等续篇，已先后在一九四八年成都出版的《民讯》和一九六一年的《四川文学》发表。但解放前由于种种条件的限制，艾芜写《南行记》续篇的宿愿，终于未能满意地实现。直到前年，艾芜有机会重游南行旧地，才满怀激情、文思泉涌，又欣然命笔写他的《南行记》续篇。这于作者来说，能够如愿以偿，自然是莫大的快慰；这于我们来说，盼来了盼望许久的珍品，又自然不能不格外兴奋！

---

① 原载《四川文学》1963年第4期，与尹在勤合作。
② 艾芜：《南行记·序》。

《南行记》续篇已经发表的有《玛米》、《野牛寨》、《芒景寨》、《姐哈寨》、《澜沧江边》、《边疆女教师》等篇。这些作品，之所以称做续篇，因为它们在内容与形式上，都与《南行记》颇多相通之处：两者都同样写南方边疆的生活、人物，而且同样都有着清新明丽的艺术风格。但由于写作的时代不同，两者又有着显然不同的基调、不同的社会意义。《南行记》所写的生活，总或浓或淡地抹上了旧时代的悲凉色彩，所写的人物，比如野猫子、夜白飞，虽然也有挣扎，有反抗，然而他们终不过是旧时代的浪子；而续篇的艺术笔触，虽然也伸进了昔日的苦难深渊，颇多往事的追忆，有的还纯系写旧时代的人物，但字里行间却都充溢着欢快昂扬的激情。这是因为，艾芜在不同时代，是站在不同的思想高度，来分析、观察和评价社会现实的。《南行记》续篇在艾芜的短篇创作中，是别具一格的。它表现出了作家在广阔的生活与艺术领域中一种成功的探求。

《南行记》续篇一个最突出的特点，是饱含着深深的激情。这些作品，笔酣墨饱，写过去的旧事，愤然昂然的不平之情，依然如故；画当今的新人，欣然陶然的欢乐之情，溢于言表。作者惯用第一人称"我"开展故事，雕镂形象，如话家常，娓娓有致。艾芜作品中的"我"，既可以视为作品中的人物，又可以看成是作者自己。作为前者，"我"写得有声有色，笑语音容，宛然在目；作为后者，叙事言情，格外亲切，自有一股撩人心弦的力量。这恐怕是因为，艾芜真正在生活底层的激流中奋争过，在人生崎岖的里程中跋涉过，而如今又生活在真正欢乐的时代，所以他的感情，就尤为深沉，尤为炽烈，而一经抒写出来，自然分外饱满。这种饱满的激情，在纯系写过去时代的《玛米》中，在今昔悲欢之情交织的《野牛寨》、《芒景寨》、《澜沧江边》中，以及在完全写新人的《姐哈寨》、《边疆女教师》中，都不同程度地自然地流露了出来。

比如《玛米》。它写三十多年前，在喀钦山中，一位叫玛米的傣族姑娘，在日常往来中，对一位汉族青年产生了爱慕之情；当地土司下面的官，却抢先抓了她，霸占玩弄，使她陷入她妈妈当年同样的悲惨命运。艾芜特别注明，这篇作品"一九六二年一月十二日开始写于允景洪，二月三日写完于小勐仑，西双版纳热带植物园"。很显然，这是作者重游昔日流浪旧地，此情此景，引起了他对往事故人的怀念，从而命笔成章的。玛米的形象，就是以这种深深的怀念之情，刻画出来的。

玛米这位"常常穿着水绿裙子的姑娘，浓黑的辫子盘在头上，红黑的脸上，闪着两个明亮的眼睛"。她常常与一群傣族姑娘一起，来往于甘崖坝子和八募平原之间，挑运笋子、芝麻、洋纱洋布之类的货物，中途就在一家小客店里住宿。住下来，她们便自己烧锅煮饭。就是因为玛米煮饭，那汉族青年给她提水，二人有所交往，玛米就暗暗从内心对那店伙计产生了爱慕之情。自然，玛米的这种脉脉深情，还只能算做一种单恋，因为那店伙计，虽然也怀着一种纯洁真挚的感情与玛米交往，但是，他的内心深处，却抱着这样一种坚定的信念："我不想老早就结婚，要像鸟子一样，飞得更高，飞得更远，不应该自己把一个石头，吊在足上。我离家出走的一个原因，正是由于丢弃了那个可能吊在我身上的东西。"由于有了这种信念，因而他对玛米始终只停留在同情的地步，而从未跨进爱情的门槛，以至玛米苦苦劝留他时，他只是委婉地感谢她的好意，安慰她说："我不回去。"在爱情问题上，玛米的心地是纯洁无疵的，店伙计青年是正直无邪的。尽管他们没有可能双双相爱，但他们各自的情怀，都是坦率和美好的。玛米的命运是异常不幸的。这种不幸，决不能归咎玛米或店伙计，而只能归咎于可恶的旧世界，归咎于那些野兽般的酷吏！但是，那个不明事理的老板娘，却偏偏责怪那店伙计。一种复杂的沉痛之情郁结在店伙计心中，他没有多作分辩，只是决定出走，到缅甸的仰光去。他果真走了，"只是低头走着，感到自己像犯了罪似的"。这种难言之愤，是对旧世界狠狠的诅咒。

我们有理由设想，艾芜是把自己早年的生活经历，渗透在作品的人物身上的。像《玛米》这样的作品，虽然纯系写过去时代的人物，但也可以帮助人们形象地了解过去，更可激起人们加倍地热爱今天。在当今的文艺园地里，对于这样的艺术品，人们是需求的；老一辈的作家，发掘出自己未曾写完的生活经历，对于我们创作的繁荣，也是有好处的。

如果说，《玛米》所饱含的感情，主要是对旧世界的愤恨之情；那么，

《野牛寨》、《芒景寨》、《澜沧江边》所饱含的,则是愤恨和欢乐交织在一起的感情。如果说,《玛米》是艾芜发掘运用自己早年未曾写完的经历的一种可贵的探索;那么,《野牛寨》、《芒景寨》、《澜沧江边》,则是作家运用短篇形式,集中对照表现不同时代的人物的一种成功的追求。

先说《野牛寨》。作者此次重游旧地,在一个叫做野牛寨的地方,看见女社长和她的女儿淑英,猛然间觉得很有些面熟,使他联想起了三十年前,在喀钦山中所遇到过的一对母女:徐妈妈和她的女儿阿秀。后来问明,这女社长就是当年阿秀的妹妹阿香,而淑英则是早死去的阿秀留下的女儿。在不过两万字的篇幅里,作者把旧世界的苦难,新生活的欢乐,那么鲜明,那么生动地描绘了出来;把阿秀母女三代的不同命运,那么巧妙地串连衬托出来了。有的同志对这篇作品作了热情的肯定,那是应当的;但就在肯定这篇作品的同时,却发出了一种令人难以苟同的意见,认为《野牛寨》"……构思也并不巧妙,甚至可以说,这本来是一个巧合的故事,作者却没有在艺术构思上下多少功力,因而,我们看起来还不免有结构松散,不够紧凑的遗憾"[1]。我们认为,如果仅仅把这篇作品看成是作者随手记录的一个巧合的故事,那不仅对《野牛寨》,而且是对整个《南行记》续篇的典型意义的低估;而不加分析地说《野牛寨》结构松散,也未免主观。这里且谈谈我们粗浅的意见。

《野牛寨》写作者昔日流浪过的旧地的巨变,既追忆往事故人,又礼赞新人新事,作品情思交集,贵在真切。故事自然可以说是巧合,但却不能否定作者在艺术构思上的功力;结构自然是灵活一些,但却不能谓之松散。作品开头一段,写野牛寨的景色,绿叶茂密的树林,蜿蜒奔腾的江流,灿烂的阳光,金黄的稻田,莫不令人遐想悠思、举目神往,诗情浓郁、画意盎然。它们既不显得堆砌,又不显得多余,而是女社长、淑英这些新人形象出场的开阔背景。接着女社长出场,作者写她的外貌,并由此而引起了联想,想起了曾在喀钦山中见过的徐大妈来,跟着又出现了淑英,又使"我"大吃一

---

[1] 谢帆:《旧地的抒情》,载《人民日报》1962年9月30日第5版。

惊，几乎要叫一声："阿秀，你哪里去来？好久没见你了！"这一大段，作者把意外乍逢旧人那种复杂的惊喜之情，绘了出来，而且绘得如此自然、真切，难怪使人以为它只是一种巧合的实录！其实，这当中是有着别具匠心的艺术处理的。作者所构思的巧合情节，包含着一种深刻的必然性在内。作品中间一大段，是从回忆之中写故人，占了作品篇幅的一半。这一大段，写阿秀母女如何为求碗饭吃而辛勤操劳，又如何因为谣言和山官看中了阿秀，而母女俩被逼偷偷越境到缅甸去，似乎独立成篇，也不失为好作品。《南行记》里面的一些篇章，就正是如此。然而，作者却是把它作为一段往事的回忆来处理的，妙处在于：从新时代的高处看旧时代的低处，看得更为深透；从幸福的此岸遥望苦难的彼岸，则能使人身在福中更知福。这一大段的思想和艺术的力量在此，作者的匠心也在此。而这一段，又与前后两段紧密勾连吻合，如果没有这一段，只把前后两段联在一起，作品显然是会失诸平浅单薄的；而能够写出这一段，又正是艾芜成功地运用了他早年的生活经历。作品最后一大段，点明女社长、淑英与徐大妈、阿秀的关系，点明阿秀在旧时代悲惨的死，而又通过阿秀遗留下来的女儿（淑英）在今天的蓬勃向上，热烈地歌颂了新时代的美好光明。这一段在构思上是十分巧妙的，它没有让人物静止地坐着对谈，而是让女社长、淑英母女，领着来访者在跃进大堤上边走边谈；在对谈中，既追忆了一些辛酸的往事，又织进了野牛寨火热的生产图景。悲痛、欢乐，交融一体，给人情感的琴弦以有力的拨动。而正因为有往事的悲痛，才更加倍觉得眼前美景的欢乐；又正因为有了眼前美景的欢乐，也才更觉往事悲痛难以言状！请看写追忆阿秀之死时，作者面对冲走阿秀的江水，抒写出了一种何等撼人心胸的情怀：

> 蓝色的江水，缓缓地流着，抹上一层晴朗的阳光，显得多么明亮、美丽，原是给人一种清新怡悦之感的，却一下子变成了可怕的巨蟒，无情地把一个鲜花也似的女子，一口吞食了。我想起阿秀说过，"总会有地方让我们活下去"，竟然无法实现。阿秀的一生，就只是证明旧世界，多么野蛮残酷。唉，几千年来岩石似的旧世界，不知压碎了多少美丽的生命呵！

又请看作者面对阿秀的女儿淑英，所倾泻的礼赞新时代的情怀：

  我惊异地睁大了眼睛，想把赵淑英看得更清楚一些。……天呵，她的背影，不就同阿秀一样么？我恍惚觉得阿秀又在我们新世界里复活了。新世界就展现在她的四周和脚下，……阳光正为她发出灿烂的光辉，山花正为她显示鲜艳的颜色，鸟儿正为她婉转着歌喉……我才抹下眼角的泪珠……心里禁不住想："幸好这个世界是我们的了！"

《野牛寨》笔力的集中点，自然是写人：写徐妈妈、阿秀，写阿香（女社长）、阿明（淑英），以及写店伙计、老板、老板娘等等。而阿秀母女三代，更是其中的焦点。阿秀—淑英，徐妈妈—女社长，虽然她们各各都是母女关系；然而，她们又分明是同一种性格在两个不同时代的缩影，她们有性格的相通之处，却又有命运的不同之处。作者正是通过这两对典型性格，联系而又对照着的刻画，展现出时代的变化。基于这点，我们还不能同意这样一种说法，即认为《野牛寨》"故事虽然叙述得动人，写人也还不完全是它的长处。阿秀的性格塑造得比较突出，其他的人物却只能说是她的陪衬"[①]。这种论断，与作品的实际是有出入的。它既贬低了阿秀性格在新时代的延续（即淑英的形象）的典型意义，也忽略了徐妈妈、女社长这两位不同时代的中年妇女的典型意义，而这又正是作者用以表现"幸好这个世界是我们的了"这一主眼的致力之处。作者写《野牛寨》的动机，恐怕主要不是因为在他的记忆的仓库里还有一个阿秀，而却是因为在重游旧地时，见到了当今现实中的阿秀（即淑英）和阿香（即女社长），才引起他联想之泉的奔流的。而且，在作品中除了集中笔力所写的这两对人物外，其他的人物，虽然出场不多，却也给人较深的印象。比如"我"就是一个独立的形象，在过去他是流浪中的店伙计，在今天他是新生活的主人。"我"的活动，"我"的抒情，是作品重要的有机部分，而绝非仅是一种陪衬（当然，"我"对阿秀等的性格起着反衬的作用），一种点缀。通过上述分析，我们认为，对《野牛寨》应作充分的肯定，应公允地道出它思想和艺术的独特之处，而不能像有的同

[①] 谢帆：《旧地的抒情》，载《人民日报》1962 年 9 月 30 日第 5 版。

志那样，轻轻一笔，就把这些独特之处抹掉了。

再说《芒景寨》。这篇作品与《野牛寨》一样，都交织着作者对往事故人的怀念之情；但在艺术处理上，二者又有某些不同：《野牛寨》是由现实引起追忆，又由追忆回到现实，显然分成三个大的层次，它的情节是采用单线步步上升的，而《芒景寨》则是把现实和追忆往复交织在一起，它的情节是复线推进的。

作者重游芒景寨的一个原因，是为探望他早年流浪到这里所认识的一位和尚。在作者的记忆里，那和尚虽很年轻，却做了二佛爷，以后到缅甸仰光又做了大佛爷，他早已下定决心终生出家，不再还俗。但这次作者重游芒景寨，一到就听说"大佛爷前几年就还俗回家搞生产了"。这自然使人十分惊异。于是，作者就急于想见到那位还俗的大佛爷。但作品的情节到这里，却并未直线发展下去，马上点出大佛爷还俗的究竟，而是峰回路转，欲擒故纵，先引出了副社长米康瑞来，通过她的女儿伊温，介绍了她的身世；接着再纵一手，穿插进作者关于大佛爷一段栩栩如生的追忆；然后，才通过访问的场面，点明那还俗的大佛爷，原来不是作者早年认识那位大佛爷岩丙，而是岩丙的弟子波迈罗。从波迈罗那里得知，他的师父岩丙"早死了，解放前就死了"！岩丙为什么死得那样早（从作品中我们可以推算，他死时年仅三十六岁）呢？这个问题，自然又会在我们心中造成悬念。为了解决这一悬念，于是，作品的情节才又接上了开头那根线，通过波迈罗的回忆，来描述大佛爷岩丙的始末。岩丙由于同情并进而炽热地爱上了一位女人，经过颇多周折，他还了俗，同那女人结了婚，生下一男一女，但不过两年，他却又悲惨地死去；那女人，就是作品前面描述的副社长米康瑞，女儿就是伊温，儿子当了解放军。而波迈罗自己呢，解放前继承岩丙的佛位当大佛爷，也并非真心情愿，所以解放后也还了俗，结了婚，有了三个孩子，他还当上了寨里的社长。波迈罗追忆师父这一段，是情节发展的高潮。在这一段里，关于岩丙与伊英（即米康瑞）相爱忠贞不屈的描写，是十分细腻传神的。在封建统治森严的旧世界，一个大佛爷爱上了女人而不畏一切还了俗，这是对吞噬青春、束缚人性的礼教制度的无情反抗和鞭挞。在当今光明的时代里，又一个大佛爷愿意为社会主义贡献力量,而还俗回家生产,这是人们新的精神面貌的展现。而米康瑞,这位勤劳善良的妇女,解放前在婚姻问题上受尽折磨,受尽地主恶霸的侮辱、糟蹋,被逼发出过"我活不下去了,也不想活了"的呼喊,解放后,她却当了副社长,成了寨子第一个傣族女共产党员。她这个形象的典型意义,不言而喻,又是多么深刻!

至于同《野牛寨》、《芒景寨》同一类型的《澜沧江边》,这里限于篇幅,就不细说了。

如果说,《野牛寨》等三篇作品,是由于旧地新人,引起作者对往事故人的怀念,作者的感情表现在这些作品里,还处于悲喜交织的状态,还没有来得及全面展现那些新人在当今的种种活动,那么,最近发表的《姐哈寨》和《边疆女教师》,则全部是描写作者昔日流浪旧地,当今沸腾的生活,崭新的人物,美好的情操。

《姐哈寨》在艺术上,不是用的泼墨,而是用的淡墨,因而在气氛上,看来似乎并不十分热烈。它主要是在幽美的境界中,通过爱情描写,来展现火热的现实图景和人们崭新的思想面貌的。这篇作品成功地写了两个人物,一是汉族干部杜庆希,一是傣族姑娘赫玲贝。

杜庆希,作者写他的时候,主要采用间接描写,通过旁人的口来称赞他的优秀品质,他只在作品的最后才登场。杜庆希作为一个汉族干部,在他身上,体现出了对兄弟民族发展生产和改善生活的关心,体现出了民族地区汉族干部的优秀品质。比如,有一年涨大水,眼看几百亩黄澄澄的稻田就要冲坏了,杜庆希带头下去堵着。又有一次,赫玲贝掉在塘里,要不是杜庆希奋勇搭救,早就没命了。而杜庆希对赫玲贝的两个老人,比儿子对父母还好。他们一有了病,杜庆希总要每天抽空来看,缺什么药,他连夜都骑车子进城去买。在寨里推行双轮双铧犁时,大家不肯使用,怕它会把牛累死,杜庆希就叫支书掌犁,他自己在前边拖,用事实说服了群众……这样好的干部,难怪赫玲贝的父母要把赫玲贝嫁给他,而赫玲贝,也深深地爱慕着他。

赫玲贝,她是作品描写的焦点。作者对她的言行和内心世界,是采用蓄势的手法,层层揭晓的。作品开头,在那棵大青树下出现的赫玲贝,她"上身穿着雪白的短衣，下面围着绿色的筒裙，漆黑浓密的头发，中间用手巾缠了一下，披在颈后，头顶的发上，插了一柄绿色的梳子，她微黑透红的脸上，一双灵活的眼睛，显得神色不安；好像等待什么人似的"。她等谁？这对我们来说，是一个难猜的谜。我们至多只能从作品中那位翻译的口中知道："这个小蒲稍准是在这里等她的情人。大青树是爱情的树子。"而这一介绍，正如作者所说，就使黄昏时候的田野，增加了浪漫的氛围，使人感到有些不平常，富有异乡情调。后来到赫玲贝家里，看见篱门前有五六个小伙子，在那里弹琴唱歌，想用美妙的音乐勾引她出来；但她却不理睬那些小伙子，只一个劲在竹楼上父母身边纺她的棉花。是她不懂得爱情，还是她不需要爱情？不，都不是。原来这样：赫玲贝早已把爱情暗暗许给了杜庆希。作品开头，她在大青树下，就是等杜庆希来赴约的，只可惜杜庆希一时还没有懂得她对自己的真情，而没有来，所以后来她回家还很不愉快，闹出在支书和客人面前不答应父母许婚的小小风波。再有，赫玲贝不理睬那些小伙子，还有一个原因。先前，她响应号召，打破这个地方傣族人怕脏不养猪养鸭的旧习俗，而带头出来养猪养鸭，小伙子们因此就嫌她不干净，谁也不来串她。而傣族的风俗，一个年轻姑娘，晚上没有人来谈情说爱，那是很难受的。赫玲贝当然伤了心。如今她成了县里的牧畜模范，得了奖状，记者还给她照了相，这下可闻名了，不仅本地，连外地的小伙子也跑来找她了。赫玲贝当然用不理睬的办法，去"惩罚"一下那些曾经伤透了自己的心的小伙子了。这篇作品，通过赫玲贝及她周围的人们对待爱情的细腻描写，既微妙地展示了一位傣族少女纯洁美好的心灵，又生动地展示了逐渐形成的新的习俗风尚，新的审美标准。

像《姐哈寨》这样的作品，就其题材选取来说，是新颖的；就其艺术功力来说，是精细的。它虽然没有从正面铺开来写傣族同胞当前火热的生活图景，但透过旧习俗的改变，新风尚的形成，特别是透过赫玲贝这位傣族少女的内心世界，我们却看到了姐哈寨沸腾生活的涨潮，听到了它汹涌澎湃的涛声。

而从《边疆女教师》中，则可以看出，由于作者重游旧地的时候较短，与所写的新人物相处不久，所以他有意避开了对那位女教师作正面的刻画，而是巧妙地抓住了对谈的特点，通过主人公的自述和旁人的感受，来开拓一位边疆女教师的内心世界。这是作家的艺术匠心。

作品中的年轻女教师郭淑敏，是一个颇为感人的形象。她热情、爽朗、直率。这些特点，是她一出场就表现出来的。请听，她是这样问客人的："你们当真要走了么？为什么不多留几天？""你们当真要走那条路么？我真想跟你们一道走走。"这语气，何等亲切！她乐观、倔强，对自己的工作充满了责任感："……我发过誓，除了生病，我不能缺一天课。"通过她的滔滔谈吐，使我们知道，她的这些可贵性格，是在生活的熔炉中，一天一天地冶炼出来的。最初，她也是有着种种苦闷和烦恼的。她想："为什么要做教师，真不该进师范学校呵！"而且遇到的又偏偏是这样一个地方，"朝四面八方望出去，都是山，都是树林，黄昏的时候，学生放学回家去了，多寂寞，我独自一个人，坐在校门口望着山，望着树林，眼泪忍不住流了出来。我想念我的妈妈，我想念那些活活跳跳的同学"。她还有过不切实际的幻想，有过当逃兵的念头；然而，她自己跟自己斗争，咬紧牙关，自己对自己发誓："不能缺一天课，一定要教好学生。"后来她还走出学校，主动关心附近的傣族姊妹，帮她们解决各式各样的问题，比如调解夫妻间的争吵，为病人上山采药，等等。就这样，群众热爱着她，她也热爱着这山寨。像这样的边疆女教师，是值得热情为她唱赞歌的。自然，如前面所谈，可能由于作者对新人熟悉程度的问题，可以看出，他写这篇作品，就不像写《野牛寨》、《芒景寨》、《玛米》那些熟透了的人和事一样，能够左右逢源，驾驭自如。比如，郭淑敏以前对自己的工作那样不满意，那样苦闷，然而，现在却完全是另一种态度了，应该说，这当中有一个复杂的转变过程，但就作品看来，对人物的转变，只较简单地带过，而没有更深入地挖掘。因而，就艺术感染力来说，郭淑敏与阿秀、玛米等比起来，不免略为逊色。

读完《南行记》续篇已经发表的这些作品，我们很自然地联想起了艾芜最近在一篇文章中的一段话："一个人为了生活，不得不离开故乡，到别的地方去，于是在他的生活中，就自自然然产生了第二故乡、第三故乡……假使他有机会写作，那么这些故乡都会成为他取得题材的丰富来源。"①《南行记》续篇的这组作品，正是作者重游自己第二故乡、第三故乡之后，情思交集，怀着满腔的激情而写下来的，所以这几篇作品读来特别感到亲切、动人。而据我们所知，艾芜的创作态度是极其谨严的，他的作品，总是再三放置，字斟句酌，从不肯轻易发表；但自他此次重游旧地归来后，只短短一年，就连续发表了六篇作品，而且这些作品都相当成功。这又从另一个角度，说明了作者对自己第二故乡、第三故乡感情的深切炽热。

---

① 艾芜：《生活基地的深入和扩大》，载《文艺报》1963年1月号。

慎重对待小读者的感情[①]

——与青年习作者的通信

李禾同志：

去年接到你这篇文稿和附函，我看后觉得作为初学者的习作，只要把过于琐屑的叙述和不大恰当的语言加以删改，是有希望发表的，因此，我把它转给《草地》编辑部处理。后来听说那时期刊物为结合当前任务，有时间性的稿件相当拥挤，只好把你的这篇稿件暂时搁置一下，并且早已由编辑部与你通信联系。最近编辑部通知我，决定把它配合六一儿童节发表在《文学窗》，所以我又重看了你的原稿。因为时间限制和眼病的关系，现在只能写一点个人不成熟的，也可能是片面的意见，供你参考。

如你来信所说，你写的故事是你的母亲童年时代一段遭遇，每当她向你提说起这段不幸生活时，你总要感动得沉默无言，久而久之，便依据她叙述的口气作了记录。后来，你又想到虽然这只是你的母亲的过去的痛苦经历，但也未尝不可用来向后代人们说明前一辈人经过如何不幸的生活，而现在人们又是怎样的幸福，从而激发他们对旧社会的憎恨和对新社会的热爱，于是你把这熟悉和深受过感动的素材的记录，再一次改写成这篇作品。本来，像这类属于过去时代的一般题材，要不是从这一角度来做艺术加工处理，即使对于个人来说是极真实和有相当意义的，但因为那总还是旧时代人压迫人的社会里较普遍寻常的事实，早已经有不少人为暴露为抨击从多方面写过，对现在的读者，可能不再引起较多的兴趣，发生较大的教育作用的。你能从艺

[①] 原载《草地》1959 年 6 月号。

术的现实功效上出发，不局限在对你说来是那样熟悉的真人真事范围之内，根据原有素材记录在写作过程中进行艺术加工，你这种写作意图和努力，我以为是很好和应该肯定的。我想《草地》编辑部在《文学窗》上发表你这篇作品，也可能有这种意思。

　　但是，在这里我应向你解说一下，因为我先读过你附来的信，知道你写这篇作品的经过和意图，所以才能如此地肯定。要是只就作品本身来看，我总觉得你的意图还未能完满达到，而艺术加工的努力也是不够的。恐怕一般的读者，读过作品之后，大多只能留下一点旧社会穷苦人民悲惨生活的印象，和对那位小不幸者发生同情之感而已。这不曾完满地达到你的写作意图的原因，我个人的看法是，你在作品中虽然借那位少先队辅导员之口叙说她亲身的过去遭遇，你却以为叙述越详尽，事件和气氛描写越悲惨，便越有感动人的力量，所以把注意力几乎只放在故事的过程和细节上面，以至有些地方过于琐碎，不够集中精练，因此就疏忽了想要达到的思想教育和艺术效果。读者在作品中看见的这位少先队辅导员，好像只是利用向队员们谈说她幼年生活的机会，想尽量以自己童年经过的一些不幸事件来激起那一群孩子对自己的同情，却不曾考虑一下她为什么要叙述这一段故事，以及儿童们听后会在思想感情上发生什么样的反映。我想，既然是作为一个少先队辅导员（虽然她是你虚构的，在作品中却应该是一个真实人物），她自然了解儿童的理解力和联想力还是比较薄弱的，她在叙述这一类过去时代的故事时，不仅应该向儿童们明确地提示谈话的主题，就是在叙述中有些地方，还一定要加以必要的说明和阐发，才可以使儿童领悟和受到教育，不能像对待成年人那样，可以由暗示达到启发的效果。现在，在你的原稿中，不但这位辅导员始终未向那群儿童点明一下她为什么要讲述这一段故事，也未曾提到要使他们在知道憎恨旧社会后应更热爱今日人人幸福的新社会，而在她谈话完结后所关心的又不过是看见"小朋友们没有一个吱声"和"几十双眼睛里闪烁着晶莹的泪花"。这样，给读者的印象是，似乎她讲述这段个人童年的不幸生活，只要求在本来就容易受感动的儿童心中引起对于自己过去遭遇的同情，便认为教育作用已很圆满，谈话也可以那样结束。我还觉得有一点可斟酌的是，这位辅导员在儿童们听完故事散去的时候,她心里有过现在的小朋友们在新社会下如何幸福的感触,而她只是对着他们的背影"暗暗地祝福",她何以不明白地向儿童们提示来增强对他们的教育后果?甚至,当那一群小朋友们为不幸的故事感动而沉默了许久之后,其中有一个小声地向辅导员问以后又怎样的时候,她不过仅作这样回答:"以后么?更悲惨!这儿讲的只是奴隶的第一年!"她这样回答岂不是可能让儿童们会在较长时间内受到悲惨情绪的重压,也怕还更要冲淡了所要想达到的积极教育意义吧?(也许你在写作时是这样想的,文学作品的主题思想和作者意图,是应该含蓄或自然地透露出来,读者自会从感染中得到启发,采用这种写法也比较更有艺术力量。但我现在所提到的问题是就你的作品中那位少先队辅导员对儿童们进行讲故事这特定情况来说的,在这个差别上,我感觉有提起你的注意的必要。)

此外,同样因为我先从你的来信上知道你写这篇作品的经过,我对于你用原有素材来创作时在表现形式和组织结构上所作艺术加工,认为是应该和适当的。不过,你既用了虚构的一位少先队辅导员对一群红领巾儿童叙述童年故事来展开情节,要是你多把素材提炼集中,把语言节奏使用得简洁紧凑一些,是很可以使这篇作品不像现在这样冗长和沉闷的。即是,你既决定不受原有的真人真事限制来进行创作,特别是现在已经不是你的母亲向你话家常、道辛酸了,而是一个少先队辅导员在向小朋友们作自己过去生活的叙述,那你就必须考虑到她应该用怎样的思想情感和语言口气来进行叙述。在你的原稿中,我所感觉到的有些地方过于繁琐,在一位母亲不厌其详地向儿女们谈话是可以的,但一位辅导员既是在向儿童进行思想教育的意图指导下来做叙述,恐怕必须多作一些事实的选择和一定的扼要概括的。(如像辅导员谈到她有一夜被关在堆柴草房间里遇着一条又粗又长的乌梭蛇这一细节,她在谈话中作了较详细的和可怖的描绘,是否有这样的必要,甚至对儿童们来说是否合宜,我以为就应当斟酌。)

我最不赞同的是,在你写的那样冗长的叙述中,只充满了一种悲哀低沉的情调。自然,这在旧社会的过去苦难遭遇的叙述,尤其是你的母亲在向子女们叙述时可能是那样的。不过,现在作品中已是一位少先队辅导员在新社会里对儿童们叙述，即使回忆到自己童年的辛酸时，她也应该考虑到不要让这种因过去而触发的悲惨情绪无节制地传染给儿童的吧？何况，这位在奴隶生活中度过童年的她，现在已在新中国得到解放翻身，并且已成为一个光荣的少先队辅导员，她的心情在现今应该是开朗乐观的。所以，她在叙述这段童年的不幸生活时，是由现在的她在作追述，那么她的语气情调也不应该一直是低沉和悲哀的。我想，你的作品叙述中的这几个缺点，可能是你在利用你的母亲叙述的素材记录时，不曾根据现在的人物的性格和所处环境来进行更好更符合艺术真实的再创造，还很受着原始素材的拘束。所以我认为你在艺术加工方面所做的努力不够，这或许可以供你修改这篇较有基础的作品或今后从事写作时参考。虽然这仅只是我的主观臆测，而我之所以提出这几点，也还有一个较重要的原因，现在这位少先队辅导员虽然是虚构的人物，与作为她的原型的你的母亲却有一定的区别，所以你首先应把她的形象刻画得真实，应合情合理地在她身上多作适当的艺术加工，否则像这样一个在作品中占主要地位的人物形象稍有不真实的漏洞，便会影响整篇作品的真实性，削弱了对读者的艺术感染力量。

至于你的作品文字方面的缺点，本想举例来谈谈的，因为受我眼睛发炎所限，实在不能再多写字了，在你的原稿上，我也只作了一些小改动，请原谅。

林如稷
1959.5.25

学习鲁迅的小说[①]

鲁迅在文学创作小说方面给我们留下的不朽遗产，有《呐喊》、《彷徨》两个小说集。《呐喊》完成于1918—1922年，共收小说14篇。《彷徨》完成于1924—1925年，共收小说11篇。（另有取材于历史传说的8篇小说收入《故事新编》。）

由辛亥革命到五四运动再到1927年大革命前夕，中国经历了由旧民主主义到新民主主义革命的伟大转变，社会阶级矛盾和文化思想斗争是到了空前尖锐的程度，反帝、反封建的革命任务被突出地提了出来。《呐喊》与《彷徨》深刻地、真实地反映了这个历史时期，充分体现了鲁迅的革命民主主义思想和革命现实主义精神。

鲁迅从青年时代开始文艺活动，便是把文艺当作改造人们精神面貌的武器的，这在《呐喊·自序》中曾有过明确的说明。他到了后来又多次说，他的写小说是"为人生，而且要改良这人生"，而不是"为艺术的艺术"。所以，它的取材，"多采自病态社会的不幸人们中，意思在揭出病苦，引起疗救的注意"，这也正是鲁迅创作的目的。为了达到这个目的，鲁迅深恶中国过去的那种"瞒和骗的文艺"，他在创作中一直严格地遵循着现实主义创作原则。（参看《我怎么做起小说来》、《自选集自序》，均见《南腔北调集》。）

鲁迅的现实主义不同于过去的旧现实主义，甚至与西欧资产阶级最进步的作家的批判的现实主义也有很大区别。这由于鲁迅在1918年开始写他的第一篇白话小说《狂人日记》时，正是在伟大的十月革命之后，中国社会进

[①] 系作者1972年11月为给工农民学员讲鲁迅小说而作，未署名，现根据四川大学中文系资料室油印稿收入。

入新民主主义革命的序幕五四运动的前夕，鲁迅为了听那时"革命前驱者的命令"而写作。所以他的革命民主主义和现实主义，是深深地植根在中国广大被压迫人民群众里面。他完全有意识地与旧社会决裂，从人民群众那里和革命前驱者那里取得彻底的反帝、反封建的斗争力量，即由此使他的现实主义具有革命的、战斗的显著特色。

鲁迅既是以文艺服务于革命，服务于当前斗争的武器，因此，他的创作小说表现了鲜明的倾向性。这正如他在《英译本〈短篇小说选〉自序》中所说："偶然得到一个可写文章的机会，我便将所谓上流社会的堕落和下层社会的不幸，陆续用短篇小说的形式发表出来了。原意其实只不过想将这示给读者，提出一些问题而已，并不是为了当时的文学家之所谓艺术。"

"上流社会的堕落和下层社会的不幸"，这不仅是鲁迅小说的中心主题，而也是最能说明鲁迅小说的倾向性，他的鲜明的、公开的爱和憎。在鲁迅小说中，我们看到了他以严肃的憎恶，无情地揭露反动统治者的残暴、堕落及种种的丑恶与无耻，也看到了他以"哀其不幸"的情感，描绘出劳动人民在封建统治残酷压迫奴役下的痛苦生活，他们思想上、精神上所遭受的毒害，以及他们的反抗斗争和解放的要求。而特别是对于劳动人民的反抗的重视、他们优良品质的描绘和对于革命战士的热情赞颂，使鲁迅作品中具有理想主义的色彩，也使鲁迅所描绘的黑暗时代的生活，"显出若干亮色"，不但不给人以悲观重压之感，反而更能以鼓舞战斗的激情，坚定革命胜利信念。

鲁迅所写小说虽然只有 25 篇（文言短篇《怀旧》写于 1911 年，未计入），篇幅也不大，但小说主要反映的是辛亥革命前后的中国农村现实，提出了农民和劳动妇女的解放的重大问题，以及描写了辛亥革命前后和"五四"时期一些个人主义知识分子的没落，并且在暴露封建统治罪恶的同时，表达了人民的愿望和情绪。小说中的那种彻底的不妥协性，以及对于现实剖解的锐利性，不但表现了鲁迅创作的革命的现实主义特色，而且也反映出鲁迅的朴素的唯物主义思想。在反映辛亥革命时期的社会生活的作品中，特别在《阿Q正传》中，鲁迅更通过阿Q这个落后农民的苦难经历，彻底地批判了资产阶级领导的辛亥革命的妥协性，并且在揭露封建统治的丑恶之外，还首先提出了反帝反封建的民主革命中一个根本问题——农民问题,指出中国的革命,没有广大的农民群众的参加是不可能完成的,而中国资产阶级也不可能担负起领导农民完成民主革命的任务,使农民获得彻底的解放。应该说,鲁迅的这些艺术揭示,在客观上是符合于历史发展的实际的,而且也丝毫没有一点当时改良主义者的气味。即如在描写知识分子的作品中,鲁迅也和一般的小资产阶级知识分子的自我表现不同。他是站在革命的立场上,从知识分子与劳动群众的关系上,从包括知识分子在内的广大人民寻求解放的道路上,来刻画和评价知识分子的作用,来探讨知识分子在民主革命中的正确出路的。总之,我们还不曾看到在"五四"时期有别的作家能像鲁迅这样,在自己作品中对人民的命运疾苦表现了这么深切的关怀,而且不仅关怀而已,鲁迅所要求和期望的是:从根本上推翻封建统治制度。鲁迅是最善于用极小的篇幅,描绘和概括极丰富的现实生活的短篇小说大师,我们只有从作品的重大社会意义来研讨,才能真正理解这些精炼作品的深厚内容。

自然,鲁迅在写这些短篇小说的时候,还是一个革命民主主义者,具有发展观点的进化论者,但他对祖国和人民一贯有着热烈的爱,他的基本思想是唯物的,并且当时受了革命前驱者、先进的具有共产主义思想知识分子的影响,他在写作上既然与共产主义者取一致步调,他的反映在作品中的那种社会革命的观点和朴素的唯物主义思想就必然占着主要的地位,即是他当时世界观中也有着新的有发展的因素,鲁迅的这种唯物主义世界观,是一直和实际战斗紧紧地结合在一起的。鲁迅用自己的写作服务于无产阶级革命和人民大众的利益,在他的作品中真切地体现了人民大众的革命要求。正是由于鲁迅当时这种彻底的革命民主主义世界观,特别是无产阶级思想对他的影响和领导,所以鲁迅这一时期创作的小说,不仅是合乎时代要求而产生的革命的现实主义的杰出作品,在当时"显示了'文学革命'的实绩",在广大读者中留下深刻的印象,对中国革命文学的发展发生了重大影响,而且也是我们从事文艺工作的后辈应该特别珍视的宝贵遗产,是我们必须认真阅读学习的典范作品。不过,我们也不应讳言,当鲁迅写作《呐喊》和《彷徨》这个时期,由于他的世界观上尚有局限的一面,所以在作品中也保留有进化论的残余，特别是流露在《彷徨》中部分作品里的感伤情绪，鲁迅自己在后来也曾指出过的，我们在阅读学习时应加以一定的注意。总之，我们学习鲁迅的早期小说创作，首先应该学习鲁迅以文艺服务于革命，服务于当前政治斗争的武器的宝贵的革命的战斗的现实主义传统，和在艺术上不断创造革新的进取精神。

参考资料

《呐喊·自序》（全集 1 卷 3 页）

《自选集自序》（全集 4 卷 347 页）

《我怎么做起小说来》（全集 4 卷 392 页）

《英译本〈短篇小说选〉自序》（全集 7 卷 632 页）

《浅草》编辑缀话[①]

"我们不敢高谈文学上的任何主义；也不敢用传统的谬误观念，打出此系本社特有的招牌。

"我们不愿受'文人相轻'的习俗熏染，把洁白的艺术的园地，也弄成粪坑，去效那群蛆争食。

"其实，在中国这样幼稚——我们很相信我们——的文坛里，也只能希望文坛上的各种主义，像雨后春笋般的萌茁：统一的痴梦，我们不敢做而不愿做的！

"文学的作者，已受够社会的贱视；虽然是应由一般文丐负责。——但我们以为只有真诚的忠于艺术者，能够了解真的文艺作品：所以我们只愿相爱，相砥砺！"

这是我们小社的同人所持的态度，也是我们小杂志发刊以后的愿望！

虽是我们自费印的小杂志，也很希望社外的同志随时加以赞助和指导！如有佳作，我们很愿代为发表；惠稿请寄交：北京大学东斋陈炜谟君，不用的，附有邮票，当为寄还。

这一期的编辑，因为是创刊，所以有些困难地方，兼之我在旅行中回上海，已经二月中旬。但因为我们计算今年要出足四期，我只好在忙乱中从事。幸好同人的稿子都陆续的寄来。才得成功。可惜我们的经费不足，不能多印篇页。这一期的稿子，抽出有大半。有几篇译述和论文，我因为想多给创作留地方，也只好留在下期用了。我很希望以后我们能预先多筹一点印费；一面精选稿子，一面加增页数。

---

① 原载《浅草》第1卷第1期，1923年3月25日。

我们同人都是抱定不批评现在国内任何人的作品；别人批评我们的，也概不理论，任人估值，以免少纠纷的宗旨：所以我决意把批评栏取消。这是同去年我们第一次所拟的编辑略例有更变的地方，特在这里补述一笔。

　　这一期的剧本很有几篇。在我编辑时，家斌来信说不登剧本，因为作剧非有特殊的学识和经验不可。我以为这是一个很有研究和讨论价值的问题，希望同人来从事讨论。至于在本刊上发表的剧本，虽不禁止别人用去为文艺或慈善事业拿来排演，最好请先期通知我们；或寄参观券给我们，使我们好借以解决上项问题。（上海的请通知江湾复旦大学陈翔鹤；北京的请通知北京大学西斋李开先或小盆胡同六号罗青留；天津的请通知南市新民意社赵景深；南京的请通知建业大学党家斌。）

　　第二期要在六月内印出，请同人交稿务必在四月内。第二期由炜谟编辑，因为我不久又要开始长期旅行了。计算是由炜谟在五月一日前编好，寄给翔鹤在上海付印。

　　现在我已收到的下期的创作稿件：青留的《嘉会》（诗剧）和《主人》（独幕剧）；竹影的《伊的心》（小说）；翔鹤的《暮云》和《幸运》（均小说）；静沉的《孑孑》和《微笑》（均小说）；我的《饶恕》（剧本）和《寞寞》（长篇小说）；此外还有几篇译述和论文。

　　临完附笔感谢我的十三岁的朋友胡兴元君，为我们封面题字！

一九二三，二，二八，上海。

《民讯》发刊献辞[1]

近年来常常可以听到的"时代艰苦"的这一句话，在普通情况之下，那压折人的分量，是不易觉得出来的。然而，一到了实际上，尤其是在今日想到认真做一件什么事的时候，便会觉出那沉重的分量的可怕了。

像这一次，我们少数自信还有点青年气的人，打算在这万方多难的今日，集合一些同情朋友，以及请求我们认真为纯正诚笃的先进学人加以赞助，办出这样一个综合月刊，所遭遇的理论上与事实上的困难，的确是难以尽述。而在我们虽是早有决心忍耐一切，使尽微薄的力量来克服一切，但在创刊之际，略加申述与解释，亦可使同情人士与读者，比较更易了解我们的为人和这个刊物的产生理由。

理论上的最大困难为何？当然是这个月刊的态度。在我们自己和愿意约请的赞助人士之中，有的还在求学，有的已在社会上服务，有的则是在中国学术文化上早有相当成绩的先进，但我们总有一个共同之点，即是我们大都是未卷入政治党派漩涡的人，只不过是为了追求真理，崇尚正义，服膺科学，爱好文艺，又想对于中国社会和人民前途能贡献一份应尽的义务，才愿意来做这一件既须吃苦而又不是短期可见出成效的工作。但我们却不是说，在时代如此艰苦与危难之下，一切是非好恶正需要严正分明之际，还要空虚的挂出超然的幌子，便可沾沾自喜，或甚至伪装欺世；而只是诚实坦白的说，我们现在确仅能如此，即是守着爱真理与正义的本分，以求知和坚定的精神，做我们心之所愿力之所能的事。而正因为这样，我们这一月刊，也许便不能办得有声有色，如像那些邀约着一大批显要与名人，领得来路不明的经费，而且似是而非的开出几十条治国平天下的大主张的那样。我们除了想

---

[1] 原载《民讯》创刊号，1948年10月10日，未署名。

竭尽所有微薄力量于中国社会和人民而外，别无任何工作以外的希图，自然更不需要那一套饰心地丑恶的伪装。所以，我们便深知道，这是本刊的一个最大的缺点，但愿赞助我们的朋友和读者，也会知道这正是我们的最大的困难。同时我们也极感惭愧，在商讨多次多时之后，现在还只能将刊物的基本态度决定如此；但我们却可自信的预先告白，我们虽不取快意一时的放言高论，也绝对不肯用空虚或麻醉性的文字来取悦于丑恶的现实。

其次的困难呢？便是刊物的内容。这在我们，早就决定要办成一份注重实质的综合性月刊，稿件的范围，包括了科学、哲学、政治、经济、历史、艺术、杂文等等方面。但我们少数人，智识与能力均感薄弱，要在应付多种事实麻烦之余，使每期所载范围颇广的文字不肤浅空虚，恐怕是难以满意，所以我们决定自己少写，而愿将大部分乃至全部的篇幅公开，请求我们认为态度纯正而学有专长的人多加惠稿。但我们僻处一地，认识和能请求的人也很有限，因此我们诚恳的盼望各地同情我们的先进或朋友，能共同来培植这一个绝对公开的园地，帮助我们解决刊物内容上的困难。我们在选稿方面，自然是极端的注重态度与实质，并不是只以写稿人的名气与地位而作取舍。我们不但要使所载文字于读者无害，而且要使于读者有益。在我们一切物质如此艰窘的现在，我们真不愿本刊文字是徒耗纸墨，而尤其是不愿使读者读了本刊，发生浪费金钱与时间之叹。

至于其它事事方面的困难，这是我们在此地不想也不应多说的。因为既决心要办这样一个刊物，从征稿，付印，校样，乃至筹集用费这一些内部麻烦的事，虽然缺乏经验，总该是自己努力去担当的本分。只是，如对外的登记与发行等等，则我们即使用了全力，直到今日，仍是毫无把握！本来，客观事实所限，自非我们所能决定，而我们也更不宜先就说什么牢骚的话。

现在，仅只再总括一句，在这苦难时代，以我们少数的人力与财力，想办一个篇幅与规模并不太小，内容又力求谨严和充实的综合月刊，我们除自己本着实事求是的信心坚定的做下去而外，特别是将期望寄托于同情而愿给我们支持写稿的朋友，和爱护这纯正刊物的读者身上的。愿我们发刊略述的困难，乃至首先提到的"时代艰苦"，由此得到满意的克服！

《我所见之贺龙将军》普及本序[①]

我觉得我看见了农民和农民当中那种极宝贵的单纯的信心。也看到了贺龙将军在群众那面的力量，以及照耀在他们面前的他的性格上的特点……

在成都和平解放之后，贺龙将军领导的人民解放军光荣地进入中国大陆最后得到自由的这一个都市。渴望光明来临、久受压榨与迫害的广大人民，既与愁苦永远告别，充满着欣庆心情从窒闷的气氛中醒觉过来，一切都有着希望的去迎接新生。在这时候，新时代社托一位朋友来告诉我，想将沙汀先生一部旧稿《我所见之贺龙将军》就地印行普及本，并愿意我在读过稿本之后，写出一点小小的意见。

首先，我认为在此时此地这一部书的出版，是有其需要上的价值。

对于我们四川人来说，贺龙将军并不完全陌生。从沙汀先生这本书上，我们便知道他从前在四川住过一些时间，而且，他也很熟悉我们四川风土人情。但多少年来，在反动派血腥的统治之下，他们对于为人民解放革命献身的战士，尤其是对于有才能的坚贞领导者，曾如何卑劣无耻地散布着各种谣言，各种侮辱和诬枉的言辞。特别是对贺龙将军，更几乎是在浓厚的神话色彩之下，将一位善良正直的人，有意和恶意地变为不可亲近的人物。本来，反动派的谣言诳语，早已行将随其可耻的政权崩溃而消灭净尽，何况贺龙将军及其领导的人民解放军胜利地进入成都之后，一定会要与久苦于暴政奴役的广大民众接触的：活生生的人，以他的言谈和行动来证实过去各种谣诳虚诞自然是再好不过；但为了一般人能够深入地窥见了解贺龙将军和人民解放军的真实面目，则由沙汀先生这一部旧稿上，是能够帮助我们更多地获得一些重要知识和清新印象。所以，这一部普及版的印行，不但在此刻可以增加

[①] 原载《我所见之贺龙将军》，新时代出版社1950年版。

我们急需的对于贺龙将军个人的了解，我尚敢相信，既是对于他所领导代表的新政权将来的一切施政，——人民政府的一切施政，——也是更容易理解和接受的吧。

其次，关于沙汀先生这部旧稿在写作方面来看，我也想略说一点私见。他直到现刻发表过的著作，在我认为除去有十几个完整的短篇而外，那三部连续的长篇《淘金记》、《困兽记》和《还乡记》，都不能算是达到了他写作能力的高峰，而这一部虽非用长时间经营之作，却是极成功的作品。自然，我也应该说这或许是我个人的偏好。为什么呢？他固然不是在用长时间来写贺龙将军的传记，只不过是在抗日战争期中，他同这位贺龙将军到冀中去打游击战时所记下的一些生活侧写和言谈片断，而且，时间也不过半年之久。但在这些侧写和片断谐合地组成为一部记述之后，便已将一个为民族，为人民，活泼的，勇敢的贺龙将军活画出来了。然而重要的更在于此：从前有一位评画家说过，"画龙容易画人难"，因为龙是我们人从来不曾看见过的，而人则是我们所熟悉熟知，不能由艺术家加以过分的想象或夸张，即使才能的自由施展，也须受着相当的限制。所以，沙汀先生在这部小书上，算是忠实之笔，清朗地、朴素地画出了一个忠实于人民的解放而奋斗，也为人民所亲切了解喜爱的人物。这是艺术上的成功。而我更愿意申说的，则是文字的生动有力，也正与充满了活力，生龙活虎般的书中主人翁相适称谐合呢。（当然，我们或可以说，选着这样一位写作的主角，是作者难得的幸运。）

至于若要略提一下我个人读后所得的贺龙将军本身的印象，我觉得要在这篇小序中写下是不可能的，但我却敢这样认定，要是大家读过这本书之后，恐怕都会以为我在文前所引用沙汀先生在书中有一段上那几句简单的话为然的。——反动派的各种诬谤，将由忠实而不阿所好的作者的笔一扫而空的吧！

在匆匆结束时，我想到近三四年来备受迫害而不得不困居在乡间的作者，也许现在很快可以回到我们中间来，他真要算是得重见天日，正同他的这一本旧稿能在现今见到天日一样。这一种欣喜，自然也不亚于我们对于全中国的解放的欣喜的。

一九五零年一月二日，成都。

陈炜谟《论文选集》编后记[①]

一九五五年九月三十日，四川大学陈炜谟教授因病逝世后，友人嘱我搜集他的遗稿，预备加以编定刊印选集。但陈先生一生从事文学写作时间较长，生前已出版的除《信号》（1925年）和《炉边》（1927年）两短篇小说集外，发表在各报纸期刊的散文和杂文，特别是从抗日战争期中到解放前夕的，多已散失，故一时尚不易汇集。就我所知，只有他自解放后至逝世时这六年中，所写谈思想和文艺的杂论约有二十余篇，从发表的各报刊剪集，尚比较完全，现在就从其中选出八篇来编印成册。因为这些文章，多系他当时在教学之余，应报纸杂志之约所写，所以并无一特定范围，只能凭我们主观加以选拔而已。

作者以前是专治外国文学和作文学教学工作的，兼事创作，亦专写小说和散文。只有在解放后为了教学的需要，才开始有系统地研究马克思主义文艺理论。故现在选印的这一册文字的内容，当然说不上怎样深入和有独特的见解，不过，作者在谈理论问题时，能从实际出发，多举例证，少用教条，所使用的语言亦较明白谨密，使普通读者易于接受，而对研究这些方面的人，也有一定的参考价值。

陈炜谟先生一生治学和为人是很踏实朴素的，如果说文如其人，这集子可算一个小证明，这些也正是友人们要为他选印这些文章作为纪念的遗集的一种意义。

最后，我还要声明一点，在编选时，除校正一些印错的字外，有几处的论点虽然在现在看来是可以斟酌的，或涉及的问题和例子已太过时不甚恰

---

① 原载《论文选集》，作家出版社 1957 年版。

当，我都只作了文句上的必需的删改，为的是尽可能保存作者的原意。但是，就是这样，我已感到保管和编选亡友遗稿的责任是太重大的了。

1956 年 12 月 29 日，记于北京。

《卢贡家族的家运》译者序言[①]

爱米尔·左拉的著作，是应该有系统地整个介绍的，然而因为种种实际的问题，现在采取的还只是选译的办法。在左拉一生六十余卷作品里面，除去前期不大成熟的几部短篇和长篇小说，以及戏剧、批评、书信与艺术和时事问题的杂文而外，当然最重要的便是二十卷的《卢贡·马加尔家传》、《三大名城》及《四福音书》（《四福音书》末一卷并未完成，而作家便意外死去了）。《卢贡·马加尔家传》是左拉从一八六八年就开始写起，一直到一八九三年才告完结，总共费去他二十五年的精力，是在世界文坛上早有定评的一部伟大而且最能代表这位自然主义大师艺术的杰作。所以现在选译的范围也就限制在这二十卷上面。好在这一部卷帙浩大的巨作，虽然各卷之间彼此有一定的连带关系——左拉是用家族遗传的线索把全书贯串着的——但每卷却也可以各自独立，各有首尾，各成一部完整的著作。关于这一点，左拉在他给出版家拉可阿的计划书上，有过详细的说明。

《卢贡·马加尔家传》的总题名是《第二帝政时代一个家族之自然史及社会史》。左拉是以卢贡·马加尔家族的发展，写出法国第二帝政时代的各种社会生活。一方面是关于一个家族的生理方面的研究，另一方面是关于近代社会多种问题的研究。全书的二十卷是：

（一）《卢贡家族的家运》（一八七一年，La Fortune des Rougon）

（二）《贪欲的角逐》（一八七一年，La Curée）

（三）《巴黎之腹》（一八七三年，Le ventre de Paris）

（四）《朴拉桑的征服》（一八七四年，La Conquête de plassans）

[①] 原载《卢贡家族的家运》，商务印书馆1936年版。

（五）《莫瑞教士的过失》（一八七五年，La Faute de l'abbé Mouret）

（六）《雨瑟·卢贡大人》（一八七六年，Son Excellence Eugène Rougon）

（七）《酒店》（一八七七年，L'Assommoir）

（八）《爱之一叶》（一八七八年，Une Page d'Amour）

（九）《娜娜》（一八八〇年，Nana）

（十）《家常琐事》（一八八二年，Pot-Bouille）

（十一）《女福商店》（一八八三年，Au Bonheur des Dames）

（十二）《生之欢乐》（一八八四年，La Joie de Vivre）

（十三）《萌芽》（一八八五年，Germinal）

（十四）《作品》（一八八六年，L'Œuvre）

（十五）《土地》（一八八七年，La Terre）

（十六）《梦》（一八八八年，Le Eêve）

（十七）《人类的兽性》（一八九〇年，La Bête humaine）

（十八）《金钱》（一八九一年，L'Argent）

（十九）《溃败》（一八九二年，La Débâcle）

（二十）《巴士加医师》（一八九三年，Le Docteur Pascal）

至于现在所拟选译的不过（一）《卢贡家族的家运》；（二）《萌芽》；（三）《土地》；（四）《金钱》；（五）《溃败》；（六）《酒店》；（七）《爱之一叶》；（八）《娜娜》；（九）《家常琐事》九卷罢了。就是这九卷据过去一年多的经验，即无人事的变化，恐怕真能完全如所期的译完，也非十年左右不可的。这当然，对于能以二十五年的岁月去写一部《卢贡·马加尔家传》的左拉及产生他的国度，我们不能不感到惭愧。

著作的法文原本，通常用的是法斯格尔书局出版的本子（Bibliothèque Charpentier, Eugène Fasquelle, Editeur），不过这个版本是常有错字的。在初译时虽然根据的是这个本子，后来却改用在一九二七年由莫理斯·来·卜龙所编的《左拉全集》本了。这种《全集》本系巴黎佛郎索阿·白鲁尔德印书局（Typographie Francois Bernouard）出版，在每本著作后面都有来·卜龙的附注、考证，并且收集了许多有关系的材料。

关于左拉的生活，为方便起见，暂时译了一篇左拉女儿作的《爱米尔·左拉略传》。《略传》对于左拉著作方面的评论虽然不多，但是关于他的生活方面却历历如在目前，即使叙述还不算十分详尽，已经很是亲切而且动人。

不过，为什么第一本选译这并非特别有名的《卢贡家族的家运》呢？这有几层理由的。左拉在《原序》上已经说过，这一卷是他的全书的"起源"——那一个复杂家族的"起源"——先译出这一卷来，读者不但可以得到这二十卷大作的轮廓，也足以明了这个卢贡·马加尔家族的来龙去脉。并且，谁都知道左拉的艺术特色在他所主倡的"自然主义"及"实验小说"。这本《卢贡家族的家运》虽然文字还嫌晦涩一点（不过极讲究文章的佛罗贝尔却异常称赞这是一本有力之作！），但它却要算是实现左拉文艺理论很具体的一本——尤其是在解释他的所谓"遗传公律"方面。实在说，这一卷非但故事本身动人，而且又极完整，可以独立；在结构技巧上面更是谨严不苟。至于书中所描写的许多情节，未尝不可以移过来作我们现在社会的写照。此外，最可注意和最要紧的是：左拉这一卷的开始写作是在一八六八年，离"第二帝政"的倾覆还有两年。这位自然主义大师却在拿破仑三世失位以前二年便著作这样一部攻击"帝政"的小说——并且是指名的露骨攻击——又还在普法战争之先就在《世纪报》上开始发表，这正是后来掀动"德来菲事件"风暴的左拉的一种特有的大无畏态度，当得起作家这个名字的文人应有的态度！左拉在以后为这本著作拟的广告上面曾经说他的《卢贡·马加尔家传》是一个勇敢的企图。这部二十卷的连续巨作，不仅在文艺上是一部可与巴尔扎克的《人间喜剧》比肩的勇敢企图的作品，即在社会思想方面，也称得起一个勇敢的企图的！

至于那幅《卢贡·马加尔家族的世系分支图表》在通常的法斯格尔书局本是印在全书最末一卷《巴士加医师》的卷首的（在《爱之一叶》上也曾有过图表的未定稿），但在佛郎索阿·白鲁尔德印书局的《左拉全集》，却由来·卜龙移在《卢贡家族的家运》的卷首。这很有道理；不过因为印刷及译文的关系，只好将原图影印在译本卷首，而图表的译文，却采用了英国巴德孙在编《左拉字典》(*A Zola Dictionary*，by J. G. Patterson) 时所用的办法，另附略图单独译出，印在卷末了。

  左拉的文字，有些地方是很难译的，虽然费了一点心力，也常同友人商酌，不过恐怕不妥或错误之处仍是难免。于希望高明的指教之余，同时在这里向帮助过的友人深致谢意。

林如稷
二十五年，一月十六日，北平

左拉怎样反对不义战争[①]

今年这一个春季，在我个人生命上是最暗淡的一季，而现在的天气，也正是何等阴晦的季节！八年神圣抗战，以极大的血肉牺牲，换得来最后胜利，但千千万万的人民，还是继续的在忍受着苦难，尚不能够得到一个渴盼的稍事喘息和更始的机会。在广大的国土的上面，一般过着艰辛生活的人民，谁不是又陷入焦灼与愁怨之中？自然，在这样不安的情况之下，连大气也似乎显得更阴暗的了。

如今，残春已过，夏季快要到来，但是，时候仍是不会变为晴朗，不知几时方可转向光明？我同许多人一样，在徘徊于希望与失望之余，终于下了决心。想仍旧躲进我乡间的小小书斋，重理已中断多年的《左拉选集》的译述，借工作来换换苦闷的心情。

然而，我还是安静不下来。关于翻译左拉著作，我以前所搜集和手抄的大部分参考资料，以及若干重要书籍和字典，除去运在香港的于战争中完全毁损外，有一小部分还保留在北平。于是，仅只为这一点，我便急想早日回到北方去。但是，胜利已过大半年之后，我仍不敢说短时期内有一点希望。所以，虽是闷在乡间，我的心仍是烦恼不能安定。而因此，对着九年前我从北方逃亡之时，幸而能随身带出的几本左拉著作，我想起这位《卢贡·马加尔家传》的著者，在青年时代，对于有害民族的不义战争，表示忿怒而发出反对之声那一段小故事来了。

这是左拉生活上的一段不大为人注意的事。在普通的左拉传记上，有的就不曾提到。不过，一个真正伟大的文人，除去他的作品而外。一生的言

[①] 原载《萌芽》第1卷第2期，1946年8月15日。

行，虽是片段的，或甚至于极细微的，有时于我们也颇具有其教育意义。因为想鼓励自己，我在这件小事上仿佛得到一点启示，而就在此刻记述出来，我觉得还是有着相当的理由。

在一八五一年，以阴谋和武力背叛了法兰西第二共和，举行了可耻的"十二月政变"，大量杀害民主人士，用暴力镇压革命而遂其窃国自私企图的拿破伦三世，到了一八七〇年，由于近二十年"第二帝政"独裁统治的结果，因自己政权的腐败，激起了全国民众的反对，达到了一个不可避免的行将崩溃的时期。就在这一年的开始，在一月十一日被杀害的新闻记者维克多·诺瓦安葬之日，便发生了民众的骚动。以后的几个月中，生活困苦的广大人民和爱好民主自由的人士，更不断的表示对第二帝国的厌憎，由忿恨这统治的暴君，进而作推翻这个人专治政权的革命。那位险狠的独夫，也感到自己末路的危机，但他还想仍用狡恶的伎俩来希图挽救这失败的命运。于是，他愿意去挑起一场对外战争，一方面可以转移人民对他攻击的视线，一方面是想借武力的夸耀来继续维持个人的统治。当然，广大的人民的死活他是不曾顾虑的，他只打算在这场要牺牲多人的生命和鲜血，而万一可能侥幸获得的战果上。可怜的是，这位卑鄙的投机者的冒险的如意算盘，我们知道后来在很短期间，便完全暴露估计的错误，弄得遭遇无情的失败，而且是极可耻的降敌与崩溃。这是他忽视了整个国家利益，轻视了民众对他弃绝的力量的必然的结果。自然，他对外是遇着了比他更强有力的敌人，——普鲁士的雄主威廉一世，要以铁血来完成德意志统一的俾斯麦，——但尤其主要而具有决定性的是，法兰西国内的民主人士，受过一七八九年和一八四八年两次社会大革命的教育所培植出来的革命群众，以及广大的工农阶级的反抗，——激烈的卜郎基领导的社会党徒的连续暴动，和"巴黎公社"伟大的酝酿兴起，——便整个粉碎了这狂妄而残忍的野心家的幻梦；使他不能不与也是背叛民主，穷兵黩武而建立独裁政治的拿破伦一世，走着同一归宿的道路。

即是，曾经威雄一时，靠暴力与压制来支持短期的反动帝国政权，而最后终于要跌落进自己所掘下的倾覆深渊之中。

就在这场战争刚一爆发的时候，——普法正式宣战是一八七〇年七月十九日，——那些拿破伦三世的御用代言人，是要拿出国家和民族这一类漂亮字眼来欺骗人民，来激动爱国热情，鼓吹无知民众去替专制皇帝，替统治独夫作无益的牺牲的。自然，这是对外的战争，而且，还可以宣说，那是由野心勃勃想侵略法国的普鲁士挑激而起的。麻醉人民的毒剂，在外表上正不缺乏美好而合适的糖衣。何况，拿破伦一世过去赫赫的武功，以及拿破伦三世自己前不几年对外几次侥幸获取的战争胜利，——我们中国的暴君所主持的，——还在法国人民心中可以鼓动一点虚荣的幻想。然而，为了法兰西整个民族的利益，为了在二十年独裁政治下憔悴的人民所迫切需要的民主和平，为了要使这腐化透了底而又黩武无厌的帝政加速崩溃，我们眼光锐利，理智清明。具先见，有正义感的文人左拉，却一眼便看透了这种欺骗和利用民众的阴险伎俩。他认出这只是驱使人民去进行一场不义的战争，而真正的目的不过是牺牲千万人来挽救拿破伦三世个人将要倾覆的尝试。一个正直而爱国爱民的文艺工作者，际此严重关头，是应该向广大人民指出这血腥的阴谋，揭穿这谋杀民众的毒计，应该警觉和阻止无辜的人民不去为野心家白白的送死；而最重要的是，应将武器和勇气转过来，向着这流万人鲜血来巩固一己权位的独夫进攻。并且，他还见到，由这冒险家不度德，不量力的好战喜功，很可能将民族引上遭受莫大损害的道路。一个国家的整个命运，是不能就这样的交给流氓的投机者，拿去作无把握的赌注的。

我们知道，在拿破伦三世极权统治之下，人民的言论和出版的基本自由，正受着种种不合理的束缚，对有正义感的文人，更常加以无情迫害。左拉这时，还只有三十岁，正刚从十几年来与贫苦艰困生活的斗争之中，走向稍有文名，和可以用工作来维持基本生活的道路，——他在这以前，每次写出的作品，都常要受那些被他笔锋触着丑处的无耻同行和批评家，以及一般只爱庸俗读物的绅士淑女所反对，乃至受维持虚伪道德与社会秩序的法律所迫害，也有过若干次的，——但他在这大时代的面前，由于良心和真理的启示，他终于再忍禁不住愤怒，他不愿只为自己的幸福和安宁，便怯懦的沉默而助长了人世的罪恶，宁可牺牲个人多年辛劳获得的文坛地位，甚至暂时放下他那正写着《卢贡·马加尔家传》第二卷的巨笔，而作起时事和政治性杂文来。他吼出了压抑在民众心中的正义呼声。正当被歪曲利用的民族仇恨蒙蔽了一般短视人民的眼睛，火药气味呛着大多数人喉舌的初期，他便于战争爆发后半月，在八月五日的巴黎《钟声报》上，发表了一篇题名叫《法兰西万岁！》的文章。

在这一篇充满独特远见的文字里面，大勇无畏的作者，假借一个被调将赴前线的士兵，向着新闻记者侃侃的道出他对于这场战争的观感。这位有良心的士兵，首先指出这只是为"帝王们"利益而发动的战争，含有驱使人民去空自的牺牲的阴谋；而他们，只想为法兰西的幸福和光荣献身的共和民主战士，是决心要将热血流来驱逐内外敌人，用坚强的力量来保卫和建立民主的法兰西共和国，"仅只能为法兰西共和国而死，为'法兰西国家'而死"，而且，更勇毅的明显的大声疾呼："在这个时候，在莱茵西岸的前线上，五万兵士都同声宣告了他们对'帝政'的否认。他们不再要战争，不再要长期的军备，不再要这种将一个国家的命运，置放在独夫个人手中的可怖的政权！"

自然的，专横独夫及其豢养的鹰犬，是不会对左拉这义正词严的呼声轻放过去的。就在这篇激烈动人文字发表后四天，——八月九日，——帝国检察官，便以叛逆的罪名对作者和报纸的发行人，——甚至连印刷人都一并的不曾饶过，——提起严厉的控诉了。罪状是"挑动人民对政府的轻蔑与仇恨"，以及"引起对法律法纪的违抗"。这不用说，所谓法律法纪，恰正是无理的统治阶级或独裁者，常用来压制异己者的廉价而方便的武器。左拉一生，几乎便屡受着不公平的法律压迫，——在这二十年之后，——他还因为正义与真理的斗争。掀起"德莱菲事件"的风波，被错误的法律迫害，出亡过外国的，——但这种强横高压，对于爱真理甚于生命，为民主的法兰西一贯奋斗的人，像大勇的左拉，是绝对不会畏怯而屈服的。他不能因此而变更自己的信念！一个像左拉那样的文人，他在暴力之前，永远也不会低头。仍要直挺着高尚的身子，吼出对嗜杀好战的独裁者的忿怒。

然而，就在这时期，因为强敌的入境，以及八月十四日爆发的卜郎基领导的反抗运动，那些强权的爪牙，在不久的九月一日，便随着他们主子于

"塞当之役"的大败降敌而总崩溃了。拿破伦三世的反动统治倾覆了。一代腐败透了底的流氓政权便如此可耻的结束。左拉的这场被控案件，也在这混乱的大悲剧中无形的消灭了。（左拉以后写《卢贡·马加尔家传》第十九部的《溃败》中，是曾详细而有力的描绘出"第二帝政"的崩溃过程的。）

而我们真正爱国家忧人民的文人左拉。那时却又正有更重要的工作要做。普鲁士大军迫近了巴黎，他因为眼睛近视而又是孀母的独子，不曾从军杀敌，但他要去呼号救亡，参加建立民主法兰西共和国的斗争。他流亡到南方，和一位热情的朋友马吕司·尔儒，共同艰辛的创办一个小型日报。在不久之后，便到"临时国防政府"所在的波尔多城去，很想做点有益于国的工作。不过，资产阶级的实际政治生活，是易令这位正直而富于理想的前进文人失望的。所以，在动乱时代稍一安定以后，他又仍毅然回到文艺工作者的岗位上。

我在十年以前，在《卢贡·马加尔家传》的第一卷《卢贡家族的家运》译本的序言上，曾特别指出过左拉的这种大无畏精神：当拿破伦三世还在极盛时代，他已用指名攻击的露骨态度，写出这窃国大盗用可耻的阴谋夺取政权的有名的一幕，——"十二月政变"，——写出忿怒的民众举义反抗，及被强暴用武力压迫的流血斗争惨剧；而且，还毫不忌惮的，在拿破伦三世倾覆前两年就已在巴黎《世纪报》上发表。这正是后来多次为了正义，为了真理，掀起抗争风暴的左拉的一种特有的大无畏态度，当得起作家这个名字的文人应有的态度！不是么，作者作为一个真正的文艺工作者，要是对于一个黑暗时代的丑恶或罪行不敢暴露，或只顾个人的厉害，屈服于强权，对于广大民众的痛苦不敢同情，不敢代为申诉，那还可能有真实和永久的作品产生么？要是这样，连做人的基本条件与态度，恐怕都有问题的罢。

我们且看，就在左拉反对拿破伦三世这场不义战争上，也要是一位左拉才能那样直率大胆的做出呢；的确，那时在第二帝政高压宰制之下，法国一般文人，除去作权门代言人之辈不足一论而外，老一点的，如共和老战士而却又带着贵族臭味的大诗人拉马尔丁，早就沉默退隐以死了，而伟大的爱自由的维克多·雨果，则正受着暴君的迫逐出亡外国。与左拉同时代的，佛罗贝尔只知终日推敲自己的文章，度着隔绝尘世的安适生活；细微的大龚古尔，正为兄弟小龚古尔之死浸润在悲观里面，何况他本具有不大敢正视现实的富贵气质？至于那位对资产阶级颇有浓厚兴趣的都德，与在当时正能迎合绅士淑女嗜好的费叶（Cctaue Feuillet）更仅能噤如寒蝉的了。

现在，中国面临着最大的危机，我觉得只要稍有良心的人，都应吼出阻止这有害全民族利益的屠杀的呼声的。我们广大的人民需要和平，需要喘息，而且，最要紧的是，如果我们还需要斗争，我们人民只能为民主的中国而斗争！

这样，在今日，我们看看左拉生活上这一件故事，对于中国文艺工作者，乃至于对于广大人民，我以为还并不是毫无意义的。

三十五年五月廿四日

左拉逝世四十五周年忌[①]

阴雨绵绵，秋风渐厉，转眼便到了爱米尔·左拉逝世第四十五周年祭日。

四十五年了。在一九〇二年九月二十八日，左拉同他的夫人从消夏的"墨潭别墅"回到巴黎的寓所，正遇着一个多雨的阴湿日子，对于六十二岁的老人，虽然他身体与心神都极健康爽朗，但他却耐不住潮霉的空气。于是，他们叫佣人把壁炉燃起炭火。夜深安眠以后，久未用过的壁炉的烟囱出了毛病，沉浊毒害的煤气倒灌出来，充塞了整个卧室。就因为这样怪诞意外的不幸，左拉夫妇全中了毒，而在次晨佣人发现异状时，左拉已一瞑不能再醒转来，只是他的夫人在送入医院后幸而得救了。

大家知道，从左拉逝世后第一个周年纪念日起，在法国的文化界产生了一个非常有意义，也非常有名的"墨潭追念巡礼会"。这是在一九〇三年九月二十九日，在巴黎乃至许多从外地来的左拉的崇敬者——除去文人朋友外，最令人感动的是在那场震惊一世的为人类抗争"正义"和"真理"的"德莱菲事件"中的许多患难战侣，——不约而同的怀着景仰和悼念的心情往巴黎郊外的"墨潭"聚集，先先后后的挤进了左拉生前游息的别墅。这在事前并没有人组织，也没有什么号召，而在那日群众的激情之下，临时有一位青年人莫理斯莱·布龙（他日后成为了左拉女儿德妮丝的丈夫，而且用了多年精力编印了精校本的《左拉全集》），忽然触机的倡议建立一个为纪念有名的作家的"追念巡礼会"。从那一年起，这富有意义的盛会便一年一度的传了下来；不过，起初一二年是在九月二十九日举行，以后为了崇爱左拉的

[①] 原载《大公晚报》1947年10月10日第2版，《半月文艺》第22期。

广大劳动群众和中下阶级人士的便利，便改在每年十月的第一个星期日；而这正是法国文化界和前进人民年年都要虔诚团聚，同样而永远热烈的传统集会。只是，在第一次欧洲大战期间，在那悲惨的一二年中曾中断过，但到了一九一九年，和平刚一恢复，便由热诚的作家马塞尔·巴底亚的努力组织，又带着一番新的生气继续举行了。

为他的父亲写过一本最详细最令人感动的传记的左拉女儿德妮丝，对于这有意义的"追念巡礼会"曾说："看见这个习惯的盛会在每年举行，这是一件很大的快慰的事；青年后辈参加在他们前辈先进之旁，来为《卢贡·马加尔家传》的作者日益辉耀的光荣致献景仰热情。"从这简单的几句话里面，我们是很可以了解法国文化界和人民是如何地尊重和珍惜这不重形式而却有充实内容的传统盛会的。

自然，在最近的第二次世界大战年代，当残暴的德国纳粹铁蹄蹂躏着爱好民主自由的法兰西国土和人民的时候，这可珍宝的"墨潭追念巡礼会"是不能不也像上一次世界大战一样被迫中断下来；在那惨痛的流血时代，即使是不愿受暴力奴役的法国人民，要想举行这样一个可以警觉民族自尊心的纪念，也一定要遭缺乏人性的德国法西斯强权无情的扑击。为什么呢？因为左拉毕生数十年的精力和血肉，正是一个为人民自由奋斗的最坚强的伟大文人的典型！只重暴力，专一摧残人类文化的法西斯徒众，会容忍他么？不过，在酷爱自由和正义的法兰西许多人民的心上，他们对曾为他们民族的光荣奋斗过的先烈，虽历经劫乱剧变，也自始至终永久不会漠视或遗忘的。所以，我记得去年在报上看到一条"法国新闻处"发稿的巴黎通讯，报道在第二次大战中暂时沉寂的"墨潭追念巡礼会"又再复兴的热烈举行盛况，很为感动。在这恢复对伟大文人的崇敬典礼上，不但出现了许多法国经得起惨痛磨练的文化界人士，和渴望民主自由的民众，就是外国人和有名作家，乃至法国政府亦有不少代表参加的。当时还有一位演说者，引用了曾为左拉写过一本很好传记的亨利·巴比塞的话解说道："因为左拉是走在我们时代前面，我们应当永远的踏着他的脚步前进。"所以，我们更须了解的是，全世界有良心的人士纪念左拉上面，不仅只是为了回顾的追思，而是更着重的为了广大人民解放和自由的前途的瞻望，而这一伟大的传统式的纪念，也自然不须拘定一种虚伪或例行的礼节，因为它本身便正充实的具有活鲜鲜的现实意义。我尤其至今过了一年不能忘记的是，那通讯的作者结尾时说，法国在第二次大战中真是创痛剧深，一直还是疮痍满目，但一般文化人士和社会各界，却急于要郑重的，虔诚的先恢复以往年年对不朽的《卢贡·马加尔家传》的作者的追念巡礼会，正表示法兰西民族为正义，为人类文化的精神的战后复兴，而且是更急于一切物质方面。是的，这不是就对于我们中国人也可以深切玩味的话么？且略一环顾我们自胜利后一二年来文化界窒息和沉寂的状况，不要说对于已逝世的伟大作家文人，——如鲁迅先生和遭不幸的郁达夫先生，——是一片冰凉透了的冷漠，就是苟全的许多文化人士，不是也正在感到救生不遑么？……

去年法国纪念左拉已是那样的热烈庄严，想在今年此日，当更会盛大举行的：遥遥的仰望着那曾消磨我几年生命的法兰西，尤其是对巴黎近郊塞纳河畔的敬爱的伟大作家的故居，真不禁从怆然和警觉的心情中神驰的了。

左拉的生活[①]

在个人近月患着绵绵的风湿痛症之中,允诺了华大助学会的同学作一次文艺讲演,只好选上一个偷巧的题目,略谈法国作家左拉的生活。虽然如此,可是总觉得能力与时间同样不够,十分歉然!

不过就只是谈谈文人的生活,我想对于爱好文艺者,也还可以得到一点兴趣的满足以外的东西。当然,一般普通的文艺的读者,欣赏者,对于某一文人的重视,自然是他的作品。当常以作品的好坏而给与评价,似乎不一定需要知道他的生活。就是有些名作家,自己也常认为他个人的生活与作品毫无关系;像福禄贝尔和莫泊桑,便认为只有艺术是第一要紧,作者本人是不属于社会,不属于读者群的,甚至还厌憎别人提到他的私生活。莫泊桑为了一位出版家,偶然把他的像片印出,和别人在报端上报道他的生活,曾经不惜提起诉讼,便是一个极端特殊而明显的例子。但是,我们若从文艺研究的立场来看,对于文人生活的研究,除去显而易见的可以帮助我们对于他的作品,能深刻的了解外,还可以让我们知道作为一个文人应有的生活态度。换句话说,即是应当如何的"做人"。这也是容易明白的。一个文人,除去写作而外,对于他所处的时代和社会环境,是不能超然的;他自然是一个"社会人",因之,对于社会方面所发生的事件,他是如何处理、应付,应于作为研究的我们,也就有必须注意的价值了。在这里,我不妨引用高尔基所说的,如何去估计一个过去的伟大艺术家所提示的两个着眼点:一方面是为"他的时代之子",一方面就是作为"一个争取人类解放而具有全世界历史意

[①] 系作者1947年年初在华西协合大学助学会文艺讲座所作演讲的记录,原载《新民报》(成都)副刊《天府》,1948年4月6、7、8、9日。

义的斗争的参加者"。若果我们照着这两个标准去看，在我个人认为下面要说到的左拉的生活，是颇能适合的。

实在说，左拉一生的生活，也正像一部文艺作品一样。若是提出他生活上几件重大的事来，便可以构成一部很有兴趣，乃至很有意义的小说。今天在座的人，也许就有看过三年前在成都和上海等地演映过的著名电影片《左拉传》的。在法国为左拉作传记的唐·德·儒卫勒，便是用小说体裁写成，而得到极大的成功。以一个文人的生活片断，拍成电影，在闻见不广的我个人，似乎还是第一次看见。只是，今天讲演的时间因一再变动而至于必须缩短，所以我不能较详细的叙述这位十九世纪的伟大文人的生活，而且，因为要极力"将就"时间关系；于匆忙中，还只能很枯燥的谈两三件关于他一生中有重大意义的事，这当然赶不上保罗·莫尼演出的影片或儒勒卫的叙述，那样动人，那样有趣味。

现在让我先略述左拉的时代环境：左拉生于一八四〇年，是法国路易·菲利普统治的时代，随着正在进行的产业革命，和新兴的资产阶级的抬头，也是资本主义社会将要达到成熟阶段，而各种社会问题正尖锐化的时代。左拉在八岁时，父亲死去，就成了家道衰落的孤儿。这一年也正是法国二月革命爆发之年。但二月革命后所建立的"第二共和"，并未能解除一般受贵族阶级和资本主义毒害的法国民众的痛苦，反而因为大资产阶级的反动，造成了拿破仑第三的独裁统治。拿破仑第三在一八五一年十二月一日用阴谋政变破坏了共和宪法，高压国内人民的反抗，以枪炮和金钱建立起"第二帝政"。在法国历史上，这一个反动时期，其统治的腐败，反动倒行，以及对人民的残暴，是相当有名的。那时左拉生活极端贫困，二十岁时，从法国南方走到巴黎，想从事文学，便必需准备长期的为生活而奋斗，受过饥寒的交迫，也作过书店小职员。他刚满二十八岁时，就计划写他的惊人的大作：《卢贡·马加尔家传》，并且决定把他厌憎的"第二帝政"的社会全貌，作为他写作的对象。在这一方面，我以为应特别提起大家注意的，我不单是说在作品中，反映时代这一点（这是一般写实主义和自然主义作家的共通性），而是说，他对拿破仑第三的"第二帝政"的独裁统治的攻击，是以文人的大无畏的态度出之，词严义正的从正面攻击，露骨的攻击。例如他在《卢贡家族的家运》里所写的"十二月政变"，其中的事实和人物，均用的是真实材料，并且明明白白在小说上提出拿破仑第三，和一些杀害人民的将军政客们的真名字，一点也不怕那时还正居统治高位的暴君和帮凶的压迫。这第一部《卢贡·马加尔家传》的发表，便还在"第二帝政"崩溃的前一年。在嫉恶如仇的态度上，以及用忠实的文人的态度，反抗腐败统治，这是其他文人所难做到的，可以说是左拉对维护真理与正义的基本特色。

今天没有时间讲到左拉的作品，和他在文学上的成就，只另提出一件他在普法战争期间的事情来。拿破仑第三的统治，我们知道是在一八七〇年普法战争中崩溃的。但在当时拿破仑第三之所以要发动这一场战争，表面上是要与威廉第一和铁血宰相俾斯马克治下新兴的普鲁士争霸，其实骨子里正因为法国的民主人士对于"第二帝政"的日渐不满，于一八七〇年以前，法国已经普遍的发生过共和党人推翻专制政权的事变，所以拿破仑第三想利用一场战争来转移人民的视线，想在这场战争中去企图冒险达到挽救崩溃的命运，借武功来维持政权麻醉人心。但是，在战争爆发之后，我们的有良知有远见的作家左拉，立刻看出这只是驱使法国无辜人民去为残暴的统治阶级利益而白白流血的不义战争。然而，他不怕"第二帝政"之下常有的文字狱的威胁，毅然放下正写着《卢贡·马加尔家传》的文艺创作的笔，另换上一支表现人民愤恨的锐利如刀的笔，而从事写有关这场不义战争的时论杂文，在巴黎《钟声报》上发表。有一篇题名叫《法兰西万岁》的，告诉法国人民为民族为国家固然要联合起来抵抗普鲁士人的侵略，但也决不能因此就饶恕了为害法国人民的"第二帝政"，更不能为拿破仑第三的私利而战，而且并明白宣说为法国人民的利益，只有先推翻奴役人民的"第二帝政"。在拿破仑第三的虎威高压之下，敢于这样不畏强暴，不怕威胁，为真理为正义，为法国人民真正解放的利益大声疾呼，这在当时的文人之中，除去远逃在外国避拿破仑第三的维克多·雨果而外，恐怕只有这一位伟大的文化战士左拉了吧！当然，谁也想得到，帝国检察官怎能放过这样一位有良心的文人呢？所以，在几天之内，左拉便被加以危害政府、教唆士兵抗命的罪名而被起诉了。好在这一代腐朽透了的"第二帝政"、阴险专制的拿破仑第三，一月之后，便于"色当之战"中大败降敌而崩溃了。因此，左拉也算幸免于"缧绁之灾"。

说到普法之战，左拉在这场国家的严重事变之内，从他的态度上，还值得补充一点：拿破仑第三被俘，帝政瓦解之后，战争仍是继续着，而此刻法国的爱国人士，尤其是民主共和党的人们，以波尔多城为中心建立起的临时国防政府，仍在继续号召人民作战。左拉认为这时已是为民族光荣、为人民自己抵抗强敌侵略的战争。虽然，他因为自己的眼睛近视，不能参加军队工作，但他仍要以他那一支笔作武器，去鼓励全法国的人民，起来坚强的抵抗。他离开自己的家，到马赛去创办了一个小型日报，这就是表现以文人而参加为祖国利益而战的意义。后来，他甚至还到波尔多城去，想在国防政府方面寻求共赴国难的机会。他以新闻记者的身份所写的当时在各报上发表的文章和通讯，真是充满了爱国赤忱。不过到了普法战争的结尾，在波尔多城的国防政府的资产阶级领导者，为了自身的利益，不惜接受割让亚尔萨斯和罗兰两省的屈辱媾和条件，向敌人投降之后，巴黎公社的社会党人，遂反对出卖国家利益的临时政府，反抗投机握得政权的资产阶级不顾民众痛苦的解除，而爆发革命的时候，左拉认为那时受投机政客操纵的临时政府，已是违反了法国广大人民的利益，所以他终于在内战期中，毅然的回到巴黎，愿与巴黎的受难民众同甘共苦的生活在一起。在这一点上，我认为左拉能够不顾忌一切，明辨是非，自然也是出诸他的一种文人正义精神。

左拉写他的二十部小说合成的名作《卢贡·马家尔家传》，整整费了二十五年的时间。每部作品的发表，因为暴露了社会的黑暗，都要引起各方面的非难，更发生过几次极大的论战。这已是大家从文学史上知道了的，现在我也更无时间提说。当他在完成这部大作时，可以说他用自己的劳力奋斗而得到的光荣，是到了最高峰的，但此后他仍然继续从事《三大名城》与《四福音书》的写作，主要意旨在表现他对人类前途的哲学思想。左拉以一生辛苦从奋斗中得来的光荣和比较安适的晚年，在一个寻常的文人，似乎是可以悠游地享乐一下吧；然而，这时在法国却发生了一件震动了一世的德莱菲事件。而我们这一位一生不倦不休为维护真理与正义而战斗的作者，仍不能不牺牲自己一切的幸福，又挺身出来作狮子吼了。

关于在左拉的生活上发生德莱菲事件的风暴，其经过是相当曲折的，我现在只能仓猝的提说一下：在一八七〇年后所建立的法兰西第三共和国，虽然表面上民主，但国内的大资产阶级、保守派，以及各色各式的王党，随时都还想建立便于奴役人民的独裁专制的。尤其是野心的军人，常有夺取政权的阴谋企图。曾任陆军部长的有名的布兰惹将军的阴谋政变，便是一个例子。所以，民主与反民主的斗争，在几十年之中是相当剧烈。恰巧遇着在一八九四年起因很小的德莱菲案件，便作成了这场长期和严重斗争的导火线。法国陆军部的军统局，在一个间谍的手里得到一张从德国驻法使馆窃来的不具名的便笺，发现有人出卖国防机密与德国，而这时主持反间谍的军部高级人员，最初由于判断的错误，后来更因为想排斥一个出生于犹太种族的德莱菲上尉，——这是由于狭隘的种族观念与军人跋扈弄权所造成的错误。——便不惜非法的诬陷这位忠诚爱国的德莱菲。经过军法审判，虽然一点也不能证明他有罪，但终于为了挽救军部的面子，满足狭隘的军国思想所造成的无知民众的要求，将无辜者以叛国罪名流放到"鬼岛"去了。这是军人想夺取政权的初步尝试，因此，在当时煽动起了法国全国人民迫害犹太人的暴行，残暴得来可与几十年后的希特勒的法西斯统治下的情形相比美的。这在表面上看来，只是一件普通的冤狱而已，就在当时相信德莱菲为无罪的少数人的心目中，起初也仅是当成一件冤狱来呼吁平反。但这事经由文人卜来斯的推荐说道：须得要一个有国际地位，有人民信仰的权威作家左拉出来登高一呼，问题便整个改观了。头脑清明的左拉，认为这不是一个人受冤不受冤的问题，而是全人类文明社会建立的基础，以及"真理"、"正义"被伤害的问题，是一个严重的社会性问题，民主政制与独裁政制的斗争问题。

一方面是人权的维护，另一方面（也是最要紧的方面），便是防止反动的强暴逆流，反抗军人的坏法干政。所以他不顾许多亲友的劝告，说他何苦以有限可贵的余年来替一个不相干的犹太人作极大的牺牲，招致预料得到的反动迫害。但是经他考虑了一下之后，那追求真理和正义的义焰，在他胸中又燃烧起来了,使他又恢复少年和中年时代的战斗文人的热情,终于毅然愿意抛去晚年个人安适生活和家庭幸福(这时他正五十八岁),暂时放下写作文艺作品的笔,挺身出来主持这一场艰苦的斗争。那时他几乎可以说是以一个人与被政府麻醉欺骗的全法国的民众和舆论相抗的。在整整两年之内,他写了不少动人的杂文和小册子,再接再厉的从正面攻击那顽固文过的军部,指出在狭隘的种族观念和军国主义背后的丑恶。这些文章单就是我们异国人在今日来读一下,也还觉得生气勃勃的。后来这场斗争激烈到如何程度,我们只是从法国内阁的几次政潮,全国舆论的骚动鼎沸上,以及在思想界所激起的广大影响,便可以看得出来的。当时在法国为争论这一问题,时时发生朋友间的失和、决斗,家庭间父子兄弟夫妻的反目。这斗争的尖锐化可以想见。全世界人们的眼光和舆论,也都集中在巴黎。至于左拉本人,因为后来真正犯罪的造假文书的伊斯得亚里被军法裁判故意宣告无罪后,他发表了那震动一世的《我控诉》,受军部和法庭的控告起诉,以至于被判决监禁和罚金。这当然是预料中应有的结果。为了使这场斗争不因左拉被判决有罪而结束,爱护左拉的友人逼迫他、劝告他逃到英国去过了一年流亡生活。这才真是使这位真正爱法国,为民族光荣工作一生的作家所最感痛苦而作的最大牺牲!然而,他终于为了真理与正义,勇敢坚韧的担当了下来!他当时受无知的盲目的民族的侮辱,社会上的迫害,生命的威胁,真是也到了极顶,被戴上卖国者的帽子。反动派造谣说他受敌国及犹太人金钱的收买,有人甚至想在大街上开枪刺杀他,把他抛进塞纳河去。法国画家亨利·德·□鲁,作了一幅《左拉从法院出来》的绘画,颇能表现出左拉在盲目群众暴行威胁下挺然不屈的精神,能与他的成名之作媲美,这是极令人感动的。左拉信道心的坚决,诚如他当时所说,"真理在进行,任什么也不能阻止它的"。所以他虽然受了一时的苦难,当时他把这被宣判有罪的那一天,作为他一生最光荣的日子,还在他最钟爱的幼小儿女的两只表上,刻上一八九八年二月二十三日这个可骄傲可纪念的日子等字样。他是想把这爱真理、爱正义的精神,传给他的后人,传给全人类的。

我们知道,这一场关系近代法国思想界的进步与反动分野的斗争,最后胜利是属于左拉的,虽然德莱菲冤狱平反手续是在左拉死后五年才告完成。不过,一个真正当得起文人这称呼的人的伟大,也正是他能具备如我前面所引高尔基的两个标准,一方面为他的时代之子,一方面也是一个为争取人类解放而具有全世界历史意义的斗争的参加者。在这里,左拉总是可当之无愧的吧!我更以为一个忠实文人,他的艺术与生活应是一致的;二者均须得建立在爱护真理和爱正义的上面的。确信真理和正义在任何社会事件上,终是永恒的"胜利者"。而且,作为伟大的文人,便是能将"它"的胜利,不止当成想象,而是能在预见中当成现实去表现出来。为左拉作传记的巴比塞说:左拉之所以不朽,我们所以应尊崇他,向他学习者,正因为他是走在时代的前面的(毕生都是勇毅的走在前面)巨人。我还想在结束这匆忙和杂乱的讲演之时,借左拉自己的一句话来奉赠今日在座的各位:"为'真理'和'正义'受苦难的人是可以成为至上和圣洁的人。"

青年左拉的新年[①]

一八六一年的冬季，在素称温和的法兰西首都巴黎，到了岁暮的时候，天气突然变为寒冷了。这因为，鹅毛似的雪已经飞了好几天；就在医学研究院研究员蒲德老医师家里，虽然壁炉里面生着雄雄的火，也还是有一点清冷的。这是除夕的午后，正是人们普遍休假而各自为私事忙着的日子，老医师也为了一件小事在烦恼着。

"叫谁去送这些贺年片呢？"

的确，这在仅有一个老年女工的老医师，是一个难于解决的问题。而且，外面的风雪又一刻不曾停止过。他虽说是一个谨守本分的学者，但在第一次共和政制被拿破仑三世用流氓手段谋害建立了独裁专制政权的十年之后，在"第二帝政"那虚伪腐朽的时代，要在社会上存在，对于所谓社交礼节倒是不能不适应的。连那一代伟大诗人、民主老战士维克多·雨果，只因性格倔强，就正被迫流亡在外国过着艰苦的日子。而到了今天，在资产阶级中，像这递送贺年片交际致敬礼节，他是万不能再吝惜与迟疑的了。

"先生，那叫爱米尔·左拉的少年人又来了。"

随着老女工的通报，蒲德医生看见一个面庞瘦削的高个子青年人走了进来，破旧的衣服上面粘着密密的雪片，皮鞋上涂满了污泥，一举足便在地毯上留下大团黑印，正表示是走了许多路来的。精于鉴别气味和颜色的老医师早就远远地闻到从那已经两天没有吃过别的东西的胃里倒喷出来的咖啡气息。

"啊！阿歇特书局老板回信是来了；不过，还得等一等机会——他想给

[①] 原载《文艺学习》1956年第13期。

你在邮寄部补一个包装员的缺额。恐怕，要在两个月之后……"

性情温良的蒲德老医师忽然觉得不能再把话说下去了，这面前的青年人，是他故人之子，在当工程师的父亲病死了十余年之后，财产受人欺骗侵夺。母亲与外祖母的挣扎，终于不能挽救由中落而贫困的命运。现在，这二十一岁的孤儿爱米尔不能不辍学，赤手空拳从南方到这茫茫人海的首都来寻求一个糊口的职业。这青年人虽然有着文艺上的嗜好和才情，写过一些诗和短故事，但在当时社会讲究门阀和宗派的风习下面，要想用不阿谀权贵、不颂扬偶像的文笔求生存，岂不是在做着幼稚的幻梦么？进阿歇特书局，是的，不是以著作进去，是以这老医师的情面保荐进去的！而且，又是什么位置呢？包装部的小职员！不过，老医师此刻所踌躇的，倒不是顾虑那青年的傲气，在终年饥饿之下，在有过在税关街上一家堆栈当小职员，而所得月薪不够吃饱的短短数月经验之后，他应该早已知道，乃至了解虚荣的面子和里子是什么的了。所以，老医师之不曾把话说完，正是在那时突然想到了更加紧要的问题："看样子，这小子目前就要吃呢！"

固然那低微位置的期许，还是要在将来才可以实现，但青年人已是十分激动的了，已经同饥寒斗争过很长的时期，再等一二月又算什么呢？这老人的温情的语言早就消解了他这一天在街头踯躅的冰冻，受父亲在艰苦里面始终保持信心和勇气性格遗传的左拉，是不善于装腔作势的。他吃吃地说道："谢谢你，蒲德老伯！……"

"哦，我正要寻找一个人替我送这贺年片哩！不过，……你愿意吧？"

老学者在青年人期望的目光注视之下，忽然想起手里正拿着的解决不了的贺年片了。但他还有着旧时代小资产阶级的良心的顾虑，虽然那样婉转地说着，同时正直的脸孔也不禁红胀起来。

"也许他将来要成为一位伟大的作家，社会的光荣，但眼前，最紧迫的是要吃呀！"

这样地默想着，温情的人道主义的老学者，觉得空虚的良心便已安定了下来。一位医学家，不但懂得饥寒对于"人"这个生物的生理影响，还深知那在心理方面的威力的。

蒲德！蒲德！蒲德！

一共是六十一张名片。左拉一只手把它们拿着，另外一只手里紧捏着一枚值二十个佛朗的小金币；而且，真像捏着的是自己生命似的，用着那样大的气力和虔敬，在他那缺乏营养而贫血和因穿着单薄弄得冰冷的手心上，也印出了一个深深的红印。

"哈！你不是常在梦想着要与这些当代文人分庭抗礼吗？你不是想到泰纳、阿补、戈结这些名作家的家里去侃侃而谈吗？去呀！好的哩，你是走佣工们上下的楼梯去给他们主人递贺年片：是佣工的身份啦，你去同佣工们谈谈呀！……"

望着大街上飞舞的雪片，在车马奔驰之中，欢乐的人为新年而快乐，愁苦的人为新年而愁苦，他一面计算着要采取的路线，一面也就慢慢地忘却了他近来日夜常在想写的长诗《创世纪》三部曲中起好腹稿的"人类之歌"那一节了。这眼前的现实生活，在现实中欢乐与愁苦的各不相通，不就是最好的活生生的"人类之歌"么？

虽然在不久以前，他给住在故乡南方的童年好朋友、爱好绘画的赛尚写信说过，只要有面包吃，他是决心任何工作都可以做的：自食其力，总比做空头的文学家好呢！但这一天，新年的前夕，他心里却是哀伤透了。这不是工作，这是老医生的慈惠吧？尤其是那些人家的老女工，吃喝得饱饱的，连走起路来都迟钝得像肥鹅似的女厨子，谁不要惊奇地望望他那不曾系着带子的破皮鞋呢？谁不要瞪视那既没有领带又缺少领子的衬衫，而会纳闷地想，这蒲德老爷的青年工人是好膩腆和忧郁呀？在这些富于探索隐秘精神的妇女含有哀怜的目光之下，青年的左拉仅有一点的自尊心，终不免染上一层难以描述的哀伤了。

"走吧，走吧，这日子总有走完的一天，就像这贺年片是有送完的时候一样的呀！"

他觉得紧握钱币的手心有一点发痛，那像野兽觅食般的勇气，忽然之间就在现实之中恢复过来了。他一连以骄傲的而且可以说是现出满不在乎的神气，走过好多家华贵宅第。

在龙香街那位正享盛名的浪漫主义大诗人戈结家里，也许是主人常有衣冠褴褛和不修边幅的青年客人来往的缘故吧，人家错误地把他引进书房去了。这胆怯的临时佣工，望见一个身材魁伟的巨人，立在散放着许多近东和远东的古玩陈设之间，正面对着一面透亮的镜子，用手扯着长长的胡子，用响亮顿挫的音调在忘神地高唱：

> 世人都像死了的牲畜
> 发着腐烂的恶臭……

左拉把一张贺年片快快地抛在一张嵌花的古式桌子上，呼吸屏息着，便匆匆地逃去了。桌子上摆设的一个中国的白瓷罗汉，默默地含笑坐着，青年人的窘态，是只有他见到和理解的吧？然而，想看看这位文坛前辈，想瞻仰瞻仰这位在浪漫主义初期，在理论战斗上以及实践上，曾以奇装异服和不拘的言谈来震惊过巴黎庸俗市民的文坛勇将的风采，不正是他多年的梦想么？

"还记得去峨克达弗·费叶家里呀！"

哦！这位在"第二帝政"反动统治之下，专一迎合绅士淑女口味的时髦文人，"这位直到笔端都是资产阶级风度的作家"，这黑暗时代的装饰者和麻醉者，这文艺的庸俗贩子！但是，还是得去呀！为主人蒲德医师投递贺年片而去呢！这里的女厨子，倒是同主人一样有绅士风度和细致的情趣的，她很客气地请这神气窘迫的青年喝一杯红酒。有喝的，这不是黑咖啡，而是可以温暖风雪之下的身体的红酒哩！他暂时忘了这是在他所鄙视的文人家里，暂时忘了他常说的只要有清水喝便可以过日子的口头禅了；那样芬芳的红葡萄酒，他倒不好意思拒绝的。然而，也许是空着肚子和不大习惯的缘故，他终于在慌张告辞时碰在门上了。

不错呢，这是一八六二年的新年，吃，睡；明天，还是吃，睡。像这样的节日，真是还不错哩！青年左拉在这样想着，在大雪之中走回苏佛罗街不曾生火的六层顶楼上的小卧房时，他疲劳得连一点愁怨都没有了。只是，在临睡以前，他从窗外透进的街灯的微光中，看见前一向自己写的稿子，自入冬以来因为天冷又没有烧火，便不曾好好再续写下去，还散乱的堆在桌子上和床边。他忽然又记起巴尔扎克在青年时代给朋友的信里的一句话："啊！

要是我有我的食粮，我也许可以写出一点能够传世的东西呢？"

吃，睡，这一八六二年的新年！大概这就是费叶的女工请喝的那一杯酒的影响吧。青年左拉要想同写了《人间喜剧》的巴尔扎克相比，那还需要再受几年饥寒熬煎之后，他才能着手计划他的二十本的《卢贡·马加尔家传》的。

一九五六年十月改写

附记：

本文取材于左拉的女儿德妮丝·来·卜龙·左拉所作《左拉传》及白唐·德·儒卫勒所作《左拉传》。关于左拉青年时代与困苦的奋斗生活，各传均有动人的记述。

又本文里面所提到的几位文人，略注如后：

（一）泰纳（Taine），文学批评家及历史学家，生于1828年，死于1892年。主要著作有《英国文学史》、《艺术哲学》。

（二）阿补（About），通俗小说家，生于1828年，死于1885年。作有《山林大王》、《一个勇敢人的故事》等小说。

（三）戈结（Gautier），浪漫主义大诗人及小说家与批评家，生于1881年，死于1872年。"为艺术的艺术"理论的首创者，著有《彩釉与啄玉》等诗集，《马班小姐》、《木乃伊故事》等小说。

（四）费叶（Feuillet），通俗小说家及戏剧家，生于1821年，死于1890年。著有《一个穷青年的故事》、《德·加莫尔先生》等，文笔流畅，但意识极陈旧，颇能迎合资产阶级嗜好。

时代悲剧与诗人之死[①]

——从闻一多之死谈到雪尼的被杀

不知怎样的，自从闻一多先生在昆明惨遭暗杀以来，这一个多月当中，我总常联想到法国大革命时代，热情的青年诗人安德娄·雪尼（Andre Chenier）被送上断头台这一件事。自然，有一些不大伦类，以雪尼那样的伟大的天才诗人，只因一时对于革命认识不清，从感情上发表了反对"严厉政制"的言论，也不免遭杀身的处罚，在后代的法国人看来，是极可痛惜的事。是呢，这的确是一个民族的损失，甚至也可以说是一种耻辱。在一个国家里面，有才能的文艺工作者，总算是对于一个民族能多少有点光荣的贡献的。在政治开明或社会进步的时代，是应该加以重视或爱护。像专尚功利的英国人，也要说出宁可失去印度，而不能没有莎士比亚的话，那正是这种意思，表示对于文化，还是置诸民族宝爱的首位。一个国家，若果不重视文化，或者更进一步压迫或杀害文艺工作者，这就不仅是耻辱，乃是暴露这民族若不是停滞在野蛮时代，便是正在走向反动堕落的道路，像前不多年德意的法西斯党人所作所为便是如此的。在此次闻一多先生血案发生以后，我们即只从这一个角度来看，已颇为我们国家的文化前途忧虑，而由悲愤之中，的确会感到这是一种民族的损失和耻辱了。

至于从历史事实上说到这位法国诗人安德娄·雪尼，他的不幸的遭遇，则又比较曲折复杂一点的，倒颇如我们常说的"生不逢辰"了。本来，以他那样一个热情人，富有着对于人类光明的理想，同情大革命而终于会牺牲流血于他所爱的大革命中，虽说这是历史进展的悲剧，但令后人要痛悼悲惜也

[①] 原载《民主报》1946年10月4日第4版。

是真实而易解的事。因为，在法国大革命的进展中，所谓"恐怖政制"正有它产生的时代上的必要，法国人民为了从全欧洲反动君王，贵族，以及教士阶级魔手中救护这革命，是不能不如此的。然而，其中便产生了何等惨痛的悲剧呢？我们知道，为整个革命前途计的领导者罗伯斯比尔，他正是实逼处此而坚持执行严厉政策，对于阻挠革命或妥协分子不稍宽假，而这一来，激情的革命首领之一但东是如此牺牲了，连发现"物质不灭定律"的大化学家拉瓦锡也不免于死刑，——罗曼·罗兰的几本以大革命为题材的戏剧，正颇能显示出这时代的悲剧性的，——而这位青年诗人安德娄·雪尼，则更是不幸者中之最不幸的一人吧。他本是生在君士坦丁堡，幼年浴在近东温暖的日光下，深爱热情与自由，自然易于倾向革命，但同时他又是古希腊纯真情绪的崇拜者和讴歌者，富于诗人的幻想，所以，后来在事实上见到革命的冷酷与流血方面，他以空想者的头脑，忍抑不住情感上的反感，而由痛苦矛盾之中，终于表示对严厉政策加以反对了。但以此之故，他便被革命法庭控诉毁谤革命，同情反动，不幸又偏在一种偶然场合之下被拘，被判处断头之刑。这位诗人，一生虽然短促和不幸，——他死时才三十二岁，——但所遗留下的诗作，却是在法国文学上永有着光荣地位的。我们至今读他那些仿拟古希腊牧歌的诗，尤其是那极有名的一首《少年女俘》，对于光明那样的热情的赞美和希望，对于生命那样的执着和留恋，就在一百多年以后，也还感到情感上的清新动人，而更不能不同情和痛惜他的悲惨的命运了。他要不是生在充满悲剧的大革命时代，那天才的发展适当，当更会有伟大作品产生，而至低个人方面，也可以得保首领以没吧。雪尼对于诗歌的主张，有一名句传世，便是"以完美的古典形式表现新的思想"，在这一点上，与闻一多先生从前对于中国新诗的见解，以及近十几年他努力从事旧诗的研究，是相类似的。自然，我自闻一多先生惨死以后，会常联想到雪尼，倒并不是起因于此，而是另一些情感的作用。本来，他们在时代大悲剧中成为不幸者，其背景与性质就根本颇不相同的。

据轶事传说，当诗人雪尼坐在囚车上被送往刑场时，同车恰有一位也是被判断头的王党小诗人儒歇。彼时儒歇是惊怕得战栗失色，——那正是反对派内心怯懦的表现，——只有雪尼，他虽然那样的热爱生命，但他却死得很勇敢与坦然，这因为他本是有着革命的真诚热情而对于动乱的时代悲剧性和人的命运是深能了解的，所以他仍然神色自若，只有在将走近那无情而可怖的断头机时，他才用手轻微的拍着自己前额，忧伤和歉惜的叹息了一声："我那里面究竟有点东西的呀！"

这是他在为自己才能未能有充分生命和时间去发展而不禁哀怨了吧。他的诗作在生前发表极少，大部分的遗稿，还是由他兄弟，也是热情的诗人马理若瑟夫·雪尼保存而方得流传于世的。但一个有真情的和有天才的诗人，虽然生命短促与不幸，其作品确能永传不朽。而就像与雪尼同时被刑的那位王党小诗人儒歇，只具着阿谀权贵与顽固反动气质，因为缺乏真挚情感，虽然死时要比雪尼年长十七岁，而在生前早已刊过一本以纤巧诗句博得一时微名的集子，但在这以后，他的作品便早已完全和永久的湮没无闻了。我们就在一般法国文学史上，也很难找到他的名字的。就在这一个历史小事件的偶然巧遇的对比上，我们也可以看出真纯的情感与光明的品格，才是人与作品的最基本而又最严正的尺度呢。

雪尼之死，真可算是一个历史和时代的悲剧。一个国家里一位优异的天才，是如此不幸断送在政治浪潮之中了。然而，雪尼的遭遇，我们总还可以说，因为他对于大革命的进展缺乏冷静的判断，不曾由理智上去认识，甚至有替路易十六辩护的嫌疑，其受时代的牺牲也有相当的咎由自取，并且，也还可以解说，因为他的毁谤革命，是阻碍了革命而助长反动的；而他之被处死，还是经过一定法律手续，公开审讯，依律科刑。但就是这样，许多后代的人，尤其是一班历史家，对于大革命领导者罗伯斯比尔之杀及诗人，还总不能饶恕，表示歉惜，认为是光荣的大革命的一个永不能洗濯的污点！至于像我们的诗人学者闻一多先生的更惨痛的遭遇，则真恐怕是已达到中华民族的奇耻大辱的程度了吧！他对于中国文化界，正已有和可能有更坚实的成就与贡献的；他为了争取光明而竟遭了黑暗夺去他有才能的生命！对于闻一多先生之惨死，会联想到雪尼，其真正原因，也许就在这一点上面，否则以他们二人的身世，时代，乃至遭遇均颇不相同，而终于还写出这对比的小文，倒像在做八股的搭题文章了。

巴尔扎克式的理想与现实[①]

巴尔扎克一生正可以作为生活在理想的艺术世界里面的人的最好例子。

幼年的时候，他醉心于音乐艺术，他只计算着从少数的零用钱上节俭下来购买一架钢琴，他就不曾想到要能办到这事所需的储蓄岁月是何等的久远，而更丝毫没有注意到他的窄小居室是连安放这奢侈的乐器的隙地都找不到的。家庭送他到学校去学习法律，他却受了当时维克多·雨果一班人浪漫主义的感染，把讲义上的空白也写上些文句；将吃饭的钱拿去买了戏票，饿着肚子去欣赏名剧的演出，还装着落落不羁的名士样子，也是传为美谈的了。初期的短作品写成印刷出来之后，他真会喜而不寐，连忙拿去给家人和亲友看，要是能收到一点可怜的稿费，他更是要矜持而得意洋洋拿来给人看的，意思是说：你们瞧不起的文学，也能挣钱的呀！

然而，他也真是穷，所以他总是想着经营一件什么可以立刻致富的事来使他生活安定，可以有余裕去从事写作。在这上面，他真做过不少幼稚而荒唐可笑的梦。连从南洋去运橡胶树苗回到法国来栽植可以发大财的计划都有过，他就不曾想到极简单的气候问题！他同人合伙经营印刷事业也是抱着这种心情去做的，所以结果账目全弄得一塌糊涂，而他是不能不担负破产与清偿也几乎清偿不完的债务的重压了。他好像还不知道那债务压人的重量的，他毅然乐观的肩荷下来，自信只要在写作上努力，有了成就，便可以解除这困厄，这正同他自恃他那野猪般体力，可以担当每日不断的写作十六七个小时，自信他那一支小小的笔，可以记述一部整个的《人类喜剧》似的。——是的，用了廿几年的苦役，他是把这一切担当下而且胜任的完成了，但是，

[①] 原载《新新新闻晚报》，1946年6月26、27日。

他也就完全不会想到，这完成便也是生命的终结：《人类喜剧》成为作者巴尔扎克生命的悲剧了！

有一位批评家认为，"对于巴尔扎克，'将来'是不存在的，一切都是'现在'。要是他谈说到一次盛宴，他谈得津津有味，就以为他真的吃过似的"。而他以此便说是巴尔扎克仍脱不了旧浪漫主义的气息。我以为这倒恰相反，巴尔扎克在写作时是把自己倾注在他所创造的现实之中，他与他的笔下的人物血肉相通，他所构思的事件是在他意识上真实存在真实发展的。上面那位批评家所举的例子，正与稍后的不久，受了巴尔扎克启示的写实主义大师的佛罗贝尔所自述的创作经验相像。在佛罗贝尔写他的波华荔夫人服毒自杀的时候，他有整整几天感到自己嘴里真有砒霜气味一样，他连饮食也都咽不下去。这不是正好说明一个忠实的文人，在艺术上的理想即是他生活的现实么？

真的，《人类喜剧》的作者一生在为人上，以及在文艺写作上，几乎是整个的生活在他理想的世界中的。而且，他还终于把他所创造的世界与现实世界混同了。还有一件有名的传说，便是在巴尔扎克正写作他的名著《欧也妮·格郎代》的时候，有一位朋友去看望他。巴尔扎克迎到他的前面，脸色异常痛苦的说道："你想想哩，那个不幸的女子自杀了呀！"当时这位朋友异常吃惊，再经细问才忽然明白小说家所说的不过是他创作中的女主人翁而已。这故事倒的确是"巴尔扎克式"的。

还有一件则更富有意义了：有一位朋友向巴尔扎克谈说他的妹妹患病很重，但著作家却打断了他的话说："这样很好，好朋友，我们现在再回到'现实'上，谈谈欧也妮·格郎代吧！"他真是把他的想象社会当成了现实社会了呢！

至于意识上，巴尔扎克的旧教思想和保守观念，那我认为正是限制在当时的社会条件之下的。他开始写作的年代，已是浪漫主义风靡一世之际，然而随着初期资本主义的发展，小资产阶级的兴趣，社会的一切矛盾现象的激荡，他终于不能再像那些出自贵族地主的浪漫主义者，完全和群众背道而驰，躲避到理想的巴拿斯山谷去。他是出身衰落的资产阶级，背负着贫困的遭遇，虽然他的阶级社会意识是朦胧的，但却因此使他对于现实问题敏感、锐利的眼睛触及社会的阴暗面，所以，他决心把他的时代和他的阶级描画在作品中，他把同时代那些浪漫主义者所轻蔑的题材，作为熟悉的现实世界，加以精到的分析，由于整二十几年的劳作，而留下不朽的《人类喜剧》。不过，就他的气质与青年时代所受的教育，以及当时文艺的风习来看，他的思想和所创立的主观的写实主义，还多少残存着一些旧时代文人气息，也就不足为怪的了。

一九四七年六月

勤奋成功的巴尔扎克[①]

——读书札记之一

"我是粉碎障碍的专家"——刻在巴尔扎克的一只粗大手杖上的土耳其文箴言。

素以自己体格强健而豪爽地自夸是文学界的"大将军"的巴尔扎克，终于只活到51岁之年，遗留下近百部作品便早死了[②]。依写作时间与成绩来说，几乎在世界文学史上，一直不会有第二人能和他匹敌的。就是与他同时代的也是多产的作家维克多·雨果，对于巴尔扎克之死，也不能不再三叹息："他的一生是短促的，然而也是饱满的；作品比年岁还多。"要是我们再一想到，这位为马克思和恩格斯所称许的19世纪伟大的现实主义作家，他的一生都在困厄之中，他必得成为"粉碎障碍的专家"才能达到成功，那么，仅只他的坚韧精神和勤奋劳动便实在很值得我们敬重，值得我们学的。但是，有好几位巴尔扎克传记的作者和文艺批评家——如法国的"实验主义"哲学家和文艺批评家泰纳，甚至奥国传记名家支魏格也如此——虽然也常常慨叹巴尔扎克的为工作而牺牲健康，他的彻夜不眠的写作，他的"因五万杯咖啡而活，也因五万杯咖啡而致死"；却总又对于他的多产颇有微词，更特别地爱提起他一生穷困，不断为债务和生活所迫，不得不要专门仰赖卖稿来应付和支持。这好像他们对于巴尔扎克的不幸生活遭遇是很表示了同情；其实，这正又暗示着伟大的作家只是为了疗贫，为了换得金钱还债和维持生活，才会那样去勤劳过度以至戕身短寿。

---

① 原载《草地》1958年3月号。

② 严格地说，是在20年内出版了97部作品，与我国陆放翁自己的豪语"六十年间万首诗"相较，也可算是毫无逊色的。

这也可算是资产阶级文艺研究者的浮浅的看法吧？对此，我们是不能同意的。（姑且不深究那样的动机是善意或恶意，因为我们早也深知很有些资产阶级人士对于巴尔扎克作品的严峻的现实主义是颇厌恶的。）

首先，依照我们正常的理智来评判："贫穷"，虽然德国一位诗人会歌咏它是"最大的灾星"，但对一个人来说，总还不是他个人的罪过吧？负了债务而能以一生勤苦工作来求清偿，岂不正是做人的一种美德？贫穷困苦而能写出很多的作品，也更不应是可耻的事吧？要是贫穷困苦而又能创造不朽的艺术巨著，这岂是那些将写作当好玩的事儿的人们所能做得到的？那些说"这是因为穷呀"和说"只不过是债务逼迫着才写得太多了哩"的人，他们又怎能够去深入地理解一位由困苦中奋斗成功的作家的伟大之处呢？

实在地，要是我们仔细研究这位《人间喜剧》的作者的一生，联系着他那样宏大结构的作品的辉煌成就来考查，便可知道贫困和负债仅不过是促成他写作勤奋的次要原因；而主要的是，他在青年时代便有以文艺为终身事业的志愿，并且是想要超越前人，在旧的只去赞颂英雄美人和抒述个人情感的写作方法以外，创造了反映和分析社会事象的现实主义的新的文学。在这上面，我们看见他后来一直在实践着，而且在实践中又丰富了创作思想和理论，只要一读他在1842年写的长文《"人间喜剧"前记》，就可具体地体会到和证实着这一点的。（但这也是想要真正了解巴尔扎克一生文学活动的一个主要之点！）

此外，我以为，巴尔扎克在少年时代写给友人的书信里有一句话，应该是最令人引起深思和衷心感动的："要是我有我的食粮，也许我能够写出一点传世的东西呢！"真的，他不仅大半生几乎都没有足够的食粮；然而，他终于还是写出了真能传世的东西；并且，不只是一点点，是好几十部有巨大分量的作品！这样的艺术工作上的成就，还不足以说明他的努力不只是为了疗贫么？在泰纳的有名的但也是理论混乱的《巴尔扎克论》里，在支魏格的噜苏冗长的《巴尔扎克传》里，除去都谈到伟大作家的贫困和为还债所迫而不得不在将近二十年之中每天工作到十六、七小时，但同时两人也一再提到，巴尔扎克对于自己的写作却是要求得极为严格的，每一部作品要经过多次的修改才能满意,甚至在付印之后他也常常把校样改到十次以上,有时一行一页文字,可以删改易写变为十行十页至几十页,终于初稿与定稿的差异几乎是两篇不同的作品的差异。(为了这样的精心修改,巴尔扎克不仅受过出版商无数的责难,有时还要负担赔偿因多次中止的印刷和另行改排的费用,乃至那作品所得的稿费不足相抵,他也毫不顾虑和吝惜。)那么,我想,我们怎能说巴尔扎克是为了稿费而粗制滥造呢?这倒正是伟大的多产作家忠于艺术工作的证明吧。

巴尔扎克一生正可以作为热爱生活和追求艺术的人的最生动的例子。青年时代他醉心于音乐,他只痴想着从零用钱上节俭积得一笔钱来购买一架钢琴,他就不计算一下要等好长的时间才可以凑够这项对他说来不算小的数目,更完全不会想想他的居室那样窄小,连安放这奢侈的乐器的地方都是缺乏的。至于他常常把当苦学生用来吃饭的钱挪移去买戏票,饿着肚子去得意忘形地欣赏名剧的演出,也是早在法国文坛上传为美谈的了。为了从贫困中解放出来,能得到较安定的生活才可以去从事他从幼年时候便已决定的文学工作,他曾做过不少次以为可以弄钱而结果成空的荒唐经营,有些妄诞的想法的确是要使人好笑的。他同别人合伙经营印刷业失败破产是在 1827 年——那时他也只有 28 岁哩——但在这以前,不顾家庭和友朋的非难,他一面研读他不愿学习的法律学,一面已经写过好几部小说,有一个戏剧还得到相当的成功。而在这次遭遇到对于他后半生有决定作用的破产之后,他却豪爽地将那几乎是永也难以还清的负债承受过来压在自己个人的头上,就不曾把负荷分给合伙人。自此以后,在多少年里,为了免于索债者的啰唆和追讨,他除了做超乎常人的文字劳作外,还经常要感受到精神上和社会地位上的难堪的重压。他在债主迫逐之下的窘状,他的天真和愚蠢的应付技术,也真算是可怜和可笑的。他的传记作者,特别是好玩弄文字和情节趣味的支魏格,便很有兴致和带点嘲讽意味地去大肆描绘了这些不愉快的场景。不过,也就恰恰因此,巴尔扎克倒更认清了那时正在发展的法国资本主义社会,他发现了一个支配近代社会的恶兽——"金钱";所以,他的一系列的作品,就主要是从各个角度去分析它的权威和罪恶的。他以多彩的笔给我们真实地刻画出 19 世纪资本主义社会的全貌,马克思称赞巴尔扎克"对于社会关系有深刻的理解",我们认为是最正确的评语。所以,巴尔扎克的作品很自然地是时代的产品,而我们只要再一想到《人间喜剧》的作者本人一生的命运正也是时代所造成,但他又是那样勇毅地去担当了这时代给予他的幸或不幸的命运,一直不曾怨天尤人,仅只是坚忍着,乐观地工作,我们对于这样一位有魄力和纯朴之心的人,开创了近代小说新道路的大师,能不感动,能不钦佩的么?(当然,巴尔扎克世界观上的时代局限性,他的保守思想,在我们若是要作巴尔扎克的全面评价时,是应该注意到的。)

除去对生活与艺术的热爱外,还有一些庸俗论者把巴尔托克和几位女友,特别是和汉斯佳夫人的恋爱,也说成是促使他去从事那种超人工作的动力,支魏格便用了许多篇幅来描绘巴尔扎克的忠实和痴愚。但是,这又是怎样一种不幸的恋爱!在思慕交往多年之后,也就是他一生投入全部精神和体力的巨著在辛苦境地里完成,可以稍作较安定的晚年的生活打算的时候,他才可能带着不治的重病冒着长途风霜到俄国去和汉斯佳夫人举行并不愉快的结婚。(这婚期的迟延多年,也只是由于她的自私自利的计算!)然而,早因劳瘁过度弄得健康衰败的巴尔扎克,虽然勉强地偕着也算是新妇回到法国,但仅只在病榻上呻吟了再五个月,便终于连这位出身波兰贵族的妻子的看护照顾也得不到,就苦痛地死去了[①]。

维克多·雨果于 1850 年 8 月 20 日在巴尔扎克安葬时的《墓前致词》中说,伟大作家的全部著作只是一部作品,一部有生命力的、光辉的、深刻的作品。我们也正可以说,他的一生的全部生活,便是一个有生命力的、光辉的、深刻的生活!而这就是直到今日我们不但爱读《人间喜剧》,也更爱它的作者的原因吧。

[①] 维克多·雨果对于曾作为十九世纪初期法国反古典主义的浪漫主义文学运动的战友之一的巴尔扎克,虽然其后因为艺术上和思想上见解各异,两人的生活发展和作品风格不同,但始终是怀着诚挚的友谊和深厚的敬意。雨果有一篇《记巴尔扎克之死》的文章,充满了悼惜的情感,动人地记述了他在巴尔扎克临终之夕去和老友告别的印象;对于那位薄情的汉斯佳夫人,透露着微词。

由几件琐事谈文人习性[1]

孤僻自大的佛罗贝尔

概括的说，个人的生理方面可以决定他的性格，甚至限制了命运。骤然论断是过于狭隘，但有时遇着一两个特殊的例子，若从这方面去观察，也还有相当的意义。

法国文人佛罗贝尔在幼年时患过很重的脑病——一种许多作传记者解释不同而且命名各异的脑病。就是负医界盛名，正在任卢昂城公立医院院长的父亲，也认为这儿子是不易治疗痊愈，至低也不免于残废或疯狂。然而，赖有家庭的爱护，有充分财力与悠闲岁月供他疗养，终于出人意料的算是脱离险境而慢慢恢复了健康。也许便是由于家人对他长期的爱护与姑息，养成或助长了孤傲与躁急的习性，而这也就使他一生要吃不少性情乖僻的亏。

他在文学界成名较晚，但是却是以数年埋首苦心写作的《波叶荔夫人》一鸣惊人的。他没有受过文坛前辈漠视或出版家与读者白眼和苛责的苦痛，虽然有假维持社会良好风俗之名而同他打麻烦的官厅干涉，倒是恰好只有更助长了他的文名和地位。因此之故，他在文艺界也弄成了目空一切和惟我独尊的脾气。同他接近交往的朋友，如龚古尔、都德、屠格涅夫、左拉等，他们五人在当时组织了一个每星期五的聚餐会，在文学史上是非常有名的。全都知道佛罗贝尔有个弱点，不能听别人与他不同的意见，而每每在谈论上一有争辩，他总要勃然大怒，声色俱厉的乱嚷，甚至有时还会惹发旧病。

左拉的夫人在佛罗贝尔死了多年之后，每次对人一谈到他在餐桌上的那

---

[1] 原载《大公晚报》1948年9月10日第2版，《半月文艺》第44期。

种暴怒——那时一般朋友为爱惜他总是只好容忍和让步的——她都还禁不住要战栗,并且叹息地补充说:"不过,他倒是一个好人哩,脾气闹过一阵之后,他总要现出失悔歉然的样子;只是,风暴总也平静不长久的,虽然他离席到窗户前面去透透气再回来坐下,似乎完全好了,然而转眼之间,只要一言不合,他又要发作老毛病呢!"

有人对于佛罗贝尔晚年的厌世悲观,认为他不曾结婚的独身孤寂生活有很大的关系,这也许有相当的理由。不过,我们若再一设想,像佛罗贝尔这种自尊自负心极强,而又颇有苛于责人习惯的人,他若结婚成家,在生活上能有美满的结果吗?以托尔斯泰那样主张对人宽恕,那样肯将就环境的八十老叟,在暮年终于还不免会演出大不幸的家庭悲剧。要是佛罗贝尔那种缺乏容忍和自制的人,遇着了家庭生活上的琐屑麻烦,他还能耐着性子,沉下心来终日写作和推敲文字吗?(但他又是怎样的癖爱推敲文字呢!)恐怕床笫之间不可免的悲剧一发生,他早就会自行爆炸粉碎的了。

对于佛罗贝尔生活与作品上的虚无主义,若就他性格方面来看,真可说是咎由自取。独身者晚年的孤寂景况是可哀怜的,尤其是他最后的岁月,遭受了甥女破产的连累,一生那样倔强放纵的人也不禁老泪频挥,几乎受憎恶的现实生活压迫的打击而致死,但是,我们要从文艺的贡献方面来看,也许倒还是这命定的孤独较为适当吧。

屠格涅夫的贵族气度

在有名的法国文人爱德蒙·德·龚古尔的日记里,对于同时代的人,常记有一些趣闻逸事,而又每每是恶意多于善。这一些贵族气质的病态心理作家——尤其是长兄爱德蒙——由于夸张的发展了纤细的情感,不免把嫉妒的恶行,即是中国士大夫所谓的"文人相轻"的丑习,也自然而然的要流露在字里行间的。

大龚古尔对于莫泊桑晚年不幸的发了疯狂症那种视朋友如路人的幸灾乐祸的记载,是太无聊得令人冷齿,也真太无"绅士风度"的了。即他挑拨都德和一群青年作家去恶意的谤毁相交多年的左拉,闹出反对左拉大著作《土地》那场"五人宣言"的笑话公案，不也是结果弄巧反拙而自讨没趣吗？但他对于被巴黎人士娇养惯了的屠格涅夫，正同他一样始终脱不了没落的小贵族气度的这位俄国文人的记述，倒是有着相当的意义。照龚古尔的日记好多地方看来，他对这位在那时为他们当着面表示尊爱的俄国大小说家，也是另在暗地里颇不满意的呢。

顶有趣的是龚古尔曾叙述过有一次，屠格涅夫向左拉和都德开了一个不大高明的玩笑。事情便是这样的：

那时这两位法国小说家都尚未怎样成名，均是颇感穷困而且自奉甚俭的。这位旅居巴黎的俄国大作家，却要"请"他们在一家很贵的饭馆去吃饭。也许事先并未说清楚，到了吃毕会账的时候，一共该一百二十个佛郎——这在那时是相当大的一个数目，例如不几年前，左拉在阿歇特书店当邮寄部职员，就仅有月薪一百佛郎的收入的——屠格涅夫却坦然的只付了他自己那一份的四十个佛郎。于是，这两位原先以为是被请的穷客人，便只好忍痛的各自掏出自己应付的一份了。

龚古尔记述道："我至今还清楚的看见左拉，很窘苦的在他的衣袋里掏寻他的那四十个佛郎，而当时屠格涅夫，却找不出什么合适的话来对他敷衍，只是带着他那种斯拉夫人的冷漠神态，用他重的鼻音说了：'左拉，你不该不用领带，这么多不漂亮哩！'"

都德对于这一次的玩笑是颇不满的，他有许久都不曾释然：一回误会的聚餐，便要耗去一位贫苦文人半个月的生活费用呢。左拉虽是并不在意，不过他也未立刻去买一条领带来使自己漂亮，他那时真太穷太穷呀。

龚古尔在日记里是以好玩的笔调记下了这一件趣闻。然而，便是在这件小而又小的逸事上，我们也看得出《猎人日记》的作者，始终还免不了俄国旧时代的贵族气度，他不能了解贫穷真实的意义的。

坦率的莫泊桑

在十九世纪的法国文人里面，莫泊桑是常被人误解和非难的一个，最爱为人引述的便是托尔斯泰所谈的评论，虽是一面在倡导为人生的艺术，而一面终还不免有几分做作的俄国大师,那样爱好"在臭东西上加盖"的旧贵族绅士文人习气,就是在文艺理论上也不免要流露出来。托尔斯泰对于莫泊桑的作品认为过于粗野,而且因为他的题材大多是曝露资产阶级社会的种种恶行,便判断莫泊桑是一个不健全的丑恶嗜好者。正相反,要是我们平心静气的去研究莫泊桑的时代和环境,以及细读他的传记,不能不说他正是一疾恶如仇的人。在资本主义由成熟而要到腐烂时期的社会,必然会产生出那些狗男女的邪淫、自私、欺诈、愚妄、偏执、昏聩、卑鄙、贪婪等等恶行的。把这些要不得的罪恶和丑态不留情面的揭露出来,也正是一个正直人——尤其是一个真正的文人——应尽的道德上的责任。所以,我们还甚至可以进一层解说,如托尔斯泰所认为的莫泊桑的粗野,倒正是这位法国小说家性格坦率的表现。

南卜罗梭(Lumbrso)花了许多精力和时间去集印的莫泊桑的书信,对于我们了解莫泊桑的为人是很有帮助的。而便是在一本比较陈旧的麦尼耶(E. Doudrd Maynial)写的《莫泊桑传》上,我们便也看得出小说家为人的认真和坦白,并不是如一般人所误解的轻浮。但我在毕生珍护爱子的莫泊桑的母亲,在晚年还常喜欢向人讲述的这位不幸早死的小说家幼年时代一个小故事上面,却更觉得有一点特殊的兴趣。至少,在想了解莫泊桑的性格时,是可注意的。

童年时期的莫泊桑,在故乡罗芒第海滨,极好交游,尤其爱同贫苦的渔家子弟来往,在海上划船游玩。有一次,他约好一个渔人之子名叫查理的,同往邀一位中产家庭的少年,三人将一同去作一次远足旅行。中产市民型的主妇,对于同阶级的莫泊桑还殷勤接待,而对于那另一位儿子的卑微游侣,便不肯怎样假以辞色。在三个少年正要动身的时候,她极自然的——但是傲慢的呀——对那渔人之子说了:

"当然的哩,是查理拿着饮食篮子吧?"

渔家少年因自惭而脸红起来了。而当这局面正有几分窘迫的时候,直觉感到不公平的莫泊桑便接着抗声说道:

"是的呀,太太,我们每人轮流的拿,并且还是我先开始啦!"

他终于坦然的提起那只装食品的篮子,同着两位游伴完成了一个轻快的短旅行。是的,故事很简单和细小——不过那时小说家也只有十岁呢——但他在以后的著作中特别严厉的攻击中产市民阶级的偏狭与愚蠢,这根源却是有所从来,而且也还始终是那坦率性格的表现吧。

狮爪录（一）[1]

一　左拉与"德莱菲事件"

"德莱菲事件"，是法国前世纪末年民主共和人士与反动派短兵相接的重要斗争，——而且是具有大无畏精神的文人左拉人格的最高表现。

当一八九八年一月十三日，左拉的那震惊一世的《我控诉》在黎明报发表之后，全法国社会各阶层立刻骚动，在议院中的右派人士，因被刺着痛处而恼羞成怒，决定要用全部黑暗魔力来扑灭这真理的光明信火，乃至就是违法倒行或借此挑起反动政潮亦在所不惜。自然，这些仰军部鼻息的议员，帮凶帮闲的小丑，既然把持着议会，首先便要提议请政府和军部控诉左拉。当时，在议院居少数派地位的社会党议员，颇有与左拉表同情的，在开会前，他们先在议院会场外一间房间内聚议，讨论以他们的立场，如何支持并援助这场为人类真理的斗争，采取何种方式与反动派相抗。

在群情忿激之中，有一位眼光狭隘的社会党议员，却冷冷的提出了一个意外的问题：

"不过，左拉并不是我们社会党人呢！"

"哦！怎么呀？"素来颇有学者风度、正在壮年的社会党领袖让·罗锐斯（Jean Jaures）忽然变色，而且忍抑不住忿怒用拳头粗暴的向桌上一搥，面红耳赤的大声说道："怎么呀，不是社会党吗？……我且告诉你吧，爱米尔·左拉这一行动，正就是本世纪最伟大的社会主义的行动啦！"

是的，这一句辞严义正的话，便是当时左拉不顾一切黑暗势力的威压，

---

[1] 原载《大公晚报》1947年4月25日第2版，《半月文艺》第11期。

而要挺然不屈的以爱真理的殉道精神去掀起"德莱菲事件"的大风暴的最好注解，一针见血的道出了这场战斗的历史意义！

所以，让·罗锐斯在当日议场的左右两派激烈争辩的时候，他坚决的反对反动派议员德·满恩伯爵提议控诉左拉，而且，声色俱厉的指着那一群仰军部鼻息的议员喝道："我给你们说，你们是正把民主共和国交给到将军们手里去啦！"

自然，诚如左拉本人所说，"真理在进行，任什么也不能阻止它的"，但在那时全法国人士几乎都为反动派无耻诳言所蒙蔽之下，也只有极少数的有正义良心的人如让·罗锐斯才能看清这一切，而且敢于奋勇真诚的呼叫。所以，在这场人类正义的战斗之中，我认为让·罗锐斯那动人的一怒，那忿慨的一拳，也正是可与左拉的《我控诉》并传千古的。这是崇高，这就是美！的确，狭隘的党团或宗派的观点，怎能不在为人类争真理正义的伟大情感之下黯然失色呢？

后来在一九一四年，欧洲大战刚爆发的时候，让·罗锐斯因为要阻止自私的资本主义国家间对广大民众的屠杀行为，发出反抗的呼声，不幸被反动派无耻的暗杀了。但他那坚贞不拔的精神，为人类和平奋斗的英勇，以殉道者无畏的态度去维护真理，实在是与左拉的精神息息相通的。

二 王尔德与"德莱菲事件"

当左拉在一八九八年以战斗文人姿态，掀起"德莱菲事件"风暴的时候，不但震动了整个法国社会，连欧美各国的政治与文化界都受着相当影响的。自然，这时年近六十的左拉，以他四十年来严肃的工作成绩，正同北欧的另一位伟人托尔斯泰相似，遥遥相对的成为世界性的思想界的领导大师。不过，在这一方面，两人所走的道路颇不相同，而且我们还知道在两人之间，曾发生过一场激烈的论战呢。但左拉对法国当时反动派这一正义的突击，却可说与托尔斯泰的"不抗恶主义"成了显明的对比，因此，对于当时全世界知识阶级也更能发生实际的进步影响：一般的文人，除去根本无艺术良心与怀有阶级种族成见者外，大多对这大无畏的真理追求者表示同情。

（左拉在这时期所收到从全世界各地来的赞美信件是难以数计的。）乃至那时刚从英国因男色事件刑满出狱的唯美派作家王尔德，虽然自己心情颓丧，在巴黎以"麦蒙特先生"假名度着流浪的寂寞忏悔生活，看到这位人类的伟大文人的壮举，也不禁兴奋起来了。

他是一个异国人，而且那时被巴黎社会目为"囚犯"或怪物的人，——用他自己的话，——但他却也有他为"事件"而战斗的奇特方式。

不知他从哪里知道，与这场冤狱有关的法国军部那两位间谍工作人员，亨利上校和爱斯德亚伊少校，都是神经不健全的人，——一个神经健全的人，本不会干这个职业，并且要那样无耻的伪造文书来陷害无辜的人的，——而那时他们已经因舆论鼎沸，感到畏罪情虚，不过受着军部顽固的反动派所支持和压迫，还不肯自认失败，俯首伏罪罢了。王尔德，也许他从最近的监狱生活上了解某些罪犯的特殊心理变态，他便特别想去交结这两位人兽，尤其是那最卑劣而又有疯狂征象的爱斯得亚伊。

有一天，为的要给这位无耻之尤以精神上的致命打击，王尔德突然用迅雷不及掩耳方式，对自己卖国通敌而又血口诬人的爱斯得亚伊庄严的说道：

"在柏林的德国军部那里，有一百多封你的亲笔迹的信，你不害怕有一天这会暴露出来吗？"

《沙乐美》的作者说的是自己想当然耳之词，但那真正的罪犯，受了这一震骇，却从此神经失常，举止错乱，那欲盖弥彰的罪行便更加破绽百出不可掩饰了。而其后他同亨利上校的被捕，以及亨利在狱中的畏罪自杀，也就加速了"德莱菲事件"为真理而斗争者的胜利。

对于王尔德这一举动，传说者以为这是英国这位不羁的怪人的好奇心使然；不过我倒宁可相信，一个受过了真实生活折磨的文人，那怕是唯美派或空幻的理想主义者，只要他还有着做人的基本情感，在为人类正义的战斗上，也会被激动而参加进来的。只是，他是从侧面用的另一种方式，也许便是唯美派的方式吧。

三　一位唯美主义文人的晚年

且再摘记一点王尔德晚年的事。

安德锐·季德（Andre Gide）在王尔德死在巴黎后一年，写过一篇回忆的文字，有几段记述，虽然琐屑平淡，但从文人与生活态度这一角度来看，也是还有相当意义的。王尔德出狱之后，便隐姓埋名重到法国；但那时他已不再是受巴黎所谓上流人士倾倒欢迎的文坛宠儿；而是被一般人避之惟恐不及的"刑余之人"了。所以他特意选择滨海的底叶朴城附近一个小村居住，地点是极幽静的。这位当年曾以奇装异服和玩世不恭出名的一代怪文人，只知有己不知有人的自私自娱的唯美主义者，此刻受了监狱生活的磨炼，早已意气消沉，不过却还想趁那有限的余年，安静的环境，再写出几部著作。

他不愿再多与世俗友人相见，然而，隐居在那海滨，季德却是第一个从他回到法国后去看访他的文学朋友。这当然使他感动，并且在谈话之间，也就颇有忏悔过去生活的感慨，但总是流露自伤，而却不曾去怨天尤人。

他详细的对季德叙述，在狱中的囚犯，因典狱官的严厉，最苦痛的是不能彼此交谈。而他与另一位囚犯，便因为用低声相互说了几句慰藉的话，各人均受到两星期禁闭的惩罚。虽然遭那样冷酷的钳制，他们仍要努力用闭着嘴的特殊技巧作同情的默谈。王尔德还郑重的说，他初入狱的十余天，真是寂寞悲愁不欲再活下去，但正因为与那位后来同遭狱官禁闭的同伴交换了几句泛泛的安慰的话，使他打消了自杀的念头。这情况，倒正同于庄子所说的"涸辙之鲋，相濡以沫"的。然而，那庄子的下文，"不若相忘于江湖"，不正是说人的自由更重于生命么？

谈到他当前的有意的隐遁生活，王尔德兴奋的说，在那僻静的小村里，他同那里的小学校一群小孩子住，颇得到一种生的快乐。而在季德很审慎的问他是否读过托斯妥以夫斯基的《死人之居》时，——季德自己的思想是颇受俄国这位苦难灵魂的探究者的影响的，——王尔德便滔滔不绝的谈起来了：

俄国那些作家是非凡的哩。他们作品所以那样伟大，实在是由于同情的仁人之心充满于他们作品之中。是呢，从前我很爱《波华荔夫人》……不过，佛罗贝尔不愿在他作品里放进同情心，因此，他的作品便显得小家子气，显得狭隘；同情的仁人之心，才是每一件作品的正路，从那里才可以表露出伟大来的。……好朋友，你可知道吗，阻止我在狱中自杀的就是这同情心呀！哦！在监狱的起初半年真痛苦已极，痛苦迫得我念念不忘自杀，但我之所以不曾实施，便是我放开了眼睛去看到了"别人"，看到了他们和我一样的不幸，从那里便产生了怜悯的同情之心！……哦，好朋友，这情感真是值得赞美的呀，然而，我从前却不知道呢！

这几句话，当然是平凡的老生常谈，不过出诸王尔德之口，又确是可注意的。青年时代曾受过业师卢斯金（Ruski）社会改革家的思想感染的王尔德，此时算是由空幻的唯美的歧路，又回到踏实的人生正道了。现今中国的某一些以"京朝派"沾沾自喜的所谓作家，或蜷伏在同类的白骨堆中而以为高处象牙之塔，正逞自我陶醉的才子气的文人，如能像王尔德所说放开眼睛去看到"别人"，我以为这浅近的平淡之谈，也还是不无益处吧。

狮爪录（二）[1]

托尔斯泰的固执和坚强

读托尔斯泰传记，知道晚年因自己理想与实际生活的冲突，尤其是家庭妻子儿女间种种纠纷，逼迫着这位八十二岁高年的《战争与和平》的作者，不能不怆然出走，以至冒风寒而死在火车经过的一个小市镇上，真可算是一个不寻常的悲剧。

自然，比起他同时的一般文人来，托尔斯泰一生要算是幸福得多了。至少，他没有遭受显著的政治压迫，不曾尝过流放或贫穷的滋味。但是，他的带有宗教色彩的万民平等的人道主义，也正与建筑在专制和奴役制度上的沙皇统治，与支配当时社会的反动阶级的权益是不能并立或妥协的。所以，那反动阶级的潜在力量，终于是通过了托尔斯泰伯爵夫人，以并非有意而却是悲惨的姿态，一步一步的要去逼死这殉自己理想的刚强老人。

无论托尔斯泰晚年的私淑弟子兼秘书的布家哥夫（Bougakov）怎样替托尔斯泰夫人辩解，但那与丈夫因爱而结婚，度过将近五十年共同生活的伯爵夫人，对于丈夫的社会道德观念之不能了解，以及她那资产阶级固有的保守和自私的种种成见，总是促成这不幸的悲剧的主要原因。多年以前我在法国《文学新闻周刊》上看到一篇短文（大致是一九二五年，我连作者的名字也早忘记了），里面转述了某一俄国作家述说的一件小故事。有一次托尔斯泰同几位朋友在谈天，不知几时话题转到妇女问题上来了。托尔斯泰一自这个题目提出时，神情忽然变得严重，而且只是默默在侧留意听着别人谈论，他

---

[1] 原载《大公晚报》1947年5月25日第2版，《半月文艺》第13期。

自己不再开口了。起初大家并未注意这位老人的异常神态，后来有人觉得情况不妙，便想问问他的意见来缓和这不愉快的局面。

"我吗，我对于妇女的意见吗？"托尔斯泰仍是神色严重的说了，"要是我说，那就是我要在一只脚跨进了棺材以后，那时，我便要尽量的说，大声的说，整个的说，——而且，我一只手快快的去抓过棺材盖子，——我说，好呀，现在随你们要怎样便怎样啦！"

在这里，这苦闷的老人倒是始终没有说出他的意见的。然而，这也就够了。不过，贵族阶级妇女的狭隘成见固然不易消除，但托尔斯泰自己又岂是没有成见的吗？一位理想主义者总是固执和坚强的。这老人的暮年悲剧，也许就发生在这上面吧。

托尔斯泰暮年悲剧的主因

关于托尔斯泰的出走和逝世，追随大师度过最后两年生活的私淑弟子布家哥夫，曾于一九三八年发表过一篇可注意的文字。托尔斯泰是在一九一零年十月二十七日夜弃家乘火车出走，中途由感冒引起肺炎，于十一月七日病逝于亚斯达波峨小站。布家哥夫要迟至二十几年以后，才将他所认为这悲剧的真相公之于世，也许是他对于本师的另一位弟子兼朋友的契尔特哥夫有所顾忌，因为布家哥夫认为在这场不幸公案里面，契尔特哥夫和托尔斯泰的三女亚历桑特应比托尔斯泰夫人多负责任，而契尔特哥夫是在一九三六年方以瘫痪病症死的。照布家哥夫说来，契尔特哥夫与亚历桑特是站在大师这一方面来反对托尔斯泰伯爵夫人，并且冷酷的将老人推向悲剧的顶点。他这一篇文章，是多少在替托尔斯泰夫人辩解。

布家哥夫那时年纪很轻，只有二十三岁，还在莫斯科大学读书，因为崇拜托尔斯泰的思想，便虔诚的到耶斯那亚·波利耶那去谒见这位时代巨人。在受老人殷勤诚恳的接待之后，不久他便充任了大师的私人秘书。他在那一段时间里面，相当的窥见了这孤独老人的精神上的苦闷，正在进行的悲剧的发展，但似乎只注意到一些意气或利益事项的冲突，而不曾深切领悟那是一场进步力量与反动力量的斗争，忽视了托尔斯泰自动的为殉理想的勇毅努力。我们只要看布家哥夫所述，当托尔斯泰与他初次见面时所谈的一段话，——注意这是一位前辈大师同一位陌生青年的谈话——便已可知道这八十一岁的老人那时心境的矛盾难堪，而后来的不幸悲剧，也可说是并非偶然发生的了。

托尔斯泰说："且不要以为我在家庭里生活得愉快哩，我其实同家里的人是隔膜的，虽然我竭力之所能去克服自己的弱点，自己的旧习惯，然而我的力量却不能改变我这一家人的生活方式。他们，——我的妻子和儿女们，——各人有他们的人生观念，对于物质享受总是很重视的。而我自己呢，我就毫不注意这一切，因此之故，我在家庭里面便成了活尸似的了。再说，在这样的奢侈境地之中生活下去，与我的思想正是不断的矛盾冲突的，当然我是极感痛苦的呀。"

从这段谈话里面，我们便容易了解，即使无契尔特哥夫的推动风波，这坚强的老人也很难再久安于与自己理想不融洽的家庭环境的。何况，在耶斯那亚·波利耶那邸宅，一切又完全由伯爵夫人支配，她可以任自己的好恶喜怒撵走来访大师的贫贱客人，尤其是阻止大师与农人的来往。这叫倡导平民理想的托尔斯泰，真何以自解呢？而像托尔斯泰在出走前三月另立最后的遗嘱，将本来给与他的妻子的全部文艺的权益收回，付托给比较了解大师思想的女儿亚历桑特，由她用从大师著作上所得的收益，向母亲和兄弟们把家庭的田收买回来，然后再分配给与被放的那些农奴。这也是绝对不能得到受资产阶级意识支配的托尔斯泰夫人见谅的。许多拂意的事日日纠纷不息，而孤独的梦想为农民谋福利的老人，不肯牺牲自己的理想，当然只有出走之一途了。对于一个人在为自己理想而作苦痛的斗争，我们自然应同情，而同时也只有赞同他始终坚强不屈的；因为假若我们希望他中途妥协，或者迁就事实容忍，那就无异赞同他在腐朽环境中腐朽下去的。所谓"君子爱人以德，小人爱人以姑息"，也正是该这样的吧。

因此，在许多谈说托尔斯泰出走和逝世的传记或文章里面，我认为布家哥夫这一篇确是最亲切动人；不过，他不从大师本人思想与行为的发展上去观察这一悲剧，而只是研究其他的人的责任，乃至叹息这事件的发生，则似乎还不能算是深刻了解托尔斯泰的伟大精神呢。

风暴的死与平庸的死

还是由托尔斯泰晚年的事所偶然引起的一点感想。

大致不是高尔基便是柴霍甫，——或许是另一位，手边无书，不能查考了，——有一次去拜访托尔斯泰。看见这老人独自的在花园里面，似乎是在出神的看着石阶上一件什么小东西。客人不便惊动他，轻轻走了过去，但颇注意这老人的奇特动作了。一会之后，他听见托尔斯泰在低声说话："你，你快活吧，我吗，我是不快活的呀！"窥探者忽然一下看明白了托尔斯泰谈话的对象是一只在石阶上晒着太阳在蠕动着的壁虎。

以这样一位当时正享世界盛誉的大师，而且是一生都在富裕环境之中的暮年老人，会有着那样深沉的内心上的不快，——真的，理想与现实的冲突，家庭如敌国的悲剧，再怎样伟大的人也颇难超脱的了。

然而，我却又还觉得，总比中年早丧的柴霍甫好，这温静而又有厌世情感的人，在当时俄国社会凡庸主义的窒闷之下，虽然还向往着光明与新生，但晚年肺病日重，只寂寞的过着难以排遣的岁月。最动人的是，在逝世前不久，他曾深夜用电话约蒲宁到家里谈谈闲天，乃至勉强打起精神，坚求朋友陪他冒夜寒出去散散步，因为他是再不耐那只有"捉捉小老鼠"的斗室长夜的生活呢。蒲宁在他的回忆柴霍甫的动人文章里面，曾感慨的透露出柴霍甫就是在晚年平淡生活里，也只有轻的忧郁，他的心灵和精神终是温静的。虽然柴霍甫有十余年之久，患着消磨尽他的精力而终于致死的病痛，但是，他始终不忘艺术，而后来也不将自己的病苦放进写作里去，所以不但读他作品的人不知道，甚至他连他的家人也不让知道那严重性。蒲宁还曾说柴霍甫那种忽视痛苦和视死如归的大丈夫气概是可赞美的，但是，也许是这种心灵和精神上的温静，乃是驱使一个身体本不健康的人会发生厌世感，无魄力去冲破社会凡庸主义的窒闷，甚至还不知不觉促成活力的停滞。自然，这只或是我个人不合科学的直觉；我认为精神上的暴风雨可以使人的生命力扩展，因为他还有不能休止的愿望，而一宁静下来，于己于世似乎都无所作为，即使不加速死亡，也早可以进得坟墓去永息的了。

致沙汀信（2封）[1]

（一）

沙汀：

廿四日来信收到了。你现在已回到睢水了吧？居住得下去吗？

十六日抵京，艾芜到机场相接，因作协为我安排住处在城外和平里，交通不方便，故仍住"西四·报子胡同十六号"舍亲戚家，一切舒适，尤其顿顿有肉吃，进来眠食均好转，希勿念。

因为各团友人来参加鲁迅纪念会，白尘甚忙，只到的次日稍谈了一下。电影剧本艾芜已看过，他的意见是事实太多，人物未突出，这是正确的。现在只等几天白尘、天翼看后提了意见，即当从事修改。决心要改好，那怕多花一二月时间也要努力为之，请放心。作家出版社无论如何要我这次把旧译左拉《卢贡家族的家运》改好交去出版，楼适夷同志甚至说不改即印，我为了负责起见，决定也在这次改好交与他们，现在已着手，大致也要用去一月的。因为某某他们太不负责，马虎得骇人，几乎连用一两分钟去复看一下印错的《红岩》也不愿，反来信说"并无差错"，态度太不好，我不得不动肝火，昨天写了两篇短文说此事，"他狂妄到连鲁迅原文也改起来了"！艾芜看后认为不应当，已代我交人民日报和文艺报了。

廖静秋电影《杜十娘》已成定局，剧本大修改我也参加了。《思凡》我在争取中，已与厂方和夏衍、阳翰笙、□□等同志谈过，大致《杜》拍完

---

[1] 第一封信录自方继孝《说书信的收藏与鉴赏》第143页图7-3，中国工人出版社2011年版。第二封信录自许建辉《"沉钟人"的最后一次"集合"》，载《文艺报》，2014年5月26日。

后，可以办到。你提的意见很好，即转告廖。

你要的唱片，我明年一月回来时绝对买好带回。《瞎炮问题》不动人的原因，还是未找出，大致还是热情没有灌注到人物的血管里去吧？一笑！

祝

好！

如稷
56年10月31日

（二）

沙汀：

久未见，谅无恙、无恙，幸甚！幸甚！

昨得，尚令我待死之人为之一喜，知你或与我同样关心这个问题，特将原函（指1975年8月31日收到的陈翔鹤女儿陈开芸告知文研所对陈翔鹤所作结论的来信——编者注）转你一阅，阅后并希便中掷还为荷！（根据近几年经验，往来函件保存之祸无穷，不得不使我谨而且慎！）

文询儿已自京旅游回蓉，他曾往晤谒冯至，人尚健好（只眼力差，老年性白内障之故），仍在外国文学研究所，闻即将展开工作。杨晦亦于前年丧偶，且身体也不佳，幸身边尚有一小儿子陪伴，比老夫子然一身稍胜一筹。天翼据冯至云瘫痪不重，此外其他文艺界友人，文询未得知有何消息。

我久已惯于身生活，近半年心境亦较平静，但最近偶闻河南水灾较重，而世事亦多奇闻，老朽自不免又有点杞人忧天而已！而已哉乎？

卧室近来大苦热，饮食颇差，精神尚幸可以支持（每日夜合计睡不到5小时），"枯瘦如柴"此话倒近似是。一待天气稍凉，拟来你处谈谈，但不知如何行走耳。

匆祝近好，顺问艾芜兄近佳。

见秀老时，烦代致意。

如稷
75年9月1日夜3时半

致艾芜信（1封）[1]

艾芜兄：

　　数月不见，谅近况佳胜。前将代查《左传》"灭此朝食"典故抄出寄上，想早已收到。暑期中闻你到外县休假，故我未来看你。昨听一学生说你早已回省，现特函问候，请你告知你每周何时在家，以便我来相访，面谈一切。我前月小感冒一次，近已痊好。为川大中文系注释鲁迅小说工作，早已完成，上周又对工农兵学员讲学习鲁迅小说两次，已十三年未上讲堂正式对学生讲课，幸体力尚勉可支持，但究竟年过七十，精力实在不及当年，刻下每星期只三、六上午到校听青年教师的课，偶然参加学员讨论或答问，午后多半在家休息，到校以我半身瘫痪之故，步行太慢，往返一次总要走三点左右，实在较为困难耳。闻子青已回家，现不知住何处，有人说已到外地休假，确否？盼便中告知。此请
近安

弟林如稷草上
72.11.7

　　眼疾仍不见好，写字潦草困难，匆匆不尽，希谅！

---

① 据原信照片录入。

致陈梦熊信（2封）①

（一）一九六二年十一月二日的复信

陈梦熊同志：

来信收到很久了。因病，迟复为歉！

承询及明天社筹组经过，据我记忆所及，大概情况是这样的：1921年暑假，我到北京会到党家斌②，当时我们都对现实有所不满，同时又鉴于文研会对青年作者不甚重视，创造社过于强调天才，也不大发表青年人的作品，因此决定自己成立一个文学团体。北京方面的几个人是党家斌约的，杭州的几个人仿佛是我回上海后，找应修人去约的。修人当时在上海中国棉业银行任职③。

明天社的重心在北京，由党家斌负责。但他不是专搞文学的，又无专人组稿，宣言发表后，没有开展任何活动。因此，我才在1922年和陈翔鹤等另组浅草社，应修人也另组湖畔社，明天社就这样结束了④。

寄来的明天社宣言是从什么刊物抄来的？是几卷几期？希望你能告诉

---

① 录自陈梦雄《空有其名的"明天社"和实有其事的文学关涉》，载《新文学史料》1984年第2期。

② 家斌系我在北师大附中的同学，当时在北大听哲学课，自修数学，也爱好文艺，胡思永（胡适之侄）也是他约的。他现在可能在陕西教育界工作。他比我年长，可能现年六十五左右，我已二十多年不知他的状况了。

③ 应修人当时我是在泰东书局编辑部创造社郭、郁、成几位那里认识的，那时他思想已很进步，后来明天社未成功，他也曾与我们浅草社〔发〕生过关系。

④ 当时明天社的通信处设在章洪熙那里，因他在北京有固定职业、地址。此人后来很堕落，及到以章衣萍之名发表黄色作品时，我们即与他断绝音问了，他大致在抗战末期死于成都。

我。(可能是《民国日报》或《时事新报》的附刊上，请把确切的日期年月和刊名告我，事过四十多年。我实在不大记得清了，劳神，预谢!)

此致

敬礼

林如稷　1962.11.2

我在1960年5月因脑溢血中风，至今左肢瘫痪，现在稍愈，但作字颇困难潦草，此信迟久未复，又系托人代笔，希原谅！现我仍在川大任教，赐信可寄"成都四川大学中文系"。

如稷再及

（熊按：此信括号内的文字，以及信后四条附注和说明，都是林老亲笔添加的。）

（二）一九六二年十一月二十五——二十八日的复信（摘录）

梦熊同志：

收到十一月十五日来信，谢谢。

……我还记得大致也在二十二年秋天，他（熊按：指应修人）曾陪我到吴淞去与汪静之先生晤面，（也许翔也从江湾复旦来了）大家玩了一整天，午夜方回上海，当天谈得很高兴，也谈到彼此对文学上的一些意见，共同相勉应多团结青年作者，共同对封建文学作战等等。（汪那时可能住在吴淞"中国公学"宿舍内，我记得他先期来过一信相约，信末有"何时来海滨？芦草已成团"两句诗。是我至今过去了四十年也还记得清楚的。）……

至于来信说冯雪峰、汪静之两位在给你回信上所说"明天社"是由章洪熙（衣萍）发起约集的，可能他们因年久记错了，我清楚记得这是由党家斌先与我面谈约定并商草"宣言"（我当时还出了几元宣言印刷费），临到付刊时才想起添上章的地址作为通信地点的。同时，我是在"宣言"单张印出后才与章作了第一次见面，而发起人中党的师大附中同学又较多（我、夏康农、陆鼎藩、张肇基等），可见党才是最初创意发起的人，绝对不是章衣萍发起的。（我又〔记〕起了，修人的加入也许可能是当时我向党先提起的，因为二十二年我到北京时是春末，我们学校闹"猩红热"流行病提前放假，我便回北京而且也与党有过多次商谈的时间，并分函约人的。党所约北大同学也不少。但此点我记不大准确，可能错误，只供你参考而已！）

……

专致

敬礼

林如稷　1962年11月25—28日

又，我于一九二二年暑期回到上海后，曾到当时的"中华书局"访问列名"明天社"发起人之一的郭后觉君，记得那时他是在书局方面作"国语"方面工作，（可能是编辑"中华"当时出的一种白话刊物）我与他这次晤面，纯为联系"明天社"之事，也可见当时明天社的中心发起人是党家斌而不是章衣萍，我是受党之托去与郭后觉联系的。党当时虽在北大学哲学（自修数学），但对文学确有兴趣，曾有一短篇小说《诚之》，在《浅草季刊》发表。又，他与以后牺牲的赵世炎先烈，均为1919年（五四时期）北京师大附中的"少年学会"（五四运动时期曾有所活动的中学生团体）的发起人和中心领导人，所出刊《少年》上也有赵和党的一些文章。（我只能记得个大概，也仅供你参考。）

附编

止 水[①]

（一）

  密密的大雪飞着，冷搜搜的乱风，也一阵一阵的来回刮下。L的借寓的居停主人，早给他端进一个小暖的火炉，放在那寂寞而无聊的昏黑的小房内。正要把他冷来向被褥内窜的时候，难得这样一件和曦的东西照顾，他便把坐椅移来靠着火炉旁。身上仍是有点些微的颤抖；只想窜身在火炉内去了。炉火慢慢的红上，不到半点钟，已把铁沿烤成了好几块红玉。那已经收缩的血液，又从热力诱惑而沸腾了。脱去了那一件不称身的大的外套，还觉得周身发烧。但他终为恋着和曦，只略把坐椅移来较离火远一点。

  这样孤寂而无聊的时间，怎样消磨呢？把欠的信债一封一封的还清吧？终于怕手不听命去在严寒下做强动的工作。他信手在积乱的书坟上，抽了本书，一看才知道是那已经看过的《项羽本纪》。懒懒的打了一个呵欠，也懒去寻未看过的了。联想也同时从他翻书的时候窜入，——"已死的英雄呵，只这样的不值！也只能遗留这一点纸墨上的遗迹，给后人的钦慕了！其实，人生是空幻的；在这样空幻的人生内，又何必要留这一点空而又空的遗迹呢？"他是最不崇拜那草莽英雄的，不料在他的空幻的人生观察内，也曾有因为在这一刹那的寂寥时间，不得不引动他平日最恨的无味的怀古的念头了！——哦！那大战告终以后，盛行的祭祀的无名英雄的墓前，我恨不能够去插上或抛遗一束鲜花了！他的矛盾思想，又纷杂的起伏。

  仍是无聊，徒乱脑思；到不如把前天他的一位同学的至交小友文萱送的

[①] 原载《浅草》第1卷第1期，1923年2月25日。

一盆水仙移在炉边来暂混。壮芸而绿挺的水仙，也怕嫌L太辜负了它，从不去问一问它的寒暖。自从这一盆水仙花移植在他的卧室之后，便只把它委屈拿来放在他的一架衣橱的顶上；因为他怕在他的积堆如坟的书桌上占了一块位置。但那不嫌寂寞的花，却是不因为少了主人的爱护，惰懒它的职工，早已连含苞放了三朵。雪玉一样的瓣，金黄的蕊，给他这只知过机械的生活的人玩赏，是毫不觉得能使他引起些微的趣兴。他只知道把它拿来冷酷的凑近鼻孔一闻，没有觉得有奇特的香味，便仍拿来放回原处了。只是残酷——或者不是有意的残酷——的心理，不知不觉命令了手去摘下一片同绿葱争鲜的长叶！

万想不到的，在他正在埋头把这片绿叶撕成一丝一丝的，抛在火炉内去任它被炙的时候，那位分惠的送花主人来了。惭愧呵，这怎样的掩饰摧残人家珍玩的动作呢？幸好进来的文萱没有问他，——或是没有看见他手内尚拿着残破的花叶吧。

但是令L引起怀疑了，他这位视同骨肉的学友，怎么那平日红苹果样的脸上，只是呈出一些泛青的惨色呢？或者因为天冷的原故。L唐突的问话，"你怎么这样不怕冷，下大雪还在外头跑？"便冲口的说出了。

文萱似乎是不听见，只是伸出那冻得红皴裂纹的肥手，向炉上冒出的火焰上去烤。但又是不耐烦的坐着，不住的在火炉周围打旋。把身上还未溶化的薄雪拍去，口内也同时嘘出几口深长的冷气！

L异常的着急，满怀的疑虑，又继续第二句的问话："你的功课都温习得有把握了吗？——下礼拜就大考了！"他几乎说的时候，看见文萱脸上更呈苍色，惊疑得气也接不上。说完之后，滴出几粒无意识的眼泪，仍是痴望凝听着答语。

他终于不愿答L的问，叹了一口郁积迸裂出的长气。停了半响，失神的眼珠内有了泪点，才说了一句，"我今晚要到城内去了！"

"怎么今晚还要进城去吗？是有要紧的事？——这样大的雪。"

"我一定就要去的了！特跑来托你明天替我告假。"

"明天早晨去不好么？走十五里的路，城也快关了！你究竟有什么要紧的事呢？……?"

"不！——不能够不去！我今晚一定要去的；……我要去看我表姐的病，她已经害了好几天了！"——文萱说话的声音，颤抖而酸梗了。脸上的青色中，反潮起一些红色。窗外呜呜的风漏进时，使他们同时连打寒噤，L 的脸色也变成青灰色。

"呵！……就是那天送两盆水仙给你的表姊么？……"

他并没有回答，似乎不耐烦答复这不要紧的话。从他那皱聚的眉同失神的眼内饱含着泪珠内，可以知道他是十二分的焦急；L 虽是也有些焦虑，却很勉强的装出一些笑容，不过是凄清的苦笑罢了！

"……你上回分送给我的那盆水仙已经开了三四朵了……" L 觉得他们彼此太沉默了一阵，又才故意找出这句不相干的话说说。但他似乎仍没听见，只不住的在炉边走来走去。

雪仍是下着，天色也黑沉沉同黄昏一样；其实早已经是黄昏了，因为冬天，天气黑得特别的早。L 才把房门推开，预备送他出去，朔朔的风，迎面吹来；L 不住的打寒噤，仍退回房内去。文萱却早抢步跑到院中去了。L 也不知不觉的又急忙跟着跑出去，又把他那件大不称身的外套给文萱披上，问了他一句几天可以回来；但文萱早已连头也不回疾忙的走了，只剩下莎莎的响声，和着凄风含罩的惨笑！

（二）

这一夜 L 整夜没有睡着，只是在悬念文萱冒雪进城的事！

其实，要照 L 平日的常例，这种小事，是毫不能牵动他那止水似的心的；因为他从有生以来，便在外面度他的流浪人的生活。他常常以为人生是空幻的，世界的善恶也不过是空幻的变态；至于爱好美劣，也只是空幻中空而又空的。总之，他的人生观，是空幻而已。那些人为工作而生活，为爱，为 X 而生活的论调，他都以为这是一班骗人的哲学家或盲目的文学家从空幻中造出来的。但文萱在学校内，虽是同他持的相反的人生观，因为相处过久，又兼文萱具一个毫无城府的孩子的心，所以尚没有起过争端。他在学校内只同文萱一人还处得来，或者这一点原故，使他这一夜只记念着文萱。

雪是断续的下三天！L每天除去到相邻的L县甲种农业学校上课以外，仍是孤独的在屋内围炉消磨些无聊的时间。但他这几天内，好像失掉一件至爱的珍宝似的，心内总是疑念在一起。觉得无聊比哪一次都甚。走进教室，也没心听教师的讲述；只是去回思那夜文萱的别状。又有时分心去想到文萱的表姊，更不住的想伊的病也许好了；但文萱要不因为冒了风雪病了才好！到黄昏的时候，他尤其注意去听房门的响动：多次均给冷的严酷面孔的风骗了！但他听见窗外院内有人的步声，必定又不怕朔风了，总是忙的开门去探望；失望的神色，也断续的表现。这也是他第一次初尝人生离别同焦急的滋味！

盼望虽是盼望，但文萱却终于不见回来。

L同文萱的认识，是在去年暑假开学后的第一夜，那时他还在校内住宿，恰巧文萱新考入L县甲种农业学校，编寝室的房间恰同L在一屋。他听见文萱那夜睡在床上，只翻来覆去的微吁，他知道文萱是一个新离家的，他们便不觉的开始深夜的谈话，从此便成了好的朋友。文萱的天真烂漫的动作，也渐渐的诱惑使他改了一些孤僻的脾气。他们虽是不同级的同学，交情却特别的要好。在课毕的时候，他们总是携着手走到附近的田野中间，坐在土阡上面，一面领略农村幽趣，一面畅谈一些可笑而有味的故事。他很喜欢文萱的诚恳，有时他们在田野中也互相讨论起功课来。文萱尤其同L相反的嗜好园艺，常常跑到附近的田圃内，去帮助农人工作。他虽是初次离家，住在城外的学校内，倒是不患寂寞了。今年L因为来迟，所以住在寄宿舍外。但是他们的往返，仍是一样的亲密。

L的家离学校有一百多里路，但他因为家内没有可恋念的，所以连长期休假也少回去。文萱却每星期日都要到城内去，有一次引起L的疑心，便向他问道："小兄弟，你每星期都是回家去么？""不，我家里的人通到P城去了。我每星期日是到我的一位孤独的表姊处去的；伊没有父亲母亲，也没有其他的哥弟姊妹的。"

"伊住在哪里呢？"

"伊以前是住在我们家内,现在是在C女学去了,就住在校内。"

这上面的谈话,在当时L却丝毫没有注意的。

哦,奇极!从文萱走后那一盆素来被他厌视的水仙,他却很珍爱了:他把它移到书桌上,每天也要去爱的看护十数次。它也似乎觉得这是难得的使主人这样的殷勤,所以又特别开放出一枝较大的花。——L因为水仙的原故,又联想起今年秋间他在学校内实习园艺工作的事:他们同班的一个种一株菊花,除去L种的外,不久都开出美丽的花;只L的那株枯萎得像要就死似的;因为L素来不好留心功课,实习自然不会的。他进农业学校,却是他自己择定的;因为他以为各种职业,于他的孤僻性情都不适合;只有农村生活,他还觉得自由。但自从入了农业学校后,又觉得太机械了,毫不能得到他所赞美的乡农的幽趣,便不高兴功课了。他那一株手植的将枯的菊花,后来还是文萱来替他重植过,把坚硬的碎石抛去,添上一些散泥护根,才得复活;而在不久,也着花了。他想起菊花,便低声说道:"我们合植的菊花呵,怕尚未凋尽吧?"说完便跑在植菊的土畔去,怅望了一阵,他不怕寒风侵袭的,望了一阵。

(三)

文萱进城去了好几天,不但不见回来,连信L也没有收到一封。L万分的焦急,又深悔他走的时候忘记问他在城内去的住所,不然也可设法去信询问。他更着急是快到大考时期,怎么仍不回来呢?最后L决定亲自冒雪进城去找他,但往哪里去寻呢?在昏乱的脑中,幸好想出往C女学去转问一法。

黄昏仍是黄昏,雪也绝不因为L要到城内去,便小住一下。L只是一心急急的在向城内去,毫不觉得冷寒同踏污了天鹅绒的地毯;莎莎的呼吁声,送他走向城内。

不,——冒着风雪的跋涉,结果仍是没有寻见文萱。黄昏合抱而来,浓密的乌云堆积中,偶然漏出一些滞暗的星光。朔风只颤动而疾驰,残余的雪片,纷飞的飘荡。L在归途中,毫没有想念到这是如何的恐怖的一个雪夜。冷的深灰空气,虽是袭击的鞭抽,他也毫不觉得;只是不停的在想,刚才C

女学的一位职员告诉他的话，"伊是死了，疾剧的伤寒症使伊被恶魔捉去了！——仿佛是听说由伊的一位表弟办理埋葬的事的。""伊的表弟现在哪里呢？""他的住处是没人留心记得的了。"

他又不住的在归途中自己向自己连续的说道，"哦！伊死了，死了；——他呢？总不会也被恶魔捉去吧！""……其实，一个人的死亡，也不能算一件要紧的事，更不应在任何人的心上，刻划一笔恒久的记念；不过是像飘荡的海洋中，一个小渺的细微的浪泡的起伏吧！——人生总是空幻的哟！"

似乎他的心为追觅波涌而忽散的想念放宽，但在他的埋头疾行中，不经意的注视到路旁被密雪掩遮的垒垒的坟墓。他觉得空气倏忽紧凑，他的一身也只是狂颤，断续的眼泪和着倾泻的冷汗流出。他几乎昏仆或狂哭起来；但他似乎对这垒垒的荒坟得了新解释。他想，"这不过是人们同一的最后归宿处吧！也值得心惊么？"他便胆壮起来，急急的回去了。

但是萦扰于他脑内的，终是不见文萱回来这一个问题。

"一个英雄的死，即使是做的悲壮的空幻之梦，也不过只留得些纸墨上的遗迹，悲壮的遗迹，供后人的叹息凭吊罢了！——其实，人们同在做空幻之梦，谁又值得凭吊呢？也不过空而又空的事吧！……""……是的，人生只有死算是一大结束，也不过一大结束罢了！——无名战死的士兵，哪能会想到他的一大结束完成，空幻之梦终止的时候，有那样一个空幻的荣誉呢；——但我终于自愧了，愧没有在那无名的英雄墓前，去抛赠或插上一束鲜花啊！……"

矛盾的空幻的人生观，冷酷的死亡之赞美，休止波动的止水般的心弦：当L思潮狂起的时候，很流了一阵热泪；在L流出热泪，是一生能记清次数的事啊！

L急急的回家之后，又十分的盼望文萱回来，并且想知道伊的事情；只是他终于没有回来。L在大考期中，随时止水似的心上，起了春波的浪潮。水仙更是幸运，他每天的爱护更加勤密，它却也又放一枝，连L以前摘去绿叶的残痕，也渐渐长得泯消了。

（四）

　　文萱走进 L 的房间了。L 仍是坐在火炉旁边，手内持着一片残碎的水仙花叶，只注意一丝一丝的撕碎投在炉内烤炙。

　　他不等 L 先开始问他，似乎很发怒大声的向 L 骂道："你这丧心的狂徒！无耻的蠢人！敢破坏这样美丽的花儿么？——这孤独中唯一的安慰者，你也忍心毁残于她，或是使她死去了么？你真是丧心的狂徒！无耻的蠢人哟！"

　　L 真是羞愧而惊悸的，自己觉得确像是犯了很大的罪恶，使他痛心而哭悔起来。他同文萱认识以后，从没有看见文萱生过一次这样大的气，他周身便震惧而战栗，疾剧的战栗！

　　"恕我，请饶恕我的罪恶！——至亲的小友！"

　　"无耻的，你这狂徒！哭能有什么用呢？……"

　　文萱的脸色更见灰白了。L 由羞悔而忿怒，并且也向文萱骂道："你不是已死去的吗？——敬祝你空幻之梦终止了！……"

　　在文萱的灰色的脸上，两眼内此时几乎喷出惨绿的火星点来，脸也慢慢的更青苍了，向 L 猛力的扑来，似乎要同 L 决斗，口内也大声嚷着，"死！——死！——空幻之梦终止了！……"

　　L 看见文萱由脸上泛出青灰的惨色，呼吸也似乎窒息了，已经是死躺在地上，手足也停止活动；L 不觉颤呼起来，心内也狂跳，连忙用手去扶文萱；——但 L 自己也好像是已同文萱并躺在地面上，呼吸也是已经窒息，周身已好像冷硬变成石像了！……

　　窗外风雪仍是放出它们的狂威，萧杀的声音中贮满恐怖的嚣喧，似乎这一冬含郁积的悲哀，要在这一时发泄净尽一样。

　　L 几夜的失眠，所以一时倦寐在书案上，直到了不经意的把那盆水仙弄来碎在地上之后，才惊醒了恶梦。同时窗外洌洌的暴风刮着，簌簌的震响，他的背上流出不少的冷汗，眼泪也纷泻出，打了好几个寒噤。俯首去才看见那爱护的水仙，已被残碎，口内也不禁的自詈道："丧心的狂徒，无耻的蠢人！把它也破坏了！……"

他又不住的联想到文萱，"啊，伊是死了！真的死了！——但他呢？……"他便觉得由恐怖而要使他颤抖或是感觉到一种悲哀。

一天一天的过去了，文萱终于不见回来。只是 L 感受了长期失眠的痛苦。有时从寂寞中回忆起，止水似的心弦上，随时由纷浪的起伏中鸣出一种恐怖的颤音。

一九二二，十二，五，作于北京。

童　心[1]

　　夕阳将坠的午后，雪云作底的浩海里面，混杂着许多浅的或深的碧蓝的碎片，薄薄散漫的铺布。赤日的丹光，被流絮筛过，仿若胭脂色的细鲤濯波一样，金红的霞锦挂在西方。空气很甜寂的，蝉声倦怠的歌唱，蝴蝶也似振翼无力，骄懒懒地卧在繁簇的花心。微风澹荡徐徐的旋伏，把一些嫩叶布满的绿树和被胭脂色或微黄杂色的花朵挂密的草花，颤动得随着风向的起落，不停的狂舞。油绿色的浅草也只笑得蜷偃着细躯。风经过芸儿的额际，无意的把伊柔细如丝而带有金棕色的弱发，约有尺余长散乱披在肩后的，吹来覆着伊的前额。

　　伊两只红玉色的肥手，正抱着大堆的儿童玩具，——零碎的玩具，两只橡皮狗，一辆锌铁皮造成的小汽车，一只瓷花小马和一个橡皮婴孩；——伊手内抱满这许多玩具，给散发又把眼掩着，使伊不便于前进向小花园去。

　　"福哥，你不把这讨厌的头发给我扶上去么？"伊向着走在较前面一个约有十岁的小孩在说，有一点着急的神气。

　　福哥穿的一身海军式蓝布镶白边的衣服，苹果样浸润的面孔，乌黑的睛珠，赤着肥脂的脚，只穿一双席草编织的短鞋，右手握着一杆木制的小气枪，离芸儿只有几步远，很英武的走着，口内还吟唱春之花的儿歌。

　　他带着嬉笑的回头望伊一眼，骄矜的说道："谁管你啦！今天早晨舅妈叫你梳头，怎么不梳啦？散披着就像一个鬼！"他得意的大笑；又正经的说，"给我作一个揖，我替你扶上去！"

　　伊此时发急了，红潮飞上了面颊，像那沉醉的桃花姊姊一样，愤忿的说

---

[1] 原载《浅草》第1卷第1期，1923年2月25日，署名白星。

了一句,"讨人厌的福哥!"气狠狠的把抱的玩具摔在地上,把乱发迅速的理好扶在肩后,又拿花青色的手巾,拭拂着额上的汗珠,一面曲着身子去捡拾玩具,但那只瓷马,已被摔成碎断,伊几乎把眼泪也偷偷的滴出来了。

赌气把玩具选择分成两堆,尖声的说:"讨厌的;我下回看见姑妈打你的时候,再不叫我的妈来劝了!"

福哥却是仍保持着坚强的态度,微笑罩上他的面颊,表示得意,嘻嘻的滑稽的语调:"谁希罕你妈来劝?你也是有被打的时候的!"

彼此坚持中,怒目相视了,十分的沉默,十分的严肃!

"你拿去你的橡皮狗吧!——我不再同你一块玩耍了!"

"唔!……"福哥激烈的反抗,很想说几句气忿话;却一时找不到而又说不出。

又沉默了,只是相互的哑对着。福哥的泪珠隐微的下滚,已经漫润在绯红的小唇上,他是不愿示弱的,低下头用细舌舐去。伊却似乎觉得得了胜利,更乘势再逼进一句,骄傲的说道:"把昨天给你的小猴还给我!要是谁再同谁一块玩耍,谁就是狗!"

福哥几乎大哭了,却是勉强的忍着心内的惨凄,说道:"你也把我的洋画片还我!我希罕同你一块玩耍么?我的同学很多同我相好的啦!明天我们到公园去,你不许跟着去!"他说完已放声的哭了,似乎受了委屈一样。

"谁还没有到过公园去!我去拿画片来还你!"芸儿气忿的跑开了。

福哥和芸儿的母亲,都是寡妇,他们因为是至好的亲戚,所以同住在一座房子内。但她们每每因为争执一点细小的事件,要吵嘴失和的;至于芸儿同福哥更是每天都有争吵,但没有坚持得很久的,所以各人的母亲,也不大管小孩子的争闹了。

一会,芸儿同福哥恰巧在花园内一个茅草盖的小亭上碰见。各人怀着仇视的心理,谁也没有理谁。伊坐在栏干板上玩弄着小橡皮狗;他坐在较远的石凳上,拿彩色铅笔对着亭外的花木描画,口内断续的歌唱着。有时他故意回头去看伊,因为怕伊看出他的回头顾盼的动作,也就不再回头去,只专心的描画。这是如何的静默的空气啊,只有亭外的蜂蝶同天海随时在幻变。福哥忽然从衣袋内取出一些饼干，故意口内咽嚼作声，是表示甜美，去骄侮伊；但芸儿仍是静悄的不理，只假装着没有听见。

从亭外的檐角上，似乎掉下一件东西，噗的一声，把伊同他都从沉静中惊觉，亭外稀疏的植立的绿树上的鸟群，也登时噪鸣起来。

"——哦！一只麻雀！——可怜的小麻雀！"芸儿很迅捷的跑出亭外，在乱草地上俯拾起一只将死的离侣的柔嫩麻雀，羽毛稀薄的，从细微的颤抖中发出惨恻的悲呼。

"在哪里呢？——麻雀！"福哥很惊喜的也跳跃跑出亭外。

"唉！这是如何可怜的啊！……"

"怪可爱的，怎么会掉下来呢？"两人似乎同声的说。

"我们怎样的处置这可怜的呢？福哥！告诉妈去吧！"

福哥算是很有决断力，对于处置这麻雀的事："不能告诉妈的；她们一定叫我们放去这可怜的麻雀！它又不会飞，一定要死去的啊！"

"是的；小雀儿离了母亲，一定是要死的！——可怜的雀儿，你看它是如何的在发颤哟！……"芸儿很怜惜的说。

"我们拿纸匣给它作眠巢吧！喂养到它会飞时再放！"

芸儿同福哥找着一个纸匣把这小雀儿装着，同它铺垫一层棉花，是怕它睡卧不安适的意思，又抓些米粒放在里面，拿洗净的墨水瓶盛些清水，也放在纸匣内，他同伊又很对它说些安慰的话，轮流的护视。但小雀仍是不住的啼叫，含着异常的悲惨。茅亭外也有一些鸟群，和着啼调。芸儿对福哥说，你看这些像是失了爱儿的母亲，来向我们呼吁索还啦。他却不做声的，把在栏杆上面跳鸣的鸟雀些，呼叱着赶走了。只是在绿枝上面，仍是悲鸣着。他同伊又开始计议小雀以后养育的事：有说将来替它编构一个精美安适的笼巢；每天用蛋汁烹调些黄米，作它的食料；并决定两人轮流的值班照管它，每天还将它携带到花园内，餐吸些草露。

两人为今晚安置这小雀的问题，又起争执：各人主张放在自己卧室内，各不让步，最后芸儿想出折中的办法拿来放在一间公用的书房内，把门也锁上。临睡之前两人还来看护好几次，并似乎为它道了晚安，祝它安眠，但此刻雀儿的颤抖,由很大而变为些微迟缓;惨痛的戚啼声,也断续细弱;似乎很不安的微喘,小翼扑扑的作声。芸儿同福哥以为这是它倦怠思睡,才放心的走了。又恐黑猫残害它,共同的把肥黑的大猫,捉来关闭在一间空屋内。互相戒约,明天早晨不许谁先跑进书房内来,必须一同来看视。

这一夜伊和他的睡眠,自然是为这小雀分去不少。刚到天才微明的时候,福哥先醒了,连衣服也不即穿,便跑去约同芸儿,到书房内取出小雀看视,——这是使他和伊惊异的,小雀稳睡着,也没有发颤!两人一齐说,它是在作甜适的梦吧!最后福哥发现了这可怜的小雀,似乎不是在酣眠;因为它是侧躺在匣内,脚是紧缩着,眼是泛出白膜而微张的,小嘴也微开着。他大胆的用指头摸抚一下,它全身已冷而硬结了!这出乎意外的惊骇,两人都没精神的互视着;肥润的明珠,同时从眼内流出!

"——它是死了!"福哥惨然的说:

"……"

死这一个字,刺入芸儿弱柔的心,几乎使伊痛哭!

"死了!——怎样会死呢?……"

"这可怜的,是给黑猫弄死的吧!"福哥说完这句话后,两人登时便跑在关闭黑猫那一间房内去;但它仍是被关闭在内,满屋旋跃,看见有人,也不住的叫唤。

他和伊为办理这小雀的善后事件,很筹商一阵。起初福哥主张仍旧放在花园的草地上,让它的母亲来含负去;芸儿说恐怕它的母亲见着更加伤悲,必要诅咒我们啦!假如我们的母亲看见,也一定要怒责的,母亲的对儿女们的慈爱,都是一样的啊!福哥又报怨芸儿,昨夜若是放在卧室内,勤密的护视,一定不会生出这样惨剧来。最后两人商定了,不使雀儿和自己的母亲看见这可怜的遗骸,私自把它拿在昨天拾得它那地方去埋藏了。

两人仍旧拿纸匣把它装着,加铺一层棉花。摘些鲜洁的花朵,预备插放在坟墓上。福哥拿锌铁做成的指挥刀,在绿茵地上掘出一个孔穴,用些碎瓦片铺在下层,把纸匣放下去。又打开公同看视了一阵才决心埋下。掘些润泥,把纸匣掩住。芸儿又把母亲买的避疫香,点些插在坟旁,替可怜的雀儿似乎用歌声祷告了一阵。两人此时都很神秘的，凝望着小墓，空气很静默而惨闷的！

"芸妹，——你爱这麻雀吗？这可怜的！"福哥因为想破了静哑，惨然的说。

芸儿也同样惨然的说道："怎么不爱呢？如何可怜的……！"

"……你爱我不爱呢？"

"……"

在紧凑而神秘的空气中，两人都只是痴立着，仿佛是立在这小坟前的石像一样！

"你爱我也同爱可怜的小雀一样吗？"

"那谁晓得啦！讨厌！"芸儿说。

福哥说话很紧凑的了："我要是同这可怜的小雀一样死去了呢？你将如何呢？"

芸儿没有回答他，不屑的样子，只是诋骂。福哥似乎气忿，含着眼泪的看了伊一眼，用肥白的手抓着一把泥土，打在伊的脸上，反大声哭着的跑走了。

在哭声中，芸儿追着说出一句："我愿同你一同……"

在上海过年[1]

今日良宴会，欢乐难具陈。

人生寄一世，奄忽若飙尘！

——古诗十九首之四，摘句——

"人生不过像那春池里的浮萍一样，漂流在颤栗的波流中：有时随狂浪一浮，沉；终于倏忽而幻灭；所以我以为人生聚，散，也好像浮萍的飘荡：有时被摩接，而暂时或勉强的聚会了！"

L在这样的沉思，因为他在枯闷而患寂寥中，偶然回念着往岁的旧年除夕同家族或友朋的欢聚，如今已成为他流荡的生活上的史页记载了。——忽然门外狭巷之中，连续的童孩的所放炮竹声震响，才使他的球串般的想念，戛然从一声呼叹中剪断。其实他并不患寂寞，刚才黄昏时他的借居的父执，正在宴客度岁；珍错杂陈，酒肴尽兴：那真是一个充满欢乐的嘉会，——就是他也暂时屏斥旅居中感遇的惆怅的。

此时虽然深灰的大幕紧悬了，但室中夸耀幸运的电灯，发出弥明的光焰，射在那新添的盆景水仙上，碧绿的肥叶，更添一些脂润。就是雪瓣金蕊中，也沁出一种幽香混夹在烟，酒的气味中，邻舍的猜拳喧笑声，雀牌的碰裂声也同门外街童的呼跃同燃炮声相合——真是繁嚣极了；他的借来的卧室中，也还有居停主人和未散的宾朋；不过他是富于哑默的人，郁伤的悲哀，含蓄寂寞的内心罢了。

照他生活的常例来说，他素日是抱的空幻的人生观，绝留不下伤感的位置，况且他是作客流荡多年，就有时偶尔思乡的狂热，也倏起倏灭的。或许

---

[1] 原载《新民意报》副刊《朝霞》第21、22号，1923年4月26、27日。

今夜是他特别破例；因为是旧历的除夕使他破例：遂致感触到人生离合悲欢的苦痛，潮涌的惆怅遂占领他的空幻人生观。

室内的人，畅谈一阵往年各人在故乡度岁的欢史，渐渐的沉默了。抽烟的抽烟，借阅书混时的混时，居停主人也静静的抚弄怀中抱着酣睡的婴孩！L也只是把两只瘦手交互叉在两只袖口内，呆眼瞪着壁上新挂的一幅石印的"麻姑献寿"图。十分的室闷而各人含着神秘的凝神呼吸，也没一人愿意使他作出些微的细声；——忽然居停主人怀内的乳婴因为感触到她的父亲轻吻的不安，从沉眠中呀的一声哭了；室中也仿佛各人全感觉一种强烈的电流通过，嚣乱起来；空气也十分紧凑；L又长吁一声，在室内任意的徘徊步走。

"走吧！"于是L随同居停主人，主人的一位侄子，还有一位也是同L一样在那里借居的朋友，便起身在冷凄酷寒中，开始夜游了。

刚出门的时候，主人滑稽的说："除夕中，旅游人——流荡为业——沿街行，忘电杆之多少，忽逢野鸡恹……"话还没有说完，大家同时无聊的笑了；因为野鸡是上海特有的一种每晚在街心等候伺人而强邀去住宿的妓女。

这一次的夜游，只是让L多鼓动一次妒羡的心思吧；红的，绿的，是强烈的电光罩射在街两旁的商店的时妍陈设；流水的车驰，新鲜的衣着男女……

是的，新年的景象，马路上添了不少的点缀：特殊的是有许多门户上贴着寓意裁兵的春联；还有是在租界上不容易看见的，就是群聚而沿列在路隅的，被外国巡捕特赦这一夕可通过哀音索讨的乞丐。

L在路途中，仍是抱持他的缄默态度；其实在那样行人拥挤的热闹街上，也不容易相互谈话的。却是在半路上他遇见一位相识的朋友，他是L的同乡，问L这一晌接到家信没有。

L怅然的摇了一摇头，疾行的，但心内不禁的想道："他真问得岂有此理；故乡不是在战争中吗！烽火连三月，家书抵万金——"

在一家热闹的商店外，停着一辆马车，车内只有一位几岁大的小孩，惊讶的目光，在同隔着玻片车窗外站立的一位老年乞丐谈话，他用小手在指示着那家商店，似乎表示他的家属正在店内购买东西。这使L联想起那一夜他

313

也在街上遇着一个乞丐向他索讨，他只是加疾步行，口内报以嗫嗫的不愿意。他心内似乎很惭愧了。

他们任意的走了一阵，走到热闹的大马路虹庙前，居停主人便止住脚步，回头向他们说道："不再走了，此地是除夕特别拥挤的；因为来烧香拜神的男女太多——每年差不多要践毙小孩的！"于是他们回向归路，归路自然要比较冷淡一点，他们便任意谈话了。

"把今晚这些站在马路上乞丐一看，再把刚才我们看见那位从汽车内下来到那家花店去卖两盆腊梅花就给十元钱的拿来一比，自然刚才吃饭时他们所辩论的赞不赞成社会革命的问题，就解决了。"L此刻脑内正在反现出故乡的景物：衰老的父母，北京旅居的姊姊，天津的哥哥，从前在一起聚会的过去的映象；并没有回答主人的话。只是主人的十三岁的侄子，问了他叔叔一句："什么是社会革命呢？"

他们要回到居住那一条街时，天空已渐渐在飘飞细雨，冽风吹过，使他们都在打寒噤，同时又加速步行。这是又一萧索的景象哟！

要到家了，那一位同L一样借居的朋友，忽然回首望着那大马路所升发在天空的红光，说道："要是在我们故乡中看见天色发红，一定便惊说是火灾了！"

大家都没有声息，走过崇牖踞峙的小巷，只有一点隔巷的叫卖声送来：但L心中忽然似乎想道："火灾！世界或许正在火灾中的！……"

一九二三，二，十五，夜一时，在上海。

太平镇[1]

（一）

在S省里，百川交流，小水萦洄，密得同蛛网相似。青葱峻险的山，动辄连亘几百里地。内中那一条有名的、曲折也最多的T江，从那群山郁坟的S省的北部斜曲流出，经过好几个大县，还从白教师住的属于Q县所管的太平镇经过。这条T江，包绕着Q县城沿的东南角。太平镇就在江的对岸。

这一天白教师走进那扯谎坝，一般中下游民的游戏场，——太阳已升起在静的天海正中，在日光下面自己的高而细长的映影，已经恰恰聚缩在一团。他心内自己微语的埋怨道："酒真喝不得啊，昨晚真喝了一顿好酒！"一阵凉风的经过，使他无意中闻到一阵甜的酒香味。他仔细地审查了一下，才知道是他刚才打了一个饱嗝中射出的回味。他又道："秦三爷真难得见面，整一年不见了。还是前年赶场——啊，是在赶青龙场——曾见过。昨晚的酒真是痛快，就是赵麻子不高兴！……"

太平镇的沿河那一面，鹅卵石同散沙积成一大片长狭半斜的广场，恰合供给一镇游民的公共游戏之用。这个扯谎坝的名字，是很普遍的，凡是在S省内同性质的公共游戏场，都有这一个雅号。他们为称呼便利起见，便把所在地的地方名字加在上面。这白教师肯卖艺的地方，便叫住"镇东扯谎坝"。除去Q县四门的扯谎坝外，便要算这镇东扯谎坝最热闹；因为是顺河，而且又是一县商人往来的要道，每逢场期，尤其拥挤，因为一般乡农，是轻易不到城市来的。

---

[1] 原载《民国日报》副刊《文艺旬刊》第7期，1923年9月6日，署名白星。

白教师的势力很大，Q县所有的卖艺的，差不多都是他的徒弟徒孙。他本可以每天不到扯谎坝去卖艺，都随时有他的徒弟徒孙来孝敬他肥肉，大白米饭。可是他常同人说："不行了，尊师之道怕要丧亡了！——记得我那十几年前，跟着王铁腿大爷练功夫的时候，他一天要孝敬的白米至少一升，肉就不说了。现在我这一般徒弟，哪一个舍得一天割一斤肉给我吃呢？唉，看，'天地君亲师'的牌位，也要被这一些忘本的徒弟把'师'字弄掉了！"但是白教师的徒弟，越是肯孝敬他的酒肉米饭的，越是难得到他教授功夫。因为这个原故，李三秃子曾挨了一顿冤枉打。他们同师学艺的，都骂李三秃子不是一个东西，从来没有看见他孝敬过师傅；只是白教师却特别把太极拳心法传说给他，一定是个狐狸精，专门讨师傅的欢喜。李三秃子因为这个原故，曾乘着一位同门姓弓的不在的时候，把他的粗白布的只穿过一次的裤子，拿去当了，特别买了两斤肉来孝敬白教师，又称了五斤面给打骇他的师兄师弟些吃。他们一面抢着吃，一面说道："我们都是梁山泊上的弟兄，不打不亲热的！"只是那晚上姓弓的赌输了，找裤子去当找不着，便同酒醉的王四相打得异常亲热：这些都是几年前的旧事了。

　　他看罢日影，只好勉强的提起精神，苦脸的望着四面，打了一个呵欠，眼泪也几乎滚出。又才慢拐拐的走到坝内。

　　"煎碎花生，两个钱一堆。"

　　"……三个钱一抽，一个赢五个；……"

　　"……看，四五六一道映，免得老子当铺盖！"

　　"老子掷三个红就把你赢了……！……"

　　"豆花，水粉，面啊……"

　　这一阵叫卖同赌徒的呼喊声，都毫不觉能引起白教师的注意。他一手夹着那一个衣饭碗包袱，很迅速的跑到他每天摆摊的固定的地方去；一面就在想，"赵老幺这几年也红起来了，听说一拳把衙门口大石狮子打歪过；——只怕今天他来赶场，要抢老子的生意！——哦！酒真误事！"

　　他把拿蓝布补白疤的衣饭碗包袱伛着身子打开，把一些打药同狗皮膏药摊好，又走过对面一家卖五香豆腐干的棚子内，向卖豆腐干的小二，把昨天寄放的白木棍拿走。

"白师傅，今天一定要吃喜的，逢场少也挣上几吊。"小二笑嘻嘻对白教师说。

"吃喜？——吃忧还不够啦！你没看见赵家那小鬼的摊子摆在我隔壁吗？"他把赵老幺的摊子指了一下给小二看，气冲冲的走回自己的摊上。

他觉得赵老幺的摊子，周围围着的人很多；自己摊子却一个都没有。一面着急，一面叹气埋怨昨夜多喝了酒，今天起身太晚。

"唉，谁看得惯，同这小子一块卖艺，受这毛小子的气！——十年前，我跑江湖的时候，只朝一次峨眉山，便挣三十几吊！真是一年不如一年了！唉！……"他自己很觉得有今昔之感。但连着打了几个呵欠，因为起来晚了，还没有过鸦片烟瘾的原故，他在腰间很摸索了一阵，才取出一支尺多长的叶子烟管，走到一家卖酒的摊子上去借火。那卖酒的高老八，也是含着笑容向他说道："早啊，白师傅。"他一气的接上火，忿忿的走开。心内又喃喃的咒骂："时衰鬼弄人，梳牛角髻的小孩，也要讥笑起我来！我同他老疯三叔还是结拜的兄弟啦！"

他觉得今天吃了大亏，自己摊前一个人没有，使劲抽吸几口烟，又咳了一阵痰，才慢慢没精打采的脱下当中补一个大疤的长衣，像补褂一样的长衣。里面是穿的一件灰蓝布小褂，他把袖子反折起去，露出红赭瘦皱的手，使出很大的力气，打完一套拳，登时由附近的围满的人圈里，分了十几个人过来。他才比较的放心。其实他们都是认识这位资格顶老的白教师，不过今天看见他特别卖力气，有的说单他这一套狮子滚绣球，是前好几年在城隍庙内才看他打过一次，真是不容易的好拳！白教师登时也觉得脸上很光彩，便又把那条垂在背上像扫帚一样的斑白毛辫，挽来盘在头上，又打了一套醉八仙。打完以后，摊子上又增加不少的人，都一齐向着他喝采。但是白教师却是力竭气喘，他好强的心去强忍着咳嗽，脸也红涨，额上直是滚汗。围着的人，虽是说好，却没一个人丢钱；只是有一个小孩子抛了两个小钱，在他的摊子上。白教师看见有人丢钱了，觉得很高兴，便张开嘴大咳起来，口涎也不住的乱飞，有一点恰飞落在张麻子的唇上；但他却毫不生气，反在衣袋内抓了一把，数够十几个大钱，抛在白教师摊上。白教师登时因为感触到知遇之感，眼睛几乎笑合了缝，同时又滚出热泪和鼻涕。

"谢了！张二哥；——要膏药不要？昨天才熬的。"白教师说的时候，又同张二麻子行了一个英雄式的大礼；——就是把身子往下一伛，左手把右拳抱住，又当面叉抱一下；——同时又连飞了不少唾沫在张二麻子唇上。但张二麻子却只回答他一句，"我要膏药会拿钱来买。——我看见那姓赵的小子红了，替你这位几十年的老教师不平！"说完话，脸上现的很骄功的神色。

白教师失神的向赵老幺的摊子望瞪了一下，觉得是比自己摊上人多，苦脸的向着张麻子说道，"张二哥，慢点收完摊子，在土地庙吃茶会吧！这几天赌运好吗？"

"你看我运气来了，昨晚几牌赢他妈几吊！那些生毛小子，都给二爷上供了！"他夹着一阵笑声说，又呛咳得几乎连眼也花昏，走的时候，几乎摔跌一跤，却把白教师说得呆呆的出神。

"一，二，三来一，二，三，——弟子学法在茅山，……花小钱能治大病；……自幼得异人传授，专治跌打损伤，……五劳七伤；……狗皮灵膏三个钱一张。……"

他照例的同往天一样嚷喊了一阵，又打过好几套拳；但是今天围的人，终比往天少；并且有些看见他打一套拳打得将完的时候，便转身走了，为的是避去出钱。虽是白教师在无论如何的嘲骂（以下疑有脱文——编者注）

（二）

白教师只觉得有镇末的赵四开的酒店，他是老主顾，所以收摊的时候，虽说只得到几十文钱，十分懊恨，但内心却在想，"横竖不要紧，酒店可以欠账，要是碰见一个徒弟，也许还有一顿肉吃。"他才放大胆子的走进酒店去了。赵四很欢喜的叫呼他一声白师傅，忙替他在一桌靠店门的已经坐得有人的桌上，让出一个位置。他却不愿意，把酒壶一提，拿来放在赵四的油光柜台上，又自己赌气端了一条板凳，气冲的坐下，虽是很有几桌有人请他同坐，他也不愿搬过去。他觉得今天天气不太好，宁可小心点；昨晚眼跳得很，恐怕今天遇不着徒弟；只敢要了一个皮蛋，几块豆腐干下酒；后来说是嫌味淡，只吃一块豆腐干，添要了两堆花生。

赵四从里面那油垢的厨房内端出一大盘肥猪头肉来，香气刺鼻，还在冒热烟。差不多一个酒店的坐客，都切了十几文吃。赵四见白教师两眼直射在猪头肉盘上，并且微听见他喉内馋涎作响，便殷勤而希望的走过来问他切多少。他觉得不好意思起来，悄悄的把衣袋里的钱摸了一下，心想，宁可小心点，忍一忍吧；便做出没看见那一盆众目注意的肥猪头肉的样子，郑重的对赵四说："我今天吃观音素，昨晚在城内吃了一大碗清炖肉，直腻到现在！"不过他说的时候，口涎再也忍不住了，直纷飞溅落四处，除去赵四脸上溅得不少外，一块大的正落在伍老三的酒杯里；赵四把嘴一努的走开，心内在想，哄什么鬼，今天吃观音素！

酒店的四壁，贴满了春联同隔年的黄历；还有几张小的纸条，写的是"勿谈国事"；也许是那个"勿"字多出一撇，所以一些吃酒的人，常因为争论张飞同关爷的岁数，或是争论那个县官的好坏，打架起来；伍老三的前额上的那一个钱大的伤疤，便是一次争论黄天霸高矮的成绩。

这时各桌把肥猪头肉吃过之后，白教师正在一人高唱着"大哥堂堂帝王像，二哥一心保蜀王，唯有三老子的性儿莽，一人一马一支枪，保定了某兄王锦绣家邦……"来独下寡酒，忽然听赵四在对一桌坐的胖子王六在说米价飞涨，便停止不唱，去用心听他们说话。

"生意真不好做了！——记得我在梳牛角髻的时候，米只要五百钱一斗，肉也只九十六个钱一斤！现在不说别的，只是一斤肉也要两百几，真是在活抢人，一年不如一年了！"赵四皱了一阵曲线纵横的狭额在说。

胖子王六夹着一块肉，往嘴里送，却又放下接着说道："乡下的米都怕棒客抢，不敢运上镇来！年岁又荒，县大老爷又不肯让税，怎不涨价呢？——收他妈的正税不要紧，还要抽什么铁路捐？皇帝同洋人修铁路也要我们小百姓出钱……"说完之后，不但把剩的一块肉吃了，就连瓦盘内的肉汁也端起一口喝干。

靠近柜台一桌的一位李老爹听着胖子的话，一面叹气，一面丧气的说出一句："这太平日子，恐怕我们过不成了！我活了七十多岁，从没有吃过这样贵的米！唉！……真是一年不如一年了！……"

"不要说这些，要是给衙门里的大爷听见怕……"虽然赵四每天的老调说过一遍，也只好像清风贯耳，吃酒的反愈见高谈阔论，因为赵四的酒店，差不多就是太平镇一镇的舆论机关。今天大家因为谈到米贵的问题，那勿谈国事的禁令，便自然的要失效力。白教师这时也很想说几句话，只是给这李老爹的对坐的红鼻子赵八抢着先开口了：

"……乱世出英雄，——听见人说，——啊，牛跰子的舅子马大爷说的，我们那宣统小王，已经把皇帝宝座让给一个姓袁的大臣坐了！听说是白虎星下凡！造反军不久就要杀到我们省里来了！"

这一大段惊人的话，说出之后，全店的人都很惊愕，杯箸声也停止。

"不见得吧！是谣言吧！李六婶的老大，——当城防兵的那个，昨天我碰见他，都没听见他说；他在衙门里吃公事，有什么总先晓得的！……"伍老三滔滔不绝的对着红鼻子赵八在说；一面表现出很骄傲的神气，为的夸耀他认得当城防兵的。白教师此时却在想，当城防兵确是不错，一月有好几块银元，还要穿公上的军衣。他一面倾壶喝酒，一面大动挣钱的念头。

红鼻子赵八正深深地喝一口酒，呛咳一阵，才说："未必牛跰子的舅子马大爷在衙门里当典狱，还不知道吗？我看见县大老爷的箱子，一口一口的往他家里送，连一些鸡鸭都送来。我起了疑心，一问他家里挑水的陈五哥，才晓得出了这一回事！——还有造反的军队，叫什么童子会，啊，不是，是'同志会'！听说已把隔我们太平镇七十里的 E 县占了，县大老爷尽节自己跳井死了！啦！真厉害！同志会一到，杀得鸡犬不留！你们不信吧，看下回分解好了！"登时一酒店的人全惊了，都注意听红鼻子赵八的说话，连白教师也听得津津的出神。赵八得意的摇一阵头，又才接着说道："这是千真万真的消息！劝你们回去快预备逃难的东西吧！……但是别人问，却不要说这些话是我说的！"他说完，又低下声音来，把嘴放在伍老三的耳边微细的说道："我们 Q 县老大爷，还预带印偷跑啦！"登时伍老三脸色变成铁灰色，但是为避去众人的注意，他便假意端起空杯喝酒，却是手一打战，便把一个土瓷酒杯打碎在地上；大众人更惊了一跳，赵四气忿忿的跑来，把碎瓷片捡走，却只是心里喃喃地骂。

"——管得那些闲事！横竖我们穷光蛋除了一身穿着的外，没得给人抢的！我们不趁火打劫，就是'天官赐福'了——今天有酒今天醉……"这是一个叫小熊的说的，一面说，因为喝醉了，便唱起来。忽然把那位上镇来卖谷子的田三爷骇了一跳；他昨天遇见小熊向他借钱，他没有借，小熊也知道他家里还堆着十石谷子没卖！他想了一阵，又偷看着小熊红起脸坐着，似乎在生气。他终于笑嘻的去招呼小熊，又替他付过两壶酒钱。

白教师很是羡慕小熊，等到田三爷转背的时候，便向赵四又要了一盘盐炒豆，亲手端过去给小熊吃，还交头接耳的很说一阵话。小熊像真吃醉了，却大声的说："怎么不真？同志会正在招兵！我的秃背三叔还打算去啦！"白教师真是骇出一身冷汗，不防他把这机密大事高声的说出。恰好那时胖子王六因为同红鼻子赵八争论白七嫂是从哪年守寡，又打起架来，才没人注意听他两个的鬼话。

到了起更的时候，白教师一个徒弟都没有等到，心头更不高兴。酒也快吃完，店里的人也差不多快走尽，赵四也靠着柜台在打瞌睡。白教师虽然也打完一阵呵欠，因为要同小熊抵掌而谈天下大事，却很勉强的提起精神。他们谈说一阵赵匡胤的故事，白教师又拍桌子对着小熊侃侃说道："什么事情我没有见过？杀人更看的多了！单是闹神拳的那一年，七月七那天从衙门口绑出三十几个来杀。我的一把刀，还借去杀了好几个人咧！……古话说的好：'草莽出英雄'，哪个是生下来就做官的！……"他一面说，小熊一面在点头赞许。

（三）

夜深了，他们两个才慢慢的起身，偏偏倒倒的走出酒店。白教师叫小熊同他一块到禹王庙去睡，好作长谈。

路上他告诉小熊禹王宫的住持和尚，待他如何的不好，常常偷他的打药吃，还随时恶狠的问他要房钱，一吊钱一月，半个也不肯少。将来一定把庙子给他烧了，改造一座忠义堂！他又告诉小熊他一生痛心的情场失败史，更恨恨的说："伊不愿跟我，嫌穷爱富；将来我一定要像朱买臣不收前妻，大唱'马前泼水'的！"小熊也插嘴说道："那还愁什么？至少也得挑伊十几个！刘二娘的女儿菊花，倒配做正宫的！"他们大笑起来，白教师笑得发狂，连刚才吃的豆腐干也几乎反呕出来。

他们回庙去，又在白教师房内挂的武二郎，浪子燕青的神像面前，各人跪着刺了一些血滴在一个小碗内，分着吃了一杯结义酒。登时小熊便叫白教师做"皇兄"。

白教师又对小熊说，他昨晚梦见一条黄蛇缠在他身上，把他几乎骇醒了，现在才晓得那是一条真龙：可见凡事都有预兆的！

"——对的，天上的星宿下凡，怎么没有预兆呢？我昨晚也在梦中看见'皇兄'被一条五爪真龙缠着啦！我昨晚还梦见自己骑在一个大石头狮子上，狮子一跑，才把我摔醒，今天背还在发痛！"

"石狮子怎么会跑呢？"白教师插嘴的问。小熊红涨着脸，只装着没有听见。

白教师一面点上一盏吃鸦片烟的灯，一面同小熊各人分面睡在烟盘的对面，白教师努力呼呼的饱吃完几口，吐出一些浓厚的白气。

小熊略为伸一伸腰，说道："'皇兄'！我们的盟单请谁写呢：——"

"就请秦二爷写吧！他写得一笔好字，赵四酒店的春联，全是他写的。——将来我们还可以聘他做军师！"

"是的，——我们的秃背三叔，他从前也梦见过一条黑狗张嘴要吃他，想来他一定是黑虎下凡，就封他做先锋吧！还有'皇兄'的表叔田矮子也可以封做国丈——一品大国丈！"

"对了！我们义军的赏罚一定要公平！我看你的舅舅李二麻子封做统领吧！"

小熊觉得很快活，又感激的说道："谢主隆恩！——还有田三爷的家产，一定要充公；张监生家内那一条水牛，黑的那一匹，正好杀来祭天！……"小熊正在滔滔的议论赏罚，白教师是欢喜得高唱起"……事到而今孤就要……"来。

这一夜他们真做出一生没有做过的好梦,在梦中续喊"杀"的声音,也不只几十次。白教师更有时从梦中高喊,"孤,……,九千岁,——请了!……"

自从那一夜以后,赵四的酒店里便少了两个老主顾。同志会起义的风声,便随时在酒店里经人传诵。酒店里的恐怖空气,便把全镇居民包围了。快到了过年的时期,但镇上反现出一种凄凉的景色,居民也搬走了大半,商家只有赵四的酒店还开着;因为他要一关闭店门,那他所赊借出的账些,便要一个也收不到。不过赵四也觉得恐怖的大变乱要发生了,忿慨而忧愁,常常对一般吃酒的客人说道:"一年不如一年,天下将大乱,不能永久的太平了!——这样满目愁惨的景况,只有闹拳匪那一年相像的!"听的人也不过只是帮同他叹气或是一笑,似乎不觉得恐怖的;却是只有每天肯来赵四酒店喝酒的,是置恐怖于度外的。但是他们确很喜欢谈一镇的时局,尤其是伍老三同红鼻子赵八的言论,每每使全镇居民惊愕而注意的。

镇东的扯谎坝也不像以前那样的热闹了,白教师寄放在卖五香豆腐干小二那里的一条白木棍,也有一月没移动过位置。酒店里的讨论,也渐渐集中在研究这两位失踪的老居民的下落的消息;但是没有人能够确定去向的,只有田三爷对于这件事是特别关心而且着急。

张二麻子在白教师同小熊在赵四的酒店畅谈的那一夜,却大冤枉,白在土地庙茶馆里等候白教师一夜;不久他得到一封离太平镇二十五里的老虎寨来的信,也同白教师一样的失踪了。同时失踪的还有秦三爷,田矮子和同他同科的李二麻子。此时老虎寨确是驻得有不少的虎视眈眈着 Q 县同太平镇的同志义军。

经过长时间的恐怖,太平镇已经是由发现过义军的踪迹而复变为太平了。

伍老三同红鼻子赵八那一般人,又随时聚会在赵四的酒店里开始新添的材料像下列类似的谈话:

"——革命?——啊,真把不少的人命革掉了!"

"是的；同志军抢劫张监生的那一天，我是亲眼看见的！——"

"胖子王六的毛辫，那天进城时被守城门的军士强迫剪去了；——还罚他跪了一阵。"

"县正堂大老爷，改称知事先生了！"

"——还是一年不如一年……"

但是尤其为他们津津有味，天天述谈的，就是赵老幺在几月前被同志军捉去认为是汉奸，就在那插有一杆大白布旗子上面有一个红的大"白"字的司令部门口被杀时的英雄气概。

是的，赵老幺在那时确是这样提高颤抖的声音说过："没有什么不值，人活百岁都是死的，看吧——二十年又是一个，男子汉，大丈夫……"

初秋的夜雨[①]

连绵雨夜碎雨，檐溜淅沥，不寐时觉得刺耳。

早已是锐减，前几天的酷暑。此日滴珠，正如一剂清凉散——原来是我所不曾注意的，这已是报到初秋了。

诗人常爱听雨声萧泣，尤其是在秋之夜；不能领略自然乐曲的，不能同骚士同好的我，总以为这种单调的声音，平寂无趣。也更不能说是悲秋。疏懒的天性养成我在阴雨天昼寝，确是到了午夜，便会失眠起来。

　　日夜忽其不淹兮
　　春与秋其代序。
　　惟草木之零落兮，
　　恐美人之迟暮。

这或许是我过于敏感不情之虑，因为差不多每年秋夜，总是一字不易地在枕上念这四句。

我还曾经这样想过：若是四季长春或昼夜倒置，或者要比较地和我的性格相宜。我也曾这样在秋夜叫过：

　　秋娘，我厌憎你。
　　因为我不能忘情的
　　春使的朝筵。
　　夜之神，我厌憎你。
　　因为我不能忘情的
　　在日光下作梦。

[①] 原载《民国日报》副刊《文艺旬刊》第 8 期，1923 年 9 月 16 日。

——这一种聊以自慰于一时的 Fantome（幻想），有时自己细想起来，也要忍不住失笑；

这终是刹那间的自慰罢了。

记不起是多少年前，有一晚，窗外的紫荆正在讴吟落叶辞故枝曲，忽然我觉得四面都似飒飒清清疾响，不眠的帐内人儿，那就是大病新愈的我，比秋虫的惊怖声更惨栗。

秋之贼，

没惊醒我的残梦！

夜之贼，

我是在憔悴的病中！

醒了，母亲正在床沿坐着，口内喃喃地，手儿抚拍地。

夜之贼，

没盗去爱儿的灵

夜之贼，

爱儿在我摇篮之中！

甲君从烟台来信说，那里不但风多和天凉，而且他每日总是在正午洗海水浴，掇拾也增了不少。乙君从涿县来信说，他每天每夜总要和"欢伯"相亲。差不多是一面喝仪狄所遗的创造物，一面写自己的创作。与农作物有特殊嗜好的丙君，虽是近几个星期变成了罐头工人，——他的来信如是说——但我总喜欢在他挥汗之余，随时把鬼奇故事连篇的写好，不断的寄我大解昼的睡瘾。欢喜烦闷而屏愉快，自苦乃陷于冲突境地的丁君，近来也似平安地过活他的嚼面包喝清水生活，正在写了不少的《鸡肋录》。

我呢这一晌恍如失魄丧魂似的，桌上，床头，堆积了不少未阅终卷的书册，前几月在上海时，偶然兴来所写未完篇的玩意儿，仍依旧原样的在桌上。每夜必有一位朋友同房，可以评东论西谈到深夜，——却也怪蚊虫太肆虐了——才让我一人在床上去辗转的看着天明；然而夏夜虽短，我只要一想到甲乙丙丁四君，却要使我自愧，自悔，自怨。

再一想到趁暑假回乡去，被阻在扬子嘉陵会流侧畔 C 城的戊君，此时许正在饱听舶来的爆竹——枪声,已有二月没一字给我,同时使我又有"烽火连三月,家书抵万金"之感;因为戊君的故乡,正是我久别而常在梦中魂游的故乡!

复次,使我怀想的,便是己庚辛三君了。

己君在一月前,带着病跑回他的儿时眠巢衡岳之旁去,我正恨不能追随他一瞻洞庭皓月,湘江长波,消我久蓄的眼泪,以吊屈魂;出乎意料之外,将我去问询的"诗稿增加几许"回答是 nonsense。原来他久别乡园,亲故之死亡者可列一长表,时或谒墓拜坟,泪出几如泉涌,伤感因而说是无意于世。他的计划也非常奇异,不再返京进什么洋学堂,愿在故乡里做一名质朴小民,或者要同他的朋友 KM 到离他旧庐五里的灵观峰去做和尚,也未可知。在信末了还说叫我的心中浅印着他的姓名,从速洗掉;并叫我如真心肠爱他,不要再以信件相扰。至于他的病呢,他不希望它痊愈;信内写了两句:

生为异乡人,
死为故乡鬼。

庚君虽算是新交,然而我在那夜送他到火车站时,看见他那被电光反照若大理石色的面庞,曾使我心里惨恻几夜。他是偕着他的二期肺病到莫愁湖边去。

辛君,他的近状我怎愿多想,他的家庭,在今年春季已覆巢于兵患之中,而他呢,下期也不能再入那个他所不能考试及格的学校;但他却还痴心日夜寻找人类真情之流……

唉唉,我不能使我再想下去了,我不能使我脑内的友谱一一翻遍,只是还远十日来心里新增上一笔杞忧:在理,当壬女士和癸君把渠们宣告同居的通知片寄给我的时候,我应向渠们道贺,然而我却反觉得抱起杞忧来;因为渠们都是被压迫于经济制度之下的。再加回答 A 君突如其来的一封讨论人生问题的信,在前天把五十页一册的信笺簿,页页画涂几行,却没有一页写完呢。

此时,同居的朋友正在我的背后鼾声大作,惨绿如豆的灯光之下,映着自己的影子，也使我十分惊惧，户外的雨声竟来敲窗，而甲，乙，……的映像，已好似变成无数的脑虫儿作祟……背上的冷汗如冰水下溜……

缠绵的密雨，

带去你们一只孤鸿；

朋友呀，如我永不还，

请来幽谷招我魂！

晦暗如死的黄昏，

迷途者又赋长征；

朋友呀，如我永不还，

请嵌我影入你心！

忽然想到在今年春天梅雨季从上海来北京时，在沪宁车中写的留别上海诸友的短句。——那一夜春寒未减，细雨把行囊也给浸湿，车中十分拥挤，幸有 T 君同行，我们一直谈到次晨，车抵南京。渡江时 T 君指着扬子上游神秘的说道："何日命舟咏言归？"

然而 T 君已来北京后半月溯江东上了。沙漠中只我一人卧听闷雨……

"何日命舟咏言归"呢？

我，颤，战……

夜，慢，漫……

从离了梦一般甜适在原野间的故乡，舍去多病的母亲以后：每遇秋夜，所谓凄凉时节，总要回忆起沱江沄流的童游之处，和那一次在床沿的慈母，爱波盈盈注射在我的苍黄而瘦的小庞上，——那是比月光照在夜槐上还更有生曦之意的——用天籁歌调送我径往梦之国的情形。

老母，额上有曲纹的老母！

老母，顶上有银丝的老母！

此时近邻的犬声忽然狂吠，报时之鸡也深深地长啸，同我所居的公寓内特有的巡更人的铃相和……声

这样的萧索……冷悄……

这样的可怖……惨号……

窜伏在无温的被内，蜷匿着，屏息着，却又想起 Paul verlaine 的秋歌（Chanson d'automne）来：

Tout suffocant

Et blême, quand

Sonne l'heure

Je me souviens

Des jours anciens

无限烦闷和静沉，

当那钟声鸣响，

我忽然回忆，

旧景的悲伤。

一九二二年八月十一日晨三时在北京

死筵散后[①]

齐贤还在昏晕和疲倦之中，但已渐渐因受着冷气的侵袭，微微地觉醒；整个的身躯与整个的灵魂直向半梦，和残醉的境地去埋葬。

然而——

"我已死了？"

突然间，不大清爽的思虑投落在这四个字上，使他好像一只酣睡正浓的巨兽，猝中了猎人毒利的射击，不能不努力地挣扎，逃出这麻木睡眠的幻城；抖擞着，准备着，将与那可畏的妖魔决一死战，舍身向前反攻。

"死筵！死筵！"

"死筵散后！"

他的眼泪已欲流出，成了醒察后的最先动作。却是，由那把他重唤到生命的人间来的恐怖点出发，他慢慢地回觉起昨夜悲惨与欢乐交组成的情景。

他记得他是在一间陈设华丽和精美的房里。房中一张大圆桌上还排列着菜碗果碟，空的酒瓶，嚼过的碎骨，是狼藉地，堆着在地上。他和三个朋友，都是年在二十左右，面庞上青灰色与羸瘦各各相等，头部披着久未剪洗的垢发，身间的衣服也均由半旧中表现出颓丧气象，不整齐地或歪斜或俯伏，正围着圆桌坐着。相隔在他们之间，各坐着有几个正当年华的妓女，鲜明和艳彩的服装，强烈的肌香，在兴奋的空气中格外显得各各妖媚醉人。自然，若单由这间房中的男女气表上去推测各人的岁数，那一定至少是男和女可以相差到一个世纪，就是彼此的心情，距离更在远远不可测量的度数；但现在却在一室之中宴饮，装点人间喜剧的一幕。

[①] 原载《沉钟》周刊第 5 期，1925 年 11 月 7 日。

已是夜阑席残的时候，灯光也如席上薄酒，闪闪发着微红微紫的火焰。空气又是沉闷，又是易于激动，相同于好伤感者的心情。邻室和楼下有嘈杂的人语声，高抗的琴弦声和轻快的女子的歌声，密密地将这间房子围着；而房内也是给酒气，肉味，花香与浓烟缀合成一个乐且未央的小宫。

"这惨酷的，没有一点同情的人寰！"

"欢乐？孤寂？"

他默默地坐着，玩味这在欢乐之下聚着的孤寂，虽也举杯喝酒，伸着箸拣菜，但总觉得薄的恐怖和浓的愁绪使他的态度不自然。有时半低下头，偷偷地眨着眼珠去向那三位朋友和妓女们窥看，发现脏腑内生了许多复杂的，冲突的，破碎的幻感，因之脸上红白翻腾中更增添上含着忍苦的冷笑。一瞬之间，他忽然，觉得，眼前，鼻观，手所接，耳所听，都是异于常状，刺激着起了洋潮一般多神怪的断片感触。……

奇特的小幡在飘摇着。……

"死筵！"

"死筵上！"

在那奇特的思潮如巨浪起伏之中，他倏忽感觉到心里千种的辛酸同悲恻交集，眼泪立时涌出，自己的灵魂陷入鬼魔包围与袭击之内，尖锐地惨叫了两声。全桌的男女都猝然愣住，齐把兴奋惶恐的眼光射在他的没有半点血色的脸上。

嚣闹的杂声一下均已停止，空气也像被震骇得呆着不能流动，没有人再想到呼吸，一切好像都已窒息。

"死筵——"

一会，他周身发着颤抖，抽咽地哭泣起来，两手慌乱地在胸前交搔，许多碗碟应声铿铿然坠碎在地板上面。被压服的闹声又由小而大。

"不要这样！且尽兴！"

"此刻还哭什么？我们已经悲哀着过了二十几年！"

坐在他的对面的一位习美术的朋友，在众人惊愕稍定之后，手搔着乱发，用眼白向着他，似不耐烦地半身站起，口中微微打着呵欠，像鼓励像安慰，坦然的说：

"他还应多喝！没有沉醉！"

其余的两位朋友也同时颤抖的音调望着他说话，并用醉得鲜红的眼睛示意，叫邻坐在他的身旁的妓女再劝他喝酒。一个闪巍巍地伸出枯瘦的手替他拭泪；一个却敲着牙箸破着嗓子重复唱着：

"喝呀！喝呀！今夜一切都为的我们！"

"喝呀！喝呀！只有今夜还是我们所有！"

齐贤的精神已到了茫然和迷惘的境地，听着那片段的歌声，也不禁将脚尖微微断续的击着地板，口内低低地发出轻音：

"喝呀！喝呀！今夜一切——"

全室扰乱着很有一阵，秩序才渐渐地恢复，他也勉强忍禁各种悲伤的忧思，瘫痪地呆坐在椅上，羞惭地低垂下头。妓女们在暗红中吐舌和挤眼，互传她们惊奇的神态；他的三位朋友只无聊地苦笑。

暂时一切安定后，习美术的那位朋友，在身上衣袋里摸索着取出一只短而大的铅笔，庄严地向着那两位朋友说道：

"好，死筵！你们能够快快地在死筵未散前各草一首诗，我速写一张死筵图，就这样，留一点我们最后的纪念在人间！"

"最后么？"

他在一旁听见那位习美术的朋友的说话，悄悄地抬起右手，像想抓着什么东西，或想挡阻住这最后的来到，一双目光痴射在将残的席面。

那两位朋友登时遂向妓女们要过纸笔，低侧着头略一沉思，口中狂惨地喊叫：

"死筵！死筵！"

"你不用再劳神，今夜的眼泪已够点缀这死筵的盛宵，一生不改这样的啾哭，也就算做到最后。"

忽然那习美术的朋友微看了齐贤一眼，用铅笔轻敲着他那半抬起的手臂，说话声音是悲惨而颤抖：

"我……"

仓猝之间，他本想说一句话，不知怎样感到广漠的茫茫，喉间像有一件辛酸的东西紧紧地塞住，咽哽不能出声。

妓女们对于他们这种奇特的举动和言词，不能明了其所以然，只觉得可惊异，都瞪目相顾，悄声微微冷笑。

全室暂时的沉默着。齐贤在昏乱之中，噤哑若一只寒蝉，任凭那三位朋友去尽兴发挥他们的最后仅存的天才，口内只微微地叹息。过了一会，懒懒地举起像有千百斤沉重的头，瞪着一双失神的眼珠望着屋顶的粉壁，觉得那上面有许多金光和磷火样的星群在闪动，霎时的一顾，满屋内也只像有许多杂色的小东西在□晃。

"梦一般，二十几年的生活！"

"梦一般，孤独的流浪者！"

口内自己嗫嚅地念着，脸上现出在寻求一种哲理的淡漠的冷笑。在他的身旁坐着一个很年青的妓女，很久就留心注意他的动作，此时偷眼看出他那抑郁无聊的神情，遂伸出肥白腻滑的手，把一只装满浓酒的杯子递在他的唇边，含笑而生动的眼泪在他的面部漾荡。

"再——喝一杯。"

齐贤正没趣地出神咏吟着那些断句，忽然受这娇嫩的声音所唤醒，一吃惊，眼泪遂又夺眶而出。慌乱和昏晕之中想起自己二十几年凄凉和孤独的身世。万没有料到在最后的死筵上，会得到一点女子的情意，感激着伸出打抖的手接过杯子，诚恳地一口把酒喝尽。心中受着强烈的感情刺激，很想抽身与那女子拥抱。

幻魔的金枪旋转着……

"怎的，拥抱起来也这般凄冷！"

惊惶中，齐贤破口惨号一声，疾忙无力地张开昏倦的双眼，看见两手紧紧抱着的是一个清凉的白布冰袋，已渐渐因融化而水湿浸润四出。他心里异常的恐怖和疑奇，但眼睫终没有持久的张开能力，只好微微地叹息几声，又沉沉地睡去。

"啊，我莫非已来到了死城！"

经过很长的一段时间，他比较已更清醒，却倏忽又开始哭泣，使气地把冷袋摔下，忍□着一会，心里愈增惶惑，很勉强地用力睁开沉重的眼皮，想一窥探自身究竟所在是一个什么奇异的地方。

——那是一间洁净的小房，几扇高大的破窗上有灰白色光线射进。雪一般鲜明的墙壁，上面挂有寒暑计和几张有线格的表纸，日历上还是显示着他们作死筵大宴的日数。自己是卧在一张简单的小铁床上，盖着洁白的被褥。——

"在戏剧中？……幻境？……梦城？……乐园？……"

仍是不能决定这是一个什么地方，惊疑中忽然想起用手指放在口内去咬试的方法，但确的感到些微的伤痛，已可明白绝不是死城；再定神向四围注意地侦查一遍，心里忽又给悲哀浸入，捶着床连连叹气：

"像是在医院中！……病室？……我一生绝不住囚牢样的病室！……死在病室？……"受沉重的伤感打击，眼泪又如春雨般下滴……

悲哀的绑绳将他牢牢地系住。

昏乱惊忙着一会，又想得一个解释一切疑怖的法子，勉强推开被褥半身坐起，伸手去摸头发，却是长长而粗乱；再欲找一面镜子照看自己的面庞，但周身酸痛，无力走下床去。心中异常着急，实没有法再事忍抑。不禁悲恻而哀戚地失声惨叫：

"我死了么！"

"我死……"

忽然间，墙角的房门似有人推开，接着那开门声进来的，是一个年青女郎。中等的身材所穿的粉红色衣服，下半套入在雪色的围裙里面，白的裙带在胸前背后交叉地系成斜十字。她刚推开门时脸上现出惊惶神色，略一迟疑，屏息着慢步走在齐贤卧着的床前，半带羞涩地问道：

"清醒了么？"

"唔唔……"

齐贤起初是因惊惧和窘急而装着假寐，背上流出不少的冷汗，此刻听见这细嫩的声音，才忙张开双眼瞪然地射在那女郎的脸上，心里又是发着疑奇。痴傻地怅望着一会,他的两颊忽然现出惭愧的红色。慢慢地张开大口,但却茫然说不出一个字。

"要喝水不?"

那女郎也略感到不好意思,微低下头,手弄着裙带,探奇地立住不动。

"这是医院么?"

"是的。"

"我怎么会来在这里?"

那女郎觉得很可发笑,却忍禁住,先看了齐贤一眼,才说:

"昨天快天明时,有人把你们送来。人倦可以再躺息一会——医生还要过两点钟才来给你诊治。"

"他们都在——医院?"

自己也知道这句话突如得可笑,连忙又大声说:

"是四个人同来?"

这奇异的问话使她真忍不住发笑,现出一排米粒大雪白色的牙齿,略一扶头上的细发,似在思索什么。忽然,她敛住了欢欣的容颜,面庞变为有几分哀感的模样,慢慢地说道:

"只有两个?"

"那是谁?"

他一惊闪,愕住的眼光又射在她脸上。

"那个人有姓名?"

"不知道。"

"问——问——"

她含有怜悯样的眼光在齐贤灰白面庞上回旋许久,肩头略一耸动,向空间呼吸了几口气,她才带着辛酸的声音继续说话:

"那个,同你一块送来的,是,是到这里不过半点钟,就因为——因为酒醉脑充血死了,……没法救活……可怜……只有二十几岁……"

"唉唉……"

"唉唉……

"他死——死得还平安?"

"昏晕中死去,总要少些苦痛。你要去看看尸体?"

他心里似乎得到几分安慰,搔着蓬乱的头发,微微失神地摇头,又颤声地说道:

"尸体,我不愿去看,那一定是很可怖。不过,死时还能说话么?我想,——"

"到这里已是沉醉不醒,起初倒有一些低微听不清的乱语,大致只是些:去,让我去死……。就这样终止了呼吸。"

"唔唔——身上没有,没有什么东西?"

"像有——"

她看见他连续地发问,精神已渐渐恢复,伤感也慢慢减轻,只微微含笑向他回答。此刻忽然间像想到一件重大的事体,抬头仰望着顶壁,犹豫一会继续说道:

"这个人那样的消瘦,平日恐怕不是有精神病,就或者是有什么难言的伤心隐事——一直到绝气时,现在,他的手上还是紧紧地捏着,一张潦草的画稿。"

"一张画稿!"

他瞪着眼失声惊叫,一会深深地叹了一口长气:

"唉唉,唉唉,他是一个无名画家,——孤独地在人世漂泊二十几年,——将来医院替他埋骨的时候,就请告诉写这无名画家几个字在那坟墓之上。"

"无名画家!……孤独地……这是可怜的命运。……"

她很吃惊而诧异地望着齐贤,口里也不停深深叹息,脸上的颜色渐渐变为浸白,是受了沉重的悲触。

齐贤微唔几声后,便默默不语,先把目光射在玻窗上,向着漏光的几片停留出一会神,接着便无聊地低垂下头,手搔着乱发,闭目去思索,心里是充满了焦虑和悲哀。他也有一两次偷眼去看她,喉中嗫嚅着像想说什么话,但总忍禁着没有发声。

"现在——"他已全身下床站定。

"现在，我身体已经恢复，就要出医院去。"

"要是你还没有完全清醒，可以多住几天。"

"医院我不能久住，此刻就可以出去，有要紧事办。"他把帽子已拿在手里。

"决定走了？"

齐贤只略一点头代替回答。她过来帮助他扣衣服时，身上的一股清香刺激着他的鼻观，皮肤相接也有一阵热气流通过来，他很感激地向着她一笑；但她觉得不好意思，羞红着脸把头低下垂。此刻，他周身又似瘫软一样，茫茫然不能自主，胸前血液在疾剧翻腾，——她庄严地如一个圣女立在他的前面，微笑之中可以能使得他久已止息的生命源泉颤动，然而，他只能以虔诚的感激为酬谢。

打了几个喷嚏，他略为向后退移几步，眼泪不知不觉又欲流出，喑哑无语稍事默想，固然愿在医院多留些时日，却忽又念到昨夜死筵上的事，心里又是一阵酸恻。沉默着半晌，齐贤勉强抖擞振作起精神，稍一迟疑和叹息，便很快地走出房间，回头带着笑容说了一声：

"谢谢！"

她殷勤地跟在后面，嗫嚅着低细的声音说道：

"好好当心，喝酒总不宜太多。还有……住院费？……"

"哦哦……"

他立时止住脚步，羞惭地立在楼梯的半腰上，发颤的手在衣袋中胡乱地摸索一阵，脸上泛出着急的红色，愣了半晌才呐呐地吐出语句：

"对不住！这很难于对你说明，我身上实在一无所有——钱通在朋友的身上带着。"

"不要紧，不要紧，本来医院是慈善事业，我一会向院长解释一声。要是不好，还可再来，也可以不收费。"

她也反转因窘急而羞红着面庞，心里很是过意不去，低垂着头，手弄着裙带，微笑而低声反复地解释说。

"这……谢……"

匆忙中他说话的声音不大清楚,疾疾下了两步楼梯,又回头用噙着泪珠的眼睛向她望望;呆默一会,在心中留了一个深刻的映象,才带有辛酸的鼻音说过:

"再来医院我是不能够。……只是,我诚恳的感激你是使我留了一个……一个人间尚有些微同情存在的纪念。……"

"唔唔……这……这……"

齐贤没有听她那受感动的答语,很快捷地跄跄踉踉走下楼梯的末端,再回头大声地一笑,用手微挥着。

"祝你永久安好!"

"谢谢!愿你——"

他一气走出医院的大门后,叹息几声,看见太阳的金光不过才升在对面人家住房的屋檐上。街心是静寂没有一个人,空气又清鲜又轻软,鸟儿活泼地在绿树枝头歌唱;一切都有新生的现象;但他略怅望后,心里却生了凄凉的感触。

"啊啊,含笑的女郎自然是永远的含笑!"

"我们的死筵呢?散了!"

霎时间,他想起昨夜和三个朋友,都是近几年内共歌哭,同在孤独的命运中的,因为太厌倦这攘攘的人寰,约齐将衣物典卖净尽,在妓院中去作个欢乐的死筵的事!

现在,这死筵是散了。刚才的那位女郎的声音不是分明在耳畔响着:你要看看尸体么?

这时街上的人渐渐的多了,马车,洋车,自行车的声音,镗镗的响个不住。这巨大的城已由浓睡中醒来。齐贤仍站着在那里:他的心想着在那街旁"天盛桅厂"的一个"桅"字,他的手却拂起身上的灰土来。

一瞬间的黄昏[1]

这是一个公共散步场,虽是不能算为十分的广大,也够寂寞呢。

地上还残留有前两日的雪迹,已强半融化,致软泥和碎沙夹杂铺成的场面,湿腻而沾滑。我也不敢坐在那未干的矮长木靠椅上,它是稀疏是在场中,相对的置有几张;现在,却都是空空静静地立在那里。一些树,枝条也还不细,悄声默默地站定;只是那些黄了的叶儿,枯干了的荚角,全不知到哪里去了。空空的,懒懒伸着的长干,上面堆叠着有些银絮,间或有许多光亮的晶珠,断续地顺着树身滴下。

我曾在一个心不安定,大病初愈的时期内自己默想过:无论什么草木,它的叶儿从发芽到凋零,正好像人由初生以至于死。固然,一定的,这其中也有些例外。只是,我每次看见绿嫩正荣的叶儿,也要有兴趣地为它祝福,但总还不十分沉挚地爱它;我只偏爱那被秋天的凄风苦雨所袭击重伤的叶儿。虽是在那时期内,它变成憔悴的,黄瘦不堪的样子,更兼在不几何时后,或者是被人拾去作柴薪燃烧,或者是被狂飙一阵乱吹,将它们送往茫茫远远的去处,甚至,无力久于飘荡,葬身在污泥之内;但它们确是在有些晦夕暗夜中,为要离枝而悲伤,总曾唱出几个低仄音调的歌曲,使我每一听着,心里能生出人世命运的同感。它们不仅有时在不知不觉中安慰了我,甚或要使我替它们叹息。只是,我还不算怎样善于哭泣,就使受它们最深刻的感动时,也不过身上发着微颤,得得的啜咽;从没有一次是失声哀啼。因此,一面既自患没力,一面尚不十分怜惜,所以掇藏残叶的愚念尚不曾起过。

---

[1] 原载《沉钟》周刊第 3 期,1925 年 10 月 24 日。

现在，一瞬间的现在，我所爱看的叶儿，一片——甚而至于断片——都没有了，没有了，所以我特别地感觉到寂寞。在这空空的树侧，我因而起了沉哀。我无法把它们唤回，它们的青春和衰秋均已过去，但这于我，只有深深地嘘气。只有深深嘘了一口气。"叶儿，回来！我爱你们！"何尝不想这样呼叫几声，确是，它们已无疑的在远远的地方埋葬，怎能听见，怎能听见我的这低微的哀唤。即是它们现在成了什么样子，我也不愿去度想，也怎能去度想。

不知怎么，在那些静站着的树下，我徘徊着不忍舍去，但我不能说什么话句。明知场的中心有一座雄踞的纪念坊，那上面立着和卧着的铜像，总可使观玩后生些新的感触，然而，我是无力无趣于移步。

"今年总不能再听枯黄的叶儿唱离枝曲了！"

我这样一想，心中忽然悲伤起来；整个的灵魂就像被投在凄凉的深渊之中，无论如何努力挣扎着，也不能勉强地浮起。

"今年真的不能再听枯黄的叶儿唱……"

哀感侵来，再也不能想下去，我也不敢再想下去，只有，仅只有哑默地叹息。

无奈，向场外那条横街望望，这条街，在这个小城内，要算宽大而热闹的一条。瓦斯路灯早已燃了，银白色中夹杂微黄的火焰，街上蠕动来往有许多行人；三两层高的楼房，也稀疏疏有灯光漏出。但这些，与我有什么相关，我不能借以解出寂寞的重围；此刻，也没人走这场内来，愿意一玩味这孤怆的黄昏，我望望也只是望望。并没与谁有约，不期待着谁，所以我空空地仅怅望，还没觉得怎样的失意。但既如此，怎么要一人跑来消受这四围广漠的寒气；这不知有什么，什么也没有，——只有，只感觉得到的浓浓厚厚的凄凉。

"唔唔，要是凄凉之中可以埋葬，我倒也不患没有什么，因为我只想找一埋葬之处……"

然而，叹息只是叹息，半字的回声也没有。

前夜还在L城，几个朋友买酒与我作饯，虽是没有喝得大醉，却可算是尽兴。酒后踏雪回去睡觉,也是安然无梦便到天明。这样,连这样短短的时间,也只是一流驶便已成为过去;留得浅浅的映象,虽暂时尚未消失,可以一堪回味,然而命名已是"纪念"二字,真岂堪再预推现在握着的,将过去的"一瞬间的黄昏"。但又怎么,才相隔二日,我便会变成这样一个境地?还有什么呢?从外套内我不知不觉把手伸出,向着外面随便抓了一把。紧紧地握着。握着。有什么,有一把冷浸的寒风,握着。握着的究竟不知是什么。

"要使"此刻"譬如"也仍在 L 城,朋友们所斟的满杯的酒我绝对不喝。然而,"要使"和"譬如"也可以变为"实现的期望",我此刻也许可能在那杏花村内,烧起一对红烛,炙肥牛,倾热酒,落英满席,弦管盈耳,甲君击桌,乙君挥毫,……我对着外面邈邈的行云,滚滚的长河,舍命唱着大江东去!

愚哉!自己也觉得好笑!

愚哉!愚哉!为什么自己发笑!

寒风还把完全漆黑之幕吹不来到;我也无心地留恋着,不忍舍去这空空的冷场。手上的表声低达地前移;虽是一秒复一秒,而我在静默之中,却仿佛已听见地球转动的声音。我既不是力士,——梦中会双拳打死过老虎。然而醒时行在路上,每见着三尺之狗尚需退避,所以只能自称怯夫——当然抓不回浑浑去不返的古人,又挡不住纷纷来更多的后人,只有瞪白眼以望时间的金轮旋舞,舞旋;自己一个脑子再会变化,皮肉组成的身体再会翻腾,然而,也不过,终归,一个孤另的,自己!自己!如果肯低头一看,自己的双脚,也还不知是被谁牵挽着,推扯着,往东,往西,引之南,逐之北呢。这样,还亏老是口中常常说道,那是"狂奔"!"狂奔"!以五尺之躯与幽幽千载,辽辽宇宙共此"狂奔"!

愧悔!愧悔!

怯夫!怯夫!

自己也不知此刻怎样的,要是在此时自画两像,有一幅虽天幕也布置不下头颅,而又一幅尚不须与蚊睫同大之纸!奇!奇!

固然，要是此刻我真自画像，倒不如写一大大的"奇"字！

奇！奇！

不怕再会运思；入梦，作幻想：然而——然而凄凉终于是凄凉。

在这其间，我便已作一次幻想，我幻想，我幻想着：这些枯树或场心那座铜像，都变成我的朋友。椅子也是我的小友，此刻或许要热闹一点。若然，我们从此时便开始谈话，散步，痛饮，醉了也可以互相地携手跳舞，一直至明晨时鸡三唱。

于是我的心内真有他乡遇故知之快。

于是这样想着，便先同我靠近的一株枯树问谈：

"晚安！先生。"

"晚安！"

她回答没有，回答了，枝子也动都不一动。

不得已，回转背来再问小友：

"小小，今天散步好？"

它沉着脸，不高兴，连气也未曾出。

没趣，没趣，完了，我尚还能够希望谁来破我的寂寞？明白，明白，确确地，我已陷入失望之境。

要是在平日，我受我发问而回应者的冷遇，一定是怒气高发万丈，自信也可直冲上九霄云里；但此刻我却很为心平而气和。自己终于知道是错误，向不能回答者发问，而欲责其只默然不语，这岂不但没有看见别人，就连自己也没有看见，——不审度自己是怎样的一个人。不自知者固不能为俊杰，然亦不能为怯夫。所以，我的脸上忽然发烧。固是，这若只是为羞惭刚才的错误，则也尽可免去，因为此时四周除了自己外，再没有第二个能言的灵魂。但我这脸上爱发烧，差不多已成我的一种惯病，一天之中，只要能有一分钟沉静，也就自然而然地发一次烧。发烧。

发烧，我忽然想起一个在寂寞时排遣的良好方法，那就是"发烧"！

风既不大，又不一稍止息：倒有几分讨厌。

讨厌，这也是排遣寂寞的良好方法之又一个。

假使这阵风既大而有力,我迎着它只好像一只暮春三月的纸鸢,那时,正好任我的意志在一夕之间,上,下,左,右,西,北,东,南,随处翱翔,偿还这要以几十年才可了清的路债。满意哉！满意哉！却又倏忽想到,设果真能一夕还清,然则这一夕之后,仅只这一夕之后,我将走往何所？踌躇着！踌躇着！固然,这已近于痴子的梦呓,但真而有这么一件奇事,倒很可快意于一时。只是一时之后,一夕之后,这结果,我真不敢设想,——或者仍是那寂寞便随之以来。又叹了一口气。

"醒醒！"

这我知道,又已受张眼作梦之骗,也是又重复地叫道：

"醒醒！"

几次绕旋幻想和如梦之景,夜却已将来到。

翘首伫望高高在上,浅蓝和深灰调和染成的天空,那里已缀着几颗冷静而淡淡发光的星点。云些齐停止着,似一群倦卧的绵羊,含有沉默和庄严的气象。那样高,又现出悠然自得和傲慢下方的样子,我同它们也不能说些什么话了。虽是,也想默默地问一问那些星点,问它们所能看见的地方,此时此刻有几个像我样,茫茫然彷徨无主的人。又想,若也能升在那停云所据的高高处,或可向远远复远远的东方,低低的下面,那一块广大的土地望望。望见细小的流水,我可以想到那是故国的黄河；望见凸起的黑岭,我可以想到那是故国的昆仑。再望见山影重重,一条小蛇蜿蜒微行中,那是儿时眠巢的夔门之内,扬子江正在奔驰欲出；巫山十二峰,嘉陵,峨眉,……其次我不愿再望,一定摘下那几粒晶豆,向我所想念,现在远远地方的人儿抛投……

然而——这也是一种空想。

吁嗟！这也是一种空想。

不情的空想,时萦于心,同自己的瘦影样,朝朝相伴之不情的空想,我只有抛却。不抛往洋海的深深处,也应抛在心的底层。

抛却！抛却！

影子终于是随着形骸,抛却,以前若果能抛却,这时也许不会来到这冷寂寂的场上。抛却，也是空想，也是不情的空想！

此刻，在此刻，我真不能再用出一种武器，来向袭击我的寂寞应战。也当闭目凝神，专以一耳之敏力向四周听听，想可得到一点奇特的声音，但只有场外横街上行人步声和车轮转动声，此外，风间或清凄地咽咽吼一两下。何等的平庸！何等的单调！自己也曾勉强引喉想唱，然而冷冷的寒威，令人震慑着，思索着，这只有——只有一首无字的歌，一首无字的歌。

这怎样，现在唯有逃出这场外。

好好！逃出这场外！但场外又有另一的场，另一的场，却是同一的寂寞呢！

且走！且走！

无聊地在这场上已不知围绕步过若干次，若干次，只是空空的场仍是空空的场。而且，淡淡如梳的半阙铜规，也已升出。她好像是久病新愈，瘦减不少，一身素妆，秀而不媚。我心里确忽然变为宽慰一点，因为从经验中，知道她是虽不能受人的劝安，却可能聊慰人之寂寞。然而，我一念及，倏忽的念及，她此时的孤独病态，反令我犹豫而不忍乍见又云舍别。

趑趄！屏营！踟蹰！

但怎样，总是如此地徘徊，流连，她即有言，我也不能听闻，仅是徘徊，流连，将又生出新的惆怅。流连，且流连，徘徊，重徘徊，我唯有互相——互相地凝望。

"去休，怎可伴人挥涕！"

去休，去休，无可奈何之中，我只能默默地以眉语告她，于是我仿佛再再翘首而曾说：

"晚安月姊，太冷寂了！别了！暂别了！我又要去做梦呢。"

踽踽……踽踽……

去休……去休……

辛酸集于我的全身，我还能多说什么。踟蹰一会，又只有叹气不息。走着，走着，不大光明的瓦斯灯，送我跨过场侧冷静的泥泞的一条小街。

一九二四，一，五日，在法国，魏莱佛朗昔。

一个黄昏[1]

是一个令他难于消磨的下午。真的，刮着风，又还冷阴阴的，对于他是不相宜，幸得这种日子还不算太多。虽不多，却也够受了。

时间只不过五点多钟，天色却早已昏黑得不像样。在他所在的公寓的房里。门是紧紧关上，好像是特意为了拒绝来客的打扰，让自己一个人享受寂寞的小天地。但那一盏没精神的燃着的煤油灯，用了灰黄的光射在窗上，正证明他在家，在无聊。

就叫他凭良心来说，也得承认这房内一切安置太没秩序了。衣服，书籍，报章，纸片，食物，什么东西都是不在其位，自己也看在眼里，明白在心头。要他怎么办？单靠了听差敷敷衍衍的收拾自然不行；他呢，只会皱眉毛，没有整饬的心情。一天到晚，若不忙，就烦闷，又还是独身的人！公寓也不算坏，是中下之间，还可以开饭，欠账，叫暗娼，假如高了兴。他在这里一住就快八年，是从离了家乡来进大学时就住起，现在是一个衙门里的书记了，每月薪水也不比以前家里兑款多，又常欠，实在他又确是没有想过搬家。要搬，也是搬到相同的地方，他绝对不肯为了这样劳苦。若是没有什么翻山倒海的变动的话，他会在这里等到棺木抬进来那一天罢。

照例每天十点左右起了床，像打仗一般的仓忙洗了脸，便去上衙门，中饭和同事们在小饭馆一道吃，有时还喝点酒，谈谈宦海升沉的新闻，吃完又办公，到了四五点钟大家打着呵欠就出来，他常常是这时候到朋友家去说说，逛逛，也吃晚饭。晚间总是三五个人或是茶楼喝喝茶，或是听听戏。星期节假则更逍遥自在，多半打一整天的牌，晚上就醉一回。只有今天不同，

---

[1] 原载《华北日报副刊》第 355 号，1931 年 1 月 8 日。

阴沉沉的天气使他需要清闲，这一晌抄写案卷太多，今天实在有些疲乏。他出了衙门，感到一种广漠的厌倦。"这才不好，老过着这样的日子！"他看了看叹着气，顺着本能走着回家的路，像把整个的世界与一切全忘记了。他心里不好受。

路虽然不远，在今天却显得特别的长，而且昏暗的夜气就像要吞掉了他，冷风也故意向他招惹。打了几个寒噤之后，他知道自己仍然在这世界上存在，只是心里嵌上一个大大的无聊。忽然他似乎想要做一件很重要的事，或是想起了一件忘记了很久的事，加快步跳进自己的房中后，在一张书桌前坐着，不停的翻阅一堆信札和文件。说是翻阅，倒没有怎样的下细，一大堆碎片的纸，几大捆的信，只不过随手翻翻，并没有看。但搁在地上那一个从别一张桌子取下的抽屉，就像一个宝库似的，有不断的纸札从里面经他一把一把的抓出。最后小桌案也塞满了，乱糟糟的成了一座纸坟。他似乎很厌倦，于是停止。而且似乎要寻找的东西终于没有找着，皱了皱脸，叹叹气，便站了起来，让乱纸落了一地。

"我要找什么呢？"他开始想了。"有什么可找，我想在这些纸片里找出幸福或灾患来么？蠢东西。"

但是他虽然这样的想着，却又坐下仍一把一把的从那抽屉内抓出纸片，这一次不仅是信件和碎纸，偶然有两本小说和一本诗集是一年多以前看过的，小说却连几时买的也想不起，看有一层薄纸裹着，像是从来没有理会过它们。不知是在责自己的懒惰或是瞧不起这些作品，总之是带着生气的神色又一齐摔在抽屉中了。

"究竟是找什么呀，生命？死亡？"他又这样的自问。"那不过是骗人，把字写在纸上，印上，说，这里有欢乐，有痛苦，……谁需要找，我自己需要找么？真蠢！"这是他发了蛮不讲理的脾气，真是很久不曾这样的了。

然而却又很快的取得火柴把一支烟点燃，坐着想这事。

"这样多的信，大半是从远远的地方寄来，内中真不知包容了多少事件，虽然有的只是大鉴之下接上近维康健和即祝平安而外，便是一个年月日某某敬上，然而有许多总是出于或在嬉笑，或在忧愁，或在期望，或在请求种种方面来的，也花费了不少人力，时间，金钱，但是一下也通通过去了。有什么？时间，金钱，人力——空费！空费！

"这些残稿，更不值一文！几时我写上的，为什么？自己也莫名其妙。是鬼特意叫我写的么？是的，某一次发表过一首诗，某一次一篇小说，某一次又从那些中间抓出一部分印成集子，天才晓得……但是现在呢，哈，什么用处？

"蠢东西，我还要什么用处？我想要什么用处？——"

一面自己骂着，一只手仍旧在翻，而心里也仍旧在想：这并不须费很久的时间，只不过几分钟内的事罢了。

"哈，你这几张像片，你，胖得像猪一样！"他转头把房门望了一下，像怕那位老朋友恰巧这时走了进来。"唔唔，这一张，那女人的，你以为怎样，你送了这张换去我的一张之后，又再嫁了别人，以为我会痛苦了么？蠢女人，——老实说，我始终没怎么样爱过你，虽然我曾经向你赌咒！哈，绝了交不来要回去，以为给我留一个痛苦纪念，不瞒你，我一晌就把它摔在这里，很久很久才翻出来看一回。唔唔，怎样？蠢女人！……"

这确切的事。他真很少把这些东西翻理过，至于像片，就是她的像片，也是长久埋在纸片堆里，况且已是许久许久的事了。然而他今天既然又翻出，总觉得对于这像片有点留恋，而心里又忽然有点怅然。

因为怅然，所以终又吸了半支烟。但这时脸却有点发烧，想，也许竟自红了。这不行！为了免去这怅然和发烧，自己觉得那对于她的事已经早过去了，正可不必追悔，不然太蠢。但要怎样方能消除这怅然和发烧呢，终于只有朝她的对不住自己的方面去想，要是她负的责任多，自然自己这方面便减轻而可以至于无了。这正是哲人的天秤。

于是他便先想到她的额角上有一块伤痕，这自然是对不住他的第一件，两颊太瘦了，——这里他叹气的去看了一下像片，——其次，他们的决裂时，他不过是忽然想像演戏一样演演悲剧好玩，说，自己太爱自己了便绝对不想再爱什么人，他们辩论了几句便真各自走散了，真是一个蠢女人！他这样的想下去，便果然发现了她的缺点不少，一个连男子想试演悲剧的心情也懂不得的不是一个蠢女人是什么呢？然而他心里还是怅然，真不好办，势必再去搜得她的一件最大罪状。

"我真太爱自己么？天，现在就过着这样的日子呀！"再吸上一支烟之间，他却再也找不出她的坏处了。他没法制止叹息。就这样，又还发现自己也曾有过不少对不住她的地方，就是末了那一次他怎不曾想到明白的向她解释呢？"蠢！荒唐！"他脸上更加发烧了。那许多时不曾想过的那时他们往来的情景一层一层又想起。这有什么法子呢，你说，一个亲爱的女人每次走到你单调的寓房来，替你常常把杂乱的东西整理，谈着许许多多将来的梦想，这你不能不感到那时生活有兴趣罢。"又作文章了？"像小雀儿一般的声音问。"没有。"虽然装模作样的答，却总把刚写了的稿子羞羞的交给她。"原说，灵感是多呢。"于是她就笑嘻嘻的看，也常和和气气的说："这一个字写别。……这几句可以修改修改么？……"有时还一面赞赏，一面就替抄写。他的肺也就为这些事欢喜得炸过几回！

是的，那时他正在做学生却正又想当一个作家。也曾发表过受人恭维和指责的东西。但自从他好大喜功的想玩一回演悲剧的把戏以后，收场却成了一个喜剧了。他一天一天只看见自己幻梦的崩溃，学校毕了业便直到现在，只在衙门里终日抄写与自己不相干的文件，为了本能生活的忙碌，作文的事早就摔在一边了。"真是怎样弄的呀！"有时想到这些事，总是叹叹气。"唔唔，我现在到只这样生活了。这也不要紧！当作家的梦早醒了，就是有一个像替丈夫抄写几遍《战争与和平》的稿子的托尔斯泰夫人又能怎样呢？他们晚年也正是天天闹架！我是没有热的心情，更不能作丈夫罢？"这样想，有时只觉得些微的歉怅，伤感不大会有的了。

"怎么，精神很颓唐？"朋友间或这样的问时，他总坦率的回答："你说，我过的日子很平安呀，人瘦么？"

"你应该结婚了，二十多岁的人！"

"唔唔。以为结了婚会胖么？油，盐，柴，米这一副重担！还要天天看女人的脸色，是好玩的事呀！"他很得意的说，连心里也在笑，有时还加上一句："为了女人，男子们就得还一世恩爱债，你说？"

"总得爱爱女人呀,不然做起事来真没味了。"

"没味?爱女人也不是容易事呢!"

但他是不喜欢同朋友们辩论这一类事的,总是常"唔唔"一声就拿别的话岔开。有时有人替他叹息他对于一切事太没热力,他就气忿忿的拍拍自己的胸膛,"你瞧,我!"这好像表示自己曾经作过或正在作或将要作许多大事似的。不过有时也仿佛很受感动,忽然冷默默半天无语,或是皱皱眉头,说,"对的,这太糟!"

这样的同朋友谈说一次,每每使他心里要不好受一阵,有时晚上还弄来不能睡觉。"快毁了。我总有一天会整作起来罢。蠢东西,我现在是怎样的腐朽!"但叫他除上叹气还有什么中用的办法,现在他只能过这种日子,他真感觉到连收拾自己那杂乱的房间的心情也没有呢!只要偶然想想这些,自己也确认为像在生命道上走迷了路了。

至于她,他知道,自从他们决裂以后,不久就另到别一个城子去,现在同一个办学校的男子结上婚,也正干着教育事业。"唔唔,真会适应生活!"这是他听到这消息后从皱眉皱额之间想到的一句评语。不过他们早不直接通音问了,所以他间或设想,假如她知道他现在的状况,不知道是怎样的想法?据他以为是这样,她假如有时偶然想到了他,总不外耸耸鼻孔冷笑一会罢了。"女人们就这样!"脸红着,常常是如此的感慨。

真的,不怕他今天再想多寻她的短处,他结尾只好仍旧叹息一声"女人们就这样",觉得其间是有很深的意味。所以在听差来问他今晚是不是在家吃饭,他从幻想中又回到现实世界来的时候,便很快的把乱堆的纸片又塞进了抽屉,自己抱怨自己的说:"我才蠢,来想这些过得干干净净的事!梅兰芳今晚《天女散花》,得赶快吃了饭去找座。"

并不怎么慌张,一天的无聊也像忽然中止,开了房门就去打电话找朋友来一块到戏园去,他心里觉得还不算怎样晚。

"忆云斋"[1]

卓之思又犯了哑默的老毛病了。四点多钟从学校上课回到家,一直没有说过五句话,独自关在悬着一幅自己写的隶书"忆云斋"横额的小书房里。

卓太太在他进门的时候,看见他的仿佛遭了丧事一样的脸色,早知趣的不向他多麻烦,除去替他泡了一壶茶而外,只是怀着鬼胎似的不便再走进书房去了。她不知道卓之思究竟为了怎么一回子事,不过很晓得他常常是这样阴惨惨的,尤其是在刮风或下雨的天气,他总是喜欢像囚犯一样,一个人整半天的藏在书房里,也真像囚犯一样的沉默。有时也拖长干涩的嗓子,一声高一声低的哼哼一阵,而这所哼的东西,只在乡村里念过两三本书的她,更是不能领会。这样的一次,总要在晚饭喝过一点酒以后,他又才渐渐转过脸色,同她说几句关于油盐柴米的话。今天卓之思的神情来得更比往常严重,她是一个胆小谨慎的旧式典型女子,平日就没有想过去探询当教员的丈夫的心的秘密,那是太高深复杂,也许要超越她的浅薄的了解力,况且他又是有着装聋卖哑的脾气,她自然再不愿去向他轻于招惹的了。

说起太太,这是卓之思的一件隐恨。这位太太,虽不能说有什么重大的缺点,但在卓之思看来,总是太富于他所谓的"乡土色彩"。他们的结婚,远在六七年前,还是卓之思在故乡一个中学刚毕业的时候,由于两方父母之命而举行。卓之思结婚不满一月,就一人离去故乡出外进大学,这中间除去写信回家表示要离婚外,一直不曾再回去过。离婚自然没有成功,而在去年卓之思由大学毕业生变为中学的国文教员之后,他的父母便命人把太太从故乡给他送来;卓之思遂也完全放弃离婚的主张了。"就将就罢!"这是卓之思

---

[1] 原载《沉钟》半月刊第30期,1933年12月30日。

一年来应付他的所谓"乡村色彩"的太太的态度，——这样一个不调和的小家庭，也就在一种特有的沉闷空气中过了下去。

"你怎么了？"快到吃饭的时候，老妈子来问开饭不开，卓之思也不开腔，卓太太真再忍禁不住，只好姑且走到书房门口去试探了。

"怎么！"卓之思伏在书案上像是在打盹，案上乱放着许多旧信。

"头痛吗？"

卓之思没有回答，实在还是在沉思什么。

"又是同校长吵了嘴罢？忍让一点也好——"太太恐怕仍是为了校长要他选文言文讲义问题，他同上次一样生气要闹辞职，但她又不知道应该怎样劝解。

"不是！"卓之思认为这是有点侮辱的了。似乎很不耐烦听她说话，待理不理的摇了摇头。同时他心里在想："只会怕饭碗出问题——"他懒懒的瞪了她一眼，"就是我说出来，也是不懂微妙心情的！"又摇一次头。

"究竟为什么？这样阴阳怪气的！"卓太太由惶惑变为不平，有责难之意了。

"唔唔！……"

卓之思想不到太太会有这样的唠叨，也有一点生气，不过他只用鼻孔哼了一声，忍抑着不张嘴。

太太似乎颇有胜利的意味，一只脚踏在书房的门槛上面，微笑着再追进一步："哦呀，又是想着那个女人不是？——"

"哪个女人？"卓之思吃惊了，红涨着脸不知不觉的站身起来。

"哈！你还瞒我！早就有人说——你这书房的名字，还不是为的那个姓王的女人！你真装得像，怕我不明白！……"

太太想到卓之思常来的几个朋友，指着"忆云斋"横额向她打趣的话，又记起曾见到卓之思每每独自的把锁着的书桌抽屉打开，翻出一大堆旧信反复看，内中她偷眼望着过一张仿佛是青年女子的像片：她压抑已久的忿慨早就想借机会一下发泄的了。现在一鼓作气的倾吐了之后，仿佛心里轻松许多，长时间的阴影像忽然消失了似的。

"胡说！……"卓之思心软了，他感受到一种秘密被揭穿了的窘迫，懒懒的又坐在椅上。

"怎么，未必不是？……"

"唔，少说废话！"卓之思看见她脸上有得意之色，在被伤了的自尊心上，起了一种厌憎情感。

"那就，你去年不该让我出来！"她用鼻音说，像快要哭了的样子。

"别说这些，快去厨房看看！——"他在窘迫中不知要怎样说话才好，而心里却同时在想：她还说啦，要是早决心同她离婚一切就好了。在这一瞬间，他真感到可厌憎的是他的"就将就罢"这种思想了。

"你总是，——"太太看见他冷然的吩咐，把"你总是嫌我的"一句话咽在肚里，只好蹒跚的退出书房。

"温点酒！"卓之思简单的命令。但他登时觉得太令人难堪了，知道太太弄两样菜比了解他的心情容易，所以匆忙的又加问了一句："有菜罢？"

"又是——"太太赌气的并不肯定的回答，不过也不再多话，撅着嘴便到厨房中去监督老妈子开饭。

"哈！真算是一个可怜的蠢女人！"卓之思望着她的后影，脸上露出一种惨淡的微笑，心里这样想。同时也仿佛是得意他的对付这个"可怜的蠢女人"的手腕，不费力就把一天风云化为乌有了。

但是，就这样，在卓之思的心里，仍旧还是没有感到轻松，反转是更苦闷了。像今天，他这样深沉的烦恼，自然是另有着重大的原因。——

在四点钟下了课后，他不愿立刻回家，走去找旧同学而现在又是同事的老田和小周，想谈谈天解闷。他知道他们两个是爱留心时事的，一直就往阅报室去。老田和小周真的在那里，并且，他们隔着玻璃一望见卓之思过来，就在挤眉弄眼的互相使脸色，还鬼鬼祟祟的交头接耳，仿佛在商量什么秘密。而当卓之思刚一跨进了门，小周便笑嘻的向他这样的迎面打来一句：

"快来看，有你崇拜的王秋云的消息！"

"什么？——"

"好热闹，同大人物结婚！回省还不到半年——"

"唔唔!……"卓之思好像遭了当头一棒,觉得眼前一阵昏花,半响没有开腔,并没有十分听清小周还在那里滔滔不绝的演说,也不去接小周递给他的一张小报。

"别信这些,小报就爱造无聊的谣言,"老田偷眼望着卓之思的脸色,想替他解除窘迫。他明白像小周那样直率的话,很可以大伤卓之思的心,所以迟疑一下后便赶快转过谈话:"说是,很久就想问你,她从前对你那样表示好感,你怎么不进行?"

"这……这……我把她看得太神圣了!"卓之思漠然的回答,但立刻心里就失悔,觉得这会引起嘲笑的,便急忙绯红着脸退出阅报室了。

"好个神圣!"卓之思的预料不错,小周的确是笑着在他背后把舌条一伸。

"好个神圣!"在卓之思看来,真是遇到从来未有的难过!不但难过,而且是太被侮辱了。走在回家的路上,他脑子里翻腾着许多纷杂的思想:这是幻象的崩溃罢!那么我未免真傻!为什么那样口钝的让他们取笑?我不会回答早就料到她是靠不住的么?不去找他们,也许不会有这样的难堪罢。谣言?这与我有什么相干!但是报上有了呢!……

卓之思这样又忿又恨的走回家里,直到坐在"忆云斋"中,还是感到一种复杂的苦恼。但在他喝了两杯茶,翻出锁在抽屉里的一大束旧信,再凝神的细看一会使太太见而见疑的像片之后,他的心情是慢慢的平和了。"好个神圣!"的确,在他心里,她真是那样的神圣!何况她毕业后之所以回省去,不是因为对他绝望才去的吗?而且,自己又曾拍着胸膛对她表明态度,说要永远的保持她的神圣纯洁的印象,现在经这轻轻一击,便怎能够嚷着幻象的崩溃!"就将就罢!"是自己这样决定的,如今更有什么权利过问她的事情?"矛盾的人生!"卓之思正在这样的独自闹着问题,无怪他要冷如冰霜的向不懂微妙心情的太太摆面孔了。

此刻富于乡土色彩的太太固然退守厨房,但经过这一番枝节的打扰,卓之思一瞬间的心境平和自然随着消失,而刚才在路上的忿恨又重复记起。"幻象的崩溃?是的,崩溃……"很久很久的,卓之思不知不觉的把苦恼集中在这一点上面了。

"酒温好了！"卓太太隔着窗户在喊叫。

"知道！"卓之思应了一句，站起身来。他一眼又望见"忆云斋"横额，忽然想到，"就将就罢"这一个公式，也未始不可应用在当前的这种情况之上的。

耸耸肩头，卓之思走出书房，同时他心里打定了主意，吃过饭后，是要把那"忆云斋"取下来不再悬挂的了。

《浅草》卷首小语[①]

在这苦闷的世界里，沙漠尽接着沙漠，属目四望——地平线所及，只一片荒土罢了。

是谁撒播了几粒种子，又生长得这般鲜茂？地毡般的铺着：从新萌的嫩绿中，灌溉这枯燥的人生。

荒土里的浅草啊：我们郑重的颂扬你；你们是幸福的，是慈曦的自然的骄儿！

我们愿做农人，虽是力量太小了；愿你不遭到半点儿蹂躏，使你每一枝叶里，都充满——充满伟大的使命。

[①] 原载《浅草》第1卷第1期，1923年3月25日，未署名。

茵　音[①]

之一
浅草绿油油地铺成青玉的地毡，发出一种被细虫震动的弦音，只微弱得绿虫听到罢了。

之二
暴风雨撕得碎牡丹的锦装；终没有一次把绿茵征服。

之三
人们的眼球，最好生长在脚部：不然只望得见丹脂般的牡丹；射视不到浅草的。

之四
诚然，这种的寿命是短期的，但只有尽它秉赋持生机吧。

之五
同一都是自然的植物，从不会有任何一种挟持特殊势力压服一种的：领土分配是愚而无用了。

之六
自然是只有感谢好生的春风，但也决不会去无味的厌憎到秋霜。

之七
曦露是浅草的好朋友，萧霜也是浅草的好朋友！

之八
也许是这样的，在特种情形之下，领港者会向恶之海引驶的；我们只要先预备着路针。

[①] 原载《浅草》第1卷第1期，1923年3月25日，署名白星。

之九

长在泰山之顶的,也许有绿茵;但它绝不因地域高了自骄起来;因为它是最厌恶依附任何势力的。

之十

有时琅琅的溪流,唱着一种催眠之歌,给邻居的孤独者听,确是浅草的好朋友。

掇　珠[1]

（一）

去年第一次认识西湖后，便随脑内留着一句滥调的"十载杭州忆旧游"。

曙色初露时，由孤山的广化寺坐划艇到杭州去搭火车回上海。轻烟未消，水声溅溅，只有静静的凝神痴望晓妆的西子，忽然送行的 W 君问我一句："此情，此景，作何感想？……"

不解事的 W 君啊，那时集于全身的一种神秘别怅，至今还未泯消哟！

（二）

童年学字时就爱读的一部《唐诗三百首》，去年已在上海遗失了。因为那是我的姑母亲口教我念的，回忆到坐在她的膝上，口内含着糖果，牙牙如小鸟学语的随着唱："少小离家老大回，乡音未改鬓毛衰。"——是何等有味的哟！

记得那上面还画了一些朱圈，离家后有时偶然翻阅，只觉得静柔美洁的圈划，都能给我一种孤寂中的慰安；而今就连那留在耳际的婉曼的琅音，也渐渐要泯消了……

（三）

好几年不曾回到摇篮的故乡去，只是随时梦萦着摇篮旧巢后的那一条小溪。

---

[1] 原载《浅草》第 1 卷第 3 期，1923 年 12 月，署名白星。

从一群绿意浸满的低峰夹涧内流出的那一条小溪,玉脂的碎石薄垫水底,静午的日辉反映出云母般的光熳。

坐在几块砂石上,任杨花飘洒一身,赤足浸入水中,熨帖的,安适的:那就是十年前的我呢。

(四)

——巴东三峡巫峡长,猿啼三声泪沾裳——

第一次离乡时,在轮船里给煤烟炭臭弄来终日昏昏酣卧,直到去夏重入夔门,才留心去想一认识孤立江心的滟滪,却又不知怎样来去两次,仍然临时忘却。只是在舟唇中随时看见两岸雄峙的剑峰,自下望之,就好像要飞跃渡江一样。峡窄滩急,回想在昔以一叶扁舟浮行其中境况,那是如何的戒怖;然而也正可细数三峡十二峰呢。

唉唉!再几年不回乡去,恐怕雄伟的青山依然无恙;只那对面乖违的滟滪石,或早已被波涛削瘦几许了!

晨　话

——初游西湖时画[1]

鹧鸪，

在残春之夜凄啼。

我在枕上，

凉凉地咽泣。

哦，归去，归去哟！

遥遥地，遥遥地——

一切永远葬在黑暗里！

——昨夜下了一阵微雨，虽是在春之季，也好像萧索索的秋晦般。不是伤春的诗人，只是倦游的客子，在迷梦中，曾这样地吟过。

何等的不幸而使我烦恼，由酣酣然甜适的幻卧里，被脆雨般，戛嘹的，一切繁复的禽唱所警醒。

悄声，衣也不及披，怂步无奈地走出室外。隔墙丛生在沃土上的杂树——有几株只剩绿叶的夭桃，其余都是些不知名的杂树——像睡沉的绿美人娇懒懒地伸舒嫩臂。由其裳叶稀处，可以望见：娥眉的，耀金色的一镰之婵娟。

淡赤色的薄霞，作朝之女神的华冕，雪羽样的弱云，似伊的羊脂之莹肤；丹绯而若珊瑚液和着情人之血的翅翼，油蓝有如翠鸟浸浴于绿潭中的秋波；白鸽儿般的胸脯，水晶状的秀骨，嵌于五彩幻色的丽裳上的繁珠，皎皎

---

[1] 原载《民国日报》副刊《文艺旬刊》第1期，1923年7月5日，署名白星。

生光，辉煌的北斗星明灼灼地缀于红冠之中。

自然，一切都在静默而作宿醉未解之态，这是平和的天籁呢。黄莺儿的婉歌，植绿的呼吸，虽不能如海涛的涌荡，但谁耐烦这样平寂寂，淡漠的哟！于是唱道：

> 疏声的鸦啼，
>
> 唧唧啾啾小鸟细语。
>
> 薄光映在窗前，
>
> 黄金一梳云里。
>
> 吟着枕上得来的诗句，
>
> 悠然走向林中去。
>
> 绿杨尚恋着酣睡，
>
> 晨鸡先我喔喔地长嘘。
>
> 静莹的心灵，
>
> 溶化于春意。
>
> 翘首天际沉思。
>
> 轻寒浸凉寝衣。

稀疏疏，幻薄薄，炊烟呢，朝气呢？——淡罩于丛林外，庄严神肃的寺观，表示出伟大的沉静而灵壮。

金梳已渐渐地给薄云消蚀，而环状的圆之舟盘，方新升于天际银痕之交。一线了，一弧了，半轮了，从那若朝祷中素装的圣女，不能被弱岚所遮蔽的绿的东山之阳，偷偷地，姗姗来迟，然而旭晕终染透于浩海。

风之味，鲜洁，繁复的柔香……慢曼……轻清……

徜徉，徜徉——沿着平草如茵的曲径，睡珠湿滴于赤露的脚上，遂止立于明湖之畔：涟漪而微波的沤漾，金光似裸女的闪蹈，叠皱颤纹的离乱，真如人世的迷离倾覆啊！洋洋然，悠悠然，由静视之中，看见泳浮自得，无所争逐的寸鳞，那又是何等的乐天雍闲呢！

> 缓步于湖畔，
>
> 浩水盈盈波起。

>旭日映罩流浪,
>
>金光迷散而乱离。
>
>这是春使的朝廷,
>
>令我悄然回忆。
>
>想把此时的心情,
>
>写寄语旧日的伴侣:
>
>昏昏的霞云,
>
>作我的幽栖;
>
>流幻的遗痕,
>
>已如泡影之消失!

骄阳正在升腾,血沸了,喷射于全躯;而欣欣向荣的绿树,也努力往生之途奋进;智莺也歌奏其无休之天籁。——这时真是魂魄轻轻然,飘飘然,恍若老僧之入定;其实,烈焰万丈的生命之火,方燃烧着的!弛张的弓弦,也已紧挽着,一瞬间将疾于闪电般的放射了!

——然而,腻秾的慈风,似从爱人在象牙之床上憩卧中所呼出的香味,比芝罗兰还香的香味,复使一切倏变为静温。不自主的屈膝,神秘而虔诚的合掌,默默地祷祝:

>我与天地并生哟!
>
>我与万物合一哟!

虽是如同情人幽会时一样的温语,一样的低微,在这空寂寂里,没人窃听;但一切所触见的,已在灵静之中,琅琅地似已报以同情的祷祝:一切希望,已如春冰之溶流。

全宇宙是在无昼无夜无时无刻稍或间断地创造新生呢!

这样,已如身为无怀氏之民,葛天氏之民;纷纭互扰于畴昔之夜里呓语,仍不能幻泯啊!

悠悠辽辽的,一切均在梦景之中,与蜉蝣一样的生命,如渺洋中之昙泡——以五尺之小而计天地之大……

倦怠了,仍是痴立在渺渺的浩空之中。

"想念赐苦恼给有生之伦,自然造福予乐天的哲土;入世为动,出世为静;不能做情感的奴隶,遁迹往山林之中。"

几月来的宿想已成不可解的 Somnabulisme 了!蠢蠢的人,终是矛盾的浊物呀!

——万象如死样的静!

——宇宙神秘的象征!

年华冉冉暗中移,
倦客伤春只自知;
雨后桃花红未减,
人情早自向荼蘼。

——宋·吕江

秋虫的泣血[1]

今夜是中元,

我心中如瘫!

怕听梵铃,

怕看月圆;

引领南望,

泪下点点……

若闻西湖波。

悲咽在耳畔;

遥见天之河,

有星陨深潭;

游子魂归何处?

忆悼无边!

黄昏时,在北京沙漠中同两位朋友且谈且走,从西城到东城去。那是我到上海去的行期已定,他们来约我去作夜谈。恰巧刚才有一位住南京朋友,要从北京回南京去,他约我同行;我说我将借有向导的机会,以消数年欲访未能的薄愁积恨了。

"你这一次真想一去永不返呢?"朋友说。

"愿将白骨入蓝波!"我一笑说。

因为我这次再往上海去,是预备赴法国,故才有此问答。忽然这位朋友皱眉苦脸的,——唉,我此时还不忍追记他说的话哟!我怎能听这样令人伤

---

[1] 原载《民国日报》副刊《文艺周刊》第34期,1924年5月20日。

悼的话呢……

"不能预料的，人的命运！……像汤君懋芳样……"

"怎么？"我惊急的问。

他没精打采的停上好久，才吞吐语调说道："……汤……不久前到西湖去避暑……唉唉……昨天有朋友接着电报，已……染时疫病……病故了……"

唉唉，我哪里还有勇气再听下去呢……

夜谈之约中止了，我遂坐洋车回西城。

暗晕晕的天幕，我不敢仰望它，闹哄哄如人海的北京城，我只有孤独。学时髦的北京马路，洋车在上面走过，同木船过黑水洋一样，只有使人前后倾侧，——我心中是在倾侧！

"先生，钱……"

我一跳走进我住的公寓，不是那位已被我忘却的苦朋友在背后叫喊，我将忘去给他拉我渡黑水洋劳力所得的代价。匆匆去开房门，手只是发颤，好久才在灰色之灯光下坐着。同住那位朋友不知跑到哪里去了，要是在屋内，他一定疑我在发寒病。桌上放着来的几封信，勉强先去拆开那位拼命喝酒，闷居涿县的F兄的，大约只有这几句话那时使我稍注意：

"……在京，在沪，以至在法国，要常想起我们……"

叹了一口气，又去拆带病回湖南想做和尚的L兄的信，只先看清头两行写的：

"坐令太白豪。

化为东野穷。

　　——东坡句"

不愿看下去了，只倒在床上去假寐。

闷热的中央公园内，近后门还比较游人稀少，我同M兄分坐在几棵古柏之下。一会，C兄来了，背后有一个服装朴质，面上很带活泼精神的青年，我已预料定那就是神交已久的汤懋芳兄了。果然，他欣欣地过来和我握手。

惜乎那一天是一种团体聚会，我没机会同他作深谈；只是他那样有条理的发言，诚恳的态度，勇往的人格表现：已深映在我脑内，永映在我敬慕的脑内！

是一个黄昏时候，我同几位朋友在东安市场某茶市喝茶，对面走过几个青年，虽是天色昏沉，我已看清那里面有一个是他，但那时他已要回去，我们只好神秘的略作招呼，匆匆说了几句话。又几天后，才听见说他已往西子湖畔去了。

正炎威的夏来后，朋友些差不多都已离别沙漠，只我一人卧听闷雨。C兄也要往烟台去了，去的前几天把懋芳两年以前作的一篇文章稿子交给我，挥着酸汗，我越读越爱，六七千字的文稿读完后，遂邮转上海在某刊上发表。

天才的懋芳兄，离我们去了……

离我们永去不复返了……

一个诚朴的青年人影像，尽在我脑内徘徊！越想心里更凄凉，更惨怛，只好勉强起来写了好几封报告噩耗想友人们分泪的信；——抬头偶望天海，方想长啸，却看见金蝉骄满的笑容，仍忍着垂下头去；而隔邻的诵经和梵铃声，又来相扰，我才想起今夜是旧历的中元，不知不觉遂在那些信前面写下上面那几行。

上面用酸浆写成的这些，是我八月二十七日夜四时日记上摘抄下来的。现在行将与我二十一年寝息歌吟的乡邦告别，而尚不可知"愿将白骨入蓝波"是否要成谶语，不过赖友人慰孤独的我，一定以后时想起那些共歌哭的朋友，很想在未去国前为懋芳作一追悼文，然在匆忙昏乱中，每一提笔秋虫要以泣声来使我手发颤，只好搁下了。这几天给涿县F兄的信曾说："悼懋芳之作，我无忍痛力去写！——我头中总仿佛有蝉在嘶！"

——唉唉，我头中总仿佛有蝉在嘶……秋虫儿在耳畔泣血……

去国前一夜倚装写

海外归鸿[①]

怡庵兄：

在这样浩浩然，茫茫然之间，渺乎小微的我，手虽是拿着一支笔，但已不知要怎样写才好。捉不住的，是我拙而不灵的脑子，此刻也会有涌聚的感潮相萦；惟其是那样，它也就倏散倏渺的。——现在我姑且把四周情景说一点给你听，远在几千里外的你听。

此时是一九二三年十月十八日的午后三时。我是在这 Corbjlliere 轮船的甲板上，坐在帆布躺椅内，眼只望着远处：灰白幕上涂有几画深色，相接于油绿碧浸的在作啸的海波之间，有一群荫蓝或白黄山的影。间或那颤的翠锦之中，也有赭色，錾岩傲岸的峰岛耸立，有一些白絮把它掩覆住，若断若续，实即是不离不分的弱岚。这时我心里忽然浩阔起来：

　　白絮深处，

　　有些幻色山影；

　　更有赤赭的岩岛，

　　耸立海心。

　　若是那迷岚之中，

　　果有仙人居住，

　　他望着这浩浩蓝波，

　　定笑我这浊世狂奔的债徒。

日光已掩在云絮中，澹荡的风虽觉得拂凉，但船身却时时左右倾仄，空气中颇愈潮湿而发热。前一星期在上海时，曾同一位朋友在晚间出街，各人

[①] 原载《民国日报》副刊《文艺旬刊》第13期，1923年11月15日。

着上夹衣，仍在那里一面走一面牙齿咯咯作颤声；我只略责"秋"来太早，而那位朋友就议我同蟪蛄样不知时令。果然，我今年要度两次"夏"季或是"春"季。

甲板上来去的人不少，各种不同语言的谈话声，杂逻步声，船机轧轧声，海波吁吼声：这些都不能阻我去敛目而回想。

这已是快到 Saigon（西贡）了。我不能再望见中国之一山一岭；但此地以前也是属我黄帝子孙的呢。

在这茫涯无际之间，我不能不回想起你们，实在我此刻是感受到异常孤独的，——因为我眼所见，耳所闻，均令我有异常的不快……

一路上很有些掇拾，因为天气太热，轮中也不便写字，只好留在印度洋上再去写吧。

林如稷　十·十八。在高尔第埃轮上。

恶心的旧事回忆[①]

——此篇赠与炜谟

刻下天下风行着一种旧事回忆的文章。十个人就真有十个人的旧事回忆，这毫不足为怪。而且，那些旧事都是美的好的。美到可以纪念，好到可以追叹；随便反复述来，心向而神往。总结是，可惜黄金时代过去了。

我每读了这些有声有色可歌可泣的文章就叹气。也许是我小气。叹气是因为我却从来不曾有过那样美好的旧事。假如有，即使记忆力再怎样的不佳，总可拼了命去回忆出一点鳞爪，然而这无论如何想不起，所以便也写不出美好的文章，更无法希冀于天下风行。若真要再老实一点说话，我就是干干脆脆的说，虽然贫俭不堪，我到也未尝没有几件可以回忆的旧事，但总拿不出手来，太寒尘了。眼看着别人的那样美好，美好到都像神仙境界一样，自己的却是太平凡，写了出来，就使不怕羞的写了出来，也不过尽是一些人间琐事。这怎样能对得住文坛呢？我真大大的羡慕别人个个都有那样好的幸福。因为像法国新死的大文人 Marcel Proust 那一派的说法，便是人的生活在现在同未来都不好，就是幸福也不是幸福，只有，仅只有过去才是好的，而 Le temps retrouve（再寻着的时间）才是真正的幸福了。所以，别人个个过去生活既那样美好，而我自己的却太平淡，——目前平淡，将来平淡，我想，这还不要紧，唯独有这过去平淡，真使我不平。这没法子，我要怨也只好怨命了。

但是，我在这些过去生活至美至好论者的又一些文章里，却也又看出了

[①] 原载《华北日报副刊》第 2 号，1925 年 1 月 5 日。

一个共同倾向，即是，他们个个都是对目前生活之不满，不但不满，而且很不满，在他们写那些过去生活时，是真有，哦，"一代不如一代"之感！

这样，就确使我深深的奇怪起来了。为什么他们的过去生活都是那样美好，而目前生活却又都是这样的不美好？在这其间，便有我猜想不透的道理。

然而，我看了他们的文章由叹息而烦恼了。譬如说，这些便是在那使我见而烦恼的文章里常可看到：那时肉价二百文一斤，现在四百，那时好，现在不好；甚至现在的肉也没有那时肥了。坐轿子好，坐骡车更好，惟有坐火车是最不好，火车上面的抖动就没有轿子和骡车里的抖动舒服，至于三等火车的杂乱喧嚣，则更是不好了。从前头发全黑，现在白了一根，不好。从前脱了牙再长，现在脱了便永缺下一个空位，不好。从前未读书，现在连外国文也认识一些，不好。我且不从这方面一一举说，好在这些文章都是风行天下的。

现在，我想略略谈谈我认为有可斟酌之余地的了。有一年，天下着雨，可纪念。有一次，太阳红，红，红，可追忆。我可不知道他们可晓得现在天下还下不了雨，太阳还红不红，但我却觉得天还是常常要下雨，太阳也常是要红红的。那时游过的西湖就比现在不同，水都要特别绿些。那时手栽的玫瑰开花时也分外香些。这真气死人！但我想，水的绿和玫瑰的香，只要我们不懒惰，好生去经营看护，随时留着心，怕还会更绿更香，就连近年来使过多少人流着泪悼惜的倒了的雷峰塔，若是有人肯去勤勤恳恳作重建的工作，也会在不远的将来，又凛然有威的立在西子湖边。惟有畏难苟安的国民，哪怕再会口里嚷叫着尊重古物，不但倒了的雷峰塔不会再生，只有永久追惜着，不久连那仅存的保俶塔也将会再崩塌了呢。那才真叫人没法。

此外，尤其令人过目不忘而惊心动魄的，就是那时他们都千真万真有着爱人，而现在又不约而同的都没有了。这就更不易于揣度。那时不是有一个聪明表妹赠丝巾，便是有一个美丽的邻女来示意，会面又多半在自己的花园。据说，据一部分人说，恋爱自由是新近几年输入中土的新说，而他们却在十多年前便就知道，并且发挥了许多议论，这真不知是怎么回事。然而后来呢，不幸，确也不幸，或嫁了别人了，或者死亡了，所以想起来很可纪念。而偶一提到那曾消磨了芳年的地方，更怎么的也禁不住泪如泉涌了。十个人就有十个为了失恋以后才写"往事不堪回首"，而又偏堪追怀的文章。至少，他们在写的那一瞬间是没有着那醉得死人的神秘的爱情了。更有人拿了这一类文章开笔，起初作诗，以后写散文，始而小写，继而大写，终于一写便不可收笔。于是，中国文坛便借着他们的光辉耀起来。因此我就想出一个法子，就是我们如希望天下文章多（编辑先生同书店老板请留心！），最好是同月老作对，发出相反的愿望，祈祷天下失恋的人们多多益善。——这绝对不是幸灾乐祸，实实在在在替中国"文坛"打算。

是的，他们均是因为过去生活太美好了才发为文章，而这些文章却又风行天下，但我读了，每每就爱自己这样的问："这些，可是真的吗？"这一问，使我很闷。不真，怎么有凭有据的写在纸上？要是真，为什么我的偏就平淡得同蒸馏水一样呢？天下可有四远知名的文人把自己回忆生活也说成假的么？这或者只有说是"过去生活之创造"来解释罢。但仅在这一端上，可见文人的好处，尤其是所谓富有创造天才的文人，这我虽是要想吃醋，而也就别无可奈何的办法了。

总之，我想，他们过去生活真的美好得像初开的芙蓉也罢，或就不像什么也罢，尽是去追忆也觉得没有多大的趣味，因为过去的终于过去。一首俄罗斯民歌便用春水来比喻这一类事：春水一流去便永不复返，再会伤心追忆和流涕怀悼也是抓不回来。只有，他们的目前生活这样的使他们不满，不满得来动辄可诅咒，常常他们悲不欲生，这颇叫我悬心吊胆的代他们担忧。因此，我也就不自量的在这一点上特别思索过。我以为，他们此刻所谓美好的过去，在"那时"还是未过去时，他们也许曾经感觉得不满而且就已诅咒过。所以，我疑惑，从现在起，过了几年之后，他们又来追忆时，被不满意的现在将又忽然变为美好的了。而且，这些美好，还又许要变作人世间真再也找不出的，——像我这样一个只有永久平凡生活的人去看，恐怕又得要眼红。

这倒不是我的一种凭空设想，自由创造的天才我已说过是可惜不曾具得。在许多把自己看得比全人类还大还重要，因而老是爱写个人生活起居注的人们的文章里，我久已渐渐的找出了许许多多有趣的例证。所以，现在我有时一见到这一类东西，一面摇头，一面却冷笑：我的那一种代他们的担忧，确是给那般写些漂亮文章来风行一时的人们骗了。然而，我却也从不敢怪他们，因为他们都正是所谓天才者，而我自己又真太傻笨了一点；至少，我应该晓得，现在我们中国所谓的名士文人，是仿佛不会，也不应讲真话的。我连这一点点中国国民必具的常识也没有，自然，天公地道的只好自讨活该。

但另一方面，我想，他们也未尝不吃亏，因为要忿忿然不满于现在，他们也怕就免不了苦恼，打着呵欠说气话的事总也少有。这也许又是我呆头呆脑的傻笨想法，其实或者根本上就没有那一回子事。不过，我既已陪伴着天才们，傻就傻到底罢。这样，我的另一种代他们的担忧又生出来了。而且，这一次，我却是真正的担了忧。我担忧他们的将来生活如何过？不是吗，就只现在的生活他们便喊叫过不了，而将来之要陆续的变为现在的却正远呢！那么，他们也许真有苦恼以死之一日。命运如此不幸的加诸天才，我就很为不平：他们都是我们社会——至少是文坛——所应该祈祷长享美好年月的，据说天才是当然的有这特权。可恶的命运既那样要作弄他们，虽然我们平凡人无能为力，但欷歔却很深沉了。况且，天才有关于社会国家的治乱兴隆与文物习俗，凡非天才的国民当如何努力来挽救于万一，我以为这总得找办法。

看来很复杂，不知却简单，以为很困难解决的问题不料我的一位朋友却直截了当的寻出了答案。这我似乎也可以略略放下杞忧。我这位朋友也许比我傻得另有来头，他也爱思虑这一个问题。他说，他们之吃亏是太凝视着过去的生活，所以，也便特别易于觉得现在的不好，其实过去的即使不妙，总算早已随着年月过去，就有过不满或苦恼也绝对不会再来一次了。因此也就乐得说是美好，美好到使别人看着红眼睛，而自己却也可偷偷摸摸的躲藏在想象的过去生活里去追忆，去流涕，去赞美。若是他们肯把眼光放远大一点，凝视着将来，或者，把他们的天才的眼光换过方向，对着前途来瞄准，则现在即使真是不满也未始不可忘却,至少,不会再拼命喊叫吵闹得四邻不安了。

在我现在还没有能力找出别的较好的方法使天才们满意于现在生活时,我认为如我的这一位朋友所说是对的。因为,对于将来,谁不愿有希望呢?但我又想,他们假使再能分点眼光紧紧的凝视着现在,对于现在敢于凝视,敢于怀着希望,岂不是连现在的不满,即令真不满,也便会努力一点,想方法使之"满"了罢。我以为,本来,谁也不是造物的主宰,现在生活未见得也全如人意,也未见得就全不如人意,问题还是在没有勇气去凝视。

说到这里,我要追逐时尚用洋典故了。被称为代表了俄国八十年代幻灭的悲哀的思潮,在他的作品里常常充满了忧郁的气质的一位文学作者却曾说过这样的话:"我相信进步,因为人们开始鞭打与停止了鞭打我们的时代之间,是有很大的区别的。"也许是因为有了这一点信心,他的生活便幸而未走上绝路,而所有的批评家也不敢将他列入厌世的作家中。在这里我想加点话,所谓进步也者,只是要比较着才看得出,诗人们一步登天的想法是难于找出例子。而进步有时又很渺茫,没有坚强的信心,殉道的精神和破釜沉舟的勇气,也难免于不在无望或者失望的圈子里永久徘徊。

但有人却说我观察完全错误。因为他看出这些现在生活不满论者,同时暗中多半又是过去生活必好论者,而且那过去又放得大到无限,所有他们对于愈过去得远的时代愈是追怀,而就常想把他们所羡慕的过去的黄金时代再现到现在来,他们到不见得完全是懒惰。我想,这总得去查查历史了。

这一来,就很糟。我真恐怖起来。太古了一点的治世无怀葛天是无可稽考,就连唐虞夏商也似乎渺茫已极,洪水泛滥与禽兽逼人的话在圣贤的嘴边有点影子,而那时候也有过不少的牢骚家,这在孔子所删定的书里便有蛛丝马迹可寻。降而至于周,犬戎之祸闹得天下不宁,还都以后,就有人大喊叫世衰道微。春秋战国乱成一团乌暗,那其间便气坏了多少想复见三代以上之治的论者。秦始皇御下,更是民不聊生,连写文章话不平的人就得下坑,确乎是很不尊敬作家。这以后,账也不必细细去开,反正历史据我想也总应该同我们现在一般天才的作品一样风行了天下的,有心人正可自去稍稍阅读。

不过，依我小小的智识，如我也要同现在的作家只空发感慨，我便也会有"一代不如一代"那种同感。然而这也须牢牢记住，这是从他们所梦想的古代便已久开始有了这现象，并非起于近年。从历史上若我们再能找到一条定律，大致几十年一小乱，几百年一大乱是很确切的。永久的治世却真没有过。而且，就连那一点点的治世，也不是由许多天才文人叹息一阵就会凭空而来，也更不是大家追怀一阵往古便可了结当前的纷乱；没有任何一次不是不须经过多少人坚忍的劳苦的干着，会忽然有较进步的将来来到。只有懒惰和蹉跎的人们的血，每每就给时间毫不客气的用来写着人类历史演化的总账。

话又得说回来了，不然再谈下去，有人许要指摘我也在讲玄学。我想，不怕旧事回忆论者的文章再怎样横行天下，然而无情的时间终于永久纵的前进着。我们就再迷恋于过去，却仍不得一步一步的撞近了将来。这铁的轨道，谁也逃不了去。所以，既没有力量抓回了过去，便应得有勇气迎着将来；而且在这其间，更不要放松了现在，因为也只有现在才是真实。

不过我再一想到，那些旧事回忆美好的论者的文章，恐怕在最近期间仍还要风行于天下的，或者，就方兴未艾也难说。只是，我以后若再见到，将什么兴趣也不生了，渲得的便会只有一个恶心。

民国十七年春，作于巴黎。

中国人的追悼[1]

（常谈之一）

我写了这个题目，觉得不先加以解释，是使人难于看懂，虽然我毫无用神秘字眼的意思，哪怕这正是今日中国所谓文人作东西的正则，在我，却不会玩弄这一套。

其实又很简单，要是我不怕题目太长，肯多赘上一条尾巴。但是，想想夹缠的人是太多了，我还是先解释一下比较好点。

这里我所说中国人的追悼，是指中国人的追悼外国人而说。比如世界上，外国任何的大人物死了，在中国必就有人追悼一番。特别开会的有过，但顶流行的是作文。小点的数不清，举举大大的罢。就像威尔逊，我们不是因为他以美国加入协约国去参战时所大吹的"十四条"，而得到一点至今未决的山东问题的争闹机会么？后来又一方在北京中央公园建立"公理战胜"的石坊，开过庆祝和平的提灯会，一方却在巴黎拒绝了凡尔赛和约的签字，加入了国际联盟。以后才有华盛顿会议，太平洋会议这些世界上政治家玩给我们看看的把戏。所以这一流的死后，中国有人要出来谈谈话，发感想，追悼追悼，甚至哭泣几声是可以的，因为是有点牵连，所以还有点来由。

但是这些究竟是少，不大常见的事。很多，尤其是，便是所谓文艺界了。只要是，每一回，外国一个大文人不幸一旦死了，中国的文艺界便纷纷忙忙流眼泪，作文的有，出专号的也有。本来，在一个我们所谓文坛上已经知道的，或是有人介绍过，或是同我们发生了点关系的文人的死亡，这我

---

[1] 原载《华北日报副刊》第3号，1929年1月6日。

想，只要不是"假鬼子"论者，趁这时候，要发出一点追悼的感想或哀思，也是应有的。然而，却不然，每每于我们是素昧平生的人死了，便也会有人突突然哭了起来，似乎便不大可解。而且，这些噙着眼泪写文章的人，平日也就未见得知道这位新鬼；也不过，一旦偶在外国报纸或杂志上见到这回子事，便不肯轻轻放松，于是忙着翻书抄报，写出哀哀痛哭的追悼文章来了。

原也是，这些死鬼多半在国外久是伟大文人，而这世界，又仿佛听说正是伟人们的世界，你说这可有什么法子？我们的所谓文艺界平日既懒得没有人把他们介绍过，所以在他们死时如再不应酬一点眼泪，似乎多少人也许觉得难为情，冷落了世界文坛，中国不正是多少人想参加世界文坛么？但我想这种人情像还是太薄了一点，不会得人收受的罢。就是或是想使中国的文坛知道这些大人物的生死，偶尔谈到也可以算够了，况且外国所有的伟大文人，也未见得便应是我们文艺界人人必具的常识？固然，即是于我们毫无关系的文人，因为他们在外国实在太伟大了，现在又偏碰上了死亡，当作新闻消息报告一番未尝不可，反正有空时间干这一套的人是有的是，但要是大吹大擂的代人做道场，这就似乎太像煞有介事了。

法朗士 A. France 死了，中国文坛上也就有同声一哭之概。那时我早到了法国，在一个小城居住着，从收得的国内一些出版物上，看见点点滴滴的泪痕。但当时我就奇怪，何以中国直到那时寻不着一本他的著作的译本，而谈他的文章也是凤毛麟角，而偏会在人一死时许多人说出沉痛不堪的话？这事，我很以为奇怪。如今，又过了好几年，我想应该有人从他几十大本的著作中选译过一点了罢；不是吗，我们自己也久已找出了一个印了一小本子书的法朗士了。在这以前，我还记得也有人追悼过那曾久留中国的比延罗第 (Pierre Loti)。不过，他也不幸得很，只是在十多年前有人用文言译过他一本名著《渔海泪波》（Pecheur d'Tsland）。而他的那一次追悼，却另有风趣。病是久病了，但在他还确确没有断气的前半年，在上海一家书局的编辑室里就有人痛哭过，过后听说是电报误传，才赶快拭干眼泪，但照例的追悼文却早已照例的印出了。这同安得列夫一样，在中国文坛上前后也死过三回。到今年依我想应是更忙了，你看，一起在法国住着的西班牙大文豪 Blnsco-

Ibaucz 死了，接着便是法国的戏剧家 Francois de'Curel；在英国更是不用说，先是 Thomas Hardy 那老头作古，最近仅存的维多利亚时代的诗翁又弱了一个 Edmund Gosse。这真是世界文坛的不幸，而中国的文艺界恐怕应该是眼泪不干的了。

我又想起一件事。几年前英国女文人曼殊斐儿死时，在中国便大热闹过一番。有人甚至以此在文坛起家。后来呢，听说还有人从杂志上辛辛苦苦把她的相片剪了下来，至诚至敬的悬在自己的创作室内，作为是精神上的爱人。然而可惜，再怎样，懒还是要偷，被译成中文的她的短篇小说，至今还凑不成一本，只是那一大堆以眼泪写成的追悼文章还为人称道不衰。不过，在她生时，她在中国文艺界人眼中却真也是太生疏了。我恐怕如果有人留了心去翻查她的死前我们的报章杂志时，就也许连那样译来多美妙好听的名字也找不着，更遑论她的著作。固然，在那为她的夭亡而哭肿了眼睛的人，或者同她有过一点关系，或者就真是读过她一页半页书，但在平日既不曾拿来说说，也没有过稍为介绍，忽然向着一大群毫不相干的阅读杂志者哭了起来，自然大家也只好莫名其妙的惊诧这是非凡行为了。如果作这类伤心酸鼻的文章人，只为自己出出名也就罢，假使是为了自己一时忍痛不住，一人关了房门呜呜的叫几声便得，何必在大路口大哭喊，发表文章于杂志，为的使莫不相关的读者们也同声一恸么？这真不知从何说起！这不是在以为一班人也会有那样厚的脸皮，学学玩"背爷儿哭爹"那套肉麻把戏？其实"背爷儿哭爹"却还没有那样奇怪，因为他还有血统关系呢。至于这些作者，至多不过趁着别国文人的死亡，不肯放过能够满足舞文弄墨欲的良好机会，借写写追悼文字来出出风头，依附着外国大人物的死灵而取得一点子什么罢了。

以前常听见有人劝人研究几个现存的老大人物，我那时不大明白这含混说话的用意，现在可也许悟到一些道理：平日留了心，将来只要等到他们中一旦有一个断了气，便可因此终身受用不尽了。在法国留学生里，就听说有人提着笔候那顶老的心理分析派的大文人 Paul Bourget 若是死了要大干一下的；满过六十的 Romain Rolland 和近来常病的 Henri Barbusse 也像有人准备着眼泪了。德国的 Hauptman，俄国的 Gorky，我想也应有人注意。至于英国方面呢，Bernard Shaw 和 Welles 据我看也是不久的人物，我们的文坛机会主义者似乎也该早为之备才好，本来，这二位老人就久同我们生过关系，所以当然应得特别弄弄，而在伦敦曾同他们见过谈过的更须多自宝贵了。

然而我这种猜想似乎终太渺茫了。我自己也不愿如此，"刀笔吏"的嫌疑倒还骇不着我。但就切实一点说，我实在不甚了解于我们中国人这种追悼。我每每如此怀疑，何以在中国这样懒惰的民族里，只要是遇到关于替外国人凑热闹的事便也会立刻有人勤快起来？素来没有丝毫瓜葛，生时不见有人译过他们半页文章，也不见有人介绍他们一点思想的人，一旦死亡了，我们便突然有人出来作文哀挽，甚至痛哭得如丧考妣一般，总是令人不大明白。就说他们在外国是顶伟大的人物，生了很大的影响，但于我们也不过只要知道些消息便够了，犯不上去隔靴搔痒似的流涕痛呼罢。如果真吃饱了饭没有别的事干，闲时间多得怕人，我想这些替人抆泪家倒不妨去认真翻译或介绍点他们所要哭的人的著作或思想，只可惜这类事是太费力气了。不是么，哈代 Hardy 的死中国人是哭够的了，追悼的眼泪想来早已干涸，但是，我真不懂何以至今连那一部 Zude the Obscure 还未译出来呢？

这真是不大易解。或者只可说这正是中国的事物！

十七年，八月，于法国。

乡居杂笔之一[①]

在远远的异邦长期住着，生活紧紧的包裹在单调两个大字里面，每天除去到学校上课和去饭馆吃饭外，整日夜的关闭在小小的旅店寓房里，有时只靠了读点中意的书报和一己内心的索讨来稍微调润枯燥，再其余，则真有味同嚼蜡之慨了。也未尝没有几个朋友，外国人方面呢，生就了东方灵魂，终不易搀合进欧洲人的社会，反而有时因天然的隔膜感受到无端的怅惘，难言的苦恼。至于同为远客的中国同学们，除去不相干的不说，在少数的少数可称为朋友中，谁又也不是一样的在孤寂和无聊内面生存着啊！固然有时大家捧着一张愁郁的脸聚集在一块谈谈心曲，然而捧着愁郁的脸又各自怅然的散去倒是常事，欣悦反是很少的例外了。而且，一年四季大家把生活范围缩得小小的，老是遇着几个浸在寂寞中的灵魂，久而久之谁对谁也不能感到多大的兴味。有一个朋友把我们这留学生的生活，比着为坑中的囚徒生活，确确是非无因之谈呢。

从国内初来时，新更易一个别一国度的生活，大小的变化也易填满空虚的寂寞。待到两三年时光的过去，什么也习惯了，似乎应该能安静的过日子，却不然，一切便由惯而厌，从许多日常事件中都感出不亲切来。而所谓 nostalgie（思乡病）也就在不知不觉中来慢慢侵袭孤闷的灵魂了。这其间难受的滋味，更非身经过的人不能知悉。对于在故国的朋友们，头半载一年总是彼此有劲的常通着音问，以后谁也是渐渐的间断下来，理由呢，这个或自称生性懒惰，那个或归罪于心情不好：总之没有兴会执笔是彼此一样的。这一边既没有接连的去信，那一边也就自然的稀疏了。然而远在他乡作客的

[①] 原载《华北日报副刊》第 23、24 号，1929 年 1 月 30、31 日。

人，每当无聊的黄昏，或不能入寐的深夜，常常由感触而追忆起昔日，常常怀念着旧日的友朋们，远远的友朋们。纳兰性德所谓"过尽征鸿书未寄，梦又难凭"，确很切合这一种情况。因此，偶尔又收到一两封言短心长的友书，便要算是无意得来的一大欣悦了。

但不幸，近一年来，我却每每反因得了这难于得到的祖国的友朋们来信而苦恼。许多朋友在我不知他们消息而去记怀他们时，我总以为，他们的生活即使不十分幸福，但也还算安静可以罢。是的，谁会去猜想所敬爱的友人们是在不幸中？然而不料偶一得到一点音问，把他们的真实生活从我的想象云雾中揭开：哦！他们差不多是正在无可奈何的苦恼之中！不幸是现代中国人共同的命运，我原就是知道的，然而却总是期望着我的朋友们中能有几个例外。天啊！他们却均不能逃出那铁一样冷硬的命运呢！

我的朋友们都还是二十多岁左右的年青人，如果有创造主存在的话，把人生极可珍惜的青春便给他们紧紧的系上不幸的绑绳，似乎也就太残酷一点了。然而我有时又想着，在我们火热热的初走上人生道路的时候，可怖的命运便来先加以这并不是平坦的长途的警示，使我们脱离了只有光只有花只有爱的梦想，以不幸来磨练我们对付来日重难的勇气，也未始在别一面看来不是幸事。只可惜青年们终是太被笼罩于感情之中，而能坚韧的以意志来克服一切困厄更非人人可以办到，因此多半在才初步的与人生接触时，便早已把自个的灵魂碰碎在无情的铁的命运之上了。但梦想也许就真是梦想，我老也是希望着能有几员活鲜鲜的闯将，能猛暴的冲出这不幸的重围。换换死寂寂的空气，给予一切不幸的同辈们几个特出的榜样。却不知，在不多时日一个初秋的黄昏时，我同时收得两封国内的朋友的来信后，我恐怕连这一点微小的希望也难于见其成为事实了。

在今年的暑假前，我早就离开了住得使我终日打呵欠的巴黎，到法国南方去住了一阵，在温暖常在的阳光之下读了一些预订要读的书。后来暑期刚到，南方的闷热便渐渐在蝉声中逼人了。这时候，有两位朋友便来约到欧洲有名的来梦湖畔去住住，因为他们在那边无意中找到一个便宜的房屋，而自己弄弄饮食是异常省俭。就这样，以不大充分的度暑费，我们三人却在那名过西子的 Lae Lemen 旁边静居了二月。那地方是半城市半乡野之间，我们日常生活多半是闲谈与读书，固然也常在附近亚尔卑斯山与对湖的瑞士去作小游，总因没有多少的金钱，常是在家消受清净的长日和长夜。就在那时候，我收得两位在国内的朋友的来信，乡居的寂寞有好友的书信来破破，原也是很可欣悦的。可惜，却不然。

这两封信一封是从一个治理科的朋友寄来，内有这样的话："我把青春的梦想早已丧失净尽了。我现在是自己埋葬了自己的青春的人。同辈们的苦恼大半是个人理想与现实接触了后的失望。一方面是受近年社会日趋沦沉的影响，一方面是自己美的幻象的崩溃的打击，在两重夹攻之中，任何人也只有轻轻的执着悲愁了。至于我从青春的狂梦中醒来，现在，即使未来，我的希望也不敢稍大了。我是已经二十五岁的人，我只想从今起踏着实地做点实事求是的工作。然而这也不能够，我是切切需要小小的安静，生活就再怎样寂寞，平板与枯燥我均不怕；但现在的中国，我却只能得到不愿得到的纷杂和麻烦。因此，我也就比别人更苦恼了。"此外，他还与我谈了许多琐碎的人事，归结下了一个总评为"无聊"。哦！中国现代的社会连这一点小小的要求也使青年们不能得到，确确是要逼人走投无路了！而另一信，从一位弄文学的朋友处寄来的，则更只是充满了惨怛的情调。他起初说及国内所谓文坛者上面的芜杂，污秽，从事者的不诚实，态度的轻浮，以及其他种种丑怪现象，后来便说到以作文章谋生活之艰难。他个人呢，同许多别的稍自爱惜清白的青年人一样，以尽心力所能及而写成的文字，也只能讨得大批犹太人性格的编辑先生们的白眼，到处碰壁，能换得一点纸墨费已非易事，更不必论衣食了。最后他有一句叫我特别应加以注意的话："中国现在的青年，都怕已被什么神宣判应该永久苦恼，永久饥饿罢！"

在寂寞浸冷的秋的黄昏，读了心爱的朋友这样的来信，是怎样的令人惨苦呢！

是的，由这位治文学的朋友的信看来，许多青年们，在近几年，被一批专说漂亮话而干着下流人的勾当的学士大夫们诱上了美妙无比的艺术的道路，却又不愿抛弃自己的清白，似乎遭人冷漠的相待以及饥饿以死是罪有应得。然而，他们的希望却也不奢，并不是同一批已成的所谓文坛阔人一样，想借了艺术而取得美丽的女人，取得了终身受用不尽的功名与富贵，他们千不该万不该只想得到一点起码的生存。这样，谁还能说他们真是谋生技能薄弱么？这时候，我正重读着我所喜的 Hamsen 的名著《饥饿》，我觉得我虽然从来未曾做过以文章为谋生之具的梦，也从来未曾尝过饿者的滋味，但同时看了这位朋友的来信，我对于那部重读的小说中的主人翁却有深一层的敬佩了。

此外，由这两封信的阅读，我忽然觉得我在国外的生活同许多同辈比起来，真是有人间与天上的差别了。我若再不自知满足，我真是小气！但在我想与他们写回信时，我却感到异常的困难：我将以什么回报他们呢？

他们的烦恼，是有着真切的事实，这不是那些专说风凉话的人们可以用"无病呻吟"四个字轻松遮过的。如我再去陪他们发牢骚，则更是问心有愧。说说安慰话么，别人痛苦的是事实，空浮的言语有什么效力呢？然而我在那时忽的想起，在百余年前，就在我现在住的来梦湖畔曾经栖息过的一位思想界的巨人的生活来。

是的，以他的思想震惊过全世界的卢骚，在他的一生生涯中，几乎没有一页不是充满了苦痛与困厄，青春期如是，中年如是，就是到了晚年也如是。本来，困苦之于人不见得就只有不幸，况且古今中外的许多人物经过困苦的正不知有若干，而就我们现在青年们所受困苦来比较，我们的确真是渺小呢。有谁肯留心近代北欧方面许多文人的生活，他就可以知道我所说的话不是空口臆度了。有人介绍到中国的俄国的高尔该的几部自叙传，以及以十巨册 *Jean-Christophe* 闻名的 Romain Rolland 所作几部名人传记，我们能留心去读读，也就应该对于命运的困苦有所体悟了罢。

另一面，我想我的同辈青年们的生活也未见得完全到了绝路。我更相信应付险恶的命运，只有不断的挣扎冲杀。只要态度诚实，能够心平气和的做着自己愿做的工作，即使不能达到期望，不能见着实效，也总可以解脱一些苦恼。而且，这其间，我以为坚韧是最要紧，一步登天的想法终是难于遇见的。若一经挫折便是叹气，这总未必可以了却困厄，何况叹气已不是应付生活可能采的态度。至于忿惧终日,更连消极办法也不是了。

所以,在我同他们的信上,有过这样的话:"幸而你们都承认这种令人丧气的现象是暂时的,你们都相信进步。本来,相信进步便不是易事,因为就得有不可动摇的信心。并且,我们不相信进步则已,如坚决的相信,则我以为我们的时代还须我们亲自动手去鞭挞:要进步,只有先去鞭挞我们的时代呢!"

这真是一种浅薄的常谈,我自己承认,然而可惜我们人类,每每就错误在以为是常谈便只须常常常谈便可了事,因此常谈的事物每又在日常生活上也不常见实施了。

哦!我爱的朋友们,我们还年青,我们须得多多努力,相信罢,超凡的成功,便多基在常谈的实践上。

记得俄国一个大著作家有一句话:"能忍耐的灵魂才是俄罗斯民族的灵魂。"我现在就想以大大的"忍耐"两个字,赠给我相识与不相识的现代苦闷的青年同辈们。

民国十七年,九月三十日,作于法国多龙城。

归来杂感[1]

几多日来，红日常见，北风不起，正是深秋恰似仲春。在这样晴和的天气之下，偶然走向市街，看见人们仍是车马走驰的奔忙，若是还在少年时代，入世未深的时候，也许会想责骂他们不知道赶快干一点子正经事。真的，当着不寒不暖的好时节，别的人且不用说，我想，在想以艺术来鞭策生活，或为生活所苦恼而从事艺术的人，正应该多有一番努力。在我自己，对于文学的爱好虽然有数年以上的历史，但执著不坚正是一病，因此久已滚在十万红尘中去而不能自求超脱。几年前还在国外时，住在所谓沙漠似的大城的北京的友人 M 君，便曾常常长信短简来敦劝和催我"归来"，有时固然也有动于中，不过终未毅然彻悟。在那时候，M 君所谓的"归来"有两层意思：第一是叫我早日结束虽在"如葡萄酒色的国度"居住，而终日却过着打呵欠的生活；第二便是他所谓"归于艺术"。然而对于这两层，都以人世的事实，我不曾办到。而更不幸（若果这样也可称为不幸的话），在我于两年前又真的打着呵欠从海外"归来"时，M 君也已就为了人世之事实之一种而病发至今了。现在想来，也总常常觉得，我对于他的病发，似乎要担负一种精神上的责任似的。所以，至今有人偶然向我提及 M 君，无论说到他的健康，或是说到他的艺术，我每每就感受到一种苦闷，同时也常慨叹，所谓生活也者，竟能如此的坑人！……

时间流逝的迅速，在为事实烦恼得喘不过气来的人看来，也许不关怎样的要紧。的确是，在我归国之后，好像还没有把行李安置停当之一日，而一转瞬间，又已过了两个整年。并且，在我的不知不觉中，早已到了一般人所

---

[1] 原载《沉钟》半月刊第17期，1932年12月15日，署名稷。

谓"应该安心立命"之年了。这没法,对于时间谁能不加忍受?何况,纵然不曾想当 Walter Pater 所说的"这世界的小孩儿们里面最聪明的人",不过在已明了我们只"有一个短时间"之后,自己也就承认想"在艺术和诗歌里过"了。所以当着这样晴明的天日,又遇着同友人们出刊的一种刊物的复刊(中断了六年后的复刊),兼以友人 Y 君和 C 君的鼓励与责难,自己便亦思于为生活的忙碌中稍作个人的努力。然而,心情的枯窘,技术的生疏,又一如往日,给我以几乎无力克服的绝大困难。在这种难关中,精神上的不安,有时真达到高度。

"人到中年事事哀",这类的口边感慨虽然东方味太深,但在最近一年,我在北平被套在生活的圈子之后,却也很应用得上。所谓事事哀,也许便是因为到了中年以后,事事无成,连生活也不曾好好生活之谓。这自然是可哀的了。不过,居住在一个万般破碎的国度,欲求好好生活已既不可能,更也不必再思事事之有成;所以自己有时是感觉可哀,这是铁一般事实,而也并不很可哀,这也是铁一般的事实。因此,三数日来,在教书之余,颇欲作一点职业以外所愿作的工作,但又恰遇着一大串的身边杂事,真可算无法中之无法。本来住处是一个较僻静的地方,而偏又不能静,只好又在灰尘中也同人们一样的车马走驰!因此今日的午后当其一人从热闹的市街,带着许多大包小裹的杂物走在回家的道上,想到欲以自己为中心而建立生活之不可能,只尽让所谓"事实"来零碎宰割自己,丧时劳形,仆仆尘埃,真再也禁不住悲从中来了。

友人 Y 君近来于此大致也有同感,而且似乎更深一层。在我每次坐在他的客室的蓝色软椅上,看见在不剪理的长发之下,他的消瘦的面庞,又憔悴又兴奋的神色,心里常是觉得:"真太疲劳了!"而在今夜我们谈话时,他忽然问我,"是你说的么,在普陀有一些庙宇,只要给过一点钱,可以允许食住一世?"这时我真有动于中了。与他告别了后,我依照着习惯总爱步行回家,在冷静的街上,于路断人稀之中,我却又想到几年以前,我们几个朋友,常常欲以"家庭"为对于生活的防御之最后"寨堡",而今我们却又反欲以"出家"为"寨堡"了!这是时代错误的事,抑是一种退步的心理现象呢？

在友人C君的一篇文字里，引用着这样的一句话语"欲求无罪而度谪居之月"，真的要能办到就是有"罪"，我此时也愿去"度谪居之月"了。固然，一直到现在，C君因为长期挣扎于不定生活中，乃有此感，而我呢，即是有着比起他来又较安定的生活，亦不能不"心向往之"！

回到家里，翻着一篇匈牙利一位诗人作的短篇小说，看见那上面描写一位女教师为生活而被麻木的故事，在夜深人静之时，深巷寒犬，更析三五，颇令人有所感。是呢，生活实在可以令人麻木的！每日教一整天的书，当其在两课书的中间能够得到一刻钟的休息时候，那位女教师尚可以静坐而作幻想，现在，我似乎连幻想也没有了。不过为了想稍泄日来的苦闷，终于打着呵欠写了这一点子杂感，虽然似乎不知所云，心里确也舒畅少许。在吸着一支烟来抵抗我的疲倦时，我默默的想，"明天，装火炉的工人如能在我去上课以前来就好了，不然又得再费一个午后去麻烦。"此外，我什么也不再想了。只有早点去瞌睡罢。

——一九三二年十一月二十七日夜半。

随笔一则[1]

从邻家门前走过,看见朱红油漆的大门上,新糊上几张白纸,知道是遭遇丧事了。

据家人说,死者是一位六十左右的老人,子孙不少,颇富有的。这老人患病多年,久治不愈,家里人众对于担受惊恐已颇厌倦,现在应该要感到一种轻松的愉快了。但也许也很顾虑到"居丧不哀"的讽刺,或者是后死者们觉得在一旦间失去了家庭中的生之一员,特别是主要的一员,猝然袭来的凄冷是太可怕,须得要设法来解除解除。总之,自此之后,尤其是在每天清晨和黄昏的时候,从隔墙必定有或是呜咽的嚎哭,或是丁丁铛铛的乐声细奏,连续不断的送到我们的耳畔。我知道是在举哀,而丁丁铛铛的乐奏,大致是在设道场追荐亡魂,因为也听见还有一种夹在木鱼中的喃喃唧唧的诵经声。

在早晨,对于这些声音我很为厌憎。既使人不能多睡片刻,又颇足以扰乱清明的心神。至于夹杂在其中的木鱼或乐鼓,更好像真要把人的整个脑子敲碎。我也想过,似乎因为这与红日当窗,生气勃勃的朝的情调太不调和,所以才引起那样的深恶。

却是,一到了黄昏,我对于隔邻的丧的乐曲便颇能容忍。不但容忍,甚至可以说爱好。在扑去一天生活的尘土之后,仿佛由那里还得到一种的慰藉。不过,在这种情境之下,我有时也要发生莫明所以的轻淡的哀愁。

吃过晚饭,常是走去静坐在院中,天空的星月也不看,只把头微微低着。刚从门缝中递进来的晚报,更是抛在一边;我是倦于留心人世生活的翻腾纠纷了罢!默坐着,哭声或乐奏伴着凉风慢慢传来;但此刻多半是乐曲细

---

[1] 原载《沉钟》半月刊第26期,1933年10月30日。

奏，间或也有一阵僧侣喃喃和沉闷的诵经声，哭泣则是比较少有的了。

在夜气四合之下，我每每很久的哑坐在那里，要不是有所玩味，便仿佛在期待什么一样。

"想些什么呢？"家人们间或这样的问。其实我多半是毫无所想，就偶然似乎有所思索，但是自己也颇说不定的。即使要勉强的解来，恐怕还是在想从古以来，曾纠缠在恒河沙数人们心中的所谓"生死亦大矣"的问题罢。

如果是这样，那就该说是有点愚蠢了。这是一个含有什么重要性的问题呢？前代的先哲不用说，便是现今的任何人，若是要拿这个问题去问他，也会回答这是一个不可解之谜的。既是一个谜，而仍要去猜，好像已经不仅只是庸人自扰。古时的聪明的圣人究竟是那样的聪明，他每每只说了一句"未知生，焉知死"，便似乎把一切都已解决了的。

记得在以前看过的英国 Dickens 的一部小说里，叙说有一个在小乡村的教堂里充当管理公墓的老吏。年纪将近八十岁了，又患着风疾，但是他终朝还是孜孜不倦的为死去的幽灵治坟，即使在不眠的冬夜，也常把从墓面上采来的木材制作成许多古香古色的小品用具，而目的又不过是在寻求制作本身的趣味，或是博赏识者的一笑，并且早就快堆满一橱。自然，有时也发感慨，然而不外两种：一种是叹息死者之易被遗忘，生人在新坟上所种的花草，起初还随时来加以照护，渐渐便少见过问，再久之逐一任其枯萎。这是垒垒荒冢的成因。另一种，感慨的是他不了解世人何以每每梦梦然不知各有死期的来到。而据他自己说，因为终生从事窀穸之业，对于生死关头颇能领悟，所以才如此感慨。但在这样牢骚之后，他又在打算来年风痹病愈，如何迁居楼上的事，而且也还深惜多年来用以掘墓的铁铲之钝损。这无怪要使听他慨叹的一位天真少女，也要诧异他何以暗于自知，真可称为贪生忘年之徒了。实在的，这位能精于所业的老吏，好像本应该也精于生死三昧的，然而仍是如此不能超脱。

在只活了三十六岁，日本的有名俳人正冈子规的一篇叫《死后》的感想文里，一起首便有这样的话："人间都各有一回死，这本是人间都知道的，然而似乎有强烈的感到他的人和不那么样感到的人。"对于这后一种，他就全然不把死这件事放在心里。你就用"你也得死一回呀"一类的话吓唬他，他也恍惚是耳朵不听见似的。照正冈子规看来，总之是康健的人大概没有想到死一类事情的必要，而且也没有那种闲工夫，只专心一意的或是作工或是游戏。Dickens 的这位致力于掘墓垂六十年的老叟，自然便是属于这一种类。单从他那样执拗的不承认年老，时时刻刻计划着要更换一柄新的铁铲，夜以继日的制作木器的这几点上，也就可以明白看出来的。因此，我们不仅觉得他的矛盾处的可笑，然也很有理由爱好他的了。

至于正冈子规所说的前一种人，他自己便承认也包含在内，情形是这样："有人的年岁还青，却时担心到死这件事，怕今天晚上从此一睡过去，明天早晨也许就这样死在这里，想些诸如此类的事，夜里也不睡。"这种人我们看来也是好笑，因为他是为贪生而怕死的。不过我们对于这种心情，却很易于了解。即如正冈子规本人，既具着诗人的感情，而又长年的病着，正如他所说："既往往遇着教人想出死这件事之类的机会，又有适宜想这种事的闲工夫，因为这些缘故，所以死这件事被我反复叮咛的研究。"这已经给我们解释得很明白的了。在这种不得已的心情之前，我们恐怕不仅只体谅，而且是应该同情的罢！但使我尤其注意的，是这位薄命的日本诗人，在短短生涯快告终的前一年，在疾病缠绵不已的时期中，还能忍禁着来安闲的写出这种文字，也就是一种不常见的精神。而就在这篇感想中，他还是着眼在客观的去观察死，——用他自己的话，——思虑着假如他死后的问题。我们看见他细心的比较着各种的葬法，把土葬，火葬，水葬一一分析，甚至连作成木乃伊的两种办法也想到，结论不是嫌局促，就是怕喝水，也还担心被人拿去当陈列品，以至于叹息总想不出一个好葬法。这似乎真怪好玩的，但我们也看得出他对于生之欲恋是如何的深沉呢！在那篇文章的末几行，他又还提说到，虽是现在冬天，但因为头脑比夏天结实，精神比夏天舒畅的时候也多，所以也不像夏天那样的烦闷了。以谈自己的死作题材的文字，如此的作结，真是可以特别留意的。

本来，对于生之执著，恐怕任何人也很坚强。沉溺而死的人，手上常是紧紧握着一把泥沙，正表示出本能对于死之抗拒。所以，在那个所谓的不可解的生死之谜前，我们很可以不必多费脑力。而且，即使果然有一天得到了真正的回答，想来对于人世整个生活也不会引起若干的变异，何况是对于在芸芸众生中占渺小位置的个人？这不足为奇，古今中外便举不出多少的释迦牟尼，连作死之赞美的说教的人，每每便不想轻生。固然仿佛听人谈过，在日本以自杀出名的"华严泷"，曾有人在一跃而下前遗留了类似这样的警句："幽幽天地，寥寥古今，奈何以五尺之躯而计天地之大也！"但普遍的说来，到那个富于死之诱惑的瀑布去了结生命的人，大多还是为了恋情的原因。传说在中国某处的"舍身崖"上，刻有"快回头"三个大字，我想如果是真的，这大半是好事者为之，然而似乎这样也就颇有意义。

不过，我也还这样觉得，要是能把"生死幽冥"真的坦然置之，自是一件快事，而若果能在某一机会之下，偶然去思索思索，也许于生之欲念亦并不有损，从这其间似乎尚可以得到点什么的。这或者就是邻家的丧之乐曲对我的意外赐与。这样，在不久后，这种特殊的"暮鼓晨钟"消失不再的时候，我想，我一定要感到另一种歉怅的呢。

沉默的悲痛[1]

——致敬亡妻淑慧之灵

"物是人非事事休,欲语泪先流。"

淑慧,你竟死了!像你这样的人会死,又死得如此匆匆,如此早年,如此悲惨。不但我不能相信,就是许多家人亲友乃至佣仆都不能相信的。然而,经过二十几日无限哀痛,摆在眼前的一切事实,又使我不能不忍禁着酸辛来承认这残酷的命运!我们十四年来相爱的生活忽然一下中断,你的不幸死亡,给我无限大的惊惶和打击,我哭你早已到了无泪的地步,本只有沉默无言的悲痛。而且,目前忙于为你营葬,慰亲,抚幼等等,这千头万绪的哀思,真是要说也无从说起。假使得你的爱保佑,我后死的余年还可能有较长的岁月,我将为你写点较详细,较有意义的纪念文字;在此刻当你的家祭之前夕,我就是想勉抑哀思,提笔略述你我十四年的生活断片。我不但精神不能支撑,连体力亦颇感不济的了。

你同我认识,相爱,正是东北变作"九一八"的前后。我十九年由欧洲回国,次年夏天,独自离了四川的家人到北平教书。那时以你的年华,环境,本可以得到一个比我强千倍的爱人和丈夫的。但你不慕荣利,不顾彼此家庭组织及生活习惯的不同,终于为了你我之间的爱之连锁而牺牲了一切。生长在北国的你,因为父系混着粤南人的血液,是兼有南方人与北方人的特长性格的:重情感,轻物质,明大义,辨是非,这就是你一生的美德,而忠恕待人,遇事肯牺牲自己,又恰合了理想的爱人的条件。经过年余相互的认识,灵魂的交流,我们在二十一年的冬季结婚了。那时因为华北局势的动

---

[1] 原载《中央日报》1945年12月1日第4版,《中央副刊》第1488期,署名如稷。

荡，日本逐步的进逼，我们精神上受国难的刺激不曾安宁过，更谈不到一般所谓舒适甜蜜的私生活。婚后不久，便遭遇了长城之战，你和我在愤慨情绪下，还得忍受第一度的短期分离，先后逃难南下。其后由汉口而上海，乘便小游西湖之后，重回到北平，你已孕育着我们第一个先天不健的长儿文谦了。既须重新布置家庭，又要为将生的孩儿忙碌，以你一个初离学校，刚过二十岁，出自优裕家庭的娇养独女，虽然得着你慈爱父母和明达的兄弟的种种帮助，你总为了担当起家庭主妇的职责费了不少心力。我一生性情疏懒，拙于治理实际事务，而这时又忙于教课和译述工作，是不曾稍分劳苦的。你以爱好文艺这一理想爱上了我，在我同几位老友复刊中断多年的《沉钟》半月刊时，你还因兴趣之故，分着精神为我们尽了相当的力。我所译的法文短篇和匈牙利短篇小说，有一部分是由你将初稿译出，经我校改而后用我署名发表的。我那一时期，因忙于授课，不曾多写作，但由你的启示和鼓励，我也草成了几篇散文和小说。不幸得很，我们"沉钟社"几个少数朋友，在此时还有几人遭遇了人生道途上的"危机"，生活上起了许多"爱与死"和"血与泪"的波涛，而每次你总要首先自动助人，委婉的安慰他人。二十三年初春，不健的长儿文谦终于因你的辛劳早产：多么可怜的一个孩子，而这也可以说你一生的麻烦苦痛生活正式开始了。这孩子的弱病，在抚育上耗了你不少心血；并且，从此以后，乃至直到如今，累得你多病的母亲也受了无限的辛劳！那年秋天，我的一生几乎都在病中的母亲以及十几位出川的家人相继北上小住，你又费了极多的精力来照应一切。在二十四年差不多一整年中，从春天起，我的母亲患了白喉重病之后，一直又患着许多附带引起的疾病。你那时的侍疾、求医，和操劳一切，的确不但弄得精神不济，连身体也难支了，所以孕着女儿文谨时期，几乎两次失血流产。但你的温淑知礼的德性，也初次深印在老母及十几位家人的心上。同一时期，我受中法文化基金委员会的委托翻译《左拉选集》的工作也正开始。你勉强打起精神鼓励我接受这相当费力而你认为极有意义的工作，还欣然自愿为我找参考书，查字典，并决心为我抄写全部稿子来催迫着我。第一部近五十万字的《卢贡家族的家运》，就是你在半年之中，抽着奔忙于老亲和弱儿病榻之间的余暇，陆续用正楷抄就寄到上海付印的。在文字的修改和斟酌上，我也常常采纳你的提示。文谨在廿五年春天诞生后，因为无乳，你不惮烦用牛奶躬自哺育，不愿雇佣乳娘。而这孩子，又是险病叠作的闹了几个月，几乎你我轮流守夜达二月之久。你在百忙之中，仍为我抄廿万多字的《萌芽》的上半部，自己有时还为兴趣写点小的文字。我每次看见你疲劳过度，劝你休息休息，你总是含笑说，人生是该不懈的为理想工作，而女子更应为爱之故，将身与心全部献于所爱的人。你之为你的理想，为你爱我之故，做这一切，直至死之一日，真是毫无怨言的。

廿六年夏季卢沟桥战祸突起时，长儿文谦的不健已由名医证实难于治好，女儿文谨也刚一岁半，你那时又正孕着二儿文诒。北平沦陷之后，我们都不愿屈辱的当顺民，受闷气，极想逃到后方来做点有益于国的工作。但你因为两个弱病的幼小儿女和有孕的缘故，不能同我一起冒危险困苦绕道旅行。你却毅然的，坚定的，自愿忍受那近似生离死别的苦痛，极力劝我早日独自一人南下。淑慧，我知道你那时是心碎着而强自忍禁着来为我收拾逃难行装的！当时你的心情一方面是激于国家民族大义，一方面则是深怕我的远在四川的父母和家人的念虑，并且最怕他人误解了我，以为我为了你之故，甘心忍受屈辱在敌人宰制的北平苟活偷生。你的理智明达，洞识大节，牺牲自我的精神，在这次含悲迫我离平上是具体表露了。在八月十四日，平津火车刚一通，我抛了你和幼小儿女忍下心走了！而因为我在我所服务的团体中，是第一个不顾一切首先毅然离开敌人宰制的。你还很遭许多不谅的朋友责难，我也对不明大节的人呕了不少闲气呢！

我离平绕道冒险回川之后，你带着幼子弱女，虽有你的母亲和兄弟忠诚的照应，但在精神上和物质上，你真过着何等苦难的岁月！而是冬二儿文诒又出生了，你又多担负了用牛奶喂育婴儿的辛劳。而我回到了抗战的策源地，我的故乡四川，因为旅途的艰苦，心悬北国的相思，终于大病几次，先后卧床半年。彼时全国一致抗战虽已展开，然而"百无一用是书生"的我辈，仍无可以报国的机会，在病愈之后，只好在四川大学和成都光华大学教书。不久川大因人事更动引起"文化""自由"等严肃风潮。我在孤独的避免纷争不愿回校之后，连教育界也感到幻灭的悲哀了。你还从烽火连天的北国，写信来责难我不应该舍去多年来自信可以安心立命的职业。你对我的认识，确比我自己还深刻些。

这以后，因为人总是要生活，理想主义与现实主义受着客观条件的逼迫也不能不妥协，我便因友人及多种关系转到商界来了。二十八年初夏我到了昆明。同时，你因为不愿久在北平敌伪恶浊空气下生活，此刻二儿文诒也已岁半，可以勉强旅行，你便毅然决定别了你年高的父母，亲爱的三位弟弟，又将不健的长儿请托外婆照管，自己带着一个忠实的女仆和三岁的文谨，岁半的文诒离平南下，经天津、上海从海道到香港。那时你的远行离家，旅途上受着许多种辛苦，心悬几地的思念，在我后来看见你的途中日记，是深知你那时压在心里的各种悲苦，你也太可怜了呢！

你在香港你的老家住了一个时期，赖有几位伯父和兄长的热情照应，我方从昆明经安南来接你们。哦！我们在南国海岸重见的情景！……同回到昆明之后，在滇池之畔大观楼侧住了几个月。中间虽然也算享受过相当欢乐的生活，但因为空袭警报的频繁，女儿文谨的两次大病，终于没有尽情的游玩，畅意的忘却现实的痛苦。

三十年的春天，因为昆明生活费用比各地昂贵，而我也感到商界事务于我不大相宜，你便坚决劝我回四川，回到我们的大家庭来。到了成都以后，你还情愿和我短期分离，你带着两个孩子到眉山去陪伴我疏散在那里的老母。你是一切都在为我打算，为了我，也是为了我的大家庭！是的，在这方面，你真做到毫无遗恨的了。

三十年冬季，母亲方同你们从眉山迁回成都，在华西后坝疏散草舍住下。此后，你为了分担经管部分的家事也很少清闲过，而同时你又孕着三儿文谅了。三儿文谅在卅一年夏天降生，又须得你亲自照料一切。接着次年初秋又生育了四儿文询：这其间你的种种辛劳，我一回念及，怎能不悲伤？怎能不咎歉万分呢？……何况抗战时期，一切的不能舒适便利，更是事事都要坚苦忍受！而且是几乎难达穷期的坚苦忍受！

四儿生后，你还病了一个时期，幸而家中亲长兄弟姊妹等全都爱护你，安慰你,总算短期休养三月便完全恢复了健康,同时你的事事爱好的性格,使你能振作精神。三十二年冬季和三十三年全年,你在照料四个儿女分担家事劳忙之中,总算平淡的相当安定的度过了。

但是,自从你离开北平之后,六年以来,对于留在那里的父母兄弟以及病儿,真是无时无刻的不在苦苦的思念。这精神上的烦恼,这灵魂深处的悲伤,竭了我的全力,竭了我全家的安慰,都不能使你稍稍宽解;战乱时间的愈延长,你的心的悲痛也愈深沉!而我哪知,你忍受着一切辛苦,方熬到和平来临,我们正计划着明年同回渴念的北平,省视你的亲爱的亲长家人,重建一个比较理想生活的时候,而你的身体健康,乃终以八年战乱时间过久,长期的辛劳,生育的繁多,精神的苦闷,我的安慰力的薄弱,已到了衰弱的地步!在今年夏季,虽然你终日仍言笑如常,但眉宇之间,却总表现出一种忧闷神态。而你平素又不喜欢到一般娱乐场所去混混,更不好种种无兴趣消遣,你只是仍旧看看文学书籍,有时找几位在北平时代的旧友谈谈天。真的,当我每次看见你一提到北方的景物或旧事,那种兴奋欢欣的表情,我是深能了解你的心境的!不过,这种使你能稍宽解的时间终是短暂,长时间的积忧积劳在夏末秋初的时候,已渐渐在你的身上发生了威力,你的精神体力都受了损伤,——而这一次的就医,经过无数的曲折,终于误于庸医之手,一念及此,我便心碎悔恨!此时此刻,我实在也不忍再提起了⋯⋯

的确,淑慧,不但我从来不曾有过你会早死的预感:就是你自己,甚至到了弥留之际,也万没有过这样的感觉。在最近这几年,我每每因遭遇不快意的事,而发生对人生的厌倦的感叹的时候,你总是极力从各方面来敦劝我不要灰心,勉我努力走完荆棘的曲径,你相信,在不远的前面便是康庄大道。如你那样对生命强烈执著的人,那样乐观自信的人,会骤然之间意外的死去,与你所亲所爱一朝永别,真是令人梦想也想不到的!也就因为这样,所有的亲族友朋,谁不为之伤感震骇呢?而我的哀痛,更非笔墨所能形容于万一的:引领北望至今尚在切盼你健好归去的老年父母,亲爱友于的几位弟弟,可怜的不健的长儿文谦,还有悲戚不止的亲长戚友,再俯看一群失怙的凄苦幼小儿女,哪一个不是令我要伤心泪堕的?且不说十三年来,你所受的种种辛苦，至死于己不稍宽假的劳顿，哪一件又不是我回想起来要悔怨歉咎的？往事历历如在目前，淑慧，我对你的哀悼，将是永久永久，无穷期的了。

在我们人数超过三十的大家庭中，你以一个生活习俗颇不相同的异乡人，可以在十几年之内，从北平到四川，处得方方面面妥善，这都是由于你温良的性格，对任何人都能同情，都能推诚相见。所以，在你死后，上至近七旬的老亲，几位叔父母，乃至连年甫韶龄小弟妹们，无一人不挥泪悲痛，大家对于你身后的一切，都努力帮助我办理。你所遗的幼小儿女，更受许多人的怜爱。我的一位寡姊和一个服务在外的弟弟，还远从千里之外赶来参加你的丧礼。至于亲友们，甚至连与你从未见过面的，也竟来向你致哀敬，佣仆等更多痛哭流涕的。是的，淑慧，你短短的三十三年的一生，只是为爱而生，你总算也得过爱，得过同情的了！安慰吧，淑慧，人世间也并不十分凄凉！自然，像你这样的一个人，你的生命虽可以死亡，而你的灵魂，确将长远的长远的活在许多人的心上！

现在，我的后死者的责任，除去尽力抚育你所遗的五个苦命儿女外，你和我双方年高的双亲的安慰和侍奉，都是我一息尚存应竭心力以为之的。并且，因你之死使我真实的感到人的生命的脆弱与短促，我从今要赶紧努力为你和我终身的理想工作，如因战乱书籍丧失中断多年的译述，——近几年来你时刻催促我勉励我重理的，——我只要环境和心情今后稍一可能，便决心为纪念你去继续完成。对于你，我想如能稍稍安慰你在天之灵，恐怕也只有这一样的了。

最后，淑慧，瞑目吧！对于误死你的庸医，且让她去自行受良心的谴责，希望她能真诚的忏悔，激发职业道德，最好从此退出医界，另寻较适合的工作，而其他类似那样不以人命为重的医师，因为你的血的教训，今后知所戒慎，那我也就未始不可以你一生对人所持的恕道恕她的了！真的，对于你之惨死，我现在只有悲哀，我不愿，也不忍，再引起忿恨情绪呢！……

淑慧，死而有知，虔敬的祝你洁良和善的灵魂永久宁静！

三十四年十一月二十六日

信①

八年不通音问的一位朋友，忽然从东南海滨邮来一封信。

近十载的战乱，并不曾消磨了人间心的牵系。在西南的角隅，我从字里行间感到自少年时代就萌芽的温情。

他喑问我的伤逝，安慰我的不幸，顺便也提到我多年来常常怀念的几个故人的状况。

这展开在我眼前的，是比我自己遭遇还凄绝的图画。

在遥远的北平，一位刚毅而慈爱的母亲，几年来伴守着独一的儿子的病榻，希望他能健好起来，但那希望又似乎日渐渺茫。她在漫长的忧惶时间里面，只默念着三十几年前在黄花岗慷慨赴义的丈夫；三十几年以来，寄托在养育一对孤苦儿女上的梦幻。十多年前，女儿在出嫁后一年便不幸永逝；儿子呢，从幼小便远送到欧洲去求学。八年前，神圣的抗战爆发了，儿子回到祖国来做他那一份应做的工作。两年以后，在修筑由安南通到广西的铁道工程上面，气候的不适，职务的疲劳，终于得了沉重的肺病，才又回到老母身边来躺下疗养。近四十年的忧苦岁月，而她一直还在无可奈何的希望着。——

一个只宜生活在梦中的艺术工作者，从她高洁的心灵上永远散发着人情美的气氛，命运偏要拨弄她一再向现实低头；而在人世名利权势争夺的混乱大悲剧中，丈夫丧失了性命。她自己也还在异国医院病床之上，与死神挣扎了很长一个时期。现在，她沉默在茫茫人海之中，带着幼小子女，不知还要度过若干黯淡岁月？记忆的波澜，内心的不安，这不是一般世俗人所能了解

---

① 原载《茶话》1946年第2期。

的。什么是希望？只有在少数的旧日友朋眼中，她还是一似当年风度的真率与坦白的生活下去。而自从海外一别十八年的长岁月中，我连仅有的丝微同情也还寄也无从寄与！……

感谢老友，这提示虽是粗枝大叶的，但比一切安慰的语言更有力量。想着人间有的就是更大更多的不幸，我自己还不能去比较那深度的。有谁记得法国维尼（A. de Vignyd）的名诗《狼之死》么？在以苦痛铺成的生命路上，要生活下去，也只有沉默和坚忍的走呢。这就是希望吧！

我此刻能遥遥祝福于天涯故人的，仅只这已近于不是希望的希望罢了。

三十五年四月九日

秋　曲[①]

（零余随笔之一）

　　日来阴雨连绵，加以国内时局危机的严重，尤其在乡间，或在失眠的时候，是颇有一点秋的萧索之感了。恰又在今天看到翔鹤新写的一篇题名《秋》的散文。一开始他便说道："在古今诗人们的笔下，关于秋情或秋景的描写实在太多，真正述说不尽。而且，正同于'悼亡诗'一样，因为发乎至情的原故，所以作品也大都是文情兼茂得美不胜收……"这倒是真的，在我认为，秋是最令人感动的季节，无论在引起反省或伤感方面，乃至令人因警觉而振作，也较其他季节普遍而有力。

　　古今中外关于秋的好诗文，仅我所见到过的也就颇不少。个人的癖好，对中国方面，龚定庵有三首律诗《秋心》，因格调和情感有特殊清新之处，是很爱好的。外国文的诗，自己读得太少，但最喜爱的便是法国那位薄命诗人保罗·魏尔仑的《秋歌》。这位象征派诗人的作品，音韵与情调，都富于忧郁幽怨之美，的确是能感人迷人。这有名的《秋歌》，单在中国，似乎就经多人译过，均各有所长短；我只仿佛记得最早的译者大致是黄仲苏或田汉先生，译文载在民国十年左右出刊的《少年中国》杂志上。可见这诗是众所同赏的。

　　我自己呢，也还是在二十几年前在上海初学法文时随便译出过的，那时曾给郭沫若兄请教看过，但实在译得甚不满意，所以从未发表。句子简单，倒至今还记得：

[①] 原载《大公晚报》1946年1月1日第2版。

> 四弦琴的声音，
> 奏出深怨的哀吟；
> 在萧索的秋天，
> 刺伤我病弱的心。
> 无限烦闷和静沉，
> 当那钟声鸣响；
> 我猛然回思：
> 念旧景而悲伤。
> 我愿去在凄凉的风里，
> 任它吧，将我磨折；
> 这里——那里，
> 有如地面的死叶。

前不久时，翻检妻的遗物，在那本她抄有所爱的古今中外诗歌词曲的册子上，也有这首《秋歌》在。先抄出法文，附着我的语体旧译，——大致若干年前我告诉她而它记下的——，末后还有她自己文言的试译，也译得不甚好，她生时未给我看过，似乎不满意的；但题名却改为《秋曲》了。

> 秋声如琴声，
> 哀怨深长吟
> 伤我病弱心。
> 无限闷与静，
> 忽闻时钟鸣
> 感旧泣不胜！
> 我去随凄风
> 一任磨复折，
> 飘零西又东
> 命同枯黄叶。

我同意翔鹤的话，古今诗人关于秋之作，正与"悼亡诗"一样大多是美好的。不过，在妻逝世后这十个月内，我为纪念她，虽写了一些文字，但却不曾写出一首完整的诗,断句倒是偶有一点。自然,自己对于诗作素无修养;而真正的原因,恐怕还是年来的时势,太不能容许个人抒发诗情,更无完整的写出的余裕吧?像翔鹤以"秋"为题的文章,就记述一位从前只知搜求美的事物的艺术家,如今也是专在注意他和妻子儿女维持生命的"面锅魁"了呢。

是的,为了排遣今日秋雨之下的萧索来袭,我信手的写着这几行文字,觉得在借用妻题的那个题名之后,所能抒述的秋情,似乎也尽于此了。

三十五年九月二十二日

书[①]

　　暑假中，感叹频年几迁徙的翔鹤，移家到郊外我的草屋邻近来了。最近这几年，要在城市里找合适的住房，在所谓人生衣食住行四大问题当中，是人所共知的最难解决的一个，而所说的合适，也只不过是指租金的合理而言；真的，久矣乎，我们一般有家室之累的朋友，是在实行"居求容膝岂求安"的了。所以，他这次由城而乡，我虽然一再告诉他郊居的种种不方便，如买东西的困难，雨天道路之艰险，以及长生不死的毒蚊和四季光顾的小偷等等，都似乎不能动摇他的比城里房子总可多一块地来种花的坚强意志。同时我在心里，又想到从此可以晨夕见面谈谈，也就愿意他来接乡邻了。

　　而他在这一搬动之间，确实对我是还有多种的好处。在廿六年抗战爆发以后，我算是只身从沦陷的北平先逃亡回四川的。多年积置的书籍，大部分后来由妻运到香港寄存。去年在妻逝世后不久，接到过她的家人从香港来信，才知道在日本军队攻占那里时，完全被轰炸烧毁，连妻的一位堂妹携着两个幼小子女，都随房屋同归于尽了。物非人也非，当时我心里是黯然过好多日子的。这战争给与人间的苦难灾祸，从任何小小事件看来，均是永难补救的了。今年我有时想找书看，就常想到，我在成都仅只有在翔鹤那里，还容易觅到我所需要的，因为他与我的读书的嗜好有些相同。可惜近几年来，他也没有多买新书的机会和力量。不过，他这些在抗战前后经我陆续由北平替他寄回的存书，倒是多可一看的。而像我近六七年来就常想再行翻阅多年以前我们共同出版的《沉钟》刊物，也便在他这次搬家大清理时，零碎的为我找到几册。

[①] 原载《新新新闻》，1946年11月14日第4版副刊《柳丝》第239号。

一个酷热的夜间,他又夹着一大包法文书过来了。

"放在你这里吧,你看看也好,不然真会全霉烂了,——以前住的房子太小,好多书都只好整年封锁在破箱子里的。"

这十五册法文书,莫里哀的主要戏剧占八册,其余是几本名家小说,有一本伦敦麦美伦图书公司出版的《法国诗选》,正是我久想一看的,因为选者马松(Masson)的取舍标准颇不错。前一二月,我为了要查一首十七世纪的诗,在特意麻烦李劼人兄从他乡间找来一册《法国千首名诗选》上面,就不曾查到。马松所选,倒有不少古代一点的诗。

但这些书,也不是翔鹤所有,原是我们一位爱好文学的朋友的爱人而又在学习法文的文女士的。这算是十几年前的旧事了。在"九一八"后三年,我们这位个性刚强追逐理想的朋友,同着他这位聪慧早熟的年轻爱侣,为了环境之故,几乎是以戏剧式的姿态从北平出走。那时单只在我们朋友之间,就真引起过莫大的震动。而他们这一对理想主义者,在到了上海之后,不久便东渡去日本小住了一些时候。旅费渐渐告罄,只好仍回到上海过着艰苦的生活,那一本法文诗选,大致就是在东京有名的丸善书局所买的纪念,因为在有一页上,正有一行日文的题字。我也知道,就在这一时期,为了维持最低的生活,他们需要靠卖文稿,曾用英法文对照合作译出几册莫里哀的戏剧。然而,不幸的恶运,对于胆敢反抗社会虚伪习俗者,似乎是不会轻易放松的。就是在第二年的夏天,因为费用的缺乏,文女士只好到设备与照应均极不良的一个公立慈善性质的医院去生产,不幸在产后失调中又误于医药,一场伤寒便夺去了昙花一现似的生命!给我们这位朋友所遗留下的,恐怕除去一个呱呱涕泣的女婴孩而外,大致便是这一些他不通的法文书籍了。至于心情和精神上的伤害,在我们朋友,只有想象,倒确是不能去测量那深度的。

民国廿五年夏天,我曾由北平到上海去过一次,那时我所想,以一个中年男子,孤独的带着一个小女孩过活,住在上海那一类都市,是如何麻烦而艰苦的吧;然而事实确不尽然,当我去到一间十足的上海式的亭子间找到这位朋友时,看见他虽然清瘦,却是精神饱满的,而那小小的小孩,也是长得很结实，活泼嬉笑，衣着整洁，仿佛一切都生活得极自然呢。若果说这样也要算一个家庭，从旁观者看来，这只有父女二人相依为命的家庭，确并不缺乏什么似的。我当时猛瞬见，在小室角隅一只箱子上，就还堆着有几十本法文书，但我在那位目光灼灼有神，似乎在骄傲的表示，再怎样大的不幸恶运都能担当的倔强朋友面前，也没有问过什么话。

抗战发生以后，这八九年之间，我们朋友里面离合聚散的变动是太大的。

我初回到成都时，翔鹤有一次告诉过我，那位朋友，在"八一三"以后，因为离开上海向华南流亡，把贱价变卖来作路费后所剩余一些英文书和少数法文书给他邮寄来了。"我要细心替他保存。那点法文的，你要看看么？"

这以后，战乱与生活上逐年递增的劳忙，我们便再不曾提到这一类事。甚至在那艰苦的几年之中，那位朋友因为生活的驱策，两次匆匆经过成都，他自己都无心情去清理这些书籍，一直便搁置在翔鹤那里，而翔鹤连年几度的迁居，真有时感到无地可为妥善的保有了。是呢，后来听说他在重庆比较能长期住下之后，曾叫翔鹤寄去部分，这只是为了可以卖点钱来维持生活，而不是像从前他在北平或上海时一样要加以研究阅读。我知道，许多册莎士比亚和托尔斯泰等大作者的全集，便在注重交换价值而不是注重使用价值的情况之下，离开了珍爱过几十年的主人。但那其间，连有些法文书翔鹤也给寄去了，如今落在我手边的，只算是残余的残余。

现在，这一切略一回想，真是经过好长一段岁月了。不是吗，当年曾阅读过这些书的主人，安眠在上海的万国公墓之中便已就十又余年了。而人世间又经了何等的沧桑剧变？我们这位朋友，因为在抗战期中，只是在十余省之中，辗转播迁，那个生而失母的小女孩，则一直随着另一部分流亡的家人在滇南一个小县城里住着。连在几年前，这位朋友的七旬老母在流亡中病逝，他也因旅途的困阻和费用的计算，不曾前去料理丧葬！岁月易过，现在我偶然想来，那伶仃孤苦的小女孩，如今也是相当长成的了。在前不久时，这位朋友由重庆随他服务的学校搬到南京去，似乎为了旅费的关系，这孩子未能同行，而最近他又因故遭受解聘，正受着生活的苦难。这样看来，他们父与女的团聚，在遭逢九年巨大劫难之后，就连仅只这一点小小的人生愿望，也是不易实现的吧。

因为这是法文书籍，我虽然早已看过，而且版本也极寻常，但在自己正感书籍的损失之痛，而兼这是好友的伤痛纪念，所以对于它们，倒生出一种非常的珍惜之感了。偶然翻翻，看见在那些书页中，常有用铅笔作的记号，最多是每一篇读过后注记的日期，看来那书的主人在阅读时是如何用过心的。十余年来，这些书虽然经过若干次的大小移动，却始终尚无人再行翻阅，乃至有些地方已遭霉坏，要是书的主人还在人世，她将会是如何叹息的呢！

的确，现在这些可称饱历世变的书终于暂时置在我乡居的破书架上，真要算颇为不易而又经过何等的曲折的。虽然这只是人世间一些小而又小的事情，但我对于它们，却决定要好好保存，我想，将来我总有一日，可以把它们交给到书的主人的惟一遗孤的手中的吧？这寂寞而可怜的孩子，恐怕现刻在时代的大变乱当中，经过苦难的播迁流亡，或已不会保有她的以自己生命换出女儿生命的母亲的什么遗物的了。对于这些书，她也许将是最永久珍爱的人；而它们也可以使她知道，乃至了解，生而见背的亡母是怎样的一个人吧？这也是就像我在去年冬天，当妻逝世以后，对于她生前最爱读的一些书籍，自己不忍不愿再看，而特意的包好保留起来，预备给与我的幼女作为亡母的纪念的心情正一样的。

一九四六年十一月

追 怀[①]

若果说一个人因为他的外表，为人忽视他的内心，而不能被深刻的认识，亡友李星辉（光斗），便要算这样的一人了。

民国十三年，我在法国里昂那段时间内，中国留学生在这城市很不少，除去在那不高的圣·儒（Saint Just）山上，由一座旧炮垒改造成的中法大学宿舍住有二百左右学生而外，还有些不属于中法大学的，是自费生或勤工俭学生的残余，因为这时勤工俭学已成尾声了。我是自费到法国的，不过因为在中法大学里面有些朋友，便也在附近一家人家租了一间房子住下。

在那时，我除去到城中大学听课而外，有时也常到中法大学去找朋友谈话。敬隐渔君不久也从国内到里昂来了。我们在国内本就很相熟，但我与这位先生往还，总是要保持一点距离的。这倒不是，在那前一二年，我还在上海时，由王怡庵兄的介绍，他常同我往来，陆续借过一些钱不曾还我，那时因他境遇相当困难，我原是自愿借给他而从也未期待过还的。

而是因为有好几次，他到我寓所来谈话，总要发些奇特的议论，有一回，在讨论一个问题时，他甚至用了一个我至今记得，但不愿记出的不伦不类的比喻，故意损伤及我和同在的朋友。我知道此君因环境不好，生活艰苦，而虚荣心又得不到满足，性爱方面也颇感苦闷，变得有点神经不正常了。那时，他刚脱离了四川一个小县的天主堂教育来到上海，在拉丁文和法文方面，到颇有根基，但对于本国文字，尚不十分能圆熟的运用，写作或译述的技术也颇生疏，不过对于文学，却很注意，且极想一鸣惊人的。记得有

[①] 原载《新新新闻》1946年7月30日、8月3日、8月5日第4版，《柳丝》第168、170、171号。

一次，他拿了选译的莫泊桑的几个短篇小说给我看，想托我转给创造社郭沫若郁达夫他们，介绍到泰东书局出版，我觉得译文太生硬，劝他应加修改，他似乎很不快的将稿本取回去了。又有一次，他写了一篇短篇小说，想发表在我同几个朋友办的《浅草季刊》上，也是因文字问题，不曾收用，于是，他对我便不大满意起来。而我呢，虽是对他很同情，也很期望他能有很好的成就，——后一二年，他的文字便确很有进步，是极有希望的，——但因为他已表现神经不正常，又好自大多疑，在往还上，是不能不有一点戒心的了。不过，当时以王怡庵兄的交谊之故，又知道他的境遇的困难，这样一位有着相当文艺才能的青年，因环境及教育的关系，内心的矛盾，精神的苦闷，不能获得适宜的培养，不得发展所长，是颇令我同情，而且极愿帮助他的。甚至，在最近十余年中，因完全不知他回国后的下落，还常常同朋友谈到，并很为叹息！不久前，旧友蒋白冈兄来信，说到十几年前在上海还再见过他一面，以后便消息渺然，并说，恐怕已为色情狂所误，或已不在人世，我心里实颇伤感了一阵。但祝他还健在吧！而我在上海那时，他便因为我对他的相当距离，颇觉不快，这是从一些朋友处早就听到过的。我对于他，的确，也认为这种误会是无可也无须解释的。

他到了里昂之后，我仍然也取着这态度，见面谈谈，只限于文学译著等等，私生活方面，则总是避免多接触的。那时，他动手在译罗曼·罗兰的大著《若望·克里斯朵夫》（Romain Rolland：*Jean-Christophe*；可惜后终未把这部名著译完），又用法文在翻译鲁迅的作品，后来经过罗曼·罗兰介绍登载《欧罗巴月刊》（*Europe*）上面的《阿Q正传》译文，是颇得好评的。我很赞同他的努力，也提供他一些意见。他的法文程度做这工作是极适当。那时，在法国一些爱好文艺的同学，对他也很期望。但就在这时期，忽然北京《晨报副刊》上登载了有一篇批评他介绍罗曼·罗兰或翻译鲁迅作品的文章。这篇文章，虽然当时在里昂引起了几位朋友之间一场小小风波，但我却一直未看见过这张《晨报副刊》，题目和内容也就不知道详细，仿佛是指责隐渔因理解不够，而弄出一些细微的错误，作者署名是一个假名，是什么我也永不会知道的。我那时也是少年人的心性，因为这篇文章会毫不相干的牵涉到我，使我成了这场风波的中心，故反而赌气不愿找来一看了。那篇文章在里昂的中国同学看了之后，有几位很替敬隐渔不平，大家猜测写这文章的真人，自然嫌疑最重的便是我，还有就是那时也在里昂的孙福熙了。在那几位颇抱不平的朋友中，以为隐渔为人虽然有点夸大狂，对这两位当代文艺和思想界的伟大斗士或不能十分透彻理解，但肯努力介绍总算是很好的，这一篇从小处着眼的批评文字未免太扫人兴致了。而且，大家最不满意的，便是那假名，以为正大光明的署着真名是还可以，不应该出以放射冷箭的态度。孙福熙之受嫌疑，是因为他那时常在《晨报副刊》发表文字，而他的令兄孙福园又正在编辑这副刊。不过，他似乎嫌疑不很重，因为他从不写谈文艺的文字，而对敬隐渔的为人和工作也不深知，经他一否认，便只有我是嫌疑最重的一人了。我在这以前，是在《晨报副刊》偶然发表过文字的，而又与隐渔多年相识，但友情又正不十分融洽呢！就是这么样，有一天有好几位同学，大多是川籍同乡，聚会在中法大学侧旁一家中国饭店内谈论此事，我事前毫不知道，也未被邀参加，敬隐渔自然认定是我，其他的人也赞同着他，并且商议着用什么方式来向我责问。但这时却恼怒了一位也是双方的朋友，他就是我到里昂后才认识的刘为涛兄，他虽是专习数理化学而且后来颇有成就的人，但他向来爱好文艺，天然热情，在当时他虽还未问过我这件事，但他直觉感到我对人不会取放冷箭态度的，所以他易怒的脾气发作了，面红耳赤的拍着桌子说："绝对不是林如稷！他不会做这事，尤其是对熟朋友！他要骂人，一定会正大光明的署真名！"

这时我恰巧患了几天伤风，在我的寓所休息未出门，所以发生了这风波，是完全不知晓的。就在那一天，另一位也是同乡而且后来我们很有友情的朋友叶××兄，就来在我的寓所访我了。他是治心理学的，年岁比我们稍长，大致始终是一位怀疑派吧，他要来证实隐渔的控诉与为涛的辩护是谁是谁非了。他到了之后，先谈了一些不相干的话，后来便隐隐约约谈到这件事，还先正义的责难写这篇文章的人的不道德，似乎也随意打听是否我所作，而且，终于才说到隐渔和其他一些人都疑心是我。仿佛这要不是我，则再找不到第二个恰当的人了。这种侦查技巧是很世故而又很细致的。

我当时自然还不明了这事的曲折经过，而更不会想到已发生小小风波的，但在我对他表示我明人不做暗事之后，怀疑家是怀疑的走了。不过，我也就觉得，人之相知，不是只依据语言，是要经过许多事实，方可互信以诚的。对于这件小而又小的事，虽然不久之后，我便晓得那成问题的文章的真实作者，然而，我以为我无在友朋间去自己辩解的必要，也就只一笑置之。现在，事过二十几年以后，当时一般朋友对这样细小之事或早已忘却，不过我倒认为我是不但不能忘却，反而于我个人是有相当意义的，所以我现在可以说明了，那就是当时在里昂专攻文学，不喜与人往来的曾觉之兄所写的。他曾告诉我，他之所以署一别名，是因素来不愿与人生出纠纷，而他那时与敬隐渔并不熟识，只就事论事，所以那样，也无所谓道义问题了。回想二十几年前的青年人，承受着"五四"时代□□精神的影响，为这类细事肯认真，争执是非，注重品格，现在这种风习与态度，似乎早已渐渐消失，在我记出这一段琐屑事件之时，倒是有几分感慨意味的。

但那时，这小小风波虽然使我感到不快，却使我因之认识一位有意义的朋友，却才是另一种补偿了。

就在那事过一二天之后，刘为涛兄同着一位看去有三十岁左右，面带几分俗气的胖子来访我了。（我写俗气，并非对亡友不敬，实在当时我是发生了大商或达官的印象：而我在一起始就说过只从外表上观察，忽视了他的内心，不能被人深刻认识的人，他要算是一人的。）

这便是李星辉兄，他就是信任刘为涛兄，而与敬隐渔颇熟识的。那天他们聚在中法大学侧面"协合饭店"谈论，看见为涛那样义愤的为我作保证，是颇受感动了。他与我素不相识的。据他后来告诉我，他知那时在里昂住有我这样一位人，他是无论如何愿意结交。他们来访我，倒不是来探究为涛的认识是否真实，而是因他们正是那确信我不做这类事的。

自此以后，我同星辉便常往还了。

虽然，他的外表是有几分我说的俗气，——的确，他那时是在四川政界混过几年，当过一些阔人代表之类，然后才到法国来的，——但我从其他朋友的谈话里面，知道他是一位热情人，固然，名利之心不能说完全淡泊，但

409

却颇有正义感，正是不满于中国政治现状，方想到欧洲来读几年书，看看西方社会的。所以，在那时，我想自己对于实际政治虽无兴趣，但能遇见一个这样有热情和良心的人，是应该给与真诚的友情的。

在不久之后，星辉提议要我与他讲解法文的新经济学书籍了。于是，有时他到我的寓所来，或我到他的住所去，我们便肯常在一起谈话。但他虽然想多获得点学识，对于读书方面，总不大能沉下心去的。那时，在国内，国民党正在改组，在欧洲的留学生和华工之间，也兴起了几个党派。单就国民党一党说，也就显然分出了所谓西山会议派，联俄容共派以及共产党员而加入国民党等派系。我也被多次约过入党，但我以生性不愿凑热闹，始终不曾动过这念头，虽然我父亲是老同盟会会员，而在辛亥以前就积极工作过的。星辉那时很热心于这事，而且，在他的朋友里面，就颇多当时所谓左倾的共产党员，所以，他那时多次劝我加入，不过，我是向来一决定了态度，便不会轻易改变的。记得星辉为了这类事，很同我及其他朋友辩论多少次，还常常叹息似的说："好人不来，好分子不来，这总不行的呀！"在那时他也许把我们误会成独善其身的书呆子了。其实我们那一时少数朋友之会取这立在外面的态度，正是有着许多理由的。就是这样，星辉对我的友情却是始终如一，遇着有事，尤其是他们党支部内面有纠纷时，他总要来向我谈论，乃至问及我的意见，甚至有时他们因为要对法国人作宣传，还请我代起草文件。这时正是"五卅惨案"以后，对于反对帝国主义这一运动，是只要有正义感的中国人，都应当拥护的。但即便如此，我们在当时还遭了一些"以党为用"的人的奇异流言呢！

不久就爆发了北伐，在旅法的中国人士里面，也组织起华侨北伐后援会来了。那时，党内的各派系固然要活跃，而我们也知道有些以出风头为志的人要想活动，所以，我和几位朋友，便以无党派的同情者的身份，总想将后援做到支援北伐，而援是援那些投□的人，不是某一党的某些人，因此我们有一时期成了后援会的主要职员。

"不是，不入党也可以作有益于国的事么？"记得那时我曾向星辉及其友人说过。而这以后，他也不再约我入党，对我的态度很赞同了。

民国十五年冬季，我到巴黎去，星辉和另外几位朋友也同时来了，我们同在大学附近一家公寓住下。

在这居住的选择上，我大致是不智的。因为我由里昂转到巴黎来原是为读书，而星辉呢，那时他卷入党的政治活动而不能自制了。他无以再收束放心，我想在学业上作为他一个辅导朋友的资格是不存在的了。在只有友情的时候，既不能有助于他，而反因此自己要受时间和精神上的损失，是就应该在形迹上疏远一点。然而，星辉却一再请求我不要另搬寓所。而这因天天的见面，他那时各种各式的朋友又真多，一遇着有一点人事上的纠纷或问题时，总要将我牵扯在场，征询意见，以至很浪费去我的不少时间，乃至夜静以后，星辉跑到我房内来，从梦中将我叫醒来谈谈什么也有若干次。当时在巴黎的中国人之间，党团的政治意见分歧，彼此摩擦和斗争也日甚一日，我这时对于这一切，确已相当生厌了。当时单在国民党的驻法支部内面，就发生了一些事故，即所谓左右派之争。星辉是支部的主要负责人，有时遭受同党的人的闲气，总也要来向我发牢骚："什么同志，只会争名利，连朋友都不如！"这样的感叹我几乎听腻了。

"你相信为同一信仰，——如果真为了信仰，或者可捐去私心的，——或只是随便的结合的人，是可以超乎朋友之上吗？"我只好用苦笑来安慰他了。

那时，我们的国内汇款常有误时到达的事，在二三年内，我同星辉在用钱上彼此是互相通融的，所以我确切知道，星辉虽然在办党，还是靠家庭接济费用，并不曾收受何人的津贴。

不久，党的变化愈烈，国内因宁汉分裂，发生了所谓"清党"等大纠纷，好多青年人因这转折牺牲了生命。记得这时邵力子鹿钟麟几位从苏俄来到巴黎，力子先生想找所谓超然的人士谈谈，我同他民十二年在上海因在《民国日报》附刊《文艺旬刊》之故见过几面，星辉又再三约请，便去谈过二三次，但我总觉得谈不出什么道理或趣味来。后来，听说在巴黎华侨欢迎他们的大会上，就演出对打的武剧，有一派系支配的华工，真的开放手枪。

正当清党之际，国共问题严重之时，星辉以处境困难，心里种种矛盾，他终于避到巴黎近郊一个小村子去了。他当时只告诉了我和另外一位姓唐的朋友他的住址。

记得有一天，他写信约我下乡去看他。我去了，知道他那时心境上苦闷，需要与朋友谈谈，并且，我也顺便劝劝他趁此刻清净，读书岂不甚好。他当时似乎很感动，但不久之后，他仍回到巴黎来了。再住了一二月，他便预备回国，临走时是很怅惘的，并且听到有流言说有一部分人想暗杀他的。

他回国以后，在三四年之内，我有时也得到过他的信，仿佛牢骚很多，而且直卷入政争漩涡了。我在民十九年夏天回国在北平又遇见他，那时他正参加冯阎汪的扩大会议。匆匆见过一两面，他很关切的问我的打算，我只好真实的告诉他："决定以写文章和教书终身了！"在这时候，我知道他正同一位秀美的女性发生恋爱，——他以前是结过婚的，且有一个女儿，——其经过是相当曲折的。不久北平扩大会议失败，他又转到上海，我在上海再遇见他时，他似乎已有点行动不大自由，好像受着监视和迫害，只能在法租界内住着。那时他很苦闷，他有一次真向我提议，要是我不久之后去北平教书，他愿意也去那里和我同住，埋头再读一二年书。那年冬季我回四川省视久别的亲长，他在二十年春季真的由北平寄给我一信，说他决心北上等我，并说已将房子租好，添置了一点简单用具，请我即如约到北平去，他愿与我过着研究学问的生活。我在四月出川先到上海小住一下，又因想完成一部译稿多耽误了二月，直到七月初才去到北平。但他那时，仿佛因在上海要办一个日报，又已南下了。不过，他请我仍去他在北平已租下那所房子住下，他希望不久可以回来同住读书的。

就在那年冬季，他果然又到北平来了。但是，他是来预备结婚的，因为这时已是"九一八"之后，华北情势很不安定，他也无在北平住下之意了。同时我也发现星辉劳苦于已到中年而生活仍感空虚了。他是一个自负相当高，而又想讲操守的人，在中国政治上活动，还是不能算很适宜的人物。兼之，这次来北平与这位新爱人结婚之后，室家之累加重，他有时就不免更感苦恼了。所以那年我还劝他在北平多住住，他总决定不下，终于过了二三月，便偕同新婚夫人回到上海去了。

这以后，虽然偶尔也通信，但我总不大明悉他的生活情形，只知道他常时在各地奔走，在有的机关也似乎挂了一些名义。在民二十五年夏天，我由北平到上海去过一次，就住在他家，那时他对我很发感慨，叹息生命的浪费，看情形，也是不大得意似的。而且，我到了不几日，他的后颈发生了恶性疔疮，我要离沪北上时，情况相当严重了。我回到北平之后，写过几信去问，一月过了，才由他的夫人回信告诉我，经过医院割治的危险手术，已算无虑了。

在廿六年抗战开始时，我逃出沦陷的北平回到重庆，他那时已到桂林去了。不久他从桂林又飞到南京，在南京撤退之后，他才回到重庆住下。我们此时虽常见面，但我不爱问他政治活动情形，只是谈些普通事件。其后，他又以什么名义出川劳军一次，徐州会战之时，他频危险的在前线被敌人截断了归路，随着转移的军队过了几时，绕道上海，又从香港辗转回到四川。我觉得在那时肯冒危险四方走走，总是要有热情的人才可以的。星辉后来告诉我，自己也觉得近十年来，只有这一次是做了一点有意义的事，虽然吃了相当的苦，心里还较愉快。

廿七八年之间，我们彼此都在成都住着，那时他已常患病了，而他每每不肯休息，尤其爱着朋友办些杂事。我们也常见面，连我那时因为争正义忿慨的离开教育界后，是颇感生活的苦闷；星辉呢，亦是颇懊丧的，他的身体也显然只是虚胖，精神很颓唐了。

廿八年我到昆明去时，星辉还替我写过几封介绍朋友的信。那年深秋，我到香港去接家眷，就在香港收到了几封川中的家书，说是他不知因何同友人赴西昌旅行，中途糖尿病加重，同时疔疮溃烂，折回雅安医治。我的一位叔父在那里，很替他照应一阵，他在病情严重之时，还多次向我叔父谈起我们同在法国时一些旧事。后来，由他的夫人到雅安接他回成都医治，他临上汽车时，叫着我的叔父流泪下来了。我的叔父也是很伤感的告诉我这一段情形。我在香港接到这些信时，与妻都悲伤了累日。

二十九年我回川之后，听他的夫人说，他回到成都，是在一次紧急警报声中由她伴着咽了最后一口气的，我心里更觉黯然了。

李星辉这一位朋友，出污泥而不染，与人交也能以真诚相见，总算是求之近世，不可多得的人吧。而我，对他的性格和内心的另一方面，比较多知道一点，在他死后六七年中，也是常常怀念的。近来偶尔遇见有些熟人谈论到他，还只就表面惋惜，因此，我终于粗率的记出这简短的追忆了。再要想到像他这样一个热情人，要在腐败透了顶的现实社会中去追求一点光明，无怪是碰壁而至抑郁病死，这也就令人颇有余哀的了。

微薄的谢意[1]

——为鲁迅先生逝世十周年纪念作

中华民族新时代的导师鲁迅先生,以一生心血培育后代而体力衰竭倒卧下来,已快整整十年了。整整十年,这不能算是一段短时间的。尤其是在这巨人逝世后不到一年,便爆发了他晚年所最关切的民族解放抗敌战争,在这充满艰辛与险涛的八年的岁月之中,更使人觉得时间过起来是如何的悠长。而我个人,虽然在许多艰苦的日子里,就全靠了时刻记着在我们这一代中国人前面,有这样一位前辈巨人,曾走过比我们更艰苦若干倍的道路,来自己勉励着,更靠了感受得来的他的一点点坚强精神支持,——使我能度过多次外部和内心上的危机,但我直至今日,却还不曾写过一点表示崇敬的纪念他的文字。

在十年以前的秋天,当我在北平知道这一代巨人安静长眠下来之后,我同许多人是曾经深沉的哀伤过,而我那时写不出一个痛悼的字。自然,我可以说,在中国,还没有谁的死能使许多人如此感动过的。我当时受震动的情绪,就相信自己是用文字表达不出来。记得有一位也是从事文艺的朋友,便曾经向我说过:"鲁迅对于你们沉钟社的几位朋友,是常常关心,而且很鼓励你们的,你们不写点东西纪念他么?"是的,那时我们的《沉钟》半月刊在前二年便停刊了,而少得可怜的几个朋友,又因为各种事实,早已分散在几地,不然的话,只要是刊物还继续在办,定要出一次纪念特刊的。这因为,我们几个少数朋友,可以说多少年以来,对于鲁迅先生给我们的关切和

---

[1] 原载《华西晚报》1946年10月19日第3版,《文讯》第3期。

鼓励，确是不曾一日或忘的。

然而，尤其是我个人，在那时候，我以为我们直接或间接接受过鲁迅先生培育或鼓励的人，是应该以他的一生不倦不休的为中国人工作那种态度来严肃的做事，我们纪念他，或要表示感谢之忱，便应当以踏实工作来体现的。若果写些空洞的纪念文字，在我认为不但是无须，而且是对这位一生遇事认真的巨人的一种不敬。因此，在当时我个人私下也就动了一个不自量的愿望，希望我能有较长的时间，将鲁迅先生的全部作品，能详细的研究之后，来综合的写出一篇研究性的文字。固然，我以前对鲁迅先生的文章大部分是读过的，不过，总还没有整个的作综合研究，是没有轻率动笔的胆子。（以前若干年在里昂我鼓励敬隐渔兄用法文翻译鲁迅先生一部分创作时，便曾遇到一些理解上的困难，我们解决不了，还是转由孙福熙兄写信问鲁迅先生才弄清楚了的，所以我对这种工作，是不愿在短时间内草率从事的。）

这以后，不料我一直踌躇着，而全中国就走上大苦难的道路，我更因自己的懒惰，从民国二十六年秋天离开沦陷的北平之后，在动乱中荒废了不少时间，终于至今也不曾完了这一个心愿。而自去年初冬，我遭了生命上无可救补的损失之后，在多病的今年那几个月里面，我开始写着一些回忆文字的时候，虽然有几次片段的提到鲁迅先生，但系统的研究，则因事实所限，书籍不够，仍因循未敢动笔。而每一想到此事，便不能不哀伤与怨责自己怠惰了。怠惰这缺点，也就正是鲁迅先生所痛恨中国人的不良民族性之一，我希望不久的将来，我总可能以事实来改正自己的吧。至于我个人对鲁迅先生的崇敬与感激，则现在我倒可以简单的记述出来的。自民国八年我到北平进中学读书的时候，也就是"五四"后不久，我从《新青年》上读到他的《狂人日记》起，便颇受着感动留下深刻印象。尤其是他以唐俟别名所写的一些《随感录》，用短峭的文字，给我们青年人指示出精透的真理。我之所以会发展对文艺的爱好，大部分也是从那时候读鲁迅先生的创作来的。不过，我对于鲁迅先生虽然一开始便敬爱，但我与他却始终不曾有过一面之缘。在民国十二年，我们有一些还相当幼稚的朋友，在上海鼓动我去自不量力的发刊《浅草季刊》的时候，我们在北平的朋友之一，他虽然不是鲁迅先生的直接学生，但他那时是在北大读英国文学系的，便曾按期将我们那幼稚的刊物亲自送给鲁迅先生。而鲁迅先生也曾在一篇短文里便感动的提到过这事，说这位他不认识的青年，走进北大的教员休息室，一言不发的，只默默的递给他一本《浅草季刊》便退走了。这是我们这位朋友，他有着与我们相同的书生迂拘脾气，虽然在当代的文艺工作者里面对最敬爱着《呐喊》的伟大作者，但却不愿以文艺工作为结交或炫耀工具，以及博取已成名作家的不切当夸赞或提携的。浅草社以我们力量的薄弱，兼因我民国十二年冬天到欧洲去读书之故，算只有一年多的寿命便无形停顿了。不过，不久之后，在北平的那几位朋友，如杨晦、冯至、陈翔鹤、陈炜谟、罗石君他们，便将《浅草》改出《沉钟周刊》，——后又改半月刊，——而在此时，我们的基本态度也还是一如从前的。大致就在那时候，这几位只凭友谊与兴趣结合起来的朋友，都是二十岁上下的青年人，因为各人的私生活上都多少闹了些小问题，而对欲忠实献身的文艺工作又感到相当的苦闷，便曾在某一期上发了一点书呆子式流行牢骚，——不容讳言的，当时在北平常与他们往还的郁达夫兄是有着关系的，——这也可以说是我们朋友中一种危机的了。然而，在当时人对人最冷漠的中国社会里面，有一位鲁迅先生是最关怀我们沉钟社这几位不相熟的青年人的，他不但向我们吹来热风，安慰，而且很加鼓励，叫这些苦闷的青年人要知道忍耐与坚决。那便是鲁迅先生在《野草》上那篇题名叫《一觉》的短文。我至今记得，那时我在法国看见那一篇短文时，是感动得流过泪的；但就从那时起，我也就确信，人与人之间，精神还是相通的。并且我更深信，我们沉钟这几位少数朋友，是可以因此得到这种心灵上的鼓励，而不致散漫消沉的了。自然，我们因为能力太薄和各种事实限制，以后许多年工作还做得太少，乃至于全无一点满意成绩，但这锲而不舍的精神，却可坦率的说，在这二十几年以来都还一直存在和保有着的。至少，我可以说，经过了这样长一段岁月，我们少数朋友，不曾怯懦的倒下，不曾借文艺这块招牌来招摇，乃至不致变成"空头文学家"，都还是得诸鲁迅先生那一点同情的教诲的。而我个人，尤其是在最近这一年来，更常以鲁迅先生曾给我们的鼓励来克服我感情上的脆弱，作我苦闷消沉时的兴奋剂的了。对于在我的精神生活上生过指导作用的前辈，虽然不曾见过一面，但二十几年以来，却时刻仿佛是曾亲领过他的教诲似的，并且，还愈久愈觉这教诲之亲切和有益！

是的，寄一生热烈期望于中国青年的鲁迅先生，对于青年人的爱护，培育，可以说本是他最伟大的人格的表现之一主要方面。而青年人对于他这一层，也是最为感动和感激的。并且，就自他逝世后这十年以来，我们中国虽然遭逢了空前的苦难，——这苦难又似乎直到抗敌胜利后一年的今日还仍距尽头尚遥远的，——但我感到一般广大人民，尤其是许多青年人，我们同辈或比我们年小十岁乃至二十岁的这一代，却很受了他的影响或感召，紧随着他曾以毕生生命开拓出来的道路向前走去，学习他用以打击民族的内外敌人的毫不容情和再接再厉的精神，继续为中国广大人民未来的幸福牺牲和奋斗，乃至可以说，受他的影响和感召的人在他死后还一天比一天增多，他所理想的社会也一天比一天更接近实现期：我心里真更为感动了。我确实相信，鲁迅先生用一生心力爱护青年，培育青年，今后中国一代一代的青年人，也是永不会舍去鲁迅先生的宝贵教训，定能有以慰藉和感谢这位瘁全生心血来指导他们的大师的。而就此一点，鲁迅先生便是永与中国一代青年人同命，也便是永远不朽的了。

在此刻，我不愿这一篇匆忙中写下的小文，多堆上空虚的言词，只想在临末抄录冯至的《二十四行诗》的第十一首，那就是微薄的表示我们对鲁迅先生的一代感谢之情的：

  在许多年前的一个黄昏
  你为几个青年人感到"一觉"；
  你不知经验过多少幻灭，
  但是那"一觉"却永不消沉。
  我永久怀着感谢的深情
  望着你，为了我们的时代：
  它被些愚蠢的人们毁坏，
  可是它的维护人却一生
  被摒弃在这个世界以外——

你有几回望出一线光明，
转过头来又有乌云遮盖。
你走完了你艰险的行程，
艰苦中只有路旁的小草
曾经引出你希望的微笑。

一九四六，九，十一夜于成都郊外。

寒冬偶笔[①]

近年在乡间住着,每天又要为一些不相干的杂事进城,久已感到厌倦,而在冷雨的冬天,则更觉其苦了。

从早入城,不一定是有若干可忙的事,但每天总要胡乱的混到黄昏。在今夜,当我拖着疲倦的身子再回到乡居时,不知怎样,象感了一点寒气似的,身上颇不舒服,心里更是有几分无端的忧郁。晚饭草草吃过之后,独坐在房中,仰赖了新烧的火盆的温暖,渐渐才恢复了精神。炉上壶水沸沸的响着,但四周却静寂无声,我正想着现在象这样的享受总还不错,而忽然一下又感触到这正是无限的孤寂;即在纷纷攘攘的社会里,我终是一个与世相违的人吧?

是的,我自然不能说是一个有意隐遁的人,不过,象每天的入城,也仅只为了应付现实,实在生命是不应也不值如此消耗的。而便就今天一天所见所闻,若果要记录下来,也无一使人能有什么好的兴致。

先说看报,而姑且限于国内吧。那些几十处的战事报道,上海连日不幸事件,只不过知道大多数的苦难中国人一直在苦难中死亡与挣扎而已。至于那许多贪污案,选举血案,等等,等等,更是寻常也无什么新奇的了。

又还再缩小范围,就是成都这一个城市,十六岁中学生的绑票案,大批烟土犯的破获,职员的舞弊,小商人的自杀……这一些也会令人有快感么?

至于今天我短短一日所亲自经历的,则有恭聆两位豪赌的阔人背昨夜的牌经者一小时以上,一位朋友代老人散发冬赈米反被抢去呢帽的喜剧,而最

[①] 本篇录自作者所存剪报,约作于1948年下半年,共有三则,此处所选为第三则,发表报纸不详,署名雍平。

别致的或要算一个赤裸着上身在街上行乞的乞丐，以及一个用白粉笔在人行道上写出几百字履历的十几岁的流浪小姑娘了。

总之，这一切现象，只能说是要在一个野蛮与腐烂透了底的政权统治下才会有的。

然而，这却是我们中国现今日日要见闻到的现实。而在这之间，我们仍旧得麻木的生活下去呢！若果个人要冷静的一想，这层层叠叠的丑恶，是可以使人不走上忿激之路，便只有殷忧发狂的吧？这时代，比抗战以前与抗战中还混乱，险恶，黑暗，残酷，……真是从字典中也找不到这样丑恶的字眼来形容的吧。

中国人民不会这样永久在污秽中扰攘和生存下去的，腐烂以后将是新生，一触念到这里，就在静夜中我偶得的片时安静虽然失去，但即使是在寒冬之夜，却感到一股春天的温暖了。

冷昏的话[①]

接到一位在北平某大学教书的熟人的信，内中自然免不了要应景的说及生活的困难，而尤其特别提到缺乏煤火的冬天的酷寒。不过，究竟是浸润在京朝派正统风习里面的学士大夫，说起话来还是有沈从文之辈那股子扭捏的风趣，且照抄末段为证：

天冷的很，——你大约还记得起出一趟街回来鼻子就要"糟"了的北平冬天的吧？煤球既以个数计值，我们便不屑多费它的了。入夜以后，早睡倒是宪法所不载而万民均得共享的自由；当然，你也还可以闹点阔嗜好拥被看看书的。其实，还是早睡的踏实，妥当，安全。说看书那是在欺骗自己。耳边随时要被打入一阵阵枪炮声，（注意，只是"声"的"打入"而已矣！远是有好几里路远的。）你的眼睛还会那样"智识阶级"么？这样，七日一来复，好处也表现了，便是饭量却颇有增进，拙荆对此亦幸尚未有违言，遂不免放心痴肥了一些些儿，你那四川型的瘦鬼，看到这里，恐怕要美慕想望哩！不过，人类真是有骛远性的，我们确正想与你异地而处，我还是在常想着重来那冬天不生火只长点冻疮，而又为你们瞧不起的死寂了的成都呢。你或者要说，睡既怕炮声的打入，何不写写文章呀？我的仁兄，对了，古人就爱玩的，呵冻挥毫，以及围城著书，我也试试过。但现在，叫我能写什么呢？写了，一千字确实可以换得十盒取灯儿，但编辑老爷总要见着你就作揖作拱，告诉你酷寒之月，时令不宜，未必你一定要等到"原稿敬璧"才肯高抬贵手免予登载么？像《论冬寒与民族自力更生之关系》这类著作，倒是不愁销路的，可恨的是写起来真须得搜索枯肠，因为找不到古本对证，而且又

[①] 原载《新新新闻晚报》1948年1月26日第2版，副刊《夜莺曲》第262期，署名吴抱安。

早给胡公适之他们那个气壮山河的文章公司独占的了。这年头儿,莫以为路子窄,真宽得很,我实行的便是忍寒报国。只是,我的仁仁兄,这样也出了一点点儿小岔子呀。前五天,我教过快四年的一个学生自行失踪了,他在十多天前,曾跑来问我一个问题:"先生,在学校刚复原回来时,你不是讲演说青年应该认清现实的么?现在,先生为什么一上了课堂,总再三劝告我们眼睛矇眬一点好呢?"……,这个,……这个,……我脸红而白了一阵,幸好还有古中国的古圣人打救,写出来是怪难为情的,我的仁仁仁兄,还是我悄悄声音告诉你吧,我于是乎是演说了一番老庄的明哲保身的那一套大道理才把他打发走了。在他临去的时候,不知他是锐敏的观察到我的房间内在节约用煤,或是要客套的"今日天气"一番,他说了一句我至今还不大了解而尚在玩味的话:"先生也真冷透了哩。"总之,他真还怕是一位北方戆小子吧,他就一直不会懂明哲保身这一套玄而玄的真理的真理。好,由他去吧!且仍再谈谈我们的话,哎呀,我的仁仁仁仁兄,我在给你说什么来着?啊,老庄,是在谈老庄呢,我现在却真行,我还要套一套庄子笔法向你也说教两句也:寒中有热,可以暖心;而其不能温体者,冷也!冷也!……我的仁仁仁仁仁兄,冷也!冷也!……婆娘,你究竟今天烧不烧一个白炉子端进来呀!婆娘!(这是多谢在等待最后胜利终属于我那几年在你们贵省学得的"我的娘子"的称呼,你不要误会,我的仁仁仁仁仁仁兄,真要忍不住说四川话了,我实在写得不敢再风雅,"呵冻"下去了,冷得招不住了呀!……)

原信确是到此为止的,并非我有所顾忌而施行了"下略"的手法,连下面应该有的"此叩冬安",以及"弟××呵冻上"等等都是像冷昏了而致"原阙"的。似乎如此颇不大痛快,但我以为若作为京朝派的文章标本看看,倒也还怪有趣,而要从正面去推敲,则真大可不必,恐怕会弄得不免要更发昏第十二吧。既然录载副刊是意在为文章示范,姑题为《冷昏的话》,也懒得再多费脑筋去想了,因为此地今年还是冷故也。

一九四八年一月

寿杨晦兄五十[①]

乱发心未伤,衣敝意更狂。

杨子虽名晦,不肯韬其光。

逆鳞若可撄,发奋为文章。

吾道非孤独,春深杜鹃吭。

去年初秋多雨的时候,在我认为相当寂寞的成都,偶然来了几位文艺界的朋友:林辰、牧野、洪钟,虽是新交,却是一见如故的。那时翔鹤也还在以他所谓的"故乡似他乡"住下,所以大家便高兴的谈了几次。最难得的是与世人相忘的邓均吾兄,也从远道路过相访。有一天我约他们小聚一下,并且也把住在川大的炜谟约来。谈话从现实到过去,后来又谈到文艺,更不免翻动了二十五六年前的老话,由民十一年萌芽的浅草社直到今日还在精神上存在的沉钟社,以及抗战以来友朋的零落与苦难等等。我心情忽然兴奋与激动,在众人散后,一夜总辗转反侧在床上不能入睡,便信笔写了几首咏怀旧诗。上面这一首怀杨慧修兄的,算是躺下后一口气哼念成的,后来才一字不改的写在纸上。旧诗我是既不能工又极少作过,只是我可以说,近十几年来,当我每次遇到心情上极端苦闷或极端激动的时候,总不知不觉自然的要想到我们沉钟社的长兄慧修,而一怀念到他,而他那乱发敝衣和目光灼灼有神的形影要在我面前生动的出现,就是自己也渐渐会从苦闷或激动中又恢复平静的。所以这一首虽然写得不好的诗,我却以为还能道出一点我怀念他的情感,透露一丝他的性格和做人态度,以及他在我们少数友人间的关系,甚至就当他今年的五十岁寿辰,在远道的我,仍是先想起把这首拙诗重录一遍

[①] 原载《大公晚报》1948年3月25日第2版,《半月文艺》第33期。

寄呈与他。

不过想起都要随时惭愧的，二十几年以来，我们沉钟社这几位少数朋友，无论在哪一方面总没有像样的成绩：这层，我们也不愿以时代艰苦或各人性情都相当孤僻严肃来自解。但有一样，也许是我们可引为安慰和珍惜的，便是二十几年以来，无论时代的潮浪如何淹没与淘洗，我们少数几个人却始终还保持本来面目而挺立着；并且最值得自己去永久重视的，还是超越了地域和时间所结下的真实友情。在现在这样的日子，本不应该多说几个人之间的私人事件，不过遇着慧修五十生日这个机会，虽然有点违反我们朋友间对自己沉默的习惯，我却也特意简略的指出这一点：我们几个友人之所以能如此，慧修正是一个主要力量，是他以光明磊落的品格，刚强诚笃的性情感染了我们，鞭策了我们。（固然在我们几个人的结合上，我自己如要不客气的说，也是有着相当关系的。）

在沉钟社的朋友里面，我与慧修见面时间比较晚，是先经过几年的神交，在民十九年我由欧洲回到北平时才第一次相晤。而后来我再到北平去教书时，除去几乎是自然的朝夕过从而外，我们两人便用着相当力量恢复了中断多年的《沉钟》半月刊。那时冯至已赴德国，蔡仪还在日本，炜谟回到四川，翔鹤在吉林，时在济南教书。我对于出刊物的事又不大有耐心的，所以大部责任便须得由慧修一人担当。然而，在这二三年之内，恰巧是慧修个人一生的一个变化极大的时期。我便因那时住在北平之故，对于他似乎也能更深切的了解。就是在我这一方面，也正是那几年于我一生有着决定性的关系，而慧修在这其间，真对我发生了极大的影响。当然的，因为在两人生命上起着波涛的时候，彼此同在一地，又日常相处，而且还是不寻常的痛痒相关相顾，自然因相互间由于生命与生活的渗透，是要在友情方面会更深切一些。

恐怕在慧修过去五十年的生命史上，最值得我来指得出的，也只有民廿三年初春，为了追逐理想，违反社会习俗，毅然的离开北平这一件事了。那时因他的有点悲剧性的离平，使我在精神和心情上所受的震动是如此的深，乃至如今已过了十几年之后，我还不时觉得一切情景历历如在目前。——但在人世间，却又已起伏了何等多何等大的沧桑剧变呢！——这一件事，在我认为，对于慧修以后的处世为人，以及文艺工作和思想态度上，都是有着极大影响的。我记得，因为他的离开北平，我们勉力支持的《沉钟》半月刊是不能再继续出下去了，我苦恼的在停刊的第三十四期上，便曾译了易卜生几句话作为卷头语："谁不曾在他的生命中倾覆过一次呢？应该再挺身起来，并且，要若毫无□然似的。仅只有一个人的现在和他的将来，才可以赎回他的过去！"

是的，对于慧修民二十三年这一次生命上起的波浪，以及其后遭遇了命运的打击，他的爱人文女士的突然病逝，他在上海过着几年困苦的生活，在有些不大了解的人看来，正以为是一次生命中的倾覆呢！但即使如此，慧修还不是终于挺身起来了么？并且他又是何等坚强的挺身起来？我敢于说，正因有此变化与磨练，他是由一个在"象牙之塔"中的文人，才能勇毅的走向十字街头，而在社会的时代洪流上，他且是倔强的一直在迈着大步前进的。我知道，在慧修自己，对于作为他一生变化关键的这一段生活，也是异常的重视。所以他在看到我前年暑期约略的写着这件事的一篇题名《书》的小文以后，曾来信告诉我，他那夜是激动得失眠，在快天明时终于兴奋起来给我写信。这倒正如我读他四年前在莎士比亚的《雅典人台满》课本上所写的后记，曾因他所提到在抗战期中的流离生活——尤其是慈祥的杨老伯母逝世的那一段——感动得流泪不已是一样的心情。

慧修在抗战期中以及近一二年为文艺界所做的工作，对于时代青年的爱护和给与的影响，在一个朋友身份的我，是不愿也不便多所谈说的。（自然，原因还是以不便为主！）我现在只想提一下他勉励我翻译左拉作品这事。这是在抗战前二三年，也正是他第一次旅居上海的时候，因为《沉钟》半月刊既不得不停顿，他那时与文女士正合译着莫里哀的戏剧，恐怕我一人在北平又偷懒下来，便极力劝我利用教书余暇译述左拉的著作。我译第一部《卢贡家族的家运》时，是每译出几万字便邮寄给慧修，每次他都要替我校看一遍，然后交与商务书馆。就在不久前，他还在上海催促沈尹默先生把我十一年前译出的半部《萌芽》稿子清出寄还给我，不但重见到亡妻替我誊抄的手迹很使我伤感珍惜，就是有出现偶有几处当时慧修改动一两字的笔迹，我也极为难受：十年战乱，我一直不曾好好工作，不仅愧对亡妻，乃至愧对那样热心策勉我的慧修。也似乎太难以为情了。真的，我对这部中断了十一年的未完译稿，既有这样一段经过，有着如此关切期望的一位朋友，我现在虽然精神不及以前，我还能再不赶快努力将它完成吗？最近我因为顾及体力，决心辞去教书，便是想抽出时间来偿还这笔对亡妻对朋友所负下的心债。而我想，在今年这样艰苦和令人烦恼的时候，我们友朋间各人均没有甘于现状，可以告慰我们的长兄慧修，我把我要续译他所关切的这部《萌芽》的消息，在他五十生日报告给他，也许他会当成一件使他高兴的礼物而会心一笑接受的吧？

是呢，近几年来，情感比较脆弱的我，恐怕也是慧修在朋友中最关心，最常常想到应多加鼓励的。当三十四年冬天，我遭了妻丧之后，心情伤戚颓唐已极。那时我几乎连任何人劝慰的话也听不入耳。但慧修从重庆的来信，却说了这样使我至今记得和警觉的话：他歉惜我遭逢如此不幸之际，他却不在我身边，否则，他相信，但须同在一处，不用说什么安慰的话，只要我们相对默一会，他确信可以鼓动起我的生命的勇气的。他并且提到，我们都已是中年人，对于人生和当前的大时代总有了透彻的认识，对于一己的情感方面问题，和社会的责任等等，也应当忍受的忍受，应当担当的担当。而信末他又一再的说，你应该恢复你在弄浅草社时代的精神，这样，不必要谁来再安慰你，再劝勉你，自然你会从无可偷活的私人痛苦之中解救出来吧！在这一层上，我对慧修的话，可说从此是完全的接受的了。为什么呢？虽然我个人在情感上面怎样脆弱，我对于他指示给我的时代苦难，总不能漠然无动于中，而不肯去分担一部分渺小的负荷的。我失去了我的爱人，我还有我爱的文艺在——哦！我的少年时代的梦！——我也还有我不少敬爱的朋友在，更主要的，还有期勉我的慧修这一位勇毅坚强的朋友在呢！

在这一篇本可不写而终于写出，想为慧修兄寿的短文里，我这拉杂的笔真是愈写愈拉杂，何况又尽是唠叨一些私人间的琐事。那只好以为是给慧修祝寿所以才不免如此来自恕了。这我也深知道，是与我们沉钟社朋友的风格相反的,（如果我们也有什么风格的话。）但在二十几年之中,我只借这个特殊的机会写一次违反了一个相同的风格,便就觉得这是要如此写才心安呢！至于文字的不佳,那更是不计的了。慧修兄,请你不必看了我这拉杂的小文在你的寿辰皱眉头,过此之后,我相信,我并且是如此希望,我们是能保持我们素朴的风格共同再过一个二十几年的！真愿如此,但愿如此,那又或许是我的诗中所谓"吾道非孤独,春深杜鹃呛"的另一解了。

一九四八年三月九日

"良医颂"与"人口论"[①]

序就是序

  这篇小文,本是一年半以前偶有所感而发。继而一想,天下正在多事,书呆子议论能中什么用,便搁了下来。但不料如今到了恭逢行宪之年以后,还会看见"中国社会经济研究会"。那一伙达官贵人和当代鸿儒,一面以盗冠天下的清道先锋自居,领导他们所目为的低等华人走一条"美哉新路",一面又以治世的良医相许,开出了整整三十二大条拯救沈疴的万应灵方。最使我这样一个腹俭的平凡人感到怪有趣的,便是他们那一群衮衮诸贤,不但要治国,还更是要"治人"或"制人",并且是只专"治"或"制"低等华人的,你看吧,在那三十二大条之一上,不是要奏请政府把节制生育也定为基本国策么?其后在"新路"上面,又连续发表了好多篇消除他们所谓的"人口压力"大患的皇皇大文。这确是一剂"万病扫光"的良方,真知灼见,不但能如世之功同良相的"大国手"所悬的"洞察精微"的御赐招牌那样恰当,而使我辈低等华人,也便因了由此观之的公式,可以窥见他们的高等肺肝的。与邦有道,下愚之民自当谨戒受教。但更不料好事总成双,最近我又看见胡适大使博士主办的"独立时论社",发稿的吴泽霖教授的《减轻人口压力与生育节制》和《生育节制与社会问题》两篇宏文,这是一看题目便明显不过,且不多说。而"独立时论社"另一惊人妙稿,倒是算那篇为《中国的出路》的大块文章吧,那是以朱光潜监委教授领头的"北平各大学教授"计一十五名共同发表的治国纲领,下细玩味一下,这"出路"也就还是要出

[①] 原载《民讯》第 2 期,1948 年 11 月,署名余达仁。

到那条"美哉新路"上去的，不过，这一次的十五位博学硕彦，更能强调古今圣人所训的"天下乌乎定？定于一"这一条臭豆腐似的铁律而已。你们知道么，"中国不能统一"，"一切改革都无从实现"，这真何等有力而干脆，那腾腾的杀气还在纸上嗅得出来哩！拜读圣训之余，我倒不免诚惶诚恐的想起我这一年多以前偶写的旧稿来了，那时我的感情确是太幼稚，思想更是太糊涂了吧，所以，现在又把它找出来发表，倒并不是怙恶不悛敢不顺从盛世之音而故唱反调，实则是聊以志吾之过之意云尔。是为序（自然下面便是旧稿的正文）。

（一）良医的心理

法国十八世纪文人兼政治家的佛郎索阿·德·莱佛夏多（Francois de Neufchateau），写过一首短讽刺诗《良医颂》，相当有味，不过随便译了出来，似乎就失去了不少风趣。虽然只有如此，意思倒总还是有的。

我的病人些从不会对我抱怨，

一个毫无知识的医生如此的大言不惭。

"呵！"一位凑趣的人按口应道："我相信呀，

你把他们全打发到另一个世界去喊冤了哩！"

这样的"良医"，恐怕古今中外从来就很多的。不但像法国莫里哀的戏剧，屡以讽刺医生为题材，在中国的旧戏里，也是常见。我幼年时看过一出川戏，现在虽然连戏名也记不起了，但那可笑的一段情节倒还随时历历在目：一位名医自称有对于治驼背的妙法，用数百斤重大门板摊放在驼背者身上，压以巨重石块，如此背便可伸直的了。病者胆怯的说，那么人岂不是压死了？他回答道，人虽死，背总医直了呢！我还应当说，在戏上这位良医只画着粉白鼻梁，头戴方巾，有点酸溜溜斯文气的小丑扮演的。这不可笑么？（那正是古之高等文化华人的嘴脸吧？）

不过，对于这样的"良医"的讽刺，会如此普遍，并且很受一般人赞许，我想倒不单纯是因为社会上有些医生真是如此，而是每每有"弦外之音"的。这大致便是，在对国家社会的治理上，常有许多在位者及其帮忙与帮闲弄臣正是这一类"大国手"之故。这类政论者，便是以治国如医为喻，而且是涂上满脸"医乃仁术"的廉价的慈悲的。真的，恐怕许多人总忘不了他们那种开刀论的叫嚣的吧？但这类大国手不管病人死活的医法，其妙用在什么地方，对于自己有何好处，以前我总不大明白，最近偶然翻翻《隋书》总算开卷有益，才略得到一点端倪。在《裴蕴列传》上记着，隋炀帝因为杨素的儿子杨玄感恨他无道虐民聚众起义造反，对他这位宠臣裴蕴说道："玄感一呼，而从者十万。益知天下人不欲多，多则相聚为盗耳。不尽加诛，则后无以劝。……"

这就是说，天下人多了就容易出毛病，而也便会怨恨"医生"，所以应尽量的杀吧，至少把那些"有病呻吟"的打发到别一个世界去呼冤作乱吧！这样一来，只留下少数的顺民愚民，或者只剩下了一些"讳疾忌医"者，于是怨声不闻，而天下太平，大国手得到六根清净，还又可自夸医术精良呢！我们且看那位善体炀帝意旨的良医助手裴蕴是如何执行这医术的，传上便说："由是乃峻法治之，所戮者数万人，皆籍没其家，帝大称善，赐奴婢十五口。……"杨玄感为乱，直接死于征讨者不计，仅在"峻法"之下，被牵连而遭杀戮者便数万人，自然，这一场病，是暂时可以镇住的了。

但是，这"镇住"，也怕只是暂时而已。一个国家到了真正有病，而那些死不完的病者又到了再怎样忍禁不住呻吟的时候，则不仅只会怨声载道，甚至仍要"相聚为盗"，而且进一步除去这不管病人死活的大国手及其助手的。谁也知道，隋炀帝及裴蕴的结局便是最好的例子。杨玄感之乱平后，虽是做到了"尽加诛"，但都未曾达到"后以劝"的目的。不但未等到残民以逞的独夫想在高丽去把受台筑成，天下已是因民不堪命而盗贼蜂起，连他那向皇后矜夸和感叹过的"好头颅"，也终于不久便给宇文化及的部下令狐行达砍下来了。至于裴蕴，则连儿子裴愔的性命，都是一同敬陪了的。

（二）多面性的"人口论"

对于一国之君如隋炀帝者，会惟恐天下人多，那奇特的心理，初看起来是不易理解。但由此我又不免另想起替资本主义掩蔽剥削劳工阶级血腥事实的马尔莎斯的"人口论"来了。不是么,且慢笑那一百多年来就属被驳斥的庸俗理论,它倒是直到今日也常被某些喝人血者拿来廉价引申运用着。过去日本以及德意法西斯强盗便是假借国内人口过剩而发动对外侵略,这种凶残的事实还有人记得的,但今年,——民国三十六年,——有一个美国农业访华团,据说内中正不少学者和专家,在苦难的中国混过一些时候,公然提出报告说中国一切乱源危机,便在生殖率高,人口过多之故。这也就同古之隋炀帝的见解差不多了。要是真如此,那么中国想要安定和平,只须减低人口生殖,最好是人为的消灭过剩人口,所谓要求民生问题的解决,土地制度的改革,以及对内铲除封建势力的暴政,对外抵抗帝国主义的侵略等等,反而都不足轻重呢!现在,我们不是正仰赖了这关心到如此诚意的外国所输入的一切杀人利器,在做着消灭过多的人口么?而那样替我们代筹治平天下的友邦上宾,谁又是涂上满脸慈悲博爱的,我们这些已死及待死的中国人,真只好且画着十字说声谢谢的了。

然而,似乎就在那人道乐土的美国,对于中国人口过多的理解也颇不一致的,有的人认为那只是中国今日内部不安和衰落的主因,却同时又另有人在忧虑着一世纪初流行过的妙论"黄祸"起来了。在今年三月"合众社"发稿有一条重要电讯:"斯旦福大学教授威特在落杉矶年会称,人口之限制对于经济之稳定有极大关系。故美国对中国与印度之协助,须视该两国之节制生育而定,目前美洲与欧洲人口数量上已无甚增减,然中、苏、印三国之人口继续以百分之十五之速率增加;则在一九八〇年时,中国人口将自目前之四万万增至七万万,改善农业与工业已不是应付大量人口增加,结果是必引起扩大领土之野心云云。……"

听到这美国威特教授的高论之后,我们当黄帝子孙的华民,真不禁要感到内外都做人难了。事不干己的苏联和印度的人口问题且均须我们代为操心,只是被美国专家学者鉴定的中国人口过多,则不但既为自己内部纷争之源,而且还会"引起扩大领土野心",即是要威胁到友邦安全的呀。那么,必如何然后可?恐怕说希望节制生育只是好听一点的名,明明白白的其实还是来"协助"我们消灭过多人口吧!看来罪孽深重为外人所恶的中国人口过多，要是不赶快自行殒灭的话，真有一天会劳慈悲而关心的友邦贵神"协助"代为限制或消灭的，而且，那也就恐怕还等不到威特教授所说的一九八〇年！

真不料隋炀帝的见解，作了人口论的先驱，并且连中外古今都还有不少信徒拿来引申妙用呢。既可遮人眼，又可攻人身，怎不会成为一般妖道术士和走方郎中的法宝？

不过，我们也不要那样老实，以为那些统治者及其弄臣帮伙只患天下人多的，正相反，他们为了自己的方便和利益，而常是有时又惟恐天下人少的。还是隋炀帝的例子，也仍是就在《裴蕴传》里，这位裴蕴之所以能得到炀帝宠信，便是在大业五年，他当了民部侍郎，严厉的稽查户口使许多想逃避"赋役"的成年丁口无所逃避和少报。传上说："诸郡计帐，进丁二十四万五千，新附口六十四万一千二百，帝临朝览状，谓百官曰：前代无好人，致此罔冒。今进民户口皆从实者，全由裴蕴一人用心。"这不是正说明，就是持天下人多则相聚为乱的见解的暴君，在他需要人民纳赋服役或充当战争工具的时候，又惟患天下人少么？这位说来也够伟大威风一时的隋炀帝，在他久征高丽不胜之后，还正向老臣苏威大发过兵源壮丁不够的牢骚。（他大致是不曾想到就是他在位那些年自己的暴政与平乱将人口弄得减少了的。）近百年来，世界上帝国主义国家总是一面自己奖励生育，一面又斥指别人生殖不节，又岂是没有道理的么？只是，在这上面，他们念念不忘所焦虑的倒正是："邻国之民不加少，寡人之民不加多"而已！

明乎此，我们便可了解在各式的在位者及其帮伙弄臣心里，人口论每每会成为因时制宜的符箓或咒语，而这于对内与对外又都是有着多面性的。为了他们需要和私利的方便，也就随时可以任意引申运用，结果真也会生出一时幻术式的效果。然而，这样的错综复杂，要搅昏隋炀帝，马尔莎斯之流，以及压直驼背患者的大国手和美国专家学者们的头脑，使好多精神衰弱病者，会仓皇失措的感到人口压力而怪声嚎叫，倒是无怪其然的了。

一九四七年，五月

跋也是跋

只是为了一时感触，想起了这篇久搁的初稿，找出之后，便不禁的先写了一段引言，这真太像煞有介事，也大违一般文体了。一篇短而又劣的不足登大雅之堂的文字，还值得来一个"序"么？敝帚自珍，我何寒伧和啰嗦至此？然而，既已写了出来，且让它"序就是序"吧？

不料把正文照原稿重抄一遍之后，又有点心血来潮似的，还想再说几句废话。这便好办，因为小题目是现成的，就叫"跋也是跋"。

要跋什么呢？中国这一二年来会忽然有那一些学士大夫装模作样的感到"人口压力"的严重乃至再大声急呼"节制生育"是否与我在正文中所提到的去年美国农业访华团的报告指称人口过多为中国灾祸之源，以及美国威特教授那种恐惧"黄祸"的高论有着连带关系或呼应作用，我是还不敢妄断的。不过好在像威特教授的意见，如中国不采用人口限制，则美国将要重加考虑对中国的协助那一种有几分恐吓的说法，倒是幸而未见实现。真的，我们是如何急求而终于得到了那续命仙丹似的"美援"的呀！大致我们这二三年来限制人口或消灭过多人口，以及有刑如无刑的迫不聊生的人民大众节制生育的表现，是已能使慈悲为怀的施舍者深受感动而相当的满意吧？这样说来，全国人民现今普遍的陷在饥饿以死或待死的威胁之中，甚至像长春那些地方每天死亡数百千人，连死人肉也论价出卖，正是走上了"美哉新路"的优良成绩呢。最近汉口中央社专电报道那位党在朝而党魁都在朝野之间的张君劢先生，感慨中国现在的思想界陷入睡眠状态，对于外国的新思想已不加注意那一番话，岂不是正落空了么？且看我们今天的智识阶级，而且都是贴上了"自由主义"商标的那一伙的，不早就很兴奋，即并未酣睡的，在热狂的对于美国方面的高论作一再的宣扬，甚至是还能先意承旨的谨受教呢。只是，记得从前有人曾说过，路是人走出来的，到了现在，我们也许又可以说了，中国现今所谓的"新路"或"三路"将是人死出来的哩！至低，也是人血和人骨凝铺而成吧？然而，瞻望到这一幅美化伟大的场景之后，像我这样一个不能侧身于那伙唯美而慈悲的学士大夫之林的人，实在不敢高攀高等华人的高风,只会自愧没有勇气去踏上那"新路"或"出路"的。且幸这一次的心血来潮,倒真是可令我改过的机会吧?自己如"序"上所说感情幼稚也好,思想糊涂也好,但在当今的一切之先,总是自身能活下去最要紧啦,——不是吗?蝼蚁尚且贪生呀!何况那并非美国人的外国人易卜生也早主张"先救出自己的",的——的而且确,到了此刻,我还多说什么废话,还啰嗦跋这不中用的小文做什么呢?眼看"中国的出路"便在一切"统一"之上,而庶几天下从此便大可清静无声而庆太平矣。已矣乎,于是当谨收笔,是为此跋也。

一九四八年,十月

自由膏药的叫卖[①]

"买呀,快买呀!这是救苦救难真正自由膏药呀!……"

一位有点白发的老江湖术士,虽然满腹患得患失有心事,烦恼得急躁之中颇有几分面临绝境的悲哀,却还做出了尚有余勇可贾的姿态,用破锣似的嗓子在嘶叫着。

"将这膏药一贴,大功大效可以富国强兵,甚至可以扑灭一切集权主义;小子,只要你一贴上,便会知道容忍的美德,什么自由也不想要了,如此如此,真省却多少麻烦苦恼呀……"

这时,从鄙视的人群之中,忽然有一个小孩子跑了过来,先向老术士唾了一口口沫,然后说:

"卖膏药的,你羞不羞啦?前回我还亲自听你在说自由的可贵哩!你的骗人而又善变的嘴上,倒应该自己先就贴上一张吧?"

"我这膏药呀,只是给别人贴的,并且,这是由于我慈悲济世的心愿,自己贴上便会不灵,……哈哈,呀呀,……"羞窘的老术士因为急忙要辩解,不知一着急又把话说来僵住了,便只好勉强打着哈哈在支吾。

但是,小孩子虽小,却并不懂事故,也不肯让的:

"那么是骗饭吃卖膏药了!哈!……"

"你这样的乱揭破人家的秘密,是非君子之道了,便需要贴上一张哩。……你不买么?为了开张传名,那我就奉送一张也可以呀!"

"呸!滚你的吧!"

小孩子忽然的跑开了,于是这濒于绝望的老术士,只好用尽连自己也不相信的破嗓子,一直在苦苦的空叫卖着。

[①] 原载《民讯》第4期,1949年1月10日,署名罗无生。

不相干的尊农[1]

　　偶然看见有一位文人写的一篇美文，说是他在一个妖艳的春朝，在明净无尘的洋楼之上，起初悠闲的哼了几支《西厢》的曲子，后来眺望着远远如画的田野，忽然便有感起来：这一下，赶快取出稿纸，下笔也真如有神的，一挥而就便写成一篇谈农人春耕的乐趣的文字。在那结尾，他更索性用"由此观之"的笔法，发挥了一番精透的重农大道理，说中国抗战得到胜利，皆全赖农人的勤劳与安分尽责的温良品性云云。这真雅也雅得不同凡响，美是美得很的：高踞掩蔽在玫瑰丛中的洋楼之上，俯瞰汗滴禾下土的农人春耕行乐图，而且还感动得写出情文并茂的文字，既赞颂了劳动，又称美了大自然；既有思想进步之征，又有个人自得心旷神怡之妙。这不错，岂独农人，连文人都的确是得天独厚的呢？

　　但也只能顺着他那行云流水式的文字看下去，若果放下来追溯的一想，对这位美农文人的思路，我却感到真是有点飘渺不可捉摸。至少，一般被他所美的农人，是无从领会那高奥的。

　　是的，中国至今还在夸耀以农立国，所以我们的文人一想到农人，便总要在字里行间致其高贵的景仰之情，尤其要赞美他们温良的品德，讴歌他们的劳动，有时还美化得连那劳动已不是农动，而简直是愉快的游戏了。为什么呢？因为他们的世代血汗，正是好养活我们这些居高临下的高等华人群的呀。在二十多年前，我在北方一个特殊的中学读书时，曾有一位爱独出心裁的音乐教师，教我们唱过一首叫《布谷》的歌，文字也雅得很，想来还是一般农夫不能懂得的，可惜我已经记不全了，只还想得起一点断句：

---

[1] 本篇录自作者所存剪报，发表于5月17日，发表报纸不详，署名白泉。

> 布谷，布谷，
>
> 披星即荷锄，
>
> 月上犹驱犊；……
>
> 滑滑新泥耕春雨，
>
> 萧萧禾熟刈秋露。……
>
> 最苦，最苦，
>
> 最苦暑季炎天日正午，
>
> 珠珠血汗如雨注。……
>
> 布谷，布谷，
>
> 世人切莫贱农夫：
>
> 农不布谷，世人皆苦！……

这最末两句，倒是真道出了一般人的尊农心理的。

不过，中国农人的生活是真如文人笔下写的那样可贵可乐呢？"饱者不知饥者苦"，我确还能自惭浅陋不敢妄加猜度。只是，最近由一件我目睹的寻常小事上，却使我对于农家乐的幻想一下破灭了。

这事真寻常得很吧？一个种着七亩田的佃农，不久前保长来征收一笔什么捐款，丈夫不在，妻子给了约值一斗多米的代金法币一万二千四百元，丈夫后来去向城里的主人要求担负，遭了拒绝，回家便将妻子痛打了一顿，而那妻子却携着一个吃奶的小孩去跳水自杀了。丈夫呢，同着一个白发的母亲也跳过一回水的。现在，那农人是快患疯病不起了。

我相信，像这极简单一个例子，在中国乡村里真是不胜枚举的，而且，也并不是最悲惨的典型。然就文人看来，引用先圣之言曰："匹夫匹妇之自经于沟壑！"恐怕还是最合适的。真是的，太平凡，太不足以感动高贵的心灵了，而且是那样庸俗的轻生，太不知宝爱生命来享受田家之乐呢。

然而，就事论事，在最初我对于所亲眼见到的这位农人，却很奇怪过，为什么他遭了横逆，不向保长抗争，不向主人理论，仅只是会毒打妻子，而那妇人在蒙了怨苦之后，又只是忍受，乃至愿以速死来了结长期的苦难生存呢？现在我却豁然贯通了，中国农人是有着安分尽责的温良品性的，这的确是该由文人来赞美的呀。

也许这正可称为：文人乐天，农人安命吧？

不过，这样看来，文人与农人的思路也真不能一致，不相通的：一是那样高贵，一是那样的平庸；赞美也者，便只是不相干的废话而已。

一九四七年五月

悼念陈炜谟先生[1]

炜谟和我们永别了！

九月三十日午前三时四十分，心脏衰弱、高血压和甲状腺肿大等症，终于夺去了他的生命，死年仅五十二岁。

作为一个共同从事文艺而结识而相契的老朋友，作为一个近几年来同在四川大学中国语言文学系作文学教学工作的同志，我在伤悼以外，还感到这是一个不小的损失。

炜谟一生的经历可以说是很单纯的。出生于破落的地主家庭，自从一九二六年在北京大学英国文学系毕业后便从事文学工作，由教中学而大学一直到死亡一日。他的文艺活动还要早一点。在大学预科读书时，一九二一年左右因为受了"五四"风暴的影响，就开始写作和翻译。但在他二十多年的文艺活动和教学工作里，几乎有五分之四的长时间都是在旧中国度过，正如他在解放后所常慨叹的：尝过不少的艰苦，也走了不少的弯路。从他在解放前长时期的写作和教学工作来看，从他在旧社会的生活和表现来看，固然他始终在追求光明和进步，但那仅只是和在反动统治下一般较有操守、品格，有一定的正义感的旧知识分子所走的道路相同，对于人民革命事业能作的贡献是极微小的。而只有在解放以后，在中国共产党的教育下，在马克思列宁主义的指导下，在毛主席文艺思想的启示下，炜谟才能认识到正确的道路，才能虚心向人民群众学习，提高阶级觉悟，努力改变自己，并且在不断批判旧我中，逐渐建立起革命的人生观和为工农兵服务的文艺思想。所以，虽然他近几年所做的工作，因为受了体力和时间的限制，还有一些缺点，但从他那

---

[1] 原载《西南文艺》1955 年第 11 期。

样热情的接受新事物和严格的工作态度来看,我们也可以知道他是如何衷心的愿意彻底改造,愿意把自己所有的能力,完全献给人民文艺和人民教育事业的。

解放以前,炜谟所教的是外国文学和中国现代文学作品方面的课程,在写作方面,也比较杂,印过一本短篇小说集《炉边》(1926),写过一部三十万字左右的长篇小说和几十篇散文。但在解放后,为了工作的需要,除去教过两年的作品阅读课而外,主要是担任文学批评和文艺理论的教学。至于写作,虽然自己为了虚心谨慎和精力不好的缘故写得比较少,总也大多是写理论和研究方面的文字。同时,只要在健康条件许可下,他还尽可能的争取参加政治运动和社会活动。他之所以愿意担负对于他是比较费力的新工作,甚至在病中经过医生的警告需要休息的时候,还是坚持认真的做下去,他曾经告诉过我,除去了工作的需要而外,因为自己过去是深受过资产阶级文艺思想的毒害的,所以要在痛下决心改造自己时期,必须多从生活实践和理论研究方面来作一番彻底和踏实的努力。并且,他也进一步认识到,这工作对于他是艰巨和长时期的———一个旧知识分子的转变和改造真是不容易的!因此,他总常常说他在文艺研究和文学教学上,只是近年才算新的开端,他希望有较好的健康和较充裕的时间,使他能在不断学习,不断工作中,可以更多次的修改他的文艺学讲稿,多写出几篇关于文学理论和研究的文字。

的确,炜谟因为近年常受病苦折磨,不仅屡次叹息不能把工作做得更满意,甚至有时也因而感到急躁与不安。即如,他对《红楼梦》的研究,除去今年五月带着重病勉力写出一篇论文外,他就还订了一个从多方面深入研究这部古典巨著的计划,已搜集了一些资料和拟订出一些篇目。他曾向我们说过,预定在今后两年教学工作中,挤出一部分时间来努力完成。自然,这在今日看来,不但成了炜谟的遗恨,而且,也是我们,尤其是我在初步清理他的遗稿之后,感到深为叹息的事!

解放初期,炜谟在一篇短文中说过:"我愿好好地做一个文艺工作者。换句话说,愿意好好地从事于文艺活动。这样的劳动一时也未必能有怎样的收获,因为我只是一个普通工作者。"这不仅是炜谟的谦逊,确正是他解放后在毛主席文艺思想的光辉照耀之下，热情地、由衷地感到应该重视自己工作的真诚的话。因此，虽然炜谟的成就受了健康和时间的限制，未能达到他所期望达到的地步，但他这种严格要求自己的态度，对于新中国的热爱，以及他对于工作那种严肃不苟的精神，还是在我们悼念炜谟时，所值得提出的。

安息吧，炜谟！你这样一个好好地劳动过的一个朴实的人，一个文艺界的普通工作者！

一九五五年十月十六，炜谟骨灰安葬日

看《杜十娘》悼廖静秋[①]

廖静秋同志已于本月十一日逝世了。

自然，很多喜爱这位川剧名演员的观众，早就知道万恶的旧社会遗留给她的、为现代医学尚不能根治的癌症，要不是在解放后她受到党和人民政府无微不至的关怀和照顾，很可能在几年前便已夺去了她的生命，但在猝然间听到这噩耗时，总也禁不住悼惜之感的。

在去年年底举行四川省文代会时，廖静秋同志已经因病重不克出席。沙汀同志，曾同我约定在会后到她家访问，并且想请她谈谈她的身世，预备为她写点文字。后来因为时间未能安排合适，而不久沙汀同志又赴北京出席全国人民代表大会去了，所以我在本年一月二十二日，听说她那几天精神比较转好的时候，便抽空去看了她一次，——也即是最后的一次。

那天她的确精神很兴奋，谈话也比较多。使我极感动的是，她同我两次谈到，因为自己这不幸的病，几年来党和人民为了挽救她的生命，使她得到最好的医疗，花费了不少金钱，而她现在还长期不能演出，为人民艺术多做点工作，所以已向剧团请求减少工资。同时也谈到，去年由于党中央和本地党、政首长对她的爱护，以及文艺界同志们大力的支持，使她能以精神上得到的鼓舞力量战胜身体上的疾病，勉力拍摄完成彩色川剧艺术片《杜十娘》。她很希望身体不久可有转好起来，还要再去北京拍摄预订的第二部影片《思凡》。

因为前年十月中旬廖静秋同志到北京去拍摄影片时，我也正赴北京出席鲁迅先生逝世二十周年纪念会，由于爱好川戏的关系，曾参与过关系剧本改

[①] 原载《成都日报》1958年2月25日第3版。

编方面一些问题的几次讨论，也知道她在拍摄中对于这一新的艺术所作的种种努力，所以她那天又再度请求我在不久影片正式映演时，能写一点介绍文字。我当时看见她在重病中还如此乐观，如此重视人民艺术事业，便也欣然的允诺说，只要演映有了定期，我必在事前将文字写就，还一定要把草稿先送给她阅看。她很高兴的向我致谢，选了几张影片照片送我。她大致也想起了那年在北京讨论这部由川剧改成电影剧本的剧情和唱词时，我同王朝闻、徐文耀同志主张在《投江》之前，增加原来川剧本所无的《梳妆》那一场——即唱词用［绵搭絮］曲牌那一段——她特别把那张映在圆镜中流泪歌唱的照片指着对我说：这是正在悲泣和唱着的镜头，情感太激动了，形象也许不够美，但你总会觉得有点意义的吧？……

（的确，我曾听见好几位在北京和成都看过试映片的同志对于这几个镜头的称赏，认为廖静秋同志在这一场中的表演是极精彩，极令人感动的。这自然还要归功于影片导演许珂和欧阳红樱同志的设计，也要归功于川剧导演阳友鹤同志的指导。但廖静秋同志对于《杜十娘》一剧，由于她在旧社会曾受过不少的磨折苦痛，所以最能深刻体会人物性格，尤其是杜十娘在《归舟》和《投江》两场中情感的剧烈和复杂的变化。她曾说每演一次《杜十娘》，都要激动得流泪，这也许是许多观众留有深刻印象的。）

在那一次的访问之后，我虽然感到她的病情正在加剧，但总料不到才二十天左右，便会变化如此之快：她不但不及再与沙汀同志一面，也终于未亲见到这部影片的正式映演，更不用说我那篇久已允诺而尚未动笔的文章了！现在，北京电影制片厂在成都观众正在悼惜这位颇为喜爱的艺人时，特别把《杜十娘》影片运来试映几天，自然是含有略慰观众之望的意义。而我，却只有在一种沉重心情之下，匆匆草写这样一篇短文，是一定不能完成介绍的任务的。

因此，我在追悼和歉怅之余，也愿以此拙文向廖静秋同志告别，并作为《杜十娘》影片的介绍。

1958 年 2 月 14 日夜

悼念史沫特莱[1]

最近我正向川大中国语文学系同学讲报告文学，曾提到在抗战前反动的国民党封锁那时革命根据地的时候，是依靠了几位中国人民的友人的外籍新闻记者，才能把英勇的人们如何在为建立新的中国而奋斗的真相向全世界作出忠实的报道。这自然对于在反动派欺骗麻醉之下的中国广大人民也更有着醒觉的功效。在这些可感谢的国际友人里面，我曾特别的举出了史沫特莱女士。

是的，像史沫特莱女士的《中国在战斗中》记述中国新社会的生长，以及红军英勇的战斗史实，在十多年前是曾给与好多中国人以深刻的影响的。我自己便是其中的一个。而即在今日来看，这类著作，还要算是有历史和现实价值的报告文学作品。

但不幸是就在这个时候，我忽然在《川西文化报》第三期上看见简短一段报告史沫特莱女士最近病逝在英国牛津的消息。因为我这一向不曾看到外地的报纸，对她近几年的生活详细情节不大知道，只记得在十几年前，她因为帮助中国人民争取解放，尤其是在1933年，当她的友人杨杏佛（铨）、宋庆龄和鲁迅先生等，为了"人权保障大同盟"事件，被反动派杀害和压迫的时候，她也深受着当日反动的南京政府迫害，以致她一面辛劳工作，一面过着苦难生活，终于得了很重的心脏病，须得到苏联去作休养。她的写中国的书，就是在高加索的疗养院中写成的。这一次她的死因，我想，恐怕与她为中国辛劳而得着的身体衰弱和心脏病不无关系吧！最使人感动的是，我们再看她的遗嘱中说，要把她的全部遗物送到中国给朱德总司令处理，并且，遗体火葬之后，骨灰也将运到中国来保存；这样一位崇高的国际主义者，中国

---

[1] 原载《四川十年散文特写选》，四川人民出版社1959年版。

人民之友，真算是把她全副心身都给与她应给的友人的了。（她对印度也有着友谊，并曾为印度民族独立长期战斗着。）自然，中国能有这样一位伟大的国际友人，这也是新中国应该得到的光荣！

不过，要想写一点悼念史沫特莱女士的文字，在现在的我却是感到相当困难。几年来，因为种种的原因，所有的旧书报杂志早已散失，连从前剪留的一些她的文字，也更不知去向。幸而，在搜寻一番之后，总算找到两页从前由别人一些文章里摘下来的关于她过去生活的片段记录，现在就姑且利用来作一个简略的记述。在这样的情形之下，我只想粗略的解答一个问题：一个生在烂熟的资本主义国度的女子，在那里种族成见又已经到了宗教的迷信程度似的，她怎样会走到国际主义的道路上来，而且她还不畏一切辛苦危难，一生都在全心全意的为那些要摆脱多年来受着帝国主义和封建统治奴役的劳苦人民服务。

阿尼丝·史沫特莱女士是出生在美国西部米苏里一个农庄里的。父母早在穷困之中，而且子女已经太多；这女孩的出世自然不能说是带着幸运来的，更不必说受什么应受的教育。在她几岁的时候，她的家庭还须往西迁搬到科罗拉多去，——全家和全部家产也仅只由一辆带篷马车装着，——她在那里一开始认识家庭以外的社会生活时，便是铁立尼达矿工的不幸生活。她曾亲眼看见一次罢工，警察虐待和枪击工人，开来镇压工人运动的兵士们则常向女工调戏取乐。父亲在这里更倒霉，一点恃以为生的小款子也给别人骗光了。为了生活，为了顾全害病的母亲和冻馁的兄弟姊妹们，她靠了会说一点墨西哥话，便在十六岁那年去到新墨西哥一个荒凉的村庄里当小学教师，学生是一些墨西哥人、印第安人，只有极少的白种农人的孩子。对于一个正当青春年华的少女，这丛山之间的荒凉生活是不易忍受的。然而，她极力奋斗着，且独学自修。

因为她从幼年便见到在受资本主义压榨下的劳苦人民，尤其是妇女，每每除了同男子们要忍受被剥削的不幸而外，还更要担负家庭和子女陆续出生所加到身上来的重压；所以，她虽然有着热烈的爱人类的心，但她当时却已决定自己要与爱情和结婚绝缘。她愿把该做着美好之梦的年华，只用在观察现实社会和读书研究上面。

在乡村教小学生帮助维持家庭生活过了一段时期之后,她偶然弄到一个报纸推销员的职位。于是,她周历了美洲的西南部,随身带着刀子和手枪。因为,一个从农村出来的天真少女,要在流氓遍地的美国城市社会中活动,她是不能不多次用这些武器来自卫的。

她一面观察着这人人追逐黄金,而几乎丧失了基本的人性的国度的生活,一面苦学自修来想使自己有点建树;后来,她还进了加里福尼亚大学。不久,一位男同学动摇了她的终身不嫁的志愿,他们结婚了。但这并未使她感到快乐,短时期后,她仍然恢复了独身生活。在一个想为人类大幸福致力的人,她是并不多花时间去考虑自己私人幸福的。从这时起,她的意志决定了,她投身在新闻界,由速记员而做到记者,并且,到纽约一个小型的社会主义报社去当访员。她觉得她那一支笔是应为劳苦的人民大众服务的。——在这前一点,就是她还在加里福尼亚的时候,她的政治信念,便因为一件在美国算是常见的小事而主要的形成了。这便是因为有一回她见到一个女社会主义者要对群众讲演,横遭了警察的禁止和驱散;这便使她觉悟到挂着民主招牌的美利坚国家,并不是个自由的国家,因为宪法也未保证人民都有讲演的自由。所以,在那里的学生为争取言论自由而作示威游行时,史沫特莱女士便毫不踌躇的厕身在那斗争队伍的前列。

也就在这时候,她在加里福尼亚组织一次约请社会主义人士的讲演,主要讲题便是为什么在这么富裕的国度里竟会发生贫困的问题。而这主持讲演的结果,便使急需职业为生的她,终于失掉了职业,她自己又陷入那一时还不能因讲演便就可以解决得了的贫困问题里去了。

美国参加帝国主义国家互相争杀的第一次大战的时候,这位坚贞的女社会主义者在纽约被捕了。她第一次亲尝着三等监狱的风味,但她始终不知道为了什么犯罪,真是无缘无故在那"坟墓"里被幽禁了半年。不过,那"坟墓"生活虽然"安静",史沫特莱女士的心却从此再也平静不下来。这是现实的教训:事实上,她出了牢狱便已成为一个战斗的革命者,她认清了在金元帝国主义国内,已毫没有自由和正义可言;但她也再不怕任何人与任何打

447

击了。她发现了她自己和她的应完成的任务，从此之后，她的生命已献给全世界的被压迫者！

第一次世界大战以后，史沫特莱女士先到过英国，又在苏联去旅行了一个时期。只有在苏联她看到人类摆脱了资本主义的枷锁，可以去如何的建立幸福的生活。所以，受了现实的启示，她的信念更坚决了。因此，她在1928年被德国《佛兰克福日报》派到中国来作特约通信员时，她的兴趣不在那时空挂着"国民革命"幌子的南京政府身上，她所注意的只是中国广大的劳苦人民，和领导这广大劳苦人民正在与内外的吸血鬼作殊死斗争的革命战士们。真不幸，她那时为了她的理想，同旧中国的反动统治不知打过多少次麻烦：南京的爪牙先利诱她，她不接受；以后，又恫吓她，用特务流氓追随着她，检查和没收她的邮件，她还是不屈不挠。（我们自然记得那一黑暗时期的血腥恐怖统治的！）她不管一切阻难和迫害，终于走进了被封锁的中国内地，而且大半是步行。她给欧美各报写的通讯，便是在极困难情况中草成的，但却有着异常动人的力量。（她以一个白种妇女，能真诚自然的和中国贫民共尝甘苦，这使那时驻中国的美国的外交人员也感到惊讶，所以好几次想吊销她的护照而终于踌躇着。）及到希特勒匪徒在德国取得政权以后，她便失却了《佛兰克福日报》特派员的职位，更兼国民党反动派的威胁和捣乱，——有一时期她在上海是要同着保镖才敢出门的，——一位受过多年苦难磨练的已过中年的妇女，在中国那时可耻的"特殊环境"之下，怎能不弄得身心劳瘁，而终于致病呢？

然而，在这些年代以后，中国人民之友的史沫特莱女士，还是一直为她所爱的中国人民战斗着，一直到死之一日也惦记着关切着中国人民的革命事业。

现在我只想再说一句，即是，我很歉惜我这简略的记述太不够表现史沫特莱女士的伟大人格了。但我想，全中国人民恐怕也很歉惜吧，在我们全中国人民得到光荣的解放革命胜利之后，还不曾好好欢迎招待着这位中国人民之友，而如今便只有以哀悼心情来接受她的骨灰！——然而，史沫特莱女士将永远活在中国人民的心中，我又是敢完全肯定的。

1950年6月13日

微 弦[①]

微弦从急管中逃出，
窜入我的心内，
心弦儿与它共鸣——

止水似的心也被颤动了！

不能把神秘的灵机压在纸上，
愿呀！——永远葬在我的心里！

一九二一，七，三，上海

秋

一行——两行的雁，
趁黄昏天气
悲哀地啼着
飞向南边去了！

一九二一，九，上海

明 星

我欲归去，
哪儿是我家？
——在前途吧！
漫漫而幽远的
疲乏我的脚力。
我去——

---

① 从《微弦》至《戚啼》均原载《浅草》第 1 卷第 1 期，1923 年 3 月 25 日。

向着明星的前路

低吟，

舞蹈；

唱着生命之歌？

伴着天使沐浴！

一九二二，一，十三，上海

无 题

层层的波皱，

澹荡的柔风；

游子的心——

早已到了乡园，

游嬉在慈母笑涡之中？

一九二二，三，九

龙华桃林下

我没有得到那着羽衣的天使

递给我一束想恋的颁赐：

只是在桃花林里，

也偷唱起情歌来了。

顾盼而怅望的——

金灿的小友，我终羡妒你了，

使我得如你穿梭的翱翔，

也要使伊报我以朝颜的一笑！

一九二二，四，二

徘徊

徘徊于禅化的密林，
却翘首瞻望云片的飞跃；
　慢慢地
　羽白的仙女，
　着上血一般的霞裳。

一九二二，四，四，上海

春　夜

百合花已经烦闷了，或许是懒卧，
玫瑰空伴着她叹气，
浓密的映绿石峰内，偷露出不明的小影；
惊破了——花的颤抖！
金色末刺的小虫，倦勤而伏在花心！
挤出一种香味，那是百合花的香味——
柳叶终是因妒羡而发出嗤嗤的响声！

一九二二，四，七

独游小函谷

青葱般的密林，
尚有孤云相恋；
同桃花般的清晓，
只消磨在听懒蝉儿的歌调。

不经意的一束野花，
佩在我的胸前；
跳跃的绿的小虫

终窥出游人的弱点。

一九二二，六，六，重庆

长江舟中

疏点的，闪烁的星群，
掩不尽的山影内漏出。

沄沄曲曲的江水，
琴声般的幽奏。
蓝波的恐怖之海，
徘徊而不见银盘。

密雨似替我滴了——
滴了冰般的别泪。

深灰色围罩的深灰的乱弦；
声声诱惑迷途者的归去。

一九二二，七，十三，同和轮船上

戚 啼

清华园的道中，独步上
灰色漫漫的前途；
黄昏已袭击短期的旅客，
颤栗幽远的微光，摇曳而飘灭。

已到了，到了但丁神曲里所示的地狱，
深灰色包劫着我的四围，
疏疏内的震声簌簌，

行去，独行彷徨而咽泣！

惨恻的悲弦，波荡的哀鸣；
于我影之化身，
惑念着而欲疑问：
死之谷的怖惊！

葬去，向死之谷
为它所劫而葬去！——
秋虫的戚啼
似诱惑的，诱惑的神力！

一九二二，十二，十五，北京

踽　踽[①]

踽踽，郁郁，在荆棘纵横的歧路，在瓦砾弥满的长途，蠕蠕地，盲目的爬虫，被罩于银灰的天幕，寂寂地，孑孑地，屏营着，匍匐着。

踟蹰地行，跄跄地走；寥寥，凉凉，驱策之鞭，抽击着，御驰着；茫茫地徬徨，悽悽地徘徊，瞻前而顾后，赵趄着，踟躇着。

迷梦之中，不凋花正含喷着暗香，似神使指示以天堂；夜莺栖啼于秃枝之上？啾啾地，咽咽地，似撒担诱惑以入地狱。

锦饰之牡丹，被苦雨所袭碎；赤叶飘零在泥沙之渊，洄漩泣血的祈祷，告以生之途之将尽；戚戚，唧唧，秋虫低吟而嚣啸，星芒的流萤，露降后仍埋躯于腐草。

——四时示人生以环回，寒暑任大匠的斲轮：默着，默着，醒后的微语，默着，默着，永古的默着。

---

① 原载《浅草》第1卷第2期，1923年7月5日，署名白星。

黯幽的邃谷；喁喁：吁吁，细泉曼奏送葬之歌；嘹嘹地，豪豪地，崖瀑震号杀杀之曲；恻恻，离离，心琴之急鸣；迷迷，抑抑，独孤哭于路隅。

苔浸之泥马，曾载死神以长征，立峙的赑屃，慰吊已邈之精灵；垒垒的孤坟，阴积的土馒，孕着生之落伍之伦，萋萋的衰草，严护着孤亡的白骨。

——一切，一切，窒瘖，窒瘖，淡漠，淡漠。

逡巡地，踯躅地，羊肠般的曲径，珊瑚色的玫瑰，玛瑙似之苔霉，刺卫着伊甸之园；骄翱而鸷翔的神鹰，翼守着将涸之琼泉：嗳嚅着，尹唔着，饥泣着，渴啼着。

无尽怨语的洋涛，声声催摧流荡者以烦恼，簸颤而将覆之危帆，零零地飘摇于亡涯之湍。

——彳亍，去去，长眠之岛，永息之所。

生之箭，正弦张而欲放射，黑蜮之车，乃步逐于遗迹；趣趋，趣趋，虽疲乏惆怅而无极。

死于歧路之上，无宁死于生之长途；葬于沙漠之中，无宁葬于泪泉之泽：只这样的，这样的幽栖；只这样的，这样的归宿。

一九二三，四，二〇，北京

长啸篇①

春 颂

"梅雨浃旬的缠绵，

落花阵阵的悲咽；

客子不要伤春；

---

① 《长啸篇》原共 14 首，其中 8 首已为《林如稷选集》（四川文艺出版社 1985 年版）收录，故此次只选未收录的 6 首，均原载《浅草》第 1 卷第 4 期，1925 年 2 月 25 日，署名白星。

自然诱你还爱你!"

智鸾甘死于春使的朝筵,
为鸣天籁而俟其短命!
粉娥每天遨游在繁簇之间,
愿为生之途的奋进。

"檐溜滴音灵琴,
告以一切的再生;
客子,不要伤春:
自然诱你还爱你!"

绿意似情人呼吸的温静,
金珠似生之女神的眼睛;
如葡萄新酿的酒味,
柔波使你永醉!
　　　　　　一九二三,三,廿九,上海

听　雨

这是季春的苦雨,
似暴雨响震于铁马,
飒寒而碎滴;
若黑衣的使者,
将颁我最后之幽召。

闷闷而窒息,
如秋叶之纷坠于地。
那最后的呼吸——
最后的呼吸,

使我难气。

遥想那黑絮深处,
有座幽密的宫殿,
以骷髅作柱,
以赤血为饰,
我将往居住。

其实我不诅咒这苦雨,
只因它琤琤的声音,
似那宫中的鬼奏,
这样——
使我心惊。

一九二三,四,二八,北京

春 梦

融融的
　春风;
　　零零的
　杨花;
　　伊人来相晤,
幻梦之中。
　春风
溶溶的;
　　杨花
凌凌的;
　　幽会之甜痕
蜜蜜而无际。

一九二三,五,十四,北京

雨夕之枕上
雨声如秋弦之琤鸣，
使我心惊；
雨声如秋笙之柔韵，
使我痴魂。

夜钟召魄于幽崖，
金鞭抽击于全身
我愿长梦——
长梦不醒。

一九二三，七，十五，北京

秋之夜
惨恻的夜色茫茫，
凄风簌簌敲窗，
砭缚狂驰的心，
失眠而自怨自怆。

毁灭念聚将欲诱惑，
弱弦血热而沸扬，
小巷叫卖声声，
引我魂向何方？

"故乡遥远千里之外，
迷途旅子对灯欲泣；
墙穴蛩曲戚戚相和，
同在暗处埋葬。"

室内有灯，灯光

昏如夜猫闪眼；
室外有声，声调
惨若杜鹃咽血。

萧萧的疾雨飘泻，
我欲狂呼秋娘；
"莫尽淅沥哀歌——
哀歌使我心荡！"

"若使我能御着长风，
飞到广寒宫去；
把愁思化成酒饮，
虽促短年何伤？"

一九二三，九，十二，上海

仿 若

仿若愁漫的窗外
有一女子在啼血。
　哦哦，窗前雨是凄凄，
　窗外哭声恻恻。
我只疑着
这是秋魂的悄语，

　莫去看，雨后
挣扎的盆菊！

绿叶懒无力的垂头……
爪瓣弱的泪滴……

哦哦,不葬在老饕之食釜;

不供在骚士的案头;

不持在那美丽姑娘的手中,

簪在发上舐吸香蜜;

更不植生在陶潜的东篱下;

为何只在我窗前啜泣?

哦哦,我还不是诗人,

空挥泪吊你们弱之生族!

一九二三,九,二六,上海

宴席后①
——答君培

白烛泪簌簌下滴,也如在伴人挥涕,

烛火飘摇闪闪,也如生命之焰;

断续累珠来自将涸的泪泉,

星星火点燃于别离之间。

是否珍华的宴席已经残完,

客均散去,主人瞪视着笑的空碗;

牙箸频敲代语不能下咽,

在作如何的打算,为甚有声长叹?

殷勤的厨娘,再再劝慰而更捧进,

静坐于金盒之上,有两个杯盘;

白玉为盘之胎,珊瑚为杯之沿,

---

① 原载《浅草》第 1 卷第 4 期,1925 年 2 月 25 日,署名白星。

不知内盛什么，伊两手是在发颤。

伊言："只这杯素酒，只这盘粗馔。"
他长饮，他尽咽，泪落盈于唇前：
"这样，如首阳之薇，如愚溪之泉，
酣酸不能分辨，又怎能慰我饕餮？"
厨娘绯色双颊渐呈青灰之色，
忍抑的心情现于温郁之面；
若有人破伊神秘，怒欲泄怨，
嗫嚅四顾，将话无从发端。

他鼓着勇气示伊以空地、罄之盏，
——窗外时有秋叶号泣，号泣使人心酸——
但伊仍默默不语，美丽目光灼灼如一簇金箭，
谁能自主，他起身茫然而随伊狂舞回旋！

忽然，微光之室倏变为黯淡，
有一种尖声发出，若裂帛之惨惨；
伊正上升于空际，赤肌而露袒，
怒呼声中赞号之声遥遥相间。

他伏地，发颤，捣首无算！
"万宰之神，请赐我，赐我化骨的仙丹！"
双手上举，含泪待伊相牵；
"我愿，我愿；最后幽召，今夜先颁！"
这也许是在地狱，黑谷之深渊，
风动飒飒，如饿兽发癫夜喊；
绿火全熄，什么也不能看见，

他自己不能动移，只觉地覆天翻。

　　呀呀，是谁已把他推出了室外，
"怯夫，去休！"之声尚在耳畔；
　　悔愧，自怨，汗出如长龙的流涎，
哽咽咽，捶胸而欲泣诉呼冤！

　　只有墨帷上罩，星月隐潜，
高高的，有声岂能上达于天；
　　原来他孤立在一个石岩之端，
下有波涛涌荡，四顾无边。

　　狂奔，不能辨认西北东南，
沉醉，有谁替他再陈席宴；
　　欲啼饥，欲号寒，只徒空唤，
"故园，故园"，奈应者寂然！

一九二三，十二，四，夜，法国，里昂

题无名诗人董嚼辛遗稿①

　　若昙花一现葬身于铅灰之园，
　　而今只剩将渺的灵言；
　　灵言充满呼吁的泣血，
　　即情操咽血之欲幻灭。

　　黄浦江潮，怨抑，怒吟——
　　欲归大海而放奔；

---

① 原载《民国日报》副刊《文艺旬刊·国庆日增刊》，1923年10月10日，署名如稷。

扬子绵绵的哀调，
催诗人以长陨！

似混沌初开，
烟烈棼腾之野爔；
焚烧浮泛于绿涯河中
一羽之鸿毛。

哦，生命之火焰，
如星慧之闪光；
奈轨迹之移限，
倏飘颤而战摇。

使轮回之说可信，
二十年后重见秋莺之再生[①]；
使轮回之说否定，
峨眉山月空长忆薄命的诗魂。

象牙宫中的瑶琴，
曾震响于空谷；
回音而果驻，
永赐忧伤于苦恼之伦！

我与你们留别[②]

我与你们留别，

[①] 嚼辛有《秋园之莺》诗稿。
[②] 原载《民国日报》副刊《文艺周刊》第11期，1923年10月16日。

我心痛欲裂。
在我所行的海中，
只有恶涛使我震慑。

巨波万顷之上，
是掩盖着几片幻云。
幻云将静静悄笑——
笑那迷途者只知狂奔。

共哭泣者一一分襟，
共欢笑者均已远离。
但惟有尘迹的往事，
绞萦的焚烧于旅肠里。

我与你们留别，
我心痛欲裂。
友们哟，这尚是
将未明的长夜……

去国之前夜将天明时，倚装草

西贡公园中[①]

（一）

游人们都很倦怠，
午之绿荫太静寂了。
射不透高木的阳光，
望着下面热烈发笑，

[①] 原载《民国日报》副刊《文艺旬刊》第 20 期，1924 年 1 月 25 日。

鸟声婉转，

似要告诉人道：

"我们的春还未老。"

（二）

我想枕着树根睡去，

酣然入梦，一无所想；

或是化作翩翩的蝴蝶：

栩栩于繁卉之间。

拂面的和风哟

我已经是沉醉了。

一九二三年十月十九日

淞沪河上[①]

黄叶向枯枝，哀哀作别，

颤依着，如一年青女郎

将要辞离慈爱的老娘

用纱巾掩面，吁声低泣，

去在远方，远远的他方。

那里，虽是有稚幼牧童

爱护伊若爱其羔羊；

但总不能禁，禁止感伤。

白雾尚罩着地面，

许多男女却赶赴市上。

几日的密密绵雨不休，

逝流无语之河水暗涨；

[①] 原载《民国日报》副刊《文艺周刊》第26期，1924年3月25日。

倏忽起了一个涟漪，

那就是那女郎，孑身他往！

这样的秋光，善变的秋光，

创造者欣然呼气，赏喜若狂。

十一，二十六，里昂

独 行①

星光不见，微雨闪闪。

倦怠者有在安眠。

有在冷眼相诮。

虽是四围悄悄，寂寥。

但在预订的前途，

且在前途去寻旅伴。

来路，去路，均已及半，

踽踽中谁能忍抑哀怨？

春之血却忽在怀中动弹！

行行，休回首——

行行，休哭笑——

自听，独行步声的单调。

十二，七，法国里昂

凄 然②

吼啸的波声充满了耳畔，

---

① 原载《民国日报》副刊《文艺周刊》第 39 期，1924 年 6 月 24 日。
② 原载《沉钟》周刊第 2 期，1925 年 10 月 17 日。

暗淡的天海不见——不见涯端。
我想这或许是尚在苦念着的故国：
"沱江春潮的涨泛？扬子夜渡的急湍？"

默然无语地紧依着船舷，
心中痴哑似地发着无端的惊颤。
儿时的梦境哟，忽然现在眼前：
四望只有迷惘，增我凄然！

一九二二，十一，一，阿剌泊海上

幻　想①

墨云厚厚掩在月娥的身旁，
狂跃的篮波在下面得意歌唱；
这比浩浩飞沙的古代还要凄凉，
这比骑士们开赴战场还更悲壮。

几点惨绿的星火在天空闪光，
几段过去的相思在胸中澎涨；
我的心儿戏弄着险恶的爱的潮浪，
想渡过——渡过痛苦的那方！

哦！忽然呀，眼前只是些水涛茫茫，
灵魂也已迷了，迷了投落的去向，
尽任波浪汹涌，泛澜与升扬，
要把我整个地沉没而掩藏。

---

① 原载《沉钟》周刊第 9 期，1925 年 12 月 12 日。

我的爱人素妆来在海滨把我探望,

眼泪终朝洒在那汪汪的大洋;

有一天我的尸体若还能被冲到岸上,

她就将我拥抱着同去在海底埋葬!

盼　春①

听说阳春来了,

忙推窗望去:

四围仍是死寂,

找不着半点春意!

十,十九,上海

静的夜

笛声——

天外来,

惊破宇宙的哑谜!

谁领会他的意义?

残钟仍是继续敲着,

野犬不住的狂吠。

我的心呢,

那里找去?

一,二五,上海

---

① 《盼春》与《静的夜》均原载《晨报副刊》1922年2月27日第2版,署名如稷。

小　诗[①]

（一）

不要再欺侮痴子了，

他那些微的笑声中，

藏有如何可怖的复仇成分啊？

（二）

递给我以谩骂的，

我此勇气以谩骂回赠，

只凄清的苦笑吧！

（三）

命运之神

降临在我之梦景中；

恕我——

我愿做被幸福忘却的人们。

（四）

何处是 Lethe 之泉，

——我所要寻觅的？

（五）

鸡声，不要在天明时□唱了！

（六）

沉默的空气中，

不愿再作深的呼吸，

那是如何的神秘的。

---

① 原载《新民意报》副刊《朝霞》，1923 年 4 月 28 日。

除　夕[①]

颤乱而灰雾的

流荡人的除夕！

思乡的热泪，

泻出而终于啜泣！

过去的梦景

深映于心弦的回忆！

飘游而短命的浮萍，

被弱风掀动而暂聚！

一九二三，二，十五，阴历除夕

孩　啼

婴孩的啼声，

惊知者的哀调；

在思乡的狂热中，

我已变为那善泣的秋虫了。

一九二二，十，十二，上海

无题的诗[②]

要是我能变成那伟大的石像，

踞峙在沙漠般的原野中间：

连四围蠕动的，争食的虫蚁，

虽是在极远处也可望见了。

但是——

---

① 《除夕》与《孩啼》均原载《新民意报》副刊《朝霞》，1923 年 5 月 2 日。
② 原载《新民意报》副刊《朝霞》，1923 年 5 月 8 日。

我早已看清楚我附近的猛兽了!

一九二三,一,十三,北京

希　望①
——贺志贤和峻霄恋爱的成功——

绯红色的双翅,

朝霞般的彩裳;

永久地御服着!

永久去翱翔!

咏　怀（四首）②

子房复韩意,项籍兴楚旗:

一朝成败定,空使后人訾。

恩仇岁月泯,大道庸有私?

翻恐木石朽,遗恨无穷期。

杨朱止歧路,嗣宗哭穷途:

非关才命薄,卓行不肯污!

中散千日醉,犹遭一旦诛:

崎岖世道险,几人相呴濡?

苏子牧北海,诸葛耕南阳。

朔漠冰霜节,鼎沸壑泽藏。

处困精诚在,匡危意志昂:

汉代二奇士,至今犹生光。

---

① 原载《新民意报》副刊《朝霞》,1923年5月13日。
② 《咏怀》原共10首,因其中6首已为《林如稷选集》（四川文艺出版社1985年版）收录,故此次只收未收录的4首。从《咏怀》至《待旦室杂诗》均录自作者自编旧体诗集《待旦室诗草》（未刊）。

浮生意气尽，殷忧肠千回。

梦绕幽燕道，魂羁望乡台。

俯仰多愧悔，惆怅怀难开：

朝露知物候，暮钟声何哀？

一九四六年七月

均吾（默声）远道来访有赠[①]

吾爱邓默声，蕴藉能守文。

少年游沪上，纳交莫逆心。

昔时我去国，写诗勉我行。

虽不伤离别，亦喻商与参。

倏忽逾廿载，忧患几余生！

劫乱相见难，念旧多不存。

风雨故人来，喜子发尚青。

握手惜今欢，所嗟世未平。

文章吾辈事，杜鹃吭春深。

饥渴嘤求友，默声仍当鸣！

一九四六年九月十二日

别翔鹤口占

兰成有赋哀亡国，杜老深忧老异乡。

时俗驱君远行役，微生只合事佯狂。

一九四八年"四九"后二日

[①] 据作者书赠邓均吾原稿复印件，后有跋语："均吾老友，昔以默声笔名共于沪上创刊《浅草》文艺季刊，瞬二十又五年矣。华夏多难，伏处故乡，久不相见，昨忽见访于秋风愁人之锦官城中，欣然快谈，然一及旧日文友，作鬼已多，又不禁怆然。余对文字，仍狂妄大胆如故，君则自珍不苟著笔，因感咏长句赠以期勉耳！"——编者注

471

偶　感

仍是烽烟遍九州，茫茫浩劫苦难休。
芳菲歇尽方知悔，幻梦疑真尚欲求。
世事离奇惟有恨，浮生恩义总须酬。
不堪迟暮零零泪，悯默无端也自流。

一九四八年三月

寿杨晦兄五十

借用迅翁韵

恰是中天日丽时，评文振笔綮心丝。
阐扬天下为公理，拥护人民革命旗。
欣看浅草色长碧，爱听沉钟声胜诗。
徂岁暌违犹有梦，知君久着黔娄衣。

一九四八年三月

闻冯至不屑参加新路感赠

冯至性温静，诗文情热深。
非炫雕虫技，实本好恶心。
年年乱离火，锻铁早成金。
勉彼读书子，莫为富贵淫。

一九四八年六月

送别张天翼兄

时被迫带病逃沪，临别书扇赠我，书陶诗"八表同昏"句。

八表同昏日，嗟君胡远行。
余生犹振翮，慷慨壮夫情。
耻逐世俗好，惟思江河清。
莫伤别意乱，期共向曦明。

一九四八年七月

赠牧野行

如此山河遍血痕，一生歌哭总多因。
恩仇不泯贪微命，好恶难平惜病身。
厌见士夫新路向，欣闻狂狷爱人民。
羸牛自负千钧责，未可轻言说避秦。

一九四八年六月十五日

和均吾寄翔鹤诗即柬

每念吾陈仲，心伤万里蓬。
言行违世俗，世俗不相容。
安乐曾多共，辛酸今复同。
炼钢须百转，持道未为穷。

一九四八年十月

柬舟子漾兮巴波两兄香港

远怀舟子与巴波，避地南疆感慨多。
天坠常忧真杞士，陆沉翻悔误干戈。
画图应有流民泪，振笔还成故国歌。
寂寞怜吾萧索甚，危邦久困意如何。

一九四八年十二月

赠洪钟兄

时避特务迫害赴雅安

烟尘漫八表，狼虎逞顽凶。
家毁远行役，义坚途未穷。
相期冥晦尽，来复一樽同。
记取狂风际，钟声响益洪。

一九四九年一月

待旦室杂诗（三首）①

少年喜结文字交，老去狂情未容消。
声闻千劫戎马后，零落天涯久寂寥。

冀有佳音报故人，狼烟遍地百忧生。
一回一堕伤心泪，泪堕心伤写不成。

十丈红尘迷性灵，中酒翻教意识新。
潸然涕泪客散后，不作灌夫醉骂人。

悼乔大壮师

序②

乔大壮（曾劬）先生，为蜀中名宿曾任"少城书院"山长之乔树柟前辈的长孙，树柟先辈清末任学部右丞（即今之副部长职位）。大壮师毕业于"京师译学馆"，辛亥革命后即在北京教育部供职，任下级职员（大致科员之类）。树柟与先父交好，曾面托照拂大壮。1921年因为北洋军阀政府摧残教育，甚至连部中职工薪资亦积欠不发，先生为生计所迫，曾短期到上海"中法通惠工商学院"担任国文教师。我那时在这个学院工预科读书，常把课余写的一些幼稚文字拿去向先生请教。先生总是每看后，必定详细提出意见，特别是对我所写的白话诗，在音调不谐和的地方，常代为修改，使我获得不少教益。一年后先生仍回到北京，恰巧那年冬天我们学院发生学潮，我们为驱逐实施奴化教育的法国校长梅云鹏（译音）和中国校长张宝熙举行大罢课，我担任学生代表到北京向教育部和外交部请愿。有一次，我与当时新任

---

① 《待旦室杂诗》原共8首，因其中5首已为《林如稷选集》（四川文艺出版社1985年版）收录，故此次只收未收录的3首。
② 本诗曾发表于《新新新闻晚报》1948年8月19日第2版，后又收入《待旦室诗草》，均无序；现据作者手稿收入此序。

教育总长的彭允彝在部中说理辩论,当面吵得面红耳赤。彭认为我这个青年学生太狂妄鲁莽,本已答应过更换校长的话,因此便迁怒不肯实行。这时幸亏乔先生深知学院法国人专横的内幕,很同情我们,他把洋奴校长在学院所作丧权辱国和压制学生的事实向彭细述,并且替我再三解释我的态度那样忿激的原因,这才终于使彭不得不签署撤换张宝熙的部令。对于乔先生这种热情的见义勇为,不但当时我们同学很为敬佩,我至今每一念及也是感激万分的。先生不但对中国文学有很高的造诣,并且精通法语,曾翻译波兰显克微兹小说《你往何处去》,由商务印书馆出版。所作诗词也别具风格,更长于书法和治印。辛亥后在教育部时,与鲁迅先生和许寿裳(季茀)先生同事,三人交情颇深。鲁迅先生北京住宅书房中所悬惟一时人写的字,便是乔先生所写鲁迅先生集《离骚》属句的对联,文字是"望崦嵫而无迫,恐鹈鴂之先鸣"。我曾听孙伏园先生说,这副对联至今仍然悬挂在鲁迅先生北京故居的"老虎尾巴"中,同那张有名的"藤野先生"像片始终相伴,也可见鲁迅先生对乔先生是深有好感的。许季茀先生近年在台湾大学任中文系主任,约乔先生往任教授。不幸今年二月十九日深夜,许先生竟为宵小暗杀,乔先生即继许先生任主任。但是乔先生频年颇经忧患,对时事早已甚为悲愤,所以不久即深感精神上的压迫痛苦,请假径回大陆,于七月三日由南京乘火车赴苏州,傍晚在风雨交加中自投太湖而死!我同乔先生相别已二十五年,抗战中听说先生尝回川,很想拜访话旧,终因时地不合,未再见着,只知先生虽已是须眉皓然,但精神健旺,总以为后会有期,不意近忽见成都报载先生噩耗,真是悲忿不禁!追思昔日,痛念当前,并且在此时此地,我也只能用一首旧体诗来写下我的伤悼和感慨,自然是不能尽其所言的。

不见乔夫子,奄忽廿五年。

问字春申浦,依稀在目前。

燕市遘纷难,排解赖高贤。

一自违杖履,搔首怅云天。

方欣时晦冥,灵光独巍然。

那堪九州火,金石尽一燔。

道高魔益盛，愤世生不延。
南海厄王勃，汨罗伤屈原。
本是谪仙人，捉月下湛渊。
昔年悲迅翁，迭遭大厉缠。
今岁痛茀老，小盗横相干。
公与交尤挚，同命相后先。
感兹八表昏，孤洁难苟全。
烟尘阻束刍，徒滋涕泪涟。
无文述往行，无力作薪传。
好祝此三老，九天共岁寒。

一九四八年七月

刺周作人一绝①

莫道金陵尚有春，老虎桥畔忆前尘。
苦茶冷矣宦梦醒，等是牛鬼与蛇神。

答友人问

闭门贪闲悲有余，垂老春蚕丝尽无？
狱兴文字岂缄口，难谋稻粱犹读书。
眼前血海真堪痛，梦里仙山不宜居。
故人来问栖迟意，平生狂气仍如初！

一九四八，春日

炜谟遗稿编成感赋

卅载与君期道义，文章相勉不矜奇。
余年多病勤劳作，遗稿编成有遐思。

---

① 《刺周作人一绝》至《得中方自美信有感》均录自作者手稿。

观《林则徐》影片[1]

国庆前夕观《林则徐》影片,喜其突出表现三元里"平英团"首先反帝功绩,忆林赠同被遣戍伊犁之老友邓廷桢诗有"白头到此同休戚,青史凭谁定是非"之句,口占一绝。

反帝三元首义功,百年犹见战旗红。
林邓是非今始定,传真银幕写英雄。

一九五九年九月二十六日

成都川剧院建院一周年赠句

锦城丝管旧传闻,十载推陈更出新。
艺术今为人民有,万舞千歌起异军。

一九六零年一月九日

悼伯行校长[2]

革命意志壮,为人襟抱洪。
鼓舞春风里,陶镕烈火中。
素行堪示范,温语皆由衷。
精神感后学,悼念育材功。

自 寿

年也又添多,碧落孤星怨玉河。有泪还愁流满锦江波,对取江波奈若何?
七三等闲过,浮沉生涯汗漫歌,好梦由来难即易蹉跎,年迈星星入鬓窝。

今年八月廿四,旧历七夕,椿年逝世后十八日,
亦余七三初度之夕,夜卧久不成寐,枕上作此。

---

[1] 原载《作品》1962年第11期。
[2] 原载《人民川大·悼戴伯行校长专刊》1963年1月20日第1版。

无 题

七三忧儿辈，艰难竟如斯！
那能容老懒？酸辛只自知。

一九七四，八，廿六夜半枕上有感口占

自嘲一绝

忆自一九三零年由海外返国后一切逆心遭遇作

此身自无仙人骨，浮槎也未证蓬莱。
风尘留得一躯在，相亲终老惟沉哀。

一九七四年十二月二日枕上作

文光儿归自石棉

身残年迈叹久衰，何堪兰摧又重来。
虽有幼子还家乐，总动愁人思妇哀。

七四年十月五日

续悼亡之一

用鲁迅"惯于长夜过春时"诗韵

又是弦断声咽时，孑身莫嗟鬓久丝。
梦里犹有卅年恨，醒来终无招魂旗。
三日短病竟作鬼，五中长恸难为诗。
掷笔惟叹潘才尽，低头不觉泪湿衣。

儿女劝余迁京养老，吟此见志

直是悲春过一春，京华旧梦浑如尘！
潘生情重留有赋，芹圃泪干书未成。
南息已安伤往事，北行尚恐待来生。

向平愿了复何冀？与世无争惜病身。

子翁 1975 年初夏作，时年七十有四也。于成都水井街寂居室。

得中方自美来信有感

少年喜结文艺交，老去豪情未容消。

五十年来一航通，零落栖迟岂寂寥。

一九七六年八月十五日

怀古杂咏（四首）[①]

代表国民漫自夸，荏苒十载惜年华。
延期一声大令下，满堂猪仔闹如麻。

君子动口又动手，集会自由飞石头；
正似修筑防川堤，打手动劳足千秋。

四项诺言春梦呓，伟大翻戏不出奇。
借问战争胜利者，是否柏林卐字旗。

堂堂宣言陈部长，"哪个王八打内仗"。
四平街下长春去，这又该谁来承当？

述　怀[②]

未能称皇帝，岂有罢干戈。
抗战居奇货，物资利得多。
况有"援华亲"，你把我奈何！

---

① 原载《华西晚报》1946 年 6 月 19 日第 3 版，《华西副页》第 337 号，署名万古江。
② 原载《新华日报》1946 年 8 月 5 日第 4 版，署名万古江。

格杀打扑□，立志学希魔。

儿　女[①]

美菲一家如母女，我与彼女快看齐。

男女而今已平等，是儿是女一样的。

仿古拟今吟（四题）[②]

受降梦（用苏曼殊韵并借首句）

万户千门尽劫灰，叭儿媚主上山来。

今日已无袁世凯，迷梦犹道受降台。

开刀奏（用元稹半首韵）

昔日戏言"唯生"意，今朝露出真面来。

敲筋吸髓民命尽，盲肠忍说把刀开。

李闻计（用唐人柳中庸韵）

去岁巧夺碧鸡关，此日又见计连环。

二贤灰骨留青冢，元凶含笑五华山[③]。

香河怨（用唐人顾况韵）

黎庶半死起悲歌，洋主满奴自唱和。

堪怜并肩歼敌去，美哉枪声闹香河。

六洋真言[④]

昨有友人自洋都来者，云近有该地慕洋居士，烧洋香，磕洋头，请洋神，扶洋乩。洋风大作之后，临坛者为洋洋大仙，牛振你，用洋原子弹笔疾书出洋文，洋题为"六洋定中华"，又名"六洋真言"。以其颇有洋理，敬以

---

① 原载《新华日报》1946年8月11日第4版，署名万古江。
② 本篇录自作者所存剪报，署名万古江，发表日期为1946年9月3日，发表报纸不详。
③ 碧鸡关，为昆明城郊军事据点；五华山在昆明城中，各机关在焉。
④ 本篇录自作者所存剪报，作于1946年6月，署名万古洋，发表报纸不详。

洋笔录于洋纸如后，以为华人关洋心而欲开洋荤者之指针。是为洋序。

一洋

双方开会议，各说各有理。

不如拍"马"屁，找个洋皇帝。

二洋

洋关于洋人，因时且制宜。

先朝创下例，遵守复何疑。

三洋

洋轮滚滚来，洋货满大地。

衣食如父母，万民有归依。

四洋

既叫扬子江，便应航洋船。

洋船多方便，国船该朽烂。

五洋

洋牛浮海来，华官增焦虑。

食住两艰难，何如送死的。

六洋

洋枪装华年，洋炮打国人。

隔洋看武戏，洋人笑嘻嘻。

三十五洋年六月元日

仿唐一绝[①]

冷冷庐山上，

战火好驱寒。

和平调虽低，

也似对牛弹。

---

① 本篇录自作者所存剪报，署名余铭绅，发表报纸与日期均不详，大约作于1946年。

伟大的翻戏[①]

朋友，你总爱说
中国的事无有不奇；
我呢，倒记起了：
日光之下没有新的。
古称"监视户"，
今叫"警管制"，
还有再古一些，
元朝监视汉人的鞑子。

英美的"闭特"不过是警士巡逻，
在中国便应该访问到你家里；
窗怎样开，门在哪个角隅？
好好记住，这是时刻要背的答词。

往来朋友，个个有根又有底，
偶然也有几位来打小牌的亲戚；
只要肚子吃得半饱，
从来我不曾发过一声叹息。

虽然一直没有任何党籍，
藏书呢，也只有一本三民主义；
什么集会，什么游行，
早已告诫，子子孙孙都不准去。

---

① 本篇录自作者所存剪报，署名江潮，发表报纸及日期均不详，大约作于1946年。

而且,最紧要的是!
我们都是按时纳税的良民;
警老爷您,"魏公好福气"!
请收下吧,这点不成敬意的法币!

那么,四项诺言呢?
好漂亮的春天的梦呓!
言论又有自由么?
别说,快把尊口闭起!

朋友,这年头不要研究弯弯理,
说来说去,正等于与虎谋皮。
我吗,我倒想揭穿一个时代秘密:
这就叫做,"伟大的翻戏"!

林如稷著译年表

1920 年　十八岁

本年，用大姐林竹筠的名字发表了第一篇白话文（内容是关于反对四川女学堂的封建礼教和封建专制手段的），载《四川教育新潮》，具体文章名、时间与期数均待查。

12 月，作小说《伊的母亲》，发表于 12 月 17 日《晨报》第 7 版。后收入《林如稷选集》（四川文艺出版社，1985 年 8 月）。

1921 年　十九岁

1 月，作小说《死后的忏悔》，发表于 1 月 19、20、21 日《晨报》第 7 版。后收入《林如稷选集》。

2 月 27 日，作新诗《狂奔》，发表于 1923 年 3 月 25 日《浅草》第 1 卷第 1 期。后收入《林如稷选集》。

7 月 3 日，作新诗《微弦》，发表于 1923 年 3 月 25 日《浅草》第 1 卷第 1 期。

9 月，作新诗《秋》，发表于 1923 年 3 月 25 日《浅草》第 1 卷第 1 期。

1922 年　二十岁

1 月 13 日，作新诗《明星》，发表于 1923 年 3 月 25 日《浅草》第 1 卷第 1 期。

1 月 19 日，作新诗《盼春》，发表于 2 月 27 日《晨报副刊》，署名如稷。

1 月 25 日，作新诗《静的夜》，发表于 2 月 27 日《晨报副刊》，署名如稷。

3 月 9 日，作新诗《无题》，发表于 1923 年 3 月 25 日《浅草》第 1 卷第 1 期。

4月2日，作新诗《龙华桃林下》，发表于1923年3月25日《浅草》第1卷第1期。

4月4日，作新诗《徘徊》，发表于1923年3月25日《浅草》第1卷第1期。

4月7日，作新诗《春夜》，发表于1923年3月25日《浅草》第1卷第1期。

4月8日，作新诗《幸运——西湖游记之一》，发表于1923年3月25日《浅草》第1卷第1期。后收入《林如稷选集》。

4月27日，作新诗《苦乐》，发表于1923年3月27日《新民意报》副刊《朝霞》。

5月3日，作新诗《思乡》，发表于1923年3月27日《新民意报》副刊《朝霞》。

5月25日，作新诗《夜渡黄河》，发表于1923年3月28日《新民意报》副刊《朝霞》。

5月，北京人艺戏剧学校上演其所写的话剧《余绍武》。

6月6日，作新诗《独游小函谷》，发表于1923年3月25日《浅草》第1卷第1期。

7月13日，作新诗《长江舟中》，发表于1923年3月25日《浅草》第1卷第1期。

8月11日，作小说《初秋的夜雨》，发表于1923年9月16日《民国日报》副刊《文艺旬刊》第8期。

8月17日，作小说《醉》，发表于1923年7月5日《浅草》第1卷第2期。后收入《林如稷选集》。

8月26日，作小说《狂奔》，发表于1923年3月25日《浅草》第1卷第1期。后收入《林如稷选集》。

10月12日，作新诗《孩啼》，发表于1923年5月2日《新民意报》副刊《朝霞》。

12月1日，作小说《婴孩》，发表于1923年3月25日《浅草》第1卷第 1 期。后收入《林如稷选集》。

12 月 5 日，作新诗《戚啼》，发表于 1923 年 3 月 25 日《浅草》第 1 卷第 1 期。

12 月 7 日，作新诗《在我归途的梦中》，发表于 1923 年 3 月 26 日《新民意报》副刊《朝霞》。

12 月 15 日，作小说《止水》，发表于 1923 年 3 月 25 日《浅草》第 1 卷第 1 期。

1923 年　二十一岁

1 月 13 日，作新诗《无题的诗》，发表于 5 月 8 日《新民意报》副刊《朝霞》。

2 月 8 日，作新诗《沪宁道中》，发表于 3 月 26 日《新民意报》副刊《朝霞》。

2 月 11 日，作新诗《梦景》，发表于 3 月 26 日《新民意报》副刊《朝霞》。

2 月 13 日，作新诗《长啸》，发表于 1925 年 2 月 25 日《浅草》第 1 卷第 4 期，署名白星。后收入《林如稷选集》。

2 月 15 日，作小说《在上海过年》，发表于 4 月 26、27 日《新民意报》副刊《朝霞》第 21、22 号；作新诗《除夕》，发表于 5 月 2 日《新民意报》副刊《朝霞》。

3 月 15 日，发表《〈浅草〉卷首小语》，载《新民意报》副刊《朝霞》，署名林如稷；又载 3 月 25 日《浅草》第 1 卷第 1 期，题名《卷首小语》，未署名。

3 月 16 日，发表法国 Paul Verlaine 所作《秋歌》之译文，载《新民意报》副刊《朝霞》。

3 月 25 日，发表小说《童心》及《茵音》（十则），均署名白星；另有《编辑缀话》，均载《浅草》第 1 卷第 1 期。《编辑缀话》后收入《林如稷选集》。

4 月 1 日，发表通讯《浅草社的几句话》，载《民国日报》副刊《觉悟》，署名如稷。

4月1日，作新诗《吴淞望海》(2首)，发表于1925年2月25日《浅草》第1卷第4期，署名白星。后收入《林如稷选集》。

4月4日，发表《疑惑》、《自寿并给母亲》，载《新民意报》副刊《朝霞》。

4月12日，发表新诗《秋色》，载《新民意报》副刊《朝霞》。

4月16日，作新诗《西沽返棹》，发表于1925年2月25日《浅草》第1卷第4期，署名白星。

4月20日，作散文诗《踽踽》，发表于1923年7月5日《浅草》第1卷第2期，署名白星。

4月28日，发表新诗《小诗》，载《新民意报》副刊《朝霞》；作新诗《听雨》，发表于1925年2月25日《浅草》第1卷第4期，署名白星。

4月29日，作小说《流霰》，发表于1923年7月5日《浅草》第1卷第2期。后收入《林如稷选集》。

5月3日，发表《怀恩容》，载《新民意报》副刊《朝霞》。

5月4日，作新诗《游小南海》，发表于1925年2月25日《浅草》第1卷第4期，署名白星。

5月11日，作《又一看了女高师两天演剧以后的杂谈》，发表于1923年5月16日《晨报副刊》第3版。

5月12日，作新诗《月波》，发表于1923年12月《浅草》第1卷第3期，署名白星。后收入《林如稷选集》。

5月13日，发表新诗《希望——贺志贤和峻霄恋爱成功》，载《新民意报》副刊《朝霞》。

5月14日，作新诗《春梦》，发表于1925年2月25日《浅草》第1卷第4期，署名白星。

5月16日，作小说《将过去》，发表于1925年2月25日《浅草》第1卷第4期；被鲁迅选入《中国新文学大系·小说二集》。后收入《林如稷选集》。

5月，作新诗《枕畔》(2首)、《游南海》，均发表于1925年2月25日《浅草》第1卷第4期，均署名白星。后收入《林如稷选集》。

7月5日，发表散文《晨话——初游西湖时画》，载《民国日报》副刊

《文艺旬刊》第 1 期，署名白星。

7 月 10 日，作新诗《送 L 返乡》，发表于 1925 年 2 月 25 日《浅草》第 1 卷第 4 期，署名白星。后收入《林如稷选集》。

7 月 15 日，作新诗《雨夕之枕上》，发表于 1925 年 2 月 25 日《浅草》第 1 卷第 4 期，署名白星。

7 月 17 日，作新诗《月光》，发表于 1925 年 2 月 25 日《浅草》第 1 卷第 4 期，署名白星。后收入《林如稷选集》。

9 月 3 日，作《懋芳的死后》，发表于 9 月 6 日《民国日报》副刊《文艺旬刊》第 7 期。

9 月 6 日，发表小说《太平镇》，载《民国日报》副刊《文艺旬刊》第 7 期，署名白星。

9 月 12 日，作新诗《秋之夜》，发表于 1925 年 2 月 25 日《浅草》第 1 卷第 4 期，署名白星。

9 月 20 日，作小说《葵堇》，发表于 1923 年 12 月《浅草》第 1 卷第 3 期。后收入《林如稷选集》。

9 月 26 日，作新诗《彷若》，发表于 1925 年 2 月 25 日《浅草》第 1 卷第 4 期，署名白星。

10 月 1 日，作新诗《浮烟》，发表于 1925 年 2 月 25 日《浅草》第 1 卷第 4 期，署名白星。后收入《林如稷选集》。

10 月 10 日，发表《弁言》，署名白星；新诗《题无名诗人董嚼辛遗稿》，署名如稷，均载《民国日报》副刊《文艺旬刊·国庆日增刊》。

10 月 11 日，作散文《秋虫的泣血》，发表于 1924 年 5 月 20 日《民国日报》副刊《文艺周刊》第 34 期。

10 月 16 日，发表新诗《我与你们留别》，载《民国日报》副刊《文艺旬刊》第 11 期。

10 月 18 日，作《海外归鸿》，发表于 11 月 15 日《民国日报》副刊《文艺旬刊》第 13 期。

10 月 19 日，作新诗《西贡公园中》，发表于 1924 年 1 月 25 日《民国日报》副刊《文艺旬刊》第20期。

10月21日，作杂论《碎感》，发表于12月6日《民国日报》副刊《文艺旬刊》第16期。

10月24日，作杂论《碎感》（二），发表于1924年1月25日《民国日报》副刊《文艺旬刊》第20期。

11月1日，作新诗《凄然》，发表于1924年5月13日《民国日报》副刊《文艺周刊》第33期；后经修改，发表于1925年10月17日《沉钟》周刊第2期。

11月26日，作新诗《淞沪河上》，发表于1924年3月25日《民国日报》副刊《文艺周刊》第26期。

12月4日，作新诗《宴席后——答君培》，发表于1925年2月25日《浅草》第1卷第4期，署名白星。

12月7日，作新诗《独行》，发表于1924年6月24日《民国日报》副刊《文艺周刊》第39期。

12月，发表《掇珠》（4则），署名白星；《编辑缀话》署名如稷，均载《浅草》第1卷第3期。

1924年　二十二岁

1月5日，作小说《一瞬间的黄昏》，发表于1925年10月24日《沉钟》周刊第3期。

1925年　二十三岁

2月25日，发表小说《故乡的唱道情者》，载《浅草》第1卷第4期。后收入《林如稷选集》。

11月7日，发表小说《死筵散后》，载《沉钟》周刊第5期。

12月12日，发表新诗《幻想》，载《沉钟》周刊第9期。

1928年　二十六岁

春季，作《恶心的旧事回忆——此篇赠与炜谟》，发表于1929年1月5日《华北日报副刊》第2号。

8月，作《中国人的追悼》，发表于1929年1月6日《华北日报副刊》

第 3 号。

9 月 30 日，作《乡居杂笔之一》，发表于 1929 年 1 月 30、31 日《华北日报副刊》第 23、24 号。

1929 年　二十七岁

12 月 22 日，翻译 S. Rousselet 所作《柴霍夫著作中永恒的要质》，发表于 1930 年 12 月 22 日《华北日报副刊》第 340 号。

1930 年　二十八岁

8 月 25 日，发表德国 G. Fachs 所作《中国艺术之衰颓的原因》之译文，载《骆驼草》第 16 期；1931 年又重译该文，载 1931 年 12 月 1 日《中法大学月刊》第 1 卷第 1 期。

1931 年　二十九岁

1 月 8 日，发表小说《一个黄昏》，载《华北日报副刊》第 355 号。

1932 年　三十岁

10 月 15 日，发表法国 B. de Jouvenel（德·茹弗内尔）所作《"鲁公马加尔丛书"之产生——我研究野心和贪馋之混乱翻覆》之译文，载《沉钟》半月刊第 13 期。

10 月 30 日，发表匈牙利 Dezso Kostolonyi（德瑞·戈兹多拉尼）所作小说《灰色的灵光》之译文，载《沉钟》半月刊第 14 期。

11 月 27 日，作散文《归来杂感》，发表于 12 月 15 日《沉钟》半月刊第 17 期，署名稷。

11 月 30 日，发表希腊 L. Nakos（L·拉郭）所作小说《未名的故事》之译文，载《沉钟》半月刊第 16 期。

12 月 15 日，发表匈牙利 Dezso Kostolonyi（德瑞·戈兹多拉尼）所作小说《海及一个可怜人的故事》之译文，载《沉钟》半月刊第 17 期；经修改后又载 1946 年 11 月 21 日《新新新闻》第 4 版副刊《柳丝》第 245 号。

1933 年　三十一岁

1 月 15 日，发表匈牙利 Zsigmond Moricz（日格蒙德·莫里兹）所作小说《七个铜子》之译文，载《沉钟》半月刊第 19 期。

1月30日，发表匈牙利Dezso Szomory（德瑞·索莫里）所作小说《一个故事》之译文，载《沉钟》半月刊第20期。

2月15日，发表Istvan Stren所作小说《小咖啡馆》之译文，载《沉钟》半月刊第21期。

2月28日，发表法国Pierre Mille（皮埃尔·米勒）所作小说《十三号》之译文，载《沉钟》半月刊第22期；经修改后又载1946年9月10、11日《新新新闻》第4版副刊《柳丝》第192、193号。

3月15、30日，发表苏联Leonid Leonov（列昂尼德·列昂诺夫）所作小说《哥比里夫的还乡》之译文，载《沉钟》半月刊第23、24期；经修改后又载1948年10月10日《民讯》创刊号。

9月1日，作散文《狗》，发表于10月15日《沉钟》半月刊第25期。后收入《林如稷选集》。

10月30日，发表《随笔一则》，载《沉钟》半月刊第26期。

11月30日，发表小说《调和》，翻译法国Prerre Mille（皮埃尔·米勒）所作小说《被碾压的母鹿》，均载《沉钟》半月刊第28期。《被碾压的母鹿》经修改后又载1946年6月28、6月29、7月1日《新新新闻》第4版副刊《柳丝》第142、143、144号。《调和》后收入《林如稷选集》。

12月15日，发表匈牙利Jeno Helteai（耶诺·海尔陶伊）所作小说《小红风帽》之译文，载《沉钟》半月刊第29期。

12月30日，发表小说《"忆云斋"》，载《沉钟》半月刊第30期。

1934年　三十二岁

1月15日，发表小说《过年》，载《沉钟》半月刊第31期。后收入《林如稷选集》。

1月30日，发表小说《办公室内》，载《沉钟》半月刊第32期。后收入《林如稷选集》。

1935年　三十三岁

2月，发表法国J. Giono所作小说《孤寂的同情》之译文，载《世界文学》第1卷第3期。

本年，受中法文化出版（基金）委员会委托翻译《左拉（选）集》，首先开始翻译《卢贡家族的家运》。

发表匈牙利阿果斯·莫那尔所作小说《午餐》之译文，载 1935 年《文学时代》第 1 卷第 5 期。

1936 年　三十四岁

1 月 16 日，作《卢贡家族的家运》译者序。

12 月，翻译法国左拉的长篇小说《卢贡家族的家运》，由上海商务印书馆出版。

1937 年　三十五岁

本年，法国左拉的长篇小说《萌芽》已译出约 20 万字，因日军侵占北平而中断。

1945 年　四十三岁

11 月 20 日，作《指环》（零余随笔），发表于 1946 年 7 月 5 日《茶话》1946 年第 2 期。

11 月 24 日，作《葬地》（零余随笔），发表于 1946 年 7 月 5 日《茶话》1946 年第 2 期。

11 月 26 日，作《沉默的悲痛——致敬亡妻淑慧之灵》，发表于 12 月 1 日《中央日报》第 4 版《中央副刊》第 1488 期，署名如稷。

1946 年　四十四岁

2 月 5 日，作《梳》（零余随笔），载 7 月 5 日《茶话》1946 年第 2 期。

2 月 10 日，作《溪流——回忆中的回忆》，发表于 2 月 23 日《华西晚报》第 2 版《华晚副页》第 229 号；又载 10 月 5 日《茶话》1946 年第 5 期。后收入《林如稷选集》。

2 月 26 日，作《变戏法》（零余随笔），发表于 6 月 24 日《新新新闻》第 4 版副刊《柳丝》第 138 号；又载 7 月 5 日《茶话》1946 年第 2 期。

3 月 19 日，作《追忆》（零余随笔），发表于 6 月 24 日《新新新闻》第 4 版副刊《柳丝》第 138 号；又载 10 月 6 日《民主报》第 4 版副刊《呐喊文艺》第 8 期；11 月 5 日《茶话》1946 年第 6 期。

3月30日，作《花与墓》（零余随笔），发表于7月5日《茶话》1946年第2期。

3月31日，作《被盗》（零余随笔），发表于7月5日《茶话》1946年第2期。

4月7日，作《豌豆花》（零余随笔），发表于7月5日《茶话》1946年第2期。

4月9日，作《信》（（零余随笔）），发表于5月10日《胜利报》第2版；又载7月5日《茶话》1946年第2期。

4月11日，作《稿》（零余随笔），发表于7月5日《茶话》1946年第2期。

4月15日，作《诗》（零余随笔），发表于10月15日《新新新闻》第4版副刊《柳丝》第218号；又载11月5日《茶话》1946年第6期。后收入《林如稷选集》。

4月28日，作《疯妇》（零余随笔），发表于10月14日《新新新闻》第4版，副刊《柳丝》第217号，又载11月5日《茶话》1946年第6期。后收入《林如稷选集》。

春季，作旧体讽刺诗《刺周作人一绝》。

5月24日，作《左拉怎样反对不义战争》，发表于8月15日《萌芽》第1卷第2期。

6月，作《谈"贪污"》，署名张朗，发表报纸及日期不详，见作者所存剪报。

6月2日，作《无塔之谈》，发表于7月12、19日《胜利报》第3版副刊《世纪风》。经修改后发表于《浙江日报》副刊《江风》第1288、1289期，标题作《略谈"象牙之塔"——呈杨晦兄》。后收入《林如稷选集》。

6月16日，发表《〈升官图续集〉观后》，载《民众时报》副刊《民众副刊》第44号。

6月19日，发表旧体讽刺诗《怀古杂咏四首》，署名万古江，载《华西晚报》第3版《华西副页》第337号。

6月，发表旧体讽刺诗《六洋真言》，署名万古洋，发表报纸及日期不详，见作者所存剪报。（另一剪报署名羊洋。）

7月15日，作旧体诗《李公朴哀歌》，收入作者自编旧体诗集《待旦室诗草》（未刊稿）。后又收入《林如稷选集》。

7月19日，作旧体诗《闻一多哀歌》，发表于1956年7月15日《四川日报》；收入《待旦室诗草》，后又收入《林如稷选集》。发表旧体讽刺诗《拟今吟》（4首），署名万古江，载《胜利报》第2版。

7月21日，作旧体讽刺诗《"圣人"颂》（8首），发表于1947年1月20日《评论报》；又载《文摘》1947年第7期，均署名万古江。其中6首，后又发表于《星星》1958年4期，署名林如稷。

7月28日，发表旧体讽刺诗《彭部长时事杂咏》，署名浩徐，载《中央日报》（上海）。

7月30日，作《生日》（零余随笔），发表于9月23日《光明晚报》第2版；又载10月6日《民主报》第4版副刊《呐喊文艺》第8期；另载11月5日《茶话》1946年第6期。发表《追怀》，载7月30日、8月3日、8月5日《新新新闻》第4版副刊《柳丝》第168、170、171号。

7月，作旧体诗《咏怀》（10首），发表于1947年10月19日《时代日报》（上海）；收入《待旦室诗草》，后又收入《林如稷选集》（收入6首）。陈白尘曾将其中纪念鲁迅的一首（之六）抄寄许广平，后发表于《鲁迅研究月刊》1986年第5期。发表旧体讽刺诗《散会谣》，署名井查冰，载当月《民主报》，具体日期不详，见作者所存剪报；后又发表于1956年7月15日《四川日报》。作《画像》，发表于本年《东南日报》第6版，日期不详，见作者所存剪报。

8月5日，发表旧体讽刺诗《述怀》，载《新华日报》第4版，署名万古江。

8月11日，发表旧体讽刺诗《儿女》，载《新华日报》第4版，署名万古江。

9月3日，发表旧体讽刺诗《仿古拟今吟》（4首），署名万古江，发表报纸及日期不详，见作者所存剪报。

9月11日，作《微薄的谢意——鲁迅先生逝世十周年纪念作》，发表于10月19日《华西晚报》第3版副刊《文讯》第3期；另载同日《中国新报》（南昌）；又载10月22日《文汇报》（上海）第7版副刊《笔会》第77期。

9月12日，作旧体诗《均吾（默声）远道来访有赠》；收入《待旦室诗草》。

9月22日，作《秋曲》（零余随笔），发表于10月1日《大公晚报》第2版。作个别文字修改后，又载11月5日《茶话》1946年第6期、11月11日《侨声报》第6版。

10月4日，发表《时代悲剧与诗人之死——从闻一多之死谈到雪尼的被杀》，载《民主报》第4版；又载1947年《文汇丛刊》（上海）第4辑，文字略有修改，无副标题。

10月17日，发表法国向佛尔所作故事《公爵与大主教》之译文，载《新新新闻》第4版副刊《柳丝》第219号。

10月，作旧体讽刺诗《胡适诸像赞》（4首），发表于上海某杂志，刊名、期数待查；又发表于《评论报》新春号（第11、12期合刊），署名万古江；后又发表于《星星》1958年第3期，署名林如稷。

11月，作《书》，发表于11月14日《新新新闻》第4版副刊《柳丝》第239号。

12月11日，发表法国白唐·德·儒卫勒所作《左拉青年时代的生活》之译文，载《华西晚报》第3版副刊《文讯》第8期；又载《文艺生活（桂林）》（光复版）1946年第10期（第12月号）及《文艺》1947年第3期。

12月31日，发表《整稿小记——复一位勉励我的朋友》，载《大公晚报》。后收入《林如稷选集》。

大约本年，发表旧体讽刺诗《豆豉怨（锦城即景）》，署名奚麦魂；旧体讽刺诗《得意吟》（4首），署名莫道美；旧体讽刺诗《仿唐一绝》，署名余铭绅；讽刺诗《伟大的翻戏》，署名江潮。以上诗文发表报纸及日期均不详，均见作者所存剪报。

1947年　四十五岁

1月1日，作旧体诗《对炉吟——呈炜谟》，收入《待旦室诗草》。后又收入《林如稷选集》。

1月10日，发表《狐狸篇》（包括旧体讽刺诗《"圣人"颂》8首、《胡博士诸像赞》4首、《宽心吟》4首，前有"怀霜"（陈炜谟）序，载《评论报》新春号（第11、12期合刊），署名万古江。

1月15日，发表《青年左拉的新年》，载《大公报》第2版副刊《半月文艺》第6期；又载《四川时报》副刊《华阳国志》第11、12期；《青年知识（香港）》1947年新15期。发表法国白唐·德·儒卫勒所作《左拉传——其一：在前进中的青年左拉》之译文，载《文艺春秋》第4卷第1期；又载《四川时报》副刊《华阳国志》第65、66、67期，题名为《在前进中的青年左拉：我每天向前迈进一步》；同题又载《文艺垦地》（创刊号）。发表《青年左拉的新年》，载《大公报》第2版副刊《半月文艺》第6期；又载《四川时报》副刊《华阳国志》第11、12期；《青年知识（香港）》1947年新15期。

1月18日，发表旧体讽刺诗《老狐吟》（4首），载《四川时报》副刊《华阳国志》第1期；又载2月8日《评论报》第13期。

2月8日，发表旧体讽刺诗《妙语吟》（4首）、《傅贤达诸像赞》（4首）、《丧心吟》（4首），均载《评论报》第13期，署名万古江。

2月，发表《左拉的健康与逝世》，载《文艺垦地》1947年第1期。发表法国白唐·德·儒卫勒所作之译文《在内战中的文人左拉》，载2月5、6、7日《四川时报》第4版副刊《华阳国志》第18、19、20期。

3月9日，发表法国白唐·德·儒卫勒所作《鲁贡马加尔家传的孕育》之译文，载3月9、10、11日《四川时报》副刊《华阳国志》第50、51、52期。

3月，发表旧体讽刺诗《过河吟》（2首），载《四川时报》副刊《华阳国志》第33期，署名万古江。发表旧体讽刺诗《袒美吟》（4首），载《四川时报》副刊《华阳国志》第39期，署名万古江。

4月19日，作《吃草与吃人》，发表于1947年9月《文汇丛刊》（上海）第4辑。后收入《林如稷选集》。

4月25日，发表《狮爪录》(《左拉与德莱菲事件》、《王尔德与德莱菲事件》、《一位唯美主义文人的晚年》)，载4月25日《大公晚报》第2版副刊《半月文艺》第11期。

4月，发表《左拉与社会主义》，载《四川时报》副刊《华阳国志》；又载10月《时与文》第2卷第6期。

5月初，作《"五四"文艺节的意义》，发表于1947年5月4日《华西晚报》第3版副刊《文讯》第15期《文艺节特刊》。

5月17日，发表《太炎白话电骂熊凤凰》，署名百惺；发表《不相干的尊农》，署名白泉。发表报纸及日期不详，均见作者所存剪报。

5月25日，发表《狮爪录》(《托尔斯泰的固执与坚强》、《托尔斯泰暮年悲剧的主因》、《风暴的死与平庸的死》)，载《大公晚报》第2版副刊《半月文艺》第13期。《托尔斯泰的固执与坚强》又载9月26日《时与文》第2卷第3期；《托尔斯泰暮年悲剧的主因》又载5月《四川时报》副刊《华阳国志》。

5月，作《象征的"还政于民"》，署名余岂官，发表报纸及日期不详，见作者所存剪报。

6月10日，发表《春朝》，载《大公晚报》；又载6月19日《新新新闻晚报》第2版，未署名。

6月26日，发表《巴尔扎克型的理想与现实》，载6月26、27日《新新新闻晚报》；又载11月25日《大公晚报》。

7月1日，发表《狮子爪录》(《左拉与社会主义》、《王尔德与"德莱菲斯事件"》、《一位唯美派文人之暮年》)，载《文艺知识连丛》第1集之3。

7月12日，发表《生死偶感》，载《四川时报》副刊《华阳国志》第176号。

8月9日，发表《勤奋一生的巴尔扎克》，载《新新新闻晚报》第2版。又题为《勤奋成功的巴尔扎克》，载8月25日《大公晚报》第2版。

9月6日，作旧体诗《不寐感赠翔鹤》，后收入《待旦室诗草》及《林如稷选集》。

9月12日，作旧体诗《呈均吾大兄》。后以《均吾来访有感》为题，发表于1948年3月4日《新民报晚刊》（重庆）。收入《待旦室诗草》，部分文字有修改。

9月13日，作旧体诗《有梦吟》，后收入《待旦室诗草》及《林如稷选集》。

9月，作《左拉逝世四十五周年忌》，发表于10月3日《东南日报》第2版副刊《笔垒》；经修改后又载10月10日《大公晚报》第2版副刊《半月文艺》第22期。

10月31日，发表《左拉逝世前后》，载《东南日报》第2版副刊《笔垒》。

10月，作旧体诗《寄远游人》，发表于11月11日《新新新闻晚报》，署名白星。

本年，发表《狮爪录》（《生活与艺术一致的巴尔扎克》），载《时与文》第2卷23期；发表《法兰西大革命偶笔——但东二三事》，载《东南日报》，具体日期不详，见作者所存剪报。

1948年　四十六岁

1月26日，发表《冷昏的话》，署名吴抱安，载《新新新闻晚报》第2版副刊《夜莺曲》第262期。

年初，为华西协合大学助学会做文艺讲座《左拉的生活》。讲座内容由中文系学生侯让之记录，发表于1948年4月6、7、8、9日的《新民报》（成都）副刊《天府》。

2月5日，作旧体诗《答友人问》。

3月9日，作《寿杨晦兄五十》，发表于3月25日《大公报》（重庆）；另载同日《大公晚报》第2版副刊《半月文艺》第33期。大约同时，作同题七言旧体诗，收入《待旦室诗草》。

3月，作旧体诗《以插植玫瑰赠人》、《偶感》，收入《待旦室诗草》。《以插植玫瑰赠人》后收入《林如稷选集》。

4月11日，作旧体诗《再别鹤兄》。收入《待旦室诗草》时改题为《别翔鹤口占》，部分文字有修改。

4月25日,发表《夜渡》,载《大公晚报》第2版副刊《半月文艺》第34期。

6月15日,作旧体诗《送别牧野兄》,载6月22日《新新新闻晚报》。收入《待旦室诗草》时改题为《赠牧野行》。

6月,作旧体诗《偶感》(8首),后收入《林如稷选集》。

6月,作旧体诗《闻冯至不屑参加新路感赠》,收入《待旦室诗草》。又以《寄怀冯至兄》为题发表于1949年2月17日《大公晚报》第2版。

7月21日,作旧体诗《悼乔大壮师》,发表于8月19日《新新新闻》;又载同日《新新新闻晚报》第2版;收入《待旦室诗草》;又曾发表于《四川日报》;均无序。作者手稿诗前有长序。

7月29日,作旧体诗《送别一之兄》,发表于8月12日《新新新闻》;又载8月20日《新新新闻晚报》第2版。收入《待旦室诗草》。

9月10日,发表《由几件琐事偶谈文人习性》(《孤僻自大的佛罗贝尔》、《屠格涅夫的贵族气质》、《坦率的莫泊桑》),载《大公晚报》2版副刊《半月文艺》第44期。《屠格涅夫的贵族气质》又以《贵族气度的屠格涅夫》为题发表于11月21《成都快报》。

9月,发表法国大仲马所作《魔鬼桥》之译文,载《风土什志》第2卷第3期。

10月10日,发表《〈民讯〉发刊献辞》,未署名;《汉口美军集体强奸案》,署名罗无生;《"坦白"的官腔》,署名吴道周;均载《民讯》创刊号。

11月10日,发表《清秋的、沉闷的杂感》,署名罗无生;《"良医颂"与"人口论"》,署名余达人;《苦命娃娃的血肉》,署名吴道周;《与胡适博士略谈叉麻将》,署名乔守素;《真实的幻术故事》,署名何兴;均载《民讯》第2期。

12月4日,发表《草木无灵》,署名何兴,载《时论周报》第4版。

12月10日,发表《古之"投靠"与走"新路"——苦雨硬记之一》,署名余达人;《侧面辟谣种种》,署名赵长民。载《民讯》第3期。后收入《林如稷选集》。

12月，作旧体诗《柬舟子漾兮巴波两兄香港》，收入《待旦室诗草》。

本年，作旧体诗《无当室杂句》（4首）。在收入《待旦室诗草》时，和另4首作于1946年至1948年的旧体诗，一起总题为《待旦室杂诗》。后《林如稷选集》选入其中5首。发表《关于胡适博士的"自称"》，署名向华；《提倡吃虫——请听专家介绍》，署名夷；《寒冬偶笔》（3则），署名雍平；发表报纸及日期均不详，均见作者所存剪报。

1949年　四十七岁

1月10日，发表《"爬，骗，混，逃，术"发微》，署名张乃煌；《自由膏药的叫卖》，署名罗无生；《抢购与挤兑》，署名吴道周；均载《民讯》第4期。

1月，作旧体诗《赠洪钟兄》，发表报纸及日期不详，见作者所存剪报。收入《待旦室诗草》。

2月20日，发表《寓言二则》，署名何兴，载《民讯》第5期。

1950年　四十八岁

1月28日，发表《庆祝西南解放献辞》，载《工商导报》第4版《庆祝西南解放特刊》。

3月，写出《我所认识的第一个共产党员》初稿。

年初，作《〈我所见之贺龙将军〉普及本序》，载《我所见之贺龙将军》（新时代出版社，1950年）。

6月13日，作《悼念史沫特莱》，收入《四川十年散文特写选》（四川人民出版社，1959年9月）。

1952年　五十岁

5月23日，发表《认真展开批评，坚决贯彻毛泽东文艺方针》，载《川西日报》。

12月，发表《一点体会（参加第二届全国文代会）》，载《西南文艺》1953年第12期。

1955年　五十三岁

5月24日，发表《必须彻底清算胡风》，载《四川日报》第3版。

7月,发表《严惩胡风反革命黑帮》,载《西南文艺》1955年第7期。

10月16日,作《悼念陈炜谟先生》,发表于《西南文艺》1955年第11期。

1956年　五十四岁

暑假,写电影文学剧本《西山义旗》初稿。

10月5日,发表《鲁迅先生给我的教育》,载《四川日报》第3版。收入《仰止集》(四川人民出版社,1962年9月)及《林如稷选集》。

10月7日,发表《鲁迅杂文的思想与艺术特点》,载《红岩》1956年第4期;又载10月31日《四川大学学报》(社科版)1956年第1期。收入《四川十年文学论文选》(四川人民出版社,1960年6月)、《仰止集》及《林如稷选集》。

10月,将抗战胜利至中华人民共和国成立前夕所写旧体诗编为一集,题为《待旦室诗草》,请其父亲林冰骨作序并书写,以留作纪念。

12月29日,作《陈炜谟〈论文选集〉编后记》,载《论文选集》(作家出版社,1957年12月)。作旧体诗《炜谟遗稿编成感赋》。

12月,修改《青年左拉的新年》,发表于《文艺学习》1956年第13期;又载《红岩》1958年1月号。

1957年　五十五岁

8月,发表《张默生——老右派分子》,载《草地》1957年7月号。

10月16日,作《学习鲁迅的最主要之点》,发表于10月19日《四川日报》第3版。收入《仰止集》。

10月,作旧体讽刺诗《戏和流沙河所谓"亡命诗"》,发表于《星星》1958年2月号,署名卓鸣。

11月,发表《无独有偶》,载《草地》1957年11月号,署名文放。发表《武训精神的结合》,载《红岩》1957年11月号。

12月11日,作旧体讽刺诗《赠张默生、张晓二文盗》(2首),发表于《红岩》1958年2月号,署名卓鸣。作旧体讽刺诗《戏咏新文盗》(2首),发表于《星星》1958年2月号,署名卓鸣。

12月，修改《我所认识的第一个共产党员》，发表于《人民文学》1958年第4期。后收入《林如稷选集》。发表旧体讽刺诗《赋寄张默生》，载《星星》1957年12月号，署名卓鸣。发表讽刺诗《给一位奇异的隐士》，载《红岩》1957年12月号，署名卓之鸣。

1958年　五十六岁

2月14，作《看〈杜十娘〉悼廖静秋》，发表于2月25日《成都日报》第3版。

2月，作《鲁迅将会怎样对待体力劳动》（与李隆荣合写），发表于《草地》1958年4月号。收入《仰止集》。

3月1日，发表《旧刺草》（10首），载《星星》1958年3月号。

3月，发表重写的《勤奋成功的巴尔扎克》，载《草地》1958年3月号。

4月，发表《词二首》（《江南好·春光》、《浣溪沙·春节试笔》），载《星星》1958年4月号。

11月，人民文学出版社重新出版所翻译的法国左拉的长篇小说《卢贡家族的家运》。

12月4日，作《真实的生活，真实的诗文——〈日夜战威钢〉读后》，发表于《草地》1959年1月号。

1959年　五十七岁

4月15日，改订完成电影文学剧本《西山义旗》第7稿，发表于《草地》1959年4月号；9月，经再次修订后，由四川人民出版社出版单行本。后收入《林如稷选集》。

5月25日，作《慎重对待小读者感情》，发表于《草地》1959年6月号。

9月26日，作旧体诗《观〈林则徐〉影片》，发表于《作品》1962年第11期。

9月28日，作旧体诗《国庆前夕种油菜王》。

10月3日，发表《略谈影片〈林则徐〉》，载《四川日报》。

10月，发表《学习鲁迅杂文的几点理解》，载《峨眉》10月号（创刊号）。收入《仰止集》及《林如稷选集》。

11月，发表重写后的《夜渡——回忆一位无名老船工》，载《峨眉》1959年11月号。后收入《林如稷选集》。

1960年　五十八岁

1月，作旧体诗《成都市川剧院一周年赠句》。发表《驳斥对群众文艺创造的诬蔑》，载《峨眉》1960年1月号。

3月25日，发表《分析〈对于左翼作家联盟的意见〉》，载《语文》1960年第3期。收入《仰止集》。

5月9日，因突发脑溢血而中断为四川大学中文系学生讲授的《鲁迅研究》课程。现存四川大学教务处油印讲义80页，约9万余字；另有已完成的待印抄稿，约1万余字。

6月，发表《驳巴人的"人道主义"》，载《四川文学》1960年6月号。

7月10日，发表《从巴人近年的文章看修正主义思潮涨落的痕迹》，载《新港》1960年7、8月号合刊。

1961年　五十九岁

9月17日，作《鲁迅小说的艺术特色》，载《四川文学》1961年10月号。收入《仰止集》及《林如稷选集》。

10月13日，参加四川人民出版社学习鲁迅座谈会，并在会上发言。发言记录经整理和补充，写成《关于鲁迅思想发展的几个问题》，发表于《四川文学》1962年2期。收入《仰止集》及《林如稷选集》。

10月19日，发表《论鲁迅小说的革命现实主义》，载《成都晚报》；该文后经修改，以《试论鲁迅小说的革命的现实主义》为题，发表于《新港》1962年8月号。收入《仰止集》及《林如稷选集》。

10月20日，作《〈仰止集〉后记》。收入《仰止集》。

10月22日，发表《关于鲁迅的〈无题〉一诗》，载《四川日报》。收入《仰止集》。

10月29日，发表《一个坚决反封建的斗士的艺术形象——读鲁迅的短篇小说〈长明灯〉》，载《成都晚报》，收入《仰止集》及《林如稷选集》。

11月29日，发表《鲁迅对劳动人民美德的赞颂——读〈一件小事〉和〈社戏〉》，载《成都晚报》。收入《仰止集》。

1962年　六十岁

2月4日，发表《从杜甫的生日谈到他的两首"守岁"诗》，载《成都晚报》第3版；经修改后以《新春试笔谈杜甫——诗人的生日、守岁诗及其他》为题，发表于《新港》1962年第3期；又翻译为日文，载《人民中国》（日文版）1962年第6期。

3月，林如稷编文、张文忠绘画的《西山义旗》（连环画）由四川人民出版社出版。

9月，鲁迅研究论文集《仰止集》由四川人民出版社出版。

12月10日，作旧体诗《悼伯行校长》，载1963年1月20日《人民川大》（悼戴伯行校长专刊）。

1963年　六十一岁

4月，发表《如诗如画的〈南行记〉续篇》（与尹在勤合写），载《四川文学》1963年第4期。

9月，发表《关于文艺阅读的问题》（与尹在勤合写），载《四川文学》1963年第9期。

10月1日，发表《表现什么样的感情？》（与尹在勤合写），载《四川文学》1963年第10期。

10月5日，发表《从胜利走向新的胜利》，载《人民川大》第406期。

10月18日，发表《深刻地反映阶级斗争——读沙汀同志的小说〈一场风波〉》，载《人民川大》第407期；又载《新港》1963年第11期。

1964年　六十二岁

9月，作《伟大的苏联人民反法西斯战争不容诬蔑——简评康·西蒙诺夫的〈生者与死者〉》，存四川大学油印稿。

1966年　六十四岁

本年，将未发表的旧作历史小说《五湖之上》（内容为描写春秋时范蠡与西施的故事）焚毁。

1972 年　七十岁

11 月，为给工农兵学员讲鲁迅小说，作《学习鲁迅小说》（未署名），存四川大学中文系资料室油印稿。

8 月 6 日，作旧体诗《无题》（乱发心伤怨暮年）诗。后收入《林如稷选集》。

8 月 24 日，作旧体诗《自寿》。

8 月 26 日，作旧体诗《无题》（七三忧儿辈）诗。

10 月 2 日，作旧体诗《自嘲一绝》。

10 月 5 日，作旧体诗《文光儿归自石棉》。

10 月，作旧体诗《续悼亡之一》。

1973 年　七十一岁

4 月，四川大学中文系选编的《鲁迅小说选》内部印刷出版，参与了部分篇目的注释。

1975 年　七十三岁

初夏，作旧体诗《儿女劝余迁京养老，吟此见志》。

1976 年　七十四岁

8 月 15 日，作旧体诗《得中方自美来信有感》。

编后记

去年年初，四川大学文学与新闻学院委托我们选编《四川大学学术群落·中国现当代文学卷》中的《中外文学论——林如稷学术文集》），历经一年多的搜集、整理，终于把本书编定了。

父亲不单是现代文学的研究者，更是现代文学的参与者，即现代文学社团的创建者、现代文学杂志的编辑者和现代文学作品的创作者。而父亲从事现代文学教学和专门学术研究的时间不长，是从1950年才开始的（这以前他在各大学都是教授经济学方面的课程，主要是经济学史），而这期间又受各种运动的干扰，以及1960年突发脑溢血留下的后遗症的影响，使他真正从事现代文学研究和写作的时间并不多，因而留下的论文及论著相对有限。虽然父亲一直不是专业作家，但他的文学创作从青年时代开始，一直贯穿到他生命的终点。父亲从事文学写作的时间长，体裁多样，小说、诗歌、散文（包括杂文）、剧本、评论、翻译各体皆有，数量也相对较多，因此本书在收入论文及论著的同时也收入了部分创作作品。这次本书收入的论著及作品，有的是从未正式发表的，有的是以前虽发表过，但因时代久远，现在已经很难找到，许多都是《林如稷选集》（四川文艺出版社，1985年）出版后新搜集到的。

因字数的限制，凡《林如稷选集》已收入的创作作品一律不收，论文则全部收入。对于本书收入的论文、论著及作品，1949年以前的，出于对历史的尊重，尽量保存原貌，除将繁体字一律改为简体字，竖排改为横排外，只对个别确系笔误及排版错误进行改正，原则上不做文字（包括标点符号）的更改，不以现在的语言、语法进行规范修订。对于无法辨认的字则用□代替。

因为父亲大部分作品创作于1949年以前，作品的搜集相当困难，特别是1945年至1949年期间，很大一部分作品是用众多的笔名发表在全国各地多家报刊上的，大部分笔名现已无从知晓，因而也就无法查找相关作品。加之有关期刊即使是知道了出处，查找也很困难。虽然经过我们多方寻访，但仍有大量的作品未能找到，因此这次附录的《林如稷著译年表》中文章的出处有的不是从原始资料获取的，有的虽是原始资料，但出自父亲所存剪报的劫余部分，而不知出处或日期，所以遗漏和错误一定不少，有待日后进行补充和修订。限于编者的水平，本书定有许多疏误，深望读者予以批评指正，如能提供新的资料线索，则更是不胜感激！

最后感谢四川大学文学与新闻学院教授、四川省鲁迅研究会副会长曾绍义先生对本书的编选所给予的指导和帮助，感谢周文博士撰写总评文章，对其他提供过帮助的人士，在此也一并致谢。

林文询　林文光
2021年10月